女人的勋章

〔日〕山崎丰子 著　邱振瑞 译

上海三联书店

ON'NA NO KUNSHŌ
By TOYOKO YAMASAKI
© YAMASAKI TOYOKO Copyright Management Association 1963
Original Japanese edition published by SHINCHOSHA Publishing Co., Ltd.
Chinese (in simplified character only) translation rights arranged with
SHINCHOSHA Publishing Co., Ltd. through Bardon-Chinese Media Agency, Taipei.
本书中文译稿经成都天鸢文化传播有限公司代理，由城邦文化事业股份有限公司
麦田出版授权使用，非经书面同意不得任意翻印、转载或以任何形式重制。
著作权登记图字：09-2019-1028

图书在版编目（ＣＩＰ)数据

女人的勋章/〔日〕山崎丰子著；邱振瑞译.一上
海：上海三联书店，2020.4
ISBN 978-7-5426-6991-9

Ⅰ.①女…Ⅱ.①山…②邱…Ⅲ.①推理小说—日
本一现代 Ⅳ.①I313.45

中国版本图书馆CIP数据核字（2020）第033154号

女人的勋章

〔日〕山崎丰子 著　邱振瑞 译

出 品 人 / 付　明
出版统筹 / 潘江祥
责任编辑 / 董毓玭
特约编辑 / 张静乔
策划编辑 / 孔凡红　苟　敏
装帧设计 / DarkSlayer

出版发行 / 上海三联书店
　　　　　（200030)中国上海市漕溪北路331号A座6楼
邮购电话 / 021-22895540
印　　刷 / 山东华立印务有限公司

版　次 / 2020年4月第1版
印　次 / 2020年4月第1次印刷
开　本 / 880×1230　1/32
字　数 / 400千字
印　张 / 16
书　号 / ISBN 978-7-5426-6991-9/I·1606
定　价 / 69.80元

敬启读者，如发现本书有印装质量问题，请与印刷厂联系 0634-8860566

目录

早　春

嵌着太阳形状的彩色玻璃在夕阳的照耀下，宛如熊熊燃烧的火球。大庭式子仿如意犹未尽似的凝望着那片彩色玻璃。

粉刷未干、约十坪①大的房间，弥漫着空荡的凄冷与湿臭的水泥味，唯独嵌在西侧屋檐下窗户的彩色玻璃绽放着闪烁的光彩，华丽的装饰与这八十坪大、泥灰涂刷的木造房子很不相称。

负责建造房子的山形组设计师曾多次游说大庭式子，如此搭配很不协调，要求变更设计，但她始终固执己见，不肯退让。设计师屡屡对式子庸俗的癖好投以轻蔑眼光，可是在雪白墙壁上嵌上饰章般的彩色玻璃，却是式子四年来的梦想。

式子原先希望这是一栋铺有绿色屋瓦的柯布西耶风格建筑，可是再过一个月即将落成的圣和服饰学院，屋顶却不是绿色屋瓦，而是灰色的石棉瓦。对式子来说，将混凝土墙涂上灰泥，或将绿色屋顶改成灰色都无所谓，但那片太阳形状的彩色玻璃，说什么都不容变更。

这似乎是式子自小潜藏在心中的欲望。式子出生在大阪老字号林立的久太郎町，是呢绒批发商家的长女。在幼儿园学会拿蜡笔后

---

① 日本传统面积单位，一坪约合 3.3 平方米。

就显得与众不同，她不像其他女童画些人偶、花草，反而专画浮线蝶纹①，即使是花草，也要画上徽章般的圆框。

式子在自家储藏室里看到母亲的衣柜、镜台、针盒、信匣……所有物品全镶有金箔圆形徽章，它们都像太阳般闪闪发亮。再仔细查看，家里还有些标上普通方形徽章的用具，数量没有标有母亲徽章的东西那么多，而且全搁在储藏室的角落。

长期以来，式子始终觉得这情景很奇怪，直到她进女校就读那年，才从母亲那里得知这两种徽章的不同。母亲说，圆形徽章即为区别老字号家中长女和赘婿的不同，每次谈到这里，母亲总是从喉咙深处发出倨傲的笑声。

母亲为了表示自己的身份与高贵，从服装到随身物品，以及餐具都以华丽泥金绘上圆形徽章，式子自幼就在近乎亢奋的心情中，听母亲说起这些事。不过，心性倨傲的母亲和像男仆般服侍母亲的父亲，在八年前大阪首遭的空袭夜晚中双双烧死，留下孤零零的式子。尽管如此，母亲严肃的音容和她日常用品上嵌绘的华丽徽章，已深印在式子的脑海中，永远无法忘怀。

"你又来了啊？"

蓦然，背后传来男子轻快的声音。

式子回头看去，原来是八代银四郎。不知他什么时候来的，穿着崭新的苏格兰呢西装，倚在半开的门边。

"你是放心不下才来的吧？"八代银四郎抬眼望着那片彩色玻璃，无框眼镜随之发出闪光。

"是我硬要他们装上去的，所以有些不放心……"

---

① 一种蝴蝶家纹，多为女性专用，为"女纹"的一种。

这片彩色玻璃是这星期才安装上的，还有待修整，式子觉得不放心，几乎每天都到工地来看。

"为什么这么在意这事呢？你不觉得，那片画有太阳图样的彩色玻璃很像新兴宗教的图腾吗？"

八代银四郎翘着薄薄的嘴唇以轻柔的大阪腔笑着说道。他每次开口便露出井然洁白的牙齿，双唇水灵灵的，像女人般诱人。

一年前，二十七岁的八代银四郎出现在式子经营的圣和服饰学院，他戴着晶亮镜片的无框眼镜，以及润泽的嘴唇，给式子留下深刻的印象。

八代银四郎是八代商店的四子，"二战"后毕业于东京的国立大学，在一流企业上过班。不过，第二年他觉得当个领固定薪资的职员很无趣，就回到从事男性服饰批发的自家商店帮忙。后来经常出入圣和服饰学院，式子便委托他翻译法国的时尚杂志或教授学生法语。

现在，圣和服饰学院几乎成了他的主要工作场所，每个星期负责教授四小时法语。起初，式子带着奇异的眼光看待这名毕业于国立大学法文系、却愿意进出洋裁学校教授法语的年轻人。一年以后，她逐渐觉得这是银四郎的随性而为，于是这次兴建新校舍期间的各项交涉，她也不客气地请他协助。

"不过，喜欢就好。自己的房子只要自己看了满意就好，这次的建筑费看来也谈得蛮顺利的。"

"多亏银四郎你交涉得宜，帮了我很大的忙。"

式子之所以不唤他的姓而称呼他为银四郎，并不是表示亲昵。对一个比自己小五岁的男子，这样称呼比较自在，而且"银四郎"这个名字本身就近似一种爱称，直呼起来也很方便。

"我实在没办法跟那些公家机关打交道，什么特殊学校规定啦，洋裁学校认定标准啦，全是些繁杂的事。"

"到公家机关办理手续虽然繁杂，但只要按部就班，倒没什么麻烦。比较起来，建筑公司更不好对付呢。我已经向他们杀过一次价，看来得狠点才行……"

银四郎语毕，式子慌张地用眼神制止银四郎，担心地环视着门外，确定木工师傅不在附近之后，说道："不久前，你不是已经杀过价了吗？"

"不，这仅是个开始，还有更多议价空间呢。不过，建筑公司也不是省油的灯。"银四郎的眼瞳从镜片后发出执拗的光芒。

"呵呵，对方也拿你没辙。上次那个肥胖的工地主任还气愤不平地说：'我做了三十年的监工，从来没有见过像八代银四郎这么厚脸皮的人。'所以我看这样就好啦……"

"不，不能这样就妥协。前天星期天，我翻着估价单，花了一天的时间逐一核对厕所的瓷砖和水泥墙板的数量，结果发现居然比估价单少贴了两千片瓷砖。如果每片瓷砖以二十日元计算的话，就是四万，每面墙需要用五十五块水泥块，他们却用了四十五块，每块水泥块四十日元，六十面墙，他们就从中多赚了两万四千日元。不仅如此，估价单上写明墙壁要涂刷三次，但我仔细检查后发现只刷了两次。这样一来，每坪差价就有四百五十日元，墙面以六十坪来算，他们又捞了两万七千日元，合计起来共捞了九万一千日元。我不客气地向他们抱怨，他们却辩称材料都运来了，可能是搬运时不慎打破或被人偷走，简直是鬼话连篇，这说不通的。我哪能被那些粗鄙的木工师傅和水泥匠糊弄呢？"

"噢，你连厕所的瓷砖都数了？我看还是不要和他们斤斤计较啦……"式子为难地劝说时，银四郎旋即摇头打断她的话。

"你还记得是谁无论如何也要将鱼崎的家改成裁缝教室，然后又想改建成正规洋裁学校的吗？这笔钱不是你向银行借来的吗？我得斤斤计较才行。放心啦，一切交由我处理。"

式子听着二十八岁的银四郎那一口柔软动听的大阪话时，总会有一种奇特的感觉。他似乎已不适应古式的大阪话了，因应时势，将"吾"说成"我"。不过，他又把这新旧语言运用得恰到好处，巧妙地在不同场合以富有个性的大阪话进行复杂的交涉。

"今天晚上要不要一起吃饭？"银四郎突然想到似的说道。

"是啊，事情总算告一段落，我也安心些了。去哪里好呢？"

"心斋桥的花马车怎么样？我还想先去樱桥的山形组事务所一趟……"

"那么，我先在这里待一下，六点半左右再过去。"

银四郎看了看手表，确认离约定的时间还有两个小时，便转身离去。

式子再次望着西侧高高的窗户，瑰丽的夕阳已缓缓隐去，彩色玻璃像失去血气的肌肤暗沉了下来。

式子走出微暗的房间时，修整完屋檐的木工和涂抹外墙的水泥匠，也动作缓慢地停下手中的工作，准备从脚梯上下来。

工人逐渐离去，工地突然变得冷清。这里处于郊外住宅区的一隅，天色暗下来时行人稀少。每当约莫距此地五百米的甲子园海滨吹来潮湿的风，北侧甲子园球场深灰色的水泥墙便显得更为寒冷。也许是春寒料峭，式子不由得拢紧外套衣襟，轻轻地抖掉沾附在高跟鞋尖的沙尘。

眼看与银四郎约定的时间还有一个半小时，式子步履缓慢地朝热闹而明亮的车站前商店街走去。

四个月来，她已走过无数次这条路，但实在不喜欢经过这里。

每逢主妇出来购物的傍晚或闲散的中午时光，她总是引来兴趣盎然的目光。起初她以为大概自己是服装设计师，穿着比较特别而惹人注目，后来她发现并非如此，他们是对她这个在二百五十坪的自家地皮上盖起八十坪校舍的独生女，投予仰慕的眼光。

为了犒赏木工师傅，式子偶尔会到商店街买点心或面包，店家总会过分亲昵地寒暄，有时还试图打听她的私生活。这种烦人的事情总惹得式子心里不快，不过，一旦她看到店家前贴着圣和服饰学院的宣传海报，就无法摆出不耐的脸色。因此，为了避免与店家老板娘目光相遇，每次经过商店街，她总是低头看着地面。

"老师！"

从低头而行的式子对面，传来了一伙人的欢快叫声。

"幸好我们走这条路，我们正要去工地呢。"三人气喘吁吁地说。

她们都是圣和服饰学院的职员，同时也是洋裁学校的教师，三人还很年轻。轮廓有致、长相最美丽的是津川伦子，今年二十六岁；脸型圆胖、戴着红框眼镜的是坪田胜美，二十五岁；有着美人尖、皮肤白皙、脸型圆润、樱桃小嘴，令人印象深刻的是大木富枝，今年二十四岁。她们依序只相差一岁。

"你们有什么急事吗？"式子惊讶地问。

"没什么急事啦，只是想观赏老师您引以自豪的彩色玻璃到底是什么样子。现在去会不会太晚？"伦子眨动深情的睫毛。

式子心想，工地的电灯线还没拔掉，现在去也看不到什么。不过，又不能把兴冲冲赶来的职员赶回去，顿时有点不知如何是好。

"你们三个特地出来了，今天晚上我请大家吃饭。"

式子欢快地说着，心想，虽说是银四郎的邀约，但今晚既然是自己请客，找三人同伴也并无不妥。

银四郎在服务生的带领下来到桌子旁时，露出意外而惊讶的神情。伦子三人也停住正要摊开餐巾的手，惊愕地看着银四郎。

"不好意思，因为我太忙了，就请大家吃个便餐。择日不如撞日，反正都是自己人嘛。这还是大家头一次聚餐呢。"式子并没针对哪一方说。

银四郎随即堆起笑容："对不起，我来晚了，事务所那边有事耽误了。"他为自己迟到十五分钟表示歉意，在式子对面的空位坐了下来。

银四郎坐定之后，刚才叽叽喳喳讲个不停的三个女孩突然闭口不语了。这显然是对银四郎怀有警戒之心。在她们看来，这个最初只是拿着进口布料进出学校，又帮忙翻译外国服装时尚杂志，接着受聘担任法语教师的银四郎，在不知不觉间已深入校务，让她们觉得不可掉以轻心。

式子察觉到这层微妙关系，便认为今天制造她们和银四郎同席用餐是个好机会。

"山形组那边谈得如何？"式子故意和银四郎谈起工程上的事情。

"他们果真不好应付哪。刚开始还装糊涂，故意推拖，后来我摊出合约说，我已仔细查核过瓷砖和水泥块的数目，他们才勉为其难地答应要退还九万日元。"

虽然谈的是金钱的事，经由银四郎流利动听的大阪话一说，却没有惹人反感的铜臭味。他动作优雅地拿着刀叉，愉悦而若无其事地说着，宛如在表演歌剧或舞台剧。

"我说过不必跟他们讨价还价嘛……"式子嘴上说不要计较，心想现在经费节节升高，对方愿意退还九万元，倒可用那笔钱添购缝纫设备。

"对了，学校申请进行得怎样？再过一个半月就要开学了，没问题吧？"

"学校法人的审核规定因为牵涉到税法问题，办理过程比较繁杂。不过，应该没问题，四五天内就可解决。"银四郎以安抚的口吻对式子说。

"学校规模越大，凭我一个女人家可照应不来呢。服装设计、技术指导这些事情我多少还应付得来，可是要跟公家机关交涉或申报税金，我就……"式子似乎在争取刚才突然沉默下来的三名职员的认同，如此说道。

霎时，餐桌间传出她们三人尴尬的笑声。银四郎依然不为所动，把鱼肉送往嘴里。这时，坐在银四郎旁边的津川伦子探出美丽的脖颈，语带嘲讽地说："学校的设备和行政倒没什么问题，招生才是重点呢。"

"你是说招生吗？我们花了大笔的广告费，还吸引了蛮多人报名的。在这种校舍破旧的时代，只要打出'新校舍落成，完全现代化设备！'的广告，相信那些不想待在家里的小姐，无论如何都会说服母亲，到我们这里学裁缝呢。"

"噢，听你这样说，我们洋裁学校好像是专靠广告和校舍设备取胜似的，难道我们这些服装设计师没有任何能耐吗？"

"当然不是。我的意思是说，服装设计师的才干固然重要，但洋裁学校光有这些条件是不够的。'二战'期间，许多没机会学裁缝的女孩像潮水般涌向裁缝学校，旺季的时候，甚至有三姊妹同时报名同一所裁缝学校呢，每四个人中只有一个能上学的时代已经结束了。最近，有意学习裁缝的人都会先索取学校简章，若是住在外县市，也都尽可能想到东京或大阪的学校。换句话说，她们希望选择位于都市、有金字招牌的洋裁学校学习，如果是大阪本地的小姐，则会尽量挑选设备完善的裁缝学校。对这些人来说，既然花同样的学费，当然找名气响亮、设备齐全的学校就读嘛。哈哈哈哈……"

银四郎为了避免与伦子发生口头争执，故意投予微笑。这时候，坐在银四郎斜对面的坪田胜美说道："你们男人根本不懂什么是裁缝学校。有意学习裁缝的女孩，通常是以学校的制图手法、立体制图或平面制图，也就是从裁缝的实际面来判断的。"她眨动着红框眼镜后的眼睛，口气非常认真。

"没错，你说得很有道理。如果像以前一样只是将鱼崎的家改成小而雅致的裁缝教室，这倒没什么问题。不过，依我看来，以后的洋裁学校不只是指导裁缝的机构，还必须当成企业经营才行。若办得成功，恐怕没有比裁缝学校获利更高的了。我这样说，也许会惹得身为设计师的式子老师不高兴呢。"

银四郎说着，视线投向坐在对面的式子宽广的额头上。式子顿时有点不知所措，眨了眨晶亮的眼睛。

"为了学校的发展，还是需要男人务实的意见。四年来，都是我们几个女人在经办学校事务，乍听到不同意见，有时还真适应不来呢。不过，以后有什么想法，请你尽量提出来，因为你的意见，对我们非常重要……"式子虽是对银四郎说，其实是向伦子她们暗示银四郎在圣和服饰学院的地位。

服务生送来餐后点心，现场却依旧气氛凝重，三人连拿着汤匙舀起牛奶鸡蛋布丁也显得意兴阑珊。

银四郎喝下最后一口咖啡，折好餐巾，神情愉快地说："待会儿我和朋友有约，先失陪了……"

银四郎显然是借故离开。当他的身影消失在门外时，伦子迫不及待地说："老师，这个男人真是狂妄自大呀！他来教职员室不到一年，就这么在众人面前说起大道理来了呢。"

"是啊，他出身名门大学，家里又开店，却死皮赖脸缠住我们的裁缝学校，真讨厌！老师，他是不是别有居心？我总觉得不放心。"

胜美也毫不掩饰地表示对银四郎的不满和质疑，只有坐在最旁边、皮肤白皙的大木富枝露出温和的笑容。

"富枝，你觉得怎样？"性急的胜美这样问道。

富枝抬起眼皮微肿的眼睛，慢吞吞地以大阪话说："我觉得，有男人总比没男人好，而且有男人帮我们做事，比较有个依靠……"

富枝讲起话来总是慢吞吞、拖泥带水的，式子曾多次提醒，这样会影响教学质量，富枝却不以为意。不过，这时式子不计较了，此刻正值伦子和胜美对银四郎不以为然之际，富枝慢吞吞的讲话方式意外地纾缓了气氛。

"是啊，有男人帮忙总比没有的好。而且你们放心啦，再怎么说，裁缝学校毕竟是女子的学校。"式子颇有同感地说着，拿起手提包，为缓和气氛继续说，"怎么样，要不要去心斋桥散步？"

晚间九点过后的心斋桥，人潮拥挤，非常热闹。她们与戎桥那头涌来的人群正好反方向地朝北走。伦子、胜美和式子都住在阪神铁路沿线，富枝则住在北大阪的天神桥三丁目，所以她们决定散步到心斋桥的地铁站，再搭车到大阪车站。

其实，她们并不是要去购物，只是边走边浏览着光鲜亮丽橱窗里的春季布料或西洋饰品。四名身穿流行服饰的小姐旋即引起众人的注目，擦身而过的路人都忍不住回头多看一眼，也有人从店里向她们投以羡慕的目光。三个年轻小姐一旦发现橱窗里有崭新的展示品，便不约而同地驻足品评议论，有时还吃吃地发出低笑声。不过，式子似乎没有这个兴致，眼睛看着橱窗，心里却想着刚才共进晚餐的事。

银四郎进来时看见她们三人同席，显然露出不悦的表情，但聊过一会儿之后，变得有说有笑，回去前还带着满意的笑脸。相反的，伦子她们却对银郎四郎抱持警戒和不以为然的态度。她原本打算借此机会让她们谅解银四郎的立场，没想到却惹来更多误会。

看完橱窗，她们来到心斋桥的桥头。老石桥下泛着波光的河流缓缓流着，流经船场和心斋桥街。与抬眼净是霓虹灯海、喧嚣的心斋桥街比起来，长堀川对面的船场附近显得格外宁静。现代化的高楼大厦从屋檐深长的老房子间拔地而起，像相框镶在黑暗的夜空中，众多窗框不时泛映出略蓝的白光，周遭却笼罩着昔日船场的黑暗。

八年前，在尚未遭战火洗劫之前，式子就生活在那样的环境中。她在呢绒批发商的内宅里，从讲话方式到用餐礼节，都被要求遵守船场的习俗和惯例。女子学校毕业之后，烫发大为流行，但是父母亲就是不准，朋友们去学做洋裁，父母却要她学日式裁剪，硬要她穿上友禅绸的和服。为此，她曾抱怨自家是呢绒批发商，为什么不能学洋裁？但父母亲说呢绒是商品，应该让自己的独生女穿上丝绸的和服，就是不让她学做洋裁。

也许是基于反抗心理，式子对流行时髦的东西总是格外迷恋和执着。电影非看西洋片不可，浏览橱窗看的全是洋装店或西洋杂货店，饮食上也偏好西式料理。每个月必定叫女佣喜代买洋裁的书籍回来，有喜欢的样式，便做成小衣服，穿在人偶身上，引以为乐。

经常出入自家呢绒批发商的裁缝师，看到式子随意的杰作，大为惊艳。人偶虽然只有三十厘米左右，但穿在它身上的衣服，无论是胸围、肩宽、腰围尺寸，都是依正式的纸型缝制的，胸前的暗线和裙摆的皱褶缝工都非常精巧。隔天，裁缝师默默地拿来一块衬布，式子依照原书样式裁剪后，把衬布套进人偶的衣服内，其制工之巧，让裁缝师傅激赏不已。

这件事由掌柜传进母亲的耳里后，起初认为式子简直是个女缝工，露出不悦的神色，但数天过后，好像转变心意，无奈地对式子说，你既然喜欢做洋裁，就去学吧！

式子到本町的洋裁学校上课后，从头到脚穿的都是时髦的进口货，后来又央求母亲让她在房间铺上波斯地毯，换上西式家具。尽管在家里非得讲大阪话不可，但一走出家门，她就努力地学讲标准的东京话。

随着追求与讲究欧风生活和讲东京话以后，式子愈加觉得自己已逐渐逃出船场令人沉闷窒息的气氛。就在这时，一场无情的战火让式子同时失去束缚她的船场和父母亲。

"哎呀，老师，您先走怎么不告诉我们一声……"

后面传来胜美气喘吁吁的娇声，式子这时才如梦初醒般地回头看去，只见胜美、伦子和富枝神情怔愣地站在桥旁的石原钟表店角落。看来是她不知不觉间，忘了她们三人的存在，兀自走在前面了。

"当我们悠哉地浏览橱窗的时候，回头一看，老师却不见了。我们在地铁车站旁等了很久就是不见老师来，猜想老师大概是到心斋桥北侧的骎骎堂书店买服装设计的外文书，便赶到这里来了……"

她们大概是急着赶来，嘟着嘴说话的胜美和其他两人都喘个不停。

"对不起！我邀你们出来散步，却因为想事情走神，把你们给忘了。"式子愧疚地说。

"老师，这时候您若站在塞纳河畔，感觉一定很棒。大阪这脏污的河边跟您一点都不配，而且也无法激发新颖的创意。"伦子装模作样地说。

"才不是呢。老师是在回顾自己的出生地船场，八成是怀念起以前的事来了。"

富枝侧着头探看着式子，式子只是微笑着含糊以对，摇摇头。

"不，倒不是说我在怀念船场什么的，我只是对自己出生的环境和现在的生活与工作落差太大，感到有点奇怪而已。"

"老师，您为什么那么讨厌船场呢？像我这种出生在天神桥附近、普通家庭的女儿，就非常向往船场。自从战火烧毁老师的家，没多久您又搬到郊外，连讲话都不使用好听的船场话，反而拼命操着东京腔的标准话，又是为什么呢？"平常沉默寡言的富枝，越说越是激动起来。

"富枝，我的情况与你相反，就像你向往船场一样，我却急着想逃出船场那令人窒息的陈规陋习，向往自由开放的世界。"

"不管您怎么说，您的身上依旧流淌着船场人的血液，永远无法与船场切断关系。"

"这是你一厢情愿的看法。再说，将营商老市集的船场和我们思想时髦的式子老师相提并论，本身就很可笑呢。"伦子插嘴道。

尽管伦子这样打抱不平，式子心中却觉得富枝这番话听来格外温馨。

没错，尽管式子多么厌恶船场的风俗习惯，以家中遭战火洗劫的借口逃了出来，但是她身上依旧烙印着船场数百年来的印记，在日后终将以某种形式表现出来。想着想着，式子抬眼望向笼罩在黑暗中的船场。

新征程

　　清晨七点，式子已经醒来。距离早上十点的开学典礼，还有三个小时。

　　式子前一天已吩咐女佣喜代备妥洗澡水，她泡在浴缸里，看到皮肤比平常白皙。她最在乎自己的肤色，因为她的皮肤比一般女孩黑，虽然她常去的美容院师傅称赞她小麦色的肌肤很有女人味。在肤色上，她不像母亲的白皙，而是像当掌柜、后来入赘的父亲，并为此感到强烈的自卑。这时，她看到自己的皮肤变白了些，不由得暗自高兴起来，这也许是半年来持续按摩的成效吧。

　　她探出脸，小心翼翼地用冷水清洗着。接着，她站在镜前，打量着冷水清洗过后的脸庞，虽然已三十三岁，脸部皮肤仍容光焕发。她不大满意间隔太开的两眼及大一号的鼻子，不过，明眸大眼和稍厚的嘴唇刚好弥补这些缺点。从长相来看，她谈不上是个美女，但是脸型很有特色，这不仅是自己如此认为，也是大家所公认的。

　　她走出浴室，往身上扑爽身粉，用粉扑仔细拍打后，以浴巾围住下半身，穿上底裤，套上长袍，移步坐在餐桌前。

　　式子每天的早餐很固定，几乎都是燕麦粥、生菜沙拉和半片吐司。她花上一个小时，慢条斯理地吃着这少量的早餐，仔细回味着创办洋裁教室四年来的点点滴滴。

　　战火使得式子顿失双亲，单凭她一个人根本无法在大阪的废墟中继续营商，于是她将那块土地转让给舅公，再用那笔钱在阪神沿线的鱼崎买下这栋有五间大房的西式建筑。刚开始，她和父母生前在家中帮佣的喜代过着平静的生活，后来因为发行新币和通货膨胀导致物价飞涨，顿时让她们的生活陷入困顿。不过，式子原本即出身商人家庭，耳濡目染之下，早已学得经商窍门，绝不愿这样坐困愁城。

　　四年前的昭和二十四年（1949年）春天，式子不顾舅公反对，开始活用习得的裁缝技术，以有限资金在自家开设了精巧雅致的裁缝教室。"二战"之后，尽管日本社会仍处于贫穷状态，但有段时期已出现走私进口货泛滥、生活铺张浪费的现象，甚至有些年轻小姐拿着昂贵布料来式子的教室学裁缝。起初，式子只使用玄关旁的一间房间开课，隔年又增设了三间，每年增加二十名学员，四年内，已达近百名学员。即便授课时间分为上下午班，但是住宅改装的五间教室仍不敷使用，所以这次才毅然决然在距离大阪较近的甲子园增建校舍，今天正逢开学典礼的大喜之日。

　　式子端着餐后的咖啡，沉浸在往日的美好记忆中，没多久，突然想起"双叶洋裁学院"的安田兼子，觉得犹如新衣沾到污点般不快。

　　两个星期前，刚竣工的学校门口挂起"圣和服饰学院"的巨大横匾，教职员室也在那天从鱼崎的裁缝教室搬过来。而在国道旁开设双叶洋裁学院的安田兼子，那天却突然跑来撂话。即使银四郎代替式子出面应对，她依旧清楚听见他们在仅以毛玻璃门与教职员室相隔的狭小会客室里的对话。

　　安田进到会客室便不容分辩地说，开设新的洋裁学校时，必须取得既设的洋裁学校的校长认可，目前式子这边尚未向她办理手续云云。银四郎反问安田，法律是否有明文规定。安田回答，虽然没有明文规定，但这是洋裁学校联盟所订的规章。

"洋裁学校联盟……"

银四郎玩味着这句话的意思，没多久，语声柔软地说："原来如此，既然是联盟的规定，我们得严格遵守呢。而且同业间本来就得保持良好的关系。您放心，我们会尽快到安田老师您那里办理手续。"

"就算你们来过我这里打了招呼，我也不会轻易同意的喔。毕竟，稍有个闪失，可就要多出个竞争对手来呢。呵呵呵……"安田兼子装模作样地笑了起来。

"哎呀，老师您说笑了，这种事情根本不会发生。我倒觉得，在这行人稀少的住宅街上，与其只有一所洋裁学校，不如等距多增加几所学校，让电车一开进甲子园便有成群的年轻小姐赶着上下车，成为闻名的洋裁街，反而会让我们的洋裁学校更兴盛起来呢。"

"哟，办洋裁学校可不是做生意哩。我不知道你们的想法，但我们办校的宗旨在于推广洋裁教育，从来不存在什么兴盛不兴盛的庸俗想法……"安田兼子轻蔑地说。

"老师您这样说有些过火了，我们也在努力推广洋裁教育呢。问题是，最近大阪闹市区开始开设洋裁学校，我们若没谨慎应对，年轻小姐们可都要往那边跑了。在我看来，设在郊区的洋裁学校，只要彼此不恶性竞争，团结起来，反倒有利于吸引学员。再说，从洋裁资历来讲，您这在业界已出道二十五年，算是我们大庭式子院长的老前辈了。而我们院长四年前才踏进这个行业，最近才开设了正规的洋裁学校，相较之下，我们学校顶多是安田老师的双叶洋裁学院的配角罢了……"

银四郎柔软的大阪话说个没完，安田兼子突然沉默下来，小心翼翼地说："与近来活跃的各位相比，说我是什么老前辈啦，你们只能当配角啦，我倒有点承受不起呢。不过，我赞成你刚才的说法，现在许多年轻小姐纷纷往大阪闹市区的洋裁学校跑，我们得联手把她们拉回来才行。"

"那当然。明天我就到贵处领证。"银四郎说。

"最近我很忙，你下星期再来吧。"安田兼子故意摆起架子，说完便转身离去。

过了一个星期，银四郎去双叶洋裁学院，安田兼子却不在。隔天又去，她又不在。第三天去，听说她到东京出差了。银四郎问安田兼子什么时候回来，办公室职员说是四月十日，也就是圣和服饰学院开学典礼的前一天。为此，式子对安田兼子露骨的刻意刁难气愤不平。她告诉银四郎，法律并没有明文规定新设的洋裁学校必须得到老学校的认可才能办校，根本可以不理会她。不过，银四郎想到日后要加入洋裁学校联盟，强烈提议在安田兼子返回大阪的昨夜，坚持到她位于芦屋川的寓所拜会。式子对银四郎如此低声下气感到委屈，悒然离去。

式子将凉掉的咖啡放在餐桌上。在开学典礼早晨，想起安田兼子各种刁难的行径，不由得怒火中烧。她看了手表，得出门了。当她急忙穿上黑底金边的午礼服时，玄关处传来驱车来迎的声音。她来到楼下，穿着深蓝色双排扣西服、系着灰色无纹领带的银四郎早已姿势端正地站在玄关处，他看到盛装打扮的式子，马上用略带睡眠不足的眼神向式子打了招呼。

"事情进行得如何了？"式子率先问道。

"时间快来不及了，上车再说吧……"银四郎催促着，迅速坐进车内。

"要说服女人真是不简单。尤其年过五十、热衷事业又看重名誉的单身女人更是不好对付哩。昨天晚上，我就被她说教了。九点左右，我带着一人份的法国高级布料当见面礼，想不到她却足足唠叨了两个小时，还提出授课时间和内容，并要我们保证，日后不会给老牌的双叶洋裁学院带来困扰，她这才开出同意书。"

说着，银四郎从上衣口袋拿出折成四折的同意书，摊开后交给式子。上面的女性毛笔字迹煞有其事似的写着：

> 在此，本双叶洋裁学院承认贵校圣和服饰学院创校之
> 成立。

"欺人太甚了！好像没这张纸我们就办不成学校了！"式子气愤地责骂着，出租车司机好奇地回过头来。

"是啊，没有这张纸我们照样可以办学校。问题倒不是需不需要安田兼子的同意书，而是它后面有个洋裁学校联盟。若想到将来我们加入联盟后，可以图个理事来做的话，这时只得暂时忍气吞声点了。"

"什么联盟不联盟的，它和我的事业有什么直接关系？"

"你别闹小孩子脾气了！'二战'后混乱的局面已经结束，八年后的今天，所有的团体都开始整顿和组织化，像洋裁联盟这样的组织便有其存在的必要。今天的开学典礼，我们也邀请了洋裁学校联盟的理事长和安田女士等来宾呢……"银四郎劝慰似的说道。

车子不知不觉经过今津，进入甲子园。四月的灿烂阳光像箭般照

射在甲子园球场弧形的墙壁上。穿过球场，映入眼帘的是人行道上聚集着众多穿着华丽的人，他们像彩带般朝圣和服饰学院的方向走去。

下了车，穿过校门，离校舍正面约八米的地方，摆着细长的桌子作为来宾接待处。穿着蓝色套装的坪田胜美和其他新来的职员站在后面。胜美看到式子，旋即离开接待处，走了过来。

"老师，恭喜您了。我们学校终于……"说到这里，胜美发现银四郎紧跟在式子身后。

"哟，连银四郎也一起来了？"她略带责备地看着式子。

"我也没想到他会来接我。"

"如果老师需要有人去接，我或伦子去就可以了啊……"胜美故意大声说给银四郎听。

"我倒不需要别人来接。银四郎是因为双叶洋裁学院的事情，顺便到我那里去的。"

"噢，那件事还没办好吗？"胜美不无好意地盯着银四郎。

"不，已经办妥了。那位女士今天也会来致辞呢。她很快就会来了，我们到来宾室等候吧。"银四郎催促着式子。

作为临时来宾室的教职员室经过一番布置，显得焕然一新，铺着浅蓝色桌布的桌上摆着大簇鲜红的康乃馨。式子坐在靠近门旁的椅子上，银四郎站在窗边频频望着校门的方向。忽然间，来宾室的门打开了。式子正要站起来，进来的不是来宾，而是伦子和富枝。

"老师，恭喜您了。今天我们都穿着新制的时装来了，怎么样？"

身材匀称的伦子穿着玫瑰色丝绸午礼服，像时装模特般地踮起脚尖，轻快地转了一圈。华丽的色调和光泽，将她轮廓有致的脸庞衬托得更为美丽动人。富枝穿着跟她本人一样并不显眼的淡紫色毛料套装，但反而使她美人尖之下的圆脸更为突出。三人各有丰采——伦子美丽，充满自信，穿着玫瑰色午礼服光彩耀人；活泼开朗的胜美像千金小姐般，穿着简单利落的定制套装；富枝则带着日式的乡人气质，穿着轻便西服。她们都各自展现出自己的特色。

"银四郎先生，我这身打扮如何？"伦子用从未有过的好口气，对着窗边的银四郎问道。

"不愧是伦子小姐的设计，穿的人身材又好。对了，今天的开学典礼由我来主持，怎么样？"

"什么？你要主持？"伦子脸上掠过慌乱的神色。

银四郎完全不在意伦子的反应，接着说道："因为负责服装设计的老师都忙着编班和编写教材，这些接待来宾或主持的工作，还是由我来处理吧。"

"这么说，你要担任这次的司仪？"伦子口气僵硬地问。

"是啊，这样比较方便。"

"这件事是什么时候决定的？"伦子这话与其说是针对银四郎，不如说是冲着式子而发的。

"什么时候？"

式子顿时不知如何回答是好。在鱼崎设立裁缝教室的时候，这些事情都是交由伦子负责，所以伦子也认为今天的开学典礼是由自己主持，银四郎却突然说要担任今天的司仪，不免让她有些错愕。双方都争着要当司仪，因此才分别盛装出席。银四郎悠然地倚靠在窗边，伦子则表情严肃，整个气氛变得异常凝重。

"这有什么好计较的呢？"突然，富枝一脸茫然地说，"谁当司仪都一样啦，只要安排得当就好了。"

"富枝！"

伦子先是大声嚷着，正要往下说的时候，门打开了，胜美带着来宾走了进来。银四郎看到肥胖的中年男子，连忙走上前去。

"上次在百忙之中百般叨扰您，实在不好意思！今天您如期光临敝校，真是非常荣幸。"

银四郎不卑不亢地向对方致意后，马上转身向式子介绍来宾："院长，这位就是大名鼎鼎的洋裁学校联盟理事长大原泰造先生。"

大原泰造就是拥有两千名学员的"大原女裁缝师学院"的大原京子的丈夫。式子经常在报纸和妇女杂志看到他的照片，今天是第一次见到本人。

"我叫大庭式子，感谢您今天大驾光临。"式子问候着，请泰造就座。

"恭喜啊。本来我妻子今天打算一起来，因为时装展忙得不可开交，不便前来，实在抱歉。听说你是初次经营裁缝学校是吧？这行业很辛苦的呀。不过，好在有八代银四郎这样的理事大力帮忙。要经营洋裁学校，非得有男理事或男经理不可呢。"

大原泰造充满自信地叙说着经验谈，拿起桌上的红茶咕噜咕噜喝个精光。

大原泰造现身后约莫十分钟，市政府负责私立学校申请业务的承办员和当地的市议员，以及洋裁学校联盟的重要干部等来宾都相继到场了。

每逢洋裁学校开学的季节，这些人经常受邀当来宾到各学校参加开学典礼，现在又碰在一起，难免续谈着昨天或前天的事情。式子忙着招呼来宾，不由得想起母亲生前不失百年老店商家老板娘的气派，又保持柔软身段招呼顾客的情景。顾客们知道威严的母亲不容易亲近，又希望母亲给予热忱的对待。这两个要求看似冲突，母亲却应付得宜，从商人的立场来看，这是满足顾客最好的方法。式子意识到这点，努力效仿母亲的交际手腕，没多久，整个来宾室果真像沙龙般热闹起来了。式子的长袖善舞使得胜美和富枝大为惊讶，连忙站起来招呼来宾，只有伦子还为争取担任司仪的事，显得闷闷不乐。

不知不觉间，银四郎已认识了许多朋友。在服饰相关方面，他的人脉原本就比式子要广，所以与许多来宾相谈甚欢。纵使出现不认识的人，他总是比任何人更早走到对方面前，递出名片自我介绍，谦恭地予以问候，给客人留下好印象并且马上记住他的姓名。

"你是八代银四郎吗？噢，这可是很有来历的名字呀。"当地市议员拿着名片端看银四郎的脸，不由得发出赞叹声。

"现在，像你这样的年轻人，已经越来越没法讲地道而流利的大阪话了。"市议员语毕，旁边的来宾也附和似的向银四郎投予好奇的目光。每逢这时候，戴着无框眼镜的银四郎总是温和地细眯着眼睛，绽露女人般的红唇。

式子看到银四郎像圣和服饰学院的干部般接待众多来宾，感到格外欣慰，她觉得若要让伦子她们不心怀芥蒂又能认同银四郎，目前他的表现应是最好的方式。

五分钟后就要举行开学典礼。就在来宾站起来的时候，突然传来急忙的脚步声，安田兼子赶来了。她看到银四郎立刻说道："对不起，我迟到了。昨天晚上感谢你专程到寒舍问候，还带来贵重的礼品……"安田兼子故意大声说着，好让别人知道她特别受到礼遇，然后转身看向式子。

"哎呀，你是大庭小姐吗？你好，想不到我们距离这么近，这次才正式见面。听说今天是贵校的开学典礼，恭喜呀。我心想无论如何都要来祝贺，昨晚特地从东京赶了回来。"安田兼子仿佛把昨晚刁难银四郎的事全忘光似的，大言不惭地絮叨着。

"我没来得及向你问候，所以昨晚银四郎代我……"式子正要说下去时，安田兼子冷不防打断她的话："哎呀，时间差不多了，这话改天再谈吧。"接着，她发现大原泰造的身影，"哎呀，理事长也来了呀。不知道您今天要来，我还迟到了，真是失礼呀。"安田兼子卑躬哈腰地问候着，跟在大原泰造的身后，急忙朝礼堂走去。

礼堂是拆掉两间教室中间的隔板改成的，约莫三十坪大，里面坐满着十八九岁到二十二三岁的年轻小姐。礼堂正面有个嵌着彩色玻璃的高窗，底下摆着四十排椅子。平常作为上午和下午授课的地方，现在多出几倍的人到场，使得原本两人坐的细长椅子得挤三个人。

来宾隔着学员坐在左侧，教职员坐在靠门旁的右侧。银四郎先在式子旁边占了个位子，然后立刻站了起来。

"各位来宾好，本圣和服饰学院建校暨开学典礼即将开始，首先请来宾致辞……"

一如往常，银四郎操着流利的大阪腔主持典礼。也许是他流利的大阪话和深色西式礼服系着蝴蝶结领带的穿着形成强烈对比，学员们十分好奇，有些小姐忍不住引颈探看着。

洋裁学校联盟理事长大原泰造站上讲台，用熟练的口吻说道："四月以来，我每天都要参加两三场开学典礼的致辞，实在有些累了。我想各位也不喜欢那些陈腔滥调，我就简短说几句话。在此，我先恭贺贵校设立、开学典礼成功。总而言之，既然各位都缴了学费，缺一天课就是损失，所以要认真学习。"

大原泰造说完迅速地走下讲台。接着，轮到安田兼子上台。刚开始，她和其他来宾一样简单致辞，之后突然口气丕变："说到服装设计师，有些人只仗着自己年轻，学点皮毛就动辄标新立异、追求时髦，靠社交手腕和政治关系在这行业闯荡。不过，也有像我这样五十几岁，至今还脚踏实地投入服装研究的人。今天，各位同学大都是抱着美好的憧憬和梦想走进洋裁学校之门，但要成为成功的服装设计师，更需要刻苦的学习和漫长的时间。在我看来，要成为一名优秀的服装设计师，在这样刚建校的洋裁学校习得基本技术之后，还必须到具有古老传统和专门技术的洋裁学校深造，这才是精进洋裁技术的最佳途径。"

安田兼子这种说法，无异于在吹嘘自己经营、具有二十五年历史的双叶洋裁学院，同时又暗批圣和服饰学院的幼稚。在场的学员似乎不懂这些拐弯抹角的暗讽，只是百无聊赖地听着，但听在式子耳里犹如针刺，她感到日后将会卷入服装界间的暗斗漩涡中。

这时候，银四郎轻戳式子的手肘。因为来宾致辞结束后，轮到式子上台讲话。为了使自己显得从容不迫，式子故意慢慢地站起来，带着温和的笑容走向讲台。

式子明白她若面对着学员讲话，容易暴露扁平脸的缺点，于是略为斜身站着。这时，将近六百名年轻女学员的视线一齐射向她。那是漾着亲切、好奇与期待的目光。

式子知道自己口才欠佳，但是她有自信可以借由脸部表情和肢体动作营造出某种热络的气氛。她认为这种讲话方式较能展现女人的独特魅力，便以充满女性特质的声调说道："洋裁学校既不是新娘学校，也不是一般的职业学校，而是学习有关年轻女性的服装样式与教养的地方。在这里，各位将学习到色彩与样式的巧妙搭配，从理论上研究服装的裁剪和缝制方式。希望各位不要只局限在自身的服饰，而是学会更多创意设计……"

式子爽朗的讲话声，像阵阵清风拂过挤坐于椅子上的学员们的心坎。坐在前排的五六名学员，像被吸引住似的直盯着式子漂亮的礼服。她们流露出憧憬的眼神，坚信只要进入圣和服饰学院，上过式子老师的课，将来就能成为出色的服装设计师。台下听者的美好错觉，也让说话的式子感到无比愉快。

"刚才，我说的设计师，并不是只会设计服装，还要设计我们日常的生活。换句话说，要根据每个人的特性和感受，将生活环境和生活方式设计得更为美好，把单调的日常生活设计得更加舒适和充满诗意。进一步说，通过这种日常的生活巧思，从而创造出更美好的人生……"

式子边讲话边注意着来宾席的反应。来宾大多露出善意的表情，态度谦恭地聆听着。坐在教职员席的伦子、胜美和富枝三人，以及五个助手，神情紧张地看着式子，戴着无框眼镜的银四郎也直视着她。

式子非常满意。她停顿下来，深吸口气似的仰起脸来。她头顶上的彩色玻璃耀眼地闪烁着。窗外的阳光越来越强烈，将彩色玻璃照得像太阳般通红，也把学员白皙的脸庞映照得一片泛红。站在讲台上的式子，突然转身看向那片嵌有太阳形状的彩色玻璃，用略带高昂的语气说："那嵌有太阳形状的彩色玻璃，就是我们圣和服饰学院的徽章！它代表我由衷的期望，像太阳般华丽、圣洁和温暖……"

式子对学员们喊话，仿佛陶醉在自己昂然的语境中又继续说了下去。

年轻人

　　津川伦子在狭小的公寓厨房简单吃过面包牛奶后，留了张纸条给野本敬太：

　　　　最近，我忙着编写新学期的教材，今天很晚才能回来，
　　　　请自行到转角的食堂吃点东西。

　　伦子把纸条折成细条状，塞进门缝以后，小心翼翼地上了锁。因为三个月前，隔壁曾遭到小偷闯入。

　　走廊只有一扇小窗，光线阴暗。某个缺乏公德心的房客不把冬天用的暖炉收进房间，直接摆在走廊，害伦子险些在转角处跌倒。这栋私人公寓共分租成二十个房间，整体修建还算不错，住在这里并非不舒服，问题是，许多房客动不动就将公共空间据为己用，实在令人厌烦。每次遇到像今早这样的情形，伦子便不由得想：只要跟野本敬太结婚，就可以住进公营的钢筋水泥公寓了。

　　穿过离公寓约莫三百米小而整齐的住宅街，就是转角的咖啡厅兼食堂了。食堂前有几家零散的商店，连接到车站前热闹的商店街。车站前附近的人行道上经常洒水，使得柏油路的塌陷处积着水

洼。伦子怕高跟鞋踩到污水，小心翼翼地走了过去，直到走进车站的检票口才松一口气。

伦子知道站在月台上的男性都会借机偷看她。对身材高、美貌迷人、不时穿着崭新流行服装的伦子来说，等电车进站前的几分钟，是她一天中最得意的时刻。尽管伦子穿着光鲜亮丽，但光凭她的收入，根本买不起这些服饰。

服装设计师这个头衔很好听，然而伦子的月薪只有一万一千日元。她经常抱怨这时髦的行业与收入不成比例，但每个洋裁学校的老板都认为：让老师在学校上班、有收入，又可以学到最新的洋裁技术，这样的月薪并不算少。

一万一千日元的月薪扣掉房租和伙食费，实在所剩无几，根本无法添购流行服装。她之所以可以穿着新颖的服饰，有时是因为野本敬太以成本价向任职的纺织公司购买制品，要不就是用野本拿来的样品布料或多余的布块缝制而成的。

电车驶进站后，伦子一如往常站在最前头车厢的候车线内。她先看着拥挤的人群冲进电车里，等铃声响起，再快速地闪身挤进门旁的空隙。

伦子总是瞄准这个位置，因为站在门旁的空隙，即可免去挤身抓着吊环，站在两脚开叉的男客前的尴尬，也不必担心过度拥挤，斜身倒贴在中年男子怀里的不快。有时候也不是每挤必中，但像今天早上这样顺利，令她心情非常愉快。她挺身站立着，一米六二的高身材，即使在客满的电车里也十分引人注目。比起男性露骨注视的目光，女性充满忌妒的视线更令她心情愉快。四年前，她从姬路到大阪的时候，因为穿着过于普通，在高峰期的电车里，并没有引起乘客特别的注目。那时她也像今天一样，从这车站坐上阪神线电车，前往鱼崎的圣和服饰学院。当时，她在报纸广告上看到那美丽的校名，加上学校又设在铁路沿线便前往报名。虽说学校规模不大，与其说是洋裁学校，不如说是裁缝教室，但挂着大粒珍珠耳环的大庭式子令她印象深刻。

从学校毕业后，院长大庭式子劝她留下来当职员。对于与继母吵架逃离姬路老家、暗中接受生父资助的伦子而言，与其留在洋裁学校领薄薪，到薪水优渥的洋裁店当然比较诱人。不过，在式子多次劝邀下，她终于同意了。在她看来，洋裁店上班必须看顾客的脸色，还得蹲下来为顾客量身。相较之下，虽然待在学校薪资微薄，但被人称呼为"老师"感觉还不错，而且洋裁学校的老师大多会被当成设计师受到礼遇，具有某种社会地位，这比起收入的多寡更吸引她。

然而，伦子留在学校以后，大庭式子仿佛忘了当初极力劝留她的事情，表现得十分冷淡。依常理，伦子原以为院长既然有心留下她来，至少在公开场合上应该给予她更多亲切的关注，却不见她这样做。院长冷淡的态度，伦子并不感到厌恶或产生反感，只是觉得不应太过计较。

伦子当老师之后的隔年，前两位老师因为结婚的关系辞去工作，她便顺理成章地成为最资深的老师。两年来，她虽然和大庭式子一起做事，至今还摸不清大庭式子的性格。她只知道这三十三岁的女人还不失千金小姐的娇气，凡事总希望以她为中心。这或许是因为她是出身老字号店家的独生女，从小在被过度宠爱的环境中长大，因而养成唯我独尊与自私的习性，总认为别人为她牺牲奉献是理所当然。尽管如此，从她十分谨慎，不让身边职员知道学校的收支情形来看，她又兼具企业家的才干……

电车停靠在鸣尾站后，伦子连忙隔着玻璃窗朝月台上张望。当她看到穿着深蓝色女性短大衣的身影时，对方已先向她挥手了。胜美抱着大提包，身手敏捷地跑到门前，旋即被后面成群的乘客推了上来。

"怎么样？今天我没迟到，你安心了吧？"胜美毫不介意地说。

伦子朝胜美使了个眼色后，不禁莞尔一笑，脸转向窗外。

伦子每次到达鸣尾站，只要碰见胜美，就感到放心。胜美若赶不上这班电车一定迟到，要不就是没来上班。在人数不多的教职员室里，只要胜美没来上班，就会增加伦子的工作负担，有时得商请助理代为帮忙。胜美比伦子晚一年当上教师，在前辈伦子的面前却不感到疏远和畏缩，时常毫不客气地增添伦子的麻烦，不过她工作表现十分出色，总是动作迅速又有效率，颇受学生的喜爱，美中不足就是早上迟到和三天两头缺勤。

胜美出身于家风严格的银行职员家庭，母亲已经去世，也许是因为她和中学生的妹妹分担家务，比较没有生活负担或压力，是伦子她们三人之中个性最活泼的。在这方面，双亲健在的大木富枝反倒比较内敛，她虽是三人之中年纪最小的，却显得格外通情达理，平常总是抬起那圆润白皙的脸庞，安静地聆听别人说话。

电车抵达甲子园站，提着洋裁提包的学生迅速挤向细长的月台。站在车门旁的胜美先跳下车，然后焦急地等着缓步而来的伦子，等她走来，才并肩走去。

胜美叹了口气："真讨厌！开学一个多月来，每天都忙着编写部分裁缝法啦，制图法或教材什么的，根本抽不出时间看电影呢。"

"就是啊。我还得编写模范班的教材呢，今天还必须留下来加班。富枝大概也一样吧。"

"不，她早将部分裁缝法的教材准备好了……"

胜美随口答着，听在伦子耳里却有些不是滋味。富枝平常做事总是慢吞吞，令人等得心焦不已，想不到她居然这么快就完成工作了。不过，伦子已经见识过数次富枝出奇的工作效率了。

自从富枝和胜美当上老师以后，伦子就很瞧不起富枝，总认为她缺乏设计感。但是去年春天初次在校内举办时装展时，伦子看到大木富枝缝制的晚礼服，不由得大为惊讶。当然，这套服装是出自院长大庭式子的设计，不过富枝高超的缝制技术，把这套晚礼服表现得更为出色。在胜美看来，富枝是出身布袋店的女儿，自然是手工精巧，伦子却从那以后对富枝有着微妙的竞争意识。

走出检票口，来到甲子园球场附近时，走在人行道上的学生们语声开朗地向她们道早安。这时，伦子和胜美突然露出老师应有的稳重与笑容，跟学生交谈着。

教职员室里还不见院长的身影，但大木富枝和银四郎已经来了。富枝正缓慢而仔细地擦拭自己的桌子，她看到伦子和胜美进来，马上向她们发出惯有的、没有起伏的笑声。银四郎把助理和柜台职员叫到跟前，正耳提面命地交代着什么。伦子和胜美故意不正视银四郎，在自己的座位坐了下来。也许是感受到这样的气氛，银四郎停止说话，转身堆着笑容向她们打招呼："早安，今天心情如何？"

教职员室原本就不大，她们无法充耳不闻，只好勉强回应。

"哎呀，你来得真早呀！"伦子说完，故意神情匆忙地低下头看着教材。胜美也跟着向银四郎轻轻点头，视线移到学生的出席簿上。霎时，整个教职员室变得气氛沉闷，幸好上课铃声随即响起。

伦子抱着教材走进教室，站上讲台后，马上把刚才的不愉快忘得一干二净。这时候，五十几个年轻学子的目光，像温柔的清风拂过伦子的心坎。伦子每次拿起粉笔和尺规在黑板上画白线的时候，学生便同时在自己的制图纸上依样画着，教室里充斥着铅笔在白纸上画动的沙沙声。

"像这样，不仅要量好尺寸，还要用圆规和量角器计算曲率，打好立体制图的基础。所以这不仅是长短线的问题，还得考虑到度数。因此画每一条线都不能马虎，务必把制图做到最严密、精确。"伦子语声欢快地讲解着。

进入新学期后，伦子已上过几堂课，每次都感到心情愉快。整个教室里充满着学生对洋裁技艺的向往以及对老师的景仰。而女人天生喜欢把自己打扮得漂亮的本能，在这紧张的气氛中被表现得淋漓尽致。一种挑动同性的本能，煽风点火的不道德快感令伦子莫名的兴奋。走廊的窗户打开着，两侧教室断续传来胜美和富枝的讲课声。

上完上、下午各三个小时的课，三人都累得口干舌燥、两腿酸软。伦子含了颗糖果，脱掉高跟鞋，双手按摩着脚尖。每到这时刻，教职员室便失去白天的轻松气氛，大家开始感到倦怠了。

富枝和胜美双肘伏在桌上，抬着疲倦的眼神看向暮色渐沉的窗外。式子和银四郎的椅子整齐地放进桌子下。式子上完早上的第二节课和下午的第一节课，便说要参加洋裁联盟的聚会出门去了。银四郎刚才还在教职员室，现在似乎已办完各项杂务，和伦子她们像交接棒似的出门了。

"我们还得工作一会儿呢。"伦子疲倦的声音响彻空荡寒冷的天花板。

伦子她们请办事员送来日式豆皮乌龙面，简单吃完点心后，又忙着编写教材了。

新学期的主要教材是部分缝法和基础制图。部分缝法的讲解必须做到浅显易懂，又能引起学生的兴趣。基础制图则要求学生充分理解，否则就无法掌握制图的关键。教材的基本大纲通常由院长决定，任教老师再根据自己班级的实际情况编写。在这方面，动作最快的是胜美。她像处理会计事务时那样明快地画着线，很快地写好指导要领。伦子就没那么快了。她每画一条线，总要思考这条线的含义和意象，所以速度很慢。富枝虽然擅长缝制部分的实际技术，但对制图和编写教材似乎没什么兴趣。

胜美收拾好制图教材以后，看到富枝慢吞吞地用铅笔画着线，不禁纳闷地问道："富枝，你那么快就做好手工部分缝制的教材，但现在还在画线，你似乎对制图很不感兴趣嘛。"

"我觉得，与其用铅笔在纸上画着服装样式，一针一线地实际缝制更有趣呢。"富枝悠哉地说。

"那是因为富枝你们家是布袋店，早已习惯缝缝补补，我们对手工缝制就没那份耐心。"伦子边用尺规和圆规画着线，边插嘴说道。

"也许吧。不过，在呢绒批发商家庭长大的式子老师也很喜欢裁缝呢。从小我就认为，把每块漂亮的布料缝制成美观手提袋的裁缝师傅，是世上最了不起的人。"富枝以慵懒的大阪话说。

"说到式子老师，她最近到底怎么啦，以前总是待在学校拼命工作，现在却……"胜美不满地说着。

富枝马上缓颊说道："我们学校成立还不到两个月，院长大概是四处拜访或与同业打交道，忙得没时间待在学校里吧。"

"即便如此，院长外出的时间未免多得奇怪。伦子，我说的没道理吗？"胜美的语气无不希望伦子跟着附和。

"嗯……虽说这没什么好奇怪的，不过，她在鱼崎的时候，讲课总是非常热心，相较之下，最近她却把编写教材的工作全交给我们……话说回来，学校的规模越大，身为学校的院长也许得四处拓展关系吧。"伦子既褒似贬地说着，发现墙上的挂钟已经指向八点钟，"怎么样，今天的工作告一段落，其他的留待明天再做吧。"

其实，伦子是担心野本敬太在公寓久等，为了不让胜美和富枝察觉，故意漫不经心地说。

在距离公寓两百多米远的地方，伦子开始搜寻着房间的灯光。从边间算起第三个窗户，蓝色窗帘的后面透出亮光。她脑海中浮现出野本敬太来访时的情景：他进到房间里，只打开电灯，既不拉开窗帘也不脱掉上衣，而是仰躺在榻榻米上。他厚实的肩膀直接贴在榻榻米上，像石头般动也不动。也许用体格粗犷来形容他比较贴切。有时伦子甚至质疑起当初为什么看上他这种粗鲁又其貌不扬的男子。

两年前，伦子为了秋季学生作品展要请厂商赞助布料，代表圣和服饰学院到本町的三和纺织公司洽谈。最初出来接待的职员大咧咧地打量着美丽动人的伦子，发现她穿着普通，马上口气冷淡地说："有关洋裁学校学生作品展，我们非常乐意赞助，不过，眼下所有洋裁学校都提出这样的要求，我们实在无法全面提供，请从敝公司现有的布料中挑选吧。"

那名职员表明公司立场，然后带伦子来到布料的陈列架前。当他看到伦子在有限的布料中认真挑选的时候，随即说道："挑选布料要花很多时间，我还有工作要忙，我请其他同事接待你。"

后来，出来接待的就是野本敬太。

野本敬太穿着与纺织公司职员不相称的俗气服装，他沉默寡言，也不擅于应对。不过，看到伦子笨手笨脚地挑选布料，他从不面露难色，始终耐心地帮忙，甚至还帮伦子把挑好的成堆布料送到阪神电车的乘车处。这对刚在圣和服饰学院任职的伦子来说，是多么贴心温暖的举动！伦子第二次去挑选布料时，野本敬太也一如先前地接待。第三次和第四次以及之后，野本敬太的态度依然没变。若说有改变的话，就是伦子挑选完布料邀他一起喝咖啡时，她主动亲切地吐露身边的事情，敬太兴趣盎然地聆听着，听完以后，总是平静地回应："这确实蛮辛苦的，不过趁年轻时，应该多学习才是。"

即使帮忙送成卷的布匹到伦子的住处，敬太还是规规矩矩的。每次来到公寓前把布匹交给伦子后，他便仓促离去。一年前某个下着骤雨的日子，敬太送伦子回家，他像往常那样，拘谨地招呼后正欲返身回去时，伦子突然发怒似的把体格健壮的敬太按在门边，把他推到房内。

如今伦子推开眼前这扇老旧的木门，旋即跟当初一样发出吱吱的声响。她走进房间，敬太果真没脱掉上衣仰躺在榻榻米上。枕边放有外卖用的托盘，托盘上放着鸡肉盖饭的空碗和茶杯。敬太大概早已吃完，碗沿还沾着发干的饭粒。

"对不起，让你久等了……你看到夹在门缝的纸条了吗？"

敬太仰躺着点点头。伦子从敬太浓眉下发出的柔和目光，知道他并没有生气。

"真是烦人啊，打从开学以来，就没一刻轻松过。"伦子边打开在站前商店街买的盒装寿司边抱怨。

"开学以后当然要比平常来得忙碌呀。"敬太依旧仰躺着。

"话是这么说没错，可是我得担负许多责任，比别人更卖力工作。自从上次我说的那个讨厌的八代银四郎当上经理后，整个教职员室的气氛变得很差。我们院长总是心神不定地时常外出，助理和办事员又越来越不听我的指示。"

伦子喋喋不休说着，突然中断下来，接着又说道："不过，我实在想不通，他出身一流的大学，为什么要在洋裁学校当经理呢……"

敬太沉默了一会儿。

"我也想不通呢。"他意兴阑珊地答着，慢慢站起来，"与其谈论别人的事，不如商量我们将来该怎么办。我总不能为了住在这里，三番两次欺骗我母亲，我们得想个解决办法才行，你说对不对？"

自从敬太和伦子发生关系以来，他的口气就变得粗暴起来。伦子顿时沉默了下来。两三个月之前，敬太瞒着母亲，到她这里过夜时，总会讨论结婚的事。不过，伦子是因为跟继母不合，才离家出走，在外面过着快乐的单身生活。而敬太始终跟母亲一起生活，日后也得跟老母亲同住才行。虽然这不构成理由，但伦子两三个月前就不大和敬太商量结婚的事了。

不知是不是因为圣和服饰学院比想象中盖得气派，伦子当上该校的主任教师，还是由于打扮得美丽动人，意识到自己成为众人注目焦点的关系，总而言之，她并不急着与敬太结婚。尽管如此，这并不表示她对敬太已经没有情爱了。

伦子沉默下来，敬太只好改变话题。

"今年夏天，我们公司决定扩大推广亚米呢，我负责营销业务，你帮我想点好主意吧。"每次谈到工作的时候，敬太的表情总是非常认真。

伦子仿佛得救般，心情轻松不少，但她并没有显露出来，反而故做思考状，"哎呀，你们公司要推销亚米呢吗？我记得去年曾推展过，但是光泽欠佳、触感又差，而且不容易缝……"

"所以，今年已经在树脂加工上做了改良，克服去年那些缺点，做出成品来了。这种布料容易清洗，又不需烫熨，可以说非常方便，应该可以卖得不错。而且工厂方面已经买下专利权，试产了一年，若就此放弃实在不合算，于是今年改善质量之后，决定大量生产降低售价。我们公司的采购部门就是看准这个时机，决定大力促销，因此希望洋裁学校举办学生作品展的时候，尽量使用这种布料。"敬太不像平常的沉默寡言，滔滔不绝地讲道。

"可是，就算拿给学生们做校内作品展，终究是充当教材之用，达不到宣传效果，倒不如……"伦子说到这里，有点支支吾吾，"对了，我把你引荐给式子老师，也许可以和她商量看看。"

"若有机会引荐，我当然非常感谢。式子老师曾来过我们公司一两次，可惜我没见过她，后来就由你代为洽谈了。"

"式子老师是千金大小姐，她不喜欢为了校内学生作品展所需的布料抛头露面呢。"

"那就好。我是担心万一她知道我们之间的事……"

"开什么玩笑！我们俩的事别说式子老师不知道，我也瞒着胜美和富枝她们。在全是女人的学校，谈到男人的事情就特别敏感。"

"好啦。以后我到你们学校拜访的时候，会谨慎一点，请你多关照了。"说着，敬太站了起来，重新系好松掉的领带。

"噢，你要回去了？"

"嗯，最近我母亲管得很严……"敬太说着，也不看伦子一眼。

"现在已经很晚了，而且我……"伦子温柔地说着，随即抱住敬太健壮的身躯。这时，敬太柔和的眼神旋即露出饥渴的目光，整个身体压在伦子的身上。

伦子发出娇喘，身上沁着汗水，她在心中自问：每次都是我主动向敬太调情，但谈到结婚却裹足不前，我到底在冀求什么呢？

在激情过后的倦怠中，伦子的脑海中突然浮现出开学典礼那天，大庭式子在彩色玻璃的映照下向来宾致辞时华丽绝伦的身影。

女装设计师

　　早上十点开始的聚会，午餐过后仍无任何进展。堂岛S会馆的会议室里弥漫着浓烈香水味和香烟的氤氲。

　　关西设计师协会会长大原京子坐在正面沙发上，身体微往后靠，双叶洋裁学院的安田兼子和创美服装学园的井上民子神情拘谨地端坐在她两侧。她们两人都是大原京子的弟子，大原京子每说一句话，她们便奉承地点头附和。三十名左右的服装设计师围着她们师徒三人呈U字形端坐着，放眼望去，垂至椅子下的礼服下摆宛如美丽的花海，整个会议室洋溢着女人的奢华与高傲的氛围。

　　这是式子初次见识到这种场面。她在鱼崎开办小规模裁缝教室时，只是教导职员和年轻学员如何剪纸样和裁缝，从来没参加过如此隆重的服装设计师聚会。正因为这样，式子感到格外兴奋。她也知道，伦子她们对她时常外出没有上课，不时投来责备的目光，不过像这种增长见识的聚会，无论如何都要参加。

　　大原京子男人般的嗓音突然高亢起来。

　　"总而言之，现在已经不是任何人都可以随便举办时装发布会的时代了。所以，我希望通过我们关西服装设计师协会——这个由各洋裁学校联盟第一流服装设计师组成的团体，共同举办一场划时代的时装发布会。刚才大家讨论的结果，时装发布会命名为'贴近生活时装发布会'。最近，许多时装发布会的展品大多只适合在舞台上穿戴，但是我们此举的目的在改变这种观念，让它普及到日常生活，换句话说，这场时装发布会的服装是在街上、办公室或家里都可以穿的。身为洋裁学院校长和服装设计师的我们，应该尽力履行自身的职责。"

大原京子始终用命令般的高亢语气发言，没有人敢发出异议，自始至终无不拘谨地聆听着。她继续说道："为及早推动时装发布会的各项准备，我们决定推选筹备委员会。各位都知道，筹备委员的任务在于和厂商接洽、决定作品发表的顺序、挑选模特与分配布料。发布会的规模越大，筹备委员的权限和责任就越大。慎重起见，我们决定采用两名连记制来投票，依得票顺序选出四名筹备委员。"

空白选票分发到每人的手上时，会议室里蓦然笼罩着紧张而凝重的气氛。

式子握着铅笔，沉吟了片刻。坐在式子前面的女服装设计师个个垂下白皙的脖颈，像女学生般认真地握着铅笔，在空白选票上写着。

式子一个月前才刚成为洋裁学校联盟会员，想来想去，不知道要选谁。每个人都必须写两个名字，式子打算填写上次在圣和服饰学院开学典礼时致辞的大原泰造的妻子：大原京子，另外一名则想不出适当人选。当她抬起头来，环视周遭的时候，凑巧与坐在中央的安田兼子目光相遇。她怕自己的心思被看穿似的，连忙别过脸去，但安田兼子锐利的目光始终盯着她不放。尽管如此，她还是不可能把票投给安田兼子！她若无其事地摇动着笔杆，但空白纸上什么也没写，最后她把白纸折成四折，决定投弃权票。

选票收集后便当场开票。投票者共有三十个人，三名监票人在中央的桌旁，其中一人高声唱票，另外两名则负责在贴在墙上的大纸上画得票数。投票结果，大原京子获得压倒性的胜利，其余的四五人仅得到少许票数。每唱完一张票，会议室里便传出异样的兴奋情绪。安田兼子的手肘轻放在沙发的扶手上，佯装若无其事，但每次唱出她的名字时，她总是神色紧张。

式子起初对这场选举有些不以为然，并在心中冷笑，但看到大家如此兴奋，不知不觉间也被这热烈的气氛感染了。

唱票结束后，选票很快就统计出来了。以得票数顺序分别选出大原京子、井上民子、吉冈惠子和安田兼子。当选的四人低声交谈了一下，只见大原京子站了起来。

"承蒙大家的支持，我以最高票获选为筹备委员。我本来应该担任筹委会主委的，只是我除了要忙学校的工作之外，还得照顾联盟的相关事务，因此在这里我想请最理解我的难处、与我有师承关系的双叶洋裁学院安田兼子代我担任筹委会主委。"

大原京子这样宣示着，安田兼子立刻站起来："经四位获选委员的决议，我将代替京子老师作为这次筹委会的主委。事不宜迟，我们先决定各服装设计师与合作厂商的组别，如果已跟某家厂商有合作关系的人不必举手，未找到厂商的请举手，协会将给予协助……"

式子脑中掠过三和纺织公司，可是她和该公司关系不深，仅止于举办校内学生作品展览会时请求赞助布料而已，于是很自然地举起手来。就在这时候，式子吃了一惊。除了她之外没有人举手，顿时她脸色羞红，但又想，既然已经举手就不能就此缩回去。有几个人故意脸色一正，盯着尴尬地举着右手的她。

"哎呀，只有大庭式子小姐一个人……没有别人了呀。"安田兼子故做夸张地嚷着，只见式子垂下眼睛，放下了手。

"说得也是。大庭小姐初次参与聚会，我来为大家介绍一下。现在唯一举手的，是最近在敝校附近创办圣和服饰学院的大庭式子小姐。她们的校舍正面上头嵌着太阳形状的徽章，人家可是有徽章的学校喔……"安田兼子故意反复强调"有徽章"这句话。

这时，室内传来低低的窃笑声。大原京子眯着细眼直盯着式子："噢，原来那是你的徽章啊！我先生参加贵校的开学典礼回来以后，一直对那扇彩色玻璃称赞不已呢。"大原京子跟肥胖的丈夫截然相反，身材瘦削，给人冰冷的感觉。

"不，那不是我的徽章，而是像校徽般象征着洋裁学校将来能设计出美丽的服装，所以……"

式子刚要补充说明的时候，安田兼子盛气凌人地插嘴道："大庭小姐不同于我们，她出身船场，所以对家徽、徽章之类的东西总是特别讲究。哎呀，我说到哪里去了。大庭小姐，你那里有没有合作过的纺织工厂呢？"

安田兼子盯着式子，接着略带斥责地说道："举办这么大型的时装发布会时，承办的设计师就得找点门路，让厂商提供布料或出点赞助费。总之，设计师平常就受厂商的委托或兼任顾问，要不就是双方平常即有来往或合作关系，因此举办时装发布会时才能得到赞助。我们这个协会的成员都是一流之选，在加入协会之前即与厂商有某种合作关系，所以今天我才苦口婆心地提供这些信息，可是大庭小姐你却……"

"你若事先告知我的话，我也会有备而来的……"式子答道，但她发觉自己的声音微微颤抖着。

前天式子去电安田兼子，询问此次聚会的内容时，就是她随便敷衍地对式子说没什么要紧的事。

"你现在这样说，我也没什么办法。对了，各位若有认识两家厂商以上的人，就好心地'分一家'给大庭小姐吧。"

安田兼子说得尖酸刻薄，热闹的场面顿时沉寂下来。这时式子前头四五排的座位上，突然有个身穿红色礼服的女子站了起来。

"我们没必要在这里啰哩啰嗦谈什么找厂商的事，重点是，只要有会员愿意把认识的厂商介绍给大庭小姐就好了嘛。"

由于女子背对着式子，看不出她是谁，只见她留着波浪状的乌黑长发，站着说话的时候，嘴上还叼根烟。

蓦然，众人惊愕的目光全射向了她，不过她还是不为所动。坐在中央的安田兼子气势仿佛被她压倒似的，显得有点慌张。

"哎呀，我以为是谁呢，原来是伊东歌子小姐啊！你劈头就这样为同行拔刀相助，真是教人吃惊呐。你说要分一家认识的厂商给大庭小姐，那是什么样的厂商？"

"就算不是厂商，大贸易公司也可以嘛。待会儿我跟大庭小姐商量一下，再告诉你。"

"你真是古道热肠呀，身为筹委会主委，我在此代替大庭小姐向你致谢！"安田兼子堆起笑容说。

"我才不稀罕你的感谢。"伊东歌子不客气地回嘴道。她嘴上依旧叼着香烟，态度蛮横地坐了下来。

霎时，会场气氛一片凝重，面带愠色的安田兼子正要说什么时，坐在左侧的井上民子以眼神制止了她，然后转向坐在正中央的大原京子求助。大原京子仿佛觉得自己的威严受到侵犯，因而板着脸孔。

这时，安田兼子连忙强作欢笑地说："好了，既然会员跟赞助厂商的问题已经解决了，接下来，我们来讨论各自参展的件数、模特的分配以及表演形式吧……"

式子激动的情绪尚未平复下来。刚才，安田兼子突如其来的恶毒侮辱和伊东歌子的仗义执言，还在她心中回荡不已。安田兼子主持会议的高亢声音不断传进耳里，但是式子不知道她在讲些什么。她好不容易才压抑住紊乱的情绪。这对从小不曾受过冷言欺凌，即使对因战火父母双亡、靠着仅存的财产在五十几岁阅历甚深的女佣喜代的守护下过着平稳生活、顺应时代潮流开办裁缝学校、顺利扩展校舍的式子而言，在众人面前受辱和有人挺身解危安慰，都是头一遭的经验，宛如身上遭人泼漆般地羞辱与气愤。

这时，两侧椅子发出凌乱的移动声，大家纷纷站起来。坐在正面喋喋不休的安田兼子也离开桌旁，这次的聚会结束了。式子见状连忙起身，比安田兼子早一步走出会议室，也不搭电梯，顺着楼梯走到楼下。她原本想在楼下等候伊东歌子，但又不想与从电梯里出来的服装设计师碰面，决定明天再去拜访伊东歌子，直接朝北侧的出口走去。

往大阪车站的人行道上，挤满刚下班行色匆匆的路人。式子无精打采地走在人潮中。当她来到樱桥附近的时候，突然有人伸手往她的肩膀一搭，她回头一看，原来是穿着红色礼服的伊东歌子。

"刚才谢谢你……我本想明天到贵校拜会，所以就没等你了……"

"这点小事，不必挂在心上啦……"

伊东歌子搭着式子的肩膀，边走边扬声说道："她们全是唯大原京子马首是瞻的投机分子，平常就爱搞派系。像我们这种不走大原式洋裁的新人出道，她们当然要借机给个下马威。而且像你这样才三十出头又出身名门、没吃过苦头的千金小姐，她们更是恨得牙痒痒。她们像是刺猬，好不容易爬到这样的地位，却出现像你这样不知天高地厚的新人，当然恨不得刺得你满身是伤。所以你也不必胆怯，拿出船场名门的气势来，尽力发挥你那太阳徽章的威力，让人刮目相看！我是想告诉你这些，才追上来的。"

接着，伊东歌子继续说道："对了，关于厂商的事，三和纺织公司你觉得怎样？"

"喔，三和啊！"式子惊讶地说。

"原来你们合作过了？"

"不，举办校内学生作品展的时候，我们仅请三和赞助过，倒没什么更深的来往……"

"你太客套了，只要有点头之交，就得攀住关系不可。今天在会场的那些人，每个人都是这样。若没这股厚脸皮的蛮劲，就别想当服装设计师。好了，三和纺织公司那边，就由你自行联络了。我要跟男朋友约会，先告辞了。"

伊东歌子说着转身离去了。披着乌黑长发的伊东歌子，比想象中老气，那美丽的眼角已布满四十几岁女人应有的皱纹。

式子伫足良久，目送着那袭红色礼服消失在人潮里，才朝大阪车站迈步走去。黄昏时分的车站前广场充斥着人潮和车流的喧闹声，式子找不到一家可以安静歇息的咖啡厅。于是她又停下脚步，就在举目四顾的时候，她发现从阪急方向而来的人群中的银四郎。她往那方向走，银四郎似乎也发现来者是式子，便疾步穿过人群朝她这边走来。

"发生什么事了，怎么无精打采的？"银四郎严肃地盯着式子问道。

式子压抑住满腔的委屈，若无其事地答说："没有啦，因为刚才参加服装设计师协会的聚会，有点疲累。"

"这样子啊。时间很晚了，我正想顺便去S会馆接你呢。我有一个学生时代的朋友，在这附近的报社上班。最近，我们又要举办时装发布会，我想介绍你们认识一下。"

"可是，我现在实在太累了。"式子沉重地摇摇头。

"好吧，那么我们找个地方吃个饭吧。"

银四郎的慰藉温暖了式子的心。式子默默地点点头，与银四郎并肩走去。他们来到气氛安静、餐馆林立的堂岛中町时，式子蓦然说道："我看还是到你朋友那里好了。"

式子为什么突然这样说，连她自己也说不清楚。不过，银四郎并不介意。

"嗯，我们过去看看吧。说不定他还在报社呢。"

说着，银四郎率先迈步走去。式子突然惊觉，在极度疲累之时，应该尽量避免和银四郎独处。不知银四郎是否已察觉到这点，或是故做不知情，只见他漫不经心地走进报社大门。

他们在传达室稍等片刻后，隔开传达室与室内的厚门开了，一个身材高大的青年走了出来，熟稔地说："噢，是银四郎啊……"

他没有抹发油，随性地把头发往上拨，细长的脸庞显得有些神经质。

"好久不见了。突然想到你，不知你近况如何，于是就过来了。怎么样，有没有时间喝杯咖啡？"

"今晚还要讨论版面的安排，不过还有一个小时……"他边说着，朝式子瞥了一眼。

银四郎立刻转身为双方介绍："这位就是我刚才跟你提的曾根英生。这位是圣和服饰学院的大庭式子小姐，也就是我现在任职的学校的院长。"

曾根英生像学生般，神情拘谨地向式子默默地点头致意。

"这附近有家很棒的咖啡厅……"他嘟囔似的说着，径自往前走去。

这家位于堂岛川畔的咖啡厅，里面客人不多，也没有嘈杂的收音机声，十分静谧。银四郎和式子并肩坐了下来。

"刚才，我在传达室说要找社会组的曾根先生，警卫却说你调到文化组了，这到底是怎么回事？"

"没什么啦……"曾根有点支吾其词，"我根本不适合待在社会组。只要漏掉头条新闻，就得像小偷般在检察官家附近守个三天三夜。为了探听职业棒球选手转到其他队伍的消息，我甚至得守在小学校园里跟踪选手的七岁小孩呢。一想到这在漫长的人生中到底有什么意义和价值，便一天也待不下去了。说得夸张点，跑社会新闻的记者，只要够勤快、不怕辛苦，将事件发生的日期、地点和经过，详实报道就行了，绝不可以掺杂个人的主观想法或批判。换句话说，得彻头彻尾扮演外勤记者的角色。我实在无法胜任这种工作，所以就硬是请上司把我调到文化组了。"

"你的个性也许适合待在文化组，可是跑社会新闻在报社内比较有升迁的机会吧。"

"话是这么说没错……"曾根说到这里便没往下说。

银四郎为了转换这沉闷的话题，连忙以欢快的声调说："你调到文化组工作，对我刚好有利呢。其实，这次我们大庭院长加入的关西服装设计师协会要举办时装发布会，我希望你能帮忙写篇特稿，大肆宣传一下，所以就顺便来找你了。"

"时装发布会……"曾根英生结巴地反问道。

银四郎看到曾根对此议题似乎不感兴趣，便滔滔不绝地说了起来。

"你大概会说时装发布会已经不是什么大新闻了吧。不过，这次可是由洋裁学校联盟召集加盟校三十名出色的服装设计师共同举办的，跟以往那些个人时装展不同。这次是竞技似的联展，而且主题又很有创意。"银四郎不由分说地补充道，然后看着式子，试图催引式子回答似的问："今天的聚会，已经决定出新主题了吧？"

"是啊，这次的主题叫做'贴近生活时装发布会'。舞台上将展出包括便服、工作服、围裙等各式服装。"

"围裙？好像蛮有趣的嘛！"曾根微笑地说。

"是啊，我们也觉得蛮有意思的。"

"那么，以前为什么不举办围裙展览会？"

"之前的时装发布会都显得呆板乏味。那是因为如果主办单位创意不足，那么无论是设计师或观众便只会要求展出那些脱离日常生活、讲究豪华的鸡尾酒礼服或晚礼服之类的服装。而且若每家洋裁学校都跟进，其他单独推出工作服和围裙展览会的学校肯定会被瞧不起，甚至连设计师的能力都会遭到质疑，所以只好顺应……"

"你刚才提到服装设计师的概念，但日本对服装设计师的定义不会太过含糊吗？在我看来，大型洋裁学校的校长即服装设计师，本身就很奇怪。所谓的服装设计师，应该是指有自主能力、随时能完成崭新服饰造型和创造新样式的人吧？巴黎的服装设计师都非常清楚自身的立场与才华，所以即使没有拥有大型洋裁学校和众多弟子，只要全力投入服装设计，照样会被视为出色的服装设计师，受到礼遇。从这点来看，日本的服装设计师，是不是有点奇怪？"曾根平静而认真地说。

"嗯，我也这样认为。但是在现今的日本服饰界有个奇怪的刻板观念，也就是纵使个人再有才能，若不是洋裁学校的校长或高级洋裁店的经营者，就无法得到服装设计师的礼遇。而服装设计师对这样的偏见，好像也没提出质疑或反省。"

"那你是怎么想呢？"曾根略带严肃地问。

"我，我嘛……"

当式子寻思如何回答，支吾其词的时候，银四郎旋即打断曾根的问话，代为回答："我们式子院长当然是一个单纯的服装设计师，洋裁学校只是附带而已。"

银四郎突然的插话让曾根感到困扰，但银四郎马上露出洁白的牙齿说道："哎呀，你不要对初次见面的小姐高谈阔论，这样会吓着人家的，虽然我以前就知道你有臭书生的习性。对了，我们那群死党最近还好吧？"

"嗯，不久前我们在京都开了个小型同学会，大家混得还不错，只有你、松本和吉田没来，大家都在谈论你呢。"

"噢，谈到我……"

银四郎露出不太想往下听的表情，但曾根神情认真地说："大家都很为你担心。你好不容易进到大同商事这么顶尖的贸易公司上班，但待了不到两年就不干了。我们知道八代商店是西服布料的批发商，原以为你辞掉工作是为了回去帮忙家业，想不到你却到洋裁学校……"曾根说到这里，停顿了一下，略为顾忌地看了式子一眼，继续说道："听说你在洋裁学校当老师或经理什么的，大家都很惊讶呢。你家里的人都没说话吗？"

"我家吗？他们没说什么。突然辞掉大同商事的工作，的确被我父亲骂了一顿，但一个月后，他知道光是中介进口布料就赚得到比大同商事多五六倍的薪水，他就不讲话了。话说回来，我在家中排行老四，若待在家里帮忙，我那爱计较的哥哥和嫂子总会不高兴。后来，我因为介绍进口女用布料进出圣和服饰学院，之后就偶尔教授她们法语，也帮忙学校的各项业务。"

"即便你看不上公司职员的微薄薪水，可是你之前学的是法文，真的甘心做中介进口布料和洋裁学校的经理吗？你是我们班上的高材生，当初老师也想留下你来任教，白石教授知道你的情形后，听说非常担心。"

"白石教授？"银四郎露出为难的神色，但立刻说道，"与其说是担心，不如说是生气吧。当初是我拜托他代为介绍工作的，第二年却辞职不干了。不过，当上班族……"说到这里，银四郎转身对着式子致歉，"净谈些私人事情，真不好意思。"

"曾根，刚才提到的时装发布会就拜托你了，下次我们还会来找你的。"银四郎这样叮嘱着，催促式子似的先站起身来。

两人走到外面时，堂岛川畔的街道已笼罩在暮色中，只有少数几栋大楼的窗户透出灯光，投映在黯淡的街道上。

式子和银四郎并肩走着，她感到非常疲累，甚至连说话都觉得吃力。

"我们找个地方吃晚餐吧？"银四郎体恤地说着，式子却摇头。她不但没有食欲，甚至觉得吃下饭反而会想吐。

"刚才你看起来就很不舒服，是不是今天的聚会发生了什么不愉快的事？"

式子没有答话，只是默默地点着头。

"是吗？今天中午，我因为不大了解洋裁学校联盟的事务，打了电话给大原泰造。他说今天有几十个女人聚会，要讨论什么时装发布会，谈到重要事情的时候，老前辈突然大发雷霆教训起后辈来了。他说得漫不经心，还哈哈大笑，可我觉得不放心，便赶来接你了。"

"是吗？果真……"式子差点流出泪水，但为了不让银四郎发现，便若无其事地眨着眼睛，"有关找厂商赞助的事情，我被安田兼子当场奚落了一顿。女服装设计师的世界太复杂了，都怪我以前的想法太天真、太单纯了。"

式子暗自庆幸路上夜色黯淡，银四郎看不到她的泪眼。她断断续续说着白天发生的事，就是没有提起三和纺织公司。

银四郎听毕，沉吟了一下，"噢，原来女人的世界充满这么多勾心斗角。像大原京子这样，有大原泰造这个能干的丈夫在背后撑腰，难怪气焰嚣张、得理不饶人。说得明白点，像安田兼子这种女人，好不容易爬到今天这个地位，借机狐假虎威也没什么好奇怪的。刚开始创业难免辛苦点，但以后她们就不敢对你口出恶言了。"

银四郎停下脚步点了根香烟，略带揶揄地说："哎，想来也真令人感慨。洋裁学校里成天都是女人进进出出的，从校长、职员、助理到办事员都是女人，虽然偶尔出现个男经理。女人在这种环境之下，基于虚荣和忌妒心作祟，经常争得你死我活，好不容易闯出名气，或设计出新颖的时装时，才惊觉耽误了自己的终身大事。这是多么悲哀和令人不忍的事啊。"

银四郎在黑暗中吐着白色烟雾，随后把烟蒂扔到一旁。

式子觉得银四郎这番话显然在暗讽她，顿时有种被胡乱搜身的不快，"你这话是在指我吗？"

"当然不是。我只是想不通，像你这样生活不虞匮乏，出身名门又年轻的女性，为什么还不结婚？"银四郎口气认真地说。

式子暂时沉默了。穿过高楼林立、像深谷般黑暗的街道后，倏然开口说道："我父母亲在战争中去世后，我把久太郎町的宅地转让给舅公和其他亲戚。战争结束以后，他们生活忙碌，没时间关心我的婚事。而我本来就喜欢裁缝，也教起了裁缝，在女佣喜代的陪伴之下生活得很愉快，也没特别想起结婚的事，就这样生活到现在。"

说完，式子又默然地往前走着。银四郎也不说话了。

来到堂岛上街时，微弱的街灯将银四郎高大的身影投映在O大楼的墙上，式子的身影叠映在上面。两道男女的暗影没有发出声响，只是慢悠悠地晃动着，像一幅奇妙的剪影。

这时，式子突然想起伊东歌子，她穿着红色礼服、披着乌黑长发、脸上挂着四十岁的人具有的鱼尾纹。"情人"这个字眼和式子是多么不搭调，但是对伊东歌子而言却是真实的存在。在这种想象的驱使之下，式子突然产生想倚靠在银四郎怀里的冲动。

"银四郎！"

两道暗影停了下来，比式子小五岁的银四郎看向式子。

"麻烦你叫辆车……"

"咦？你要坐车？"银四郎问道。

"是啊，我累了，想坐车直接回鱼崎去。"

暗夜中，银四郎那无框眼镜后的眼睛发出冷锐的目光。他立刻朝周遭看了一下，拦下一辆由南驶来的出租车。

出租车停下后，银四郎打开车门，扶着式子上车。

"你不必送我，已经很晚了。你住在末吉桥那边，和鱼崎是完全不同的方向。"

"没关系啦。先送你回去，我再回家。"

银四郎这样说，但先坐一小时的车子送式子回郊外的住处，再返回市区会很晚。

"谢谢你的好意，我自己回去就好了……"

"好吧，那我就在此告辞了。"银四郎正要关上车门的时候，突然又停住了，"今天聚会的事情，你就别挂在心上了。"他关怀地说道。

"银四郎……"

"什么事？"

"晚安。"

式子朝银四郎伸出右手，银四郎也伸出右手紧紧地握住她的细手。那是一只强而有力的男人的手。式子发现出租车司机透过后视镜看着他们。

"晚安。"说完，银四郎的手才轻柔地关上车门。

初 夏

　　伦子比往常更早出门上班了。野本敬太没有留宿的时候，隔天早晨，伦子便在难以言喻的愉悦中醒来。简单吃完一个人的早餐后，她走出公寓，比上班时间提早四十分钟抵达学校。

　　一个高中刚毕业的办事员已在教职员室擦拭老师们的桌子了。她看到伦子进来，圆脸马上露出充满朝气的笑容打招呼。"你总是那么早来，工作好勤快哦。"伦子说完，她把刚擦洗过的烟灰缸递到伦子面前。

　　伦子从大提包里拿出教材，放在桌上，然后点上一根烟。在其他同事尚未到来的二三十分钟里，是她独自享受吸烟乐趣的时间。她深深吸了一口以后，慢慢地吐着白色的烟圈，等这白色烟圈消散后，又再次缓缓地吐着烟圈。

　　这时，那缕缕白烟的尽头，出现了式子的身影。原来式子正从教职员室门口的玻璃门那边缓缓走来，与伦子对角相望。式子身子微倾，走得很急，突然推开玻璃门。

　　"噢，伦子，你来得真早啊。"式子吃惊似的说着，接着说道，"我刚好有事找你，所以我也这么早就来了。你来一下。"

　　式子没有坐下来，直接打开通往会客室的玻璃门。她在沙发落座后，问道："伦子，你在三和纺织公司里有没有熟识的朋友？"

这突如其来的问话使得伦子愣了一下，因为式子应该不知道她和野本之间的关系。

"倒没有什么特别熟识的朋友……上次我只是为了校内学生作品展的事情，代表式子老师您到那儿请求提供赞助布料而已。"伦子若无其事地说。

"事实上，昨天举行了时装发布会的筹备会，会中做出决议，每个服装设计师都得找厂商赞助。问题是，我们学校在这方面并没有特殊关系，所以想请三和纺织公司帮忙。除了三和之外，我们跟其他公司也没往来……"

"那么，老师您刚才问我有没有熟识的朋友，意思是希望找人提供赞助吗？"伦子谨慎地问道。

"是啊，因为这次时装发布会规模很大，每家厂商必须提供三件展品的布料和十万日元的赞助费。"

"三件展品的布料和十万日元……"伦子兀自嘟囔着。她想起前不久野本为了大力促销三和纺织公司的亚米呢，还希望请她代为引荐式子院长，这时她却故意不提起这件事。

"不好意思，你现在就去三和纺织公司接洽好吗？"

式子近乎央求而无助地看着伦子。伦子夸张地垂下眼帘，故意露出为难的神色，以希望别人感恩而又迂回的口气说："为了式子老师，我不在乎别人如何议论，就厚着脸皮去吧。"

野本敬太没喝一口桌上的咖啡，只是安静地听着伦子说话。伦子话毕，他粗眉下柔和的眼睛随即露出亲切的微笑。

"这对我们公司而言是好消息。我们正计划在今年夏天大力促销亚米呢布料呢，当然，提供三件展品的布料和十万日元赞助费是不成问题的。你大清早叫我来咖啡厅，我还以为是发生什么大事，吓了一跳，原来是这件好消息。你马上就回复你们院长吧。"

"不行！这样答应得太干脆了……"

"什么？"野本说得很大声，幸亏早上咖啡厅里没什么客人。

"我是说，在这时候，我要让式子老师心存感激，否则就太笨了。要让她知道若没我们的交情，你们公司根本不可能提供赞助。"

"不，这是两回事，我并不是……"

野本吃惊似的要往下说时，伦子立刻激动地打断他的话："哎呀，你听我说嘛！自从那个八代银四郎来了以后，什么事情都要管，式子老师也被他弄得团团转，最近还对我颐指气使起来了呢！所以在这时候，我必须先扫除掉眼前的障碍，否则以后我就无立足之地了。难道你能忍受那个讨厌的男人指使我吗？"

野本沉默下来，伦子更不容分辩地说："本来就是这样嘛。所以，你要照我说的那样，让大家知道和三和纺织公司交涉并不容易。今天离开学校的时候，我故作为难状才出门。明天，我会跟式子老师来挑选布料，到时候我们要口径一致喔。知道了吧……"说完，伦子向野本抛了个媚眼。

"如果这样做对你有帮助的话，倒没什么关系……"野本含笑地支吾以对，朝手表瞥了一眼。

"噢，你赶时间吗？"

"嗯，我刚到公司签到上班，不能离开太久，而且营销部门非常忙碌。"

"那有什么关系，我们现在不也是在谈生意吗？"

"话是这么说没错，但事情已经谈妥，再待下去总觉得心里不安。"

"你也太憨厚了吧。这次，我是想跟你谈完正事后至少可以共进午餐，出来的时候心里多么高兴啊。你怎么样都不能破例一下吗？"

"总之，男人工作的场所，可不像你们洋裁学校那么轻松。"

"那么，今天晚上呢？"

"今天晚上有个同事要调往东京，我得参加他的欢送会，明天晚上吧。"

"那我独自去看电影好了，消磨个两三个小时再回去。"伦子略显不满地说着，便起身往外走去。

过了中午，伦子还没有回来，式子已等得不耐烦了。她很想说"伦子至少该打个电话回来报告洽谈的进展"，但看到银四郎在场，她又说不出口。昨夜，她把安田兼子在筹备会上出言奚落的事告诉了银四郎。不过，她并没有告诉他早上拜托伦子到三和纺织洽谈提供赞助的事。她不想让协助校务经营的银四郎知道自己是个没有能力和厂商、贸易公司打交道的服装设计师。

银四郎仔细核查着学生出席簿和学费缴纳单，不时抬头看着式子。伦子外出以后，她并没有代为补课，而且是请胜美代课，自己则忐忑不安地坐在那里。银四郎露出诧异的眼神，但她佯装没看见，等候伦子回来。

下午第二节课上到一半的时候，伦子匆忙地推开教职员室的门。式子弹簧似的跳了起来，指着由玻璃门隔开的会客室："伦子，到这边来……"

伦子发现银四郎在旁边，完全无视式子的惊慌之色，直接走到院长的座位前。

"院长，对不起！弄到这么晚才回来，您一定很担心吧。"

在所有老师都去上课而空荡清静的教职员室里，伦子的声音显得更加响亮。虽说式子意识到银四郎在场，但现在也无可奈何，只好责备道："怎么回事呢？太晚了吧！"

伦子借此机会解释起来："是啊，我猜想院长可能会为此大发脾气，不过事情就是进行得不顺利呀。"

"这么说，事情没谈成啰？"式子不由得焦急万分。

"其实，我们突然找上三和纺织公司，对方感到非常唐突，加上以往交情不深，坦白说他们还在考量当中。幸好，有位野本先生居中协调，上次我们校内学生作品展时他也帮了很大的忙。他久仰院长大名，但您可能和他不熟。他请我在会客室等候，然后跟公司多方谈判，最后他们公司终于同意提供协助。院长，我实在太高兴了……"

"这样子啊，辛苦你了。真是太好了！"说着，式子朝银四郎瞥了一眼。银四郎叼着香烟，似听非听的样子，面无表情地看着桌面。

"院长，明天上午拜会野本的时候，顺便挑选布料吧。"

"嗯，你也一起去……"

式子语毕，银四郎旋即说道："我也跟你们一起去。"说着，银四郎站起来，朝她们二人走去。

"噢，为什么连挑选布料这种小事你也要跟去呢？有我陪伴就够了嘛。"伦子拒绝似的说道。

"不，我觉得这件事谈得太顺利可能有诈，我有点不放心。"

"噢，哪个地方太顺利，让你不放心了？"

"不，我是出于一片好意，若是让你觉得不舒服，还请多多见谅。"

银四郎没理会伦子的挑衅，转身看着式子。

"总之，让我一起去吧。"他说得客气，目光却不容拒绝。

一种不融洽的沉默，使得三人之间有了距离。式子坐在中间，一旁坐的是伦子，昨天她代替自己去三和纺织公司洽商了半天，式子必须重视她的感受，另一边坐的是银四郎，他不知出于什么样的担心，无论如何就是要同行，式子夹在两人中间，心里很不自在。车子离开学校后，在阪神国道上行驶了三十分钟，三人依旧不发一语。

车子停在本町三和纺织公司前，伦子没等司机开门便先自行开门下了车，熟门熟路似的来到大门旁的传达室告知来意。接待的女服务人员事前似乎已被告知，立刻带着三人来到二楼的会客室。不过等了十分钟，野本敬太还没现身。

"昨天明明说好的，太没礼貌了！"伦子气得高跟鞋的鞋尖蹬得直响。

"可能上午要开会吧。而且这次是我们硬拜托他们的，再等一下吧。"式子安慰着伦子。

忍耐等了二十分钟后，"到底是怎么回事，我去问问看。"伦子没听式子劝阻，径自走出会客室。

银四郎从方才便一直叼着香烟，面无表情地看着她们俩对话。没多久，伦子疾步走了回来，这次好像是得知确切情况，她欢声说道："果真如院长您所说的，他们正在开会，叫我们再等一下。昨天我也是这样被晾在这里坐冷板凳呢。"

然而，又过了三十分钟，还是没有任何人出现。狭窄的会客室里弥漫着银四郎和式子吐出的白色烟雾。

"到底是怎么回事？我们已经来了一个小时了，还不见他出来招呼。"式子终于按捺不住地抱怨。伦子二话不说，弹簧似的跳了起来，正要推门而去时，门从外侧拉开，野本走了进来。

"哎呀，野本先生，我们等得快不耐烦了，现在正想去找你呢。你为什么要让我们式子老师苦等呢？昨天我不是已经跟你谈妥了吗？"伦子口气严厉地说。

"哎呀，你讲话不要那么凶嘛！"式子见状，连忙责备伦子，然后转向野本敬太，"我叫大庭式子，这次冒昧向贵公司请求协助，这么快就得到允诺……"

式子正要往下说，野本敬太突然把双手按在桌上，低头说道："非常对不起！"

"咦？"

"实在非常抱歉！昨天，津川伦子小姐代您前来洽谈时，敝公司的确答应尽力赞助贵校，可是今天早上，我才知道公司事前已答应跟另外一间更知名的洋裁学校合作，闹得不可开交。当然，这都要怪罪我们的营销部门联络上出了问题，所以刚刚才开会讨论如何妥善处理这件意外。这次造成老师您的困扰，我不知道该如何向您赔罪……"

野本歉疚地垂下头来。会客室的气氛顿时沉闷不已。突然，伦子一把抓住野本垂下来的领带，香唇微颤地说："你以为道歉就可以了事吗？事情哪有这么简单！"

被伦子抓住领带的野本突然抬起头来，浓眉下射出愤怒的目光。

"你生气了？该发怒的人是我！昨天我代替式子老师前来跟你洽谈，是你当面同意，我才回去传达的。现在你们却不认账，教我怎么跟老师交代呢？难不成你们三和纺织公司的职员向来习惯昨是今非，说话不算话，像个路边摊的生意人……亏你还说得出口呢！"

伦子抓着领带的手颤抖得厉害。野本被伦子扯得左右摇晃，正要用右手扶正领带时，突然拨开伦子的手。

"请你冷静一下！类似这种差错，也是我进公司以来头一次碰到呀……坦白说，为什么会出现这样的差池，我也是莫名其妙，对不起！"野本低声说着，又低下了头。

"莫名其妙？我们才莫名其妙呢！"伦子反驳地说道。

式子感觉得出野本的眼睛充满血丝："伦子，你说话太粗暴了。不要这么冲动，冷静一点嘛。"

式子站在怒气冲冲的伦子和表情沉痛的野本间，不知该如何缓颊。

"你们俩在演戏吧？"银四郎突然打破沉默。他把叼在嘴上的烟扔进烟灰缸，朝向伦子和野本说道。

"什么？演戏？"伦子反问道。

"没错，我是来听听你们俩是不是在演戏！"银四郎操着柔和的大阪话，但音调冷酷而严厉，使得会客室突然变得冰冷起来。

"依我看来，你们俩早就说好了。事实上，要三和赞助不成问题，但你们却要式子老师感恩戴德，才要提供协助。"

"……我们，不，我会做那种事吗？请你不要胡说！"

"我胡说？不要说得那么难听嘛。"银四郎礼貌地说着，脸上堆起丝丝冷笑，接着说道，"从昨天起，我看到你说话时一副讨人情的态度，就觉得你们俩是在唱双簧。"

"太过分了！简直是血口喷人嘛！"伦子捂住自己的脸庞，连会客室外都可以听到她尖厉的声音。

野本健壮的背脊抵住门口，面对银四郎，目光温和却不失严肃地说："我是营销部的野本，在未向你问候之前，即发生这样尴尬的局面，我不知道该说什么好。可是你说我跟津川小姐是在唱双簧，实在是天大的误会！"

"恕我来不及自我介绍，敝姓八代，负责学校的事务，来，请坐，我们坐下来慢慢谈。"银四郎突然改变态度，口气温和地说。

也许是被银四郎的气势给压倒，刚才剑拔弩张的伦子，也倏然压低了声音。野本得救似的舒展一下肩膀，在门前的椅子上坐了下来。

"假如不是唱双簧，为什么事情会有这么大的转变呢？"

"事情是这样的，昨天，津川小姐来我们公司的时候，恰巧我们正想大力促销亚米呢布料，津川小姐再三希望我们能提供赞助，我也的确做了承诺。不过，在我之前，我的同事中谷已答应其他学校的请托，比我更早得到营业部长的首肯，虽说还没办理正式手续，但我不知道这个情况，就贸然答应你们了。"

"在大公司里，这也是常有的事。"银四郎姑且接受野本的说辞，"如果对方尚未办妥手续的话，可否把它转到我们学校呢？野本先生，请多加关照啊！"

野本有点畏缩地看着银四郎，然后带着歉意说："这件事我可能无能为力。纵使对方尚未办妥手续，只要我们部长同意，实质上便等同于决定了，其他只是形式而已。恕我直言，如果对方是普通学校，还不成问题，偏偏对方又是名校……你也知道，对厂商和贸易公司来说，同样赞助每家学校十万元，赞助著名的学校比较划算，广告效益也大……"

蓦然，伦子抬起头来，想说些什么，式子连忙用手肘制止她："野本先生，请问对方是哪所学校？"

"是本町四丁目的创美服装学园。"

这是一所属于大原派系的洋裁学校，由井上民子经营，在S会馆召开时装发布会筹备会的时候，她就坐在大原京子的左侧。

"这样我们就更没机会了。"式子的语尾微微颤抖着。

这时候，式子又想起开筹备会时被奚落的情景。事情演变至此，她后悔当初就应该求助伊东歌子，可是现在为时已晚。她担心，最后说不定还落得无法推出展品的窘况。她极力压抑着慌乱的情绪，默默地低下头。

短暂而郁闷的沉默过后，银四郎又点了根香烟，陡然语声亲切地说："以公司的立场而言，赞助有宣传效果的名校是理所当然的。如果要我花同样的广告费，当然会选择发行量大、又有名的报纸和杂志。可是，野本先生，倘若我们大庭院长这边比井上民子女士更有宣传效果的话，贵公司将做何选择？现在把它转给我们可能有困难，如果赞助每家学校为十万元的话，可否请贵社多增加一所，赞助我们呢？"

野本被这突如其来的问题弄得不知所措："这个倒是可以考虑，不过以我的立场，现在无法立刻做出回复……"

"说得也是，不过还是请你们慎重考虑，明天我们再上门叨扰。"说着，银四郎站起来，催促着式子和伦子。

他们走出三和纺织公司，银四郎立刻招了辆出租车，也不说去处便坐上了车。车子从堺筋稍往北驶去，司机询问去处时，银四郎口气不悦地说："到阪神，阪神线的乘车处。"

一路上，银四郎不跟式子和伦子说话，来到阪神车站前时，才以惯常流畅的大阪话说："今天的事就到此结束，接下来交给我来处理。"说着，他转身对伦子说："你看起来蛮累的，今天就不要回学校，直接回家休息吧。式子老师和我还要到其他地方去。"

银四郎也不征询式子的意见就这么说，因为他料想今天式子寻求三和纺织公司赞助失败，现在急着回学校，也无法筹备时装发布会的事宜。面对这情况，要是在平时，伦子总要插上几句，但因为刚才发生那样的事态，她只好默默地点点头，独自下了车。

伦子下车以后，银四郎吩咐司机开往渡边桥旁的竹叶亭。位于堂岛川畔的竹叶亭餐馆，虽说已到了午餐时间，但客人没想象中拥挤，反而显得静谧。银四郎在临河的位置坐了下来，点了烤鳗鱼和清汤，对式子略显责备地说："想不到大清早就吃上闭门羹。不是我多嘴，这么重大的事情，你居然交给涉世未深的职员去做，根本就是个错误嘛，才惹得丢人现眼的局面。我希望以后不仅在经营方面，类似这样的事情，都要让我知道才好。"

式子沉默不语。她原本不想让银四郎瞧不起自己，因而找伦子私下商讨。然而，现在她不仅在银四郎面前自曝其短，更在三和纺织公司和服装设计师之间惹来笑话。

"你为什么要瞒着我呢？我们学校刚成立，在这方面没有门路一点也不奇怪。难不成其中有什么难言之隐？"银四郎温柔地说，试图让式子说出苦衷。

式子顿时说不出话来，但过了一会儿，才娓娓道出她没告诉银四郎的琐事——在时装筹备会上，因为只有她尚未找到厂商赞助，当场惹来与会者的奚落与嘲笑。银四郎一面吃着端来的烤鳗鱼，一面听着，最后说道："原来你只是瞒着这件事。这没什么大不了的嘛！你若早点告诉我，我会设法帮忙的……"

银四郎说着，沉吟了一下，蓦然抬起头来："你最好提防一下津川伦子那女人。依我看来，她跟那个姓野本的男职员关系非比寻常。就算真的出了什么状况，他们争吵的样子也不太寻常。昨天她在你面前装出温顺的样子，还拐弯抹角说了一大堆要你感恩戴德的话，目的就是要在师徒关系之上加上利害关系。"

"咦？利害关系？"式子惊愕地说。

"不止津川伦子而已，说不定坪田胜美和大木富枝她们也在图谋些什么。你若稍不注意，很可能会被咬得满身是伤呢。"

银四郎直盯着式子的眼睛，式子难为情似的眨了眼睛。"可是，她们三人打从在鱼崎开设裁缝教室时就跟我共同打拼，不同于其他职员，应该不会……"

"你是说只有她们三人不会背叛你吗？前不久，你才说过全是女人的服装设计界，明争暗斗才是最可怕呢！"

"我是指同行竞争，而她们是我的弟子……"

"弟子将来也可能独当一面成为服装设计师，日后成为你的竞争对手呀，而且……"银四郎接着说，"这当然是后话，目前还是先把这件事解决。我先失陪一下……"

银四郎站起来，来到门口的楼梯旁借打电话。他说得兴趣盎然，然后放下话筒，又快步地折回来。

"刚才，我打电话到报社去，正巧曾根在写稿，他说十五分钟后即可交稿，要我们再稍等一下。"银四郎高兴地说。

式子感到纳闷："跟曾根见面做什么？"

"请他帮忙。"

"就算拜托他，他也不可能帮我们宣传时装发布会吧？"

式子责备银四郎此举未免缺乏常识，但银四郎不由分说地看着她："总之，这件事交给我办就是了。在曾根来之前，请先忍耐一下。"

式子为了避开银四郎的视线，悄悄地扭过头看向堂岛川。初夏的艳阳将河面照得白蒙蒙一片，发黑的垃圾和稻草在河面上缓缓飘浮着。每次有摇橹的船只驶来，发黑的垃圾便随浪荡向河岸，留下脏污的水痕。式子突然涌起一股难以名状的孤寂感。她担心哪天自己也会被信赖的伦子污染，甚至像银四郎所说，哪天胜美和富枝也会背叛她。她想，难道独身女人足可依靠的只有工作和金钱吗？果真这样的话，那自己就跟不久前对她张牙舞爪的安田兼子一样心灵贫乏了。

"不好意思，让你们久等了。"

背后传来曾根的声音，式子回头望去。

"原来你也在这里？"曾根惊讶地说着，在式子的对面坐了下来。

"你打算怎么做？还是相同的答案吗？"

银四郎不客气地问道，曾根抬头看着桌上，半开玩笑半责斥地说："你呀，不要动不动就打电话给我，虽然我偶尔在办公室写稿，但也不是每次都能随传随到。"

"其实，今天是有要紧的事情想请你帮忙，就是上次跟你谈的那个……"

"上次谈的那个？"

"嗯，就是关西服装设计师举办的时装发布会。"

"时装发布会？不是一个月后才要举办吗？坦白说，我对这东西不感兴趣。"曾根带着歉意看着式子。

"照你这种说法，我们岂不是无话可谈了？我不是请你写时装发布会的报道，至少站在朋友的立场，先听我把话说完嘛。这可关系到大庭式子这个女性毕生的事业呀。"

银四郎不容分说地指着，曾根英生则望着式子。刹那间，式子莫名地淌下了眼泪。也许是银四郎那句"这可关系到大庭式子这个女性毕生的事业呀"，使得她始终紧绷的心防顿时崩溃。看到式子眼眶湿润，曾根垂下眼帘，纳闷地问："时装发布会跟大庭小姐的毕生事业有什么关联呢？"

"当然有关。说实话，我也是现在才知道，时装界是个超乎常人想象、复杂无情的世界。我看过上班族为了争夺职位彼此陷害的情形，以及生意人为争夺市场尔虞我诈的情况，但这些与时装界女人圈那种勾心斗角令人厌恶的情况相比，根本不足为道。这与江户时代幽居在皇宫内院的侍女只因对方一件服饰、微不足道的虚荣或漂亮的发型，而争风吃醋和憎恨的情形没什么两样。在旁观者看来，这种情形未免荒谬又可笑，但若大庭式子遇到这种情形，可就不能平心看待了。"

为了试探曾根的反应，银四郎谨慎而巧妙地做了这样的引言。接着，他把在关西服装设计师协会举办的筹备会上，式子因为尚未找到赞助厂商而受到羞辱的情形，详细说了出来，不时还关心地安慰低着头的式子，每当这时式子便微微抬起头来。

曾根边吃边听着，听完银四郎的讲述后，再次像在琢磨着这句话似的沉吟了一下，然后用新闻记者特有的口气问："原来女人圈的时装界这么复杂无情啊。不过，我有个疑问，在三十名出席者当中，为什么独挑大庭小姐开刀呢？我总觉得听来有点夸大其词，而且太戏剧性了……"

"啊，那是因为大庭式子是出身船场的名门小姐。"

"为什么这可以成为打压的原因呢？"

"曾根，你出生在东京也许不大理解。大阪的船场，是由特殊的阶层所组成的，那里聚集着有钱有势的富商。从丰臣秀吉时代开始，这地方的四周就挖了运河，住宅周遭还围立着卯建①。他们相当于东京战前的华族②，只要他们加入某个团体，就会带进某种嗜好、排挤和忌妒的风气，尤其加入的团体全是女性的话，就更令人讨厌了。"银四郎这样解释着。

"原来大阪的船场是这样的地方啊。这么说，大庭小姐战前一

---

① 从前用来防火的高墙，是大阪特有的建筑，并以此保护自家财产。
② 有爵位的人及其家属，"二战"后已取消。

直过着那种特殊的生活啰。"

曾根好像被什么异样的东西所打动，好奇地看着式子。

式子略显羞涩地看着曾根，说道："其实，也不是什么特殊的生活啦……只不过是古老商家严格的家规，比如拿筷子的方式，或家常菜的做法，甚至穿和服的方式都有独特的规矩。"

"大庭小姐，你在战后搬离船场，是因为要批判船场那种特权意识吗？"

"也谈不上什么批判……我只觉得那些严格的家规有点无聊、荒谬，好比老挂钟般顽固，缺乏一种快意的美感……"式子喃喃自语似的说着。

曾根露出洁白牙齿笑着说："重要的是，你们与三和纺织公司谈得如何？"

"没有谈成。"

"什么？没有谈成？"曾根惊讶地反问道。

"是啊，没有谈成。大庭小姐也没知会我，就找年轻的弟子津川伦子去办，才把事情弄糟，落得今天这个局面。哎，这就是女人圈令人讨厌之处所带来的结果。"

银四郎再详述式子拒绝伊东歌子的提议，以及委托的津川伦子因野本敬太的疏失导致发生口角等等。

曾根细心地听着，最后眯着眼睛，说道："这种情形跟我待在社会组时非常相似。比如同事之间，不管资历深或资历浅的，总是彼此互做人情，或借机营造利害关系。不过，男人不喜欢把女人扯进工作中，而女人恰巧相反，她们总喜欢在工作上利用男人，实在令人不敢恭维。"曾根说着，神经质地眨着眼睛。

"是啊，正是因为这样，她说已经没信心在这个行业待下去，还说不想当服装设计师了。"

"我才没那样……"

式子正要否认的时候，银四郎随即语带含糊地笑着说："讲出来又有什么关系呢。你若觉得不好意思，捂住耳朵就好了嘛。"

"所以，我想请你对这个有心开拓事业的女人提供些建议。"

"要我建议？你该不会要我指引人生方向吧。何况我也帮不上忙。"

"可是，我们只能找你帮忙了。"银四郎窥探着曾根的反应。

"什么事啊？"

银四郎的执拗令曾根微愠，银四郎却露出毫不在乎的表情。

"曾根，希望你帮我们向三和纺织公司讲几句好话。"

"要我向三和纺织公司……"曾根吃惊地看着式子和银四郎，"怎么可能，我从未采访过三和纺织公司，在那里也没什么熟人。"

"没熟人也无所谓。你只要跟他们大力推荐大庭式子是个出色的服装设计师，打出她的名号，就有宣传效果了。"

"我这样说，有什么帮助吗？"曾根惊愕地说。

"当然有用。纺织公司就是靠各种宣传渠道把布料卖给消费者的，一提到有宣传效果的知名服装设计师和报社，他们欢迎都来不及呢。总之，新闻媒体对大众很有影响力。"

"你还是找个著名的服装设计师去说项吧，我恐怕无能为力……"曾根婉拒道。

银四郎旋即说道："你先让我把话说完嘛。我刚才说过，大庭小姐跟关西有势力的大原洋裁派系不同。她还是大小姐的时候，在街上学了点裁缝技术，并非师承著名的服装设计师。简单地说，她在势力庞大的关西服饰界里根本孤立无援，所以才请你这个大报社的记者美言几句。现在再去找厂商和贸易公司赞助已经来不及了，只好硬着头皮找三和纺织公司。这件事若没办成，她不但无法拿出作品参加这次关西服装设计师协会主办的时装发布会，对一个服装设计师而言，也是莫大的打击。曾根，你的温情好意绝对可以帮助一个有心创业的女人。当然，如果你和三和纺织公司谈不成，我们也就死心了，所以无论如何请你跑一趟吧。"

银四郎执拗而热切地说着，曾根双肘支在桌上，上半身往前倾，认真地听着。银四郎说完，曾根安静地抬起头来，郑重地注视着式子。那是一种神经质又严厉的目光。式子放在膝上的手不由得紧握起来，默默承受着曾根那严肃的眼神。这时，曾根目光转为柔和，说道："我对大庭小姐跳脱船场那种古老而特殊的旧习，努力在现代生活中开拓事业的决心有着浓厚的兴趣。作为对她的鼓励，我愿意尽点绵薄之力。"

式子像得救似的看着曾根。曾根有点不好意思地拨弄着干涩的前发，笑了笑。

"曾根，太感谢你了啊！"银四郎激动地说。

"你先别感谢我，事情能否顺利还不知道呢，若办得不妥，还请你们包涵。总之，我跑一趟三和就是。"

"既然这样，是不是得尽快和三和纺织公司交涉？"银四郎这样提案。

曾根马上催促着式子："你要不要先回去，接下来由我们商讨怎么进行即可。"

顿时，式子感到有些困惑，因为她直觉曾根似乎不想让她听到他们商讨的结果。

"承你这么说，接下来就劳烦了。"

式子向曾根和银四郎致谢以后，起身离去。当她下了三四阶楼梯时，背后传来银四郎的声音。

"我送你下楼。曾根，你等我一下。"

"不要啦，这样对曾根先生很不礼貌。"式子拒绝道。

"不会啦，他可是个女权主义者，总是以女士为优先。"

银四郎送式子来到楼下门口的时候，充满自信地说："曾根是个难捉摸又很神经质的人，他不希望让你听到那些俗不可耐的事，这方面他很坚持。不过请放心，我会好好说服他的。"

"他真的办得到吗？"式子相信曾根的诚意，但想到他自视清高的洁癖与顽固，心里多少还是有点挂虑。

"你大概会担心曾根谈话不够强势，不过这还要视情况而定。以目前的状况来看，他为人诚恳的态度反而能博得对方信任。你不必担心，全权交给我就行了。女人用不着这么吃苦受难。"银四郎以男性长者般的温柔安慰着式子。

那是一种充满自信与贪婪的目光。式子有些畏缩地点点头，正要伸手开门的时候，银四郎的手已按在她的手上了。这和上次一样，他格外柔软的手掌紧紧握住式子的手。

"你先回去，路上小心。"

银四郎握着式子的手，推开了门，藉由开门的动作，胸部贴在式子的后背，当他发现外面有人进来，这才赶紧移开了身子。

走到外面，式子感到一阵轻微的晕眩。从光线阴暗的阶梯突然来到明亮的人行道，柏油路反射的光线耀得她睁不开眼。她站在人行道上休息片刻，细眯起眼睛，才慢慢地走去。

初夏的马路干燥、布满灰尘。她打开手提包正想拿出手帕的时候，发现自己的右手已经汗湿了。这是刚才被银四郎紧握住而沁出的汗渍。银四郎的手掌如女人般柔软细致，又有些汗湿。式子觉得自己似乎正逐步陷入银四郎这种意图不轨而贪婪的漩涡中。

伦子与银四郎和式子分手后，回到自家寓所，衣服没脱就趴在榻榻米上。

她想到原本打算藉由三和纺织公司赞助的机会，向式子讨人情，让自己的气势压过银四郎，没想到事与愿违，不但失去式子的信任，又被银四郎冷言对待，甚至她和野本之间的关系也遭到质疑，她觉得气愤又懊悔。在阪神线车站乘车处，银四郎突然要她独自下车，他那冰冷轻蔑的目光，以及式子冷漠毫不阻挡的态度，让趴伏着的她更是耿耿于怀。

已过了中午，但伦子仍不觉得饿。她把甩在跟前的手提包拉了过来，拿出口香糖嚼了嚼，口里却感觉不到平时那种凉爽快意，只觉得黏糊得令人心烦气躁。接着，她"噗"的一声吐出口香糖。打开烟盒，盒内只剩三支烟。她抽出一支点了火，趴着以手背支着下巴吸了起来。吸到第三支的时候，激动的心情才稍为平复。她凝视着白色的烟雾缓缓从眼前的窗户飘逸出去时，外面传来敲门的声音。

伦子心想，可能是收电费的，要不就是收煤气费的，因心里烦闷而不想搭理。这时，门轻声地开启。她回家的时候忘了上锁。伦子吓了一跳，赶紧坐起身，只见一道人影慢慢移动着，进来的是野本敬太。

"你在做什么呀，鬼鬼祟祟的……"

野本惊愕地看着伦子，把公文包搁在门槛处说道："你不是说好今晚要我来吗？"

野本这么一说，伦子才想起昨天与野本道别的时候，约了他前来住处。不过，她对于今早发生了那样的失败，他却像平常那样毫无愧意地前来，为其粗线条的性格感到恼火。

"就算我答应你，可是约会也要准时啊，你这么早来干什么？"伦子没好气地说。

野本顿时有点不高兴，旋即诚恳地低下头来，说道："我不放心今早的事，所以提早下班。我知道这件事让你的处境很为难，但这完全是出乎意料的突发状况！我原本打算在你和式子老师来之前先做好对策，岂料打电话到学校时你们已经出发了。我只好另想办法，但是没能成功。还在进退两难的时候，你们却已经到了……我向你道歉，请原谅！"

"堂堂一个大男人，不必这样对我低声下气！现在，你只要道歉认错，在公司内还不至于处境艰难，事情简简单单就解决了。我就不同了，不但没脸见其他教员，我们俩的关系也遭到怀疑，一切全搞砸了。"

"有什么关系？反正我们迟早要结婚，刚好趁这个机会让他们知道，说不定还是件好事呢。"野本劝慰似的说。

"结婚？算了吧，出了这么大的纰漏，还谈什么结婚！"伦子气冲冲地说道。

野本感到意外，不由得惊讶地问："今天这件事情，和我们结婚或恋爱没有关系吧？"

"还说没关系？女人都是把这些事情串起来考虑的。"伦子发泄情绪似的，越说越生气，"姑且不说那些一生甘于洗孩子尿布、忙着炒菜做饭的女人。每个职业女性都希望婚后还能在事业上有所发展，她们绝不愿意因为结婚突然丢了工作，或减少工作机会。总之，每个职业女性都得有这样的盘算才行。"

"照你这么说，结婚这件事岂不变得太过算计和功利了？"野本诘问道。

"只有傻瓜才不懂得算计。人，或多或少，或说有意无意都想利用对方。朋友之间也是如此。嘴上说什么友情啦，其实是因为对方多少有利用价值才展开交往。这样也不错。彼此若没有利用价值，根本就是在浪费时间。也可以说每个人都在确认对方是否有利用价值。"

"不过，结婚和这种讲求功利的人际关系不同，而是一种互补关系，使彼此共同成长。"

"你说得很有道理嘛。正因为这样，一开始就不要让对方吃亏岂不是更好？你把结婚的事说得那么冠冕堂皇，在事业上又该怎么兼顾呢？是不是要一头栽进这个吃亏的事业中？从这个观点来看，我觉得结婚是非常投机的，所以……"

说到这里，伦子突然岔开话题，说道："哎呀，我们实在没必要在这里讨论什么结婚观，倒是应该谈谈今早的事情如何善后才好。"

"如何善后？已经很难挽救了，可以做的我在公司都做了。"

"可是，银四郎临走之前不是意味深长地说，明天再去你们公司一趟吗？"

"他来了也一样，不会改变结果，只会让我们疲于应付而已。"野本神情沉重地说。

"这样也好。要是我去的话，八成不会成功。话说回来，要是八代银四郎去谈成了，到时候我不但脸上无光，你的处境也会更加困难。"

"我的处境如何不重要，只是若不成功的话，对式子小姐就很不好意思。"野本歉然地说。

"看来也只能这样了。回想起来，'二战'后她开始在鱼崎开办裁缝教室时也是跌跌撞撞的，仅仅四年时间就把学校扩展成现在的规模。后来，八代银四郎凭着他的交际手腕巴结大原泰造，加入洋裁学校联盟，现在又提出要参加大型时装发布会。你不觉得这一切来得太顺利了吗？所以，这次事件对服装设计师大庭式子来说，是个自我考验的好机会。"伦子突然开朗地说着，转身问野本，"你饿了吧？想吃点什么？"

"又要去我们常去的那家食堂吗？"野本无奈地说。

"那有什么办法呀。今天早上就碰到那样的事，人家累坏了嘛！"伦子娇声说道。

到达甲子园车站，还不到九点十五分。伦子疾步穿过地下通道，往球场跑去。

每次野本敬太留宿的时候，伦子隔天早晨都会迟到。倘若一星期内定期迟到几次，肯定会引起同事怀疑，因此她总是格外小心。尽管坐车去学校不到五分钟的路程，但她还是搭出租车到车站前，在离校门口十米处下车后，跑步到校门，然后以正常速度走到教职员室。距离上课时间还有八分钟。

伦子打开教职员室的门，式子正坐在院长的位子上。不知是没有发现伦子进来，还是故意对她视而不见，神态僵硬地直视桌面。伦子朝墙上的上课时间表瞥了一眼，发觉院长上午没有排课。她心想，式子可能是因为昨天和三和纺织公司交涉失败，心情郁闷在家里待不住吧。教职员室里，五名助理和两名职员已经各就各位，平常总是在上课前才匆忙赶来的坪田胜美，今天也已经坐在大木富枝的旁边，忙着准备上课。伦子没有立刻坐下来，而是直接朝对面的院长走去。

"院长，您早！昨天实在非常抱歉，我不知道该如何向您赔罪……是我估算错了。"伦子怕胜美她们听见似的低声致歉。

式子表情严肃地抬起头来，说道："事情到这个地步，你跟我赔罪也无济于事。我实在不敢相信，你办事居然这么草率！为了收拾善后，银四郎今早就忙个不停呢。"

式子像是故意说给其他职员听见似的，然后转动旋转椅，背对着伦子。

这时所有教职员的目光全射向伦子，办公室顿时弥漫着沉闷的气氛。式子此时的态度，和先前拜托伦子去三和纺织公司交涉时判若两人，变得盛气凌人、口气粗暴。伦子意识到教职员都在看她，便故作谦卑地向式子施上一礼后，回到自己的座位上。上课铃响了，教职员像解脱似的站了起来。连那个平时上课铃响以后还要悠闲地喝杯粗茶的富枝，也一反常态地匆匆离开座位。

伦子来到走廊的转角处，背后传来了胜美与其他职员的谈话声。

"院长凶起来好吓人啊，不愧是三十出头的千金小姐呢。"

胜美这话似乎是故意说给伦子听的，借此表示同情，但仍听得出有几分快感。对个性倔强的胜美来说，嘴上虽然这样说，但也许带点幸灾乐祸的意味。

上完三小时的课以后，伦子回到教职员室，式子仍不改早晨的姿态坐在院长位子上。每到午餐时间，式子总会跟教职员一起吃午餐，今天她却把旋转椅转向窗户，也不去用餐。不知是刚才已经吃过，还是不打算吃，她始终板着脸孔盯着窗外的大街。银四郎好像也还没回来报告情况，仿佛一种无以名状的不安与焦虑笼罩在她心头。而这种微妙的情绪也直接传染给一旁的伦子。伦子很想说，事情至此，您生闷气又有何用呢？但她最后还是压抑住这份冲动，只是冷眼看着式子的后背。

蓦然，院长桌上的电话响了。式子迅即转过旋转椅，连忙拿起话筒，却脸色大变："是的，我是大庭式子。上次让你操心了……"式子的语调中充满着诡异的紧张与恭敬。

这通电话显然不是银四郎打来的。伦子吃着三明治，竖耳细听。

"是这样啊？没能及时回复实在不好意思。是的，你说得对呀。是，那件事实在是……"

式子说得支支吾吾，对方却喋喋不休，式子只好握着话筒频频点头："那是因为我们提出的要求太多，他们还要多做考量，没那么快做决定。这对我们来说是第一次，所以我也格外谨慎……咦？你说什么？"式子语声颤抖着。

"为了慎重起见，能否容我明天再回复呢？是的，没错。嗯，你说现在就要答复吗？"

式子突然说不出话来，连忙用左手捂住话筒，心情紧张不已。约莫经过二三十秒的沉默以后，她忽然发出欢快的声调，说道："哎呀，你未免太性急了吧，距离时装发布会还有一个月呢……是的，我当然会向你报告。我们的赞助厂商是三和纺织公司。那么，安田老师，以后请多提点了……"

说完，式子用力挂上电话。这声音之激烈，使伦子不由得抬起头来，这时她们的目光刚好交会。式子的眼神锐利、充满愤懑，逼得伦子有些畏缩，她假装没看见似的别过脸去。这时，式子却挑衅地站起来，气冲冲地来到伦子的面前。

"请不要偷听别人说话！"她说完便转身而去。

虽然这是瞬间发生的事情，但式子高亢的语声使得其他教职员惊讶地望向伦子。不过，伦子依然不为所动地吃着三明治，式子先回到自己的座位，正要坐下去，又站起来。她伫立了一下，像在想什么事情，然后拿起桌上的手提包，也不看教职员一眼。正当她气急败坏地想步出教职员室的时候，有人从外面用力推门而入。

　　"你要去哪里？"银四郎惊讶地问。

　　"你怎么这么晚才回来，我等得都快急死了！"式子慌张地说。

　　"为什么还要带着手提包呢？你先回去坐着，我再仔细告诉你情况。"银四郎说着把式子往回推，并朝伦子瞥了一眼。

　　银四郎在院长旁的椅子坐下后，抬头看了一眼墙上的挂钟，又低头看着自己的手表，才悠闲地叼起香烟，像是在等待下午的上课铃响。银四郎刚才走进教职员室的时候，毫不客气朝伦子打量的眼神，使她无法和其他职员般无动于衷。

　　坐在椅子上不说半句话的银四郎似乎让式子感到些许不安，她那低伏望着桌面的脸庞变得有些苍白。上课铃响了，其他教职员纷纷站了起来，伦子不希望像逃难似的走开，故意慢悠悠地起身，等到最后才要走出去。

　　"伦子小姐，你留下来，我有话要跟你说，上课的事交给助理吧。"银四郎以不容抗拒的口气说。

　　伦子顿时感到一阵慌张，但随即强作镇定，表现出若无其事的样子，依指示留了下来。

　　"我要跟你谈谈三和纺织公司的事。"银四郎劈头这样说道。

　　伦子不由得眨了眨眼睛。

　　"别这么拘束嘛，来，请到这边坐吧。站着可没办法好好讲话呢。"银四郎指着式子对面的座位。

伦子看到式子脸色不悦，但还是勉强坐了下来。

"我刚从三和纺织公司回来，从早上九点起足足谈了三个钟头。野本说得没错，像他们那样的大公司，只要营业部长点头同意，就不会有什么变动。"

"照你这么说，这次赞助果真没希望了吗？刚才我还跟安田兼子说没问题呢……"式子面带难色地说。

"什么？你跟安田……"银四郎惊愕地反问着，式子连忙解释，刚才安田兼子来电询问此次是由哪家厂商赞助，她情急之下只好报出三和纺织公司的名号。

"是吗，这样回答也好。"银四郎反而态度从容地说。

"这事非同小可！而且这么重要的事情，我怎能说话不算话呢！"式子越说越激动。

"别激动，你听我说嘛……"银四郎强势地继续说，"这次我故意带新闻记者曾根一起去，这样他就不好中途离开。曾根这个人有点神经质又有些书生气，不会故弄玄虚，他带着主跑纺织业的社会记者的介绍信，向三和的营销部经理说明来意，经理听完劈头便说，这次赞助的事已和其他学校谈定云云。不过，我们随即表示，有个新锐设计师希望采用三和今年最新促销的亚米呢布料设计时装。我又说，大多数的服装设计师都是先选定厂商或著名贸易商进行合作，只有少数有实力的服装设计师才会与该公司特定的商品进行合作事宜。说到这里，对方有些惊讶。于是我又提议，贵公司若不跟大原京子派系那些固定班底的学校合作，让有意打破服饰界陈规旧习风气的新锐服装设计师登场，不也是一种新的试炼吗？对方非常客气地说，他很赞同我的观点，可是他们不是研究团体，与其无端冒险，不如选择有好风评又可靠的设计师来得保险。"

银四郎苦笑着说的同时，式子的眼眶湿润了。

"你先别难过，慢慢听我说下去吧。"银四郎先安慰式子一番，继续说道，"以厂商和贸易公司的立场来看，当然希望与早有好风评、可靠的服装设计师合作，获得的宣传效果也较大。我和曾根也表示，提供高额赞助费的厂商，有这种考量是理所当然。如果我们接受贵公司的赞助，当然也会全力履行宣传义务。于是经理说，既然你们讲得诚意十足，我们也不好推辞，只是对大庭式子这个时装设计师不甚了解……我见机不可失，便说大庭式子出身船场的名门，目前以教授裁缝自娱，今年四月，正式在甲子园开办洋裁学校挂牌营运。说起来，出身船场老字号商家的小姐，本身就是一种宣传。该学院的学生以战争结束后迁往郊外的船场的女孩子居多，那里成了良家子女出嫁前聚集学艺的地方，对父母来说，有个出身名门的院长也安心不少。这时候，老马识途的经理马上探出身子问道，我们的设计倾向如何？我们回答说，在大阪古老的传统之美和服装样式的基础之上，极力开创出具有现代大阪的独特风格。经理听完以后，立刻表示愿意提供赞助，还当场请我们赶快择定日期去挑选布料。"

"什么？他们愿意赞助吗？这次是千真万确吧？"式子确认似的问道。

只见银四郎大大地点头："刚才那些话都不是我说的，而是曾根站在新闻记者的客观立场讲的。由于曾根讲话从不夸张、态度认真，对方被他正直的人品所感动，加上他是具有公信力的大报社记者，自然而然就认真考虑了。当然，这些话要如何表达和进行，昨天我已跟曾根仔细推演，曾根说出来的时候，我便在关键的地方敲边鼓，借机强调一番。"

说着，银四郎抬头看着挂钟。

"现在，你的心情大概还没平静下来，不过明天得尽快去挑选布料，到时候伦子也一起去……"

接着，银四郎转向伦子，说道："这次我们是直接找营销部经理洽谈，没跟野本打招呼就回来了，请你把今天的结果转告给他，上次让他白忙一场了。"

银四郎这话说得客气，伦子却觉得分外冰冷。

"你明天要一起去吗？还是由胜美或富枝代你去？"式子向伦子投以恶意的眼神。

"我有些累了，请胜美她们去吧。"伦子婉转地说。

"去不去由她们俩决定，重要的是，以后女人家可不要擅自决定学校的事务。"银四郎斩钉截铁地说。

式子吃惊地抬头看着银四郎，过了一会儿，才微微地点了点头。这时候，伦子感到无比惊慌。她原本想借此机会让式子欠自己人情，并牵制银四郎，不料事与愿违，最后落得被式子冷言轻蔑，让银四郎反客为主了。

舞　台

式子左手夹着针包，右手往披在模特身上的布料上扣别针。

用真人模特试样，感觉与人体模型不同。真人模特有女性的曲线和隆起，让人产生一种将体型再现到布料上的紧张快感。无论用多少纸型，人体试样不够完善就无法做出美好的服装。因此，每次做人体试样，式子总是绷紧神经，以致曾有过让模特站了三个钟头，让其不支倒地的情形。

今天的模特是大阪时装模特公司的新手，长得并不漂亮，不过脖颈至胸部的皮肤白皙而紧致。式子将一块纯白色亚米呢布料披在身姿丰挺的模特身上，又把一条做弥撒般庄严而圣洁的大围巾围上她的脖子。半个月前，式子到三和纺织公司挑选布料时对推出的三款样式已有腹案：一种是形象清新的少女装，一种是充满知性的上班族服装，另一款走成熟雅致风格，在花样上分别挑选了纯白、蓝色条纹和白底小碎花。

代替伦子去三和纺织公司挑选布料的胜美，对式子在众多商品中只选了亚米呢布料，显得有些不高兴。她纳闷的是，式子对织法多变的棉织品、丝织薄绉丝、鲨皮丝、尼龙等可增添样式色泽的成堆布料不看一眼，却径直站在亚米呢布料的货架前。事实上，式子并不喜欢亚米呢这种过度装饰性的化学纤维布料，反倒中意那种没有花纹、质地柔软又有边饰的丝织薄绉丝。她之所以得到三和纺织公司破例赞助，主要原因是她选了亚米呢这个特定的商品。当然，这是银四郎想出来的主意，它正好符合三和纺织公司的利益。亚米呢布不怎么受欢迎，三和正想利用这个机会大力促销，因此式子不便挑选丝织薄绉丝。

营销部经理怀着特殊的感激之情欢迎式子到来，他还说，不仅这次展览会，以后还会多予赞助，并派野本敬太负责圣和服饰学院的联络工作，有任何需求尽管吩咐。

"院长，您要不要休息一下？"胜美催促道。

听胜美这么一说，式子才醒悟地停止扣别针的动作，抬头看着模特。模特脸色苍白，两只眼睛布满血丝。一看手表，模特已经站了将近两个小时。

"哎呀，一试起样来，我连时间都忘了，对不起！"

式子为自己忘了模特站立的时间，以及胜美、伦子和富枝站在身后见习扣别针的事致歉。

模特在椅子上坐下后，上半身已直不起来，啜饮着办事员端来的热咖啡。

"大清早就连试了两件，大概有点吃不消，再撑一下就结束了。"式子慰劳似的说。

"不，没关系，我还撑得住。"新手模特忠于本分地说着。

伦子、胜美和富枝三人，也许一早就来看试样，又连续试了两件，大概也累了，她们没有说话，只是默默地喝着咖啡，只有式子仿佛在试样中忘了疲惫。她在伦子等人桌旁的椅子坐下后，用类似授课的口吻说："看来扣别针的时候，观看者还比扣的人来得辛苦呢。话说回来，试样扣别针的时候，缝纫者得在场才行，若不在场观看的话，就只是按照已扣上的别针去缝纫，终究只是个普通的裁缝匠。只有彻底理解每个别针扣下的过程及其意义加以缝纫，才称得上是掌握到高超的缝纫技术。你们三人要各缝一件，由于造型不同，我扣别针的方式也不一样，希望你们看清每个细节。"

胜美和富枝深知其义地点头看着式子，只有伦子始终没有反应地盯着桌上的咖啡杯。自从胜美和富枝随同式子去三和纺织公司挑选参展布料那天起，伦子的态度突然变得冷淡。这次学校忙着为时装发布会做准备，她就少了胜美和富枝的热情与干劲。不过，当伦子得知式子决定把设计的三件展品，由她、胜美和富枝各自负责缝制一件时，又突然变得热络起来。她没有把这情绪显现在脸上，而是故作漠不关心的样子，看来是打算以工作的成果打败胜美和富枝。

式子似乎也看出伦子的心思，故意开心地说："这次推出三件作品参展纯属偶然，刚好由你们各缝制一件，到时候就看你们的看家本领了。而且不仅我会提出意见，主办单位这个第三方也会做出公正的评价来。"

她们三人笼罩在尴尬的沉默氛围中。

这时，有人用力推开教职员室的门，原来是两个小时前到关西服装设计师协会的银四郎回来了。

他把双手提着的大提袋放在桌上。

"我拿到流程表和门票，再过两个星期就要开幕了。"他正要打开纸袋，发现穿着试样衣服的模特正在休息，便问道："课程方面安排得如何？"

"交给助理去办了。"

式子说完，银四郎安心似的点点头，一边打开纸袋，一边愉快地笑着说："刚才，我带着流程表和门票去找曾根。他说四五天前，他们报社新上任的文化组部长行事作风非常独特，这个部长绝不雇用女记者，因此没有主跑固定路线的他这次被调去采访时装发布会。看来大报社常常有这种明治时代性格豪迈的主管呢。"

式子想到与豪爽无缘而有点神经质的曾根，就笑不出来。半个月前，她为了三和纺织公司的事情，特意前去向他致谢的时候，他始终不想提起这件功劳，让她感到有些困惑。

走廊传来急促的脚步声，教职员室的门打开了。

"院长，不好了，请您赶快过来！"一个圆脸女学生脸色大变地说。

式子顿时不知所措，因为她弄不清楚这是哪个班级的学员。伦子、富枝和胜美她们自开学两个多月来带过许多班级，也没办法马上确定是不是自己班上的学员。刹那间，教职员室陷入尴尬而沉默的气氛。

"大木老师，不好了！那个代课老师根本没法处理！"

大木富枝诧异地朝站在门口的学员望去。当她确认那学员是在叫自己的时候，才像平时那样慢慢地站起来，走到门前，用慵懒的大阪话问道："你慌张成那个样子，到底是发生什么事了？"

圆脸的女学员大声说道："老师，这事拖不得呀，请立刻来一下！"说完，她硬是拉着富枝的手臂。

富枝困惑地看着式子，一边问道："院长，那这试样……该怎么办？"

"你还愣在那里干么，现在就去呀！"

式子原本想大声申斥富枝，但是看到银四郎在使眼色，才忍了下来。课堂中学员所说的"不好了"，不外乎是把进口布料烫焦或是裁剪错了，要不就是有学员晕眩之类的事。问题是，眼下学员气喘吁吁地跑来，富枝竟然还操着慵懒的大阪话，动作慢得令人心慌，让看在眼里的式子不由得火冒三丈。

"她还是老样子。碰上大木富枝这样的'御所车'①，连你也没辙呀。"始终静默观看的银四郎脸上露出冷笑，打趣地说。

"什么是'御所车'？"式子纳闷地问道。

"就是那种动作迟钝，完全不在乎时间，像蜗牛般爬行，慢得让旁观者也看不下去的牛车。"银四郎又笑着解释道。

式子听到"牛车"这个字眼时，吓了一跳。在伦子她们三人当中，富枝看似最温顺平和，或许她原本就有那种赶牛车的蛮劲和顽强的生命力。伦子不知在打什么主意，实在令人大意不得；富枝有着牛车般忍耐的蛮劲；胜美有着随时可取代伦子地位的冷静……分析至此，她突然想起银四郎不久前说的那句话来："不止津川伦子而已，说不定坪田胜美和大木富枝她们也在图谋些什么。你若稍不注意，很可能会被咬得满身是伤。"她朝伦子和胜美看了一眼，她们似乎完全不受刚才发生的骚乱所影响，又开始准备试样了。

她们两人的冷静反而令式子感到不安，顿时回想起刚才学员慌张来报的情景，那学员慌张的神色不同于平时，让她不安地站了起来。银四郎好像看透式子的心思，说道："要上楼看看吗？"

"嗯，看一下也好……"式子若无其事地说着，然后对模特和伦子说，"我马上回来，你们继续试吧。"说完，故作冷静地上楼去。

来到二楼尽头的一间教室前，立即听见教室内传来阵阵放肆的喧嚷。每到下午的实习课，教室内难免会闹哄哄的，但今天的喧闹

---

① 公家乘坐的牛车。

实在太不像话，不同于平常上课。

式子打开教室的门，学员的视线全射向她身上，当她们认出来者是院长时，教室内立刻安静下来。由于现在是实习课，学员并没有整齐地坐在自己的座位上，有的踩着缝纫机，有的在烫衣服，有的在扣暗扣，分散在各个位置。只见富枝和年轻代课老师站在靠窗的桌子旁，大半的学员围在她们面前。

式子朝她们走去，旋即引起小小的骚动，围拢的学员散去之后，看见一个女学员伏在桌子上，桌前站着刚才赶来教职员室通报的圆脸女学员和富枝。

"到底是怎么回事啊？"式子为了不刺激学员，语气温和地问道。

富枝朝伏在桌上的学员瞥了一眼，以慢吞吞的大阪话回答道："昨天是藤井的生日，她妈妈送给她一只蓝宝石别针。刚才，她把它从衣领上取了下来，放在桌上，就在烫衣服的时候突然不翼而飞了，所以……"

那个圆脸的学员，随即接着说道："所以，藤井就拐弯抹角地问起坐在邻桌的我是不是偷了别针，简直是岂有此理嘛！我气得问她凭什么这样诬赖我，然后把身上的东西全倒在桌上，甚至连刚才缝好的裙褶也逐条拆开给她看，根本不可能藏什么别针嘛！我这样自清，她竟然不跟我道歉，从头到尾只想借哭来转移焦点。我调侃说，该不会是你把它缝在裙褶里了吧，她便当场拆开裙褶，故意哭得更大声。代课老师被她的哭声吓了一跳，从头到尾都替她帮腔，太不公平了！"她眼神含怨地看着站在富枝后面的代课老师。

年轻的代课老师突然脸色胀红，解释道："哎呀，事情不是这样啦。冈本，你说得这么气愤，只会让藤井看来更可怜而已。"

"该可怜的是我！"圆脸女学员反驳道。

"好啦，别那么激动嘛……你是因为这件事找大木老师来的吗？"式子问道。

"大木老师来到教室了解事情经过以后，说请大家再找找看，连纸篓都翻遍了，就是没有找着。"

"藤井同学果真把别针放在桌上吗？"

"是的，是我亲眼看到的。"冈本同学性情刚烈，回答得很直接。

这样看来，藤井的别针绝对是在教室内被人摸走了。在教室发生盗窃案对学校经营者而言，是最头疼的！

"真是伤脑筋啊！"式子对始终抱持旁观态度的富枝说。

富枝好像若有所思，然后朝伏在桌上的学员唐突地问道："藤井同学，那只蓝宝石别针是真品吗？"

伏在桌上的藤井甩动长发直摇头。

"如果不是真品，就没什么关系。"

"咦？"式子以为自己听错话了。

"不是真品，就是仿制品咯。"富枝再次说道，意思是说被偷走的别针若不是昂贵的真品，就没必要大惊小怪。式子不由得凝视着富枝。那是张有着美人尖的白皙脸庞，神情慵懒，完全看不出正在处理盗窃案时应有的严肃和紧张。不知是因为她性情温和使然，或是对盗窃案这种事感觉迟钝，她对自己刚才的发言似乎并不为意。

式子压抑住想要脱口而出的话语，改口说道："藤井同学，看来你很懂得外国人会配戴珠宝的习惯，这点非常好。平常我们服装设计师也会戴真品钻石或绿宝石作为装饰，不过在国外，除了参加隆重的场合外，平时则将真品放在银行的保险箱或家里，而戴仿制品。"

式子把富枝刚才那句话做了技巧性的变换，但学员们似乎体会不出式子的用心良苦，表情认真地听着。

"不管怎么说，在教室内发生盗窃案，是件非常丢脸的事，而且也绝不容许！"式子语气激昂地说，然后环视着所有的学员，"在女人的偷窃行为当中，最可耻的是偷女人身上的衣服或装饰品。谈到偷钱，不管是扒手或小偷，他们顶多是想把他人的钱财据为己有，其行径确实愚蠢又可悲。不过，身为女人，偷走女人的装饰品来增添自己的美丽，完全是虚荣心作祟，这种行为是何等卑鄙、污秽和狡猾……"

教室内鸦雀无声。院长平常把课务交给大木富枝或助理，偶尔才露脸，今天却突然跑来教室，还说了篇大道理，所有学员惊讶之余，也被其激昂的语气所震慑。这时，连伏在桌上哭泣的藤井学员和被质疑偷窃而气愤不已的圆脸学员，皆认真地望着院长。

"因为虚荣心作祟而偷窃……也许是潜藏在女人内心深处最可鄙的东西吧……"式子说到这里，沉吟了一下说道，"今天，我决定再买只别针送给藤井同学当生日礼物，然后我要和藤井同学向受误会的冈本同学表示歉意。接下来，得彻底检查各位的所有物品，若查出有人偷窃，当场予以开除处分。"

式子口气非常严肃，再次环视着在场的学员。当她看到每个学员都在认真听讲，表情才变得柔和。

"难得的实习课，却耽误了不少时间，你们继续上课吧。我跟大木老师还有事到教职员室，请代课老师教你们。"

式子说完走出了教室。她正要下楼梯的时候，背后传来富枝慢吞吞的脚步声。那脚步声完全不像是刚从发生盗窃案的教室里出来的样子。

"院长……"

富枝出声喊道，式子非常生气，不理会她，把硬底高跟鞋踩得喀喀直响，径自走下楼去。

回到教职员室，式子急忙向模特致歉。

"让你久等了，真对不起！试样很快就会结束的。"她朝正在扣别针的伦子和胜美说，"你们扣得很好嘛，这样就不必修改了。希望以后都能保持这种水平。后背扣得如何呢？"

式子看完前身的扣法，让模特转过身去。

"背脊的部分再放松一点如何？虽说是西服，但夏季服装得尽量像和服般露出后颈，比较有通风舒畅的感觉。"

式子从伦子手中接过针包，修改后背腰部扣别针的同时，微微感受到银四郎的视线。从打开教职员室的门开始，银四郎就急切地盯着她，但因为时装模特在场，她不想让他问起刚才二楼发生的骚乱，而故意忙着修改试样，让他没机会开口说话。这时候，式子以较平时更迅速的速度试样，让伦子和胜美有点困惑，但是她们很快就追上速度，式子一修改左腋的别针，她们就配合改动右腋；式子一动右肩，她们便配合地画出肩线。

"好了，就这样吧。大家辛苦了，内衬的试样下星期二再做……"

年轻模特这时才放松下来，马上要脱掉衣服，但她似乎还不习惯试样衣服的脱法，怎么也脱不下来。伦子和胜美都看到她的窘境，但也许怕麻烦，竟佯装没看见。

"你们先取下别针，做上记号，帮人家脱一下嘛！"

经过式子这么一催促，她们俩才帮忙取下颈部和腰身两侧的别针，这样就容易脱了。模特连忙穿上自己的衣服，胀红着脸说："对不起，我还不大习惯……下个星期我会再来，届时请多多指教！"说完，恭敬地欠身致意，提着化妆盒马上回去了。

模特刚走，富枝便悄悄地走进教职员室。进门后也不理会试样后的收拾，就坐在自己的座位上，像下课后般准备悠闲地喝杯茶。

"富枝，你挺悠哉的嘛，刚才都在做什么呀？"式子不容分说地指责道。

富枝顿时尴尬地笑着说："我去上厕所啦。"

"你不要老是拿上厕所啦、喝茶啦这些事来搪塞！想不到你……"说到这里，式子不再说下去。

因为她实在不好意思说，想不到你对教室发生盗窃案反应这么迟钝！这时候，银四郎立刻插上话："怎么了？"

"有人偷了东西，富枝班上的学员丢了一只蓝宝石别针……"

"是在正规上课的时间吗？"

"嗯，是实习课，代课老师还在场带着学生实习呢……"

式子向银四郎说起盗窃案的始末，伦子和胜美也顾不上试样后还需收拾，抬眼看着式子。银四郎仔细听着式子的讲述，最后说道："原来是这么回事啊。其实，以前我就发现这个问题，不止富枝的班上，学生的管理我们做得并不好。这些学生像就读个人开设的裁缝班那样，总是三三两两进出教室，一点纪律也没有，既然我们办的是洋裁学校，纪律就该更……"

"洋裁学校只管传授洋裁技术，又管不到道德教育。"胜美冷不防反驳道。

大家对坪田胜美的激烈反应顿时露出惊讶的表情，只见银四郎嘴边堆着冷笑，格外客气地说："你是在为自己开脱吧。"

"什么？为自己开脱？我何必为自己开脱呢？"

"是吗？你的洋裁教得不错，可是三天两头迟到。身为老师上课迟到，怎么有资格叫学生不准迟到或逃课呢？这样的老师怎能有效管理学生？我并不是在高谈阔论什么道德教育，只是希望你明天起能早点来学校而已。"

"光是不迟到、准时上班又代表什么？就算偶尔迟到，只要能做好工作又何妨呢？"胜美的红框眼镜后散发出不服输的目光。

"做好工作……你指的是什么呢？"银四郎慎重地问道。

"当然是指我可以做好服装设计师这个工作。"

"噢，服装设计师？"银四郎突然狂叫似的说，"我们学校只要院长一个服装设计师就够了。所谓洋裁学校，是出售上课时数和裁缝技术的营利机构。如果其他学校一堂课只教一张纸型，我们学校一堂课至少要教一张半，让学生们在一年内学会缝制整套西服。换句话说，我们需要的是有效出售更多时间的洋裁教师，而要成为服装设计师之类的女艺术家梦想，对学生和经营者来说，都是不切实际的。"

"你的意思是说，我们没资格当服装设计师？"

"这是一种虚荣，你可以找喜欢高谈阔论、有闲的女士仔细讨论一下。"

"你这种说法太伤人了！伦子，你说是不是啊？"

胜美极力拉拢始终面无表情的伦子，伦子朝胜美瞥了一眼，不动声色地说："要评断我们有没有资格当设计师，等看过这次时装发布会后再决定还来得及。"

"噢，原来你对这次展览会下了很大的功夫。我还以为轻轻松松即可应付过去呢。"胜美格外平静地说道。

"当然也可以轻松应付过去，只是有些事情，不是想做就能马上做好的。"伦子不甘示弱地说。

蓦然，教职员室气氛沉闷，话语就这样中断下来，式子也不知所措。胜美和伦子之间出现意想不到的对立；富枝从两人的对立中求得了安逸，银四郎兴趣盎然地看着三个女人心理的微妙变化。式子发现到这情景时，顿时心头凉了半截。

不知是偶然或出于话中藏锋，从发生教室盗窃案后，三个女人动辄就勾心斗角。这种巧合让式子掠过一丝不安，她担心哪天自己也会卷入这场无止境的争斗之中。

S会馆四楼大厅里聚集着年轻的女性观众。其中大半是来自参加本次时装发布会的服装设计学校的学生，也有学校是为此特别休课，带学生前来观摩的。式子的圣和服饰学院，也依中午十二点、下午三点和六点，分三次让学生来参观。

坐在前五六排贵宾席座位上的男士格外引人注目，他们是报社、杂志、纺织公司和贸易公司的相关人员。三和纺织公司营销部经理和野本敬太都出席了，唯独不见曾根英生的身影。

式子让伦子她们三人负责模特的穿戴和表演，展览会开始之前，她推开面向走廊的第二道门，观看着舞台进行的情况。参加这次展览会的设计师齐聚后台，协助第一次展品的展出，不过，式子实在没有心情一直待在后台的房间里。

随着轻快的钢琴节奏声和解说员的介绍，明亮的舞台上次第出现夏季外出服、居家服、运动服、上班服、散步服等等，以及日常生活中各种服装设计样式。每件服装被介绍的时候，总会在观众席引来阵阵紧张感和亲近感。

现场气氛不同于以前观赏没有穿着机会的豪华女性晚礼服和午礼服，舞台上出现的每一件展品，都与在座每位观赏者的喜好息息相关。正因如此，观众席上的反应格外敏锐。若出现平凡而了无新意的样式，观众便无聊地找邻座闲扯或低头翻阅流程表。当解说员报出著名设计师的作品时，所有热切的目光又旋即射向舞台，但作品若不符期待，观众席便传来轻微失望的叹息。

式子对观众席这种实时而直接，丝毫无从打马虎眼的反应吃惊不已，因而更在乎观众对自己作品的评价。她不禁想到：这次是她初次与一流服装设计师共同在观众面前发布自己的作品；在筹备会上她受到安田兼子的嘲讽；为争取三和纺织公司的赞助历尽波折；后来又得到曾根英生的温情帮助……她告诉自己，这次展出非成功不可！

突然间，观众席上传来阵阵笑声。式子抬看望去，舞台上正展出一件作品——黑色的棉布上缀着红、黄两色的布块和布条，象征盛夏的阳光和沙滩。这是极为前卫和大胆的设计，但是色调有些不协调，设计上也有很大的误差。她翻看着流程表，原来是伊东歌子的作品。她想起刚才在后台看见伊东歌子穿着与自身气色相似的鲜红色套装的身影，为她的特殊才华和与此相应的自以为是性格感到心疼。不过，她又告诉自己，现在可不是替别人感伤的时候。接下来轮到自己登场了。

这时，解说员甜美的声音流过式子的耳际。

"下面要介绍的是，圣和服饰学院大庭式子老师的作品。这种服装是专为二十几岁的白领女士设计，线条利落、方便活动，讲究多方面功能的设计……"

伴随着速度略为加快的钢琴旋律，年轻模特穿着蓝白横条相间的套装出现在舞台。霎时，一种明快的色感和线条的动感展现开来。观众似乎全被那明快的色调吸引住，但没有做出更多的反应。

"接下来要介绍大原女裁缝师学院大原京子老师专为十几岁少

女所设计的作品。这是外出服，主要布料为浅米黄色细薄丝绸，缀以柔软的细褶和饰边，以凸显十来岁少女的纯洁、天真和可爱气质……"

观众席上引起一阵小小的骚动。这是观众肯定大原京子作品的直接反应。这时，舞台上的灯光慢慢变成蓝色，一名身着浅米黄色连衣裙的模特出现了，宛如一颗柠檬浮在蔚蓝的天空中。款式设计不愧是出自名家之手，令人百看不厌，其中仍存在着学校裁缝典型的天真与匠气。与其说表现出服装设计师的特点，不如说是反映出优秀洋裁教育者的性格。

式子悄然推开门朝走廊走去。由于展出正在进行，走廊空无人影，墙边放着沙发，更显得空旷寂然。距离式子下一件作品展出还有三十多分钟，这期间会展出安田兼子的作品。其实式子在上午预展时已仔细看过这件作品，那是一套外出服，从其标准化的肩线和缝褶来看，就知道是出自大原洋裁流派。二十多年前，安田兼子离开大原京子，独自创办一所洋裁学校，至今仍没摆脱大原洋裁的支配，由此可见学校洋裁派阀的强大，甚至影响到公开的时装发布会。从这个角度来看，这可说是对设计创意的一种暴力。式子不想看却又不得不看，心里感到不快。

她从沙发上站起来，慢慢地在走廊两端来回踱步，然后身子贴着墙走向通道，舞台上前一名设计师的作品展出即将结束，就快轮到式子的作品出场了。一名身穿休闲运动服的模特现身于舞台侧边，灯光随即照出纯白色的大领子。这是式子为十几岁的少女设计的外出服，是一件红蓝横格连衣裙，胸前部分为纯白色，象征着少女的清纯与天真。模特一站上舞台，由于白色调过于强烈，反而看起来有些惨白。

"看起来好像是做弥撒的修道服嘛。"

"虽然很醒目，但太抢眼了些。"两名坐在式子前面的年轻女子毫不客气地低声评论着。对服装设计师而言，作品被人比喻像什么或是说中自己的意图，是最令人不快的。这等同自己的作品没有主题似的。在三件展品当中，有两件已被忽略掉，式子非常沮丧，她在心中自语着：还有最后一件呢！

式子再次朝走廊走去，这次没有坐在沙发上，而是推开走廊尽头通往后台的门。

沿着细小的阶梯来到后台，里头闹哄哄的，跟观众席的肃静形成强烈的对比。只见设计师急切地高声指点模特，但有的模特仍不予理会，喋喋不休地交谈。三十名设计师所制作的九十件服装，分别由二十名模特快速换穿登场走秀，若有模特在换穿过程有所延迟，舞台上就会立刻出现冷场。加上大原派系和其他各派的设计师都是临时搭档而成的，模特彼此间的协调性也不佳。虽说已制定严格的流程表，但设计师若临时要求模特梳成特殊发型或佩戴饰品，就会影响到后面走秀者穿戴的时间。尽管已严格规定穿戴的时间，可是不同时装所需时间自然不同。首先，模特并非每隔四五人才上场一次，当红模特每隔三人便会轮到一次，相反的，那些无名模特则要等很久。因此每次出场都需要当场随机处置。

安田兼子身为这次时装发布会的执行主委，她盯着贴在墙上的流程表和桌上的出场顺序单，同时跟两名执行委员协调展出事宜。从十二点半开始负责展出的进行，转瞬间已将近两个小时，果真难掩疲惫的神色，但是她的声音和动作仍很利落，在后台继续发号施令。

"七十号请模特出场！七十号，赶快！"安田兼子大声嚷嚷着。

"什么七十号七十号的，请你不要叫号码，我是日法洋裁的叶山稔子！"

"这种时候已没时间称呼某某洋裁的什么老师了，再不赶快出场，可要开天窗啦！"

"前面的人拖拖拉拉，我有什么办法呢？"

安田兼子旋即查看出场顺序单，说道："六十六号衣服脱得太慢了，请立刻脱下衣服，将模特转给七十号。七十号耽搁的时间由七十一号补上！"

穿着六十六号衣服的模特边走边脱，换上鞋子、穿上七十号的衣服。这期间，六十六号和七十号的设计师彼此挖苦了几句。喧嚣当中，一些作品全数出场完毕、等着最后谢幕的设计师都事不干己地交谈着，弥漫着一种早已习惯置身此种场合的氛围。

式子对那件最后出场的作品有点放心不下，距离出场还有段时间，幸好轮到自己的模特有空，加上伦子她们的帮忙，模特很快就穿好衣服了。这是一件白底缀上蓝色小碎花的连衣裙，腰间系着和服带般的腰带，领口微露，背部线条柔和顺畅。

"八十四号请准备！"

轮到式子的作品出场了。

"记得要以穿着高跟鞋、身披浴衣时那种洒脱而时髦的姿态走台步……"式子叮嘱着，将模特送到舞台的侧边。

白底碎花的休闲服在眩目的灯光下烘托出清凉洒脱的好感，式子原本担心亚米呢的光泽太过醒目，但通过单纯的设计弥补，反而显得落落大方。虽说站在舞台侧边无法看到观众席上的反应，可是式子心里非常满意，她带着愉快的心情回到后台时，一名面色白皙的男子向她微笑。原来是曾根英生，他还带了一名摄影师。

"曾根先生，你……"曾根的突然到来，令式子惊讶得说不出话来。

曾根英生拨了一下没有油光的额发说："刚才看过你设计的作品，颇有个人风格呢。"

然后，他交代旁边的摄影师说："请拍下刚才大庭式子小姐的作品，但不是拍时装展活动照片，而是要用来介绍设计样式的照片。"

"拍照……你要把我的作品拍下来……"式子有点难为情地看着曾根。

"银四郎拜托我好几次，务必来采访，不过我没有答应，这次亲眼看过以后，觉得你的作品很有特色，所以我想在报纸上介绍一下。"

"你真的拨冗来看了？"式子因为太过兴奋，语气微微颤抖着。

"方便的话，我们到休息室坐下来聊聊吧。拍照的事交给摄影师和你的职员处理就好。"曾根避开人潮出入且拥挤的后台，邀式子到休息室。

由于展览正在进行，里面几乎没有客人，显得十分安静。曾根在靠墙的桌位坐下来，点了一杯饮料。

"因为来晚了，我是从你的第二件作品开始看起，也就是那件好像做弥撒时穿的长袍。刚才的那件作品，一出场就令人眼前一亮。在众多饶舌的设计师当中，你那件白底碎花和服式的作品给观众一种清凉感。这种设计，就是你说的遵循大阪古老传统之美以及穿着习惯，所创造出来兼具当代时尚的大阪精神的作品吧。我可以理解你要展现的艺术创意……"

曾根似乎有新斩获似的，明澄的眼睛频频眨个不停。式子不知该说什么是好。曾根所说的，其实式子很早以前就已想过，只是八代银四郎刻意地讲了出来而已。当银四郎和曾根去三和纺织公司寻求赞助时装发布会时，对方问起大庭式子有何设计风格，为了争取对方赞助，银四郎极尽夸张地吹捧着式子，让式子顿觉不好意思。

曾根看到式子突然沉默不语，以为是谦虚不便开口，于是帮腔："刚出道的设计师必须有自己的创意，才会受到重视，从这点来看，大庭小姐确实具有这方面的艺术天分，非常值得采访，而且对三和纺织公司肯定有正面帮助。"

"你过奖了……可是这次若没成功，我岂不是有辱曾根先生的颜面呢？"

"不，相较之下，银四郎比我更卖力呢。他是我们法文系的高材生，同学都希望他继续深造，他却对洋裁学校这种毫不相干的行业如此投入……至少可说是相当热衷，让我们这些同学摸不着头绪。不过，他大概有自己的想法。总而言之，是个精明干练的人……"

曾根喃喃自语似的说着，倏然目光热切地看着式子。式子顿时脸色胀红起来。从曾根的口中谈起银四郎的事，又受到他真诚的赞美，式子不由得感到手足无措。

"噢，原来你在这里啊，我到处在找你呢。"银四郎匆忙地走来，发现曾根英生坐在式子面前，便对着曾根的后背说道："曾根，你什么时候来的？也不跟我打声招呼，你跑到哪里去了？"

"你也是神出鬼没，叫我来参观，自己却跑得不见人影。"曾根对银四郎任性的说法报以苦笑。

"抱歉，抱歉，我忙着招呼赞助厂商的人，因为他们毕竟是我们的金主，可怠慢不得啊。在那之后，报社的记者也来了。你来的正是时候，之前我曾数次拜托你务必报道，你也不确切答复，让我挂心不已。这次终究看在朋友的情分上来了，谢谢，太感谢了！"

银四郎神采奕奕地说着大阪话。

"不，这是关西著名服装设计师齐聚一堂的盛会，身为新闻记者，本来就应该过来看看，所以……"

曾根说到这里，银四郎便抢着说下去："所以你愿意报道大庭式子的作品咯？"

"嗯，这么出色的作品，就算你们没来拜托，我也会自行采访的……"

"是吗，那太感谢了！对了，你若采访结束，可否马上换人？"

"咦？换人？"

"嗯，这时装发布会已经结束了，其他报社的记者也想采访大庭式子小姐，他们正在走廊上等着呢。"

"银四郎，你这样太失礼了！"式子责斥银四郎的无礼，曾根却说："没关系啦，我的采访大致完成了，正交给摄影记者拍照，至于这次展出的主题，刚才听过你的高见，接下来再请教几个具体问题就可以了。"曾根说着，打开小小的记事本。

式子对曾根说明着此次设计的构思、色调、花纹、材质用料等，但又很在意银四郎的态度。当曾根在采访式子的时候，银四郎走出了休息室，随即带来两名女记者和一名摄影记者。四人便在与曾根和式子隔着一些距离的座位坐了下来。银四郎找来服务生，点了什么，还机敏地跟服务生说个没完，这些情形式子都看在眼里。

曾根有条理地写下采访笔记后，朝银四郎瞥了一眼，说道："看来各家报纸对你的设计都很感兴趣，以后你可会忙得应接不暇呢。不管在什么领域，新手都难免会卷进荒谬的毁誉与褒贬的漩涡中。而且八代银四郎这个人脑筋动得快，又擅于钻营，只要他登场，漩涡就会搅得更快，到时候你一定要保持冷静，若是跟他一起搅和，很快地就会丧失自我。"

曾根向式子投予关怀的眼神，然后慢慢地站起来。

"人的一生中，最大的不幸就是丧失自我！"说完便转身离去。

银四郎站在休息室的门口与曾根交谈了几句，但他似乎很在意正等着采访的女记者和摄影记者，于是立即回到座位上，带着其中一个较年长的女记者来到式子跟前。

"对不起，让你久等了。这位就是参加这次关西服装设计师协会主办的时装发布会的圣和服饰学院院长大庭式子，她是新人，以后请多关照……"银四郎的口气不同于与曾根交谈，而是非常认真地介绍着式子。

"不，你太谦虚了……我是C报社记者新村昌子，负责跑流行时尚的新闻。对不起，现在就开始我们的访谈……"

女记者开场的同时，银四郎便说："你们慢慢谈，我先到那里招呼等候的其他报社新闻记者……"说完，他机敏地离席而去了。

这时，只剩下新村昌子和式子两人，式子既有同为女性的亲近感，却又因为初次见面而有点不自在，只见新村昌子习以为常似的问："听说大庭小姐是船场名门的后代？"

"嗯……"由于这次是时装展览采访，女记者这种唐突的问法，让式子感到诧异。

"听说是南船场吗？"

"是的，在久太郎町。"

"据说你是相传五代老字号呢绒批发商的女儿，不喜欢船场那种古老的陈规陋习，极力想过着与之截然不同的现代生活……真了不起啊，不过，想必你也遇到许多意不到的困难吧？"

新村昌子兴趣盎然地看着式子。刚才曾根与式子交谈的时候，银四郎似乎向女记者大肆渲染式子奇特的出生环境，女记者才这样询问。这让式子有些反感。

"不，也没你想象得那么古板和拘束啦，对我来说，拿自己喜欢的布料做时装设计，是最满意与自在的生活方式。"

"不过，从你的作品来看，似乎还看得出以船场这个特殊环境为背景的味道吧？"

"不，应该没有。我只以选择的色调、花纹、布料为素材，将它做最美的呈现而已，这也是设计的要素。"

"可是，刚才看到的白底蓝色碎花、宛如和服的作品，只有在大阪古老服装的传统中耳濡目染之下才制作得出来的。换句话说，那不是江户式的风流潇洒，而是京都附近的质朴韵味。这件作品道出了大庭小姐特殊的成长环境与人品呢。"新村昌子继而用热切的口吻说道。

"哎呀，你这样分析，比我还更了解我自己呢。"

说着，式子不知不觉陷入新村昌子营造的愉快的谈话气氛中，感到喜不自禁。

两名女记者的专访，式子几乎回答同样的话，结束访问后，式子抬起疲惫的双眼看向窗边，三和纺织公司的营销部经理和野本敬太正坐在那里。式子正要站起来，对方已主动走了过来。

"这次真是盛况空前呀。我们方才就在那里等了，观众的反应非常好，等于替我们公司做了一次盛大的宣传。"营销部经理招呼道，似乎把最初不愿答应赞助的事忘得一干二净了。

"这样我们今年就有信心冲高亚米呢的销售业绩了，这全托大庭院长的福！"野本敬太赶紧为当初的处理失当致歉。

"不，这次若没有贵公司的赞助，我就没有参展的机会，还是应该感谢你们啊。"

式子谦卑致谢着，请两人喝红茶。刚才消失的银四郎又回来了，他看到营销部经理和野本，马上说："哎呀，真是失礼了。刚才只在柜台寒暄，没多加奉陪，我心想展览会结束后再招呼两位，没想到又得招呼报社和杂志的记者，忙得晕头转向，刚才还带着一名摄影记者去后台协调拍照的事呢。"

银四郎嘴上道歉，其实是在炫耀他有多么忙碌。

"哪里，你太客气了。与其费心招呼我们，不如多介绍由三和纺织公司提供、大庭式子老师设计的亚米呢布料服装，这更有意义呢。"营销部经理态度殷勤地说。

"我也这样想过，可是这样对赞助厂商未免过于失礼。不过你也知道，报纸和杂志所做的报道都是不收费的，而且比起商业广告，读者更相信报纸的报道，任何人都想多加利用这个优势。刊登一则不起眼的三行广告，就得花上一千两百日元呢。"

银四郎说得非常露骨，式子惊讶地小心环视周遭。第一场的展出已经结束，距离第二场尚有一个小时的休息时间，因此看完第一场展出的人以及等着看第二场的观众都涌向休息室来，里面顿时人声嘈杂。

"八代先生真是既年轻又能干，无论什么场合都是反应灵敏，不忘精打细算，我们公司的职员简直是望尘莫及！野本，你们可要多向人家学习啊！"营销部经理朝坐在旁边的野本说道。野本尴尬得不知该把目光投向何处，只是转动一下浓眉下柔和的眼睛。

这时，式子的背后传来了急促的叫声："大庭小姐，你不能这样啊……"

来者是安田兼子。

"第一场展出之后，还得准备第二场的服装，你怎么可以在这里急着自我宣传呢！身为执委会主委，我实在不得不说这些不中听的话。再说，就算报纸和杂志来采访，也未必会刊登出来。"安田兼子说完，气冲冲地转身离去了。

银四郎好像向式子说了些什么，但式子对安田兼子撂下的那番话感到不安。安田说得没错，自己的作品是否受到肯定，在未看到明天的报纸前仍是个未知数。

翌日早晨，式子醒来以后，要女佣喜代拿来报纸，立即翻看B报的妇女生活版。一张大幅照片和标题映入她的眼帘：

大庭式子的作品展现大阪新风格！

报道的执笔者为曾根英生。曾根强调这套白底碎花和服式的服装，设计颇具创意，既表现出大阪古老服装的传统又兼具现代特色，并赞扬大庭式子具有新秀时装设计师的特殊才华。文章写得含蓄妥贴，反映出曾根的个人风格。读完这篇报道后，式子旋即翻开K报。

K报只提到在大阪的S会馆隆重举行了关西服装设计师协会主办的大型时装发布会，吸引大批女性前往参观，现场洋溢着清爽的初夏气氛。式子读完后颇为失落。K报女记者是继C报的记者新村昌子之后来访，就式子的设计理念进行了约莫四十分钟的访谈，可是并没有在版面上做专题报道。这么看来，曾根的报道确实是出于对式子的善意和慰藉所做的好评。

式子从床边慢慢站了起来，朝楼下的厨房走去。女佣喜代看到没按铃即径自走进厨房的式子，露出惊讶的表情。

"你到车站前帮我买份报纸回来……"式子若无其事地说着，步出厨房，走进走廊尽头的盥洗室。

式子在镜中的面容显得暗沉，皮肤干涩粗糙。一个多月来为时装发布会奔波的疲累与睡眠不足全显露在脸上。间距略开、大而有神的双眼微微布着血丝，过于埋首工作使得她美丽的脸庞消瘦憔悴。

大门传来了脚步声。式子原以为是喜代买报纸回来了，门铃声却响起。她不予理会，稍后门铃又响了。铃声是直接从门口传来的，看来喜代外出时忘记锁大门了。她急忙往脸上抹了乳液，合上居家长袍的前襟，才从玄关旁的会客室窗户往外窥探。

乍看去，院子的黄杨树丛中竟出现银四郎的身影。他怎么大清早便突然来访？式子想到自己穿着居家长袍有失仪态，犹豫着要不要开门，可是门铃持续响个不停。她只好硬着头皮来到玄关，打开了大门的窥孔。

"啊，早安！"银四郎认出向外窥探的不是喜代而是式子时，顿时吃了一惊，但立刻若无其事地说："哎呀，原来是你呀，赶快开门吧。"

"可是我只披着居家长袍，还没换衣服呢。"式子犹豫地低声说。

"那有什么关系，我又不是陌生访客，你总不能大清早就让我吃闭门羹，不请我进去吧。"银四郎这么催促着。

式子不便说什么，只好合紧长袍的前襟打开玄关的门。

银四郎推门而入后，看见式子穿着玫瑰色的居家长袍，然后把视线转向室内，问道："喜代呢？"

"去车站……"

式子正要往下说，银四郎便接话："买报纸吧？"说完，他从两边的口袋里拿出成叠的报纸。

"你看，我把六份早报全买来了。"他从报纸中抽出占四个版面的妇女生活版，递到式子的面前，"你看这个。"然后把剩下的报纸像处理废纸般地扔到地板上。

式子已看过六份报纸中的B报和K报，只抱着其余的四报走到玄关旁的会客室坐下，首先翻开新村昌子的C报。

闺秀时装设计师登场展现新大阪风格！

醒目的标题出现在妇女生活版上，还刊登了参展服装和式子的近身照。式子急切地读了起来，这篇报道写得有些煽情夸张，大致内容是：式子是出身五代相传的船场名门闺秀，却舍弃船场的陈规旧习和传统，选择"服装设计师"这个截然相反、现代时髦的职业，寻求独立自主的生活，带给许多大阪女性相当大的生活启示。

式子很快地看完剩下的三份报纸，报道内容全集中在"闺秀服装设计师"这个焦点，以引起读者的兴趣，整个版面都在渲染式子的出身背景及成长环境。她感到有些失望，把报纸搁在沙发上，神情沮丧地望着庭院。

"怎么了？六家报社来采访，有五家都登了，上报率几近百分百呢。"银四郎从窗边的椅子站起来，得意洋洋地说。

"可是，这些报道与其说是对我的设计给予肯定，不如说他们是因为我是出身船场的闺秀，才感兴趣而来采访的。"式子没好气地说道。

"这又有什么关系呢？其实，几百万名阅报者根本不在乎什么颈部线条或服装边饰啦，报道一个闺秀设计师的身边琐事反而可以引起他们的阅读兴趣呢。再说，一份报纸售价五日元，五家报社的报道共七百四十五行，若以三行广告费来算，我们岂不是平白现赚三十万的广告费？"银四郎沾沾自喜地说。

"请你不要说这种没有格调的话！我现在正严肃而认真地思考作为服装设计师的生活态度呢。"式子语气激昂地反驳道。

面对式子激烈的语气，银四郎的镜框闪着冷光，但他的嘴角马上堆起了笑意。

"我了解你的想法。可是光说什么严肃啦或认真啦，不彻底去做的话，就成不了什么大事。我想说的是，要锁定一件事情下功夫，不可贪多，也不必自我陶醉和莫名感伤。像这次展出，原本三和纺织公司不愿赞助，后来转为同意就是最大的成果；而且大庭式子初次参加一流时装发布会就崭露头角，五家报社都报道即是一种肯定，至于报道内容不是重点。简单地讲，登上报纸和杂志的版面就如同施放气球一样，与其追求质量，倒不如讲究量的增加，让它更热闹地撑大场面。但话说回来，若因此自我陶醉的话，那气球就会消瘦下去。所以要趁气球顺着气流上升的时候思考下一步。至于下一步嘛……"银四郎目光热切地看着式子。

"你的意思是……"

"扩大学校的规模啊。总之，开设学校才是根本之道。就算报纸和杂志把个人吹捧得再高，再有名气，以现在的服饰界来说，自己若没拥有大型学校恐怕难以生存。"

"我没有多余的资金……"式子没信心地说。

"有了钱再做大事业，这种事任何人都会。但是从无到有，不正是我们要奋斗的目标吗？"

"你说得简单轻松，但我们用不着这样勉强……"

式子没来得及说下去，银四郎便抢着说："你的意思大概是说，若是勉强而为，规模的扩大还是有限。请放心，这全权交给我处理吧，你只要在我的安排下，以著名服装设计师的身份亮相就行了。"

"我可没那份能耐。"式子拒绝道。银四郎突然从窗边的椅子站起来，来到式子跟前。

"所谓的能耐，等学校的规模大了，资金也多了，人们就会说这是你大庭式子本来就具有的。你若要走像安田兼子或大原京子那样的道路，刚开始难免起头难，但其实也没那么困难。所谓'十年寒窗'的想法已经过时了，像洋裁这种战后兴起的行业，至少要在四五年内，或五六年内就得分出高下。正如食物有季节性一样，人要做事业也要抓住时机，错过时机就追悔莫及了。"

银四郎流畅的大阪话像漩涡般把式子卷了进去，他那眼镜后方的细眼正射出异常冷漠与执拗的目光："总之，一切交给我处理吧。"

式子清楚地看见银四郎那金闪闪的镜框再次射出冷光。在这种近乎异常无情与执拗的威压之下，式子终于怯懦地向银四郎点了头。

盛　夏

　　津川伦子放下汗水沾湿的话筒，瞥了一眼柜台的年轻办事员。高中刚毕业、圆脸的川上君子额头上渗着大粒汗珠，正神情专注地整理学生的学杂费减免申请表。

　　伦子确认川上君子没有在偷听自己与野本敬太的电话，便上前对她说："天气真热，你工作那么卖力，去买两客冰淇淋，我们解一下暑吧。"说完，回到自己的座位。

　　今天是本学期授课最后一天，坪田胜美和大木富枝以及年轻助理都去上课了。教职员室空无一人，银四郎的座位也空着，只见阳光斜照在桌子上。院长式子为了避暑，五天前已住进六甲山的东方饭店，伦子因而必须代替院长拟订暑假讲课课程表。有些学员很用功，暑假仍来补习。暑假讲课就是为她们办的，因此必须把实质上只有十天的课程安排出来。伦子把直格型的课程表放在面前，拿出铅笔，刚填上余下的空白，又马上放下铅笔。

　　刚才与野本敬太通完电话后，伦子总觉得莫名憋闷。野本在电话中说，一个月前他约院长前去挑选秋季服装的布料样式，若不尽快决定，就来不及印制花纹了，请伦子代为催促一下。接着，野本又低声问伦子，今天是否有空？伦子回答说，现在正忙着编排暑假课程表，而且今天还得跟人在六甲的院长联络，野本似乎看出伦子的心境，表示'最近你好像变得非常忙碌呢'。伦子正要解释自己多忙碌的时候，野本便说，那么你去六甲山之前，至少在咖啡厅碰个面吧。伦子无法推托，只好答应下午五点在六甲车站前的"六甲花园"咖啡厅和他见面。

距离约定时间尚有三个小时，伦子想到要和野本见面就心情沉重。自从时装发布会结束后，伦子尽可能避免野本到寓所约会，纵使野本过来，她也不像以前那样硬是劝他留下。吃完饭后野本要回去时，她直送到门口也不挽留。这样的冷漠举动反而激发野本的春心，当他来到房门口时，突然转身抱住伦子。伦子越是挣脱，他抱得越紧，直用宽厚的胸膛压住伦子，关上灯光尽情扭抱。

办事员川上君子用托盘盛着冰淇淋回来了。

"津川老师，久等了，那我就不客气地品尝啰。"说着，她将一客冰淇淋放在伦子面前，自己则高兴地拿走另一客。

舌头舔着冰淇淋，一股化学添加物的微甜滋味渗入喉头，出汗的身体受到舌上凉爽的刺激，立即得到消暑的感觉。

稍事休息后，伦子又开始寻思编排暑假讲课的课程表。她觉得，现在与其耽溺于与野本之间的情事，不如尽快编好课程表。自从为参展时装发布会做试样以来，坪田胜美突然对伦子产生强烈的竞争意识，她若下课后回到教职员室，看伦子还没排定课程表，八成会不屑地说："哎呀，课程表还没编好啊，这样可会赶不上进度呀。"伦子抬头看着墙上的挂钟，已经下午三点多了，便又急忙动起笔来。

暑假讲课课程表排定以后，下课铃声同时响起。忽然间，楼上楼下喧闹起来，椅子磨擦地板的声音和学生的脚步声从教室涌了出来。伦子放下课程表站起身，站在窗边吸着香烟，假装课程表已经编定了。

这时候，教职员室的门急忙地被推开，胜美劈头就喊道："哎呀，热死了，冰水！冰水！"

紧跟其后的助理也喊着"冰水、冰水"，催促着办事员川上君子赶快送上。院长式子和经理银四郎不在，教职员室里便失控地乱成一团。

胜美喝过冰水润喉后，探看放在伦子桌上的课程表，沉默了一会儿，抬起头来找茬似的说道："哎呀，你几乎都没排院长的课嘛，太奇怪了吧。"

伦子吐出刚叼在嘴上的香烟，说道："自从时装发布会结束以后，院长每天操心劳累，所以顶多请她在暑假讲课开幕式时上台致辞，便可以让她到六甲山休养了。"

"噢，我以为六甲山离学校比较近，一个小时就可赶回学校上课，院长因而特意选在六甲山休养，原来不是这样啊？"

"院长是不是这样盘算我不清楚，可是十几天的讲课会，只要我们三人加上助理即可应付。而且只上半天的课，无论是授课内容、教材和时间分配等，我大致做好了安排，你们的课都很轻松呢。"

"你倒很会唱高调嘛！为那次时装发布会付出努力的不只是院长和你，我跟富枝也出了力。你缝制的那件白底碎花的服装得到好评，完全是运气使然，并不表示你多有才情。"

在伦子看来，胜美那出言不逊的态度，简直像孩子般单纯和好胜。

"我们现在谈的不是时间的分配吗？"伦子不以为意地说。

"没错，可是你的态度太过高傲了，我请你弄清楚我们现在的状况。自从时装发布会结束以来，常有客户拿着刊登在妇女杂志上的时装要我们订做，但教课又不能马虎，现在又得负责暑假讲课，简直忙得不可开交，富枝，你说是不是？"胜美说着转身看向富枝。

富枝似乎不为暑热所苦，照样享受着下课后的热茶。她对胜美激昂的语调，仅表现出短暂的惊讶，随即暧昧地笑了笑。

"你不要笑得那么暧昧不清！不准时上课和对学生缺乏管教的都是你！"胜美斥责道。

"噢，为什么把矛头指向我呢？"富枝以慵懒的大阪话反问道。

"因为你班上发生过奇怪的盗窃案，最后你也不了了之。所以……"

胜美正要说下去时，伦子急忙打断她的话："好啦，现在还提这些事干什么呢……而且我还得赶去六甲山呢。"

"噢，你外出还蛮注意时间的嘛。"胜美意有所指地说。

阵阵凉风从敞开的玻璃窗吹进电车，大概是因为急忙赶到艳阳高照的甲子园车站，伦子浑身是汗水。

幸好电车里没什么乘客，伦子边解开衬衫的领口让凉风灌进来，边想起胜美刚才的那番话。

当伦子拿着提包刚要出门的时候，胜美那句拐弯抹角的"噢，你外出还蛮注意时间的嘛"，让她不由得心头一惊。照理说，胜美应该没听见野本敬太打来的电话，因此她才大胆地回答"嗯，今天有急事要办"便出门了。事实上，今天她并不急着与院长联络，应该和胜美多谈几句再离开才是上策。

自从在S会馆举行时装发布会以来，胜美突然对伦子产生敌对意识，因为伦子缝制的那件服装得到报刊杂志的好评。虽说她们缝制的三件作品都是院长式子设计，不过受到好评的展品，其缝制者是最佳受惠者。换句话说，缝制者技术再好，若因展品设计欠佳也无计可施；但承接优秀设计的缝制，即便是在一件小小的领口上做适度发挥，也会得到赞赏。想不到原本性格开朗的胜美居然会对伦子的成功表现耿耿于怀。

伦子向来以为胜美是个性格豁达、带着某种程度稚气的女孩。这是她的误判吗？还是学校的规模越大，胜美也想在教职员室另立山头？要是果真如此，伦子今后恐难在教职员室安稳立足了。以后她不仅在工作上要特别注意，还得不让胜美发现她和野本的关系。一想到拜访院长的途中还要跟野本见面，伦子不由得心情沉重起来。

伦子在西宫北口车站换乘阪急神户线电车。车内乘客拥挤，她的左腋下夹着阳伞，右手提着一个大提包，里面装着暑假讲课的课程表、讲义和教材等资料。提包很重，她的右手提放了几次，想换到左手，但左腋下那把阳伞的长柄刚好夹在拥挤的人群中，怎么也抽不出来。轻轻摇晃还是无动于衷。伦子无奈之余用力一扯，阳伞顿时发出撕裂声，伞骨的缝线断了，一块布片垂了下来。

这把阳伞是半个月前野本带来伦子住处的。自从伦子有意回避野本之后，野本突然改变做法，比如说买些阳伞或围巾等不值钱的东西来。伦子露出不悦的脸色，野本便随口答应说："下次我绝对会买套装送你。"可是，他答应没几天，这把不值钱的阳伞就坏成这样，伦子觉得好像被敷衍了。

走出六甲车站，距离约定的时间迟了二十分钟。为了遮掩这把破败的阳伞，伦子将它夹在左腋下，推开车站前的咖啡厅门。

野本似乎很早就已到达，放在他面前加奶精的金牌咖啡已经变浊了。

伦子将破损的阳伞藏在桌下，说道："对不起！我来晚了。出门的时候我还顺便……"

说到这里，野本便一反常态不悦地说："又是顺便，你真是忙碌呢。"他那浓眉下柔和的眼睛散发出热切的目光，穿着白色开襟衬衫的宽厚肩膀剧烈地抖动着。野本这半个月来没与心爱女人见面的焦虑，正步步逼向伦子。

"哎呀，不要这样啦，半个月不见，一见面就气呼呼的……"伦子故作娇嗔地说，试图转移话题。

"我当然要生气，半个多月也没……所以……"野本的眼里倏然射出亢奋的目光。

伦子觉得刚才自己那些话颇有试探的意味，想就此打住，可是没等伦子开口，野本宽厚的肩膀已探了过来，"你到底怎么了？时装发布会结束以后，你对我未免太冷淡了吧？虽说在交涉期间有些不尽如意的地方，但后来我们双方都有不错的成绩，你何必突然这么冷淡呢？难不成……"

野本正要往下说时，伦子技巧性地岔开话题："哎呀，今天我们约在这里，并不是为了谈那些令人烦心的事嘛。你不是要我催式子院长赶快到你们公司挑选秋季布料的花纹，不然就来不及印了吗？"

经伦子这么一说，野本顿时有些不知所措，但仍含着怒气说："这件事当然很重要。不过，说也奇怪，之前你和我联络得那么勤，但最近光是为了选个布料花纹，我不三催四请，你就没有积极的动作。"

"哎呀，我们院长太忙了嘛。发布会结束以后，院长的工作量突然暴增，不仅要回应你们公司，其他的厂商和贸易公司也提出同样的要求。"

"其他贸易公司？是哪一家？"野本追问道。

"比如钟纺啦，东洋人造纤维啦；贸易公司有丸红和名声公司，而且……"伦子故意语带暧昧地说，只见野本的眼睛掠过一丝慌张。

"你们能接到更多订单当然是值得庆贺，但发布会结束以后，我们公司即马上请你们来挑选布料花纹，希望你能明确答应下来。坦白说，专门销售流行服饰的公司，若没及时推出当季流行款式，一旦错过时机就晚了。说得严重一点，必须在季节一开始便推出新颖款式拔得头筹，就算拿到第二名也谈不上'流行'了。哪家公司能最快推出并大肆宣传就是决胜的关键。所以，要请你们多多帮忙啊！"

伦子带着嘲讽的目光看着野本。在这之前，都是伦子她们向三和纺织公司低头求助，现在野本他们却主客易位，不得不拜托她们了。

野本敬太被默默望着自己的伦子看得有些不安，于是从提包里拿出一本配色本，连忙打开用纸片做标记的地方："浅棕色和粉红色是今年巴黎流行的色调，我们公司希望用这两种颜色作为今年秋季的基本色，接下来请院长选料自由发挥。这样应该没问题吧，一切拜托你了。"野本再次确认似的叮嘱道，指着摊在桌上的配色本。

"嗯，我会仔细转告院长这件事……"伦子略显慵懒地看着野本所指的颜色。

"你不要答得有气无力嘛。秋冬两季的毛料花样，若没在夏季定下来就来不及了。这关系到我的业务，你多少替我想想嘛！"野本露出不悦的表情。

伦子立刻解释道："哎呀，我什么时候不认真了？我很专心地在听呢。正因为态度慎重，才不能信口答应。现在我正在思考，用什么方式请院长尽快跟你们公司谈定合作事宜呢。"

伦子这么一说，野本不悦的眼神终于露出安心。

"好吧，一切就交给你处理了。"说完，他喝了口回温的冰水，透过咖啡厅的窗户，往绵延至车站附近的六甲山麓望去。

"不知那座山有多高，我还没上去过呢。"野本悠哉地说。

"大概有九百米吧。虽说叫六甲山，但是坐公交车到缆车升降口，再搭缆车上去，十分钟即可到达，山上很平坦，和高原一样，有点像轻井泽①。"

"气温如何？"

"听我们院长说，仲夏平均温度为二十四五度，早晚冷的时候还得穿上毛衣。"伦子仿佛受那凉意吸引似的，抬头望向窗外广阔的群山。

"你现在去山上，几点左右可以回公寓呢？"野本声音里充满热切的期待，看样子他打算到伦子的公寓等她归来。伦子旋即回答："今晚我要留宿山上工作呢。"

"噢，洋裁学校的教师得忙到过夜吗？"野本不以为然地问道。

---

① 日本知名避暑胜地。

"糟了，都六点了，我得跟院长联络才行呢。"

说着，她慌张地站了起来。由于起身用力过大，立放在桌子底下的阳伞应声而倒。当她正要捡起来的时候，野本已抢先伸手过去。野本认出这把伞骨断线、布片下垂的阳伞正是自己半个月前送给伦子的礼物时，不由得板起脸孔。

"你不能像刚买来时那样妥善使用吗？"说完，他将阳伞递给伦子，气呼呼地径自推门而去。

伦子来到开往六甲山缆车口的公交车站时，刚才没付账就走出咖啡厅的野本敬太已在排队等候公交车了。

"你不要这样赌气好不好？"伦子责备着。

"有什么关系呢？只要三十分钟就可以坐缆车到山上去，我先送你上去，再立刻下山。"

"可是在这傍晚时分，我们俩坐缆车上山被别人看见就不妙了。而且今天是周末，外出的人多，恐怕会被谁撞见的。"伦子低声说着，生怕前后排的乘客听见。

"我送你到中途就好，不必担心嘛。"野本反而故意大声说话，惹得前后的乘客好奇地打量着他们俩。伦子不由得脸色羞红，但又不便在人群中与他争论，只好沉默以对。

开往缆车口的公交车十分拥挤，每到转弯处就摇晃得厉害，满载的乘客和行李仿佛要从窗口掉出去。伦子约莫站在公交车中间，抱着大提包和阳伞，面向车子行进的方向。每当车子一摇晃，她的身体便随之左右晃动，这时野本的双手便趁机从背后抱住她。她扭身试图挣脱野本的搂抱，但越是挣扎野本就抱得越紧，一股汗臭的气息吹到她的脖颈上。在这充满汗湿的臭味中，她直觉自己受到难以言喻的羞辱。男人时常趁机在客满的车内以碰触女人身体为乐，这种情欲实在是低俗又可悲。身体健壮的野本单纯而粗野的示爱举动，同样令人无法忍受！

下了公交车等缆车时，伦子坐在站内的长椅上，表情僵硬，始终不跟野本说话。野本似乎感受到伦子的沉默是因为刚才在车内发生的插曲，因而有点不好意思，兀自吸起烟来。山上吹来阵阵凉风，伦子顿觉浑身清爽，但是体格壮硕的野本坐在身旁，又令她沉闷难耐。缆车从山上滑下来时，站内随之骚动，乘客们纷纷排队准备上车。野本扔掉烟蒂站了起来。

"我们在这里分手吧！"伦子突然这样要求道。

野本先是愣了一下，但不理会伦子，朝检票口走去。

"你不要跟着我嘛。你若执意跟去，我就不去，纵使院长怪我失约，我也要回去。"伦子一想到待会儿在客满的缆车内很可能被野本趁机拥抱，心里就很不舒服。

也许是被伦子强势的态度所震慑住，野本转身过来，口气温和地说："那么，就送你到在这里，我回去了。"

伦子登上缆车的最后一节车厢。她被人群推入车内，站在车尾的窗边看着野本。野本提着提包，倚在检票口的铁栅栏旁，望着客满的缆车。缆车发车的同时，绞盘的钢索不停发出嘎嘎声，缆车微晃着徐徐上升，视野随之明亮开阔起来。山上的冷空气流荡着，野本的身影逐渐远去了。伦子远远望去，野本如豆子般逐渐消失的身影，正道出她有意疏远野本的心情。

大庭式子望着几座蜿蜒起伏、轮廓模糊的山峦。刚才还郁郁葱葱的六甲山在夕阳的余晖下笼罩上淡淡的暮色，只有伸展到山脚下如衣带般的市街没有蒙上暮色，显得格外光亮，眼前的海面也如镜子般折射着亮光。

式子坐在饭店露台的椅子上，眺望着黄昏时刻的景色，等候津川伦子的到来。前天打电话回学校的时候，伦子非常兴奋地答应说："后天傍晚，我会带着暑假讲课课程表和教材来请院长过目。"式子放下话筒后，伦子充满活力的声音仍在她耳中留下美好的余音。最近伦子的工作表现让式子有些困惑。时装发布会结束之后，她无论在教职员室或上课态度，以及为下星期起的暑假讲课所做的各项准备，都非常细心周到，不像以前那样松懈，看得出颇有让杂事繁忙的式子暂时得以休息的考量。

从这点来看，胜美和富枝表现得并不是那么积极。发布会结束后，胜美在工作上显得任性消极，由式子设计，准备刊登在全彩妇女杂志的服装，虽说由胜美花了工夫缝制，但仍可看到许多没妥善处理的纤线。富枝依旧像牛车般慢吞吞，尽管对交代的任务认真执行，但在工作上总是缺乏主动判断的精神，于是重担便落在行事积极的伦子肩上。不过，伦子之所以没有面露难色、毫无怨言，也许是想通过积极工作的方式，对当初与三和纺织公司洽谈一事受阻、造成式子困扰，表示歉意与寻求谅解。伦子温和谦卑的态度也使得式子心软了，这时式子却感到银四郎投来冷漠的目光，示意她拒绝伦子的示好，为此式子的表情更谨慎平静了。

不知不觉间，横亘在眼下的模糊山影笼罩在暮色中，山脚下细长的市街和广阔的海面也抹上一层墨色。山边的街道闪着稀疏的夜灯。式子感到夜晚的寒气，正要拿起披在椅背上的毛衣时，发现背后似乎有人走来。

"院长，我来迟了，对不起！"

来者是伦子。伦子把毛衣披在式子肩上，走到她面前，再次为迟到致歉，并将手上的大提包和阳伞搁在桌旁。伦子似乎是询问柜台人员得知式子在露台，便径自走来。

"没关系啦。我又没跟你约时间，而且我不在的期间，你难免有急事外出，或遇到不期然的事要办……"式子慰劳似的说。

"不，我倒没有急事要办。因为碰上星期六，神户线的电车非常拥挤，夹在腋下的阳伞又被乘客卡得无法动弹，到六甲山缆车口的公交车又挤得像沙丁鱼，缆车上也是人挤人，我从甲子园口花了将近一个半钟头才到这里，所以就来迟了。您看，阳伞都被挤成这样了……"说完，伦子将破损的阳伞高举，自得其乐地笑出声来，但式子并没有跟着笑，而是像在思忖着什么，这让急于辩解的伦子有些不快。

星期六夜晚的餐厅里洋溢着欢乐喧闹的气氛。来客中，除了像式子她们这种两个女人一桌安静用餐的客人外，几乎都是四五人相伴的家族成员或年轻情侣。自从去年年末以来，这是式子初次单独与伦子用餐。以前她们经常在周末夜上饭馆享受美食，有时也在鱼崎的家里共同享用喜代的拿手好菜。不过今年式子忙着兴建校舍和新学校的经营，与银四郎商讨的时间增多，和伦子一同用餐的机会自然就减少了。

"好久没一起吃饭了。"式子品尝着法式清汤说道。

"是啊，已经有八个月之久了。"伦子似乎也有同样的感触。

"不过，依旧是我们两个单身女郎呢。"式子微笑地说。

"听说服装设计师、女明星和女作家等等，时常和女伴相约用餐。"伦子有点答非所问地回答，突然，她正色说，"院长，有件事情让我很为难……"

"噢，什么事情？"

"是三和纺织公司的事……"伦子只贸然说出三和纺织公司的名称，然后难以启齿似的支吾着说，"就是……他们希望院长在八月底以前能决定秋冬衣料的花色样式。可是，我想到院长平日繁忙又辛劳，便回答有所困难，他们却催个不停……"

"这当然是很赶，但话说回来，上次三和纺织公司确实帮过我们的大忙……"式子思索着解决办法。

"院长，三和纺织公司就是冲着这点人情而来的。不过，想到院长您在时装发布会以前，尚未在服饰界崭露头角之际，他们也曾好意提供校内学生作品展的布料，我们就更不好拒绝了。"伦子一语道出式子的为难之处。

"所以，我们很难拒绝嘛，看来妇女杂志的事只得先暂缓一下，多留点时间下来。"

"那么，院长您会在八月底前决定吗？"伦子再次确认道。

式子深深地点了点头："有什么办法呢，他们以前关照过我们。"

说到这里，式子突然停顿下来，凝视着伦子明亮的大眼，以极严肃的口吻问道："这是野本个人拜托你的吗？"

伦子稍微眨了眨眼睛，丝毫不见怯色："哎呀，院长您不要胡猜嘛。野本只是代替他们营销部经理来信催促，和打电话关心而已。"伦子反而责斥式子胡乱猜想。

当她们气氛尴尬地用叉子叉着冷虾时，服务生穿过桌隙，来到式子面前。

"对不起，打扰两位用餐，有位叫八代银四郎的客人找您……"服务生仪态端正地等候式子回复。

"咦？怎么这时间来呢……我又没有约他……"式子犹豫地说。

"该不会是学校发生什么急事吧？我先告辞了，联络方面的事，明天我再和您讨论。"伦子深知事情的轻重，急忙站起身来。

"明天起就放暑假了，应该不会有什么急事吧。你也认识银四郎，一起听听他怎么说吧。"式子试图留住伦子，转身对服务生说，"请带客人到这里。"

银四郎看见津川伦子在场，面露惊讶。

"啊，晚上好。山下现在是三十八度，是今年以来最高温。我闷得头昏脑胀，于是开车出来兜风，刚巧伦子也在，回程刚好有伴。"银四郎说着坐了下来，喝了口冰啤酒润喉后，审慎地望着式子。

"你又忙起工作来了，好不容易请你在这凉爽的地方休养一下，但工作似乎压得你喘不过气来。"

"嗯，是蛮累的，只好一件件解决。只是三和纺织公司那件事情，得尽快处理才行，伦子，是吧？"

伦子顿时愣了一下，想说什么之际，银四郎吃惊地问式子："什么？三和纺织公司……是哪方面的事？"

"之前他们曾拜托我，希望我在这个月底前替他们选出羊毛料的花样来。这跟时装的设计不同，布料的图样设计很不容易，而且他们打算织出五万码的布料。"

"你为什么在短时间内接下这种费事的工作呢？之前谈的时候没有这么急迫啊。"

"对方突然联络伦子，希望我无论如何要尽力帮忙。"

"咦？是他们联络伦子的吗？"银四郎半信半疑地问道，擦得晶亮的眼镜闪闪发光。

伦子看着银四郎，神情僵硬地回答："是啊，他们营销部经理突然要野本打电话联络我，若是没办法，我干脆拒绝他算了。"

"不，这样做不好吧。人难免有需要彼此帮忙或支援的时候，而且院长对你最近的工作也有所期待吧？"

不知银四郎在想些什么。他一改刚才的冷漠态度，口气突然变得温和，并抬头望向窗外。刚才，清澈的夜色开始泛白了，忽隐忽现的街灯也消失在黑暗中，天空中静静地蒙上一层白雾。

"景色好美喔，我们三个人去走走吧。"

"可是六甲山起雾时，浓得伸手不见五指，这时外出会有危险的。"

"我们专程上山来，就去溜达溜达吧，小心一点就没事。"银四郎执拗地说。

式子不想在这容易发生事故的雾夜外出散步，又不好意思当下拒绝银四郎。三人来到外面，树林间已涌起阵阵白雾，绕过饭店旁的小径，旋即是杂树林立的道路。这条路弯度很大，可连接通往天狗岩的散步道，但周遭已被浓雾深锁，几乎看不见三米外的景物。

式子深知这里的地形，走在银四郎和伦子前。白雾不断地飘来，逐渐将整个空间消融在乳白色当中。

"院长，您没关系吧？"浓雾中传来了伦子关切的叫声。

式子回头一看，依稀只看见伦子模糊的身影走在银四郎后头。"天狗岩就在不远处，但我们还是折返吧，雾越来越浓了……"

"我们难得在浓雾中散步，走段路再回去吧。"说完，银四郎径自走去了。

雾越来越浓了，连走在一米前的银四郎身影也遭浓雾所吞没。偶尔传来风声，浓雾便随风消散些，但又立刻卷起阵阵浓雾，再怎么往前走，都觉得像在原地踏步，令人焦虑心慌。

"我看还是折返吧，要是迷路就不好了。"银四郎在雾中说道。

这次换伦子走在前面，回到来时的路上。不知几时，白茫茫的雾中竟掺杂着蒙蒙细雨，隐身在杂树林间稀疏的别墅依稀可见灯影。

"伦子，你不要紧吧？看着脚下直走就行了。"

"嗯，我知道，您放心。"伦子大声地回答。

穿着毛衣的式子仍旧感受到丝绸衬衫的肩部有些湿气，当她双手交叉环抱住肩膀时，一个热乎乎的身体从背后贴了上来。原来是银四郎！式子激烈地扭身反抗，想叫出声音来，但想到伦子就在不远的雾中，只好忍声不出。式子喘着气，极力想推开银四郎，但银四郎那被雾水浸湿的双手反而更执拗地缠住她的身体。

"你不要这样……快住手！"式子低声拒绝道。

尽管式子拼命反抗，银四郎的双手却抱得更紧，冷不防将自己湿润的热唇贴在式子的嘴上。他硬是将式子的脸庞扭向自己，再次亲吻了一下，然后将式子转过身来面向他狂吻个不停。

"待会儿，在阳台……"银四郎嘟囔道。

前方传来伦子叫唤式子的声音："院长，雾开始散了，可以走快一点了。"

果真，刹那间，迷蒙的白雾逐渐散开，周围出现亮光。式子甩开银四郎的纠缠，在逐渐散去的白雾中快步地向伦子追去。

"哎呀，刚才我真担心呢，心想您就在我身后，想不到却落后这么远……"伦子表情愉悦地回头看了看，然后指着一辆在十几米远的柏油路上，前灯明亮徐徐而行的车辆，"被这团团浓雾困住，没发生事情真是幸运啊。您看，连车子都开得格外小心呢。"

由伦子口中说出"没发生事情"这句话，像尖刀刺进式子的心坎里。式子心想，这算没发生事情吗？她很想回头看看身后的银四郎，但又按捺住这股冲动。银四郎如同来时那样，始终保持间隔，若无其事地走着，当式子急忙追着伦子的时候，他也没有加快速度。与式子深怕伦子知道这件事相比，银四郎似乎更显得无所畏惧和从容自在了。

式子没有在浴盆里泡澡，仅简单淋浴后就上床了。她觉得自己的肌肤尚残存雾水的湿意，可是此刻并没有以美容皂细细搓洗、悠哉泡澡的心情。散步回来后，她连热茶也没喝便直接进入房间，匆匆洗过澡，关了灯，即上床了。

伦子非常在意式子冷淡的神情，刚才还进来说："看来我还是回去，不留宿了。我和银四郎不同路，我家位于阪神沿线，他若能开车载我到六甲山口，让我搭电车回去就行了……"

"为什么？房间不是订好了吗？而且已经晚上十点了，银四郎也决定在这里过夜，你就住下来吧。"

刚才，柜台服员打电话来，说已经遵照嘱咐另外安排了两间房间，但由于今天是周末，一间房间有浴室，另一间就在式子的隔壁，没有浴室，并告知两间的房号。

银四郎回到饭店首先走到柜台，为的就是这件事。式子心想，先前她们用餐的时候，银四郎说他只是开车出来兜风，顺便上山乘凉而已，难道这是他的借口吗？还是因为意外地被美丽的夜雾所吸引，一时情不自禁拥抱了自己？

白雾又飘了过来，窗外突然响起下雨似的滴答声。式子硬是闭上眼睛，像是要摆脱刚才那些不快的事似的。隔壁房间已听不到盥洗室的水声，伦子似乎上床睡觉了。尽头的房间方才还开着收音机，现在也关掉，变得安静无声。

这时候，阳台上的玻璃门外传来咚咚的声音。式子竖耳细听，门外果真有轻微的响动。她心想，该不会是风声吧，可是过了一会儿又响了起来。

"待会儿，在阳台……"银四郎在她耳畔低声说的话，猛然袭进了她的耳里。

阳台上的玻璃门又传来微微的声响，敲门的人小心翼翼地间隔一定的时间才敲几声。

式子屏住气息地细听着，一种微弱的人声夹杂在敲门的响声里，她心里七上八下的，深怕隔壁房间的伦子察觉。她蹑手蹑脚地走到阳台窗前，打开门缝往外一看，银四郎竟然站在她跟前。银四郎并没有换上睡衣，还是穿着西装、系着领带。式子心想，一个男人在深夜十二点竟然来敲单身女子的房门，未免太不合常理。式子向银四郎投去责备的目光，但银四郎的手早已按住玻璃门，强行推开。式子不由得向后倒退了一步，银四郎就势无声地闪了进来，前后不到几秒钟。

"伦子……在隔壁，不行啦……"式子低声说道。

银四郎眼镜下那双细长的眼睛濡湿般闪着光，随即紧紧抱住了式子。他如同在雾夜里那样，以温暖湿润的嘴唇亲吻着式子。式子几乎说不出话来，任凭银四郎拥抱，缓缓拉进房间里。在熄灯后的房间里，银四郎细嫩的双手温柔地轻抚着式子的脖颈，最后将式子压在身体下。他那女人般细致的肌肤和温柔的爱抚，慢慢地勾起式子暗藏的情欲。

式子在昏沉慵懒的氛围中，闭上了眼睛。一想到刚才发生的事，心里就有说不出的屈辱和悔恨。

这时，她突然想起船场地区女儿出嫁时的传统习俗：印有家徽的帷幔披在长衣箱、衣橱和梳妆台上，随后是装在轿子上满满的嫁妆和行李，场面豪华盛大。不过，今天她住在饭店的房间里，既无人来帮忙整理行李，也没人前来祝福，甚至得偷偷摸摸地做那种情事，她为此懊悔不已。

式子顿时涌起一股莫名的感伤，不由得哽咽起来，银四郎这才急忙起身抱住式子。不过，当他试图想再次热烈拥抱她时，式子为了闪避他而滑到床下。

式子光着脚朝阳台走去，那里的地板冰冷坚硬，她披着居家长袍站在阳台窗前。窗外是一丛丛昏暗的树影，微弱的街灯在远方山脚下闪烁着。在无尽的黑暗中，像火把般的流动光点，似乎是停泊在神户港的外国轮船所射出的绚丽灯光。

一种令人窒息的悲哀和恐惧，像远方滚滚而来的大浪直扑式子心头。

"你好好休息吧。"一个温柔的声音回绕在式子的耳畔。

玻璃门映出银四郎的身影，他不知何时来到式子背后，嘴上叼着尚未点燃的香烟，嘴角堆起淡淡的微笑。但他的神情冷漠，仿佛刚才那热烈的爱抚与情欲已完全不存在。

门外传来伦子的声音。

"院长，您醒了吗？要不要一起去用餐？"

昨晚式子已嘱咐伦子今天早上九点在露台占个桌位。

式子只应了声，半晌才回答："你先去吧……我待会儿就去。"

确认伦子离去以后，式子又坐在梳妆台前望着自己。她浑身疲惫，脸上的皮肤比以前更粗糙了。虽然涂了好几层乳液，又抹上白粉，但肤况与平时不同，以致脸上有些粉块，这正反映出女人敏感的生理现象。她沮丧地停下化妆的手，望着阳台外翠绿的植物。

几簇淡紫色的绣球花在早晨清新的空气中显得格外宜人。昨夜，银四郎就是穿过这花丛回去的。当他打开阳台的玻璃门往庭院走时，在房间透出的淡淡的亮光中微笑地回望了式子，然后快速转身离去，当时有团白色的东西闪动了一下，原来就是这几簇绣球花啊！

银四郎在黑暗中穿过白色绣球花丛离去的身影，至今仍久久地停留在式子眼里。暗夜里闪动着冰冷苍白的东西，似乎正像他与生俱来不容轻忽的阴险特质。银四郎执拗的爱抚确实令人难以忘怀，可是激情过后，他表现出突然清醒的佯装之态，使得那些情爱已经微乎其微了。

客房部服务生敲门走了进来。

"小姐，两位客人正在露台的餐桌上等您……"

式子连忙换上衣服，穿上有襻带的华丽凉鞋。从阳台穿过中庭来到露台，明亮的阳光照得式子有些目眩。昨夜的浓雾散去，六甲连峰露出鲜明而苍郁的起伏棱线，眼下稀疏树林覆盖的山脊也呈现低缓的波形。

式子眯着眼朝银四郎和伦子对坐的餐桌走去。伦子说了句什么，背对着的银四郎突然回头过来。式子不由得低下头，银四郎马上站起身为式子拉开椅子，说道："早安，心情觉得怎样？"

式子显得有些犹豫，银四郎却表现得神情愉快，完全看不出昨夜的风流情事。

银四郎喝了口番茄汁，用餐巾擦了擦嘴唇，以平常的口吻问道："昨夜睡得好吗？"

"嗯，还好……"式子避开银四郎的眼睛说道。

"是吗，那就好。昨晚起了大雾，我硬是要出去散步，真担心害你感冒了呢。"银四郎厚着脸皮说道。

式子心头顿时激动不已。她说什么也不能原谅银四郎在深夜硬是闯进女人的房间，又若无其事的无耻行径。

"院长，您的脸色有些……"伦子的明眸凝视着式子的脸庞。

"看来果真是被昨晚那场大雾给冻着了……"式子这话故意挖苦银四郎。

银四郎瞥了式子一眼，突然转身对着伦子问话，借此改变话题："伦子，我们来谈谈你刚才提到的暑假课程表吧？"

"好啊，不过现在是用餐时间……"伦子略显犹豫地说。

"伦子，没关系啦，我们早餐吃得很简单……"式子也催促伦子。

伦子弯身探向旁边的椅子，拿出刚才给银四郎看过的暑假课程表和教材摊在桌子上。

"这次我编排的暑假课程表，原本是为暑假讲课而设计的，但基于有些热情学员想来补习，在时间分配上也等于让学生上了补习课。不过，银四郎认为不要当成补习，而是作为为期十天的独立课程，与其在授课方面掺杂制图和缝制等手工艺性课程，不如让课程有一贯性……"伦子寻求式子做出裁决似的说道。

式子吃了口燕麦粥，正苦思着如何做出适当的回答，但是她的脑际一片混沌，只觉得焦急和心烦。

"每人都有各自的想法……至于我……"式子支吾其词的时候，银四郎插嘴道。

"我的意思是先不考虑热情的学员，我们也会办暑假讲课，但不是从补习的角度来看，而是要开办完整而独立的短期裁缝课程，比如说，打出‘十天速成学会裁缝’的口号。在授课内容方面，可分为前后连贯的实习课、设计课、手工艺课。换句话说，经过十天的学习，学员就能大致掌握该课程的基本要领，这样岂不是更有成效？现在，每家洋裁学校都在推广暑假讲课，问题是若不做点具体成果，到时候只会落到双输的局面……"

银四郎看着伦子摊开的课程表，着魔似的滔滔不绝。这时候的银四郎，已看不出昨夜调情圣手的余韵，而是个长得俊俏、擅于经商、极度狂妄自信的男子。

"噢，胜美她们来了呀！"伦子不经意地看向露台的入口，倏然叫出声。

三人的谈话暂时中断，朝露台的方向望去，只见坪田胜美和大木富枝正朝他们的桌子走来。

"她们怎么突然来了……"式子惊讶地说。

"今天还是这么热，据说是十几年来少见的。天气实在热得令人受不了，我才邀富枝上山来，打扰你们了。刚才坐缆车的时候挤得要命呢。"胜美擦着脖颈上的汗珠，转身向伦子问道，"你是顺便在这里过夜的吗？"然后又朝银四郎瞥了一眼。

伦子顿时不知如何回答："嗯，因为昨天我上山来的时候，已经是傍晚了，而且又起了大雾……"

说到这里，银四郎顺理成章似的接话："我也刚好开车上山兜风，凑巧遇见她们，于是我们三人边吃晚餐边商量暑假讲课和学校事务。后来山上起了浓雾，我怕开车下山危险，所以我们俩顺便过夜了。想不到六甲山还蛮高的，大雾来得又快又浓。哎呀，你们别站在那里，到这里坐嘛。"银四郎滔滔不绝，指着伦子旁边的空位，请她们二人就坐。

坐下之后，胜美看着摊在桌上的课程表，故作正经地说："噢，课程好像变动了？难不成是伦子的好主意？"她挖苦似的问道，认真的态度反而让人觉得很孩子气。

"是啊，不过你的授课时数并没有减少，只是讲课内容有些变动。"伦子不以为意地说。

或许是当着式子面前谈起自己的授课时数，胜美顿时愣了一下，旋即略带讽刺地说："这倒没什么关系。只是马上就要开课了，居然还变更授课内容，你颇有自信的嘛。"

"这不是我的意见，是银四郎……"伦子朝银四郎看了看。

"今天是星期天，我们先不谈工作吧。再说我们难得全员到山上来呢……"银四郎说到这里，自始至终眺望着眼前青山翠岭的富枝接话了："哇，心情好舒畅啊，仿佛伸手就摸到眼前的美丽山色！"接着，她旁若无人地抬起浑圆白皙的下颚，深深地吸了口气。这天真的动作使得现场的尴尬气氛缓和下来。

银四郎借机提议道："我们要不要去山顶兜风啊？"

"好啊，好高兴喔！这次来的真是时候。院长，我们快走吧。"富枝率先表示赞同。

式子实在猜不透银四郎的心思，刚才他还热心地谈着要如何经营学校，但几个年轻女人围上后便提议到山顶兜风，这个举动让式子很不快。不过，她看到她们三人有意跟去，也不便多说什么。

星期日的环山公路尘沙飞扬，每辆汽车都沾着尘埃，一些背着背包的避暑客放慢脚步，沿着道路两侧走着。银四郎坐在汽车后排的正中间，他的两侧坐着式子和伦子，富枝和胜美则坐在司机旁边。

富枝望着窗外宽广翠绿的高尔夫球场、修剪得整齐有致的草坪、两侧倾斜的山坡，以及散居各处或红或绿的美丽屋顶，不由得发出兴奋的赞叹，但胜美和伦子自始至终认真地望着窗外。车子经过乡村小舍前，来到极乐茶屋附近时，明显少了许多上六甲山避暑的人，这里同时也是游览公交车的终点站。据司机说，再往前就没有像样的茶屋了，于是他们决定将车子停在极乐茶屋前，喝杯果汁润喉解渴。

喝了一两口冰凉的果汁后，背脊感到一股凉意，不过这并不是喝了冰果汁，而是来自极乐溪的清风吹过茶屋前，再吹向有马的红叶谷的关系。

极乐茶屋再过去就是蜿蜒的山脊，山脊两侧长着茂盛的赤松、枫树、椴树和杜鹃，偶尔还可以看到树皮长着白斑的山毛榉。接着，茂盛的树林突然消失，眼前豁然开朗，车子已爬上山脊高处。

车子停妥后，站在山脊一端望去，右侧是水面平静碧蓝、与地平线相连着的纪淡海峡。左侧是拥抱着几个小小盆地的丹波高原，中间有条深深的河谷。高原的尽头连接着起伏的中国山脉群山，山的对面耸立着像是伯耆大山的山峦。

"山脊线好漂亮喔！"式子不由得赞叹起来。

式子虽然在六甲山下榻，可是看到的只是饭店周遭平坦而雅致的风景。此刻，展现在眼前的景色充满着日本画里描绘的那种原野情趣。伦子她们站在脚下就是深崖的山脊上，如痴如醉地望着这番景致。崖下的山谷偶尔刮起阵阵凉风，将胜美和富枝多褶的下摆吹得啪嗒作响。

"我们该回去了吧。"银四郎冷然向大家喊道。刚才他和大家一起下车，不知什么时候已回到车上，正坐在原来的座位吸着烟。

"噢，要回去了啊？"胜美吃惊地问道。

"再看下去还是一样，我们早点回饭店吃饭吧。"银四郎对景色不感兴趣地说。

"我还想多看一会儿嘛。"式子口气不悦地说。

"是吗，那就多待一会儿吧。"银四郎随即敷衍地说着。他叼着烟，从车里走了出来。

银四郎坐在茂盛的灌木丛处，朝丹波高原的方向眺望，露出百无聊赖的表情。这时候，式子突然涌起一股难以言喻的闷气。

"我们回去吧。"这次是式子主动提出的，伦子等人都大感惊讶。于是银四郎催促道："是啊，再看同样的景致也没什么意思，我们回去吧。"说着，径自坐上了车。

车子在不远处的草原上的岔路调转车头，沿着来时的路径驶去。当车子穿过人烟稀少的山脊道路，来到山水庄附近时，或绿或红的屋顶蓦然映入了眼帘。

"我想在那乡村小舍吃饭呢。"伦子指着隆起在绿野之上的乡村小屋屋顶说。

"好啊，就在那里吃饭吧。"银四郎也没征询式子的意见，就吩咐司机将车子开往乡村小舍。

银四郎选了可俯瞰草坪的位子，点了五份快餐。过了午餐时间的西式小餐厅，随处可见空位，露台下方的宽阔草坪净是休憩的人影和打小型高尔夫球的人。

式子吃着生菜沙拉，刚才那种寒凉逼人的感觉已经退去，取而代之的是急雨欲来的闷热，让她感到有些不适。伦子她们也慵懒地动着刀叉，眼神疲惫地望着草坪。只有银四郎不见倦意，迅速吃着饭，然后微微拉开椅子，悠哉地盘起腿来一边吸烟，一边兴趣盎然地望着小型高尔夫球场，偶尔还堆起莫名的笑容。

服务生端来餐后咖啡，银四郎放下腿，恢复原来的坐姿，以流利的大阪话说："看来今天早上我们在饭店讨论的暑假讲课内容，来不及在今年印刷了，因此各位在授课的时候，请技巧性地掺进实习课、设计课和手工艺课等这些具有特色的内容。这对听讲者是非常重要的，让她们不只今年想来，明年也想来。学校的经营最注重组织的持续性。两周后就要开始上课了，请各位务必特别注意。"

银四郎这番话宛如泼了大家冷水。伦子她们难得有轻松的心情，这下子一个个表情冷淡地看着银四郎。银四郎眼睛眨也不眨地说："今天是出外散心的日子，恰巧也成了讨论校务的好机会呢。"说完，为争取同意似的看着式子。

式子觉得自己应该说几句话，但看到态度自若的银四郎和神情冷然的伦子等人，夹在中间实在不好说话，于是默然地回避他的目光，望向窗外。

蓦然，草坪上的人影急忙走动起来。

"喔，下雨了！"式子像是从窒息的苦闷中被拯救似的叫道。

雨滴滴答答地下了起来。躲在树荫下休憩的人们慌忙穿过草坪，朝乡村小舍前的停车场奔去。

"雨势变大的话，大家就会抢着开车，我们快走吧。"银四郎说着，突然站了起来。

刚才还滴滴答答的小雨转眼间变成瓢泼大雨。车子经过高山植物园的时候，滂沱大雨和打在柏油路上的飞沫汇流在一起，旋即像白色的水烟，淹没了整个路面。几分钟前看到的山峦和蓊郁的树影霎时被白茫茫的大雨所遮盖，连在车内都听得见外面哗啦哗啦的雨声。

车内异常安静。原先是银四郎邀大家出来兜风的，后来却突然提起工作上的事，反复不定的言行让伦子等人错愕不已，所以大家上车后都表情冷淡地不发一语。银四郎面对将树林打得摇晃不已的骤雨，发出既非感叹也非呻吟的声音，冷然地看着窗外。大雨越下越大，每次会车的时候，便相互泼溅水花。

"东方饭店就快到了。"富枝心想，车子得在大雨中跑一阵子，但东方饭店的红色屋顶已微微映入眼帘了。

车子驶进饭店的玄关，门童正要打开车门，银四郎便说："大家搭我的车子回去吧。遇上这种大雨，没车下山可很麻烦呢。我先送式子老师回房……"说着，便随同式子下了车。

伦子她们正要下车向式子道别时，银四郎说："你们不必下车，否则车子没人就糟了。"并催促着式子赶快进去。

式子带着笑容向在车内与她道别的三人致意后，突然表情僵硬、疾步朝自己的房间走去。她频频拒绝跟在身后的银四郎，但考虑到两人在走廊站着纠缠有失体面，只好默然地允许银四郎送她回房。

来到房间前，式子将钥匙插进锁孔，回头看了一下。

"好了，改天再见，请你送她们一程吧。"式子向银四郎微微点头，正要推门而入，但银四郎趁这空当按住门把，用力推开房门，快速闪到门后关上弹簧锁。

"啊……"

式子正要开口的瞬间，银四郎冷漠而滑溜的目光逼视而来，微温湿润的嘴唇迅即贴在式子的嘴上。银四郎温柔地抱住式子的身体，低身亲吻以后，轻轻放开式子，然后从胸前的口袋拿出一条白色手帕，站在镜子前擦拭嘴上的口红印。

"那么，下次再见啰……你慢慢休养吧。"语毕，又将手帕收进口袋里，大模大样地走了出去。

银四郎离去之后，式子倏然感到一阵莫名的空虚感。她疾步跑到阳台的玻璃门前。看见在饭店玄关掉头回转的车子，缓缓朝登山公路驶去。那辆坐着银四郎和伦子三人的黑色大车慢慢消失在白茫茫的雨幕中。

看着身边的人都离去，式子置身在滂沱大雨中的山中饭店里，突然涌起一股难以名状的孤独感。

式子除了暑假讲课开学时到学校致辞之外，只下山过两次，为了避暑，她一直住在六甲山上的饭店。下大雨之后已经过了二十天，但银四郎始终没有现身。伦子、胜美和富枝她们也许是忙于讲课会，也没有到山上来。上次式子下山到学校致辞的时候，银四郎整天待在学校里仔细观察教员的授课方式和学员的反应，但到了傍晚，便说和洋裁学校联盟有各项事务待商议，比式子还早离开学校。第二次，式子在教职员室遇见银四郎，他说要外出谈公事，没时间与式子细谈，便又匆匆走人。

对式子来说，她不希望自己与银四郎的关系被伦子察觉，比起银四郎和她情态亲昵的交谈，他这样若无其事地匆匆离去反倒好，但这也让她感到突兀和落寞。尽管如此，她还是故作平静，咽下这丝痛苦。犒赏伦子她们吃过晚饭后，独自回到山上。

到了八月下旬，山上的饭店显得冷清许多，尤其是旅客退房后的下午更是静谧无人。式子坐在阳台的藤椅，神情疲倦地望着明亮的庭院。庭院洒满了午后的阳光，干燥发白的地面上，有几簇绣球花丛，每当微风吹过，那淡紫色的花朵便沉甸甸地摇晃起来，给人一种说不出来的凉意。

式子目不转睛地望着随风摇晃、风姿绰约的绣球花，仿佛被什么吸引住似的。接着，她好像发现奇异的东西——在淡紫色花簇的背阴处，有个蜘蛛网似的花冠。花冠早已凋谢成褐色，但看得出它尚保有绣球花的花型。它是今年早开的花冠呢，还是去年迟开凋谢的呢？无论花色和香气都消殒，乍看像蜘蛛网般丑陋。式子像看到什么不该看的东西，猛然别过脸。为了赶走这令人不快的印象，她从藤椅上站了起来，又开始刚才中断的工作。

　　房间里的办公桌上堆满着妇女杂志彩页用的设计画、纺织贸易公司复印的彩色原画以及彩色画册等。随着截稿日期逼近，办公桌就更凌乱了。式子为后天即将截稿的K杂志设计一套运动服，但画到一半就放弃了。女性的样式很快就设计完成，但因为男士的样式得用同样的布料制作成套，总觉得设计得不理想。每到这时，式子便试图回想银四郎穿的运动服，偏偏就是想不起来。仔细想想，八代银四郎总是穿着笔挺的西装，在衬衫的领口系着深色领带，脸上架着一副擦得光亮的无边眼镜，搭配得非常好。

　　式子再次停下刚刚拿起的画笔。她觉得领子太过女性化，缺乏绅士般的帅气，很想扔下画笔，但最后还是耐住性子，正准备修改上下领子大小的时候，桌上的电话突然响了。

　　"您好，这里是服务台，有位曾根先生找您……"

　　"咦？曾根？"

　　"是的，他说如果方便见客的话，希望与您见上一面。"

　　"嗯，我知道了，请带他到大厅，我随后就去。"

　　曾根英生见到式子时，有点尴尬和拘谨。因为他觉得自己贸然造访下榻饭店的单身女性有些不妥。

　　"好久不见，上次承蒙帮忙，非常感谢，我又久疏问候……"式子为时装发布会结束后久未向曾根问候致歉。

"不，你客气了。这次我是到附近的高山植物园采访，听银四郎说你在这里，便唐突地顺路绕过来看看。你一定非常忙碌吧？"说到这里，曾根好不容易才恢复了新闻记者一贯的态度。

"没那么忙碌啦……对了，现在是午茶时间，有时间的话，要不要到露台喝杯饮料？"

"我可以坐个十分钟……"

曾根原以为要去大厅，但得知是去露台，想到待会儿要和式子对视而坐，不由得感到难为情。

"那我们就去吧，露台就在餐厅前面，一到午茶时间，外来的客人也可以自由进出，而且那里的视野很宽阔。"式子说完先站起来，穿过大厅来到餐厅前面的露台。

坐在树荫下的椅子上，曾根仿佛摆脱了刚才的客套和拘谨似的舒展着腰身，心情放松地眺望着远方蔚蓝的天空。东边连绵起伏的山峦上方飘动着几朵浮云。

服务生端来啤酒后，曾根赶紧挺身端正坐姿，慢慢喝光杯中的啤酒。

"这里真安静，让人感到惬意……"曾根喃喃自语地说着，沉默了一会儿，突然想到什么似的，以深沉的目光注视式子说：

"四五天前，我在一家啤酒屋遇见银四郎，他说他和洋裁学校联盟的人在一起。他还是老样子，神采奕奕的，看到我一个人喝酒，便来到我身旁口气高傲地说，我现在虽然跟那些鳜鱼交际，但今后只会跟丹凤鱼①交往，到时候你可要多多关照啊。我以为他在开玩笑，便一笑置之，他却神态认真、豪情万丈地谈起下一个宏伟的

---

① 鳜鱼意指小人物，丹凤鱼为金鱼的一种，意指大人物。

计划。他这个人总是爱追求不易实现的目标，凭借着异常的热情将它实现，可以说是一个卓越的经营者。尽管如此，你绝不能被他操控而丧失自我。今天，我以为你又被工作弄得团团转，现在看到你在这里休养，总算放心了。"

曾根这么一说，式子不便说出刚才正忙着妇女杂志和纺织贸易公司的工作，只好含糊地笑着答道："银四郎始终认为开办洋裁学校就是经营企业，可是我觉得洋裁学校是学习时装设计和授业解惑的地方，钱财只是身外之物，所以我们的理念总是不合……"

"这种想法很好啊。人有时候老是为与自己无关的事情担心呢。"曾根微微苦笑了一下，但那神色绝不是事不干己的眼神。

曾根深深地吸了口气，转过脸，再次抬头望向蔚蓝的天空。他仰着青筋浮现的白皙脖颈，眯着眼睛望着细长的浮云片刻后，突然转身问式子："怎么样，银四郎常来这里吗？"

"不，嗯……有一次他跟学校的教师一起来，大家还到山上兜风……"式子避开曾根那清澄的目光说。

"他跟大家一起去兜风？"曾根有点不解，"是吗？他这个人来到宁静的山上，不弄得场面热闹是不会甘心的。比如说，跟洋裁学校联盟的人在一起啦，或跟负责私立学校业务的政府机关人员同行啦，或跟学校的教职员在一起。总之，他很少单独出来散步呢。"

"咦？他跟我学校的教职员在一起？"式子不由得反问道。

"就是上次时装发布会的时候，在后台帮忙的那个小姐啊……有一次，我在阪神线车站前的人潮中看见他跟那个小姐走在一起……"

曾根索然无味地说着，式子却感到心情悸动。她想，伦子、胜美和富枝三人都曾在时装发布会的后台帮忙，会是其中的哪一个？

她本想问这个人的长相，但看到曾根兴趣索然，便不再多问。总之，无论是三人中的哪一个，当她想到自己被工作压得喘不过气来时，银四郎却在大阪的闹市街上畅饮啤酒，还邀年轻女教师外出兜风散步，总有说不出来的不快。

曾根看到式子沉默不语，以为她累了，连忙致歉："贸然来访，又叨扰了这么久，想必你也累了。"他急忙地站了起来。

"没有，我没关系，请再坐一会儿吧。"式子说道。

"不了，现在我得去高山植物园采访，失陪了。"说完，曾根请服务生帮他叫了车子。

车子抵达后，曾根再次礼貌周到地带着关怀的眼神对式子说："请多保重……"他拦住盛情相送的式子，快步走过露台。

曾根离去以后，只剩式子留在空无人影的露台上。刚才沐浴在午后艳阳下的山谷，现在已染上夕阳余晖，淡淡的阴影蒙上山麓各处，暮色聚合而来。

式子顿时感到心情慌乱。她对那天夜里发生的事极度后悔，曾告诉自己绝不再接近银四郎，但曾根提到银四郎时，他的一举一动又拨动着她的心绪。曾根的来访好像是为了让她重新接纳银四郎似的。虽说现在还有许多工作尚未做完，但她有股冲动，恨不得明天就下山。

初　秋

　　教师全上课去了，只剩式子在空荡荡的教职员室里托腮发呆。也许是在六甲山上度过仲夏的关系，九月初旬的气温仍让式子觉得浑身慵懒。

　　新学期开始以后，教职员室的气氛让式子觉得格外沉重。她曾理解为可能是因为她长期待在山上，离开学校的缘故，但仔细观察后，发现气氛果真不同于以往。

　　首先是银四郎对教师的态度过于随便，说起话来有点傲慢，连新学期的课程表安排都是以银四郎的意见为主。式子对此向他抱怨，他便不容分辩地说："这是你不在的时候，教师和助理经过商讨，彼此同意之后制定的。"

　　令人纳闷的是，之前对银四郎抱持戒心，动辄表示意见的伦子、胜美和富枝三人，现在都默不吭声，连其他助理和办事员也都听从银四郎的指挥，宛如他是这里的老板。

　　式子转动着旋转椅，再次望着贴在墙上的课程表。之前式子每个星期有七堂课，现在减为两堂，以致出现像今天这样没课的日子。这时就会以特别讲座的名义安排式子上课，若碰上时装发布会或报章杂志采访时，还可以临时停课。这暴露出银四郎强烈主导校务的两手策略，一是通过教职员的组织能力来经营学校，一是把式子当成学校的活招牌，与其让她在学校授课，不如让她以著名服装设计师之姿亮相。

式子想起曾根英生来山上的饭店与她聊天时的那席话："他这个人总是爱追求不易实现的目标，凭借着异常的热情加以实现，可以说是一个卓越的经营者。尽管如此，你绝不能被他操控、丧失自我。"

当时，曾根眼里带着关怀。但式子认为也许从那之后，她便已逐渐丧失自我。讽刺的是，当她从曾根口中听到银四郎的消息时，竟然提前在暑假讲课结束那天突然回到学校。银四郎看到式子，随即问她的工作现状："工作进展得如何啊？"

银四郎仿佛早已忘掉他们在山上发生关系的事，目光冷然、眨也不眨地凝视着式子。这种冷漠的态度，反而使式子的心思更在意银四郎。银四郎似乎看出式子的心情，于是从六甲山归来之后，便断然不与式子来往。尽管式子觉得被一个小自己五岁的男人操控堕落很可悲，脑海中却总是浮现出银四郎那令人欲仙欲死的缠绵爱抚。

式子之所以在没课的日子也来学校坐在院长的位子，是为了抓住与银四郎单独谈话的机会。新学期已匆匆过了一个星期，她还是苦无机会与银四郎交谈。幸好今天银四郎去洋裁学校联盟开会，回来后要向她报告开会结果。

不知什么时候，初秋带着凉意的夕阳已悄悄射向西边的窗户，再过不久，下午的课程即将结束，银四郎结束开会的时刻就要到来。

下课铃声响起，首先进到教职员室的是坪田胜美。她发现式子坐在院长的位子，似乎为自己粗暴的开门动作尴尬不已，红框眼镜下的那双大眼难为情地眨了眨，悄然地坐回自己的位子上。接着，两名助理和伦子微仰着身体，抱着高及胸部的教材走了进来。伦子看见式子的身影，惊讶地来到式子面前："噢，院长，您也来了啊？今天不是没课吗？"

"嗯，可是今天我得听听银四郎到洋裁学校联盟的开会结果，所以……"式子说得支支吾吾。

"说得也是，自从您下山回来以后，还没和他好好谈谈呢。"

伦子多管闲事地说出式子不想被提及的事情，令她非常不快。"我们能好好地谈谈吗？三和纺织公司的事迫在眉睫，你又催得急，我正忙得不可开交呢。"她没好气地说。

伦子表情温和地说："辛苦院长您了。不过三和纺织公司说，您交期准确又设计得好，他们非常感谢呢。"

"这是野本说的吗？"式子故意反问道。

"嗯，是前天野本送设计费来学校时说的，看得出他非常高兴。"

那时式子刚好与东京来的妇女杂志记者外出。

"院长，我还是要说，这点设计费实在是没意思。辛苦设计出来的作品，若在国外，每一码可以拿到百分之五的设计费，在日本，设计费却以样式的种类来计算。"伦子眨着美丽的眸子，既不是恭维又非发自内心地说道。

伦子此时的表现让式子不敢掉以轻心。自从上次发生为寻求三和纺织公司赞助反让式子陷入难堪境地的事以来，伦子的行事作风丕变，工作上非常卖力，颇有暗中向式子赔罪的意味。而这个巨大的改变却让式子莫名不安。新学期开始以后，伦子比以前更加勤奋，但她偶尔偷窥式子的锐利眼神，让式子无法释怀。

谈话中断下来，伦子朝墙上的挂钟瞥了一下说："看来得再等一下呢。"这句话是指银四郎归来的时间。

式子佯装没听见伦子的话，正要转动旋转椅的时候，教职员室的门开了，进来的是银四郎。

银四郎看见伦子站在式子面前，投以诧异的目光，语气慎重地问："你们在商量事情吗？"

"不，我们没谈什么，伦子，对不对啊？"式子说道。

伦子抱起成堆的教材，向银四郎欠身点头致意。就在这时，她的双手失稳，教材"啪"地掉在地板上，一条烫得平整的白色手帕从彩页画册中露了出来。伦子连忙蹲下来，没收拾教材，而是先捡起那条手帕，快速地塞回教材里。虽说这仅是瞬间发生的事，但式子全看在眼里，而且还觉得似乎见过那条男用手帕。

式子朝银四郎胸前的口袋看了一下。一如往常，他的口袋上总是端正地放着折叠成四折的白色手帕，手帕的外缘微露在外面，大小适中。那条麻纱手帕比平常的还大，边角上用蓝线和罗马字母绣着银四郎的姓名，只有式子知道这个秘密。问题是，刚才伦子慌忙拾起的手帕显然尺寸较大，而且边角还看得见蓝线。

"伦子！"式子口气激昂地喊住伦子。

伦子右手抱着成堆的教材，离院长座位只有五六步，听见式子的叫喊，她转过身来，眼神平静地看着式子："院长，有什么事吗？"

"伦子，你……那个……"

式子说得支支吾吾的时候，银四郎像是解危般地说："你们有急事要谈吗？若不急的话，我想报告今天到洋裁学校联盟的开会结果。"

"倒没有什么急事要谈……我只是想问一下伦子……"式子犹豫地看着银四郎。

"既然这样，那就先听听我的报告吧。"

银四郎看也不看离开教职员室的伦子，而是把椅子挪向院长的座位旁，喋喋不休地说了起来。

"今天在洋裁学校联盟主要是讨论如何共同采购教材和学校用具，以及分配的问题。类似这种具体的协议还是头一次，这和谈经营学校要如何相互协助啦，要彼此加强关系的漂亮话不同，还蛮有意思的。我觉得这若做得不错，将来可是学校的一大财源呢。"

银四郎的无框眼镜下露出精打细算和充满热情的目光。那锐利而明澈、热衷于工作的视线，既没有表现出任何内疚，也似乎与伦子刚才掉下的男用手帕没有关联。

式子的紧张情绪顿时获得纾解。也许那条绣有姓名的麻纱手帕并不是八代银四郎的东西，可能是野本敬太的。也许是前天野本敬太送设计费来学校时忘了带回去，伦子清洗并重新烫整过，带在身上的。

"怎么了？你在听我说话吗？"银四郎对始终默不吭声的式子表示不满。

"我在听，听得很认真呢。"式子反复地说着，她觉得自己的脸上露出甜美的笑容。

"至于其他琐碎的事，待会儿我们到外面边用餐边谈，已经傍晚五点了。"这次是由银四郎主动邀约。

式子像得救似的松了一口气，她终于等到与银四郎轻松交谈的机会了。

来到甲子园车站前，银四郎停下脚步，沉吟了一下，说道："我们到哪里用餐呢？去大阪，还是神户？现在我们在它们的中间。"

对住在鱼崎的式子而言，去神户回家时比较方便，但住在大阪市区的银四郎回程时就变远了。

"去你鱼崎的家怎样？"银四郎突然要求道。

"什么？去我家？"

"今天我到洋裁学校联盟开会弄得很累了，若现在要去神户，饭后又得赶回大阪，实在有点吃不消，不如干脆到你家如何？"

式子想起女佣喜代。式子父母健在的时候，喜代即陪在式子身旁，她将近五十岁了，平时沉默寡言，很少表达自己的意见，让式子觉得她是个无趣的人。喜代从未问过银四郎的人品和在学校担任什么职务，每次银四郎来访的时候，她总是礼节周到、进退有度地招待着。不过，看得出她仍处处提防着银四郎。想到这种情况，式子便觉得把银四郎邀到家里来令她心情沉重。

"从这里到你鱼崎的家，二十几分钟就到得了吧？"银四郎再次问道。

"嗯，可是去得这么突然，我怕喜代招待不周……"

"没关系啦，重要的是距离近，而且静谧的地方比较适合谈事情。"

银四郎这么一说，式子更不易拒绝了："那我先打个电话给喜代。"

式子在车站前打了通公用电话。喜代像平时那样措词客气地应答着，还说会立刻为客人准备晚餐，但听得出有点言不由衷。

坐上电车后，刚才说有些疲累的银四郎突然兴致勃勃地说起话来，是有关服饰界名人大原泰造的各种传闻，今天他们一起参加洋裁学校联盟的会议。不过式子不想让他说下去，因为结束下午课，晚归的学生也坐在这班电车上。

学生们亲切微笑地朝他们打着招呼，与其说是向着式子，不如说是对着银四郎。这时银四郎便会目光炯炯地绽开唇型好看的唇，露出洁白的牙齿报以微笑。这么一来，学生们回笑得更开怀了。这种笑声并不是对式子礼貌性的致意，而是洋溢着年轻小姐的好意与天真。银四郎也自然而然地融入其中。对这些在车内散发出的青春活力和纯真，式子感到有些羡慕。

式子别过脸去望着窗外。初秋的凉风带着淡白的阳光洒向式子的脸庞。再过三站就到鱼崎了。喜代一如往常迎接式子归来，招呼银四郎也是礼节周到，可是她那柔和的眼睛却细眯起来。

喜代在电话中说会备妥晚餐，果真将餐桌搬到会客室，上面摆着整套餐具，桌子中央还用花瓶插着一支孤挺花。原本后面有间八叠①大的会客室，喜代之所以选择靠近大门的会客室，似乎是不想把单身的银四郎迎到只有女人居住的内厅。式子担心银四郎是否察觉喜代提防着他，只见他毫不在乎地走进会客室，在准备就绪的桌前坐下。喜代端上汤品后，银四郎笑容可掬地说："突然造访，给你添麻烦了。"

"不，这是我们家小姐吩咐的……"喜代按船场的规矩回答道。

"小姐……原来你是'小姐'啊。"银四郎看着式子，诡异地笑了笑。

式子像被触碰伤处似的涌上一股心酸。一个闺秀，直到三十四

①　用于榻榻米的量词，即日式房间里铺设的草席，其面积因地域不同而有所差别，其中大阪所属的关西地区多为 1.62 平方米。

岁才知道性爱之事！她顿时感到羞赧，为了不让喜代察觉，她故意装作若无其事的样子。银四郎似乎没有察觉式子的心情，喜代帮他添汤之后，他先说了句"那么我们就边用餐边谈刚才那个话题吧"，接着开始谈起洋裁学校联盟的开会结果。

"正如我在学校简单向你报告过的，今天在洋裁学校联盟会议上，理事长大原泰造和我联名提议共同采购教材和学校用具，以及分配的事宜。简单地说，一般大学、高中、初中等教学用的资材，比如照相机、钢琴均不必课税，而洋裁学校所购买的缝纫机、人体模型和裁缝用具却得扣税。我们便提议洋裁学校联盟的会员采取共同采购教学用资材的方式，以求免税。这个方案若是可行，我们就可在校内设立福利社①，以低价购入裁缝用具，再从中赚取些许利润卖出。以后还可以利用这个名义直接向厂商廉价批购布料销售，对学校都是巨大的财源呢。"银四郎一口气说完后，陶醉似的喝了口法式浓汤。

"听你这样讲，我们好像要开裁缝用具批发店似的。很早以前我就讨厌馒头店卖糖果、衣服店卖服饰杂货。我觉得既然开办洋裁学校，除了学费之外，就不该收取其他的钱……"式子摇头表示反对。

"你这种船场老字号的想法未免太顽固了，我可以理解你不想用这种方式赚钱，可是最近洋裁学校的学生总是喜新厌旧，一听到某校盖了圆型校舍，便一窝蜂地跑到那所学校报名，听说某老师登上周刊的头条新闻，就又涌向那边，简直是在赶流行。所以我们若能以低于市场的价格在福利社销售教材或裁缝用具，就可以增加学

---

① 福利社，正式名称是师生员工消费合作社，是附属于学校的小型商店。

校的收入，非这么做不可……"银四郎说得头头是道。

喜代一边端上菜肴，一边偷听式子和银四郎的对话，式子为此十分在意。这么一来，她完全没有充裕的心情享受晚餐，而银四郎偏偏又毫不避讳地继续谈着赚钱的话题。

"光是靠收取学费来维持学校的经营，根本成不了气候。我们应该把触角伸到教材和裁缝用具，乃至于布料的销售，在众多和裁缝相关的产业中，若不多元化经营，便谈不上什么特色。"

"问题是，若扩充太快的话，也可能导致资金调度困难，或影响校务运作。"在全是女性教职员的学校里，式子希望尽可能避免各种不必要的纷争。

"这些事交给我办吧。幸好现在学校的事务已整顿就序，教职员也都步上轨道，在校内设置福利社的事就由我来处理吧。"

"到目前为止，学校运营状况还算不错，我们根本不必这样做！而且我和喜代不愁吃穿，生活上可说非常满足。我总觉得若这样无止境地追逐金钱，很可能招来意想不到的不幸，这岂不是更恐怖吗？所以……"式子畏缩地说道。

"正因为你这种想法，喜代才始终把你当'小姐'看待，你应该当个'大人'才对啊。"银四郎和式子交相看着端上咖啡的喜代，开口说道。

式子听得出银四郎的弦外之音，但喜代始终板着脸孔，低头看着自己结得整齐的和服腰带，僵硬地施上一礼后，便悄然地退出房间了。

只剩下两人的时候，银四郎的态度突然变得亲昵起来。他卷起餐巾，扔在桌上，只手托着下巴，点了根烟。那副架在他俊秀脸庞上的无框眼镜，在天花板吊灯的映照下，像雕花玻璃般闪烁着。他不时温情脉脉地望着式子。刚才他在电车里青春活泼的稚气已不复见，现在却露出以猎女为乐的厚颜表情。

式子有意避开银四郎的目光。

"就这么说定，这件事就交由我处理吧。"银四郎盯着式子，目光温柔地说着，却充满强势而为的意味。

式子想点头同意，但突然抬起头来。她觉得自己对银四郎总是言听计从，感到既软弱又懊悔。而且新学期以来，教职员室的气氛为之一变，伦子不慎掉落的那条男用手帕，至今尚未解疑。

"还是不要碰这个，我没有意愿。"式子清楚拒绝道。

银四郎对式子坚决的态度感到惊讶。他默默喝完咖啡，冷不防地站起来，缓步朝式子走去。

银四郎来到式子身旁，俯视着她。式子依旧维持原来的端正坐姿，看着前方，但是她感受到银四郎那低俯的视线似乎穿过她连衣裙的领口，执拗地向她的前胸滑探下来。

这时，银四郎突然身子往前倾，蓦然说道："今天你说话蛮强硬的，是不是在生我的气啊？"他眼镜下细长的眼睛像要盯住式子似的。

式子试探性地回看着他，突然说道："伦子为什么拥有你的手帕？"

"什么？我的手帕……"银四郎露出惊讶的表情，出奇冷静的态度让式子愕然。

"伦子向你说了什么吗？"银四郎反问道。

"刚才在教职员室，伦子手中的教材掉在地板上时，掉出一条男用手帕，那条手帕和你的一模一样……比一般的还大，而且……边角还用蓝线绣着名字……"说到这里，式子支支吾吾了起来。印象中，那条手帕就是下大雨那天，银四郎让伦子她们在饭店门口等着，送她回房间时冷不防亲吻她后擦掉嘴上口红的麻纱手帕，但她就是难以启齿。

"哎呀，这有什么好稀奇的，每个男人都有麻纱边角绣着名字的手帕，再说伦子拿着的那条可能是野本的吧？很可能是野本和伦子见面时没带走的。之前我已说过，他们的关系可不寻常呢。"

银四郎这么一说，式子不由得想起上次在三和纺织公司的会客室里，伦子对野本敬太发脾气的悍状，以及每次三和纺织公司有求于学校的时候，伦子总要插嘴几句的情景。

"那么我住在山上的时候，你和伦子在阪急线电车站前散步，又是怎么回事呢？"式子追问道。

"啊，你说那个呀？那次是因为三和纺织公司说外国的新型图样已寄来了，希望你有空过去看看。那时候你刚好上山避暑，我便和伦子一起去了，其实也不是什么了不起的图样。"

银四郎若无其事地说着，式子既觉得意外又感到安心。点出伦子的名字纯属揣测，因为当初曾根英生只说和银四郎散步的人曾在时装发布会后台帮忙。而时装发布会时，待在后台的不只伦子，还包括胜美和富枝。她凭直觉直接点出伦子的名字，银四郎也毫不隐瞒地承认了，并告知来龙去脉。他回答得如此率直平静，还有什么可疑的呢？

欠身俯视的银四郎猛然挺直腰杆离开式子身旁，在窗边的安乐椅坐了下来。这时候，式子也从餐桌站了起来，坐在银四郎斜对面的沙发上。他们的谈话中断下来，默然地相视而坐。初秋微凉的夜气从敞开的窗户吹了进来，式子裸露在外的手臂感到些许凉意。

"你还是不放心吗？"银四郎主动继续刚才的话题，"正因为全校都是女教职员，你若什么事都要疑心，恐怕永远没完没了。我负责学校的管理工作，不和教职员打交道才奇怪。而且为了让教职员适材适所，积极努力地投入工作，我更得和她们联络感情才行。身为院长，你只需提升她们的技术就行，可重要的是，我得看紧她们的出勤状况，比如是否迟到啦，以及授课时数和学生的反应，偶尔还得念叨几句，或外出用餐犒赏她们。不这么做的话，这全是女性的职场就没法管了。"

经银四郎一解释，式子终于了解新学期以来教职员室里的气氛为之一变，每个教职员都依银四郎的指示行事的原因。但话说回来，她对自己不在的期间，银四郎在学校里发号施令、志得意满的傲慢态度，仍感到不快。

式子没有回答，只是默然地看向窗外。门灯的微光下，院内栽种的黄杨木显得生气盎然。霎时，银四郎像影子般从窗边的安乐椅上站了起来。

"难不成你还为在六甲山的事情生气吗？"银四郎说着，朝式子坐着的沙发走来。

式子的身体不由得扭了一下，银四郎深情款款地凝视着式子，冷不防按倒她。

"不行啦，会被喜代撞见的……"式子喊叫着，但银四郎仍把式子抱在怀里，小心翼翼地竖耳倾听着，当他确知内厅没有任何动静以后，才伸手关掉立灯。桌上的插花没入黑暗中，式子躺在沙发上，小鸟依人地接受银四郎万般温柔的爱抚。她曾为自己在暗地里与银四郎发生关系后悔不已，告诉自己绝不再重蹈覆辙。虽然她的心里抗拒着，却不由自主地走向情欲的深渊。

在激情过后的慵懒气氛中，式子发现银四郎站了起来，于是赶紧整理凌乱的衣服。他们在黑暗中享受情爱余韵似的对视片刻，但银四郎突然起身打开立灯。他借着立灯的亮光，从胸前的口袋拿出白色手帕，擦掉沾在嘴上的口红，又折叠整齐放回口袋里，然后对式子说道："有关在校内设立福利社的事，就交由我处理吧。"

那声音充满着纠缠不休的余韵。尽管式子心里不同意，还是深深地点头了。

每到星期日，这栋公寓就变得喧闹不已。睡眠充足的住户从日常的压力中得到解放，刚好在这天尽情地天南地北聊个没完。

伦子也睡得很足，轻松地吃完早餐后，抱着四五天没洗的衣服来到一楼的洗衣场。经常得排队等候的洗衣场，现在却空无人影。她先洗了套头衬衣和长衬裙，接着用剩下的肥皂水揉洗内裤，再清洗那条男用手帕就行了。她用脸盆装着满满的水，小心翼翼地在脸盆中搓洗着手帕的边角，将水沥干，再把它和套头衬衣、长衬裙一起放入洗衣篮里，拿到顶楼的晒衣场去。

星期日的晒衣场处处架着竹竿和晒衣绳，上面挂着五颜六色的衣服。伦子在晒衣场的角落找到小小的空位，立刻拉起了晒衣绳。她先披上套头衬衣和长衬裙，把内裤挂在其他衣服的后面，避免被人瞧见。然后将圆形衣架吊在晒衣绳的一端，上面晾着那条男用手帕。在初秋明亮的阳光下，白色的男用手帕像小旗子般翻动着。

伦子每次清洗这条白色手帕，就会想起新学期开始那天，她抱着成堆教材走进教职员室，不慎让这手帕掉出来的情景。那时，式子院长当场面色凝重，银四郎却表现得若无其事。每次想起当时的情景，伦子就觉得怅然沉闷。银四郎明知道掉落在地板上的是自己的手帕，却丝毫不慌张，想起他那冷峻的表情，总觉得有种说不出来的魅力。

伦子重新夹好险些被风吹走的男用手帕，舒口气似的抬起头来。竹竿上晒着的大小衣服迎风飞舞，洗涤得洁白如雪的手帕让伦子感到迷惘。她弯下腰提起洗衣篮，疾步穿过竹竿底下，下了楼梯，回到自己的租屋。

这间西向、采光黯淡的房间里，还残存着前天晚上银四郎来访时的气味。前天是银四郎第二次来到伦子的住处。第一次是他们去六甲山造访院长式子，回程遇上大雨的那天。

那天，银四郎与伦子、胜美和富枝三人一起乘车到六甲口时，他突然提议去神户品尝美味糕饼。由于银四郎平常很少与她们互动，她们顿时不知如何回答。这时，山上下着滂沱大雨，山下也淅淅沥沥地下个不停，空气又沉闷，神户港口城市的明媚风光自然引起她们的兴趣，于是便驱车前往了。

神户的街笼罩在铅灰色雨雾中，三宫闹市区附近却流泻着轻快的音乐声。鲜艳的雨具彼此交错着，从停泊在神户港的船只下来散步的外国人，他们撑着刚买来的蛇眼伞①兴趣盎然地漫步着。

车子停在生田街闹市区的角落后，他们往前走进约五十米外的"G线咖啡厅"。深长的咖啡厅里坐满了年轻男女，个个没精打采地倚在椅背上，桌上放着半温的咖啡，似乎是在排遣星期日下雨不能尽情外出的郁闷心情。

银四郎坐在墙上挂着青铜浮雕的靠墙座位，也不看菜单便熟练地点了蜜李蛋糕和维也纳咖啡。端上来的蜜李蛋糕散发着朗姆酒和发酵过的水果芳香。伦子她们从未吃过这种蛋糕，但银四郎似乎时

---

① 竹骨伞，伞面为蓝色或其他颜色，中间糊环状白纸，撑开后呈蛇眼形。

常品尝，还竖耳欣赏着店内流泻着的香颂。那犹如枯叶般飘零的哀愁旋律，回荡在雨天的咖啡厅里，伦子她们也感染了淡淡的忧伤。

雨势稍小以后，银四郎起身催促她们朝阪神线的三宫车站走去。只有回大阪的富枝坐上特快车，打算顺路到甲子园学校的银四郎和准备在鸣尾下车的胜美，以及要坐到出屋敷的伦子则坐上普通车。

不过，电车来到甲子园站时，银四郎却改变心意不去学校了。胜美在鸣尾站下了车，剩下银四郎和伦子的时候，银四郎突然亲切地攀谈起来，伦子在出屋敷站下车时，银四郎冷不防也站了起来。

伦子露出惊讶的表情，银四郎立刻表示："我送你回去吧。你住在哪里我也不知道，万一哪天有什么急事，无法联络就糟了。而且雨也停了，我送你回去，顺便散步一下。"

银四郎不顾伦子的拒绝，便随同她下了车。伦子因为和野本敬太有男女关系，为此吓得脸色大变、紧张万分，但仍强作镇定地回答说："那么就承蒙你的好意了。"

银四郎来到伦子的公寓前，抬头看了看这栋二层楼的老旧木造建筑，带着害冷似的表情说："我想到里面让你请杯热茶。"说着便径自走去，正要打开入口的门，伦子拒绝了。

"不好意思，我们这里是女子单身公寓，男人不方便进来。"

"有什么关系呢，我们在同所学校服务，进去喝杯茶又何妨？"

银四郎说得轻松自在，但伦子心想，若强行不让银四郎进入反而引人猜疑，于是只好故作平静地打开公寓的门。银四郎走进伦子的房间，毫不顾忌地打量着狭窄的房间，用既不像感动，又不像轻侮的口气说："噢，你生活倒蛮节俭的嘛。"

伦子最不能接受这种说法。其实她也想住得更豪华宽敞些，但光凭每月一万一千日元的薪水和野本敬太微薄的补贴，只好住在这有着六叠大房间和约一叠半大的厨房的木造公寓，过着清苦节约的生活。

伦子沉默下来，银四郎旋即安慰道："一个单身女子难免过这样的生活，如果不像院长那样开办洋裁学校，又经营得当的话……"说完，又目光锐利地朝房内打量了一下。

银四郎这个举动似乎是要在房内找出野本敬太的东西，不过，每次野本回去以后，伦子都会将他的浴衣和内裤塞进衣柜的最底层，还上了锁，根本不容易发现。

银四郎喝着伦子端上来的红茶，接着掏出香烟，悠哉地吸了起来。当他想吸第二根的时候，发现香烟盒里没烟了。凑巧的是伦子的烟盒里也是空的。伦子心想，银四郎应该会借这个机会回去吧，但他却开口说道："伦子，你还有香烟吗？如果没有的话，能否劳烦你到附近的香烟摊买包烟？"

他的态度表面客气，仍有强人所难的三分傲慢，让伦子感到不快。可是银四郎知道她和野本的关系，等于让他抓到把柄，只好依指示去买香烟了。

伦子回来的时候，发现刚才开着灯光的房间里漆黑一片。看来是银四郎突然转变心意，没打招呼就离去了。伦子为此松了口气，毫无防备地打开房门。就在她往房内走了两三步，准备开灯时，倏然一双温暖的手抱住了她。她正要脱口大喊，银四郎说了句："不要怕，是我啦。"并把伦子抱得更紧了。

银四郎那温柔的肌肤和令人欲仙欲死的爱抚及缠吻，让伦子得到难以名状的快感。那是一种无法从野本身上得到的销魂般的情欲。

银四郎放开伦子，伦子娇喘地说："要是被式子院长发现的话……"

银四郎仰躺在漆黑的房间里，说道："放心啦，那女人根本不懂男人。不过还是小心为妙，今后也要提防野本呢。"

伦子在黑暗中吃惊地动了一下身子，压低声音说道："我们不必这么避讳嘛。"银四郎慢悠悠地整了整衣服便离去。

从那以后，匆匆经过一个多月，前天，银四郎再次来到了伦子的公寓。

前天，星期五的早晨，伦子在教职员室查核学员的出席簿时，银四郎走到身旁。

"怎么样，A班的出席情况如何？到了第二学期，长期缺课的学员大概就不会来了吧？"说着还拿起放在伦子面前的出席簿，仔细查核一番，然后用铅笔在出席簿的边角轻轻地写着：今晚有空吗？

银四郎这大胆的举动险些让伦子吓出冷汗来。式子正坐在斜对面的位子上研究新教材，胜美和富枝也坐在旁边查核出席簿和整理教材。伦子顿时感到惊慌不已，但马上恢复平静，假装在查核学员缺课的样子，并用铅笔在出席簿的边角淡淡地写上：嗯，来吧。银四郎确认过后，她立刻用橡皮擦将这几个字擦掉。

之后，伦子整天心情不定又充满热切的期待。银四郎首次在公寓向自己袭香的隔天，即使在走廊遇见她也总是故作若无其事，丝毫不露出他们曾发生过的情事。伦子为自己被银四郎玩弄而感到悲愤，并为当时的不慎悔恨不已，尽管如此，她还是答应与银四郎幽会。伦子猜不出银四郎的心思，也害怕再次被玩弄，可想到他那令人销魂般的抚弄，却又无从拒绝。

下午上完课后，她旋即离开学校，赶回寓所，还到超级市场购物，心情雀跃地摆桌做菜，等待银四郎的到来。

晚间七点左右，银四郎来访时附近已是一片黑暗。他没发出任何声响，迅速溜进房间，确认似的问道："今天晚上野本不会来吧？"

"嗯，今天他去东京出差。而且自从你来过之后，我就没有跟他见面了。你真讨厌……"伦子语声颤抖。

"哎呀，你不要生气嘛……我只是有点吃醋，和你开玩笑的。"

银四郎巧妙地改变了说法，安慰似的抱住伦子的肩膀。伦子撒娇似的扭动身子，银四郎的双手就势温柔地将她搂入怀里。伦子再次陶醉在银四郎那令人蚀魂销骨的爱抚中。

激情过后，伦子整了整凌乱的衣服，为摆脱尴尬的窘态，她拿开饭桌上的纱罩。银四郎朝桌上的菜看瞥了一眼。

"不好意思，你特地准备了饭菜，可是我来时已经吃过了。"他看着手表，"我突然想起有要事待办，得先走了，后天星期天傍晚我再来。"

说完，他便匆忙地起身准备回去。伦子对银四郎只为此事而来，涌起一股难以名状的怒意。尽管如此，她又怕他从此不来，只好压抑着没显露出来。

伦子横坐在椅子上，拿起放在镜台上的手表。那是刚才她洗衣服时摘下放在那里的。这流行的圆形小手表，上面的镀金大致剥落了。前天晚上，银四郎宛如女人般白皙的手臂缠住她的时候，曾轻视地朝它看了一眼。也许是表内的零件已经坏掉，表针时常停住，即使正常转动也会慢个十几分钟。这时，附近的小型工厂传来正午的报时声，手表却指着十一点四十三分。距离银四郎来访还有六个小时，但是他行事莫测，说不定爽约不来。自从与银四郎发生关系的一个月以来，银四郎总是若无其事般，完全不理会伦子，但他若想来温存便是随心所欲，前天晚上来了一次，又说今天晚上想来，可是这个承诺终究是个未知数。

与银四郎相比，野本敬太显得老实规矩，什么事都按步骤来。如果是前天打电话给伦子约定见面的话，他总是五分钟不差地抵达，几乎总是伦子让他等待。尽管野本有这方面的优点，可自从与银四郎有了暧昧关系之后，伦子总以新学期课务繁忙为由没和野本见面。

野本似乎也察觉伦子有意逃避他，三天两头打电话来。刚开始，伦子怕胜美和富枝听见，但想到自己与银四郎的关系时，认为不如让自己与野本的对话曝光，反而可以掩人耳目，便不再隐瞒。尤其式子坐在院长的位子时，她会故意说出野本的名字，让旁人误以为是野本执拗地追求她。

野本将理应可以邮寄给式子的时装设计费带来学校时，伦子并不退怯，反而大方地在教职员室与野本对视而坐。野本知道式子不在，旋即将装着设计费的信封转交给伦子，突然压低声音要求晚上去伦子的公寓幽会。

"晚上我要授课，没空啦。"伦子借口撒谎道。

"明天起，我要去东京出差一个星期，你请同事代课，晚上陪陪我嘛。而且我觉得你最近对我很冷淡……"

野本正要以严厉的口气往下说时，银四郎不知什么时候从外面进来，他走到野本面前，语气恭谨地说："野本先生，你若有什么不好谈的事情，请直接告诉我这个校务负责人吧，没必要说给老师知道。"

银四郎意有所指地说完，野本顿时站起身来，虚假地寒暄几句后便匆匆离去。伦子预感当晚野本会到公寓来，于是提早回家，回到房里便熄了灯，牢牢地锁上房门。

正如伦子所料，野本果真来了，他执拗地敲着房门，但无人应答，后来又敲了好几次，里面仍寂静无声，才放弃作罢，到东京出差。

尽管银四郎知晓野本与伦子的情侣关系，今晚还是不介意地打算到伦子的寓所来。银四郎之所以向她求欢，也许只是出于淫秽的情欲。想到这里，伦子羞赧得想捂住脸庞，但当她知道自己的肉体多么吸引着银四郎时，便无力地站起身，为即将到来的银四郎准备晚餐。

银四郎比约定的时间慢了将近一个小时，他没打声招呼就像风般地溜了进来，二话不说便坐在房间的正中央。

苦等已久的伦子起先有点不悦，但终于盼到他，心里多少踏实了些，便兴冲冲地起身帮银四郎脱掉上衣。银四郎大模大样地让伦子服侍着，仿佛这是他多年来的习惯。伦子拿掉饭桌上的纱罩，银四郎只是兴趣索然地一瞥，机械性地动着筷子。

"味道如何？这道奶油煎比目鱼是我看着食谱做的呢……"伦子眼含娇媚地问道。

"不好意思，我不喜欢对料理品头论足。比如说，把一道普通的料理，放在如海参般两寸长的舌头上，就评论风味如何啦，刀功是否细腻啦等等，说得跟什么似的。我实在弄不懂这种人的想法，我觉得只有闲士和无能之人才会这样做。他们要是有这种闲功夫的话，倒应该多想些更有意义的事情才对。"银四郎一吐为快似的说道。

"你说的更有意义的事，是什么？"伦子略带讽刺地反问。

"这个嘛……如果是我的话，与其坐在每人三千日元的日式宴会厅，品尝舌上的味道，不如研究料理的制作成本、餐具的费用、包厢的大小。"

"你居然这么会盘算……"伦子难以置信地看着银四郎。

"不行吗？我只对赚钱有兴趣，而且纵使自己没有资金，却能动用别人的钱谋利才有意思呢。我最在意的是，凭自己的力量到底可以赚到多少钱，换句话说，就是凭一己之力与赚钱做较量。"银四郎说完，将杯中的啤酒一饮而尽，口气突然为之一变，"对了，这次学校要设立福利社，下次大量购买教材的时候，我希望你来挑选教材。当然，有关批货和销售方式，由我全权处理。不过，要买什么圆规啦、量角器啦、制图册啦，这些东西我就不懂了……"

"可是这些事情不都是由院长处理吗？你还没来学校之前，这些业务都是院长一人全权管理的……"伦子猜不出银四郎的心思，格外谨慎地说。

"你是说院长吗？唉，她毕竟是船场老字号家的闺秀。在战争时期家中遭到战火波及，但没有变卖财产谋生，而是以手中的积蓄开办了洋裁学校。当时，几乎所有的女人都渴望学会制作漂亮的衣服。从这个角度来看，她不愧是大阪商人家庭出身的闺秀。也正因为她是在这种环境中长大的，缺乏务实的金钱观。这就是所谓的大老板式商人，只着眼于大目标，不懂得事后的结算，时常弄得账面符合却金额不足的局面。简单地说，即使学校设立福利社，若不能从中获取应有的利润，就没有设立的必要。所以，我希望你好好经营这个部门。"

银四郎目光锐利地望着伦子，仿佛在试探她的意向。伦子眨动着大眼睛，嘴角勉强泛起一丝微笑："看来，你一开始就在打这个主意吧？"

"这个主意……"银四郎像在玩味伦子的话，接着说道，"也许可以这么说吧。在我看来，所谓的人际关系，无论在什么场合，都带有某种程度的利害与盘算。以男女交往而言，尽管他们口头上说什么热情、诚意等等，说得天经地义，其实都包含某种算计。这是公认的事实。以做爱来说，若把它利用在相互的工作或升迁方面，对双方而言都是快乐的事。比方说，当你和我上床时，说不定早在心里将我与野本做过一番比较了呢。"银四郎眼神锐利，仿佛要揭开伦子心中秘密似的。

伦子不由得别过脸去。经银四郎这么一说，她心想也许自己很早以前就在心里偷偷地把野本和银四郎论斤称两过了。比如，当伦子有求于野本的时候，她就变得比野本更主动积极；但是当立场相反的时候，她便会突然地讨厌起野本的愚钝来。不仅如此，她还对迅速在学校内占有优势地位的银四郎寄予佩服和钦羡，动辄拿他和野本做比较。每当这时，她便越加讨厌起野本那近乎粗鲁的率直，以及缺乏经商的才能，因而渐行渐远。先前她之所以没有接近银四郎，是她觉得银四郎知道她和野本的关系，日后终将拿这个把柄威胁相逼。

那次下大雨的归途中，伦子让银四郎护送回家，正是考虑到银四郎会拿这把柄威胁，也想减少他的怀疑，才让他进入房间。不料，银四郎却突然抱住她，虽然仅是瞬间的动作，但伦子还是把野本和银四郎评比起来。伦子认为她是因为银四郎知道她和野本的关系，才不敢强烈地拒绝，其实这是她自以为是的错觉。真正的原因是，她在算计和银四郎交往可以迅速带来利益。

"你在想什么？"银四郎的欢快声将伦子拉回现实。然后，他再次叮嘱伦子负责挑选福利社教材的事："刚才那件事没问题吧？"

伦子以眼神表示同意，银四郎随即起身准备回去。看来他是因为前天晚上刚来过，今晚打算吃过晚饭便回去。伦子突然有种遭弃之不顾的失落感。

"原来你是为了这件事来的呀？"伦子闹别扭似的转过身去，银四郎没来得及穿起上衣，便赶紧凑近伦子的脸旁，"这间公寓没法好好办事，过几天我们换个更舒适的房子吧。"

"咦？要换公寓？"伦子惊讶地反问着。

银四郎没回答，突然不由分说地将伦子按倒在地。

伦子起身后，茫然地整了整凌乱的衣服和头发。她越发觉得自己像是个不知羞耻、任由银四郎纵情发泄的玩偶。

潮　声

　　十一月带着凉意的阳光，从南向的窗户洒了进来，照得教室内的课桌椅亮晃晃的。

　　大概是院长亲自授课的关系，学生们个个紧张而肃静地听讲。院长以"今年秋冬新款式之分析"为题，用纸型具体讲解着肩线、胸围、腰线和裙子的下摆等。学生对这种具体的教学方式感到讶异，无不露出新奇的目光，埋头认真地抄写着。

　　这一个月来，式子因为操劳过度，总觉得身体疲惫而沉重。

　　十月上旬至十一月，正是各纺织贸易公司和妇女杂志推出冬季服装设计样式最忙碌的时期。冬季服装用料的印版已于夏季完成，但是设计主要是因应圣诞节和过年的需求，因此这段时间，式子几乎每天只睡四五个钟头，一口气设计了两百套时装。当然，是式子先画出设计图，再由伦子、胜美和富枝三人分别逐件缝制。话说回来，一个季节要构想出两百套时装，毕竟是近乎蛮干的繁重劳动。

　　原本式子有心减轻自己的工作量，但自从首次时装发布会大获成功以后，银四郎便要式子趁机推出新款式的设计，自作主张地代式子接了大量订单。式子为此责备银四郎，刚开始他还温柔地劝慰一番，但式子仍怒气难消时，他便态度冷淡地表示，既然这么不领情，那以后有什么事就自己决定好了！这么一来，一种被弃之不顾的不安又猛然涌向式子心头。因为倘若这样，式子今后得主动积极地去承接工作。不知什么时候起，式子开始揣度起银四郎的心思。她担心银四郎从此左右校务，但是她似乎更害怕自己在这个深渊中越陷越深。

忽然间，教室掀起一片喧闹声。式子大梦初醒般看向学生席。原来学生已按照式子的讲解画完腰线，正等待她继续说明。

"各位同学，真是对不起，因为昨晚熬夜，一时走神了……"式子苦笑道。

式子讲解腰线至胸围的部分时，学生便拿起圆规和量角器，正确无误地描绘起来。对学员而言，院长每周只授课一小时，颇有新鲜感而格外认真，但是式子没教多久就觉得疲惫万分，当学员在制图纸上画线的时候，她便双手伏在桌上茫然地游望着。

这时，式子突然发现坐在前排的学生画图的圆规用起来不太灵巧。仔细一看，原来她们用的全是同型新款的圆规，但好像不怎么好用。她从讲台的椅子上站起来，走到前排的桌位前拿起圆规。这新型的圆规印有校内福利社的标志，两脚的调节部分乍看很精巧，但旋钮不易转动，构造复杂。

式子顿时感到不快。前些日子福利社销售的教具也有类似的问题。她拿起圆规再次端详，不仅试了调节部分，还实际操作顶部的旋钮。看似精巧的旋钮却太小，又不稳固。她将圆规还给学生，回到讲台上。

"各位同学请注意，现在你们使用的新圆规若有什么问题，请告诉我。因为有些号称最先进的东西并没有经过严格测试就制造出来了，所以请你们不要客气。"

式子严肃地说完后，坐在窗边的女学员举起白皙的手："老师，我这圆规调节部分的旋钮不好转动，但比一般的圆规伸缩度大，也算是优点。最近，我在福利社买的锯齿剪，好像也不怎么好用。"

式子定睛一看，原来是上次教室发生盗窃案时，匆忙跑来教职员室报告的那个圆脸、聪明伶俐的女学员。

"你是考虑布料的交织结构，顺着纹路剪下去的吗？"式子慎重其事地反问道。

"嗯，我是依照助教老师的指导要领，小心翼翼地剪。"圆脸学生眨着明亮的眼睛，果决地回答道。

"那么，我待会儿仔细检查看看，若有不易使用的地方，我会请厂商马上改进。"

一个月前，学校设立福利社之后，银四郎没跟式子商量，就交代伦子挑选新的裁缝用具，而且还大量批货进来。为了不让式子在批购裁缝用具上置喙，银四郎花了很多心思，但这样却使得式子觉得不受尊重而不悦。式子看到银四郎和伦子连日来几乎都泡在教职员室里，又是选看教具样品又是记账，不由得燃起了猜疑和忌妒之火。

约莫十天前，式子表示至少在采购裁缝用具的最后阶段，也应该让她看看相关样品，银四郎反而冷言责备说："身为学校的院长，不应该连采购卷尺和剪刀这等小事也要插嘴！"

课堂上又掀起了学生的吵闹声。这次好像又是式子讲课途中再度沉思走神，让拿着卷尺和圆规的学生不知如何是好。

"对不起，今天我老是精神涣散，睡眠不足果真会影响授课质量呢……"式子苦笑地说着，一边讲解肩线和腰线的度数，还朝自己的手表瞥了一下。距离下课还有五分钟。她心想，今天无论如何得找银四郎和伦子问清楚福利社的事。

下课铃响后，式子立刻结束授课，行色匆匆地回到了教职员室。刚才式子去上课时银四郎还待在教职员室，现在已不见身影，只见坪田胜美孤零零地呆坐着。

"噢，你怎么没去上课？"

"我有点贫血，提早三十分钟回来，现在正由助理代课呢。"胜美红框眼镜下的双颊显得有些苍白。

"银四郎出去了吗？"式子若无其事地问。

"他刚出去，临走之前还把伦子叫出来交代福利社的事，所以伦子应该知道他去哪里。"脸色苍白的胜美却露出不怀好意的表情。

"福利社的事情……"式子故意说得很慢，"其实，我也想听听你们对这件事的看法，你觉得福利社销售的裁缝用具性能如何？"

式子这么探问，胜美苍白的脸颊顿时泛起了血色。

"噢，原来院长您也这么想啊。我和富枝总觉得福利社销售的那些全新用品，外表看起来蛮不错的，可是不怎么好用，为此我们气得满肚子火呢。我们曾向伦子反应过，但她却说这是学校的财源之一，光靠良心没法赚钱，说话的口气就和银四郎一样。之后，我们就不再多说什么了。"

"发生这种事为什么不早点跟我说呢？居然还拖到现在……"式子露出惊讶的表情。

"可是这阵子您很少在学校，整天忙着妇女杂志和纺织贸易公司的时装设计案，一个星期只上三小时的课，而且学校的事务几乎都由银四郎在处理，伦子只是协助者的角色。所以我和富枝就算偶尔提出意见，也没什么用。"胜美说得直截了当。

自从式子跃升为著名服装设计师，随着学校规模的扩大，她越来越为学校的经营感到莫名的不安。

"胜美，能听到你的真心话，我非常高兴。今天我正想找银四郎和伦子谈这件事情呢。"

说完，式子看了看墙上的挂钟。下课已经过了十分钟，却不见伦子返回教职员室。

"她总是这么晚回教职员室吗？"式子像是为排遣焦虑心情地问道。

"她可能是在帮学生修改试样吧，尤其是有钱人家的小姐，她总是格外亲切呢。"

胜美这样说的同时，伦子和富枝相偕走进教职员室。一如往常，富枝朝角落的茶水间走去，准备为自己沏杯热腾腾的粗茶，伦子看到式子正与胜美说话，试探性地投以一瞥，然后装作没看见似的回到自己的座位。

"伦子，你来一下！"

式子原本想心平气和地叫唤伦子，口气却不由自主地变得严厉起来。伦子顿时惊讶地抬起头来，还是强做镇定站起身，朝院长的位子走来。

"这里不方便谈话，我们到会客室吧。"

式子走在前面，伸手握住会客室门扉的把手，隔在中间的玻璃门映出胜美正在偷看着她们的模样。为此，式子感到非常不快，身为一校之长，却夹在两个教师之间，实在有失尊严，但最后还是推门而入了。

进入会客室后，伦子先开了口，语气一如往常："院长突然找我是什么事呢？"

"我要和你谈谈福利社的事。"式子开门见山、口气严厉地指责伦子，"我早就想找你谈谈了。你不觉得你挑选裁缝用具时缺乏责任感吗？今天我上课时看到学生的圆规不好用，问过以后才知道调节部的旋钮和顶部的调钮太紧。不仅如此，锯齿剪碰到有些布料还没法剪。学生有这样的负面反应，你以后在挑选用具方面可不能这么不负责任！"

"噢，真有学生这样反应吗？这未免太奇怪了。功能性越好的裁缝用具，操作方式自然就比较复杂嘛。我怀疑，到底是这个学生不懂得操作呢？还是嫌这器具太贵而乱发牢骚？她是哪个班级的学生？"伦子试图问个水落石出。

"她是C班的学生。就是上次发生教室盗窃案时，慌张地跑来教职员室报告的那个高个子、圆脸、看起来很聪明的学生。"式子提出确切证据说道。

"噢，是她呀，那个学生无论什么事都爱吹毛求疵，明明是个小水坑，经过她渲染也会变成大池塘。她不是出身于有教养的家庭，所以动不动就爱发牢骚。"伦子略带嘲讽地说道。

式子听得甚为火大："我只是以这个学生为例而已。刚才我在上课时也亲自试了一下圆规，确实不怎么好用。说得难听点，好像是为了抬高售价才故意把东西弄得结构复杂。不光是我有这种想法，连……"

说到这里，式子闭口不语了。她想说的是连胜美也持同样的看法，但考虑到身为院长，和员工纠缠不休有失身分，便不想往下说。

"我想说的是，我们学校福利社销售的裁缝用具给人一种只想捞钱的印象。"式子切中要点地说。

"有关这方面的事，我只是听从负责校务的银四郎的指示行事。"伦子虽然说得客气，语气中却包含有恃无恐的意味。

式子不由得望着伦子的脸庞。她的脸庞轮廓鲜明，两只眼睛大而明亮，薄薄的嘴唇散发出冷艳的美感，下颚至脖颈的皮肤是那么光滑紧致，仿佛弹指可破般的娇嫩。

伦子比式子小七岁，这充分显现在皮肤的丰润程度上，同时也明显地画分出二十岁和三十岁女人的差别。式子涌生出一股妒意，有种被伦子比下去的感觉，于是她挺直了靠在沙发上的背脊，往前探伸："很多人对银四郎似乎有各种不同的评语，你经常跟他一起工作，要多加注意，以免引起不必要的误会。"

"哎呀，我正要向您说件事呢，银四郎对校务干涉太深，周围的人都在揣测您和他之间的关系呢。"伦子试探性反问着式子。

式子不由得慌张起来，但旋即责斥道："你为什么要那样说呢？"

这时候，伦子睁大眼睛说道："银四郎还说要在大阪的市中心开办一所新学校，现在正为这件事奔波呢。"

"什么！"式子知道自己脸色大变，"这件事我都不知道，你怎么知道的？"

伦子有点支吾其词，面露惊讶地说："这是最近银四银打电话时，我偶然听到的。我本想早点向您报告，这的确太不寻常了。"

式子此刻就想把银四郎找来当面问个清楚。这么重大的事，他居然也没向她知会一声，她绝不容许他这么做。这三个月来，银四郎和式子数次激情做爱，难不成那时候他已暗中策划这件事？一种难以名状的不安涌上式子的心头。

"听说银四郎临走时对你说了些什么，他去哪里了？"式子压抑住激动的情绪问道。

"他说要去洋裁学校联盟讨论统一采购裁缝用具的事，还说会后和谁吃晚饭什么的。"伦子边看着墙上的挂钟，公式性地回答道。

时间已过了下午四点半。

"哎呀，已经四点半了，五点我得赶到关西服装设计师协会开会呢。"式子慌张地收拾起来，对伦子叮嘱道，"待会儿，你务必打电话告诉银四郎，若他晚间八点以前回来，请他到堂岛S会馆的服装设计师协会，若是九点以后，就请他打电话到我鱼崎的家里。"说完，式子离开了座位。

式子乘车从甲子园抵达堂岛川畔的S会馆，比预定时间迟到了四十分钟。

她推开会场的门，几名坐在入口处的会员立刻向她投以责备的目光，其他的设计师则不约而同地抄着笔记。一如往常，关西服装设计师协会会长大原京子坐在讲桌正中央，右边正襟危坐的是双叶洋裁学院院长安田兼子以及创美服装学园的井上民子等大原派弟子。和之前稍有不同的是，关西大学的松山教授坐在大原京子的上位，正在做"流行心理"的演讲。时装研究会每年举办四次这种演讲，今天是秋季研究联谊会的日子。

松山教授似乎没发现姗姗来迟的式子，仍旧悠然地背靠着沙发，举止斯文地演讲着。

"……接下来要和各位谈谈人为什么要穿衣服，以及穿衣服的目的。关于这个问题，有各种说法，比如保护、运动、获利、保暖、威吓、媚态、社会性符号、装饰、宗教、风俗、道德、法规等等。现在，世人似乎不同意保暖和保护这种原始性的说法，而以装饰性为压倒性的意见，尤其像各位服装设计师，应该对装饰说特别感兴趣。衣服这种东西可以直接左右人的心情。比方说，当你穿上外出服的时候，会很在意他人的评价，自然希望得到好评。尤其当身着昂贵华丽的衣服时，会显得精神焕发，也会提高自我的评价。相反的，如果你穿着普通衣服，就会觉得行动自如，不会装模作样。换句话说，倘若穿得穷酸，你就会想避人耳目、缺乏自信、不爱社交，同时产生强烈忌妒他人的心理。因此，衣服覆盖人的肉体的同时，也是一种凸显自我的社会性表现，而这种强烈的表现形式就是'流行'。所谓的流行心理不但能使人得到归属，同时还要让自己觉得比他人位居'高位'，也可以说或多或少让同辈产生'较低阶层'的威吓……"

松山教授要往下说的时候，会场中突然传出一声惊呼："威吓？这么说，我们岂不是时常在威吓大众吗？"

大家寻声望去，果真是伊东歌子。她穿着鲜红色礼服，乌黑长发披在肩上。松山教授露出温厚的笑容，看着伊东歌子。

"嗯，你说得没错。各位所从事的工作，从服装心理的角度来看，的确是一种不折不扣的威吓，加上商业包装，便更加快速地支配一般民众的嗜好，也支配着他们的日常生活。"

松山教授说到这里，极其认真地望着伊东歌子的服装："你喜欢红色吗？"

"嗯，我最喜欢红色。"伊东歌子自信满满地说道。

"从色彩心理学来看，红色带有威吓性，这种颜色使人联想到活力、威力、勇气和热情；若是浑浊的红色，则会使人联想起淫靡、贪欲、猥亵。"

"那么，蓝色又是如何？"

"蓝色是寒冷色，这种色彩使人联想起深远、高洁、贞节和诚实……"式子低头看了看自己身上的蓝色系服装。深远、高洁、贞节、诚实……松山教授这番话在式子听来，充满着讽刺的冷酷。

演讲结束后就是餐会，不过演讲者松山教授因校内尚有会议先行离席。与会代表大原京子夸张地露出惋惜的表情，恭送松山教授离去。演讲者走后，她却突然妄自尊大起来。

晚餐会的费用来自会员的会费，可是以大原京子为首的安田兼子、井上民子等大原派系人员却占据了主桌的位置。式子不想与这些人碰面，故意选入口处靠窗的位子，正要坐下来时，安田兼子见状疾步跑了过来。

"哎呀，最近声名红透半边天的大庭式子小姐，你可不能坐在这偏僻的角落呢，若不来坐在主桌，我们可就无地自容了。"

不知安田兼子出于何种居心，她故意大声地说着，以致周围喧嚷的人群纷纷向式子投以好奇的目光。

"不，我坐在这里就好，因为待会儿我要接个电话……"式子是指待会儿银四郎要打电话来。

"是啊，是啊，我知道你是大忙人，尤其这阵子风光活跃的程度仅次于大原老师。所以今天你就坐在大原老师身旁。忙碌归忙碌，至少得好好享受餐会吧。"安田兼子拐弯抹角地说。

"也不是忙碌的关系，因为这里有熟识的朋友……"式子以眼神示意着坐在邻座，对着窗户吸烟的伊东歌子。

"噢，那位朋友我们也很熟呢，你就不要嫌弃，到这边入座吧。而且大原老师也盛情邀请你呀。"安田兼子语调高亢地说着，然后藐视地看着式子。安田的细眼带着执拗的光芒，长得像鱼腮的下巴，脖子粗短，表露出一个五十岁女人阴险善妒的污秽气质。

"大原老师邀请我……"式子意识到周围的人正投来好奇的目光，故意慢悠悠地说，"我不是大原老师的弟子，若像你那样景仰地坐在她的身旁，反而让人觉得是狐假虎威呢。"

"你说话怎么这么冒失……"安田兼子慌张地朝主桌看去，大原京子在弟子们的簇拥下优雅地点着头，似乎没注意这里的情形。

"你看，大原老师似乎把邀我入座的事情给忘了嘛，所以我看算了。"说完，式子像下逐客令似的转过身去。

"噢，人出了名，就开始耍大牌了呀……"安田兼子撂下这句挖苦的话后，匆匆地离开了。式子顿时感到一种前所未有的快意与征服感。这也许是式子早已习惯女人圈那种小心眼的环境，要不就是她对自己充满自信，最后才能以令自己惊异的毅力回绝安田兼子的邀请。

菜肴端上桌后，三十名会员各自边谈边吃，但整个气氛似乎显得装模作样。

餐桌上谈的不外是当季流行服装的话题，谈论流行时尚的同时，又彼此试探着接到妇女杂志多少稿约，或是厂商和贸易公司给了多少时装设计案等等。既要微笑优雅地品尝着菜肴，又得细心探询对方的工作情况，女人圈里令人厌恶的一面毫不遮掩地显露在餐桌上。放眼望去，似乎只有伊东歌子对此漠不关心，还是说她根本是感觉迟钝？她没有加入话题当中，而是大口地品尝着料理。

"我要对你刮目相看了……"伊东歌子突然说道，放下叉子，点了根烟，转身看向式子，"刚才你讲得真好，想不到你竟然敢这样修理安田兼子。"

"有什么办法呢，我只能这样说。"

"以前你还是千金小姐的时候，还不敢这样说呢，果真是学校规模扩大，对自己的事业也越有信心，还是……"

说到这里，伊东歌子深深地吐了口烟，直截了当地说道："你有男朋友了吧？"她说完看着式子的脸。

"哎呀，你不要乱猜啦。"式子压抑住慌张的神色，娇嗔地申斥道。

"你用不着那么生气嘛。女人有了男人以后，就会突然变得格外坚强。所以我猜你大概也有了男人。其实，如果有也没什么关系嘛。听说就是那个戴着无框眼镜、负责校务、长相俊俏又擅于经营理财的美男子。不过，你学校里大都是美女教师，小心那只脸蛋俊俏的小老鼠把她们全叼走了喔！"伊东歌子故意用轻佻的口气说。当式子露出不悦的表情时，她便说道：

"你有着老字号商家小姐的优雅气质，从小在优渥的环境中过着舒适生活，这固然是件好事，但是你那种正经八百的样子令人不敢恭维，你何不多爱自己一点呢？所谓多爱自己一点，并不是指抬高自己的身价，而是指可以过着更任性娇惯的生活。坦白说，我就看不惯你这身蓝色服装，说什么蓝色是深远啦、高洁啦、贞节的色彩，听起来真教人起鸡皮疙瘩。你可要学学我，穿穿这种带有威吓性、色彩强烈的服装才行。"

式子听伊东歌子说得激昂的同时，发现刚才安田兼子就一直偷看着她和伊东歌子交谈，还一边在大原京子的耳畔嘀咕些什么。

伊东歌子话语稍歇，式子边吃边看着手表。已经晚间七点多了，还不见银四郎打电话来。她临走前已交代伦子转告银四郎，不可能不来电的，为此她莫名地焦躁起来。今晚她无论如何都要见到银四郎，就福利社和开办新学校的事情问个究竟。

当餐会的最后一道甜点端上桌时，大原京子又装模作样地站了起来："不好意思，打扰各位用餐，现在我有件事情想向各位报告。"

"是这样的，上个月开始，加入洋裁学校联盟的会员学校，通过统一采购又免税的方式买进的裁缝用具，开始在校内设立的福利社销售。据说有些学校把销售裁缝用具当成纯粹的企业在经营，换句话说，把销售免税商品的福利社当成牟利部门。毋庸置疑，洋裁学校乃属于私立学校联合会的教育机构，正规的学校经营主要是收取学生每月的学费为营运基础，从这个角度来看，我希望新设立福利社的学校能够凭良心经营。"大原京子毫不客气地说着，还不停地朝式子打量着。

会场顿时沉寂下来，气氛变得异常凝重。式子感到心跳加快，窒息得喘不过气来。她心想，刚才安田兼子偷窥般的看着看她和伊东歌子谈话，又在大原京子耳畔嘀咕些什么，原来是在打这小报告。大原京子对她的学校情况并不了解，但安田兼子的学校也在甲子园，她很可能在某个机会下得知圣和服饰学院设立福利社的事。这的确是安田兼子的作风。依安田兼子的性格，被式子出言顶撞绝不可能默不作声，可是她的反击未免来得太快了。如果是其他事情，式子倒不予计较，但校内福利社的事，正好是自己今晚想找银四郎当面厘清的。如果这问题是针对圣和服饰学院的话，她肯定很难自圆其说。在沉闷的气氛中，式子直觉得手脚冰冷。

这时，一个坐在式子对桌、身穿黑色礼服的会员站了起来。"刚才，大原老师提到的到底是哪所学校呢？如果确切知道是哪所学校的话，可否在会后再私下加以劝告。否则这样空泛地指涉，连良心经营的学校都要拉下水了。我认为这种含沙射影的说法并不公道……"说话者谨小慎微地向大原京子奉承道。

"说得也是，倒不是不知道是哪所学校，只是……"大原京子像是以制造沉闷气氛为乐似的毫不避讳地看向式子。式子顿时脸色煞白，连她自己都清楚地感受到了。

大原京子直盯着式子，仿佛要看穿她的心思似的。与此同时，所有的目光开始射向式子。式子觉得自己应该表明一下，却又找不出恰当的言词，越是焦急舌头越僵硬，心跳更加剧烈。这样下去，她的立场似乎越加不利了。当她正要站起来时，伊东歌子起身以沉稳的口气，略带嘲讽地说：

"讲话不要这样含沙射影，直接挑明出来嘛。说学校设立福利社只是在捞钱这种说法，根本就是五十步笑百步！在洋裁学校联盟未设立福利社之前，每家学校岂不是利用各种名目销售所谓的教具？从圆规到每四人合买一个人体模型，这些都是学校重要的财源之一。恕我直言，现在拥有大型学校的人，在尚未发迹之前，大概也不敢说这些冠冕堂皇的大话。但话说回来，要在竞争激烈的洋裁界出人头地，光是靠因袭同业的做法是绝对不行的，总得想点办法突破才行。所以希望大家不要说这些只会中伤彼此的无聊话。"

"哎呀，你这话太失礼了吧？照这种说法，现在的大规模学校岂不都是偷鸡摸狗起家的？这种说法未免太过分……"安田兼子激动得说不成话。

"我倒觉得是你们太过分了。简单地讲，这个关西时装设计师协会是我们大家的协会，会长大原京子女士只是负责协会的运作而已，可不是我们的领导者。问题是，她老是以领导者自居，对大家颐指气使，以为自己在裁缝界拥有大型学校、强大的组织以及庞大的财力，就可以为所欲为地大小通吃。再也没有比这种更势利和封闭的了！可是，我们协会的宗旨是讲究相互研究和联谊，绝不容许这种封建想法！我们协会有三十名会员，除了大原派系的人不敢吭声之外，其他的会员都相当克制。可是我天生嫉恶如仇，憋不住话，就直接挑明说开了。"说完，伊东歌子继而说道，"哎呀，都八点了，该散会了！"

伊东歌子完全不顾及是否合乎礼仪，便慌忙地准备离去，然后挨近式子的身旁，娇声地说："他正在等着你呢！"她没听完大原京子的闭会致辞，便起身离去了。

走出S会馆后，式子立刻坐上出租车。她的后背深深地靠在椅背上，放松心情，翘起腿来，衬裙的蕾丝下摆也露了出来。这时，她才终于有从那令人窒息般的会场中得到解放的感觉。

式子明白，伊东歌子并不知道她正处于进退两难的局面，只是看不惯她们的做法而蛮劲大发，当场毫不客气地奚落大原京子。不过，此举却意外地解除了式子的尴尬。倘若大原京子当场点明问题出自圣和服饰学院福利社，式子也没有自信能自圆其说，甚至将陷于更难堪的窘境。

式子对银四郎没依时间打电话到S会馆联络，感到有股难以言状的愤怒。今天大原京子用福利社的事情使她险些无地自容，究其原因都是银四郎擅自主张惹出来的。想到闯祸的银四郎今天还忙着统一采购，她不由得怒火中烧。她临走前再三叮咛伦子务必转告银四郎要打电话来，这到底是怎么回事？她突然想起刚才伊东歌子的那句"你学校里大都是美女教师，小心那只脸蛋俊俏的小老鼠把她们全叼走哦"，伊东歌子那故作轻佻的话语仿佛又突然在耳边回响起来。式子坐直身子，稍微打开车窗，宛如要驱走那不快的思绪似的。

不知不觉间，车子过了尼崎，快速行驶在车流量锐减的阪神国道上。一辆辆轿车疾驰交汇而去，车头灯在漆黑的国道上画出一条条平行线。十一月中旬的夜晚寒冷逼人，式子赶紧关上半开的车窗，再次躺靠在椅背上。

车子从国道驶进住吉川畔的小径，过了反高桥，再过约莫一百米就是式子家了。式子坐直身子，整了整弄乱了的裙摆。

车子停住后，式子尚未按门铃，仿佛早已在等候她的女佣喜代开门相迎。

“您回来了呀，银四郎先生等着呢。”喜代面无表情地说。

“噢，这么晚他才来？”式子诧异地问道。

“因为您经常在这种时间和他相见……”喜代回答得简短，但话语中听得出她对式子有些不以为然。

三个月前，银四郎开始每星期一次到式子家与她共进晚餐，晚间十点过后才回去。尽管地点不在内宅，而是在会客室里，但是喜代颇有责备孤男寡女共处至深夜的意思。

不过，式子已经顾不得这些琐事了。她不理会板着脸的喜代，疾步走上通往门口的石板路。穿过院中的树丛，打开大门时，银四郎已经站在眼前了。

银四郎背靠着玄关旁会客室的门扉，嘴上叼着烟。

“你回来得真晚，我八点就在这里等了。”

“你为什么不先打电话到S会馆给我呢？”

式子表情僵硬，口气严厉，迅速地脱下鞋子走进会客室。她不希望喜代看到她和银四郎发生争执。银四郎似乎不理会怄气的式子，依旧叼着烟缓步走进客室，坐在式子对面。

式子察觉喜代端茶上来，故作漫不经心的样子，喜代走远以后，她才斥责起银四郎没来电联络。

"我再三叮嘱伦子告诉你，务必在八点以前打电话到S会馆给我。在会议当中，我老是看着手表静不下心来。既然你八点就在这里了，至少应该打通电话给我呀！"

"问题是，伦子来电时慌张地说，院长有复杂的事情找我商量，那时我刚好在神户参加洋裁学校联盟的会议，于是就顺便到这里来了。"

"伦子这个人真是的，她只需一般联络就行了，干吗多嘴说什么复杂不复杂的。而且最近她对你讲话的态度好像也太亲昵随便了，对这种美女教师你可不能粗心大意呀。"式子看着银四郎的眼神，仿佛在试探他的心思。

"有关这点，我之前已经说过。她是想利用和三和纺织公司野本的关系，以及你们师徒的关系，从中捞好处。难道你没发现自从时装发布会以来，伦子突然变得积极勤奋，你还为她帮腔说起好话来呢。"银四郎反而申斥起式子太过宽待伦子。

"对了，所谓复杂的事情是指什么？"银四郎问。

"是有关校内福利社的事情。"

式子将今天下午授课时发现新圆规不好用，学生反应的事，告诉了银四郎。

不知银四郎是否在听，他面无表情地叼着烟，直望着被浓密树丛掩映的窗外。

"不仅这样，今天我在时装设计师协会的席上还被警告了呢！"式子越说越激愤，她告诉银四郎，大原京子说她不该把校内的福利社当成捞钱部门。

银四郎随意斜靠在椅背上吸着烟，听完式子的叙述后站起来，脸上泛起一抹冷笑。他绽开女人般美丽而冰冷的嘴唇，嘴角流露着冷酷。

"你要讲的就这些吗？"银四郎用格外亲密的口气说道。

"这还不够吗？我不想再说了，先不管别人怎么批评我的教学内容和时装设计，光是在福利社卖东西，就是件不光彩的事。"式子轻视地说。

"一点也不会不光彩。也许福利社卖的新型圆规顶部的旋把和脚的调节旋钮不好使用，但是它的伸缩度绝对比一般圆规来得大。一种具有新机能的工具在某方面若有便利之处，在操作上就难免复杂些。当然，最好是具有高机能又操作方便，可惜现在就是还没出现这种圆规。事实上，设立福利社是为对外宣传我们圣和服饰学院使用的全是最新式的裁缝用具，虽说那些用具难免有些缺点，却是最新款，若有人批评这些东西中看不中用，八成是你的臆测。另外，有人说我们的东西高于一般售价，这也得说明。这好比刚上市的蔬菜摆在蔬果店一样，价钱当然贵些，更何况在凡事都想走在流行尖端的裁缝界里，新颖本身就很有价值。在大群的学生中，尽管也有人不追求新颖的东西，宁愿选择退出流行的便宜货；但我们毕竟是在做生意，就得巧妙利用女人的虚荣心销售高利润的器具。再说，我们学校福利社卖的东西，都印有学校的标志，一般卖三百五十元左右的圆规，我们却可以卖到四百元。也许有人喊贵，可是你看着名书法大师用过的毛笔，只需刻上大师的名字，就可以高价卖出。这个道理是相同的，等同于名家的签名费，用现在的话来说，也就是商标费。现在是凡事用金钱衡量的时代，连使用自己的名字或学校名称，几乎都要收取费用。"

银四郎那无框眼镜下泛起一抹冷笑，不无嘲讽地看着式子。式子竭力避开他的眼神，正要开口说话的时候，银四郎示威地说："别急嘛，你先听我说完。"

他又点了根烟，继续说道："今天大原京子在关西服装设计师联谊会场上提出'警告'，很可能是受到安田兼子故意挑拨，也可能是她丈夫大原泰造的主意。你别看他身为洋裁学校联盟的理事长，平常总是笑得豪放洒脱，上次我们学校开学典礼的时候，他以来宾之姿上台致辞，没讲些八股的话，而是向学生说缴了学费，若一天不上课，就吃亏受损，花钱得花在刀刃上。想不到他这个人如此小气，看来他是对我们学校在短期内发展迅速备感威胁，所以上次在联谊会上碰了面，还对我们的动向特别关注，到处打听消息，现在还管到别人学校的福利社的事，真不知道他脑袋里在想什么呢！"银四郎滔滔不绝地说，不断把白色的烟灰掸到烟灰缸里。

式子凝视着志得意满的银四郎，片刻后忽然开口说道："有件事情我得好好问你。"她的语气中充满怒气。

"什么事？你问得这么慎重？"银四郎不以为意地答道。

"听说你正为在大阪市中心兴建新学校奔忙，真有这件事吗？"式子直截了当问道。

"嗯，是真的。"

"咦？"式子不由得惊叫了起来。

"这件事是真的。"银四郎说得好像福利社采购裁缝用具般理所当然。

"你要兴建学校，钱哪来啊？"

"筹钱不就是我的责任吗？"银四郎漫不经心地说。

"这么重要的事……你为什么不找我商量……？"式子嘴唇微微颤抖，几乎说不出话来。

"商量……很早以前我不是和你商量过了吗？首届时装发布会隔天的早晨，我就到这里来，告诉你要气球往上飘升，思考下一步怎么做。刚开始你激烈反对，最后不是答应交给我处理吗？"

银四郎这么一说，式子想起倒有这么回事。那天早晨，银四银抱着一堆报道式子服装设计的报纸来，他一边摊开报纸一边说开设学校才是根本之道，若没拥有大规模的学校恐难生存等等。不过，式子对此无法苟同，他又执拗地表示要式子全权交给他处理，式子只要依他的安排，以著名服装设计师的身份亮相就行了，逼得式子最后只好勉强答应。

"尽管如此，具体细节你为什么不找我商量呢？"式子疑虑的目光更强烈了。

"女人家做事往往优柔寡断。就拿寻觅校址来说，觉得地段不错，就得当机立断不可犹豫。问题是，女人家考虑得太多，什么方位啦、风水啦、价钱高低啦，常常因此错失良机。我们的本校还设在甲子园，只要在大阪市区拥有新学校，就算地价贵了点，但那是人潮聚集的地方，就得往那方向发展。我们可以在那里招收学生，也替圣和服饰学院打广告。如果把广告费计算进去的话，这块地皮可说是非常便宜呢。"

"这么说，你已经……"式子说不下去了。

"嗯，就在心斋桥。从崇光百货北街往西约一百米处，隔着一条河川，也就是船场的精华地段，面积为一百二十坪三合①二勺②。

---

① 日制面积单位，1坪的十分之一，约0.33平方米
② 日制面积单位，1合的十分之一，约0.033平方米

依照学校法人设校规定，校地面积不得低于一百坪。这块地大小刚好合适，我已经打点完毕，接下来就是按期付清款项，在明年新学期之前盖好。"银四郎命令似的说道。

式子别过脸，试图逃离银四郎的强势作为。

"我实在没信心冒险。有这所学校已让我非常满足了。一所镶嵌着彩色玻璃、美仑美奂的校舍和近六百名学生，以及训练有素的教职员……除此之外我不敢奢求了……"她终于明确地表示反对。

"哎呀，目光别这么短浅嘛。所谓信心啦、能力啦，不去试试怎会知道呢？扩大学校的规模，钱也赚到手，就表示那个人的能耐。学校的经营交给我处理，你只要在这个基础上，扮演好裁缝教育者的角色，以及打响服装设计师的名号，当起报纸和杂志的服装比赛评审，尽量发挥影响力即可。只要这样做，别说是安田兼子，想要达到大原京子那样的地位都不成问题。人们常说这行业得苦修十年才能出头，我并不苟同，'二战'后的日本裁缝界势必要走向企业化，虽说不在这四五年内，但至少在五六年内就得分出高下。这如同蔬果有其季节性一样，人的事业也要掌握时机，一旦错失良机，便永不再来。"银四郎执拗地催逼着式子。

"可是，不是有些学校因为扩大规模却导致经营恶化吗？我不想做无谓的冒险，只想脚踏实地去经营。"反对的同时，式子又想起今晚在联谊会上发生的事来。她想到拥有大型学校的大原京子志得意满和妄自尊大的态度，和随侍在大原两侧，占据主桌的安田兼子等大原派系的人，以及其他服装设计师望着这种场面既羡慕又卑躬屈膝的情形……极度反感令她气得心跳加剧。

大原京子的权威并不是源自她的裁缝理论或卓越的能力，只是以她为首、拥有强大学校组织和财力做支撑而已。换句话说，正是有上述因素，她才得以看起来很有作为又充满自信。银四郎所说的信心和能力大概是指在这种形态下形成的吧。一种越来越强烈的欲望正在式子心中滋长起来。

"好，我试试看。也许我办得到。"式子低声说道，眼神热烈地看着银四郎。

这时，银四郎的身体动了一下，像游泳似的伸出双手要拥抱式子。

"不行，这可是两回事呢。"式子嘴上这么说着，心里却认为她得好好开办新学校才行，一来避免学校那些美女教师让银四郎这只脸蛋俊俏的小老鼠全部叼走，二来可以把银四郎绑在身边。

银四郎强而有力的双手抱住式子。以往式子心中羞赧与渴求爱情的欲望已不复见，一种与厚颜无耻、充满魅力的男子共同为新事业打拼的亢奋心情，像涨潮的海水般奔腾不已，朝她心底直扑而来。

梳妆镜

伦子完全不理会野本敬太，兀自望着水声哗啦哗啦响的微暗河面。这家餐厅位于道顿堀河畔，临窗望去的缓缓流水几乎伸手可及，两岸的霓虹灯投映在河面上，形成五光十色的美丽彩光。

"你为什么这么固执，我送你一程有什么关系呢？"野本在餐后的咖啡里加上砂糖，口气不悦地说道。

伦子收回望着河面的视线，说服野本似的说："不行啦，我们好不容易冷静一段时间，我考虑很久，才换了公寓，要是你这么晚送我回家的话……"

"有什么好考虑的呢？我们开始交往后，就打算和你结婚，难道你……"野本思量起伦子的话来。

"哎呀，去年春天的时候，你不是打消结婚的念头了吗？不过，这我无所谓。问题是婚后你希望我做个平凡的家庭主妇，但我对养儿育女，或是为能买个电冰箱而高兴个半天的生活无法忍受。我想成为一名出色的服装设计师，将来能找个舞台发挥所长。而且爱美是女人的天性，我认为随时可以穿着漂亮衣服的设计师是一种令人羡慕的职业。"伦子有种飘飘然的陶醉感。

"这该不会又是八代银四郎巧妙操控教职员的一种手法吧？"

野本不怎么高兴地冷笑道。

"你不要讲得那么难听嘛。近来，我越来越有成为卓越的服装设计师的自信。要当一名出色的设计师，当然需要有某种程度的设计天分，但光是这样还不够，还必须有超强的交际手腕和姣好的身材及美貌，以此来经营自己的学校，并和服饰界周旋。服装设计这种工作，光靠一个人是做不来的。比如印刷用的设计图样，就需要染色和织布相关技术者的配合；设计服装时，就需要裁剪纸型的裁剪师和缝制的师傅通力合作才能完成。而这就必须依赖设计师巧妙沟通和协调，而且还要有能力，让精心设计的服装获得适当的展出机会。再说，美貌也很重要，所谓穿者占八分，有姣好身材和美貌的设计师所穿的衣服，尽管设计上有不足之处，但观赏者出于对美的错觉，终究可以掩盖过去。总之，美貌的服装设计师占有绝对优势。如果有经济基础是最好不过，若没有也无所谓，只要充分运用学校的组织力量，总可以闯出点名堂来。"伦子信心十足地说道。

"我们没见面的这段期间里，你都在想这些事吗？"野本哑着嗓子问。

"也许是被这个行业所磨练出来的。比起你们上班族的世界，我们这种全是女人的服装设计界，竞争要来得激烈且残酷。"伦子以不屑的眼神看着野本。

野本眼睛眨也不眨地盯着叼着烟的伦子，突然脸色沉了下来。

"那么，结婚以后，你也可以继续当设计师啊。"他把那杯半温的咖啡一饮而尽，"在餐厅里说话不方便，还是到你房里慢慢聊吧。而且我们已经两个半月没见面了……"

野本并未掩饰许久未与女人相好的焦躁，他厚实的身体剧烈地喘息着。野本这么一说，伦子无言以对了。两个半月前，野本到东京出差，期间伦子也没告知公寓管理员新的地址就搬家了。野本从东京回来以后，每天打电话到学校约伦子出来见面，伦子动辄借口要值班，要不就顾左右而言他，不和他碰面。几次遭拒后，野本只好说直接到学校找她，或是在校门附近等候等等。不过，伦子心里明白，三和纺织公司与圣和服饰学院有合作关系，野本身为公司的职员，不可能做出这种违背常理的事，所以不为所动。然而，昨天伦子代替院长为学生冬季作品展的事宜寻求三和纺织公司的赞助时，又不得不与承办这项业务的野本碰头。

野本听完伦子的来意后，当场应允赞助，随后强邀伦子共进晚餐。刚开始，野本提议到伦子的新住所吃晚餐，但是伦子硬是不肯，野本只好退让一步，最后折衷在道顿堀河岸边的餐厅碰面。

伦子沉默下来，野本旋即变得主动而积极："以我们之间的关系，我连你的新住所都不知道，未免太可笑了吧。万一发生什么紧急事情，不就没办法与你联络？"

"哎呀，我这次搬家就是不要让彼此担心的嘛，你怎么还不懂！"伦子轻描淡写地说。

"我不懂？难道我去你的住处，会让你为难吗？"野本的声音高亢起来，柔和的眼睛也胀红了。

周遭的餐客纷纷向他们投以诧异的目光，伦子故作镇静，吸了吸变短的香烟："那么，也只好到我那里去了。"她漫不经心地说着，先行离席。

来到餐厅外面，陡然变冷的十一月末，夜晚的寒气沁入伦子的脖颈，让她感到冷飕飕的。周日夜晚的道顿堀街上，人潮拥挤、喧嚣不断。街上不时可见大胆热情相拥的年轻情侣，但伦子只觉得寒意逼人。她埋怨起自己，当初为什么会看上野本敬太这种既没骨气、长相又不佳的男人呢？他的优点只是老实认真和身体健壮而已。现在看到他这种老实相，就让她心烦、厌恶。

她和肩膀宽厚的野本并肩走着的同时，悄悄地朝他瞥了一眼，忽然间停下了脚步。

"你身上还有烟吗？"

野本摸了摸两侧的口袋，摇了摇头。

"那么，劳烦你去买，我也没烟了。"

伦子见野本朝前面约五十米处的烟摊走去后，旋即转身冲向停在御堂街的出租车里。她听见野本在背后嘶喊着要她打开车门，但她立刻催促司机开走。一阵急遽猛踩油门的声音传出后，出租车迅即驶进拥挤的车阵中。她选了信号灯较少的路线，故意让司机迂回着行驶，还不时地向车后张望。每次有车子急驶而来时，她都担心是不是野本尾随而至，因此故意让司机多绕几圈。车子上了阪神国道，经过尼崎的时候，她才放下心来。突然，她的眼前浮现出野本在车外嘶喊着，还拼命地抓住车门的情景。她心想，与其说她做了过分的事，不如说野本那不顾他人眼光，猛追车子的鲁莽情景令她感到无限可悲。

伦子在公寓前下了车，慌张地步上阶梯，打开房门，走进厨房后，马上扭开水龙头。她咕嘟咕嘟地连喝了两三杯水。刚才为了甩开野本，她紧张得嘴唇、舌头和喉咙干到极点。她润过喉咙，洗过脸后，大大地呼了口气。看看手表，尚未到十点，这时这栋位于武库川畔的钢筋水泥公寓已沉浸在静谧之中。

两个半月前，伦子在银四郎的劝说下搬到这间新盖的公寓来，银四郎不来的时候，伦子十点就上床睡觉了。这里和以前那间周遭住宅林立的公寓不同，武库川的明媚风光近在眼前，每天早晨起床，她最喜欢眺望美丽的河景。虽说她有时会感到每天往来学校和公寓间的生活单调无聊、厌恶和银四郎之间的偷情关系，但那些念头很快地就会被眼前心满意足的生活驱走。

伦子这间屋子有一间六叠的卧室、四叠半的客厅和三叠的厨房，还附有卫浴设备。房子的权利金①为十八万日元，房租九千五百日元，这些费用全由银四郎支付，连床和衣橱都是新买的。其实，伦子尚有余力置装，但为了不引起院长的注意，在穿着打扮上必须低调些。今天她穿的衣服早在一个月前即已制成，但当时没有立刻穿上，而先挂在衣橱里。

伦子轻轻打了个呵欠，步出厨房，来到了卧室。她关掉电灯，脱下套装，正要换穿尼龙睡袍时，门外忽然传来敲门声。她竖耳细听，果真是有人敲门。对方慢慢地敲着。她眼前浮现出野本敬太那百般央求的神情。敲门声停下后又响了起来，敲门者似乎顾忌着周围的反应，停了一下，便又执拗地敲着。

伦子在微暗中又加了件长袍，屏住呼吸朝外面窥探。虽说她不认为来者是野本敬太，但想到他们两个半月已没来往，野本也可能因为按捺不住男性的生理本能和狂热找上门来，伦子的心就咚咚咚地跳个不停，想起野本那厚实的身体和热切的目光，她的背脊便冒出冷汗来。

忽然间，敲门声越来越大了，大到几乎周围都听得到。伦子顿时犹豫了一下，从床沿站了起来，正要打开内锁的同时，一股强劲的力量从门外将门推开。

"你怎么不早点开门呢？"

---

① 指租兑房屋时需缴纳的租金之外的费用。

原来是穿着长大衣的银四郎。伦子绷紧的神经陡地松懈下来，顿觉一阵轻微的晕眩。她离开门旁，蹲坐在窗边的椅子上。

"怎么了？你脸色不佳，是不是感冒了？"

银四郎走进房里，脱掉长大衣，窥探着坐在椅子上的伦子。

伦子拭去额头的冷汗，说道："不是啦，我以为是野本找上门来，憋了很久都不敢出声。"她的声音还微微颤抖着。

"他知道这个地方吗？"银四郎诧异地问。

"我就是怕被他知道，一路逃回来的。"

伦子略显激动地讲了为甩开野本的死命追求，临时撒谎落荒而逃的经过。银四郎倾着身子听着，听完以后，确认似的问道："你叫他去买烟，趁机逃了回来，这招还真够狠哪。人逃走了，当然没事，但是当时若逃不了，你打算怎么办呢？"

伦子无言以对。因为当时只是临时起意，至于事后会怎样她全没考虑。

"以后成立新学校时我们还需要野本他们公司的赞助，不可搞坏关系，得妥善应对才行。"银四郎事不干己似的说道。

"照你的说法，你并不在乎我对野本的感觉，反倒看重学校和三和纺织的关系？"伦子厉声问道。

"你们女人家真是动辄闹脾气。我要说的是，像对野本这种粗鲁的老实人，若应对不当，很可能引来意想不到的反扑，所以需要花时间，巧妙地让他慢慢死心。若你做得太明显，让野本察觉到我们之间的关系，甚至被院长逮到把柄的话，无论是我精心设定的远大计划，或是你想接替院长的构想，到头来都将化为泡影！"

银四郎为自己点了根烟，眼镜框顿时闪了一下。他抬眼看着慢慢吐出的青烟，仿佛在心中从容地重温自己远大的计划。伦子被银四郎那沉思的模样所吸引。

"像你这样的男人实在少见！你不动声色地进入学校任职，名义上是教授法语，却不知不觉间当上学校经理。现在，大家已不清楚你和式子老师到底谁才是老板。从制定职员的薪资到学校的事务、金钱的出纳，乃至于学校的印鉴，不全都掌握在你手里吗？像你这样俊俏、表面和善、还操着一口流利大阪话的人，谁也不会当成狡诈之徒。这就是你的拿手绝活。无论是谁，只要稍不留神，就会被你给骗了。"伦子审视着银四郎的反应。

"这么说，连你也被我骗了吗？"银四郎以分不清是认真或开玩笑的口吻说。

"我若是被骗，就要一报还一报！"说完，伦子想起式子突然变得喜欢华丽的穿着和抹着鲜艳口红的身影来。

"院长近来喜欢穿着华丽的洋装，而且上美容院的次数也比以前多了，整个人突然变得容光焕发起来，好像有什么喜事似的……"伦子若无其事地说着，暗自审视银四郎的反应。

"大概是因为她已被公认为一流的服装设计师，加上学校的规模扩大了，越来越有自信，表现得更为积极吧。当初建校的时候，她坚持在校舍正面嵌上太阳状徽章的彩色玻璃，这完全符合她高傲、坚持主见的性格。"

"这么说，你就是看准这点啰？"

银四郎没有回答，只是泛着冷笑。

"你锁定的是学校的徽章倒没关系，但若是她的身体就不行，否则我可不会轻易罢休呢……"伦子利箭般的目光射向银四郎。

银四郎顿时似乎有些恼怒，但从他那细长的眼睛下迅即流露出一抹冷笑："我可不会在瞄准大目标的时候，去做那些无关紧要的事。"

伦子被银四郎的笑容所吸引，像是去掉心病般地快活起来。"今天晚上，你怎么安排？"伦子娇媚地说着。

银四郎缓步朝伦子走去，伸手揭开她身上的睡袍。轻羽般的睡袍随即从伦子的肩膀滑落，银四郎的细手探向了伦子裸露的乳房。

伦子疾步朝武库川车站跑去，还不时看着手表。学校规定，上课前十五分钟所有教职员得参加一个简单的早会，看来是赶不上了，但伦子很想赶上九点钟的课。她和野本敬太在一起的时候，野本过夜的翌日清晨她从不曾迟到，可是自从银四郎留宿以后，次日早晨几乎每次都迟到。她也觉得这样太过散漫，但迟到的次数仍是越来越多。其实，她今天很早即醒来，但银四郎睡在旁边，她边抚摸着他那女人般的光滑肌肤，凝视着他拿下眼镜后近在眼前的俊秀睡脸，才又不知不觉间迟到了。银四郎像平常那样行事谨慎，他不会直接去学校，而是先在公寓前坐上出租车，绕到他处办事，再到学校。

伦子跑向武库川车站的月台时，电车刚好驶进站内，乘客皆站在靠阶梯处的候车线后排队等候，伦子跟着排队，但电车停妥后，队列随即散开，像潮水般涌向车门口。她被人潮推挤着，好不容易才闪身挤到车门旁。

高峰时段的电车里，许多身穿朴实西装的公司职员抓着吊环，个个表情呆板僵硬。他们都和野本敬太一样平凡、朴实，不厌其烦地过着一成不变的生活。伦子突然想起昨晚甩骗野本的事，心里有些不安起来。野本这个人性格笃实，照理说不会做出反常的事，但正因为他不轻易放弃的个性，很可能回过头来努力挽留伦子。想到这里，伦子顿时觉得心情格外烦闷。

走出甲子园车站后，伦子急忙穿过地下通道，坐上停在站前的出租车，在距离学校前约一百米处便下了车。因为她担心被人发现坐出租车上班，可能引起不当的猜想。

学校柜台的挂钟指着八点五十六分，虽说赶不上教职员的早会，但还来得及上九点开始的课。伦子向柜台的办事员轻声打了招呼，推开办公室的门。就在这瞬间，围着院长而坐的同事不约而同地看向她。除了院长式子之外，还有坪田胜美和大木富枝。也许其他的职员被要求早点到达教室，已离开教职员室了。伦子看到情况不同以往，有点诧异，旋即装做若无其事的样子。

"对不起，我来晚了。不过，我还是尽量做到不耽误上课时间。"

伦子这样自我辩解着，正要往自己的座位坐下时，院长式子口气慎重地说："伦子，今天有件重要的事，请立刻到这里来。"

伦子看出院长可能要向教职员公布兴建新学校的事，不过她却佯装不知情，反而故作惊讶地走到院长面前："哎呀，是什么事呀，这么突然？"

当伦子走到院长面前时，胜美和富枝很想道出伦子迟到的事实，院长反而不以为意，语气温和地说："我说的那件重要的事，就是指我决定在大阪市中心兴建一所新学校。"说完，式子压抑住兴奋的心情，停了一下，"校舍地点在心斋桥崇光百货公司北边往西约一百米处的地方，占地一百二十余坪。对我来说，这是一次大冒险，实在很难下决定。不过，承蒙负责校务的八代银四郎大力推动，同时他又要肩负起重责大任，这才下了决心。目前，裁缝学校每年都如雨后春笋般激增，大型学校规模越来越大，小规模的新学校反而纷纷关门大吉，你们三人是我们学校的重要台柱，希望你们要做好心理准备。新学校成立以后，同心协力做事比什么都来得重要，所以我希望你们三人像当初从鱼崎开办裁缝教室以及在甲子园设立学校时那样支持我。"

式子郑重其事地说完，眼神温和地看着伦子她们。眼前的式子身穿亮丽的乳白色套装，脸上容光焕发，胸部丰挺、充满自信。式子从来不曾表现出如此强势的态度，一个享有名声和财富的三十四岁的名门之女——伦子对此莫名地涌生一股憎恶般的妒意。由于她们出身差距太大，伦子甚至想大声发出感叹。不过，她极力抑制不悦的脸色，勉强挤出平静的笑容。

"我们当然会尽力帮忙，毕竟院长您为此花费了不少心血，我们会像当初在鱼崎时那样，全力奉献自己的所长。"伦子说得慷慨激昂。

式子很受感动似的，眼睛闪着亮光。她转身走近伦子，说道："你是三人之中最年长的，你有这样的心意，我就放心了。"

式子对着沉默不语的胜美和富枝说道："刚才我已稍微提到，今后因为要开办新学校和参加服装设计师协会的会议，外出的机会比以前多，校务方面银四郎会担起责任，有关授课内容和教材准备，请你们跟伦子商量，还有……"

式子要往下说的时候，胜美旁边的电话响了起来。胜美不耐烦地伸手拿起话筒，接过后突然大声地应答起来："是的，三和纺织公司，野本先生……好的，请稍待，我找找看……"

胜美放下话筒，有些不怀好意地说："是野本打来的，你要不要接？"

伦子顿时不知如何回答。因为她看到式子正诧异地望着自己，不太敢接电话。但若是不接电话，野本很可能会更执拗地打来。

"噢，是野本打来的呀，那我来接吧。"伦子心跳加剧，仍故作镇静地拿起话筒，语气冷淡地说："我是津川，让您久等了。"

"今天你怎么不佯装不在，愿意接电话？"野本声音低沉地问道。

"是的，因为现在我们正在和院长商谈事情……"果真如伦子所料。

野本立刻说道："所以这样你就没办法推说不在了。不过，这都不重要，只要像现在这样接电话的话……"说到这里，野本突然转换话题，"我倒想问你，昨晚你像玩捉迷藏似的，到底是开玩笑还是出自真心呢？"

"是后者。"伦子为了不让其他人知道他们的谈话内容，故意语带含糊说道。

"这么说，你是出于真心？"野本再次问道。

"嗯，是真的。"

话筒那端传来可怕的沉默，还听得到远处传来车子的喇叭声。

"是吗，你是真心逃避我啊。既然这样，以后我不会再追你了。看来你大概也不能理解一个男人在周日晚间的闹市上，被自己的女朋友撇下，手中握着香烟追赶的耻辱吧。我虽然是个粗鲁的乡巴佬，至少还懂得什么叫做羞耻！知道羞耻的……"

他停顿了一下，语气恳切地接着说："尽管如此，我还是会像以前那样等候你回到我的身边，至于工作方面也是，我会像以往那样全力配合你，有什么需求尽管提出来。"说完，没等伦子回答，便挂断电话了。

伦子像得救似的松了一口气。原本担心野本一气之下会不断来纠缠，但他果真老实憨厚，没有因此胡乱造次。伦子轻轻放回话筒，回到院长面前。

"……大阪市中心跟我们现在的郊外不同，在那里必须升级授课内容，还得着重经营策略，否则没办法在激烈的竞争中存活下来。"

式子似乎接续着刚才的话题，说到这里，胜美抬起头来问道："院长，资金怎么筹措呢？"

"噢……"式子惊愕地回了一声。

"恕我直话直说，家父在银行工作过，他常说，若是勉强向银行借款，即便企业规模得以扩大，最终都会为偿还债务被压得喘不过气来。所以，我想……"胜美露出担忧的表情。

"这些事情都交由银四郎处理。"

"问题是，若因此举债的话，到头来还是院长您要偿还呀。"胜美再次叮咛道。

式子沉吟了一下："所以我们才需要像银四郎这样的人专门替我们打点呀！我们不必为这方面的事担心啦。"

说着，式子看着墙上的挂钟："没事了，你们上课去吧，不能把课全丢给助教……"接着她神情愉快地站了起来。

当伦子她们走出教职员室后，式子突然为坪田胜美那句话忧心起来。

银四郎只说以新学校做担保，向银行借款四百万的事交由他处理，其他的细节式子完全没再过问。正如胜美所说的，就算向银借得巨款，扩大了学校的规模，到头来也可能被沉重的利息逼得走投无路。她为自己的疏忽感到惊愕，与此同时，也对银四郎没找她妥善商量便独断专行的做法，深表不满和寒心。

式子双手环胸，在寂静无人的教职员室里来回踱步着。银四郎不知去哪儿兜转，时间将近十点了却还没来。她朝银四郎的办公桌望去，他也没留下什么字条。她觉得无所事事，便离开办公桌，推开会客室的门，在沙发上坐了下来。她打开放在桌上的烟盒，点了根烟，最近她开始学会吸烟，每次都觉得嘴里苦涩，呛得喉咙难受。但因为跟厂商、贸易公司和杂志社的人接触多了，不吸烟总觉得派头不够，谈话气氛尴尬，她才不得不学起吸烟的。

蓦然，门外好像有人，式子回头看去，只见银四郎探头进来。

"噢，你什么时候回来的？"式子愕然地问道，为了不让银四郎看见她蹩脚的吸烟动作，赶紧捻熄烟头。

"我刚刚回来。你一个人在这里做什么？"银四郎闪了进来，坐在式子的对面。

"我正为这次建校的资金伤脑筋。"

"资金……我说过了，这件事我会处理嘛。"银四郎漫不经心地说。

"可是，这次需要两千万日元，你打算怎么借呢？如果需要高利息，我可吃不消，再说还有偿还方式、期限等等，都得仔细评估才行。"式子说着，越觉得莫名地不安起来。

银四郎见状，朝式子冷笑道："女人家一谈到钱总是担心个没完，你放心啦，两千万日元可以用学校债券来筹措。"

"学校债券？"式子从未听过这个名词。

"嗯，就是学校债券。如果叫人捐款给学校，可能会招致学生或家长的怨言，我们就不能如期筹到款项。所以，我打算发行学校债券，犹如有定期存款那样的利息，个人一股一千日元、团体一股一万日元，年息六厘。当然，这不同于捐款，是属于学校法人的借款，所以得制定偿还日期才能发行。明年春天起，我们学校的学生人数可达一千人，以每个学生每月的补习费一千日元计算，一年就有一万两千日元，其中的百分之三十，也就是三千六百日元，加上以扩充设备的名义征收的两千四百日元，每人一年就是六千日元，我们只需四年半的时间就可以还清这些债务，没有比这更稳赚不赔的生意了。而且发行学校债券不需向教育部或财政部等政府机关申办手续或申请批准。简单地说，这只是学校法人的借款，如同个人之间的借贷关系，私立学校的经营非得用这个方法不可！"银四郎不由分说地强调自己的结论。

银四郎在谈论这个构想的时候，那仿佛猎物逃不出手掌心的自信表情，或多或少解除了式子的疑虑，但式子还是不放心地问道："可是，我们洋裁学校和那些大学不同，只成立两年左右，发行学校债券会有很多人认购吗？"

"重点就在这里，因此我们得事先拜托像阪和纺织、三和纺织公司等厂商和贸易公司大量认购学校债券。"

"这么一来，岂不是成了变相的强迫推销吗？"式子露出不悦的表情。

"这不是强迫推销。"银四郎说得理所当然，他探出身子说道，"你想想看，刊登在妇女杂志里的彩页广告，一页也得三十万日元，但如果换了做法，比如在服装设计师的相关新闻报道上，在'某名服装设计师'的照片旁，加上'布料由××公司提供'的字眼，该厂商只需提供布料而不必支付广告费。不仅如此，杂志社还得付稿费给服装设计师呢，虽说这种做法有点霸王硬上弓，但对厂商和贸易公司而言等于捡到了天大的便宜。再说他们只要利用媒体与著名时装设计师挂钩，就可以打着某某名设计师冠冕堂皇的名号，占尽各种好处。所以，我们要充分利用这点，借由妇女杂志的报道，很有技巧地宣传那些大量认购我校学校债券的厂商销售的布料。这么一来，我们只需支付六厘的年息，不做任何担保即可筹得两千万现金，而对方不但可拿到六厘的年息，又能免费刊登广告，因此那些有此需要的公司，必然会大量认购我们的学校债券。"

银四郎的嘴角泛起一抹冷笑，仿佛在嘲笑式子过多的忧虑。尽管式子有种被弃之不顾的无力感，但马上又被他那极度自信的冷笑所吸引，一股雄雄野心突然在她心中直窜。

式子陶醉在自己的想象中：只要在银四郎铺设的基础上，扩大学校的规模，利用这些财力和名声，必定可随心所欲操控服饰界。这个美好的梦想并不遥远，只要和银四郎携手同心，成功就在眼前。

式子抬起头来，朝坐在对面的银四郎望去："就照你说的去做吧。"

银四郎眼睛为之一亮，只见他突然站了起来，一双手早已搭在式子的肩上。

"哎呀，你不能老是用这招啦。"式子快速躲闪着，却露出连自己也感到惊讶的娇媚笑容。

彩　虹

　　沐浴在冬季寒冷的阳光中，式子凝视着逐渐打进地层的水泥柱。混凝土搅拌器发出震耳欲聋的声音，铅色的混凝土大量灌进绑着钢筋的板模里。为了赶上四月十日的开学典礼，这栋三层楼的钢筋混凝土建筑、占地二百五十坪的校舍正赶工兴建中。

　　围着板墙的工地里充满噪音和尘埃，建筑工人头戴安全帽，脚下穿着布袜，动作敏捷地在脚手架上移动着。式子用围巾掩住嘴巴，站在板墙角落。穿着大衣的银四郎顶着飞落的尘沙，随着工人一起在脚手架上来回移动。他一手抓着脚手架的支杆，一手摊开设计图核对着地基的钢筋条数和直径大小，然后，又巡回检视每坪的混凝土使用量和沙子与水泥的混合量。与此同时，他还不时回头朝工地主任大声地交代些什么。但因为噪音太大，式子听不清楚。

　　式子感到脚下有些凉意，但看到银四郎身手敏捷地在工地上穿梭的身影，不由得燃起阵阵暖意，觉得银四郎是值得信赖的，兴建新校舍是正确的做法。若只凭自己一个女人的力量，绝对没能耐做到这种程度，更不可能发行学校债券，募集到两千万日元现金。而且这些钱其中的一千七百万，都是银四郎积极向厂商和贸易公司交涉后争取而来的。因此，并未造成在校生家长的过多负担，可以说进行得非常顺利。

式子舒畅地吐了口气，凝望着流经工地后方的长堀川。河水缓缓流动着，冬季傍晚的阳光在约莫九百米宽的河面上投下淡淡的阴影。河的对面就是商店林立的船场。虽然已看不到昔日老字号商家的繁华景象，但依旧充满着旺盛的商机和活力，不愧为大阪的商业中心区。战前，式子就生活在那样的环境里。那是个以营利为主、并以此判断和行动，竞争非常激烈的商人街区。式子厌恶这样的陈规旧习，才摆脱那里的生活环境，但自己的体内终究流淌着商家之女的血脉。虽然表面上她似乎受制于银四郎，但也许她本身就有追求事业和热衷赚钱的潜在性格。银四郎的出现，恰巧迅速激发出她这种特质罢了。

突然，传来了银四郎的叫唤。银四郎不知什么时候下了脚手架，手里握着设计图，站在式子背后。

"你看，我们要求建筑商在四个月内完成所有工程，做起来也是可行的嘛。再加紧赶工两个月，应该来得及四月的开学典礼。我已交代建筑商，讲台只是装饰性的东西，做成踏台的程度即可，为了尽量多容纳学生，得把空间做到最大。总归一句，每坪费用得花十万日元，若不增加学生人数就不划算了。"银四郎将设计图塞进口袋里，催促着说："我肚子饿了，我们赶快去吃饭吧。"

一点半过后的餐厅里，顾客不多，显得很清静。银四郎似乎是饿极了，只见他二话不说就喝着汤，吃完奶油蛋包后，又把厚厚的牛排送进嘴里。式子边吃着法式螺贝烤虾，边看着狼吞虎咽的银四郎。

吃完牛排后，银四郎点了根香烟，这才露出饱餐后的舒坦情态。

"你好像饿坏了？"式子调侃地说。

"今天我没吃早饭就跑出来了，先见过参与这次课桌椅投标的厂商，结束以后，马上到得标厂商那里查看实物，几经杀价后，又直接到愿意大量认购我校学校债券的厂商和贸易公司，请他们附名捐赠镜子，然后再赶到工地来。"

银四郎边说边从口袋里拿出记事本，好像想到什么似的，快速地写了下来。

"对了，有件急事想与你商量。"银四郎语气恭谨起来，"这次是有关学校理事的问题，依照规定，学校法人必须有五名以上的理事。而五名理事当中，三等亲以内的亲人不得多于两人，因此，首先是院长你和我，以及继承你大阪家业的舅父三人。剩下的两个人，从学校职工代表的角度来看，可由伦子代表，另一名则可由我大学的恩师白石教授充任。前阵子我和曾祖见面的时候，他说白石教授从四月的新学期起，每个月要到京都大学讲课一次，若能借这机会请他出任我们学校的理事，绝对会增加我们学校的知名度。这么一来，学生家长看到我们学校组织章程时，印象绝对是大不同的。"

式子突然想起关西大学的松山教授。松山教授温厚而文静，在关西服装设计师协会主办的那场研讨会上，他演讲的内容充满学术性的论述，同时给人一种大学教授的谦谦风范。银四郎的恩师既然是东京的国立大学教授，只要他点头同意，她当然没有异议。

"可是，白石教授会同意吗？"

"白石教授与我有师生关系，我会想办法让他答应。"银四郎自信满满地说，接着问道："那伦子也可以吧？"

式子只想着白石教授的相关背景，对伦子充任理事没多加思考。

"你为什么要推选伦子为理事？"

"学校扩大编制的时候，教职员的负担也跟着吃重起来，若能推选一名教职员为理事的话，以后校务方面会更好推动。"

果真像银四郎会做的考量。自从学校设立福利社以来，式子对伦子怀有戒心，尤其对伦子近来迟到频繁深表不满，但是这与委聘白石教授当学校理事、新校舍即将落成和开学典礼在即等事相较之下，伦子充任学校理事根本显得微不足道。

"好吧，看来也只能这么做了。"式子故作不高兴地同意道。

走出餐厅以后，银四郎马上看了看手表，故意露出忙碌的样子。

"你急着办什么事吗？"式子略显不悦地问道。

"待会儿我还得去采购裁缝、黑板以及相关材料，做什么事都得趁热打铁，实在没有闲工夫在咖啡厅消磨。"银四郎先发制人地对式子说："我要去味原町一趟，你呢？"

式子即使回到学校，下午也没课，但她又不直说没处可去，只好说道："我有事要去服装设计师协会一趟……"说完，她拦了一辆出租车。

"那么我先送你到协会，再绕到味原町去。"银四郎讨好似的说。

"你不是有急事要办吗？还是直接去好了。"式子口气冷淡。

"那么，我们就在这……"银四郎淡淡地说着，便搭上另一辆出租车。

出租车从御堂街往北驶去，式子坐在车内，还没决定去哪里。因为她本来就不是有事要去堂大楼的关西服装设计师协会的事务所，看来只好去阪神百货女装部逛逛了。

车子来到淀屋桥的时候，式子突然想起银四郎刚才提到的曾根英生，于是决定到他那里看看。

式子在堂岛的S报社前下了车，向柜台服务人员报上曾根的名字，对方请她稍等十分钟。式子倚坐在会客室的椅子上，隔窗望着外面穿梭不息的车流，想到开工这两个月以来，每天过着忙碌的生活，不由得疲惫万分。虽说所有事情都是银四郎打点张罗，但是有关校舍里的教室间数、教职员室和实习教室如何分配，还是必须由实际负责教学的式子做决定。银四郎只计算每坪尽可能多地容纳学生，这是以赚钱营利为目的，没有实际参与授课、极力想节省各项经费的校务承办人的看法，也许这样可使学校获得发展，但式子无法完全苟同，于是他们在缩小讲台面积和使通道变窄的问题上彼此做了让步。

"不好意思，让你久等了。"

式子回头一看，穿着灰色法兰绒裤、苏格兰呢上衣、拨弄着干涩前发的曾根英生站在面前。

"突然来访，有没有影响到你的工作？"式子致歉道。

"不，我正好写完一篇稿子。我们要不要到附近喝杯咖啡？"曾根说着帮式子推开大门。

位于堂岛川畔的咖啡厅里坐着许多顾客，室内弥漫着暖气和人的热气，还流泻着低沉的音乐声。

曾根找到临窗的空位，在式子的对面坐了下来。

"自从去年夏天在六甲山上见面以来，已经半年不见了……不过，我经常在报刊杂志上拜读你设计的时装作品。"说完，曾根明澈的目光看向式子。

"是啊，托你的福，我多少才得到些好运。现在，大阪的新学校已经破土动工了。"

"好像是吧。前几天我在酒店里偶然碰见银四郎的时候，他提起这件事了。"

"所以，我考虑请你和银四郎的恩师白石教授担任我们新学校的理事。"式子试图和曾根找出共同的话题。

"咦？白石教授？"曾根诧异不已，准备拿起咖啡的手又放回桌上。

"嗯，这是银四郎提议的，白石教授若能担任我们学校的理事，除了增加学校的知名度之外，也会增进并培养全体学生好学钻研的风气……"式子没有用像银四郎那般的强势说法，而是委婉地说道。

"这个主意是不错啦……"说到这里，曾根沉吟了一下，突然语气肯定地说，"不过，我觉得白石教授可能会拒绝。"

"可是银四郎说，他会设法让白石教授答应下来……"

"银四郎会这么有自信一点不奇怪，因为白石教授对他非常赏识，甚至想留他在学校教法文呢。不过，白石教授是个非常注重名誉的人，除了讲授法国文学之外，绝对不会在外面沽名钓誉。恕我冒昧地说，目前社会上对洋裁学校还存有偏见，就连我当初也抱持那样的看法，后来是因为认识你，通过你采访了服饰设计界的实态之后，好不容易才摆脱那种偏见。所以，身为大学法文系教授的白石老师，恐怕也很难理解你们的世界。"

"尽管如此，银四郎会设法的……"式子毫不气馁地说道。

"你好像有些变了。要是以前，我把话说得这么直截了当，你八成会退缩，但现在……"

曾根责备似的向式子投去严厉的目光，式子不知如何回答，只好别过脸看着窗外。隔着黯淡的玻璃窗，夕阳在寒空中散发出明亮的余晖。曾根的严厉表情和声音不再能动摇式子的想法了，听起来似乎变得遥远而无力。与其说是曾根的逆耳忠言失去影响力，不如说是银四郎对开拓新事业的豪言壮语更吸引着式子。

三月中旬以后，进出教职员室的人突然增多了起来。

平常动辄缺席的懒散学生，这时都将她们草草完成的作品带来学校，打算借此挣得结业证书。那些学生态度蛮横，以为只要缴了学费就可结业，这让打分数的老师非常愤怒。此外，这段期间，询问入学手续的电话也蜂拥而至。

教师们把结业学生名簿送到式子那里，式子逐一在结业证书上签上名字。在近六百份的结业证书上签名，是件单调而需要耐性的工作，但当她一笔一画地写上平常写惯了的"大庭式子"四个字时，突然涌生出"一年的责任已了"的感慨。

签名完毕后，接下来就得制定四月十日开学的大阪新校的指导要项。坪田胜美决定跟随式子到大阪新校去，大清早起即搬出课程表和教材开始做准备。

式子最初决定带着伦子去大阪新校，因为伦子在教职员室里资历最深，裁缝的能力和经验也最好。不过，银四郎主张将伦子留在甲子园学校负责校务，理由是式子今后要常驻大阪新校，只需把胜美当助理带去就行了。银四郎说的没错，既然要将大阪新校作为本校，式子身为院长理所当然得常驻那里，这样一来，每个月顶多去甲子园分校巡视一两次，把校务交给像伦子那样裁缝经验丰富、又有领导能力的人最适当。但是想到伦子难以捉摸的性格，式子又有些不放心，问题是，现在不是计较这种事的时候。式子听从银四郎的意见，宣布伦子为教职员代表的理事，当面叮嘱伦子要留在甲子园分校努力打拼时，伦子顿时显得神情落寞，旋即眨动着美丽的明眸大眼，承诺会全力以赴，尽量不让学生减少。

式子原本担心像伦子这种热爱应酬交际的人，不会留在郊外，而是想调到市中心的学校去。也许是她喜欢圣和服饰学院甲子园分校校长这个头衔的缘故，才豪情快意地接受留校的任务。

式子签名的手都流汗了，她放下毛笔暂歇下来时，伦子又拿了剩下的名簿过来。

"院长，这是最后一本名簿，至于那些没能拿到结业证书的学生，会在结业典礼上发一个空白的文凭纸筒，等她们四月十日以前交出规定的结业展作品，再授予结业证书。这样一来，学校保有格调，又让她们觉得这证书得来不易。"

这虽然是伦子的措词，但式子听得出这话中有银四郎的精神，因而试探性地问道："噢，你这种论调和银四郎可一模一样呢？"

"可能是平常我总依照他的指示办事，自然而然就受到熏陶了吧。"伦子说完，迅即快步离去。

式子发觉自己这番话说得无聊，同时又被伦子看穿似的，正焦虑地从椅子上跳起来的时候，桌上的电话响了。

"大庭小姐，我是歌子啦，伊东歌子。"话筒那端传来了伊东歌子像是对异性发出娇嗔的声音。

"噢，原来是你啊？"式子诧异地说。

"不然你以为是谁？这是我第一次打电话给你。现在我在甲子园球场看棒球。最近我男朋友不搭理我，一个人看球赛很没意思，你来陪我嘛，球场就在你学校附近。"

伊东歌子就是如此，说话办事全不考虑对方。其实，式子眼下有结业典礼，还要举行入学和开学典礼，实在没闲工夫去看棒球，但一想到伊东歌子孤零零坐在球场看台上的身影，又觉得于心不忍，便赶着去陪她。

"你来一下嘛，我在一垒旁的内野席等你哦。"伊东歌子又低声地说道。

"好吧，我马上就去。"

式子放下话筒后，完全不理会伦子和胜美的惊愕表情，就急忙走出教职员室。

从学校徒步到甲子园球场只有十五分钟的距离，式子在甲子园设校，到今年春天已经第二年，却从来不曾踏进球场一步。她把大量精力都投注在学校的经营上。在银四郎的促引下，短期内即扩大学校规模，连她自己都觉得不可思议。

阪神队和每日队定期举行球赛，看台上的观众总是情绪激动。投手在投手丘上做起大幅度投球动作时，紧张气氛高涨，喧闹声瞬间停了下来，不一会儿，看台上的喧哗声又高声扬起。

式子站在通道上，朝一垒旁的内野席望去，立刻看见伊东歌子的身影。她一如往常穿着艳红色的洋装，头戴宽沿帽，嘴上叼着烟。式子蹑手蹑脚地走去，从背后轻轻地戳了她一下，叼着烟的伊东歌子转过身来。

"你真的来了？现在是五局下半，由阪神队进攻，比分是三比四，每日队领先。"伊东歌子这样说着，其实她并不是真心来看球赛，而是漫无目的望着尘埃飞扬的球场。

"你怎么突然来看棒球比赛？"式子纳闷地问道。

伊东歌子没有直接回答。

"你真是不简单啊，听说你要在大阪的市中心兴建新学校……我要对你刮目相看了。我原本以为你只是顶着名门之后名声的船场千金小姐而已，想不到居然是个野心家呢！不但发行学校债券，还盖了三层楼的现代化学校，看来大原京子以下，那些设在大阪市中心的著名学校都要吓得战战兢兢了。洋裁学校和其他学校不同，常会受到声望左右，现在，你身为服装设计师，正有名气，要成功不是难事。不过，你千万不能被财富和名声绑住手脚。人一旦出了名、有了钱，往往就会开始变样，没有比这更愚蠢的事了。简单讲，虚荣会腐化人的正常生活，使人失去可贵的幸福。不过像我这样过于直率的生活态度，也时常失去许多东西……"伊东歌子说着，兀自哈哈大笑起来。

看台上响起了波涛般的喧哗。观众们不由得把视线看向球场，每日队的投手挺起上半身做了个大幅的投球动作后，迅即将球投了出去。那颗强劲有力、子弹般的白球向外角低飞而去，打者来不及挥棒，就被三振出局了。

轮到四号打者站上打击区，投手踏上投手丘，使尽全力掷出了球。为了夺得胜利的荣耀，投手面对着落后一方准备猛烈反攻的打者，在队友的防守下，接二连三投出振奋人心的好球。他的投球英姿，让式子看得十分感动，连刚才喋喋不休的伊东歌子也屏住气息看着那名投手。

球数进入两好球、两坏球，投手投第六球的时候，上半身微微倾斜了一下，打者奋力一挥，旋即发出轻脆的声音，那颗球飞过三垒手的头上，落到外野席上，看台上立刻响起阪神队啦啦队的鼓掌声和喧哗声。投手依旧站在投手丘上留下力与美的身影，没多久又准备迎战下个打者。

"开学典礼是什么时候？"伊东歌子冷不防问道。

"四月十日，我会寄请柬给你，请你务必赏光哦。"式子仍望着球场，回答道。

"能去的话我一定去。可是我这个人，要到那时候才知道去或不去。"

伊东歌子慢悠悠地要站起来的时候，身子差点往前倒。

"你怎么了？"式子探问道。

"嗯，没什么事。我要说的是，要在充满虚荣、忌妒和算计的女人圈里存活下去，实在不容易啊！在这之前，你只是站在圈外，但现在你自己主动跳进这个漩涡中了。这是一个动辄算计对方，冷酷无情、卖弄和夸耀自己的女人圈！"

伊东歌子主动约式子出来看球赛，但只说了这些话，就要转身离去，还显得神情疲惫。

式子心想，她果真如刚才在电话中所说的，是因为男朋友不搭理，自己才孤零零地来看球赛？还是为了说这番话，特地找她出来呢？式子又想到，连伊东歌子这样具有特殊魅力又有才华的服装设计师，在竞争残酷的女人世界里都没有立足之地了，她自己也不知不觉踏进这个漩涡中。

圣和服饰学院大阪本校的落成典礼酒会于下午两点开始，三点过后，会场弥漫着浓郁的香水味和香烟烟雾，盛装的服装设计师、洋裁学校联盟的相关人士、纺织贸易公司和厂商的营销部经理等都到场祝贺。

刚竣工的钢筋混凝土三层楼建筑内，还微微散发着油漆味。这六十坪的会场是卸掉教室的隔板所拼成的，沿着墙面摆饰着红白两色的康乃馨，餐桌上放着丰盛豪华的冷盘。

式子穿着微露香肩的礼服，胸前配戴着兰花，穿梭在餐桌之间，频频向与会来宾打招呼，彬彬有礼地向各桌点头致意。银四郎穿着深色礼服，系着蝴蝶结，站在会场入口迎送来宾。当相关的政府官员和有影响力的纺织公司高层到场时，他便叮咛伦子、胜美和富枝三人带领他们到主桌。式子亲自到其他餐桌招呼致意时，伦子等人又细心地招待重要来宾，得以避免酒会上主办者失礼不周的情形。

这次不举行俗套的开学典礼，改以鸡尾酒会的方式，是银四郎的主意。式子凡事都听从银四郎的安排，她仿佛像只志得意满的孔雀，只要在银四郎搭建的舞台上展开美丽的羽毛就好了。她沉浸在甜蜜的幸福气氛中，但又不忘以眼神搜查伊东歌子的身影。酒会已经过了一半，伊东歌子却还没出现。她心想，那天特意找她到甲子园球场，对她说了番热情鼓励话语的伊东歌子，今天该不会不出席吧？可是，她突然想起那天伊东歌子神色疲惫，说话时有气无力的样子，不由得替她担心起来。

忽然间，主桌附近响起了热闹的喧哗声。穿着黑色套装、戴着薄纱遮面黑帽的大原京子，手持一杯鸡尾酒，被洋裁学校联盟的人簇拥到麦克风前致辞。式子见状急忙走上前招呼。

"大原老师，您愿意为我们致辞啊，这对我们将是无比荣幸，请……"式子带领大原京子到麦克风前面。

大原京子把手中的酒杯放在桌上，装模作样地调了调麦克风的位置。

"在鸡尾酒会上正经八百地致辞，最令人讨厌了，但既然大家盛情邀约，我就上台讲几句话。首先，由衷恭喜圣和服饰学院大阪本校落成暨开学典礼，我还要对校长经营学校的才干表示惊叹和敬意。三十年前我足足花了一整年时间，几经思考，才下决心创办学校。后来，又花了一年的时间做筹备工作，第三年才正式举行开学典礼。听说圣和服饰学院大阪本校半年以前才开始筹备，经过四个月赶工即竣工开校，这也许可以说是时代不同了吧。在此，我只能对校长卓越的经营才能表示叹服。像这样有别于以往建校过程的学校设立在大阪市中心，从某种意义上说，颇有与其他学校较劲的意思，同时也是令人感兴趣的、具有实验性的尝试，尤其有助于我们更深入地探讨洋裁教育的目的为何。"

大原京子这番冗长而带刺的话，与其说是贺词，不如说是近乎对大庭式子的公开挑战。刹那间，席间掀起异样的气氛，不知从哪桌传来喧哗和热烈的鼓掌。

"致答词！致答词！"

式子在这股喧嚣声的催逼下，来到麦克风前，但事情来得突然，一时间不知该说些什么。蓦然，她抬起头来，看见镶嵌在正面高窗上的彩色玻璃沐浴着夕阳的余晖，静静地发出红色的光彩。这时，她终于恢复从容和平静。

"大原京子老师过奖了！自从在鱼崎开办裁缝教室至今，我只有六年的办校经历，今天能与办校达三十年的大原老师的学校相提并论，我觉得无限光荣。而且本校在短期内即能举行开学典礼，以及经营策略能受到大原老师的赞誉，实在是荣幸之至。毋庸置疑，洋裁学校的最终目的，在于推广洋裁教育和指导服装设计。所以，我希望不要只局限在学校的经营，还请各位前辈也对本校的授课内容以及服装设计的指导方式多加关注……"

式子字斟句酌地说着，抬头望着那片给予她充分自信、镶有太阳饰章般的彩色玻璃。当初开办甲子园分校的时候，校舍正面也镶嵌着同样的彩色玻璃。银四郎曾嘲笑说为什么要镶嵌那种东西，式子答道，因为那片华丽的彩色玻璃可以映现出自己迈向成功的身影来。式子不理会冷漠和充满敌意的大原京子，继续说道：

"另外，大原老师还说，本校的设立与其他学校无论是经营或教育方面，都是令人感兴趣的实验性尝试，但对把时装教育视为时代尖端、热衷投入这个工作的人而言，'实验性'之类的表现方式，有点过度褒奖。对于老师反复强调的贺词，今后本人将以具体的工作成果来回报。"

式子朝大原京子投去挑战的目光，然后恭敬地施上一礼，离开麦克风前。银四郎不知什么时候已出现在麦克风前，适时地主持酒会的进行。

"女士讲完以后，接下来我们请男士上台致辞，有请教育课长讲几句话。"

这时，体型矮胖的教育课长来到麦克风前，演说般地开始致辞，式子趁机悄悄地溜出人群。她来到窗边，喘了口气，紧张的情绪稍稍得以解除，汗水已流至脖颈了。她掏出白色蕾丝花边手帕一擦，手帕上面留下油腻的汗渍。

"喝一杯吧。"

就在这时，耳边传来了陌生的招呼，一杯酒从式子身旁递了过来。式子惊讶地抬头望去，对方说道："敝姓白石。"

"咦？您是白石老师……"

白石教授曾回话说他不能参加鸡尾酒会，只能出席理事的晚餐会。

"这次劳烦您了……"式子诚惶诚恐地说。

"这件事稍后再谈也不迟。"白石教授突然这样说着，然后悄悄离开窗边，走进嘈杂的人群中。

式子褪下鸡尾酒礼服，换穿晚礼服，重新补妆后，总算赶到心斋桥，推开"花马车"餐厅的大门。白石教授已经来到预约的包厢，先离开学校的银四郎、伦子和曾根他们也来了。曾根看到式子，马上站了起来。

　　"我实在无法参加中午的酒会，真对不起，听说酒会办得很隆重，恭喜啊……"曾根难为情地说，"我突然接到白石老师的电话，赶了过来，原来是学校理事的晚餐会……"

　　银四郎见状，马上劝曾根："曾根，没关系啦，虽说是理事会，其实也不是谈什么重要的议题。而且，另外一名理事即式子老师的舅父该来也没来，我们大家都认识，你不必客气嘛。"

　　"不过，还是得征求大庭院长的同意才行……"曾根恭敬有礼地说。

　　"院长……对了，这是圣和服饰学院的理事会，还是要院长老板点头答应。我只不过是你所说的拿着钥匙串的管理员而已，跟你这个普通的上班族没有两样。"银四郎的镜框闪出一抹亮光，故作卑屈地笑道。

　　"不，我不是这个意思，我是说……"曾根说得支支吾吾。

　　"没关系啦，曾根，你就一起嘛，这样白石老师也会自在些……"银四郎慎重地看着白石教授。白石教授似乎不在意银四郎和曾根的对话，而是悠哉地吸着烟，望着窗外。

　　菜肴端上桌后，银四郎开始谈起这次为兴建新校发行了两千万日元的学校债券，以及新校必须遵循学校法人法运营，此外，依法规定，新校一年内需授课六百八十小时以上，招生不得超过两次等情况。

　　白石教授表情冷淡，似乎没在听银四郎的说明，只是默默地动叉用餐，偶尔神态厌倦地问起学校债券的偿还方式和学校法人的运营基准等情况。每次这样问起，曾根总是担心地望着白石教授。不过，银四郎似乎没理会曾根的忧虑，而是滔滔不绝地大谈圣和服饰学院大阪本校今后经营上的抱负和扩张计划。

银四郎说完，白石教授突然开口说道："我充当洋裁学校理事的事，若让别人知道实在很不光彩。之前银四郎多次来东京，再三相邀。其实，我是抱着愉快的心情每月出一次差到京都那边的大学讲课，而且我在大阪又没有知心朋友，只好勉强答应下来。"

他口气倦怠地说着，表情十分冷漠。这模样与其说是一个四十八岁的国立大学教授，倒像是全身疲累，丧失热情的男人。

他们的对话暂时中断下来，顿时气氛变得尴尬，但银四郎仍把他那白皙的脸庞转向白石教授："不管愿不愿意都无所谓，只要老师您的名字借我们列在理事名单的榜首，政府部门对学校的信任度就大大的不同。当然，您只是挂名而已，完全不必担负授课和学校的其他事务。如果您有什么要求的话，我们必定全力效劳。"银四郎窥探着白石教授的反应。

"你这种说法对老师未免太过失礼了？老师一开始就没有这个意思，你强人所难已经够冒失的了，何况……"曾根愠然地说道。

"曾根，你还是老样子，永远都没摆脱书生气质嘛。"白石教授停下用餐的手，先是抬眼望向远处，脸上堆起笑容，然后对着银四郎说：

"遗憾的是，我对你没什么要求。当时我很想留下你来教法语，不过你不像以往那些优等生留在大学继续深造，而是选择在高收入的贸易公司上班，做了两年左右的上班族后又离职了，听说是做类似黑市买卖的掮客，不知什么时候又变成了洋裁学校的理事长。理事长这个头衔蛮不错的，但实际上只是个管理人员。总之，一个在大学里学了四年法文的人，一下子做黑市买卖的掮客，一下子当起洋裁学校的管理人员，这的确耐人寻味。其实，这次我接受你们学校理事一职的事，曾根很替我担心，但因为我对你的作为很好奇，还是答应了，如此而已。现在，我对你也只是出于兴趣使然。"

说着，白石教授朝坐在正对面的式子和桌旁的伦子望去："当着两位女士的面前，我们两个男人只顾着谈自己的事，真是失礼了！"

说完，白石教授动作利落地削着苹果皮，然后语气平淡地说："在刚才的酒会上，贸然出现了不像致辞的致辞和荒腔走板的谈话，对此我也颇感兴趣。"

这时候，式子有种被人窥尽心思的感觉。

"我居然掉进对方的圈套而认真起来，事后觉得有点后悔。"说完，式子低下头来。

"你不必在意，在那种场合，能积极正面地反击对方也不错啊，要是什么事都只能逆来顺受，到头来只会徒留懊恼而已……"

白石教授脸上泛着柔和的微笑，但眼中散发出黯淡的光。

押　花

　　式子站在穿衣镜前，望着自己光泽的皮肤，思量着三十岁女人的问题。

　　女人在三十岁以前，外表都会与自己的年龄相符，但过了三十岁，就会受境遇和心境所影响。那些整天为家计操烦的家庭主妇，外貌就显得苍老些；而靠丈夫收入过着满足生活的女人，常常不经意地忘了修饰，动辄露出穿着邋遢、睡眼惺忪的中年相来。而拥有自己的事业，想在三十岁闯出一番事业的女人，反倒显得容光焕发。也就是说，女人过了三十，她的外形和容貌都可能因为际遇的不同而随之改变。

　　式子再次端详着穿衣镜中的自己。她穿着浅玫瑰色毛绉绸连衣裙，衬托出曼妙的身材。柔和的褶皱把她的胸部装点得华丽迷人。当她确认自己看来比实际年龄要年轻四五岁以后，才放下帽子的面纱，调整好胸前项链的位置。这时候，她发觉女佣喜代正翻着眼珠看着她这身华丽的打扮。刚开始，她非常在意喜代的眼神，但最近已不完全放在心上了。她接过喜代默默递过来的手提包，穿上做工精巧、伏贴合脚的意大利高跟鞋。

　　一辆中型奔驰轿车已在门外等候着，五十几岁、体型瘦小的司机看到式子走出来，旋即打开车门。这辆自用轿车和司机是某纺织公司抛售出来，凑巧被银四郎承购而来的。

司机面无表情、态度恭谨地坐在驾驶座上，安静地驱车前进。他的脖颈刻满包装纸般的皱纹。这个样貌贫寒还要养活妻子和三个孩子的司机，薪资非常微薄，可能比不上式子现在身上这件毛绉绸连衣裙。式子心想，他是抱持何种心情打量着我这单身女子的豪奢生活呢？霎时，她觉得自己的肌肤被他抚摸过似的涌现一股厌恶感，但当她想到今后要换掉司机和车时，心情马上又轻松起来。她尽情地吸了吸窗外吹来的初夏凉风，语声欢快地交代司机："今天我要到甲子园分校去。"

自从将甲子园分校交由津川伦子管理以后，式子本应每个月两次到那里授课各一个半小时。不过近两次被拉去担任时装比赛的评审或出席报纸和杂志的座谈会，导致都没去成。

式子在学校门口下了车，疾步走进教职员室。伦子见式子突然到来，惊讶地站了起来，说道："噢，院长，有什么急事吗？您的课排在后天……"

"我不是来授课的。这阵子我很少到甲子园分校来，今天刚好有空来看看。"式子用视察般的眼神朝整个教职员室打量着。

距离上课时间尚有二十分钟，教职员均全员到齐，正在整理出席簿及准备教材。资深职员仍坐在自己的座位上，朝式子点头致意，继续手边的工作，新进员工则连忙从椅子上站起来，拘谨地低头鞠躬。

式子逐一向职员点头致意，慢慢地环视着教职员室。墙上贴着详细的课程表，下面注记着正在进行的事项，玻璃柜里的教材放得井然有序。从这里可以看出伦子的领导统御能力以及丰富的行政经验，其井然有序到几乎让式子没有插嘴的余地。

"噢，你管理得非常好嘛。"式子慰劳似的说着，然后在久违的院长座位坐了下来。

"托院长的威望，学生人数一直不下六百名左右，这是分校最大的容纳量。而且夜间部的学生最近还在增加呢。"

伦子自信满满地摊开学籍名册，向式子说明。尽管式子不在，学生人数和出席日数，都清楚地写在学籍名册上，成绩是越来越好了。式子凝视着这条弧形上升的红线时，感受到伦子好强的个性，但想到这条红线联系着自己的成功之路，不由得感到欣慰起来。

"真不愧是伦子啊，不仅授课内容，连经营手腕也令人刮目相看。这样我可以放心把分校交给你了。"

式子故意把这番话说得让其他职员都听得见，然后自我满足地笑了笑。伦子眨着美丽的眼睛，面露微笑，试探性地问道："本校的情况怎么样？还是很忙碌吗？"

"本校那一带洋裁学校林立，竞争激烈超乎想象，所以授课内容非常重要，若没妥善经营可不行呢。幸好银四郎担起所有责任，胜美也表现得很好，新进的职员和助理都能恪尽职守，这对刚起步的学校而言，算是好的开端。"

"这么说，银四郎这阵子都没来分校巡视，是因为这个原因啰？"

式子顿时无言以对。随着学校规模的扩大，她跟银四郎幽会的次数也增多起来，想到这才是银四郎没来甲子园分校的原因时，不由得脸上泛起了红晕，但她立刻恢复平静："是吗？这就奇怪了，他临走前跟我说傍晚要来甲子园分校呢……不过，来不来都无所谓，多亏他四处奔忙，我们学校才能扩展得如此迅速……"

接着，式子回头装作在查阅刚才放在桌上的学籍名册，并说道："哎呀，我该回本校了。"

说完，气派十足地起身离去。

钢筋混凝土三楼建筑的校舍，造型简洁明快，每扇玻璃窗皆采光充足。式子踏着轻快的脚步穿过地板晶亮的走廊，走进教职员室。

此时，教职员室里只有两名办事员，不见教师的身影。登记在册的学生有一千五百名，由二十名教师和助理负责授课。白天上课的一千名学生安排在星期一三五；夜间上课的五百名学生安排在星期二四六。上日班的学生又分为上午班和下午班，共六班轮流上课。这个经营方针是银四郎决定的，他希望通过增加学生轮班上课的次数，进而增加人数，提高教室每平面积的使用率。此外，为了达到学校法人法规定的上课时数，在二楼准备了徒具形式的自习室。名义上每周有四小时自习课，分给学生教材和习题在此练习，但实际上学生几乎都不使用狭窄的自习室，而在自家做作业。因此学校的教室只有在自习时间才空出来，教职员也因而省去忙碌。尽管如此，教职员既要昼夜连着授课，又得编写自习时间的教材和习题，几乎整天都站着没得休息，有时候脚肿得穿不下高跟鞋。

刚开始，式子曾多次要求银四郎增加教职员的名额，但每次银四郎都以缩减人事费用支出为由搪塞过去。久而久之，式子也不知不觉接受了他的主张，认为要使学校在短期间发展扩大，这种做法在所难免。

式子在面向河边的院长席坐了下来，点了根香烟，最近她终于抽得很熟练了。她一边吸烟，一边思考着今天院长授课的内容。在甲子园学校时期，每逢授课的前一天，她必定先翻阅新到的外国时装杂志，结合里面的新款式及服饰造型，适时编写授课内容。不过，最近越来越觉得这种事前的准备工作麻烦费时。近来，她时常受聘为时装比赛的评审，以及出席报刊杂志的座谈会，确实占去不少时间。还有就是一旦成为著名服装设计师，在服饰界闯出名号以后，光凭大庭式子这个名字就能通行无阻，这么一来，她反而觉得工作踏实或热心研究可笑极了。

忽然间，有人敲着教职员室的门，略做间歇之后，又很有礼貌地敲了起来。式子不由得地回应了一声，门从外面静静地推开了。

"啊，是白石老师……"

式子顿时不知该说什么好。校方当初答应白石教授只是挂名的理事，不需照理校务，现在他却突然来访。

"您什么时候到大阪的？您若是事先通知，我们可以去接您的……银四郎现在刚好去大阪府政府办事……"

式子边说边领着白石教授往教职员室旁的会客室走。白石教授双手插在灰色的西装口袋里，在沙发上坐下来，口气慵懒地说："突然来访，不好意思。打扰到你的工作了吗？"

原本式子正寻思下午讲课的事情，但看到白石教授目光无神地望着窗外，神情疲惫地仰靠在沙发上的样子，更不好意思站起来了。

"今天刚好课不多，我倒还有些时间……老师您找银四郎是不是有什么急事？"式子拘谨地问道。

"不，没什么重要的事。我虽然挂名为贵校的理事，但银四郎每个月都送给我丰厚的谢礼，所谓无功不受禄，所以我就来了。"白石教授慵懒地靠在沙发上，语气平静而低沉，既不像开玩笑，也不是正经八百的。

银四郎每个月到底送给白石教授多少车马费，式子没有经手财务，不得而知，但从最初的情况来看，金额肯定不会太少。问题是，式子不知如何回答白石教授，一时无言以对。

一阵短暂的沉默之后，白石教授突然从沙发上挺直上半身，俯视着流经窗外的长堀川。

"真好啊，大阪市区有河流经过……而且不像东京的河川那样污浊……大阪的水流似乎比较丰沛。"白石教授说话的神情，仿佛是要掬起那缓缓流动的河水似的。他的脸庞轮廓有致，经常流露出黯淡的眼神，但在河川的反射之下，多了一层青色之光。

楼上突然传来学生的喧嚣，中午十二点的铃声响了。

"老师，您方便一起用午餐吗？"式子拘谨地招呼道。

白石教授被唤醒似的收回眺望的视线："谢谢，今天我早餐吃得很晚，不用了。不过，我倒喜欢这样好好欣赏大阪的风光呢。"

"那么，您想参观什么地方，我可以带您去走走。"

"嗯……"白石教授沉吟了一下，"那么，你方便带我参观大阪城吗？"

式子以为自己听错了。数百年前，丰臣秀吉造筑大阪城，后来几经战火和天灾的劫难，已失去昔日的风貌，连建筑形式也失去了原先的价值。如今是只有观光客才去的景点，式子实在想不通白石教授为什么要去参观大阪城。这与白石教授平常那讲究穿着的现代人气质相去甚远。

"大阪城？"式子反问道。

"嗯，大阪城。我每个月有四五天到京都的大学讲课，也到过大阪，但是从来没有去过大阪城。这次，我真想上去参观一下。"白石教授重复似的说。

轿车穿过大手门，经过多门矢仓后，五层屋顶的大阪城立刻矗立在眼前。

式子吩咐司机放慢车速，轿车穿过本城遗址，在天守阁前停了下来。其间，白石教授着魔似的凝视着被巨大的石墙和坚厚的白壁所建构起的城墙。下车后，他们登上通往天守阁的石阶，白石教授撑着沉重的上半身，步履缓慢而稳重地拾级而去。

雄伟壮丽的天守阁，像死亡般静寂而晦暗，式子顿时感觉置身于与世隔绝的空间里。五六名游客悄悄地与式子和白石教授擦身而过，消失在为登上天守阁瞭望台附设的电梯里。白石教授望着他们的身影，露出一抹苦笑。他大概是在笑他们搭电梯上天守阁实在太煞风景，但外五层内高八层的天守阁，终究是无法步行上去的吧。

下了电梯，进而登上狭窄的阶梯，眼界豁然开朗，这里就是天守阁的瞭望台。放眼望去，杂乱无章的街道展现在眼前，其间闪闪发光、犹如光带般的就是流经大阪市区的河流。式子被那美丽的光带深深吸引着，但突然抬眼朝白石教授望去，只见白石教授神情沮丧地俯视着天守阁的正下方。

天守阁的外围有内护城河和外护城河。内护城河畔全被茂盛的草木占满，外护城河水色幽深，围绕着天守阁的石垣。重叠数十层的石垣上爬满了长春藤。从外护城河吹来的微风将长春藤的枝蔓吹得摇曳生姿。

白石教授似乎察觉到式子的视线，抬起头来，拨了拨风吹乱的前发，说道："只有这个天守阁没有皇城、外城和护城之分。昔日曾使马可·波罗惊叹为'东方黄金之国'的那种辉煌壮丽，现在完全感觉不到这些风华了。"

"是啊，自从大阪在夏季的战火①中被攻陷和焚毁以后，德川家

---

① 指公元一六一五年夏，德川家康和丰臣秀吉的战役。

康曾多次修建大阪城，后来又遭到战火和雷暴的摧残，已完全失去建城之初的面貌，实在没留下什么值得您参观的文化遗产。"

"不过，来一趟还是值得的。参观城堡这种东西，很容易激发出人的联想。筑城者为了夸耀自己建造的城池易守难攻，可谓挖空心思，把城池作为寄托伟大梦想的所在。古人有时在城堡杀死敌人庆贺功绩，有时举行赏月的盛宴，也有人在那里落魄而亡，仿佛所有的尔虞我诈和历尽沧桑全是以天守阁这个舞台盛大展开的。今天，这些争斗、傲慢、歼灭已不复存在了。从现代的角度来看，那些事迹都算是长篇的浪漫故事……"

白石教授喃喃自语着，着迷似的望着掏通城墙、冲着外界的枪炮眼。他那双眼荡漾着激情，也许正是他内心永不磨灭的心志吧。式子仿佛看到不该看的东西，赶紧别过脸去，悄悄离开白石教授身旁。

"你在看什么？"白石教授在式子的背后问道。

"天守阁所表现出来的纯白色和金黄色的对比，以及它的构筑创意，深深吸引着我。"

式子背靠着瞭望台的扶手回头看去，故作开朗地说："天守阁冲天而上的线条和入地而下的护城河线条，看起来很有立体感，而且城堡的白墙和天守阁屋顶上的金色兽头瓦形成强烈对比，实在是无比壮丽。纯白色的城墙意味着洁净，金黄色的屋脊意味着威严，还象征着永恒之美。我的看法和您相反，我注目的是城堡中那些华丽的东西。"式子再次发出爽快的笑声。

"这就是我和你对人生的不同看法。我到欧洲留学的时候，很少去听歌剧或看戏剧，时常去造访古城。也许哪天你也会去巴黎学习时装设计，到时候我希望你抽空去枫丹白露的城堡走走。当你漫步在枫丹白露的森林里，走进那里的古堡，想起长达几个世纪的法国历史，也等同于你所说的观看那种华丽的东西吧。"

白石教授说完催促着式子："起风了，我们下去吧。"

来到城下，已没有瞭望台那样的强风了。初夏的明媚阳光把本城遗址的树林照得浓荫处处。他们坐上等候着的轿车，沿着护城河，从京桥门驶向城外，这时，白石教授像想起什么事似的说："我想顺便到别处去，你在学校下车以后，这轿车能否借用一下？"

"可以啊，您要用车的话，随时欢迎。我送您到那地方去吧？"式子贴心地问道。

"不用了，我要去的地方在学校的南面，我先和你回学校以后再去。"白石教授的侧脸露出疲惫的神色。

轿车停在学校门口，司机打开车门的时候，大门后面传来人声响动，原来是坪田胜美慌张地跑了出来。她看到轿车，惊愕地停下了脚步。

"噢，院长，您回来了……"

坪田胜美神情愉快地朝车内探了探，白石教授突然向她招呼了一声，她先是表情僵硬，但马上恢复平静地说道："对不起，我以为只有老师一人回来呢。"说着，向白石教授施上一礼，从轿车前走开了。

"她是学校的教师，叫做坪田胜美，您认识她吗？"

"不，我认错人了。我在京都的大学讲课的时候，有个学生和她长得一模一样，也是留着俏丽短发，戴着一副红框眼镜……"

白石教授边说边朝手表瞥了一眼。

"那么，我就借用这辆车了。"语毕，白石教授的脸庞就转向了前方。

秘　密

　　坪田胜美推开咖啡厅的玻璃门，红框眼镜下那双眼睛机灵地溜转。午后，宽敞的咖啡厅里顾客很多，人声嘈杂，烟雾弥漫，让人很难分辨出对方是谁。这时要找男性比找女性还难，日本男人为什么喜欢穿深灰色、茶褐色等老气横秋的衣服呢？胜美边对身穿同色衣服，同样弯身坐着的男子暗自发着牢骚，边放眼搜寻周围的顾客，最后她的目光停在最里面壁炉旁的位子，然后朝那里直走而去。一名男子坐在那里，正专注地读着摊在桌上的报纸，胜美朝他探看了一下，随后恶作剧似的拍了拍他的背部。

　　"怎么这么晚才来啊？"银四郎转过头来，神情无聊地说。

　　"对不起，我出门时遇见了白石老师，所以……"

　　胜美才说到这里，银四郎便急切地问道："什么？白石教授？这么说，上次在京都偶遇，他记住你的面貌了？"

　　"那只是匆忙一瞥，他可能已记住我的面貌，也可能早忘了。"胜美莫衷一是地回答道。

　　"你怎么说得这么含糊……难道你从白石教授的口气和态度上察觉不出来吗？"

　　"问题是，式子老师就在他的身旁，我没机会和他说话。"

"咦？他和式子老师在一起？"银四郎眼神变得锐利起来。

"嗯，白石老师和式子老师好像一起坐车外出回来，车子停在正门口。当时，我只看到式子老师的侧脸，所以往车内探了一下，向她说声'您回来了'，正好与白石老师目光交会，白石老师愣了一下，我也吓了一跳，表情有点僵硬。坦白说，我无法确定他到底是明知道而佯装不知，或是真的认错了人。"

银四郎仔细听完胜美叙述当时的情景后，锐利的眼神柔和了许多："听你这样说，实在很难判断到底是前者还是后者。而且，上次是在四条河原町的拥挤人潮中，与白石教授巧遇，我和他交谈的时候，你很机灵地走过我身旁，在前方的转角处等我，也许他对你真的没什么印象。总之，我们在京都出游的事没有被式子老师发觉，算是幸运。"

"噢，像你这么厚脸皮的人，怎么也怕起式子老师来了呢？难不成你和年轻教员出游的事被她发现了，会无法交代吗？"胜美恶作剧似的堆着笑容，查看银四郎的反应。

"真是说不清啊。"银四郎先说出结论，然后点燃一根烟，故作冷静地说："一个负责学校经营的理事长，跟年轻教师大摇大摆地出游，这种事若被知道，不仅是我，任何人都会感到为难。首先，我可能会被怀疑扰乱教职员室的风纪，或是滥用学校经费等等。"他喝着刚端上来的咖啡。

"仅只这样而已吗？其实你是为其他事情而伤脑筋吧？比如说，你与式子老师之间的私人关系……"

"你这个人真会钻牛角尖呢。你不是比我更早了解式子老师的性格吗？她外表娴静、举止文雅，但毕竟是出身名门的千金小姐，很讲究权威和规矩，所以每次开办新学校的时候，就会在学校的正面镶嵌着犹如家徽、色彩华丽的彩色玻璃。像她这种心高气傲的人，不管我这个理事长多有才干，在她看来也只不过是个普通的经理人员，不可能把小她五岁的男人看在眼里。真这样做的话，对她简直是个耻辱！"

"哎呀，你不必说得那么卑微嘛……"胜美对自己逼得银四郎说出这番话来，显得有些慌张，赶紧插嘴，"我是说，像你这样在短期间内成功开办了新学校，又成功将式子老师塑造为著名的服装设计师，每个女孩对这么能干的男人都会抱有好感。所以，我猜想式子老师或许对你很有好感吧。不过，正如你说的，式子老师向来心高气傲，加上从小生活在船场商家那种极度讲究男女礼仪的封建家庭里，对异性关系特别谨慎，甚至有点神经质。"

"从男人的观点来看，式子老师实在没有什么女人味，而且她出身名门，既聪明又漂亮，加上又有财力，足以让男人打退堂鼓。再说，她也没什么可爱之处。"银四郎冷淡地大肆批评式子的缺点。

"那么，伦子是不是就有可爱之处？"胜美冷不防这样问道。

但银四郎依旧面无表情："嗯，伦子是个美女，很有女人味，又安于洋裁学校里普通教员的职位，若有十个男人的话，可能有八九个会主动接近她。可惜，她早已名花有主，有野本这个男朋友了。"

"可是，对伦子来说，如果像你这样的人追求她，也许会毫不犹豫地甩掉野本。"胜美直率地道出想法的同时，心想，她为什么会扯出这个话题，又和银四郎喋喋不休聊个没完呢？

自从来大阪本校以后，院长式子因为时常出席报刊杂志的座谈会，胜美便经常代替院长和银四郎拜访洋裁学校联盟和政府相关部门，不知不觉间，每逢周日，银四郎便邀她到京都和奈良一起出游。情况仅此，但她总是为自己何以如此在乎式子和伦子而感到生气。

银四郎见胜美沉默下来，故意双手抱在胸前，像在炫耀他手中那只新型的欧米茄金表似的。

"今天的课都上完了吗？"

"嗯，昨天上了一整天，今天下午只有一个小时。不过，新教材还没编写完。"

"你不要把所有的工作都揽在自己身上，偶尔分担给其他同事去做，别把自己逼得那么紧。"说完，银四郎再次炫了炫手中的欧米茄金表。这只金表戴在这皮肤白皙光滑的男子手上，和他鼻梁上那副无框眼镜下透出的目光相映，显得闪亮生辉。他身穿新制的西装，脚踏黑色科尔多瓦皮鞋。对一个二十九岁的年轻人来说，这行头未免太讲究了。这时候，胜美突然想起在银行上班即将退休的父亲，至今他还未穿过英国制西装和特制科尔多瓦皮鞋呢。

"可是，式子老师时常外出，有关课程表啦，编制教材啦，以及授课的相关细节，我都得全权处理。而且那些新来的教员还不是很熟练……我们这些人虽然不常露脸，但一年到头可忙得很呢！哪像你这样，只有入学或开学典礼时才忙那么一下。"胜美为银四郎看轻授课方面的辛劳表示责难。

"想不到你这么尽责。看你戴着红框眼镜，留着俏丽的短发，走路轻快的样子，与其说是洋裁学校的老师，倒像是个女学生呢……"银四郎既非恭维又不是感叹地说。

"噢，我看起来像个学生？你在挖苦我吗？我之所以当洋裁学校的老师，是觉得将来可能成为一名服装设计师，你却说我像个学生，真扫兴！"胜美毫不掩饰自己的不满。

"噢，你将来也希望成为服装设计师？"

"伦子也是这种想法。"胜美补充说道。

"很早以前她就打算从事设计师这个行业了。"银四郎兴趣索然地说着，然后站了起来，"我们不要在这种地方谈学校的杂务，现在去琵琶湖走走吧。"

"可是，已经快下午四点了，太赶啦！"

"开快车去，一个半小时就到。我们在琵琶湖饭店的餐厅吃晚餐，坐个汽艇游湖再赶回来，可说是最惬意的兜风。"

"这也不能让式子老师知道吗？"胜美戏谑地使了个眼色说道。

"在全是女教师的职场里，只有你悄悄地保有这个奢华的秘密，不是很有意思吗？"

胜美脑海中浮现出和自己一样坐在教职员室的办公桌里，平凡而默默工作的其他同事。其中，只有自恃美貌与才干的伦子，面貌最有光彩。胜美突然对自己拥有这个秘密，可以胜过伦子，有种还以颜色的快感。

走出咖啡厅后，银四郎没有招拦出租车，而是沿着人行道走了十米左右，站在一辆蓝色的新车前。当他从口袋里取出钥匙的时候，看到胜美惊讶地看着他，便微笑地说："这辆新车今天刚上路，你是第一个乘客，待会儿听听你试乘的感受。"说完，银四郎身手熟练地坐进驾驶座，打开副驾驶座的车门让胜美入座。

银四郎轻踩油门后，奥斯汀牌的新车旋即摆脱大阪车站前的拥挤车阵，逐渐加速疾驰而去。

过了守口，来到京阪国道，车流突然减少，在初夏的晚风吹拂下，左侧的淀川水面荡起阵阵涟漪。

"我开车技术如何？"银四郎左手放在方向盘上，右肘搭着车窗，得意地说。

"你是什么时候学会开车的？"

"学生时代抽空学的。这种事只能在学生时代练好，等进公司上班，时间就是金钱的时候，再花时间练习开车是天底下最愚蠢的事。在我看来，那些打橄榄球和学游泳的学生想法都有问题，那些玩意儿和打棒球不同，根本赚不了钱。"

说完，银四郎扭开收音机，车内立刻回旋起伦巴轻快的旋律，洋溢着轻松的气氛。刚卸掉塑料套的崭新米色座椅非常舒适，明亮的挡风玻璃和前面泛着光洁蓝光的引擎盖，无论是哪个部分，都擦得亮晶晶的，给人一种高不可攀的气派感。每次会车的时候，来车总要对这辆新车投以好奇的目光。胜美从来不曾这么舒心快意过，因而兴奋不已。

过了男山八幡附近，杂树林荫越来越多，放眼望去，净是绿意映眼的竹丛。隔着茂密的树林，偶尔可见京阪电车沿着国道右侧的轨道上疾驰而去。

"你看，那里就是宇治川，过了那条川，马上就是京都，转眼间就要到琵琶湖了，很快吧？"

银四郎没有吸烟，嘴里嚼着口香糖。眩目的夕阳从挡风玻璃直射而来，他细眯着眼睛，双手握着方向盘。平时他那无框眼镜总是擦得亮晶晶的，给人一种冷漠的感觉。现在，这种冷漠在夕阳余晖中已然消失，连他脸上惯有嘲讽似的冷笑也不见了，全身洋溢着二十九岁青年尽情享受驱车兜风之乐的快活与朝气。

车子穿过京都的街道，从蹴上转入通往大津的京津国道时，绿色林荫立刻映入眼帘。抬眼望去，京都的群山起伏叠映，天空上泛着微微的蓝影。车子经过山科附近时，依傍在山脚下的农舍和田地，已笼罩在薄暮当中。

车子驶出大阪还不到一个半小时，胜美觉得离噪音和尘嚣包围的市区已经很远了，顿时心情格外舒畅。突然间，眼前豁然开朗，原来车子已到湖边。车子右边是碧绿的湖面，座落在湖边的民房，像浮在湖水的碧波上一般。

琵琶湖饭店就建在沿着湖畔而行的前方，乍看下犹如浮在水面上。只有那个地方像浮岛般伸向湖中。它砌着白色的墙，上面是桃山时代那种长长的屋檐，形成美丽的曲线，双翼临空翘起，仿佛作势欲飞。

"我是第一次来琵琶湖饭店……"胜美低声说道。

"它像座水上仙宫，很漂亮吧？走到里面，你会觉得天花板很高，虽然有点暗，但远远望去，那卷棚式博风①屋瓦倒是很有韵味。"银四郎说明的同时，加快了车速。

车子经过饭店门前，车轮溅起铺在地面的碎石子，快速地在停车场停了下来。银四郎穿上中途脱掉的外衣，整了整胸前的领带，走进饭店大门。星期日的饭店大厅人影寥落，显得一派清静。他们走进餐厅，只见外国观光客几乎占了一半。

银四郎要服务生找两个面湖的座位，服务生有点不知所措，一对外国夫妇刚好用餐完毕离开，服务生赶紧收拾桌面腾出位子。胜美坐下后，旋即被眼前幽静的山中湖色所吸引。夕阳映在冰冷的湖水上，晚霞缓缓笼罩着环湖而立的群山，连他们对面比良山连绵的峰峦之巅也隐入暮色中了。

---

① 建筑用语，指中央向上隆起，两端呈曲线形翘起的屋顶。多见于正门、大门和神社的屋顶。

菜肴端上来后，银四郎催促着胜美："你别只顾着欣赏湖光水色，吃点东西嘛。"

这时，胜美的视线从湖面收了回来，拿起餐巾。前菜和玉米浓汤送来后，又端上香炸虹鳟，她叉了一块送进嘴里，裹着面衣的鳟鱼肉外皮酥脆，口感柔嫩，在舌头上留下浓郁的鱼香味。

"这是琵琶湖特有的鳟鱼。每次来这里，我都会吃这道菜。平常拼命工作，偶尔在这舒适的地方享受美食，也是人间一大乐事。"说完，银四郎熟练地剔掉鳟鱼的鱼骨，一饮而尽桌上的啤酒。他全身散发着自信和从容的气息。胜美在教职员室里从来不曾看过他这般豪奢的作风。

"多亏你的邀请，这次我来对了。想不到从大阪驱车一小时四十分钟，就可以来这里一边欣赏琵琶湖的湖光水色，一边愉快用餐呢。"胜美满心感动地说道。

"如果你有兴致的话，待会儿用完餐后，坐汽艇环湖一周再回去如何？"

"可是天色暗下来了，没关系吗？"

"不会有事的，只是沿着湖畔疾驶而已。"

胜美对逐渐没入暮色中的湖面感到有些不安，又舍不得放弃在美丽暮色中驾着汽艇游湖的机会。

银四郎向饭店租借汽艇后，婉拒舵手的好意，提出要亲自驾驶。舵手说这是饭店的规定，始终不肯同意，后来听到银四郎很了解三引擎和变速箱的操作，也就放心了，在银四郎保证不向他人透露此事之后，才同意了他的请求。

银四郎身手敏捷地坐进汽艇，胜美因为穿着高跟鞋不便，便由银四郎扶上了汽艇。银四郎按下开关，发动引擎，汽艇旋即传出高亢声响，顿时划破暮色渐浓、沉沉欲睡的宁静湖面。汽艇溅起白色飞沫，朝湖心疾驰而去。急速行驶的汽艇让人觉得舒畅又惊险万分，胜美不由得大声叫了起来。

刚才，在湖上扬着白帆的帆船及两人划桨的小船不见了，不过远处仍可看见渔夫摇橹而去的身影。初夏的凉风吹乱了银四郎的头发，像箭一般的头灯朝船影稀少的湖面射去。银四郎操着方向盘，呈之字形行驶，左扭右拐，破浪前进，船身倾斜到快贴近水面，猛烈的水沫飞溅到他们的脸上。

不知不觉间，汽艇离灯光辉映在水面上的琵琶湖饭店越来越远，但依稀可见远处闪动的渔火。

"你不是说只绕湖一圈吗？怎么开到这么远的地方来？"胜美终于从乘坐快艇的兴奋中醒悟了过来，纳闷地问道。

"你放心啦，这里又不是大海，没有大波浪，引擎的状况也很好……我们先休息一下吧。"说完，银四郎关掉引擎，点了根香烟。

汽艇的引擎关掉后，周遭顿时安静了下来，轻拍船身的脉脉水声，仿佛玩味着急速航驶后的心情。细目看去，对岸的街灯像条拖曳的光带，微微闪灭着。胜美伸手探进幽暗的湖水里，五指间顿时感到冰冷无比，一股难以名状的寂寞倏然涌上心头。

突然，银四郎伸手抱住她。胜美用沾着冷水的手推开他，正要闪身时，船身倾斜了一下，她的身子跟着向后一仰，银四郎趁势把她抱在怀里。男性温热的嘴唇旋即贴在胜美仰着的美唇，接着是一阵轻柔的爱抚。

胜美裸露的肌肤感受到凉风吹拂的凉意，她悄然起身看着银四郎。银四郎只叼着烟，没有吸，疲倦地靠在船沿上。每次凉风吹来，船身便微微晃动，烟头的火星欲灭又明。她觉得那火星仿佛就在银四郎的脸上明灭着。这时候，他的面容是多么做作和冷漠，看不出刚才曾发生什么事。但在胜美眼中，那模样是多么引人陶醉啊！

在回程的路上，银四郎神情疲惫，没说什么话，双手握着方向盘。在这尴尬的气氛中，胜美也不知说些什么好，只是默然地看着前方。

在宽阔的京阪国道上，车子的头灯像利箭般掠过地面，每当会车时，那光束便显得格外刺眼。这刺眼的光束无论是在速度或强度上，都无异于刚才在湖上疾驰的汽艇头灯。

两个月前，胜美开始接受银四郎邀约，一起出游。起初，银四郎说这是对胜美的犒劳，因为在院长外出期间，胜美代理院长将教职员室管理得井然有序。头两次，胜美说星期日家里有事，婉拒了邀请。但第三次之后，胜美觉得与其每逢星期日在家与临近退休、心情郁闷的父亲无言相对，不如和银四郎外出游玩。而且银四郎每次与她见面总是快活地谈着学校内外的事情，还招待她丰盛的美食，从不提及个人私事。

上星期天也是这样，他们到京都出游，在鸭川畔的日本餐馆里，银四郎只是天南地北闲话家常，吃完京都风味的怀石料理就回去了。几次以后，胜美觉得，可以让面貌俊俏的银四郎舍得花钱又不要求任何回报、并能和他愉快地到处游玩，显示自己颇受重视，心底有股沾沾自喜的优越感。其实，胜美有时也会纳闷，银四郎为什么要向院长式子隐瞒他们出游的事情？但随着每次快乐出游，这个疑惑便自然消散了。

今天的情况也是这样，银四郎突然提议要带她到琵琶湖兜绕一圈，她没多做考虑便跟着去了。她心想，银四郎是一开始就这么打算呢，还是因为漫漫长夜里，在静水湖波的气氛感染下，一时撩动欲火与她发生关系？

胜美望着银四郎的侧脸，他那白皙额头下的无框眼镜闪动着冰冷的光芒，眼镜深处那双细长眼睛总是柔情地看着对方。银四郎大概察觉到胜美的视线，因而打破车内的沉默。

"刚才的事，你一定要相信我。若现在公开我们之间的关系，只会招致式子院长和其他教职员的反感，一切都得等候时机。而且，如果你的目的是想当服装设计师，与圣和服饰学院这样的学校为敌只会吃亏受损，相反的，你应该善加利用这个学校的资源。"

银四郎这番强而有力的话，让胜美听得陶醉不已。在胜美看来，这是一个满腔自信的男人的谈吐，他具有使女人获得幸福的诸多条件：外貌、年轻和经济能力。胜美心想，银四郎说的没错，现在他们应该若无其事地等待恰当时机。与银四郎联手才是出人头地的良策。

"呵、呵、呵……"胜美从喉咙发出爽朗的笑声，连她自己也感到意外。因为她并不再为自己与银四郎发生关系而感到不可思议、懊悔和悲哀了。

诱　惑

式子再次展阅电影剧本的第一页。

　　剧本名称：《服装设计师的故事》

　　故事大纲：京都西阵和服店的独生女国子，自父亲死后，和母亲试图重振家业，但不敌时代潮流，逐渐被逼入困境。后来她们决定把和服店改为洋裁店，打算转行当服装设计师，在困难重重的洋裁界闯出一条活路。本剧是描写一名女子试图突破旧有传统习俗的束缚，在新时代找寻自我的心路历程，堪称是一部雄心之作。

　　读到这里，式子抬起头来。东洋电影的正木制作人问道："怎么样？您同意吗？"他探出满是肥肉的脸颊，继续说道："女主角国子将由明星水原绿担纲，母亲的角色由资深配角浪野芳子扮演，导演则是最近刚从意大利留学归国的新锐滨田淳次，以工作班底来说，都是上上之选。为了炒热这部电影、增添话题，我们希望大庭老师您为片中女主角设计服装，因为您的生长环境和经历与女主角非常相似。这么一来，能兼顾到喜欢看明星水原绿的影迷，和想欣赏著名服装设计师大庭式子作品的观众。这样的电影肯定长红不衰，没有比这更有宣传效果的了。"正木毫不掩饰炽烈的雄心壮志，侃侃而谈。

"可是，专为剧中人设计的服装，和日常生活中比如上街、居家和办公等的服装设计，构思上是截然不同的。所以，无论是在法国或在美国，服装设计师和电影服饰设计师的专业领域区分得非常清楚。再说要拍彩色电影，不光是要处理线和面的问题，还有受限于彩色底片感光的色彩效果问题，这方面我不是很熟悉，所以……"

当式子含糊其词的时候，正木立刻趁机说道："这个您不必担心，我们会请服装部全力支援。总之，只要能借助大庭老师的名气和服装作品，以及与女主角相似的生活经历，我们就好着手拍片了。当然，这对圣和服饰学院也是最佳的宣传，希望您能同意啊。"

"哎呀，你也知道，我们学校的秋季班已经额满，要是再有学生报名，恐怕就要挤破教室了。"式子脸上泛着含蓄的微笑，但她思忖着：不仅要在服饰界打亮服装设计师大庭式子这个名字，为了让这个名气更广为人知，光是靠时装发布会和当时装比赛评审还不够，得利用电影产业这个具有超强宣传效果的媒介。

"今天我对你的说明已经有了初步了解，但我还得跟理事长商讨一下……"式子语气平稳地说道。

"理事长方面，我事前已经取得他的允诺了……"

"咦？事前已经谈过了？"式子露出错愕的表情。

"那么，我再等候您的回音，请多指教。"正木说完，急忙地走出会客室。

式子朝紧邻着玻璃门的教职员室探了一下。由于正值午休时间，二十几名教职员正边聊边吃饭，不见银四郎的身影。自从大阪本校成立以后，银四郎与洋裁学校联盟和政府相关部门接触的机会越来越频繁，外出的时间也增多了。尤其秋季新学期开始之后，他就经常外出，今天一大清早就不见他的人影。坪田胜美坐在银四郎对面的座位，她吃完午餐以后，神情慵懒地望着窗外。

"胜美！"式子喊道。

胜美吃惊地回头一看，但马上眨动着红框眼镜下的明眸，缓步走进会客室。

"你怎么了，有什么心事吗？"式子挖苦似的说。

"哎呀，人家难免有晃神的时候嘛。对了，院长找我有事吗？"

"就是这个，有关电影剧本的事情。"式子以眼睛示意着桌上的剧本。

胜美从桌上拿起剧本，快速地翻了四五页，说道："《服装设计师的故事》这片名蛮不错的嘛，抒情华丽，又充满浪漫气息……这是最近年轻女性的梦想。院长，您大概已经答应帮这部电影的女主角设计服装了吧？"胜美机灵地问道。

"我还没答应，这件事还得和银四郎商量才行……"

"为什么呢？这是院长的职权所在，难道非得找银四郎商量不可吗？"胜美诧异地望着式子。

"并不是非商量不可啦……不过这与学校有关，我觉得还是和他商量一下比较好。"

"院长，我希望您立刻接下这个请托。这是个好机会，若能帮水原绿主演的《服装设计师的故事》剧中人设计服装的话……明天起，我将全力配合，代替院长与各厂商和贸易公司交涉。我是您的弟子，为了让他们把我看做是未来的服装设计师，而不是洋裁学校的教师，若能借此参与这次电影的服装设计班底，他们对我的看法将大为改观。"胜美坦白地说出自己的想法。

"噢，我倒希望你们成为学校优秀的教师。服装设计这方面，我一个人就够了。要是每个人都想当设计师，我们学校岂不是没人撑持了？像你这种有学生气的人都这么想的话，我可要伤脑筋呢。"式子断然否定胜美的想法，"你找一下银四郎，叫他和我联络。现在，我要去K报社担任青少年服装设计的评审，晚间七点回家……"

式子看也不看胜美一眼，就径自走出会客室了。

结束K报社的评审工作后，式子赶回鱼崎的家已经七点多了。她问出来迎接的女佣喜代，得知银四郎尚未来电话。

式子上了二楼的卧室，脱掉衣服换上居家长袍，来到楼下的浴室。也许是事先打过电话给喜代，喜代已备妥洗澡水，浴室里雾气蒸腾，把式子蒸得通体舒畅。她不是立刻把身体泡在浴缸里，而是先在热气中蒸闷一下，让毛孔张开，排掉皮肤的污垢，再往身上擦抹香皂，用海棉轻柔地搓洗成泡沫后，以莲蓬头冲洗掉，接着泡在浴缸里。这么一来，会让全身顿觉轻松舒畅，增加皮肤的光泽。这对工作繁忙、不能像以前那样常上美容院的式子来说，是每天例行的美容保养法。

就在式子浸泡得通体舒畅的时候，她微微听到喜代讲电话的声音。

"是的，我们家小姐七点多回家，等着您的电话，但现在不便接电话……"

式子依稀听到喜代语音模糊的话语，于是赶紧拿起浴巾包住湿濡的身体，打开浴室的门，急忙从惊讶回头的喜代手中粗暴地接过电话。

"哎，是我啦，你现在在哪里？咦？在跟负责洋裁学校业务的官员喝酒？是啊，我有急事找你，所以交代胜美要你打电话给我。嗯，今晚无论如何都要见到你，我有事情想和你商量。"

式子按着快要溜下来的浴巾，发现喜代站在厨房偷听，但为了把在话筒那端的银四郎拉过来，还是得提高音量。不过，银四郎的声音与平常不同，压得很低，回答得含糊不清。

"你在听吗？东洋电影希望我为剧中人设计服装，我想和你好好商量这件事。什么？这么说，你果然早就知道了？为什么不马上告诉我呢？咦？你是说若事先告诉我，就不能演一出让他们焦急的戏码？有关这点，你不必担心，最近，我在交际方面比以前灵活多了。我没有当场答应，故意刁难他们一下。你说什么？在电话中说不清楚啦，总之，你来一趟就是。不能来……为什么？现在不是才晚间八点多吗？"

刚才说话开朗的式子现在变得焦躁起来。

"别说那么多，你马上来就是。我刚从浴室冲出来，身上只围着一条浴巾和你讲电话，聊得太久可要感冒的。啊，我上半身已经有些着凉了，刚才身体还是粉红色，现在却……"式子像在银四郎面前裸露上半身，娇滴滴地低语着，内心充满热烈的饥渴。人家常说，女人越是精力充沛地工作，对性爱的需求就越强烈，难道男人正好相反，工作越忙碌性欲就越弱吗？

"你真的不能来吗？我已经说得这么明白了……"式子慢慢觉得自己是个已然忘记羞耻，动辄找机会和银四郎幽会的放荡女人了。

翌日，式子比平常更早到本校，但银四郎已经先来了。他看到式子，宛如完全忘却昨晚发生的事似的，毫不拘束地走了过来。

"昨晚在电话中失礼了，你没有感冒吧？"

为了不让其他教职员知道，式子迅速起身走进会客室，银四郎也跟着走进来。

　　"你看起来很不高兴的样子。昨夜我邀一些政府官员喝酒，实在无法抽身，何况又是我请客做东，总不能半途离席嘛。你也知道，我并不喜欢和那些讨厌的官员喝酒应酬，你鱼崎的家才是我的温柔乡啊。"银四郎温柔地安慰道。

　　"你开口闭口就是政府官员，难不成就得那样奉迎他们吗？"式子挖苦似的说道。

　　"这阵子，洋裁学校的数量激增，竞争越是激烈，以后承认洋裁学校的标准会越严苛。所以，平时我们得在这方面多下功夫。"

　　说着，银四郎轻轻往沙发一靠，从口袋里取出一根香烟，叼在嘴上。他用打火机点着了火，大口吐了口青烟，说道："昨天你和东洋电影公司谈得如何？"

　　"我当然会接受，因为它不同于时装发布会或时装比赛，也是其他设计师活跃的舞台。这是为电影设计服装，而且片中女主角也是设计师，这好比是在东洋电影公司这个宽大银幕上举行大庭式子的时装展嘛。"式子得意洋洋地说。

　　银四郎略为吃惊地看着式子，既似正经又像开玩笑地说："噢，你越来越有知名服装设计师的架势了。"

　　"这是当然的咯，我若全依赖你的话，就会被你看轻和摆布，所以我得努力才行。"

　　"这个想法很好，这么一来，我就不必三天两头跑去鱼崎跟你商量学校的事情了。"银四郎冷笑道。

　　式子突然有种被四郎抛弃的感觉，赶紧说道："哎呀，我不是这个意思嘛。"

"那你是什么意思？"银四郎冷言反问道。

"我说的仅是服装设计师大庭式子个人的事而已。至于学校和其他的事情，以及我们之间的事，都和以前一样……"

式子想起了银四郎温柔的爱抚，真想现在就倾身依偎在他的怀抱里。

"你真是不可貌相啊……"

说着，银四郎倏然站了起来，一把搂住式子。式子像渴望已久似的就势倒在沙发上，但想到这里是学校的会客室，只好强忍着燃烧的欲火。

银四郎松开式子的身体后，竟然用事务性的口吻说："如果你同意的话，就由我与正木制作人联络。"

《服装设计师的故事》开拍以后，式子突然变得忙碌起来。

从女主角水原绿的内衣和服装，到其他附属饰品都得设计。除此之外，为了东洋电影公司宣传上的需要，还得前往拍照。拍这类照片，得常和女主角水原绿碰面，要不就与导演滨田淳次一起检查定装照，每次都必须到京都的电影制片厂。

车子在京阪国道上疾驶着。今天，式子坐在车内边嘲笑水原绿酷爱打扮到近乎飘然忘我的低级趣味，边思索着为水原绿设计的四十件服装。故事开始，亦即水原绿还是和服店独生女、九岁时穿的九件服装，她已设计完成，但故事后半，女主角逐渐找到新女性独立自主的方向时的服装就很难设计了。

就电影服装的设计来说，就算服装设计得多么得体，若不能生动地表现出导演要诠释的主题或人物，等于派不上用场。完全以服装为主体，不同于模特走秀的时装发布会。

有关这点，式子曾向津川伦子、坪田胜美和大木富枝三人强调过，请她们协助先画出草图，不过她们都陶醉于自己的设计样式，与女主角的性格相差甚远。从这个差异中，又可看出三人个性的不同。伦子的草图试图透过水原绿来展现自己的才能与野心，胜美的设计图给人感觉只考虑到轻快的线与面的构成，若让女主角穿上，则有失端庄。富枝的草图几乎谈不上什么设计，平凡得像她一样，只求以优秀的缝制技术达到经久耐穿而已。式子决定以三人设计的草图为基础，尽可能在短时间内逐件地修正设计。从设计制作的角度来看，这简直是轻率的，但要在一个半月设计出四十件服装，其间还得接受报刊杂志的各种采访，不这样做根本应付不来。

不知不觉间，车子过了久世桥，驶进了京都市区。街上的屋瓦呈现出庄严的墨黑色，深长的屋檐以缓慢的线形低垂着。每次来京都，式子都将欣赏街上的屋瓦当成一种享受。当她尽情地凝望着静谧而冷澈的瓦面时，脑海中突然浮现起白石教授的身影来。

自从招待白石教授参观大阪城，匆匆过了四个月，从那以后，白石教授一次也没有到过式子的学校。随着学校规模急速扩大，式子受邀出席报刊杂志的工作也相对增多起来，有时她非常怀念与白石教授共游大阪城的静谧时光，暗自想找回心灵上的从容，但那只是乍闪而过的念头，很快地又卷入各种忙碌的漩涡中。

从西大路往大秦的方向，突然变成尘土飞扬的乡间小路，松树和罗汉松青翠的枝叶伸出板墙探到路旁来。越接近电影制片厂的路上，式子突然想起女明星水原绿特有的姿态，她明明已不是处女之身，却故作清纯，总是用那要吸引男人似的丰唇娇滴滴地说话。

车子进入东洋电影公司京都制片厂大门，正木制作人已在门口等候着。车子停妥后，正木立刻为式子开了车门。

"我正等着您呢。今天不仅要试装，滨田导演也在，希望你们和水原绿三人，共同举行记者会。其实，也不是什么正式的记者会啦，只不过希望您与京都跑电影新闻的记者边吃三明治边聊聊而已。"

正木以干练的企业家口吻侃侃而谈，也没问式子的意见，就带着她走进二楼的会议室。

会议室的门一打开，眼前的阵仗令式子暗自吃惊。二三十名电影记者和摄影记者围坐在长方形的大桌旁，戴着贝雷帽的导演滨田淳次和水原绿坐在桌子正对面，好像在交谈着什么。正木制作人安排式子坐在导演左侧的椅子上，然后对电影记者说："对不起，让各位久等了。这位就是为《服装设计师的故事》女主角设计服装的大庭式子老师，各位记者朋友有什么问题，请自由发问。"

式子站起来向大家点头致意，一名年轻记者兴致勃勃地问道："大家都在谈论，这部电影的故事主要是以出身老字号商家、不经世面的千金小姐，在竞争激烈的服饰界闯荡出名号，后来当上圣和服饰学院的院长，也就是以著名服装设计师大庭式子小姐为原型。这个实际存在的原型成了话题焦点，请问您对于被当成电影人物原型有什么看法？"

"哎呀，情况正好相反，《服装设计师的故事》剧本之前即已完成，我是事后才得知要为剧中人设计服装的，我只是跟女主角的成长背景有点相似而已。"

"您这样说就没有乐趣可言了，既然经历相似的话，谁在前谁在后又有什么关系呢？哈哈哈……"正木制作人刻意在谈笑间将话题引向滨田导演，"接下来，我们请滨田导演谈谈拍制这部电影的抱负吧。"

二十几岁的滨田导演把嘴上的香烟扔进烟灰缸里，堆起富有朝气的笑容："这次从意大利回来，我最想拍摄的就是这部《服装设计师的故事》。这个片名听来似乎平淡，但内容是描写一个从小生活在旧有传统和规矩中的年轻女性，经过某个时期后，找到新时代的气息与自觉意识，后来成为服装设计师的故事。不过，她不是只知穿着漂亮礼服到处招摇过市的设计师，而是深谙洋裁企业经营精髓的杰出女性。其实，在这之前的日本电影，谈到女性，大都通过家庭来描述她们的恋爱、悲剧啦等等，通过工作或事业来刻画女人的电影实在少之又少。所以，这次为了凸显服装设计师这个行业的真实性，我特地邀请大庭式子老师为女主角设计服装，希望通过这个方式来表现女主角的心理过程、性格及其成长背景。"

滨田淳次结束这番充满雄心壮志的发言，转身看向式子："我说得如何？通过服装的颜色和样式，在某种程度上可以表现个人的心理状态和性格吧？"

"嗯，确实可以这样解释。服装原本就与人的心理状态和精神发展历程有着直接的联系。比如说，看到穿着民族服装，大概就可以知道那个国家的历史发展以及国民水平。以我们身边的例子来说，越是消极和不爱社交的人，越喜欢穿着不醒目的服装；相反的，自我表现越强烈的人，就越喜欢穿着华丽的服饰。色彩的感觉也是这样，比如金色和紫色，马上会令人联想到庄严或华丽，但这个联想都始于经济基础，不知不觉间成了人们习惯的色彩观念。从这个例子来看，衣服和人的心理是密切相关的，滨田导演的观点很有见地……"

式子把松山教授在服装设计师协会主办的演讲会所讲的，有关衣服和色彩心理的那套理论化为己有，借此高谈阔论起来。其间，有些记者还频频抄起笔记，摄影记者的镁光灯一齐向式子闪个不停。

式子被刺眼的灯光闪得皱眉摇头，此刻却有从未体验过的骄傲与快意。在此之前，她在制作时装发表会的作品或时装展的时候，都是独自关在工作室里，绞尽脑汁在布料上描绘线和面，但为电影设计服装却不需这个过程，一开始就沐浴在耀眼的镁光灯下。

她压抑着略为激动的口气说："不过，电影的服装设计，不容许设计师出于个人特殊的爱憎来决定颜色和样式，务必与电影剧情做完美融合，借此烘托导演试图表现的主题和女主角的性格。当然，这还必须仰赖穿戴这些服装的女主角水原绿小姐的精湛演技……"式子说着转身看向水原绿。

"哎呀，您这样说简直是折煞我嘛……我原以为穿上老师您设计的服装，就能摇身一变成为设计师呢……您别为难我了。"水原绿眨动着足以引诱男人的明眸，微倾着脖颈，嗲声嗲气地说。

这是水原绿惯有的娇态，好像她只会做出这种姿势似的。她张开红玫瑰般湿润的嘴唇时，在场的电影记者各个神魂颠倒地望着她，当她绽颜微笑时，记者们便又莫名地跟着笑了起来。

"没什么好担心的啦，最近小绿小姐的演技大有进步，我们还希望你这次拿个最佳女主角奖呢。"一个中年电影记者半恭维似的激励道。

"哎呀，真能得奖的话，人家会高兴得三天不吃饭呢……"水原绿再次娇声嗲气地说。

在式子看来，一个女人的成名与窜红，完全是出于偶然的机遇，只要幸运女神哪天心血来潮朝对方拍拍肩膀，"成名"这块招牌就会近乎莫名其妙地轻易降临在她头上。

离开电影制片厂，车子沿着来时尘土飞扬的乡间小路，往西大路而去。来此之前，民家的屋瓦还沐浴在秋天犹冷的阳光中，现在已是夕阳斜照，慢慢没入暮色中了。

式子结束刚才热闹的记者招待会，心情尚未平复下来，甚至有点疲倦，若这样回到与女佣喜代两人生活的家里，似乎又缺少了什么。在行人稀少、暮色渐浓的静谧街道上，她漫无目的地东张西望着，突然很想与白石教授见面。白石教授每个月中旬出差到京都T大学授课四五天，现在他应该停留在京都。听说他投宿在京都饭店。式子吩咐司机开车前往京都饭店，但与此同时，又怕自己贸然造访，对方不在，不过车子已从京都的街道往东直行，朝河原町街奔驰而去。

式子在京都饭店大门前辞谢制片厂的派车后，走进玄关，向柜台服务人员报了白石教授的名字。

"他确实是我们的房客，请问您贵姓大名？"

服务人员问过式子的名字，马上拨电话到白石教授的房间，旋即转达白石教授的回复："他立刻下楼来，请您在大厅稍候一下。"

式子在大厅中央的沙发坐下来，抬头望着天花板上垂吊而下华丽灿烂的水晶吊灯。那钻石般透明光亮的雕花玻璃，犹如三棱镜，把光折射映现得更璀璨。仿佛这美丽、奢华、高贵的东西，最能衬托出式子此刻的心情。

"让你久等了……"背后传来了白石教授平静而低沉的声音。

"贸然来访，肯定造成您的困扰……"式子致歉道。

"不，我倒是有点惊讶，有什么特别的事吗？"白石教授注视着式子问道。

"没什么特别的事。今天我到大秦的东洋电影公司京都制片厂，目前那里正在拍摄一部以女服装设计师为主角的电影，我受托为片中女主角设计服装。片方邀请了二三十位在京都跑电影新闻的记者，特别举行了记者会，刚从意大利归国的新锐导演滨田淳次也在场，以及电影明星水原绿都亲临现场，气氛非常热闹。"

接着，式子向白石教授说明了今天记者会的详细经过。白石教授斜靠沙发,安静地听着,冷不防以严厉冰冷的口气说道:"你对那样的聚会感到得意吗?姑且不论受托帮电影设计服装的事,看到你为了与明星和电影导演一起出席记者会高兴成那个样子,我觉得有点奇怪。"

白石教授语毕,式子惊愕地低下头去。

"你吃过晚饭了吗?如果没有的话,我们到有京都风味的餐馆用餐吧。"白石教授仍然语气冷淡,但态度格外温和。

坐上车子之后,白石教授背靠坐椅,眼睛微闭着,但在式子看来,他那姿态有着难以名状的冷淡。车子从京都饭店前沿着高濑川畔行驶,过了一条大桥,来到平安神宫附近,映入眼帘的是林荫环绕、具有京都特色的静谧街道,水渠泛着幽黑的微光。当车子行驶到南禅寺门前时,白石教授停下车了。

"我们在这里下车,步行进去吧。"说完,率先迈步走去。

经过南禅寺门前,树木突然茂盛起来,暮色渐沉中,依稀可见树荫投在地面的阴影。白石教授仿佛被那浓绿的树荫所吸引,顿时停下脚步,但立刻又踏着缓慢的步伐穿过树影间往前走去。过了小桥,往前不远处的右侧即为农家风格的"瓢亭①"。

"瓢亭"的屋檐下挂着陈旧的葫芦和草鞋,门口挂着竹斗笠。走进拉门的玄关,四处是花草树丛,上面已经洒了水。这时,后院池塘里一条肥硕的绯鲤突然扭身溅出一抹水花。式子跟在白石教授的身后,沿着铺整的庭石走去,来到最里面的包厢。

日本茶屋式的餐馆前庭,传来引水管滴水的水声,庭石上的青苔翠绿如洗。白石教授面向庭院而坐,和负责招待的女侍点完餐后,转头看向式子。他堆着从未有过的明朗笑容说:"我也很久没

---

① 日式饭馆。创业 400 年,位于京都府京都市左京区。

来这里了，一个人懒得来，今天幸好有你相陪，让我有机会仔细品味京都的风情。"

"我也是在家父生前来过这里两三次，以后就再也没机会了。想不到这次能与您作伴前来，真的非常高兴。"

式子处于静谧的环境中，刚才记者招待会那喧闹的场面仿佛不曾发生过似的。白石教授喜欢把自己放在这种幽静的环境中，他拉了拉裤管膝盖部分，盘腿而坐，竖耳倾听着引水管落下的水声。隔门静静地拉开了，方才那位女侍端来了第一道菜肴——若狭细面，蘸上散发着柚香的酱油，味道十分爽口，不失为秋天的风味。接着上的是京都味噌淋上生麸的汤汁，和糖煮鸭川鲦鱼，以及用绿叶裹包的半熟蛋，纷纷装在高雅的器皿里端了上来。每上一次菜肴，女侍便重新换上筷子，为他们斟酒一杯，施上一礼才退下去。

"我时常听银四郎和曾根提起你的事情，听说令尊和令堂已经过世，家里只剩下你一个人。不过，像这样热衷地投入工作，应该不会感受到寂寞与孤单吧。孤独这种东西，如果在人生中可以取舍的话，还是免掉为好。"

说完，白石教授的视线从明亮的房间移往植物茂盛的中庭。刚才那名女侍又端来新菜肴，帮他们斟上一杯酒后就退下了。

白石教授把酒杯慢慢地移到嘴边，稍稍啜饮了一下。他不是在品酒，这似乎是他在百无聊赖之中，独自安静消磨时光的一种方式。式子看到白石教授的酒杯已空，正想为他斟酒的时候，他挡住式子的手。

"谢谢，我自己来，在家里我独自喝惯了。"他伸出指尖细长的手，拿起酒壶。

"这么说，您家里……"式子面露惊讶。

"嗯，家里还有一个将近六十岁的女佣，十几年前我就过着这样的生活，也不觉得有什么不便之处。"

"尊夫人，是不是已经不在……"式子慎重地问道。

"你是说内人吗？她十年前过世了，也许这样反而幸福呢。"白石教授仿佛卸下心中重担似的说道。

式子悄悄地窥探着白石教授的神情，他深陷的眼睛眨也不眨，散发着黯淡的光芒。这是忍受着丧失至爱的悲伤，饱尝命运折磨的苦涩面容。

"说起来，您的夫人是幸福的，都已经过了十年，您还是一往深情地思念她……"式子充分体会到做一个在众人的祝福中结婚、去世后仍受到丈夫深爱与思念的妻子是无比幸福的。

"思念……"白石教授似乎喃喃自语着，"我不是一个靠思念活下去的人。"他突然冷言说道。

白石教授沉吟了一下："一个男人和一个女人结婚十几年当中，总是有外人无法窥见、苦闷的鸿沟。原本相爱的人，有时却不得不憎恨对方；本来是相互信赖的人，有时却背叛对方；爱得越深，就会因既非爱情也非憎恨的争执所苦，而伤害或毁掉双方。在那样的男女当中，留下的不是思念或爱情那样简单的东西，有时候它却足以侵蚀一个人的灵魂！"

白石教授凝视着中庭的黑暗处，脸上泛着空虚的笑容。式子不知道说什么好，只得低下头去。

"我可能是喝多了，好像有点饶舌起来了。专程邀你来用餐，我却说个没完。"白石教授致歉似的说着，向式子投以温柔的目光。他那目光充满温柔体贴，与刚才看向中庭的空虚眼神截然相反。忽然间，式子仿佛触及到了与老女佣生活着的白石教授孤独的心境。

明　暗

　　随着《服装设计师的故事》上映在即，式子和女主角水原绿的合照纷纷跃登报纸和周刊的彩页。妇女杂志和电影杂志为争取到较大的报道篇幅，相继采访式子。为应付这些媒体，式子到学校后拨不出时间授课，因而这阵子经常停课。刚开始，在走廊上与学生相遇时，她们的眼神像是在责备院长停课太多，但随着电影上映日期的迫近，她感受到她们看着她的目光像是欣赏大明星水原绿那般充满憧憬与羡慕。为此，她才松了一口气，坦然与学生目光交会。

　　今天，因为得接待从东京坐夜车来的妇女杂志记者采访，式子也没有授课。当她知道距离约定时间尚有三十分钟之后，便离开院长的座位，急忙上了二楼的自习室。

　　平常，这间自习室是供学生使用的，但自从为《服装设计师的故事》这部电影设计服装以来，它便成为制作戏服的专属场所。打开门即可看见各人各司其职的模样，以坪田胜美为主的小组正在一张大裁剪台上裁剪着布料；另一小组正在为按照水原绿身材做成的木头模特试样，这个小组由从甲子园分校前来支援的津川伦子负责；还有一个小组踩着缝纫机缝制着，由大木富枝负责。全体工作人员发现式子走了进来，并没有停下手中的工作，只是轻轻点头致意。也许是连日来的疲劳，她们个个脸色凝重，嘴唇发干。式子看了很心疼，但是她告诉她们，一个著名的服装设计师要成就一番大事业，无论在什么场合都需要幕后团队的协助。

接着，她朝正被几名助手围着、在给模特试样的津川伦子走去，语气愉快地说："辛苦你们了，情况进行得如何？"

伦子略显惊讶地抬起头来，用谄媚似的口气说："哎呀，院长您来得正是时候。晚礼服刚刚做好，用木头模特试不出真实感，您要不要帮我穿上看看……"

大庭式子对伦子要她试穿水原绿的晚礼服感到不悦，但是这件被伦子小心翼翼抱在胸前、嵌着银饰、白色蕾丝、羽毛般轻柔豪华的晚礼服，正是式子最得意的作品。蓦然，式子涌起试穿的念头。

式子走进以窗帘遮掩的试衣间后，伦子马上来到式子身后，动作熟练地帮忙穿衣，还把长长的下摆像孔雀羽毛般铺展开来。

"哇，好漂亮啊……院长穿起这件晚礼服，简直就像电影女主角呢。"伦子发出亢奋的声音，凝视着镜子中的式子。

银色衣料的下摆长而宽阔，每当式子转动身体时，鳞状般银白色的亮片便为之晃亮。这件华丽绝伦的晚礼服，确实适合剧中女主角在跃登著名服装设计师的夜里光鲜亮相之用！式子着迷似的看着镜中那闪动的银白色亮光，脑海中闪过一个念头：这件拖曳着下摆的华丽晚礼服，不应由电影中的女主角穿上，而是由现实生活中的服装设计师——大庭式子穿上，并沐浴在灿烂的荣光之中。

"院长，刚才来了一名女记者，正等着您。"

在伦子的叫唤下，式子才醒悟似的抬起头来。她跟N杂志的女记者约十一点见面，由于刚才尚有三十分钟才抽空到自习室探看情况，却因试穿晚礼服被镜中的美丽身影吸引，而忘了约定的时间。

"你看，这件晚礼服做得华丽极了，连我都着迷得忘了时间呢。"

式子将迟到的原因归咎于晚礼服制作得太过精美。她赶紧换上原来的衣服，匆忙下楼往会客室走去。

式子推门而入，看见年轻女记者正要从沙发站起来，旋即阻止似的说："请坐请坐……对不起，让你久等了。刚才我到二楼的自习室查看这次服装的制作情况，因为看得太投入而忘了时间。事情来得太突然，设计和制作的时间很短，而且得配合拍摄的进度，依场次顺序提供所需服装。不过，情况还算不错，总算如期交出了电影史上最豪华的四十件服装。"

式子说明着设计制作的进行状况，见对方谅解她迟到的理由后，打开桌上的烟盒，嘴上叼了一支烟说道："今天要谈什么好呢？大致的问题我都已向其他报刊杂志谈过了，好像没什么特别的内容……"式子以常被采访的口气这样说着。

"……在这次电影服装设计方面，您最花心血的是什么地方？"年轻女记者畏缩地问道。

"嗯……最花心血的地方……"

这次的设计图是由式子构思，但试样和缝制的工作几乎全由伦子、胜美和富枝三人负责，所以式子实在无法具体回答。

式子从沙发上站起身来，双手环胸，装模作样地在室内踱步。

"我觉得最花心血的地方是女主角国子在成为著名服装设计师之后所穿的服装。服装设计师的时髦打扮，是属于'职业性的驱使'，跟普通女性的时髦不同。若没有表现出这点差异来，人物特性就失真了。所以国子成为著名服装设计师以后所穿的衣服，从睡袍到晚礼服，都是超乎日常现实生活的极端豪华设计……她选穿的服饰可以说全是达到浪费程度和极其奢侈的东西。我认为，设计正是从浪费中产生出来的。从某种角度来说，人类的浪费程度正是文明程度的反应。如果缺乏这种对文明尺度的灵敏度，就无法创造出卓越的设计来。在紧张的生活和拘谨的感觉中，构思不出崭新的设计来……"

式子边望着连忙抄写笔记的年轻女记者的侧脸，继续说着。她越说越兴奋，突然想起刚才穿着华丽晚礼服的身影，而自我陶醉起来，随着这次电影成功上映以后，所有的荣光都将落在她的身上。

也许是比平常说得激动的缘故，N杂志女记者结束访问离去后，式子突然感到疲惫万分。她懒得回教职员室，就势倚着沙发休息片刻。

银四郎穿着秋季的深色西装，推开会客室的门问道："怎么了？"

式子微微起身，略显抱怨地说："刚设计完服装，就得验收成品的状况，这期间还得接受报刊杂志和平面媒体的采访……别说没时间授课了，连休息的时间都没有呢。"

"不过，我看你倒是乐在其中。刚开始也许觉得疲于应付，但近来你已能从容接受访问，悠闲地吸着烟，双手抱胸，还在会客室里边踱步边说话，看起来蛮有架势的嘛。"

银四郎看出式子的心思似的，但突然一脸正经地说："有件事情想和你商量。"

"噢，看你表情那么严肃，什么事啊？"式子惊讶地问道。

"这次你为电影设计服装，已经打响了大庭式子的名字，我觉得应该趁势再开办另一所新学校，所以找你商量。事情是这样的，京都车站附近有栋新盖的五层大楼，那里的五楼可容纳八百名学生，我计划把那里作为圣和服饰学院的京都分校。"银四郎嘴上说要商量，其说法简直是强迫似的。

"哎呀，大阪本校开校还不到一年，尽管只是租借大楼的楼层，但要说再开一所新校，根本行不通。首先，开办大阪本校的时候，我们是拿甲子园分校当抵押贷款，和发行两千万日元的学校债券，现在每个月还得偿还五十万。若是要在京都开办新学校，资金要打哪来呢？难不成要拿我鱼崎的家去抵押吗？"式子向银四郎投去责备和试探的目光。

"女人家，有了金钱和名声，就变得谨小慎微。一旦握在自己的手中，连铁撬都撬不开呢。"银四郎嘲讽似的望着式子，"不过，这个你不必担心。这件事是京都的建设公司主动提出来的，他们的经营策略是，这栋大楼的一楼至四楼开设专卖店，像经营百货公司那样，把五楼提供给著名服装设计师指导的洋裁学校，招收年轻的女孩子，吸引这些年轻的族群来这栋大楼消费购物。他们说愿意免费提供教室，可采用联合经营的方式，但是联合经营，我们的好处不多，所以我答应以营业额的百分之二十支付给他们，这件事我们已经谈妥了。总之，我们不出半毛钱，就可以在京都多成立一所圣和服饰学院的连锁学校。开办连锁式的洋裁学校，是我长期以来最想落实的学校企业化的最佳经营方针。"

银四郎滔滔不绝地说着，脸上露出每次欲做新事业时惯有的志得意满而狡猾的笑容。

"可是你说的连锁学校，我倒联想到连锁店。与其说是学校，倒像是百货公司的分店。"式子略带讽刺地说道。

事实上，对于像式子这样从小在老字号商家长大的人而言，连锁店不外乎是专卖便宜货的商店。

"你可真会在名称上做文章呀。"银四郎又露骨地讪笑起来，"我觉得老是把洋裁学校当成实施裁缝教育的机构，这种想法大有问题。举凡世界各国，没有像日本这样，洋裁学校如此繁盛的，光是在东京都内就有两百所洋裁学校，在大阪府内有一百所，每个县市至少都有四五十所。当然，我说的洋裁学校规模差距很大，但光是官方承认的全国性洋裁学校，学生就有大约五十万人。眼前有这么多学习裁缝的人，我们岂能袖手旁观？我打算以大阪本校为据点，逐渐地扩展成连锁学校。今后，经营学校不能因循守旧，只要连锁学校的基础打得稳固，就算其中一所分校经营不善，也可以靠其他分校弥补过来，这种综合性的经营方式最安全。而且如果把与本校相同的教材、出版品和福利社用品提供给其他分校的话，又能降低经费成本。尤其是福利社用品，如果学生购买得越多，我们就可以向业者大批买进，这也是增加学校收入的赚钱渠道呀。"

银四郎一口气说完后，脸上露出自己的如意算盘强加在对方身上的傲然态度。

式子别过脸去，反驳说："洋裁学校不能像咖啡厅和餐馆那样，把店面开在醒目的地方，只算准可容纳多少顾客，可赚多少钱。纵使招收了很多学生，若没有经验丰富的洋裁老师撑场面，也无济于事。比如，谁去负责京都分校的校务呢？伦子负责甲子园分校，我呢，光是大阪本校就忙得不可开交了。"

"还有胜美呀。"

"什么？胜美……？"式子不由得反问道。

"是啊，就像伦子负责甲子园分校那样，可以把胜美调到京都分校嘛。"银四郎像下棋子般说道。

"可是，要让胜美负责一所学校的校务，她恐怕能力不足吧。"式子说出其中的难处。

"让胜美负责一所学校的校务，你当然会有所担心。不过，为了增加连锁学校的据点，你就让她试试身手吧。因为每增加一所连锁学校，服装设计师大庭式子的名字就会广为宣传出去，而大庭式子越有名气，学生人数就会增加。所谓鱼帮水，水帮鱼嘛。总之，这就像滚雪球般越滚越大，犹如工厂的输送带不断传送……"

式子想起刚才穿着华丽的晚礼服，心想哪天所有的荣耀都将降临在自己身上，也许经营连锁学校是一种可行的做法。

"好吧，我就抱着轻松的心情，像开连锁店那样，把这些事情交给你处理。现在，《服装设计师的故事》即将上映，大庭式子的名字刚好可以借这次机会成为全国性的知名人物。尽管我对此还不尽满意，也只好不计较了。"式子勉为其难般地说道。

"听你的声音还蛮有干劲的嘛。这阵子，我不像以前那样凡事总要在背后帮你撑持，但你越来越能积极处理事情了。照这样下去，我们就越来越能像车子的两只轮子了。"银四郎语气温柔，很有技巧地接续刚才的话题，"既然你有这个共识，有关连锁学校的事宜，就交给我处理吧。"

"你这个人呀，每次神情严肃说有事要谈，八成就是要商量增设学校的事。到头来，其实你早有定论，由不得我反对。我们之间好像是因为学校的关系，才有共同点似的。"式子朝银四郎投以调皮而撒娇的目光。

银四郎脸上泛着冷笑，说道："也许是吧。我最讨厌平庸、毫无作为的人，只对想做番大事业的女人有兴趣。为事业而四处奔波的女人，有着普通女人所没有的干劲和女人味……"说完，银四郎正要靠近式子身旁时，桌上的电话响了。式子伸手接起了电话。

"院长，是S周刊的记者打来的，我帮您转接过去。"

柜台的办事员说完，话筒那端马上传来了S周刊记者的声音。

"喂，我是S周刊杂志，今天想就《服装设计师的故事》这部电影和今年秋季的流行服饰访问您，希望您今天务必拨出三十分钟接受采访。喂，您听到了吗？"

式子神情抖擞地听着对方的恳求，与此同时，她感觉到银四郎的双手从背后抱住自己的身体，温柔地抚摸起来。

伦子照原样整理着式子脱下来的晚礼服，边回想起刚才式子穿上晚礼服的模样。式子站在擦得晶亮的镜子前，将这件银白色华丽的晚礼服穿在身上时，似乎早已把站在背后的伦子忘得一干二净了。她抬头挺胸、睁大眼睛，摆弄姿态，犹如孔雀开屏般充满自信和骄傲。这是一个女人满足于眼下的成功、相信将来更有作为所表现出来的傲慢姿态。而这个倨傲的女人，现在正在楼下接受妇女杂志记者的访问。其实，她只画了设计图，其余的像试样和缝制工作，全丢给伦子她们处理，她却摆出所有工作全是自己所为似的模样。伦子想到式子占据别人的功劳却大言不惭的样子，就觉得不满和可笑。

伦子收整晚礼服后，走到一旁，叼了根香烟，悠然地吐着烟圈，怔愣地看向坪田胜美负责的裁剪小组的情形。胜美穿着棕色的苏格兰呢套装，脖子上挂着卷尺，动作敏捷地穿梭在裁剪台间指挥助理。比伦子年纪小、未脱学生气质的胜美，在大阪本校成立半年多以来，突然变得机灵干练，全身散发出年轻服装设计师所具备的架势与自信。伦子略显羡慕地看着胜美忙碌的身影时，发现胜美的举止有些怪异。

胜美佯装巡视裁剪的样子，在室内来回走动着，同时又心神不宁地朝面向街道的窗外张望。刚开始，伦子以为是自己看错，仔细观察后发现，胜美的确始终盯着校门口的方向。伦子突然觉得好奇，往窗边走去时，却看见窗下出现银四郎的身影。于是伦子走近胜美的背后，低声问道："噢，你在等银四郎啊？"

胜美似乎大为吃惊，挪动了一下身子，随即转过俏丽的短发，望着伦子说道："是啊，今天是发薪水的日子，银四郎不在的话，会计小姐也发不出薪水，我想早点领到薪水嘛。"

胜美红框眼镜下那双明眸发出焦急的目光："现在我身上穿的这套衣服还等着付款，我想早点领到薪水，赶快打电话通知布店来收款呢。所以每到发薪水的日子，我可没办法像你那样悠然自得，简直没心情工作了。"

伦子顿时无言以对。苦等薪水的日子早已从伦子的生活中消失了。因为银四郎每个月都给她五万日元的生活费，生活可说过得宽裕。他偶尔还会买衣服和饰品给她，可以不需辛劳却过着享乐的生活。

伦子听到胜美说，每个月只从洋裁学校领到一万日元微薄的薪水，还得拿它支付布料费，突然感到满足而扬扬自得，觉得刚才那样怀疑胜美有点可笑，于是若无其事地说："我看到你不停地往窗外看，以为发生什么事，好奇地走近一看，刚好看见银四郎在下面，才以为你是不是有特别的事要找他，随口问问而已。"

"我哪有什么特别的事找他，我只是依指示做事，尽可能提高业绩，希望领到更多的薪水……仅此而已。我可不像你那样跟纺织公司交情深厚，也没有像你那样打扮得漂漂亮亮的福分。"胜美盯着伦子身上那深灰色黑格的套装，语气充满嘲讽。

"你说是野本吗？我跟他……"伦子只说到这里，没往下说了。

伦子决定话题只点到这里，与其说溜了嘴，让她与银四郎的关系因此曝光，倒不如让胜美联想成她与三和纺织公司的野本敬太还在藕断丝连有利。

"胜美，我们好久没一起吃饭了，今晚有空吗？今天是发薪水的日子，我请客。而且赶制的四十件电影服装已完成三十四件，算是过了重要关卡，趁此稍为放松一下，也邀富枝一起去。"伦子以眼神示意着正在指导缝制小组工作的大木富枝。

富枝此刻正低着那美人尖圆胖的脸，仿佛在家里做裁缝般表情平静温和，完全没发现伦子和胜美的视线，只专注地盯着助理缝制的动作。

"今天就算了吧。我还有事情要办，下次领薪水的日子再让你请客。对了，富枝今天也有事不能去。"

胜美开朗地一笑，从窗边走开了。伦子不由得啧啧几声。她原本打算在银四郎深夜来公寓之前，约胜美她们去吃饭，以此消磨时光，想不到却被胜美拒绝了。

下了出租车，胜美小心翼翼地环视着周遭，确认四下无人之后，便朝灯火微暗的小巷跑去。小巷尽头有一家小餐馆，她打开餐馆的格子门，踏着小小的铺石来到门口时，喊了一声。熟悉的声音随即传来，一名中年女侍走了出来。

女侍语声还算亲切，但举止却令人觉得有些粗鲁，她带着胜美到侧旁的包厢去。胜美每次跟在女侍后面，沿着长长的走廊穿过中庭的时候，总觉得从女侍的背后投来不屑的眼神，她便不由得难为情起来。自从在琵琶湖与银四郎发生关系以来，银四郎三番两次约她到这里幽会。打开拉门，仰身躺着的银四郎收回搁在桌上的双脚，慢吞吞地站了起来。负责招待的女侍请胜美坐在坐垫上，听完点餐以后便快速地退下。

"真讨厌，每次都到这地方幽会……"胜美悒然说道。

"那你说怎么办呢？你家门规森严，又不准你在外过夜，也只能这样嘛。不过，这只是暂时的，等以后情况稳定下来，就可以过好日子了。"

银四郎温柔地安慰道，胜美也不好反驳什么了。在银行当职员的父亲管得很严，连她在女性友人家过夜都严格禁止，以现在的情形来说，也只好在这小餐馆边吃晚餐边幽会了。

"说得也是，这不会拖太久，等结了婚……"胜美喃喃自语着，旋即恢复开朗的表情，"今天，差点就被伦子逮着了。"

"咦？被伦子？"

"就是我们的关系嘛。"

"什么！我们的关系？"银四郎脸上顿时掠过慌张的神色。

"噢，你是不是有什么事不能让伦子知道呀？"

"你们女人就喜欢胡乱瞎猜。我只是为伦子怎么突然问起我们的关系而纳闷和意外而已嘛。"银四郎无框眼镜下那锐利的目光，略带诧异地盯着胜美的双眼。

"这都怪我不小心。我一直惦记着你，不时从自习室的窗户往下张望着，却被眼尖的伦子发现，她劈头就问我'你在等银四郎吗？'当时吓得我浑身打颤呢。"

"后来怎么样了？"银四郎故作冷静地问道。

"人被逼到走投无路，有时候还真能急中生智呢！"

胜美把刚才她跟伦子的对话，像演戏般地向银四郎说了一遍。银四郎边吃着端上来的菜肴听着，然后说道："什么发薪水的日子啦，布料费啦，你还真会瞎扯呢。来，这个是布料费和零用钱，如往常，总共三万。"银四郎从上衣口袋拿出一个白色信封放在日式矮桌上。

　　"哎呀，人家可不是要向你催钱才这样说的嘛。"胜美盯着那个装有三万日元的信封。

　　"你不必太在意这个，我每个月都会给你，你就大方地把它放在提包里吧，反正早晚要用的。"

　　经银四郎这么一说，胜美便不客气地从提包里拿出一条花色手帕，将那装有三万日元的信封包在里面，迅速地塞进提包里。她抬起头来，突然改变话题："对了，那件事进行得如何？你答应今天要向院长提的。"

　　"嗯，杂志社女记者离去之后，我就向她提了这件事。"

　　"院长怎么说呢？"胜美急切地问道。

　　"坦白说，让你负责一个学校，院长是不放心的。不过我坚持说，没让你试试怎么知道行不行呢。你也知道，院长是个言出必行的人，于是我便抓住这点不放，费了好大工夫才说服了她。所以，你若接下京都分校的话，不弄点耀眼的成绩来，我的脸可没地方摆呢。说到学校如何经营，学校可招收八百名学生，以每月补习费一千日元计算，营业额就有八十万，一般的支出情况是，人事费用占百分之五十，各项经费占百分之二十，净利占百分之三十。但是设在大楼里的洋裁学校采取抽成方式，因此，必须把人事费用降低到百分之三十，将各项经费降低到百分之十五，还得把净利提高到百分之五十五，否则就不划算了。当然，大楼的房东认为净利有百分之四十，他将收取其中的百分之二十。这样一说，就像账面的数字那样容易理解了。但实际上，洋裁学校的账面最为复杂了。比如，在既定的教室里，将学生分成一三五班和二四六班，又可细分为早上班和下午班，许多班次轮流交替，学校有多少营业额，房东派来的外行的职员根本弄不清楚。"

胜美对银四郎如此精打细算感到惊愕和可怕，因为这和刚才温柔地掏出装有三万日元的信封的他简直判若两人。

"你为什么用那种严厉的眼神看我？好像我只是你用来经营学校的工具罢了。"胜美闹别扭似的转过身去。

"你呀，只会闹小孩子脾气……"

说完，银四郎拉开隔壁的拉门，抱起胜美，边哄逗着边把她抱到灯光微照的羽绒被上。

伦子独自简单吃完晚餐后，拉过椅子在面向阳台的窗边坐了下来。在公寓窗户映出的微弱灯光下，流经窗前的武库川泛着幽幽的黑光，静静地流淌着。

从前，银四郎总是在傍晚之前沿着这条川堤道路来到这里，但自从大阪本校设立后，只在深夜才来留宿。而且四个月前起，留宿的次数也遽然减少了，每月顶多来个两三次。当伦子抱怨银四郎留宿太少时，他便辩称大阪本校刚开校，待处理的事务堆积如山，而且式子院长又忙着电影服装制作和接受报刊杂志的采访，教职员室的教务管理都得由他处理。

银四郎这么辩解，伦子也不再多说什么。只是以前三天两头与银四郎过着放荡生活的伦子，顿时无法忍受这种寂寞，总觉得无名欲火在体内闷烧着。每当这时，她便想起体格壮硕、仿佛不知疲劳的野本敬太来，但他那每个月为了赚得两万四千日元的微薄薪水，每天板着同样的脸孔默默埋头苦干的粗鲁形象，又让伦子急忙将他挥出脑海。

伦子点了根烟，望着放在古董架上的座钟，距离银四郎答应的十点前来尚有一个小时。她原本是为了排遣等候的愁闷才约胜美去吃饭的，却被断然拒绝。不过话说回来，她当面质疑尚有几分学生气、每个月盼望着微薄薪水的胜美与银四郎之间有暧昧关系，未免有失大人的风度。因为直到现在，不仅她和银四郎之间的关系，连他们两人控制福利社的采购差额和会计项目，她都是小心谨慎，做得面面俱到，没让院长察觉出任何破绽。

忽然间，传来了一阵急促的汽车喇叭声。伦子站起来朝窗外望去，在离她房间的楼梯有段距离的地方停着一辆中型轿车。一道黑色人影摇晃晃地走出车外，以低沉而粗暴的嗓门喊着一个女人的名字。这个醉汉好像是那女人的丈夫，他那大男人主义的喊声深深地触动伦子的心灵。伦子心想，这与银四郎每次偷偷摸摸地在深夜前来，与她幽会之后便匆匆离去，或留宿的隔天早晨害怕被别人发现而悄悄溜走的行径比较起来，那不需掩人耳目的夫妻生活倒是自然健康多了。

终于传来了敲门声，先是咚咚地敲了两下，就心急地连续敲了起来，这是银四郎一惯的敲门声。

伦子披着居家长袍，急忙打开门，银四郎劈头便说："今天因为有事情跟胜美深谈，所以来晚了。"

银四郎这句话让伦子心里很不是滋味。

没等伦子回答，银四郎便背坐着脱下皮鞋，再脱下苏格兰呢西装上衣，然后倦怠地在伦子刚才坐着的位子上坐了下来："啊，好累，先给我一杯凉水……"

伦子依示端来一杯水，银四郎接过后一饮而尽："因为有紧急事情，刚才我到胜美家里去，去的时候还好，回程时那边拦不到出租车，所以坐电车来了。"

银四郎漫不经心地说着，听在伦子耳里却五味杂陈。她心想，银四郎拜访胜美家未免太唐突了，当她要约胜美去吃晚饭时，胜美明知银四郎要到自己家，却还佯装有要事待办，显然是在说谎！想到这里，她不由得怒火攻心，但仍按捺住愤懑的心情说道："噢，你倒是头一次去教员家里拜访嘛，难道有什么急事非得家庭访问不成？"

"不是家庭访问，是身家调查啦。事情是这样的，这次决定在京都设立一所新学校，打算由胜美负责。这所新学校与甲子园分校不同，是借一栋五层楼的大厦当教室，学校设在楼内，算是圣和服饰学院连锁学校的一个据点。既然要把校务交由胜美负责，当然得调查她的家世背景，所以顺路跑了趟。我到胜美家的时候，她刚好有事外出，我刚转身要走，她却回来了，对我的突然来访很是惊讶。"

"那，她怎么回答？"伦子打断银四郎慢吞吞的大阪话，追问道。

银四郎朝伦子瞥了一眼，说道："她听到这个消息，高兴得差点飞上天，马上就答应下来了。倒是她那不太随和的父亲在旁边啰哩啰嗦地问起连锁学校的组织啦，得负多少责任啦，不愧是即将退休的银行职员。最后他还是答应了，不过也花了我不少时间。话说回来，把学校交由家教甚严的胜美，应该是没什么问题。我和院长商讨这件事的时候，她对胜美是否有此本领还拿不定主意，但考虑到她的办事能力和出身家规甚严的家庭，便点头同意了。"

银四郎说得很累似的打住话，从烟灰缸里拿起伦子刚才扔掉并沾有口红的半截香烟，点火吸了起来。这是他来伦子的住处后常见的习惯动作，但今晚这个动作看来显得特别矫情造作。

"你口袋里还有烟，何必故意吸我的烟屁股呢？"伦子有点反感地说，"该不会每增设一所新学校，你就要增加一个女人吧。"

伦子劈头说出这么轻佻的话，连她自己都觉得惊讶。

"如果可能的话，谁不想那样呢。不过现在这么忙，我的手可伸不了那么长，而且只要不是像你这样单身住在公寓里，就算我的手腕再怎么高明，在女人和名利方面，也不可能两样通吃。"银四郎拿开香烟，恬不知耻地说。

"这么说，胜美不住在京都，而是从鸣尾的家坐车通勤？"

"其实胜美很想趁这次机会离开家，独自住在京都，但她父亲坚决反对，连她在女性友人家里过夜也不准。个性倔强的胜美，也真能够忍耐呀。"

"她还是个小孩嘛！"说到这里，伦子的心情终于恢复平静。因为她想打听的事已由银四郎亲口说出来了。胜美负责京都分校后，就得从家里去上班，这样就没机会与银四郎偷偷幽会，虽说他们可以利用休息室或会客室，不过在那种地方幽会，连伦子都觉得难为情，胜美更不可能那样做吧。

"你在想什么？"

"我在想院长的事。"伦子像要试探银四郎的反应般劈头问道，"我始终想不通，她为什么总是对你言听计从。不止这次连锁学校的事，你说什么最后她都会点头同意，你们之间好像有什么特殊的关系……"伦子故意说得意有所指，然后探看着银四郎的眼神。

"当然大有关系啊。因为她听从我的意见以后，学校的规模扩大了，也成了名服装设计师。她原本就是个爱慕虚荣、极具野心的女人，在我的催引之下，这个念头变得更为强烈。为了比现在更有名、更有钱，她当然要听从我的安排。至于我呢，只是利用她的虚荣心，来满足我的事业欲望而已。总之，我是利用女人的虚荣心来换取金钱。"

说完，银四郎从椅子上站起来，打开卧室的窗户，脱下衬衫和长裤，只穿着内裤躺在床上，二话不说就关掉了电灯。伦子突然有种被抛弃的空虚感，身体发出热烈的渴求。她脱下丝质居家长袍，裸露出美丽的肌肤，悄悄地走近床边，整个身子猛然扑向银四郎。她抓住银四郎欲拨开的手，交缠在自己手里，脑海中浮想起白天式子那傲慢的身影来。式子穿着华丽的晚礼服站在自习室的镜子前，像孔雀开屏般炫耀自己的身影，仿佛就在漆黑的房间里浮现出来似的。这让她顿生一股近乎杀意的忌妒。

她心想，式子出身名门，既有美貌又有财势，总是顶着幸福的光环，但是只要她懂得沉潜，忍气吞声地跟在她身后，等式子的名声和财富散尽之时，自己就可以取而代之，也许这就是最好的方法。正因为如此，她更不能离开这个具有卓越经商才华的男人。想到这里，她压抑住涌至心头的笑意，更加放荡地拥抱着银四郎的身体。

青　云

　　飞机正在伊势湾上空飞行，从舷窗口往下俯瞰，浮云如峰峦般起伏，蔚蓝的大海泛闪着亮光。式子坐在前往东京的机内回想着这半年来的往事。

　　去年秋季十一月，电影《服装设计师的故事》上映之后，感人的故事情节，以及银幕中场面豪华的时装发布会，不但带给年轻女性美好的梦想，服装设计师大庭式子的名字也像剧中女主角般深印在观众的脑海中。寄给圣和服饰学校的邮件突然增多，其中绝大多数是崇拜者写给院长大庭式子的信，少部分则是纺织公司和贸易公司寄来的，内容不外乎希望式子代为设计年轻女孩向往的青春时装。另外，报刊杂志也没放过这些反响，不约而同地以近乎夸张的笔触大肆吹捧服装设计师大庭式子的才能。

　　正如式子所料，《服装设计师的故事》获得成功的同时，大庭式子也成了全国性的知名人物。隔年三月新学期开始后，外县市的学生纷纷报名就读圣和服饰学院，甲子园分校招生名额为六百人，大阪本校是一千五百人，转眼间即告额满，因此有部分学生在可通学的范围内，必须调到京都分校去。

　　一切都进行得相当顺利，就因为诸事太过顺遂，刚开始式子总有些惶恐不安，但后来觉得这样患得患失实在太没出息，于是转念又想，像她这样出身大阪的商家名门，既有智慧又有美貌，获得这样的成功和幸运，自是理所当然。

不知不觉间，飞机已离开海岸线，团团的云层遮蔽了视野。式子从舷窗收回眺望的视线，疲倦似的仰靠着椅背，朝坐在邻座熟睡着的大木富枝看去。坐上飞机，富枝便将机内的蓝色毛毯覆在膝盖上，倒头便睡，随即发出低浅的鼾声。尽管连续工作了两个通宵，富枝那美人尖额头仍显得丰满又不失光泽，小小的樱唇依旧泛着红润。看来以她的年龄来说，熬夜工作的疲劳只需稍做休息，即可马上恢复元气。

式子羡慕地凝视着大木富枝健康而充满朝气的睡容。原本，式子对大木富枝并没寄予多大希望，但这次她表现得极为出色，足令式子意外而欣慰。目前，在东京的工作增多了，式子往返于大阪东京间变得频繁许多，每次式子便带形同秘书的富枝出门，富枝也很尽职，总是彻夜不休地帮忙，无论是在东京举办的时装发布会或制作设计展览的作品，都能在预定时间内完成。自从伦子调到甲子园分校，胜美负责京都分校以来，对式子而言，富枝是至为重要的得力助手。

"真讨厌，院长您怎么偷看人家睡觉呀……"富枝倏地起身，以娇憨的大阪话向式子抱怨道。

富枝的抱怨在安静的机舱内突然传开，式子连忙投以责备的目光，低声说道："富枝，你那像美人尖的额头实在太迷人了！尤其是你的脸型，简直是典型的日本人的脸型。"说完，又朝睡眼惺忪的富枝看了一眼。

"正因为这样，我就算穿上时髦的套装也一点都不好看，真是吃亏呀。"富枝带着鼻音的大阪话慢慢说道。

"吃亏的倒不是因为你的额头，而是你那口音浓重的大阪话，你不能改一下吗？至少在讲台上授课，或是与东京的报刊杂志的相关人士谈话时，改用标准话。"式子说得口气有点严厉，富枝霎时不知所措。

"院长，什么都好讲，唯独这点我就是改不了。我若不讲大阪话，舌头就像灌了铅块似的不灵活。而且我实在不明白您为什么对大阪话那么反感。前阵子我在东京时都讲大阪话，并没有人给我臭脸色，或是笑我，不仅如此，他们还称赞我说话很有女人味呢。"

富枝直率地提出反驳，但这反驳却让式子感到很不愉快。东京人每次说，大阪话很有女人味啦，语声妩媚啦等等，其实正隐藏着东京人以取笑大阪人为乐的优越感。

"机内用餐就快开始了。"富枝像想到什么似的说着，然后毫不客气地回头看向空服人员所坐的后舱位置。

"真是的，这么没礼貌……"式子再次责备富枝。

"有么关系呢，反正就快提供餐点了……再说，若不趁这时间吃饱午餐，到了东京忙碌起来，说不定没东西可吃呢。待会儿从羽田机场直奔日活饭店，下榻后就要帮模特试穿好五件衣服，下午三点半起，又得准时赶到现场做舞台排演……"

说完，富枝指了指小心翼翼地放在脚旁的一只大型服装箱。箱子里装着东京O报主办的"十大服装设计师作品展"预定展品：两件春季外出服、一件午礼服、一件晚礼服。这是式子进军服饰界第三年，跻身著名服装设计师之流，首次在东京的舞台上发表的作品。

女空服员端来三明治和汤品等简餐，富枝迅速地吃完后，没睡饱似的又躺下了。式子挪动一下身体，微微闭上眼睛，但总是不易睡着。于是她坐直身子，从前面椅背后的内袋拿出航空公司特制的明信片。那是一张极其普通的明信片，正面画着日航客机徜徉蓝天的图景。她把明信片翻过来，从手提包里拿出一支自动铅笔和小本通讯簿，先写上"白石庸介先生"的名字和地址之后，沉吟了一下，才振笔疾书：

> 在飞往羽田机场的飞机上突然捎信给您，请原谅我的唐突。
>
> 事情是这样的，由东京O报主办的时装发布会将于明天四月六日和七日两天，分别于中午十二时、下午三时和六时在产经大厅盛大举行。我也将发表参展作品，竭诚希望您能观赏。我知道您不喜欢时装展览这类活动，但这是我初次在东京发表作品，由衷希望您拨冗参加，不胜感激。

式子又从头读了一遍，然后添上几句：

> 如果您能来的话，明天六时为宜，我已把您的大名写在招待券上，交给柜台人员，您直接进入就行了。

写完后，式子把明信片交给女空服员，嘱咐以限时信寄去。

自从去年秋天在京都的瓢亭与白石教授听着引水管的水滴声共进晚餐以来，他们再也没有见过面。式子忙着为《服装设计师的故事》制作服装，电影上映以后，她又得应付各种访问，虽说白石教授每月来京都讲学四五天，但他自从造访大阪城以来，便再也没到过式子的学校。他坐在瓢亭的包厢里，边望着树丛和洒过水的庭石，不经意地说"孤独这种东西，如果在人生中可以取舍的话，还是免掉为好"，脸上露出虚幻的笑容，自嘲般的孤独身影，至今仍深印在式子的脑海中。虽说他是与式子截然不同世界的人，但他与老女佣相依为生的孤单境况却与式子十分相似，这给她难以名状的亲近感。式子每次去东京的时候，总是想与白石教授联络，但就是少了这样的机会。

"院长，现在到什么地方了？"富枝蓦然睁开眼睛，大声问道。

式子朝舷窗下望去，一座大岛浮现在碧波荡漾的海面上，依稀可见豆粒般的轮船尾端划过长长的水波驶往大岛。

"刚好在大岛的上空，好漂亮啊。"

式子这么一说，富枝连忙拿开膝上的薄毯，拉了拉裙子上有些松开的拉链，起身往舷窗下探看，又立刻坐了下来。她抬起那圆润的双下巴说道："院长，您刚才给谁写明信片呀？"

"噢，原来你在装睡呀，都被你偷看了。"

"我只是在打盹，当然看到了。是写给银四郎的吗？"

"哎呀，我和他有什么好说的呢。我是写给白石教授，请他观赏明天的展出……"式子略显拘谨地说道。

"白石教授好像是个悄悄跟在您身旁、又不时给您影响的人。虽然我在开校典礼的酒会上只见过他一次，但我总是这样觉得。"

式子惊讶地凝视着富枝。在伦子、胜美和富枝这几名资深教员当中，富枝的年龄最小，她平常做事显得迟钝、不机灵，想不到却有着敏锐的观察力。

从羽田机场坐车抵达日活饭店时，时装模特已先在饭店大厅等候了。她看到式子的身影，旋即将嘴上的烟扔进烟灰缸："老师，前些日子感谢您的关照……今天我很早就来等候您了。"

时装模特白川洋子向来是任性出了名的迟到大王，有着一双混血儿般的褐色眼睛，脸上露出娇媚的笑容。

"噢，白川小姐居然准时到来，真是令人意外啊！"式子故作夸张地说道。

"哎呀，您别冤枉人啦，人家又不是喜欢迟到，每次都是行程排得太满赶不来嘛……不过，大庭老师交办的工作，我可绝对不敢迟到呢。万一惹得您不高兴，也许我永远就没机会上大银幕了……"白川洋子也不忌讳富枝就在旁边，嘟着美丽的嘴唇笑了笑。

这番话道出这个始终是首席时装模特的精明算计。式子在成功地为《服装设计师的故事》设计服装之前，在大阪举行时装发布会，曾邀请白川洋子上台走秀，却总是被她委婉拒绝。不过，后来出现很大的改变，为了这次的展出，她早在一个星期前就前往大阪准备试样，今天又准时到饭店做出场前的试穿。

"不过，你不要只对我严守时间，而引起其他老师的不满。好吧，我们开始吧。"

说完，式子率先走进电梯，来到六楼，走进早已备妥的房间后，立刻抬出穿衣镜，开始试穿。为了行动更灵便些，式子将高跟鞋换成平底鞋，脱掉西装外套，只穿着一件丝质衬衫。富枝从饭店行李员提来的箱里取出一件礼服后，马上挂在衣架上，开始往左袖插针。

"先试穿午礼服吧。"式子边看手表边说着。

白川洋子迅即脱得只剩一条衬裙，利落地穿上柞蚕丝午礼服，在试衣镜前摆出各种姿势。这件午礼服肩线柔顺、胸部妥贴隆起，腰身到下摆优美细致。这三个重点，正是式子向来强调的和服具有的特色和女性的曲线。

"哇，这件礼服设计得好典雅啊……可是这样怎么搭配饰品啊。"白川洋子略带兴奋地说着。

她打开长方型的红色饰品箱，箱内装着耳环、项链、胸针等装饰品。其中甚至有价值三十万日元的自购高级饰品，不愧是特A级的模特。式子从里面挑出了与象牙色礼服相配的镀金项链和耳环。白川洋子从提箱里拿出黑色小牛皮、挂着金链的奢豪手提包和鞋子，问道："搭配这个手提包和鞋子怎么样？"

象牙色、黑色以及金色在镜子里映出的影像，竟搭配得如此协调，式子被那高雅的组合深深吸引了。

"院长，还有一件晚礼服和其他模特得试穿的两件衣服在等着我们呢……"富枝见到式子将精神全花在那件午礼服上，担心地提醒式子。

式子后悔没算准时间，模特试穿结束已将近下午四点，虽然她从饭店前驱车朝大手町的产经会馆直奔而去，但车速开得再快，也赶不上三点半开始的舞台彩排。富枝被连续两个半小时的试穿弄得疲倦不已，加上对式子没算准时间有些不悦，把服装箱搁在脚旁，始终板着脸孔不说半句话。

从产经会馆的便门穿过事务所，走进灯光黯淡的观众席，刚才来饭店试穿的白川洋子已经穿上轻快的旅行装，在舞台中央随着轻快的旋律，姿态轻松地走秀。舞台旁有人向白川洋子要求着什么，她便高傲地点点头，又重新在舞台上走了一遍。刚才她向式子示弱的娇态已不复见，式子为自己受到白川如此重视有些得意。

式子转过脸来，交代富枝到后台协助模特穿衣，然后朝没有坐满、光线黯淡的观众席环视着。当眼睛适应光线的明暗后，逐渐辨认出中田花枝、庆子夫人、中泽万树子、森加香里等赫赫有名的服装设计师，她们围坐在前面第五六排的中央位子上。式子站起来，安静地朝她们走去，利用舞台上的间歇时间，恭敬地欠身向她们问候。

"各位好，我是大庭式子，没及时赶来，真是对不起！初次与各位大师共同参展，请多多指教……"

式子语毕，灯光黯淡的观众席里五六张白皙的脸庞一齐看向式子，但脸上不见一丝笑容，只是轻轻点头后又目光高傲地看向舞台。这个举动意味着她们对式子进军服饰界不到三年就被选为关西的唯一代表，其名字又与十大服装设计师并列极度反感。

然而，式子丝毫没有遭到排挤和冷落的孤援无助的心情。因为那些赫赫有名的服装设计师不约而同对她投来敌意的目光，反而证明了她的重要性。对她来说，这是件愉快的事。只要是对她的卓越才华给予肯定的事情，她都会感到心情愉快。

"大庭老师！大庭老师的午礼服准备好了吗？"手中拿着节目表的司仪从舞台旁朝坐在观众席的式子探问道。

"嗯，我已请助手去后台，你直接叫模特出来吧。"

式子这样回复着，于是司仪朝后台大声叫了起来。舞台上出现两三分钟的静默。一阵静寂之后，象牙色礼服出现在黯淡的蓝光中。在蓝色投射灯的照射下，象牙色的丝绸显得格外高雅美丽。观众席顿时引起一阵小小的骚动，坐在式子附近的著名服装设计师也都露出沉重的表情。在这沉闷的氛围中，式子得知自己的作品受到同行的惊羡，这回换她不与那些著名服装设计师打招呼便转身离去了。

尚未正式开始走秀，产经会馆的入口前已排满穿着华丽的年轻女性。也许是"十大服装设计师作品展"这个时髦的名称吸引了年轻女性的虚荣心，使得前后两场发布会都让这些年轻女性迫不及待地等着进场。

式子从会馆内侧隔着玻璃窗看着长长的队列，思索着十大服装设计师作品展的事来。

式子不清楚"十大服装设计师"是按照什么标准定义的？两个月前，东京的O报社突然来电，要求她代表关西的服饰界向此作品展提供作品。O报社之所以撇下关西服饰界的头号人物大原京子，而选择大庭式子，似乎是基于《服装设计师的故事》上映后，大庭式子的名字急速蹿红，在新闻上具有宣传价值的考量。式子深知报社的用意，自然是笑容满面地接受了。

主办单位选她为十大服装设计师之一的动机，对式子而言是无关紧要的。在仅仅两三年内，式子的学校规模逐渐扩大，又为电影女主角设计服装，经由电影这种强势媒体的宣传下，转眼间就成了大名鼎鼎的服装设计师。综观来说，能不能出名，实力所占的比重很小，机遇才是最重要的。某日，当机遇突然降临在你头上，你又懂得灵活利用，才是成名的真正原因。对式子来说，与弄清楚自己被选为十大服装设计师的原因相比，实质上成为十大服装设计师要重要得多。正因为如此，她看到大批为了参观十大服装设计师作品，个个神情兴奋地在开场前大排长龙的年轻女性，便为自己在短期内跃升为明星级人物感到喜不自胜。

"大庭老师，原来您在这里啊？"

式子的背后传来了气喘吁吁的呼叫。回头看去，正是去年特地前来大阪采访她的N妇女杂志的年轻女记者。

"我找了您好半天呢！其他的老师都待在休息室，唯独不见您的身影……"女记者稍做调息后，继续说道，"您的作品在首次时装发布会上就获得很大的好评。这次的作品不同于《服装设计师的故事》里那种艳丽浪漫的款式，而是以传统日本服装为基调、具庄重感的日式风格。那些原本对《服装设计师的故事》持批评态度的专家，私底下都非常佩服您高超的设计才华。换句话说，大家对老师您的好评是毋庸置疑的。"

年轻女记者兴奋地望着式子，但式子觉得"好评"二字颇为滑稽可笑。因为只有"出名"才有"好评"可言。三年前，她曾参加关西服装设计师协会主办的时装发布会，但因当时是个无名小卒，就没能得到今天这样的好评。因此，她对"好评"是嗤之以鼻的，但她仍煞有介事地说："总之，重要的是做好工作，只要做好工作，自然就会得到好评……"

最后一场展出即将开始，式子频频来往于接待处和来宾席，寻找白石教授的身影。她已叮嘱接待处，若看到白石教授前来要马上通知她。实则打从刚才开始，她就不停地探看着来宾席的动向，但展出已过了一半，白石教授似乎尚未现身。之前他曾说对时装展毫无兴趣，也许他把式子从飞机内寄出的限时明信片匆匆看过后就随手丢到墙角了。式子对迷恋十大服装设计师作品展这名声堂皇的展出，陶然地寄出邀请函，而展出进行又站在空荡无人的走廊上苦等的自己感到生气。

式子又回到会场。这时观众席已挤满年轻的女性观众，连两侧通道都挤得水泄不通。模特穿着中泽万树子设计的午礼服，在明亮的灯光下，姿态轻盈地走在舞台中央。在式子看来，中泽的服装设计矫揉造作，简直是对巴黎时尚的生搬硬套，她不以为然地把视线从舞台转向观众席。前面第五六排的来宾席位上，坐着纺织公司、贸易公司和百货公司负责服饰业务的主管，以及妇女杂志社的总编辑等来宾。式子站在黯淡的通道上逐一查看来宾的脸孔，就是没看到白石教授的身影。

就在式子紧张的情绪随之松懈下来，沮丧地将目光看向观众席时，白石教授的脸孔却意外地出现在她的视野里。她吃惊地凝目细看，舞台旁的光晕照映出白石教授那轮廓鲜明的侧脸来。他似乎是为了避开来宾席的醒目位置，而选择坐在观众席上。他始终正襟危坐，眼睛眨也不眨，面无表情地看着舞台。

忽然间，投射灯把舞台照得亮晃晃，式子设计的紫色晚礼服拖着长长的下摆出现了。那件晚礼服具有日本平安时代十二单①的优雅贵气，无论是肩线或下摆的款式，都做得精美雅致。式子没有把目光投向舞台，而是凝视着白石教授的表情。在昏暗的灯光下，白石教授的上半身微微前倾，霎时眼睛有神地盯着舞台片刻，等式子设计的那件晚礼服退下舞台后，他又恢复平常的表情，安静地站起来，朝后门的出口走去。式子为了追上白石教授，赶紧跑向走廊，绕到后门出口。当白石教授走出来的时候，式子凑近门边，深深地欠身问候。

"我以为您实在赶不来了，看到您大驾光临，真的好高兴！"

"嗯，我虽然只是挂名，但毕竟还是圣和服饰学院的理事啊，像这样的展出应该来看看才是。"白石教授语气平淡，接着表情温和地说，"不介意的话，我们现在去银座吃个晚饭如何？"

式子起先有点担心展出的善后事宜，但决定还是把那些工作交由在后台的富枝代为处理。

---

① 日本宫廷妇女的一种礼服。

花树餐厅的二楼散发着些许清冷氛围，但格调高雅又宁静。

式子坐在靠窗的座位上，与白石教授对视而坐，一边喝葡萄酒，一边品尝着清汤炖明虾。这种讲究虾肉软嫩、香味独特的做法，似乎是法式料理的烹调方式。白石教授看到式子吃得津津有味，一面从容地品尝着，一面对式子说："这道料理是法国马赛的名菜，做法是将虾子、鱼、贝类等放在汤里，然后用一种叫番红花的香料清炖。我在法国的时候常吃这道菜。不过，家里目前只剩我和老女佣两人吃饭，现在像这样在外面品味美食，倒也是一种享受呢。"

"今天您特地拨冗来观赏时装展出，又承蒙您邀我来银座的高级餐馆共进晚餐，我实在太高兴了！"式子向白石教授投以感谢的目光，并希望白石教授指教，"您看完今天的时装展，有什么样的感想？"

白石教授露出困惑的神情，沉吟了一下："今天时装发布会的作品，尽管号称是十大服装设计师的作品，但依我看来，与其说是对巴黎时尚的直接引进，不如说全是拙劣的模仿。那些全是对巴黎时尚的剽窃，恬不知耻的赝品，坦白说，我看完之后很不愉快。我向来对剽窃他人的作品和虚假的东西最为反感，如果那是真品，即使稍显稚拙或不成熟，我都能接受，唯独不能容忍假货。从这个角度来看，你那件平安朝十二单风格的晚礼服，颇有日式的构思和原创性。不过，今后服饰设计的趋向不能只依赖这种古典趣味，你应该到巴黎去，更正式地学习服装设计。不管是哪个领域，一旦要学，就要学个彻底。"

白石教授神情严肃地看着式子，接着突然苦笑："我总觉得每次与你见面，讲的全是些无趣的话，照理说在女性面前应该谈些有趣的事，我却自以为是地讲些泼你冷水的话来了。"

"您别这么说。恰好相反，和您谈话，不但可以让我释放工作上的巨大压力，还能恢复心灵的平静。待会儿用餐结束后，我还想多听听您的教诲呢。"

式子说得如此坦白，连自己都感到惊讶。

白石教授只是眨了眨眼，和缓地说："那么，晚餐结束后我们找个安静的地方，再好好聊聊吧。"说完，他拿起餐巾擦着嘴角，享用餐后点心和可丽饼。

用餐结束后，两人走出了餐厅，白石教授顿时不知要走向何方，伫立在人行道上。接着，像想起什么事似的回头问式子："你住在哪家旅馆？"

"我住在日活饭店……"

"那么，我们沿着护城河畔走一段，我送你回饭店。"

白石教授为了避开银座街上的喧嚣，拦了一辆出租车，嘱咐司机载他们到近在咫尺的日比谷。

出租车穿过日比谷公园后头，来到皇居①前的广场附近，他们下了车，白石教授朝皇居的方向走去。八点过后的天空昏沉沉的，皇居周遭的树林已覆上浓浓的暗影，像剪影般静穆无声。护城河旁的石墙和高挺而出的松树已隐没在黑暗中了。护城河尽头第一相互大楼的窗户映泄出来的明亮灯光，正巧洒在正前方的水面上，看上去波光摇曳闪烁。

白石教授与式子并肩走在昏暗的路上，忽然想起什么事似的问道："最近，银四郎在做些什么？"

"他正为连锁学校的事奔忙。"

_____

① 日本天皇居住的宫殿。

"咦？连锁学校？"白石教授愕然地反问道。

"是啊，今年四月十日，我们在京都开设了圣和服饰学院连锁学校。银四郎说，经营学校必须多元化才行，而开设连锁学校是最具体有效的方式。他总是暗中进行，先把事情谈定再硬拉着我同意，常弄得我团团转。他那个人啊，对经营学校可真够热衷啊。"式子期待白石教授有所回应似的说道。

"这不会是他的本意吧。恕我直言，像他那样的高材生，不可能真心把精力投注在经营洋裁学校方面。他是不是另有所图啊？"白石教授说完，蓦然抬头望着昏暗的天空。

式子顺着教授的目光抬头望去，透过帽子的网眼，她看到疏落的星影发出淡淡的微光。

"你常与曾根见面吗？"白石教授温和地说，改变了话题。

"不，几乎不曾……以前我参加时装发布会或什么聚会的时候，他几乎都会光临，自从我忙着为电影女主角设计服装以后，他就不曾来过了。"式子这番话颇有诘难曾根英生久未关照的意味。

"啊，这可能是曾根对你的评议吧。他总是把你当成自己人，为你多方设想，也告诉了我你的情况。像他这种性格纤细的人，大概跟不上你急速的变化吧。"

"什么？急速变化……"

"如果'变化'二字令你觉得不快的话，我可以换个说法……总之，每次看到你的时候，你的气质总会有很大的改变，而且快得几乎令人难以捉摸，这的确是事实啊。"

说完，白石教授停下脚步，与式子站在昏暗的路上双目对视着。借着黯淡的灯光，只见白石教授的脸庞罩着阴影，眼睛透着深沉的目光。

"自从我们分别以后，你就有了很大的改变。我在大阪本校开校酒会上初次见到你的时候，印象中你是个出身名门的千金小姐，举止娴静有礼，又是鸿运当头，接受着热烈的祝福。第二次见到你的时候，您意识到自己是大型洋裁学校的院长和著名服装设计师，因而巧妙地学会与之相应的架势来了。不过，当我们上大阪城，你眺望着颓圮的石墙和草树茂盛的内护城河时，内心还是很从容。但当你从制片厂回来，到京都饭店找我的时候，你好像只注重华丽的东西，而这次与你见面，我又觉得你有些微妙的变化了。"

　　说到这里，白石教授目光严峻地看着式子，式子连忙低下头，望着白石教授投在地上的身影。蓦地，那道黯淡的身影安静地迈步而去了。

　　"每个人都希望以某种形式获得别人的肯定，问题是，这种方式若稍有偏差或过于极端，那他的人生也会随之误入歧途。比如，有人把名声和财富像勋章般配戴在胸前，但若乱配戴一通，其实是无意义的。"白石教授一边走，一边句句恳切地说道。

　　这番话听来有点冷酷无情，但式子觉得白石教授这样说，颇有爱之深，责之切的意味。

　　当他们来到松林茂密的地带时，白石教授踌躇地停下了脚步。在暗处中，依稀可见情侣幽会的身影。

　　"我们回去吧，再待下去就太晚了。"白石教授对式子说道，然后沿着来时路走回去。

　　他们沿着护城河绕向左边，走向铁轨旁的人行道，穿过静谧的悬铃木林荫道，缓步朝日比谷的十字路口走去。

　　来到日活饭店前，白石教授停下了脚步："就到这里吧，我不送你进去了。你好好休息吧。"白石教授礼貌地点头致意后，招了一辆路过的出租车，欠身坐了进去。

式子顿时有种突然被弃之不顾的落寞感，但旋即想这是白石教授向来的道别方式，便不多作联想，走进饭店。

在柜台领过钥匙，正要按下电梯按钮的时候，柜台服务员马上跑了过来："老师，八代银四郎先生正在酒吧等您。"

"咦？八代先生……什么时候来的？"式子惊愕地反问道。

"他下飞机之后，七点多就赶到这里来了。"

"他住几号房？"

"他说要住在您房间的附近，所以我们一如往常将他安排在您房间的正对面。"

"是吗，劳你费心了……"

前天，式子从大阪出发的时候，银四郎说他正忙着连锁学校的事情，腾不出时间观赏这次的时装发布会，但现在他却不打通电话就冒冒失失地赶来。式子没有坐上电梯，直接走上通往酒吧的阶梯。酒吧内的天花板洒下柔和的灯光，气氛十分宁谧，一对外国夫妇贴着脸颊喝着鸡尾酒，另外还有低声谈笑的房客。

式子从离入口很近的地方开始搜寻银四郎的身影。当她朝中间靠墙壁的座位看去时，终于看见一个像银四郎的男子正跷着腿喝鸡尾酒，一旁摊开着报纸。式子走上前探看，果然是银四郎。银四郎似乎读得非常专心，完全没有察觉式子已来到身旁。

"银四郎！"式子出声喊道。

银四郎吃惊地抬起头来。

"你那么认真，在看什么消息？"

式子毫不客气地探看了一下，银四郎好像要遮掩什么似的折起报纸，塞到口袋里。

"没什么，只是浏览一下经济新闻。对了，时装发布会七点半结束，刚才你跑去什么地方了？我问过刚回来的富枝，她也不知道你去了哪里。"银四郎的眼镜框冰冷地闪了一下，露出微愠的神情，语带责斥。

"我和白石教授去吃饭呀。"

"什么？你和白石教授……"银四郎诧异地反问。

"嗯，白石老师这次来观赏时装发布会，他请我到银座的花树餐厅吃饭，餐后我们去护城河附近散步。"

"咦……白石教授看过时装发布会，还邀女性在银座用餐后散步，教授他最近真是悠闲呢……"银四郎调侃似的说着，脸上挂着嘲讽的笑容。

"不，那是因为我在飞机上给白石教授写了限时信，希望他无论如何要拨冗参加时装发布会。"式子连忙解释道。

"他可是一个讲究气派的人，居然会去看女孩子爱看的时装发布会，未免太时髦了吧。"银四郎语带挖苦。

"白石教授说，他虽然只是圣和服饰学院挂名的理事，但还是有必要来看看这类的时装发布会。"式子反驳似的说道。

"是吗，这种说法好像蛮冠冕堂皇的嘛。"银四郎依旧把话说得酸溜溜。

然而，式子感到纳闷，银四郎为什么那么在乎白石教授："我和白石教授去吃饭散步，你吃醋了？"她露出娇媚的笑容问道。

"你别乱说，我可不是那个意思。"银四郎否认道。

"既然不是，你为什么对他那么反感呢？"式子追问道。

"白石教授大概对你现在的生活方式提出批判了吧？比如，不要追求名声啦，要更重视自己啦，不要被媒体迷惑啦，要尽心投入第一流的工作啦等等，净是些大学教授的高调。我最讨厌这些陈词滥调了。你继承了父母亲的遗产，照理说可以过着悠闲优渥的生活，但你凭着一己之力，勇敢地开拓自己的人生。而对于这样的人，他却带着冷笑加以嘲讽，我最厌恶这种只会唱高调的大学教授的嘴脸了。"

说到这里，银四郎把桌上的鸡尾酒一饮而尽，说道："噢，已经十点了，回房间休息吧。明天我也要从第一场开始看起。"

"这么说，你突然赶来是为了参观时装发布会？"

"嗯，我得亲眼看看十大时装设计师作品展的反响，否则会影响到我在东京的事业发展。"

"咦？在东京的事业发展……？"式子惊讶地反问道。

"不过，目前还没决定，等有好消息，我会找你商量，今天晚上就……"银四郎突然用热切的目光看着式子的胸部。

来到式子的房前，银四郎从式子手中接过钥匙打开房门，拥搂着式子闪进房间。

"不行啦，万一被富枝撞见的话……"式子担心他们的事情被住在同楼层边角房间的富枝发现。

"不会啦，她刚才已经去银座游玩了。"

银四郎露出暧昧的笑容，随手关掉房内的电灯。接着，他用湿润的嘴唇亲吻着式子的肌肤，将式子紧紧地搂在怀里。式子飘飘然地沉溺在肆意的情欲中，脑海中却浮现出白石教授那端正严肃的身影来。顿时，一阵强烈的羞耻感袭向式子的心灵，但银四郎的温柔调情很快又把式子拉进更深的欲海中。

片刻后，式子正要从慵懒的倦怠中起身，银四郎说道："今后在东京的事业若越做越大，我就能借着出差办公的名义，大方地来跟你幽会呢。"

说完,银四郎女人般的纤柔细手再次把式子搂在怀里温存起来。

式子在一阵敲门声中醒了过来,一抹细碎的朝阳从厚厚的窗帘缝中射了进来。式子起身后,赶紧整理凌乱的床铺,确认昨天深夜离去的银四郎是否遗留下任何东西,才出声应道:"是富枝吗?进来吧。"

富枝从门缝中探头进来,说道:"哎呀,您还在睡觉,真是不好意思。银四郎交代我,务必赶快把昨天的时装发布会相关报道拿给您过目。"她将抱在右手的大堆报纸放在式子床上。

式子还耽溺在昨夜狂放的欢爱中,却不由得暗自佩服银四郎的冷静自持,想不到他一夜风流之后,竟然比自己早起,看完这次时装发布会的报道,并请富枝送报纸来,于是她带着兴奋陶醉的心情,摊开报纸浏览了起来。

主办这次作品展的O报,在妇女生活版的显著位置刊载了一张晚礼服照片,式样像平安朝的十二单般拖着层层长摆,充分呈现出丝绸纤柔的特性。照片下方印着几个大字:"*具有古典美学的时装设计师——大庭式子的作品*"。接着,式子又翻开其他五家报纸,这五家报纸同样报道了式子设计的晚礼服。文章指出,式子试图从日本传统服饰中找出新服饰设计的主题,其态度十分前卫,创意颇具特色,为目前低迷不振的服饰界注入一股清流。

式子放下报纸,背靠着床头,仰着头大大地吸了口气。这是她取得巨大成功的时候,充满自信与从容的习惯动作。

"富枝,今晚展出结束以后,我们找银四郎三个人到银座喝酒庆祝一下。另外,我还买了一个很贵的礼物要送给你呢。"式子语声欢快地说。

"这么说，今晚我不会被扔下不管，像昨晚那样孤零零地在饭店吃晚餐啦。我后来去了银座，其实也没什么意思。那时院长您去哪里了？"富枝略显抱怨地说道。

"昨晚我和前来观赏的白石教授在一起。不过，九点半左右就回饭店了，和银四郎在酒吧闲聊了一下，便一直待在房间呀。"

"噢，是吗？我也是那时候回来，可来到院长的房前，房内似乎已经熄灯了，我没敲门就回自己的房间了……"

富枝一如往常说着慢吞吞的大阪话，这时候，她的目光无意间看向床下，发现一张折了好几折的报纸，于是蹲下把它捡了起来。

"院长，这报纸……在股票栏的地方画满了红线呢。"

这份报纸是银四郎昨晚脱下西装外套时不小心掉下的。式子赶紧压抑住慌张的神色，强作镇定地说："噢，原来掉在这里，这信息蛮重要的，我得把它放在提包里呢。"

"连院长也开始关注股票消息，即表示股票市场不寻常。我觉得院长越来越像银四郎了。"富枝意有所指地说道。

"你说我越来越像银四郎，是什么意思？"

式子下了床，坐在梳妆台前若无其事地应道。其实她正透过镜子观察富枝的反应。富枝大概没察觉到，她抬起那拥有丰腴美人尖额头的脸庞，毫无防备地看向窗外，脸上没露出愠色，以温吞的大阪话说道："其实，这意思也不难懂。两三年前，院长整个心思只投注在如何设计服装和学校的教学，始终充满大阪名门千金的娴雅与自信，工作表现非常出色。但是近来，您完全把学校的事情丢在一旁，沉浸在华丽的时装发布会和为电影设计服装等，全想些如何快速扬名立万的事，这和银四郎精于算计的作风岂不是一样呢。"

"富枝，这是你个人的意见吗？或者说伦子、胜美和其他教职员也都是这样看我……？"式子紧盯着镜中的富枝问道。

"我不知道其他同事怎么想，但学校的规模越大，服装设计师大庭式子的名声就越加响亮。可是您脱离学校越远，最重要的才干就随之消失，总觉得对您是一大损失……"富枝映在镜中的白皙脸庞，突然像在思索些什么。

式子望着富枝深思的表情，回想起这两三年来的事情。这段期间，她一天到晚只与银四郎往来，连和贴身弟子讲话的机会也没有。式子暗自吃惊的是，这个平常行事低调，不像伦子和胜美那般能言善道的富枝，竟比她们更能向她提出更冷静的批判。

传来敲门声之后，镜中出现银四郎穿着深色西装的身影。他只在东京待两天，昨夜穿着浅色西装，今天却已换上黑灰色西装，领口系着蝴蝶结，胸前口袋露出一截白手帕。他朝坐在梳妆台前的式子瞥了一眼，说道："还没换好衣服啊？动作若不快点，可赶不上展出的开幕时间哦。"

接着，他拿起展放在床上的报纸："这次的十大时装设计师作品展，几乎所有的镁光灯焦点全聚在大庭式子的身上，你可以说是独领风骚啊，而且大后天又逢我们京都连锁学校的开校典礼……这阵子，就数你名利双收了。"

说完，银四郎从西装上衣口袋里拿出一支细长的塑料尺，在报纸上测量起来。

"你在量什么？"富枝神情纳闷地问道。

"我在看这篇免费广告有多大。近来，每当有式子院长的相关报道，我就用折叠尺加以丈量。有了这种尺子，无论在电车或汽车里都能马上量出来。"

银四郎说着兴致勃勃地用指尖压着那支便携型、有伸缩功能、长约七厘米的塑料尺。

银四郎口头上说是为了十大时装设计师作品展的反响而来的，但来到产经会馆后，并不关心舞台上的展出，而是朝来宾席搜寻着，急忙趋前与纺织公司、贸易公司和百货公司的营销经理熟门熟路地打招呼，有时还带他们到走廊上热切地交谈。

一如昨天，式子把协助模特穿戴衣服的差事交由富枝处理，自己则站在走廊角落，和洋裁学校的相关人员及妇女杂志的编辑轻松交谈着，不过她仍偷偷地朝银四郎递送眼神。

银四郎那白净俊俏的脸庞戴着闪闪发光的无框眼镜，一袭缝制合身的深色西装，领口和袖口的部分做得恰当贴妥，显示出他对缝制细节的讲究。对方每次讲话的时候，银四郎便露出温和的笑容，接话似的频频点头。温和谦恭的态度，让对方安心不已，他们便趁兴谈得热烈，不时发出愉快的笑声。式子看在眼里，不由得被银四郎这种长袖善舞的交际应酬本领深深吸引。他那大阪良家子弟般的样貌和打扮，操着一口流利的大阪话，面带微笑的柔软身段，任何人看来，都不会认为他是个精于算计和充满野心的人。也许是银四郎巧妙的机灵应对让对方感到安心，对他不加设防，于是不知不觉间对方便掉进了他设计的巧局里。式子对这个比自己小五岁、攻于心计又有商业才能，在短短几年内就把学校规模扩大并把她捧成著名服装设计师，以及做任何事都充满旺盛精力的身影，涌生出无比的依赖感。

"大庭老师！"

有人喊着式子。式子回头一看，自己竟然不知不觉间已走出走廊的角落，独自站在临窗的地方。

"大庭老师，有位先生想见您……"柜台的年轻女职员以眼神示意着走廊的角落说。

一名体格壮硕、穿着西装、浓眉、眼神和善的男子，脸上带着笑容走了过来。原来是三和纺织的野本敬太。

"老师，恭喜您这次的展出圆满成功啊！"野本谦恭地寒暄道。

"过奖了，谢谢！最近都不见你到学校，我还以为你怎么了呢。这次是刚好来出差的吗？"

"不是，半年前我已转调到东京分公司了。这次刚好O报社举办了大师时装作品展，无论如何我都想来看看。"

"这么说，你这半年来都没和伦子见面了？"式子同情野本的处境似的说。

"我和她在一年前就已经分手了。"

"什么？你们一年前就……"式子惊愕地反问道。

"是啊，这样或许她会更幸福些……"野本落寞地说到这里，便噤口不语了。

"野本先生，最后一场展出结束后，我和银四郎以及富枝三人，要在银座的滨作餐厅聚餐，你也一起来吧。"

"可是，我，那样……"

式子看到野本支吾婉拒的表情，便补充道："那么，我们就等候您的大驾光临啦。"没等野本回答，式子便迈步离去了。

餐桌上已摆好料理，式子拿起筷子品尝平日常吃的裙带菜、酱卤嫩笋和盐烤鲷鱼，但今天坐在银座滨作餐厅二楼的包厢里品尝着关西料理，总觉得味道是如此不同。这里的每道关西料理无论就讲究用料和调味都得到充分发挥，连装盘样式都展现出关西的四季风格。

银四郎和富枝对面前的料理似乎兴味索然，不像式子那样仔细欣赏着装菜的器皿，也不是在品尝料理的味道，只是机械性地动着筷子。对银四郎来说，与其在雅致的日式餐厅里吃怀石料理，不如到饭店的餐厅或装潢豪华的餐馆，在众人的注目下热闹地吃一顿晚餐。不过，式子已被这两天来六场公演的时装发布会弄得筋疲力竭，只想在榻榻米上轻松地吃顿晚餐，好好休息一下。

一阵轻轻的脚步声响过后，又端上新的料理来了。打开碗盖一看，碗内装着京都产的虾芋、幼鲷以及卤款冬。透明青翠的款冬和树芽显得水灵灵的，式子舍不得吃，小心地把它夹在筷尖上。银四郎见状，不以为然地说："你这动作宛如老人家的兴趣，居然把一小块日本料理夹在筷尖上……"

"这对面的座位，是谁坐的啊？"银四郎看着壁龛前始终空着的座位问道。

"这个位子吗？是个会让你感到意外的人的位子。"式子恶作剧似的笑着。

"是白石教授吧？"银四郎不无所动地说。

"白石教授哪有闲工夫连续两个晚上陪我吃饭呢。"式子笑着含糊带过。

"你到底是邀谁了呀？"

"野本，就是三和纺织公司的野本呀……"

"咦？野本？"银四郎的脸上顿时掠过一丝慌张的神色，"野本的确是稀客，难不成他是专程从大阪来观赏这次的展出吗？"他露出和蔼可亲的笑容。

"噢，你还不知道吗？野本半年前就已转调到东京分公司来了，今天他是专程来会场向我们打声招呼的。当我提到伦子的事情，他的表情很尴尬，极力回避这个话题，只说他们一年前就已分手。近来，我看到伦子总是打扮得宜，举止也稳重从容，我还以为他们现在还在交往呢！"

式子若无其事地查看银四郎有何反应，但银四郎竟然抬起头来，说道："噢，这些事我一点不知道。这阵子本校那边事务繁忙，我几乎没时间去甲子园分校。说也奇怪，野本怎么这么晚还不来呀。"这口气仿佛在抱怨野本为什么迟迟未到。

清汤端上桌的时候，依然不见野本敬太到来。难道他突然有急事要办，或是不方便出席这样的聚餐？对严守时间的野本来说，迟迟尚未现身未免有些奇怪，专程为他留下的位子却一直空在那里。

"这么晚了，他真的会来吗？"银四郎晃了晃手上的金表，确认似的问道。

式子不知如何回答。在产经会馆的走廊上，她硬是对执意推辞的野本说等候他的光临，但她并没有听到野本明确的答复。话说回来，野本既然都专程来产经会馆向式子寒暄致意了，式子邀他共进晚餐，应该没有理由缺席。

"富枝，你看野本今晚会来吗？"式子对始终摆出事不干己的态度，只顾着吃饭的富枝问道。

富枝慢吞吞地放下手中的筷子，切中要点地说："这很难讲呀。野本先生看起来忠厚老实，也很有男子的气概，虽然您热情邀约，但如果有些情况他不便在场，也许就不来了吧。"

"可是，野本并没有不能来的苦衷，难道因为伦子的关系，让他在这里感到气氛尴尬？"式子试图从富枝的话语中得到些许信息。

"这个我也不大清楚，在进出我们学校的男士之中，我总觉得野本和白石教授给人一种男子的气概，我蛮喜欢这种气质的。"富枝毫不掩饰地说。

"那我这个人怎么样呢？"银四郎玩笑似的插嘴道。

"你嘛……"富枝直盯着银四郎的脸庞，最后有些难为情地说，"我对你完全不了解，只知道你是大学毕业的高材生，而且很有经商才能。"

富枝这不经意的答复深深触动了式子的心。即使她已和银四郎上床无数次，她也不比富枝更了解银四郎真正的想法。

这时候，包厢的拉门突然拉开，女侍悄悄地来到式子身旁："刚才楼下来了一个男客人，他说有急事要办，不能上楼来，托我务必将这东西交给您。他不顾我的挽留，就转身离去了……"女侍把一个白色信封和一个纸包放在式子身旁。

式子翻过信封底一看，上面用钢笔写着四个粗犷的大字"野本敬太"。式子急忙展信阅读：

　　承蒙您盛情邀宴，但我还是决定不出席了。因为我怕席间会讲些不得体的话，何况又有其他宾客在场，所以我到楼下就止步了，请您见谅！

　　另外，恕我送上两个纸包。大纸包里装有东京的海苔，是送给老师您的特产，请您笑纳。至于小的纸包，劳烦您转交给津川伦子小姐，信封内装的是去年底我用年终奖金购买的蛋白石耳环。这是她两三年前就想要的生日礼物，这次因为没机会亲手交给她，只好厚着脸皮劳烦您代为转交。这东西若由您交给她，相信她会高兴收下的。

　　也许哪天我又会调回大阪总公司服务，到时候必定前往贵校拜访，请您像以往那样不吝指教！

这封信正如性格笃实的野本，没有华丽的词藻，写得简单直率，正因为如此，反而显露出野本温柔敦厚的性情。

式子没收起信，而将目光投向放在榻榻米上的纸包。那印有圣诞树图样的包装纸，或许留在野本手上有四个月之久，整个包装纸都起毛磨损了。式子小心翼翼地在手中掂了掂，小小的纸包里，果然有耳环般的微重感。那只耳环与戴在式子耳垂的白金翡翠耳环相比，其价值根本是天差地别，但它想必是野本每天忍受着高峰时段的拥挤电车，花了半年辛勤工作所得的奖金所买的礼物。野本对伦子的深情爱恋深深打动着式子的心。

"这个人也真是的，都来到楼下了，居然不上来，未免太失礼了。"银四郎责怪野本不懂礼数。

式子默默地把放在桌上的信递给了银四郎。银四郎接过信以后，手肘支在桌子上，快速地浏览了一下，嘲讽地说："噢，这是'我用年终奖金买的蛋白石耳环……'，这不外乎是上班族惯有的甜言蜜语嘛！"

"野本才不是会说甜言蜜语的人呢。他做人憨厚老实，用自己辛苦赚得的奖金买了耳环送给女朋友，他显然是个性情温柔的男人。"富枝反驳银四郎的说法。

"这么说，以后我至少也得买耳环送给女朋友，或写写这样的情书才行？"

语毕，银四郎在手中把玩着野本的信。对式子来说，野本今天没来虚应场面，而是拒绝聚餐并留给她这封信，让她意外地了解到了野本与伦子之间纠葛的关系。

天空与海

　　从二见浦到鸟羽，公路下方就是广阔的伊势湾。白色的浪花不时飞溅到沿着海岸奔驰的车窗上。过了鸟羽，公路也到了尽头，车子突然从沿海公路转进乡村小径。车子顶着暑热犹存的夕阳，沿着四周净是农田的乡村小径蜿蜒前进，车后随即扬起了阵阵烟尘。

　　式子为避开从车窗射入的刺眼夕阳，疲惫的身子往后靠。她感到全身疲倦，而这种沉重的疲惫，好像铅液逐渐注入她的四肢。

　　今天早晨，式子搭"燕子号"列车从东京车站出发，行驶至名古屋附近时，银四郎突然提议说，为庆祝这次时装发布会成功，顺道去志摩半岛游逛一番。式子因为这一两个月来服装的制作和两天来在东京的奔波，弄得筋疲力竭，很想直接回大阪去，但看到银四郎如此积极地查时刻表，富枝也嚷着要去，实在不好意思拒绝。于是他们在名古屋换乘近铁电车，来到宇治山田，从那里坐上出租车直奔志摩半岛的贤岛。从名古屋到二见浦这段路程，银四郎和富枝兴奋地聊个不停，过了鸟羽附近，大概是讲累了，便靠着椅背打起盹来。

　　随着两旁的农田坡度越加倾斜，林荫越来越深，式子慢慢感觉到车子接近幽静的贤岛。式子坐起身子，看着车子前方。在黄昏的薄暮中，依稀可见稀稀落落的村庄，远处的天边有几朵晚云在飘动着。那一带可能就是海天一色的贤岛尖端吧。

式子凝望着静静飘动着的云彩回想着。这两三年来，她几乎让银四郎牵着鼻子走，整个心思都花在如何获得名声和扩大学校规模上，连片刻的安养休息也得不到。这时候，银四郎突然提议在名古屋换车绕道去志摩半岛游逛，也许是出于体恤她的辛劳吧。她越过富枝的肩膀，悄悄地望着银四郎。只见他那俊俏的脸庞靠着车窗，女人般的嘴唇轻轻地呼出气息，看起来多么年轻秀丽啊。

"噢，已经到这乡下来了？"富枝动了动肩膀，带着睡饱后的清爽表情说，"好几年没来这么僻静的地方了……"

富枝立起身，身子探出车窗外。车子正登上小小的坡路，蓦然，山丘上露出别墅般的红色屋顶，原来是志摩观光饭店。在薄暮中，简朴的北欧式建筑呈现出农舍的墙色。上了山坡，车子的引擎声变小，缓缓滑进饭店的大门前。

饭店座落在高处，从客房可以眺望对面海上的英虞湾。傍晚时分，深山环抱的海湾，海面上没什么波澜，如同平静的湖面。散布在海湾内的大小岛屿好像盆景里的假山，透出淡黑色的岛影。而漂浮在附近岛屿间，组成棋盘式的珍珠养殖筏在夕阳的余晖下闪着亮光。

式子被这略带寒意的静谧海湾所吸引，伫立在窗边。不久，远方传来涨潮声，晚风徐徐吹来，落日余晖逐渐消失，天色暗了下来。式子闭上眼，仿佛之前的繁忙和喧嚣已消失得无影无踪，一种置身于大自然怀抱、宁静安闲的满足感盈满胸中。

蓦然，式子觉得背后有人，回头一看，原来是银四郎。他不知什么时候进来的，也没敲门。他似乎刚洗完澡，身上散发着古龙水味，白皙端丽的脸庞显得更加年轻有光泽。

"你一个人在做什么？"银四郎走到式子站着的窗边，刚洗过的脸迎着吹来的晚风。

"这地方既幽静又漂亮，好像在明信片或摄影特辑上看到的北欧景色，我很早以前就想到这种地方旅行了。"式子望着已昏暗不清的英虞湾，语气羡慕地说道。

"有机会的话，你就去一趟呀，比如从北欧到巴黎……"

"咦？"式子不由得看着银四郎。

"不过，你可不是去游山玩水。现在已成立连锁学校，学校的组织也比以前健全，你得趁现在身为学校校长，又是著名服装设计师时，将日本和巴黎之间的洋裁事业有效地整合。目前我还没有具体方案，但只要是流行、崭新、有意义的事业，我们都不能放过，得不断推陈出新才行。"银四郎的口气像待在办公室般公事化。

银四郎这么一说，式子眼前的美景顿时消失得无影无踪。

"想不到身处在这么美丽的自然景色中，你还只想着做生意。我呀，每次置身在大自然之中，就兴起巴不得离开竞争激烈的服饰界、短暂休息的念头呢。"

"你这只是一时的感怀而已。女人看到或听到浪漫的事物时，常会有这种莫名而甜蜜的感伤。可是曾经迷恋过名声和事业的女人，想法就特别执着，不可能那么简单从既得的东西中逃脱出来。走着瞧吧，只要你回到大阪，不出三天，这种感触就会像患小感冒般地不药而愈了。"银四郎调侃似的对式子说。

"吃饭去吧，富枝正在楼下等着呢。"银四郎说完，率先走出房间。

餐厅里，外国观光客和一眼便知是蜜月旅行的年轻夫妇正对坐着，愉快地享受晚餐。式子看到银四郎和富枝坐在紧靠里边窗口的座位，急忙走去。当她来到桌旁，发现银四郎旁的落地灯下坐着一个人。她惊讶地抬头看去，身穿深色西装的对方比式子先站了起来。

"噢，是曾根呀……"式子不由得惊愕地瞪大眼。

曾根眨了眨明澈的双眼，久别重逢似的望着式子："在大阪的时候，几乎很少与你碰面，想不到却在这里巧遇！这次，我因为要写篇报道，特地来调查珍珠养殖的实际情况，刚刚抵达饭店，明天清晨就要前往多德岛去。"

"哎呀，一起用餐吧。"式子在曾根的对面坐了下来。

一段时间不见，瘦削的曾根英生显然胖了些，原本神经质的苍白脸庞也比以前柔和了。

"曾根，我觉得你好像变了个人似的呢。"式子一边摊开餐巾，一边说道。

"是啊，刚才我在走廊碰到他的时候，看到他变化如此之大，也大为吃惊呢，以前那些呆板的书生气全不见了……该不会是结婚了吧。"银四郎毫不顾忌地说。

"才不是呢。最近我忙得团团转，哪来闲功夫想结婚的事。真要结婚的话，你可能比我早呢，因为你身旁多得是结婚对象。"曾根表情认真，"结婚嘛……结婚这种事得双方仔细考虑才行啊。"

银四郎若无其事地改变话题："对了，我好久没见到白石教授了，听说他来观赏式子院长的时装发布会，会后他们还一起在银座共进晚餐呢。"

银四郎语毕，曾根惊讶地望着式子："白石教授来观赏时装发布会？"

"是啊，我在飞机上给他写了封限时信，诚心邀请他光临指教。"式子平静地注视着曾根的脸。

这时，曾根明白其中经纬似的点点头："是吗？想不到老师居然会去看时装发布会，而且还与别人一起在银座用餐。"他明澈的眸子看着式子："白石老师是个自律甚严的人，正因如此，他若信任对方，就会向对方提出近乎严苛的要求。这种处世态度，正是我们这些学生最为钦佩的。"

"我虽然不是白石教授的学生，但他的处世态度我可非常敬佩呢……"富枝突然插嘴道。

曾根有点不快地望着冒失的富枝。

"对不起，这位是我们学校的教员大木富枝，她虽从未与白石教授交谈，却是他的崇拜者呢。"式子缓颊似的说道。

"崇拜者？崇拜者也有各式各样的呀。"曾根若无其事地说道，然后拿起桌上的叉子。

晚餐结束后，一行人来到大厅。明亮的大厅里弥漫着酒足饭饱后的笑声和喧嚣，许多房客愉悦地坐在沙发上。

银四郎翻开晚报，知道今晚有职业摔角的现场转播，便坐在电视机前。富枝也无所事事地坐在他身旁，式子则想到铺满草坪的宽广庭院散步。

"曾根，要不要到外面走走？"式子望着玻璃窗外说。

"如果大庭小姐不介意的话，我乐意奉陪……"曾根态度客气地说，随着式子从大厅的露台走向庭院。

四月的夜晚，潮湿的空气让人感到微凉。占有半座山丘的庭院一直延伸到英虞湾，黑暗中依稀可辨远方淡淡的渔火。

式子来到庭院的中途，停下了脚步："曾根，你为什么那么尊敬白石教授呢？"

式子想起刚才在餐桌上谈到白石教授时，曾根推崇的表情。黑暗中，曾根似乎在找寻适当的语言，伫立在原处。

"白石老师所写的《法国文学的思想性》，在日本堪称法国文学研究的杰出论文，也是一篇传世之作。研究法国文学的人，若没阅读这篇论文，便无从深入研究。我们就是因为仰慕老师严谨的治学态度，而进入法文系就读的。听说老师花了八年的时间才完成这篇论文，在那期间完全摒除所有的社交应酬和杂事，以致后来有人说，师母去世这件事，与他埋头研究不无关系。所以每次看到老师勤奋治学、严以律己的生活态度，总给我一种稳定心性的力量。"

曾根这番恳切而敬仰的话语，深深打动了式子的心。式子这才知道白石教授是研究法国文学的专家。于是，她再次回想起白石教授那番令人深思的话语来："要学习一样东西，不管是哪个领域，一旦要学，就要把它学个彻底。所以你应该到法国去，学习正规的时装设计。"

"曾根，我很可能会出国，不是今年年底，就是明年初春……"

式子这样一说，曾根露出些微惊讶的表情。

"这样很好啊。刚才我听银四郎说你又在京都办了一所连锁学校。不过，我实在想不通，你为什么要扩大学校的规模，让自己忙得不可开交，虽然名声响亮……话说回来，摆脱这些烦杂的事务，暂时离开日本也很好。知道你的情况后，我也安心了。"

曾根霎时用深情的眼神凝视着式子："外面已经有点凉了，你应该回房间休息了。我和银四郎好久不见，在酒吧喝点小酒再回房睡觉。明天清晨，我就要出发，没时间和你打招呼。请多保重，一切顺利！"

语毕，曾根径自朝大厅的方向走去。

富枝浑身热烘烘的，脑袋昏沉、两眼晕醉，每次大口吐气时，那酒味便罩满整张脸，挥之不去，连躺在草坪上的身体也充满酒臭味。

刚才，曾根邀银四郎和她三人在饭店的酒吧喝酒，她喝得酩酊大醉，到现在那酒臭味还久久不散。她喝的是一种珍珠色泽的鸡尾酒，味道很甜，听说是女性的最爱。加上银四郎和曾根像回到学生时代般热闹地谈个不停，气氛非常热络，可能是这欢快的气氛让她十分放心，而喝得过量了。幸亏式子院长先回房休息了，否则被她瞧见自己醉成这副德性，保准挨骂。

富枝抬头望着天空，吐着浓浓的酒臭味。漆黑的天空中繁星点点，仿佛被夜露浸湿得更为闪亮，看上去是那么低、又离她那么近，好像用力一吸，就可以吸进嘴里。她在草坪上大大地翻了个身，夜露浸湿的草坪，令她灼热的身体感到清凉舒爽。在这种清凉的快意中，方才曾根谈到珍珠的故事，蓦然掠过她的脑际。

"你所看到的那纯白无瑕的珍珠，是在所有珠宝中，以最残酷的方式制成的。首先用钳子撬开珠母贝，剪下外膜，然后移殖到其他珠母贝的生殖巢里，再植入珍珠核，最后放入养殖笼里，沉入海里数年，珍珠核的周围就会形成珠层，变成美丽的珍珠。简单说，人们先弄伤母贝，塞进异物培养珍珠，然后再撬开母贝，抽掉贝柱、挖出内脏、取出珍珠，这种制作珠宝的手段，未免太过残酷，根本谈不上什么浪漫气息！"

听到这里的时候，富枝脱口而出："这很像是银四郎的作风嘛。"

"看你蛮温厚的，没想到说起话来却一针见血！"

曾根尴尬地笑了笑，只见银四郎一边喝着白兰地，一副不干己事地说："发明养殖珍珠的人实在很有意思，居然懂得把珍珠核塞到珠母贝里，让它慢慢长成珍珠，然后配戴在高傲女人的脖子上，大赚她们的钱。这实在是奇特无比、充满讽刺意味，又不失幽默的创意啊！"

说完，银四郎兀自笑了起来。也许是这种笑声令人很不愉快，曾根突然尴尬地沉默下来，整个气氛变得异常沉闷，富枝就是在这时候从酒吧逃出来的。

夜色漆黑，富枝再次在无人的草坪上大大地翻了个身，尽情舒展双臂。青草散发着热气，落在草坪上的夜露，差点从手指间溜逝。她抬起头来，突然发现附近有人。

有个男子的身影在黑暗中向她走来，同时还传来一股酒臭味。

"你一个人在这里做什么？"银四郎顾忌着周围的动静说道。

富枝立刻坐了起来："我喝得酩酊大醉，想在这里借夜气清醒清醒。其实，我应该像式子院长那样早点回房间休息才对。"

说完，富枝要站起身的时候，银四郎脚步摇晃地贴到她背后："托酒醉之赐，岂不是让我们俩有独处的机会吗？"

银四郎的手正要伸向富枝的胸部，富枝赶紧闪身躲开，一本正经地说："噢，这回轮到我了吗？"

"你在说什么呀？"银四郎故作不解。

"在伦子和胜美之后，我算是第三个吗？不，如果也算进式子院长的话，我是第四个吧？"富枝挖苦似的说。

黑暗中，银四郎顿时不吭半声，似乎有所犹豫，但旋即点了根香烟说道："既然你都知道了，我也没办法。"

打火机的火光中照映出银四郎略带酒气、晕红的俊俏面孔，那迷人的嘴唇微微颤动了一下。

"你为什么知道这些事？"银四郎单刀直入地问道。

"我平常看起来粗枝大叶，大家对我比较没有戒心。伦子和胜美她们俩争强好胜，私底下斗个没完，对我几乎没有防备。式子院长比较提防她们俩，对我倒不放在心上。于是我将计就计，装作傻姑娘似的，这样我反而有机会看清楚她们在做什么。比如，伦子在福利社的进货价格上动手脚，胜美大白天外出翘班，以及前天晚上你们在日活饭店的事情……我故意装作去银座闲逛，其实我始终待在自己的房间里，窥探着院长房间的动静。你进入院长的房间后马上关灯，这些事我都知道，但说了也得不到好处，所以我暂时不会说出去，等对我有利的时候再说。"

"对自己有利的时候，是什么时候？"

"比如，就像现在……"

银四郎神色惊讶，但旋即恢复冷静："看不出你是个令人跌破眼镜的狠角色呀，但这么一来，反而……"银四郎的胸部直贴富枝的脸庞而来，富枝连忙闪身，用讥讽的口吻说："我现在就去告诉式子院长！她若是知道这件事，到时候你精心养殖的珍珠，可全要丢到水沟里呢。"

"好，今晚算我输了。趁我还没有进退失据的时候，先就此休兵吧。不过，以后我还要和你商量对我们彼此都有利的事情呢。"

银四郎说着，随手把叼在嘴上的香烟往草坪上一丢，转身离去。

枕边的电话叮铃铃地响个不停。拉起厚重窗帘的房里还有些阴暗，富枝抬头看着放在床头柜上的手表，已经八点半了，她急忙拿起话筒。

"富枝，你在做什么呀？我跟银四郎已经起来等你一起吃早餐了呢。我们要坐十二点从宇治山田发车的'浪花号'回大阪，你还在睡懒觉，实在太散漫了！而且明天还有分校的开学典礼呢。今天会非常忙碌，可由不得你这样拖拖拉拉。"话筒里传来式子的训话。

"对不起，我睡得太晚了……"富枝连声赔罪，放下话筒，简单地洗把脸，连紧身胸衣也没穿，就在长衬裙外套上衣服。她好像宿醉未退，头痛欲裂。

走到餐厅的时候，富枝看见式子和银四郎坐在窗边的位子上。他们安静地相视而坐，明亮的朝阳洒落在他们的背上，乍看像一对幸福的夫妇。式子严厉地瞥了一眼迟到的富枝，银四郎似已忘却昨晚发生的事，露出亲切的笑容："想不到平常做事谨慎的富枝，今天居然睡过头了。"

"对不起，让两位久等了。昨晚我实在喝太多了……"富枝辩解着，正要坐下来，喝着番茄汁的式子立刻放下杯子，斥责地说："什么？你居然喝那么多啊？我只是请你替我陪陪曾根而已！"

"可是曾根谈到养殖珍珠的事情，非常有趣，就一时走不开了。"

"噢，曾根讲了些什么事情？"式子似乎对富枝的话题感到兴趣，追问道。

"他说，珍珠是一种透过残酷的养殖过程所培养而成的珠宝。首先，要撬开珠母贝，然后塞进珍珠核，等它长成美丽的珍珠后，又得撬开珠母贝，取出贝内的珍珠。所以整个养珠的过程极为残酷。您觉得他把珍珠的一生比喻成女人悲惨的一生贴切吗？"

式子眨动着眼睛。

富枝漫不经心地说："后来，我为了让自己清醒，一个人到庭院去，躺在草坪上休息，这时候银四郎来了……"

听到这里，银四郎无框眼镜下的眼睛动了一下，富枝确认过他的眼神之后，继续说道："他提醒我说，今天要早起，要我早点睡觉。"

富枝恶作剧似的说完后，银四郎这才如释重负地舒了口气。式子似乎还想着刚才提到珍珠的事，没注意到银四郎的表情，默默地吃着燕麦粥。蓦然，她抬起头来。

"你不是还在宿醉吗？怎么大清早就聒噪个不停？快吃完早餐，去嘱咐柜台服务人员为我们准备到宇治山田的车子，得出发了。"

式子像要封住富枝的嘴巴似的命令道，然后不悦地舀动着汤匙。

嘟　囔

　　式子走下讲台，紧接着由胜美致辞，富枝站在式子的背后凝视着台上的胜美。胜美穿着黑色丝绸套装，比平常看起来老气，但也因此多了身为分校校长的冷静与威严。她眨动着明眸大眼，说道：

　　"如同刚才式子院长所说，我们京都圣和服饰学院是从本校设在大阪的圣和服饰学院发展出来的分校。因此，尺寸、制图、教材等授课内容，全由大庭院长直接指导，学生的结业资格与本校生无异，都予以承认。也就是说，各位学员虽然在京都，但通过分校的学习环境，可以向目前在服饰界引领风骚、成为话题的大庭洋裁学习到最卓越的服饰造型设计。"

　　富枝边听胜美激昂致辞，边观望着学生的反应。由于学校是借用大楼里的五楼，没有礼堂，而是将两间教室中间的隔板拆开，作为临时会场。将近八百名的学生几乎站满整个会场，与大庭院长的致辞比起来，她们反到比较有兴趣聆听比式子年轻的胜美的讲话。

　　"……正如我刚才所提的，我们采取分校教学，在全国的洋裁学校当中可说首开风气。简单地说，通过在分校的组织，大庭洋裁将普及日本各地。各位在这里学到大庭洋裁后，将可以在任何地方发挥所长……"

富枝望着越说越激昂的胜美，暗中盘算着胜美身为这所分校校长的收入。一个学生每月的学费是一千日元，以分校八百名学生计算，分校每月可收得八十万学费，其中的四成是纯利，也就是三十二万，身为分校校长的薪水约可拿到六万四五千日元。以每月薪资约一万二三千的公司职员来看，这样的薪资是他们的五倍，但从付出的辛劳而言，这不算是什么高薪。也许式子院长只是表面上对银四郎言听计从，任其摆布，真正的用意是利用银四郎来增加自己的名声和扩大学校的规模。而胜美和伦子与银四郎做这样的交易，未免太不划算了。比如，伦子在福利社用品进货价格上动手脚，每个月顶多赚个七八万日元当副收入。问题是，胜美和伦子都比富枝聪明伶俐，又有才智，却这么轻易受银四郎玩弄摆布，实在令人不解。

伦子站在富枝的左侧，她的侧脸非常漂亮，富枝不让她发现似的向后退了一步，朝站在胜美讲台旁的银四郎望去。他穿着双排扣的西装，领口系着蝴蝶结，手握流程表，态度恭谨地站着，他那无框眼镜下的眼睛眨也不眨，直盯着台下的学生。银四郎向来擅于精打细算，现在他大概正按学生的人数，计算着学费收入和各项支出，看能得出多少利润。不过，他却装出学校理事的谨慎模样，宛如正派人士。富枝回想起刚才在走廊与银四郎擦身而过时，他在她耳畔说的那句话：今晚六点，在心斋桥的鹤巢见面。但富枝在心中嘟囔道：我才不会和你银四郎做划不来的交易呢。

鹤巢餐厅十分幽静，令人难以置信的是，它就紧邻在喧嚣的心斋桥街。富枝将手放在瑞典式椅子的扶手上，频频看着手表。银四郎明明约定六点见面，但现在已经六点半了。

京都分校开学典礼结束后，富枝随式子院长坐车回到大阪，等做完本校的工作，六点整才赶到鹤巢餐厅。富枝不知道银四郎为什么选在热闹的开学典礼时，背着式子院长和胜美的目光，在走廊上偷偷地约她今晚在此见面，但对于他选在胜美最得意的日子偷偷地约她出来感到兴味盎然。

银四郎疾步而来的身影终于出现了。银四郎刚才系着的黑色蝴蝶结不知几时已换成华丽的条纹领带，他来到桌旁，煞有介事地说："开学典礼结束以后，因为要把身份证和上课证发给学生，还得核收入学金和学费，花了不少时间，就这么迟到了。"

其实，开学典礼结束不久，几乎没有学生会缴学费，照理说花不了多少时间。富枝想起典礼结束后胜美对她说的那番话来："富枝，今天辛苦你了，本来想带你去京都走走，顺便饱餐一顿，但今天我刚好跟朋友有约，只好等下次再去啦。"这番话颇有慰劳部属的意味，不过她所说的朋友很可能就是银四郎。胜美在开学典礼这天因为得意洋洋，不小心说溜了嘴，富枝为胜美的得意忘形感到可笑。

"你是怎么跟胜美说，才来这里的？"

"什么……？"银四郎顿时语塞，随后尴尬地笑了笑说，"你这个人外表看似迷糊，讲起话来总令人无从招架呀。"

"你今天找我来，到底是什么事？"

"哎呀，先别急嘛，我们边品尝这里的招牌牛排，再慢慢聊嘛。"银四郎点了两份牛排，喝完啤酒以后，突然说道："我想听听所谓对你有利的事……哎，我这个人比较性急，在志摩半岛的时候，我不是说过，以后还要找你商量吗？"沉吟了一会儿，银四郎继续说道："因为我在志摩吃了败仗，所以想早点让事情有个结论。"他若无其事地说："伦子目前担任甲子园分校的校长和福利社用品的采购者，胜美则调到京都分校负责校务，你想不想在什么合适的地方，主持一所洋裁学校呢？正如今天胜美在开学典礼上的风光一样，只要自己主持一所洋裁学校，旗下有几百名学生，等于在服饰界打下自己的地盘，身为一名服装设计师，今后不需多久就能快速走红。"银四郎打算借此挑起她们之间的竞争意识。

富枝像平常那样面无表情地听着，等银四郎话一停，便冷淡地说："我对洋裁学校的校长啦，或成为著名服装设计师啦，一点兴趣也没有。我感兴趣的是那些重视外表的人想象不到的。"

银四郎先是愣了一下，随即挤出一抹冷笑："噢，你感兴趣的是什么事？"

"我想拥有一间工厂……"

"咦？"银四郎愕然反问道。

"我想拥有一间专制西服的工厂。洋裁学校太过竞争，许多洋裁学校成立不久，都因招生不足经营困难，随即关门大吉。而所谓著名服装设计师之间的竞争更是激烈，她们就像受市场左右的人气商品一样，难免大起大落。相反的，成衣工厂就没这方面的问题，只要有相应的设备，踏实地接单缝制，缝制技术也会跟着累积精进起来，这样就能稳定发展。问题是，它不能像开设洋裁分校那样，先简单筹措资金，借个办公大楼，就能办起来。"

富枝打量着银四郎的表情，继续说道："我粗略估算一下，我需要一个六十坪的厂房，三十台缝纫机和包括人体模型到熨斗等各项裁缝用具。洋裁学校每个月可向学生收取学费，相反的，成衣工厂得付薪资招募女裁缝，所以一开始就得投下四百万左右的资金。在此之前，式子院长接受厂商、贸易公司和百货公司等委托设计服装，只赚取设计费，等于卖断设计创意，这样太不划算了。而我经营的成衣工厂，只承接订单，把缝制的成品卖出去，这样既划算又可还本。目前，各地成衣工厂的女裁缝大都不懂制图和试样，每次缝制造型困难的服装总是剪裁不出令人满意的立体轮廓，白白糟塌了卓越的设计创意。所以我要招募懂得制图和设计的洋裁学校毕业生，加入缝制的行列，大家只要提到这样的工厂，就会联想到这是服装设计师的工坊，或是由大庭式子服装设计师主持的圣和缝制厂制作的。"

富枝操着慢吞吞的大阪话，像排列似的道出三年前就已在她脑海中描绘的理想愿景。银四郎一边吃着牛排，一边喝着啤酒，耳中听着富枝的陈述，等富枝一说完，他便苦笑道："我倒是头一次听到别人道出心中的秘密啊！"接着，像观察富枝的反应似的说："你看起来最不醒目，好像很憨傻，可是所谈的交易却这么吓人。不过，我也不能不答应你，因为你手上握有一张王牌，你随时都可能把我和伦子、胜美之间的关系告诉式子院长……"

银四郎语毕，富枝突然呵呵地笑了起来。

"看来今天我并没有沾上便宜，但你提出的条件我会仔细考虑，最后拟出对我们双方都有好处的方案。"说完，银四郎放下手中的叉子，拿起洁白的餐巾擦了擦他那美丽的嘴唇。

伦子独自吃完饭以后，合上居家长袍，便躺倒在床上。

一闭上眼睛，今天早上京都分校开学典礼的热闹景象便在她的脑际萦绕不已。她感到心烦，于是睁大眼睛盯着天花板。但老是望着这栋钢筋水泥建筑的公寓天花板木纹，也不能排遣烦闷。隔了一会儿，开学典礼的热闹情景又浮现在眼前。

银四郎对伦子说，京都分校并不特别理想，是租借在一栋出租大楼的五楼里，但今早伦子一看，那里采光良好，有好几间漆着白墙的教室，比起涂着灰泥的木造建筑甲子园分校更为舒适明亮。开学典礼结束以后，胜美带着大家参观了教室，她望着式子院长时，红框眼镜下的眼睛充满感激之情，对伦子却投以自鸣得意的目光。胜美那自信得意的神态，明显地流露出她对伦子的优越感与蔑视，似乎也透露着她与银四郎有暧昧关系。

想到这里，躺在床上的伦子像虾米般蜷缩着身子，内心的愤怒和忌妒像火焰般灼得她背部难受，但她仍努力算计着如何不让自己吃亏。这所京都分校就算是因为胜美和银四郎发生关系衍生出来的产物，她现在还是不能大肆吵闹，否则吃亏的是自己。她应该佯装不知情，把银四郎绑在身边，妥善利用银四郎，实现成为著名服装设计师的梦想。而为了实现这个目标，这种程度的屈辱根本不算什么。

银四郎说今晚要参加京都洋裁学校联盟理事的宴会，其实是在京都与胜美幽会呢！想到这里，伦子突然想起野本的温柔体贴来。野本虽然外表粗犷，但他的身体就像他的个性一样，令人感到温暖柔和。在他的怀抱中，虽然只是简单的依偎，却能使人得到安静的休憩和幸福感，而银四郎那滑嫩冰冷的肌肤似乎隐藏着冷酷的欺骗。

伦子伸展着弯曲的身子，大大地翻了个身，从床头柜的抽屉里拿出烟，点上火。然后，用力地吐了口白色烟雾，像要驱走因为怀念野本而霎时引起的那点感伤情绪。

蓦然，楼下的房间传来收音机的报时声，已经十点了。伦子慢慢地起身，打开大衣柜，里面挂着二十几件衣服，她寻思着明天去大阪本校要穿什么服装。今早开学典礼结束后，伦子要回甲子园分校，觉得换乘国营铁路回去比较快，于是搭式子院长的便车来到京都车站。当她在京都车站下车时，式子惊讶地问道："噢，你要在这里下车？"

式子似乎想说什么，但大概看到旁边坐着富枝，不便直说，只好轻描淡写地说："你明天甲子园分校下课以后，到本校来一趟，我有要紧的事和你说。"

伦子心想，院长突然找她谈话，到底有什么急事呢？刚才她并不是很在意，现在却突然有点担心起来了。

结束下午的授课后，式子坐在会客室的沙发上，一边翻阅着巴黎时尚杂志《摩登》，一边等着伦子的到来。

已经过了下午一点半，伦子在甲子园分校的课程应该已经结束，不久就会来到这里。式子朝放在桌上的野本敬太委托的小礼物瞥了一眼，想象着伦子收下礼物时的表情。当伦子听到野本的名字时，那美丽的面容会露出慌张之色，还是像平常那样面无表情地收下野本的礼物呢？不管是前者或后者，伦子与野本之间尚有纠葛。

式子听到轻轻的敲门声，随即看到身材苗条的伦子走了进来。她穿着淡褐色的毛织套装，非常妥贴合身，丰满的胸前戴着一条金闪闪的项链。

"对不起，让院长久等了！"伦子略为奉承地露出笑容，拉了拉贴身的裙角，在式子面前坐了下来。

"您说有急事找我，是什么事呢？"伦子似乎有点按捺不住，直接问道。

式子合上《摩登》杂志，慢慢地站起来："我在东京意外地遇到一个人，他托我带东西给你。"

"噢，是谁托您带东西给我？"伦子愕然地眨着眼睛。

"是野本啦。"

"咦？野本……？"伦子顿时露出慌张的神色。

"我不知道野本半年前已调到东京分公司工作，所以他来时装发布会的会场时，我感到突然又惊讶。他还说，已经一年多没见到你了。"

式子试探性地望着伦子，接着说道："野本用去年领到的年终奖金，买了你喜欢的蛋白石耳环。他无法亲自交给你，专程托我转交给你。"她把放在桌上的一个小纸包推到伦子面前。

伦子只朝那小纸包瞥了一眼，也不去碰它。"您只是为了把野本托交的东西给我，专程把我叫到本校来吗？"伦子客气而平静地问。

"不只这件事啦，其实，很早以前我就想问问你和野本的事。"式子毫不客气地望着伦子。

"噢，院长为什么非得知道我跟野本的事不可呢？难道我有什么事情让您感到不放心吗？"

伦子机灵地移动身体，避开式子的目光，进而试探式子的想法。式子从桌上的烟盒取出烟来，叼在嘴上："我对你没有什么不放心的地方。因为之前你还代替野本为他们公司向我催促设计服装呢，我只是纳闷你怎么对他疏远起来而已。现在又看到你比以前打扮得更漂亮，还以为你继续和他交往呢。"

"不好意思，我非得告诉您私事不可吗？"伦子堆起嘲讽的笑容，冷然说道，"他是个十足的乡巴佬，我讨厌他死缠着我，所以决定与他分手！"

伦子那冰冷的脸庞美丽得令人心惊。她那乌黑的眼眸闪着锐利的光芒，是那种近乎残酷的冷光，薄幸的嘴唇红润欲滴。她自信的表情仿佛在说，只要年轻貌美，没有什么不可以。式子突然对伦子的年轻美貌感到忌妒与憎恶。

"像你这样的人，很难理解野本的优点。他虽然和你分手了，却仍没忘记你喜欢的耳环，特地买了托我转交给你。我可以充分理解野本对你的专情。可是你说是他死缠着你，这种说法太过分了！难道你是想利用美貌获取比野本珍贵的爱情更虚华的东西吗？"说完，式子凝视着伦子。

"比起那些平凡的幸福，可以的话，每个人都想拥有世上少有的荣华富贵。恕我冒昧，您不也是看不起平凡的幸福，而是借助银四郎的手腕，希望拥有更多名声？您是出身名门的千金，自然视它为理所当然，可像我出生自平凡的家庭，难道就不可以拥有更大的荣华与幸福吗？对于用情至深啦，温柔体贴啦那些冠冕堂皇的话，我早已听得耳朵发麻了。"

"这么说，你是已经找到能给你更多幸福的人了？"

"哎呀，院长，您可真会凭空想象啊！我只说出自己的想法，你却胡作联想，实在是太奇怪了。"这回换伦子盯着式子。

式子顿时说不出话来。表面上她说是关注伦子和野本之间的交往关系，其实，她是害怕美貌的伦子接近银四郎。

蓦然，有人粗暴地开门进来，原来是银四郎。他看到式子和伦子隔桌对视，似乎有点惊讶，最后把目光停在桌上的小纸包上。

"噢，这不是野本托你转交给伦子的东西吗？昨天交给她就好了嘛……"银四郎略为打趣地说，然后转身望着伦子，公事化的口吻催促道："今天是甲子园分校夜间部新学期头一天上课的日子，分校校长可得留在学校，不应该把时间耗在这种琐事上。而且学校教职员的职责，在于准时授课和尽其所能多招收学生。"

伦子露出好胜的眼神，原本想说些什么，但最后欠下身子，迅即把野本的赠礼塞进手提包里。

"我知道院长还有话要说，可是银四郎说，学校的课业比较重要，我先告辞了。"伦子婉转地说完，便起身离去了。

伦子离开之后，银四郎往式子沙发的扶手一坐："你们女人家就是喜欢在鸡毛蒜皮的事情上做文章，根本没必要为野本托交的东西争得面红耳赤嘛。与其把精力花在这无谓的争论上，倒不如想想如何扩大学校的规模，让自己成为更有名的服装设计师。上次你参加东京举办的十大时装设计师作品展非常成功，在京都又成立分校，奠定稳固的基础，如今已是名声显赫的服装设计师、杰出的洋裁教育家，终于拥有全国性的学校组织了。接下来，我想在这个基础上，开拓一个与过去截然不同的新领域。"

"什么新领域？"式子抬起头来困惑地望着银四郎。

"也就是大量生产你设计的服装。换句话说，我不再把你的设计创意卖给厂商或贸易公司，而是由自家经营的成衣厂缝制销售。"

"噢，这和我最近的想法不谋而合。我辛苦地设计款式，女裁缝却看不懂设计图，缝制不出漂亮的样式来，简直是糟蹋好东西，这也是致命的缺点！所以我在想，早晚得成立一间专门缝制我设计款式的工厂，招揽优秀的裁缝师加入生产行列。我还要采取记名制度，也就是在每件制品上，标上每个缝制者的代号。这样一来，必定又能在服饰界掀起话题来。"式子不知不觉越说越激昂，比银四郎兴奋激动。因为比起设立连锁分校，她对自己设计的服装由优秀的裁缝师缝制更有兴趣。

"那么，你就赶快拟出设立附属服装工厂的方案来吧！"

"噢，这次你怎么这么积极呢？话说回来，最近京都分校刚成立，各项支出较多，有关设立附属服装工厂的事，留待秋天再说吧。"

银四郎与刚才说话时的口气相反，显得极为冷静。

脚　印

　　有点脏污的墙壁上，每刷上浅绿色的油漆，便在夕阳的映照下闪闪发光，富枝出神地凝望着。脚架上站着六名浑身漆污的油漆工人，他们拿着漆刷以每三十厘米见方的范围，依序从天花板往墙壁认真地刷着。一个月前，这是家童装代工厂，现在内墙重新刷上浅绿色，装上大片的玻璃窗，就变成了明亮而舒适的附属服装设计工厂了。

　　富枝向银四郎提到成立服装工厂的事，是在四月中旬。当时，银四郎只说让他考虑一下，直到一个月前，他似乎已经忘记而只字未提。不过这件事是他主动提起，所以富枝也没有多加追问。不过，这段期间，银四郎又认真了起来，三番两次约富枝共进晚餐，在席间趁机探问富枝的意向。每当富枝表现出既不焦急又不愿放弃的模糊态度时，银四郎便沉不住气地慌张起来。

　　去年开始，富枝兴起经营服装工厂的想法。那时野本敬太已经和伦子分手，伦子却突然与银四郎亲近起来，后来伦子掌管起甲子园分校，甚至操控福利社用品的进货价格。银四郎和伦子时常趁教师去上课时私下密谈着什么。那时，他们会特别留意办公室里教职员的动态，却没发现富枝正在办公室旁的茶水间边喝热茶边听他们的对话。于是富枝知道伦子当上甲子园分校校长，以及拥有福利社用品采购权，全是因为与银四郎上床而得来的。也许是受到这样的刺激，她才有经营服装工厂的想法。

尽管如此，富枝仍不动声色，像往常那样行事低调、小心谨慎。她之所以想早点拥有自己的服装工厂，是因为去年年底，胜美突然调升为京都分校校长。在此之前，她已注意到胜美穿着日见华丽，时常掩人耳目地翘班，但后来得知她居然是和银四郎幽会，这才看清银四郎的意图。从那以后，富枝便耐心等候机会的到来。

最初的机会是在志摩半岛，第二次机会是在鹤巢餐厅。富枝为了获得更有利的条件，并没有马上答应银四郎，而是耐心等待最佳时机。一个月前，银四郎对她说，有家专做童装的工厂要出让，要不要一起去看看？两人来到味原町一看，除了厂房略显老旧以外，工厂位于市区，交通非常便利，也许是卖家急于脱手，还附送十五台缝纫机和裁剪台。若把厂房内外稍微整修粉刷，倒是一座条件兼备的附属服装加工厂。

耳边突然传来了谈话声，原来是房屋中介和银四郎。他们热烈地交谈着，走了过来。

银四郎板着脸孔对房屋中介说："你这么不通融，只会吃亏而已。你明天再来一趟吧。"说完，没理会房屋中介就在身旁，便转身对着富枝说："你在这里啊？刚才我还到处找你呢。我们找个地方吃饭吧。"

从味原町的施工现场来到上本町九丁目的高台附近，银四郎把车子停在幽静的十字路口，走到约五十米处一间像是民宅的店家，拉开格子门。一名笑容可掬的年轻女侍走了出来，带着银四郎和富枝往里面的包厢走去。

庭院的植物已洒过水。这略带古风的庭院如普通大阪住宅一样，没种艳丽的花，而种着常绿树，连点了灯的石灯笼都显得小巧玲珑。

"好久没看到这么富有大阪风情的植物了……"富枝兴奋地说。

"这附近的住宅在战争期间并没有完全毁于战火，庭院的树木也如往昔般幸存下来。这附近像这种普通的餐馆很多，来的客人全是朋友介绍而来的。"

银四郎在桌前坐了下来，向女侍点了啤酒和菜肴。

啤酒端上桌后，银四郎马上喝了一杯："今天简直忙翻了。早上去甲子园分校，拟定福利社用品的采购预算，随后又立刻赶去京都分校，联络分校所需的教材事宜，返回大阪本校的时候，刚才那个房屋中介又要收童装工厂的尾款。"他不悦地嘟囔道，又喝掉了一杯啤酒。

"内部已开始改装，难道款项还没付清吗？"富枝诧异地问。

"不，已经付给他一百万日元订金了，我答应这个月开支票给他尾款，可他今天就来要钱了。"银四郎从上衣口袋里拿出一个厚厚的茶色信封，"这就是这童装工厂的买卖合约。"

银四郎摊开合约，推到富枝面前。富枝有点摸不着头绪地望着那纸合约，其实她早已把合约的主要内容记在心里了：

地址：大阪市天王寺区味原町三十五号

宅地面积：七十六坪五合三勺

建筑面积：五十五坪

价格：三百一十五万日元整。

备注：卖方已收下买方一百万日元之定金。

富枝确认过合约内容和买方名字是大木富枝以后，若无其事地将视线从合约上移开。

"放在学校里的文件，是以院长的名义写的，但合约和产权登记，我已偷偷改写，是你的名义，因此所有权也归你。"银四郎亲昵地说。

富枝知道这时候还是沉默的好，只露出暧昧的微笑。

"怎么样？这下你该满意了吧？"银四郎说完，向富枝抛去媚眼，暗示要与她上床。

在熄灯后的黑暗房间里，银四郎停止爱抚后，富枝爬了起来。四叠半的壁龛处散发着百合香。富枝想起刚才与银四郎激情做爱，觉得眼前的情景与这百合清香实在很不相配。她抱起放在枕边的衣服，悄悄地拉开了拉门。隔壁是八叠大的房间，日式矮桌上仍是杯盘狼藉，看来是熟知此事的女侍故意没来收走。她穿着绒衣，跌坐在矮桌前，喝着剩下的啤酒润喉，突然觉得一阵倦懒，于是慢吞吞地穿着衣服，打开随身化妆盒对着自己的脸庞端详起来。

和平常一样，依旧是脸颊白净、下巴稍宽，小巧的樱唇红艳欲滴。确认后，她拿出粉扑轻轻地往鼻梁拍打着。

"现在化妆，待会儿要去哪里呢？"

银四郎不知什么时候起来了，他系着领带，站在四叠半的门槛旁，嘴上叼着烟。

"我要回家。再不早点回去，我家人可要担心呢。"

说着，富枝描完眉毛，正要涂口红的时候，银四郎问道："下次见面，是什么时候？"

"不，就这么一次！"

"什么？就这么一次？"银四郎惊讶得嘴上的香烟差点掉下来。

"是啊，就这么一次，不行吗？"富枝故作惊愕地反问着，"你虽然肯出三百一十五万日元，但我总不能白拿，我只想把它当创业资本，努力经营服装工厂，用每个月的盈收来偿还。换句话说，你提供了无担保的免息贷款，不过，这些资金以后会分毫不差地回到你的口袋里，所以，这种事仅只一次不就够了吗？难道你认为这个交易太不划算了？"

富枝抬起那圆胖的脸庞，认真地望着银四郎。

霎时，银四郎沉吟了一下，说道："你出手还真狠呢！好吧，既然现在我们的盘算是一致的，这样做也可以了。"他从嘴上取下没点火的香烟，往烟灰缸一扔。

富枝见状微笑地说："不过，以后我若欠缺资金，或经营上出现赤字，到时候又得麻烦你了，还请多多关照！现在我们俩一起出去，容易引人注目，我先走了……"

说着，富枝把银四郎出示的不动产买卖合约，整齐地放入手提包里，先行离去了。

富枝鼓着圆胖的脸庞，置身在缝纫机啪嗒啪嗒的声响和锐利剪刀裁剪厚质布料的声音中。她始终紧抿着嘴唇，压抑住不断涌出的笑意，最后还是忍不住破颜而笑了。

这间拆掉中间隔板、约莫四十坪、宽敞明亮的屋里，制图台、裁剪台和缝纫机都朝同一方向整齐地排列着。那些从洋裁学校结业的高级技术员正各司其职，忙碌地工作着。这种动线流程的安排是富枝想出来的。它不同于以往缝纫工厂那种杂乱无章的摆法，而改为收到设计图后传送制图台做出纸型，再依照纸型裁剪布料，最后送到缝纫组缝制，三者的连结紧密相扣。换句话说，每一列为一组，各自负责，每件成品都必须记上缝制小组的代号。这种编制责任归属清楚，连胸围褶皱的位置都能精确掌握到。

原先，纺织公司和百货公司都为缝制技术跟不上先进的设计而苦恼不已，因此当富枝这种制衣流程的编制，经由式子院长向报刊杂志披露以后，他们便争先恐后捎来订单。这样一来，银四郎只好把原有的一台电话增加到三台，并时常来附属服装工厂巡视，当面称许富枝的商业才干。

对出身布袋师傅家庭的富枝来说，着手经营服装工厂，并能活用洋裁学校的组织，引进这种编制也是自然的事。然而，在银四郎看来，富枝这个女孩子是少有的经商人才，因此他不惜在电器设备和裁缝用具上投下资金，不知不觉间，从三百一十五万日元的资本膨胀到将近四百万。

富枝想起附属服装工厂开工当天式子院长说的话来。那天，式子院长带着伦子和胜美来工厂参观，只见伦子和胜美兴味索然，院长便叫她们先行回去。后来，院长悄悄地站在走廊，抚握着富枝的手说："伦子和胜美都不喜欢做这种隐身幕后的工作，而你却无怨无悔地付出，你真是个朴实而寡欲的人啊！"

这句"你真是个朴实而寡欲的人啊！"让她不由得想笑出来。什么朴实啦、奢华啦、寡欲啦、有野心啦，一个女人这样评论另一个女人根本没什么意义。以现在的情况来说，在伦子、胜美和富枝三人之中，要说谁的做法最贪得无厌，也许算是富枝吧。

富枝像只懒洋洋的母猫般眯着眼睛，慵懒地打了个呵欠，无所事事地望向窗外，只见一辆熟悉的奔驰轿车正从五十米前的十字路口处缓缓驶来。驾驶者是一名中年男子，式子和银四郎并坐在司机背后。大清早，事先也不来电通知，两人即联袂赶来，想必是有什么急事吧。富枝离开窗边，做好心理准备，站在裁剪台前佯装帮忙裁剪布料。

富枝听到背后传来招呼声，惊讶地回头望去，只见银四郎和式子站在缝制室的门口向她微笑着。富枝觉得这时候他们对她微笑，绝不可以掉以轻心，因而只是冷淡地点头，带他们到玄关旁的会客室。

说是会客室，其实只是把三张办公桌并在一起，旁边摆上一套沙发，简单不过的房间而已。式子在临窗日照充足的地方坐下来，随即向银四郎使了个眼色，直截了当地说："今天有件事非得请你帮忙才行。"

由于式子这话说得突兀，反而使得富枝猜不出话意。

"到底是什么事劳驾两位专程赶来呢？"富枝谨慎恐惧地答道。

"事情是这样的，我希望你依照巴黎的冉·朗贝尔设计的纸型缝制衣服。"

"咦？冉·朗贝尔……"

富枝顿时说不出话来。最近五六年来，冉·朗贝尔堪称名闻世界的顶尖服装设计师，他所设计的每一季时装，几乎都成为世界时装的主流款式。他的时装，是以新颖构思的立体制图和裁剪为基础，搭配复杂的缝制技术而完成的精品。

"是这样的，明年年初，我打算去参观巴黎的时装发布会，到时候我想从冉·朗贝尔设计的时装作品中，购买些既具代表性，又适合日本人穿着的流行时装纸型，再加以精工缝制，把巴黎的流行服饰介绍到日本来。"式子兴奋地说着。

银四郎旋即趁势附和："有关巴黎名闻世界的服饰设计，各报刊杂志已报道很多，但从未见过谁把其设计的纸样介绍到日本来。因此，为了宣传式子院长的巴黎之行，我打算购买巴黎名家设计的纸样，这不但是最好的宣传，若能分析其纸样或组合，将可大为提升我们的缝制技术。问题是，我们好不容易买来的纸样，以目前日本的缝制技术是否能组合？"

"今天，我和银四郎之所以来这里，就是希望你能大力帮忙。虽说这是件困难的工作，但是既然买下冉·朗贝尔的纸型，我们买方就有义务要达到对方提出的要求和缝制水平。所以，你若不接下缝制的重责大任，这个计划就得告吹了。"式子半强迫地说。

富枝没有马上回答，像在思考着接下这项缝制任务的利害得失。

其实，对缝制技术高超的富枝而言，能组合和缝制由巴黎世界级服装设计师设计的纸样，当然是求之不得，但是她觉得这个绝好的机会来得太突然了。而且她也认为，要完成这重大的事业，光凭圣和服饰学院的力量是无法胜任。在费用方面，从跟巴黎的冉·朗贝尔交涉，到购买纸样的费用，以及在日本的各项宣传，粗估起来也得将近一千万日元。半年前才成立了京都分校，一个月前又开办了附属服装工厂，照理说银四郎的资金所剩有限。比起是否接下缝制的重大任务，富枝倒比较担心这个问题。

"这件事提得太突然了，我还没做好心理准备，这是什么时候决定的？"富枝故作困惑，却谨慎地问。

"这是京都分校开学典礼之后，银四郎读了法国报刊杂志的报道，参考国际羊毛事务局以及贸易振兴协会等资料所提出来的企划。刚开始，我也因为这计划规模太大，有点瞻前顾后，但仔细想了想，只要我们有组合缝制纸样的实力，倒没什么办不到的。就算冉·朗贝尔被尊称为时装之神，我们只要付给他设计费，就能买下他的创意，使用其设计的纸样。但话说回来，为什么直到现在没有人发现可以这样做呢，我实在感到纳闷。"式子单纯地说。

"可是，这种之前没人做的和国外打交道的事，单凭我们一所洋裁学校办得起来吗？而且还得做有别于以往的宣传和介绍，光是这样就……"富枝表示担忧。

"这个你大可不必担心。刚开始，我当然没把这计划告知教职员，连式子院长也不知情，这是我半年来经过缜密调查所拟定出来的企划案。资金方面，我打算请三和纺织公司赞助；宣传部分，则委托曾根所属的报社做版面支援。我这个人无论做什么重大的事情都会经过精密的算计，给自己预留空间，即便摔跤，也还留有余力爬起来。所以，这点你倒不必忧虑。"说完，银四郎恬不知耻地看着富枝。

这时，富枝似乎弄懂银四郎为什么答应得如此慷慨，并不惜砸下资金为她开办附属服装工厂了。表面上银四郎似乎是听任富枝摆布，其实是巧妙地利用富枝。但对富枝来说，自己若能从中得利，这样做倒也无所谓。

"这是件很有意义的工作，你接下它对自己也有好处。"银四郎劝诱着富枝。

富枝慢悠悠地抬起眼睛，转身望向式子院长，投以温和的笑容："只要我帮得上忙的话……"

漩　涡

　　走廊每次传来脚步声，都让伦子紧张得快站起来。伦子坐在三和纺织公司陈设简单的会客室里，桌上放着一杯温凉了的粗茶，等候野本敬太将近两个小时了。

　　柜台的职员说，野本拜访过纺织图案协会后，十点多就会来公司，但现在已经十一点多了，还不见他的身影。伦子心想，以野本的为人，应不会故意让她苦等，但想到野本深爱着自己，而自己却利用他的纯情，不由得自觉卑鄙无耻。

　　上次，她以欺骗的手段抛弃了野本，却又收下野本衷心赠送的耳环，竟然也没写封感谢函给人家。今天野本会怎样看待突然有事造访的她呢？想到这里，伦子深感昨夜若无其事地交托此事的银四郎是多么冷酷无情。

　　昨夜，银四郎来到她的住处，劈头便要她去找久未见面的野本。当时她以为这是随性的玩笑话，只随便地敷衍几句，银四郎却告诉她，式子院长将买下巴黎顶尖时装设计师冉·朗贝尔设计的纸样，交由圣和服饰学院的员工缝制，将巴黎的流行时装引进日本来，请她前往三和纺织公司寻求赞助。

　　"这么大的事情，你直接去找三和纺织公司就好了嘛，何必要我去拜托野本呢？"伦子不悦地说。

"当然，我会公开拜访三和纺织公司的营销部经理请求赞助，但在这之前，为了顺利取得他们内部的同意，还是希望你向野本打个招呼。野本刚结束外调东京的工作，正要调回总公司的营销部担任股长呢。"

银四郎真是思虑周到，连野本调回总公司的事都查得一清二楚。

"可是，我现在不方便去找野本，我对他……"伦子踌躇不前。

"你要说，你曾无情地伤害过他吗？可话说回来，像你这样的女人才能教男人追恋不已，尤其像野本那种憨厚老实的人，女人的薄情反而更能带给他刺激呢。只要你肯向他拜托，这个人绝对会为我们的事业奔波卖命。换句话说，这个事业若能成功，你就有机会在东京成立自己的分校。现在好不容易逮到可利用对方替自己工作的机会，你却白白放弃，未免太不像你平时的作风了。"银四郎嘲笑般冷漠地望着伦子。

对于银四郎厚颜无耻地要求伦子去见野本，并利用野本对她的余情爱恋来实现他的企图，伦子感到无限屈辱。不过，现在银四郎若撇下她不管，她日后想成为服装设计师的美梦将化为泡影。伦子担心这个后果，也只好硬着头皮来求助野本。

走廊那边传来急促的脚步声，门也应声而开，原来是野本。野本走进会客室立刻说道："果然是你……"

体格健壮的野本看到伦子突然来访不由得愣了一下，但他那浓眉下温和的眼睛，迅即露出喜悦的光芒。

"没事先打电话就贸然来访，想必给你带来困扰了吧。"伦子避开野本的目光说。

"别说什么困扰啦……倒是你来得太突然，我刚才虽在柜台问了名字，但直到走进这里，我还不敢相信呢。而且你还等了将近两个小时……"说完，野本深情地凝视着一年半未见的伦子。那一往情深的目光令伦子有些难以承受，她只好直接表达来意。

"今天我是有求于你专程来的，所以无论如何都要等到你回来。"

"如果我能力所及的话，请尽管吩咐，我绝对会尽力而为。"野本深情脉脉地说。

"是这样的，式子院长预定明年年初去巴黎，到时候将购买冉·朗贝尔设计的纸样带回日本缝制，介绍给消费大众。这是个了不起的企划案，我们希望贵社能提供赞助。"伦子把昨夜从银四郎那里听来的企划内容及其事业的价值详细地告诉了野本。他像纺织公司的员工似的热心地倾听着。

"这么大的国际性事业怎么由你来洽谈呢？坦白说，这问题非同小可，不是我们俩说说就算的。"伦子说完后，野本神情认真地斥责道。

"嗯，这个我知道。我非常明白这与之前要求赞助时装发布会和时装比赛不同，需要经过多方交涉。正因为这样，在式子院长正式向贵公司要求赞助之前，我想求你向贵公司的干部仔细说明这次的宏大计划和事业内容，使得正式交涉能够圆满进行。这么长时间以来，我都没有理会你，现在却突然有事拜托你，我实在感到痛苦和羞愧。可是式子院长再三要我拜托你，我没有理由拒绝。况且，这是式子院长初次到外国推展国际性事务，所以衷心期待贵公司务必共襄盛举。"伦子诉说道。

浓眉大眼的野本向伦子投以理解的目光，但始终紧闭嘴唇，不发一语。

"我知道我带给你很多的痛苦，现在却又这样无理要求，可是你若拒绝我，今后我的处境将更为困难。你就把它当成是我最后而任性的请求吧，我需要你的帮忙。"说着，伦子突然掉下眼泪来。

野本惊讶地望着伦子半晌，最后终于开口："你今天就是为了这件事才来这里的吗？"与伦子的激情相反，他显得语气平静。

伦子顿时不知如何回答。

"这次除了向你做无理的要求之外，还顺便对上次我不告而别的事致歉。另外，还要谢谢你托式子院长送我蛋白石耳环……"伦子愧疚似的低下头来。

"这么说，若没有这个机会，你是永远不会来找我了？"野本厉声责斥道。

"你这样郑重其事地问我，我不知该如何回答。不过，我原本就想近日内来找你的。"

伦子露出谄媚的笑容，但野本不予理会，依旧是神情僵硬。

"伦子，你又在骗我了！这次若不是有事求我，你是不会来的。我虽然是个粗鲁的乡下人，但还分得清楚什么是真实的什么是虚假的。你还是和一年半前一样，只是利用我来满足你的虚荣心而已，这些我都心知肚明。我为你的行为感到悲哀。尽管如此，我依然甘心被你利用，会尽力协助。今后，不管你在追求虚荣的路上，受到挫折或伤害，随时可以回到我身边。我相信自己可以等到那个时候……"

野本的话让伦子感到无限温暖，这和银四郎为了达成目的、甚至还利用伦子和野本的关系的卑鄙行径简直是天壤地别！野本深情不移的关怀让伦子感动不已，心中洋溢着甜美的幸福感，不由得想得到野本的温存。

"野本……"

伦子叫喊着，双手伸到桌上，野本立刻把伦子的手紧紧握在手里，然后以至诚无瑕的眼神望着伦子。那清澈的眼神宛如看透伦子追逐虚荣浮华的心，又不容许她这样堕落下去，压得她喘不过气来。

蓦然，一股难以排遣的烦闷袭上心头，她又厌恶起野本的粗俗气质。接着，她松开野本的手，轻轻地缩回双手，仿佛要将刚才倾向野本的心思拉回来似的。野本露出失望的神情，无力地垂下双手。

"这一年半来，我们分别生活在不同的环境里，突然要恢复成以前那样有点困难，所以我希望等式子院长出国后和这次工作结束以后，我们再好好谈谈吧。"

野本勉强堆起明朗的笑容。

"那么，我会尽快把这件事转告公司高层，至于能否顺利我不敢保证，反正我会尽力而为就是了。"说完，他再次深情脉脉地望着伦子。

曾根面无表情地听着银四郎的讲述。为了试探曾根的反应，银四郎在滔滔不绝的谈话中，不时提高语调。这时候，式子总觉得难为情，好像是自己在饶舌似的。

最初，式子反对银四郎向曾根求助，但银四郎说，曾根是朋友，用不着客气，便拉着式子来报社找曾根。

曾根在前台听到银四郎来访的目的时，表情冷淡地把他们带到会客室。自从在志摩半岛分别以来，曾根和式子就没见过面，他只是向式子点头致意，然后就默默地听着银四郎说话。突然，银四郎的声调高亢起来，他对曾根强调，冉·朗贝尔是世界知名的服装设计师，日本是继向他购买纸样的美国之后，第二个跟随此国际风潮的国家。

曾根拨了拨没有上油的头发。

"冉·朗贝尔的名声，连我这个对时装不关心的人都知道。我也清楚你们这次企划的是国际性的时装事业，这确实很有意义。问题是，你们能否顺利购进冉·朗贝尔设计的纸样？与外国人谈生意的时候，有时因为外币和合约上出了点问题，眼看成功在望，后来却告吹了。所以报社大都不支持这方面的事业，如果报道得过头，到时候没有谈成，将严重损害报社的信誉。况且，国际性事业所需的经费也不少啊！"曾根犹豫不决地说。

"这个你倒不必担心。在经费方面，三和纺织公司已答应要赞助我们了。因此，你们只要提供版面和大肆宣传，以及免费提供贵报兼营的会馆给我们就行了。"

银四郎还没得到伦子的答复，就自作主张说三和纺织公司同意赞助。式子对他不择手段的做法，以及利用伦子和野本的关系，逼伦子去三和纺织公司说项的残酷无情感到一种难以形容的厌恶。这时银四郎依然大言不惭地坐着，转身探向曾根。

"式子小姐之所以能在服饰界闯出名号，一开始是因为你好意为她报道，在版面上披露她设计的时装作品。希望这次你也能大力帮忙，让式子初次从事国际性事业能顺利成功。"

银四郎巧妙地利用曾根对式子的好意，极其狡猾地说得令曾根无从拒绝。

曾根没有立刻回答，沉思片刻之后说道："好吧，我现在就为你们引介事业部的平山经理，你们具体交涉看看。当然，我会在旁美言几句，但发挥你的缠功才是重点。"

说完，曾根站了起来，拿起会客室角落的电话打到事业部，把银四郎来访的事业计划告知平山经理后，才挂断电话。

平山经理走进会客室，听过曾根的简短介绍后向式子寒暄几句。他红光满面，叼着烟斗，倾听着银四郎的陈述。银四郎把刚才向曾根说过的话，极其慎重地向眼前这个身材肥胖的经理说明。银四郎强调，冉·朗贝尔设计的纸样在日本是首次亮相，对报社而言，不但话题新鲜还具有新闻价值，报社方面完全没有任何风险。

事业部经理听完银四郎的说明后，拿下嘴上的烟斗说道："我是个门外汉，不懂得冉·朗贝尔的设计或纸样这些专业的东西，但你说他的作品在日本是首次公开，这点倒令人兴趣浓厚。干报社这行讲究的是事件的新闻性。但话说回来，你们有办法弄到足够的外币购买纸样吗？"

平山经理口气傲慢，毫不掩饰他精明干练的作风。

"这方面我们已照会过国际羊毛事务局和贸易振兴会，他们说没什么问题。这与邀请外国演奏家不同，购买纸样可以提升日本的洋裁技术，算是一种技术引进，所以外币的取得比较容易。总之，我们得打出技术引进的旗帜来推动这项事业。如果还是有困难的话，我们就请三和纺织公司与法国方面交涉。换句话说，请法国方面把纸样的货款加在向我们进口物品的金额上。至于差额部分就当作付给对方的订金。为了购得对方的纸样，连这种方法我们都设想到了。所以，外币的问题请您放心！"

"你们对这事业还真执着啊！你们到底所图为何呢？不可能只是单纯地为了提升日本的洋裁技术吧？"平山经理看出银四郎的心

思似的说。

"当然，不止是这个目的而已。事实上，冉·朗贝尔设计的纸样，每个国家只能有一家代理商。我们学校若购得纸样，想学习冉·朗贝尔的制图和纸样的学生，非得来我们学校上课不可，这样学生人数自然会增多，我们就有特定的营利。与此同时，通过我们推广冉·朗贝尔的洋裁教育，也能尽到提升日本洋裁技术的责任，所以说这是个利人利己的事业。"银四郎补充道。

"你真是不可多得的人才！我们若不注意点，可要上你的当呢。姑且不提你们背后的真正动机，光是打出'提升日本洋裁技术'这个冠冕堂皇的名目就足够了。好吧，我们报社支持你们的提案。不过，要等你们弄到外币以及和冉·朗贝尔正式签约以后，才会公开这个消息，至于具体细节，你再和曾根联络。"平山经理向式子点头致意后便站了起来。

事业部经理走出会客室后，银四郎嘴上叼着烟，跷着二郎腿，静静地享受交涉成功后的快感。他悠哉地吐着烟圈，曾根则面无表情地望着窗外。在这尴尬的气氛中，式子不知道该说什么好，只是拘谨地默不作声。银四郎悠然地吸口烟之后，颇有慰劳曾根居中牵线之意，说道："这时间不上不下的，我们到外头喝杯苏打威士忌吧？"

"哪能大白天就喝酒呢，我倒是要提醒你，既然平山经理已经答应了，我们报社自当全力支援，你可不要在紧要关头时惹出解约之类的事来哦，这点请你务必配合。"曾根一副公事公办的口吻叮嘱道。

"这点我会慎重处理，你们大可不必担心。接下来就看式子小姐能否顺利缝制冉·朗贝尔设计的纸样，把巴黎的流行时装介绍到日本来。多亏你的帮忙，式子小姐已经在日本服饰界闯出名号，打下一流服装设计师的稳固基础，我再次向你致谢！"银四郎虚情假意地低下头来。

"你开口闭口说是为了式子小姐，其实我完全被你的野心所利用了。坦白说，我非常厌恶这种感觉。式子小姐好不容易初次出国，你为什么非要她背负这个包袱，而不让她静下心来学习呢？式子小姐，难道你不这样想吗？"曾根责斥地说。

式子顿时不知如何回答，最后支吾地说："起初，我也是这样想的。但是银四郎说，若只是为了学习而出国，未免太浪费了……"

"怎么会是浪费呢？身为服装设计师，到外国考察、开拓视野也是很重要的历练啊！况且，说得极端点，像购买冉·朗贝尔设计的纸样，引进到日本市场这种事，是贸易商的工作。与其做这些事，你岂不是应该在国外静心研发具有独特创意的作品吗？"

式子低下了头。因为曾根没有怀疑她与银四郎的关系，反而设身处地替她着想，他那纯真的严肃态度，让她感到难以承受。她无言以对，只是紧抿着嘴唇。

"曾根，你怎么老改不掉天真烂漫的习性？在这现实的社会里，做什么事都要现实点，像你这样光讲虚无的理想是行不通的。不过，有关式子小姐的事业，我会大大尊重你的意见，朝你指示的方向去做。总之，这次就请你多多关照了。"

语毕，银四郎转过身来，像催促低着头的式子似的，自己先站了起来。

伦子听到走廊传来急忙的脚步声，就知来者是银四郎，不过，她没有从靠窗的椅子上站起来。接着，传来几次咚咚咚的敲门声，她也不理会，随即响起钥匙插入锁孔的声音，门打开了。

"你明明在房间里，为什么不应一声呢？"银四郎责问道。

然而，伦子头也不回，只是凝视着窗外。银四郎走到伦子身旁，悄悄地从背后环抱住她。当他那柔软的双手探向伦子的胸部时，伦子挣脱了。

"你不要闹别扭嘛！倒是拜托野本帮忙的事进行得如何？"银四郎故意要引起伦子回话似的说。

然而，伦子依旧赌气地望着窗外，冷淡地说了一句："他说会尽力帮忙就是了……"

"尽力帮忙……这算是回答吗？大概是你的态度不佳吧？你应该拿出更好的方法呀！"银四郎一反刚才的温柔举动，冷淡地说道。

伦子也不甘示弱，直盯着银四郎的脸庞："你是要我扮演妓女的角色吗？野本比谁都清楚，我是为了利用他而去的。他说，他为我做出这种行为感到可悲。尽管如此，他仍答应尽力而为。他是个守信的人，一旦答应就会负责到底。而你却说得这么不堪！你不觉得羞耻吗？你知道……"

伦子气愤地说了这段话后，突然没往下说了。因为"知道羞耻"这句话是野本说的。当初，伦子以欺骗的手段甩开野本的时候，野本对她说："我虽然是个乡下人，但还知道羞耻。"说完便安静地离开了。

银四郎兴趣盎然地望着情绪激动的伦子片刻，慢慢开了口："羞耻？我不懂羞耻是什么东西。人世间最麻烦的事，就是知道羞耻。要是没有它的存在，做什么事情就容易多了。我成功的秘诀就在于不知羞耻，而你也要尽量做到不知廉耻呀！"他大言不惭地说着。他依旧站在原地，仰头喝掉伦子放在桌上的茶水。

"刚才我和式子院长去报社请求支援，一个肥胖的事业部经理当下就答应了，接下来就请三和纺织公司当赞助商。换句话说，我们可以利用报社愿意大力支援为借口，强逼三和纺织公司当我们的金主。你明天赶快联络野本，希望他安排在两三天内让我与式子院长去拜访他们的高层。这件事就拜托你了。"

银四郎叮嘱后，疲倦地打了个哈欠，在靠窗的椅子上坐了下来。

伦子第二次打电话联络野本后过了四天，野本来电说如果可以的话，他们公司今天就想见圣和服饰学院的式子院长。银四郎接到伦子从甲子园分校的通知后，等候已久似的催促式子一起赶往本町的三和纺织公司。

前台人员见式子来，没等她开口就把野本叫了出来。野本拘谨地朝银四郎瞥了一眼，随后对不久前托式子带信和礼物给伦子的事郑重致歉。

"有关这次的赞助事宜，将由敝公司的营销部濑川副总经理与你们直接会谈。"

说完，野本带他们到二楼的副总经理办公室。野本一打开门，穿着浅灰色西装的濑川副总经理随即从大办公桌后站了起来，请式子和银四郎到办公室中央的沙发上就坐。式子为这次硬是请求三和纺织公司提供赞助一事，郑重地向濑川表达不安与谢意。

"坦白说，这次我被我们野本异乎寻常的热情所感动了。野本是个认真而意志坚定的人。有关这次赞助贵校推展冉·朗贝尔作品的事宜，野本从头到尾都紧盯不放呢。多亏他详细介绍，我们才得以认识冉·朗贝尔的出身背景与各项经历，以及他今天在世界服饰界的地位，和他的设计特色。"说完，濑川看着坐在一旁的野本，向他露出温厚的微笑。

"不过，对于纺织公司赞助购买纸样的事，目前我们公司内部尚有些议论。有人认为，如果是百货公司购买冉·朗贝尔设计的纸样，他们可以把这巴黎的流行时装制成商品立刻卖出去，而我们贸易商只提供布料卖给百货公司和批发商，与做服饰的纸样根本毫无关系，做这种投资简直是浪费。就在我们想不出好办法的时候，听到B报社愿意提供版面支援的消息。倘若我们三和纺织公司以赞助厂商之名，可以与大名鼎鼎的B报社并列，刊登在报纸、海报、说明书或小册子上，到时候我们将不以赞助购买纸样的名义，愿意以赞助宣传费的方式支援。请问这次你们预计花多少经费？"濑川副总经理身段柔软地看着式子和银四郎。

银四郎从上衣口袋里取出一本记事本，说道："首先，包括冉·朗贝尔三十种纸样的设计费、进口税以及运费，需要三百万日元，大庭式子的机票费和购买纸样的交涉费为两百万日元；此外购得纸样后，向观众公开展示时的舞台装饰、模特和各种宣传费用等为一百五十万日元，粗估大约需要六百五十万。另外，我们预计在东京和大阪举办冉·朗贝尔的时装展，每张门票是一千日元。B报社的会馆一次可容纳一千人，分别在东京、大阪两地，每日举办三场，到时候约有六百万进账。由于会场场地费五十万是由B报社赞助，这样东加西减，收支大致可以平衡。所以，我们只要求贵公司用手头的外币支付购买冉·朗贝尔的纸样设计费、进口税和运费的三百万日元。"

濑川副总经理认真地听着银四郎报出的费用数字，银四郎说完以后，他以极为平静的口气表示愿意提供赞助："刚好我们公司尚有些外币，就按这个计划去办吧。"

式子照镜子时，发现打从去年年底工作繁忙以来，她的脸上已失去光泽，甚至还有些泛黄。自从B报社和三和纺织公司决定赞助以来，她每天忙着准备与冉•朗贝尔交涉、申请签证和安排行程的事，这一个月来几乎无暇做脸部保养。

富枝那白净的富士额在镜中晃了一下。

"院长，您在想什么呀？您若不转向这边，我可没办法给您试领子呢。"

富枝把西装外套领子里的衬布放在式子的脖子上，一边测着领衬的厚度和领圈的长度，一边细细地别上别针。她那白净光艳的脸庞，几乎快碰到式子的脖颈，吐出芳香微温的气息，让大清早就连试三件衣服、疲惫万分的式子感到浑身搔痒。

为了准备式子去巴黎的服装，伦子、胜美、富枝三人来到大阪本校的自习室，大清早起就给式子试穿衣服。冬天午后温暖的阳光从窗外洒了进来。伦子坐在靠西侧的窗边，在刚才试穿过的鸡尾酒礼服和晚礼服上画上色土，准备修改；胜美则为新增加的鸡尾酒礼服画图。富枝只别了一边的领子，问道："院长，领子这样合适吗？"

富枝别针的别法没有问题，但领子的长短仍调得不好。

"再稍微放松一些，就能表现出那种香颈微露的感觉。"式子对着镜中的富枝提示道，富枝做了几番修改后，转身对着伦子说："你来帮院长试试领子吧，试样最让我伤脑筋了。"

伦子嫌麻烦似的站了起来，手中拿着针包，来到镜子前。她快速地取下富枝别上的别针，把领衬弄松些，然后驾轻就熟地别上别针。她别得不松不紧，若不是充分了解布料的特性，不可能别得如此恰到好处。

"这样可以吗？"

伦子那充满自信而美丽的眼眸映现在镜子里。式子曾对伦子的美貌和才干抱持戒心，但现在她比较能够从容地面对这个事实了。

"嗯，做得很好。只要伦子亲自上阵，什么布料在她手上就像搓捏麦芽糖一样，巧妙地做出美丽的轮廓来。只要结合伦子的试样、富枝的缝制，以及胜美精准的画图技术，即便是大师冉·朗贝尔的作品，照样可以做出最完美的呈现。"看到身边有三位得力助手，式子得意地说。

式子进军日本服饰界已经四年，再过两星期，在获得B报社和三和纺织公司的赞助下，首次将冉·朗贝尔的纸样介绍到日本来的划时代事业就要实现了。而且她的身边就有三名得力助手可以帮她完成这个梦想。这时，式子沉浸在幸福的想象中，仿佛那胜利的荣光正向自己招手。

电话铃响了，胜美随手拿起了话筒。

"院长，又是C报社打来的，他们想请教您有关冉·朗贝尔的背景资料。"

式子没脱下试衣，直接拿起话筒。话筒那端传来C报社女记者朝气蓬勃的声音。

"您好，我是大庭式子。嗯，我要坐一月三十一日十九点的法航班机从羽田机场出发。是啊，和冉·朗贝尔方面交涉进行得非常顺利，我们学校的理事长八代银四郎除了直接与冉·朗贝尔先生的经纪人波·米修莱文书来往之外，还通过巴黎大使馆文化科拿到了时装发布会的邀请函，接下来就是我二月四日参观完时装发布会后，选购哪些纸样的问题了。什么？您是问我们有没有能力组装冉·朗贝尔的纸样吗……？不，您问得很切题，一点也不失礼。是啊，冉·朗贝尔的纸样与日本设计的平面纸样截然不同，它是通过点与线等复杂设计概念结合起来的立体纸样。首先要有透彻理解这种纸样的能力和精巧组装它的能耐。嗯，您是说缝制吗？最近我们刚成立了圣和附属服装工厂，该厂主要由大木富枝小姐负责，甲子园校的津川伦子和京都校的坪田胜美都会全力支援，从纸样的组装、裁剪到缝制，所有工序都采取一贯作业。什么？您要介绍我们的工作同仁？好啊，我们竭诚恭候您的大驾。谢谢，再见。"

式子放下话筒后，跷起高跟鞋，轻快地转过身来。

"C报社的妇女生活版要介绍你们这些制作冉·朗贝尔服装的幕后功臣呢。所以女记者来附属服装工厂的时候，你们三个务必一起接受采访哦。"式子神情愉快地说着，再次回到试衣镜前时，已不见刚才的疲惫之色，脸色变得红润起来。

"要穿去巴黎的衣服还剩下几件？每次试穿的时候，我都得像模特般站着不动，累死人了！"式子虽然故意用不悦的口气说着，但由于所有事情进行得非常顺利，她高兴得直想吹口哨。

"院长，您也真是性急啊，尚有鸡尾酒礼服和一套女装还没试呢。时间这么紧迫，这四五天来，我们几乎连夜赶工，简直快累垮了。"

富枝这么一说，式子这才想起，她为了在一个月内赶制带去巴黎的十一套服装，这一星期来让伦子和胜美暂时搁下分校的教务，叫她们来本校帮忙。刚才式子告诉伦子和胜美C报社要来采访她们，她们并没有如式子所想象的那般兴奋，大概是因为这一星期来太忙碌的缘故。

式子瞥了手表一眼，说道："哎呀，已经五点了，今天你们都累了，剩下的明天再试吧。不用收拾了，坐我的车回去吧。"式子慰劳般地说着，其实心里正想着今晚七点与银四郎的约会。

独自留在宽敞的自习室里，式子忽然感到疲倦万分。中午起虽然连喝了三杯咖啡，但似乎已失去效力，连室内的灯光都让她感到刺眼。明亮的室内散乱堆放着刚试完样、别满别针的衣服，缝着线的裙子以及需要再次试穿的套装。虽然巴黎之行仅两个月，但式子共做了十一套衣服，三套毛料套装、两套时装、丝绸晚礼服和午礼服各两套、晚礼服大衣和大衣各一件。其中的六套已制作完成，其余的五套刚才已试了三套，另外两套留待明天试穿。

式子慢慢地从椅子上站起来，走到杂乱堆放着试样衣服的台前。试衣的前后身、袖子和裙子散落在台上，所有布角都别有标着记号的纸条。式子为了确认刚才富枝帮她试过的西装外套领子是否恰当，从台上拿起外套。伦子重新别了别针后，富枝又认真地缝了线。她不由得为富枝纠正作业失当的认真态度会心一笑。当她把衣服放回原位，正要转过身的时候，一个硬物从台上掉了下来。式子蹲下来细看，原来是一个蓝色钱包。她心想，这可能是伦子、胜美或富枝三人之中谁的东西吧。式子像查看学生遗失物般地打开了钱包。钱包内有八张一千日元的纸钞，还有一张四折的纸。她无意识地摊开那张纸，顿时惊讶得以为自己看错了。

不动产取得申报书

申报者：大阪市北区天神桥筋六丁目大木富枝

地址：大阪市天王寺区味原町三十五号

种类：工厂

土地面积：七十六坪五合三勺

建筑面积：五十五坪

取得方式：买卖

购得日期：昭和三十一年九月十五日

价格：三百一十五万日元

这是圣和附属服装工厂的不动产申报书，申报者是大木富枝。式子在惊愕连连中又看了一次。从不动产的地址、种类、大小、取得方式以及购得日期，毫无疑问就是同一间附属服装工厂。然而，这张印有"不动产取得申报书"的公文纸，却明文记载着大阪市东府和事务所长的名字，栏外还有备注，申报期限为昭和三十二年一月十八日。明天就是一月十八日。

式子颤抖着双手，拿着那份不动产申报书走到房间的角落拿起话筒，拨了电话到附属服装工厂。大概是拨得太急，以致没能立刻接通。她心想，富枝刚才离开的时候，说要回附属服装工厂，这时间应该到工厂了。她又打了一次电话，话筒那端传来富枝开朗的声音。

"富枝，不好意思，我想再改一下西装外套的领子，你马上过来吧！"

"什么？您要我立刻返回本校去？既然院长这样要求，我也只好遵命了。"富枝一如往常地以悠哉的口吻答道。

富枝打开门后，慢条斯理地走了进来，明亮的灯光将她白净圆胖的脸颊照得格外亮眼。

"院长，您急着找我来，要改什么地方？"

富枝似乎还没发觉自己遗失钱包，再次把刚才试过的西装外套摊展在台上。

"领子太松了，有点翘起来，我感到有些别扭，实在没办法忍耐到明天。所以你把领子往下放，改到像和服的溜肩那样。"式子若无其事地走到试衣镜前面。

"院长，您就是听不进别人的意见，真拿您没办法。"

富枝绕到式子的身后，开始从袖子别别针。这种情形若换成是伦子或胜美，她们大概会面露难色推说明天再做，但富枝却温顺地立刻动手修改。式子从镜子中看到富枝仰着白皙圆胖的脸庞，每别上一个别针，她那嘴唇便紧张地抿得更紧，表情是多么纯真。式子心想，富枝为什么持有不动产取得申报书，而且又是她的名义呢？式子难以置信地凝视着镜中的富枝。

"富枝，附属服装工厂开办后不久，随即生意兴隆，是谁在记账啊？"式子佯装顺口问起，趁机观察富枝的反应。

富枝毫不犹豫地说："因为我帮家里做过账簿，所以由我和另一名女办事员记账，月底的时候向银四郎汇报。"

"那么，申报所得税和不动产取得税是谁在申报？"

"这么重要的事情，当然是由银四郎亲自处理。"镜中富枝的表情丝毫没有任何改变。

"是吗，这就奇怪了。"式子故作诧异地说。

"有什么奇怪呢？"富枝冷静地说。

式子没有立刻回答，过了一会儿，说道："富枝，你刚才有没有忘记带走什么东西？"

"不，我没有东西忘在这里啊……"富枝表情惊愕地望着式子。

"这不是你的东西吗？"

式子把手伸到桌上，拿出藏在衣服下面的蓝色钱包，递向富枝。

富枝顿时愣了一下，神色有点慌张，但随即微笑答道："噢，我刚才叫外送咖啡时，付完钱不小心掉在那里的！"

"我看过钱包里面的东西了。"

式子简短的回答令富枝白净圆胖的脸庞顿时惨白，挂在嘴角的微笑也僵住了。式子再次审视着富枝的脸，从富枝遗失的钱包里取出不动产取得申报书，摊在桌上。

"富枝，附属服装工厂的不动产取得申报书上，持有人为什么是你呢？莫非你偷了我的印鉴，伪造文书……或者……"式子激动得没办法往下说。

方才富枝提到银四郎的名字，一种难以言喻的不安掠过式子的心头。她认为银四郎不会这样做，但那不安和猜疑却愈加强烈。她压抑着激动的情绪，尽量不让富枝察觉她和银四郎之间的关系，试图冷静自持地面对着富枝。富枝那双单眼皮的细长眼睛看向桌上，凝视着桌上那份申报书片刻后，慢慢地抬起头来。

"这是别人送我的。"富枝嘟囔道。

"什么？"

"是银四郎送给我的。"富枝理所当然地说。

"银四郎送给你的……？这么说，莫非你和银四郎……"式子说得语尾颤抖。

"没错，我是第三个。"

富枝这句轻松自若的话，却让式子感到无比残酷。

"什么？你是第三个……？这么说，伦子和胜美她们也……"式子语声沙哑。

式子突然感到一阵头晕。富枝那白净圆胖的脸庞像水母般膨胀起来，再次让她感到轻微的晕眩，连与富枝隔桌对视着，也只能勉强站稳。刚才笼罩在式子头上的胜利光环与幸福，刹那间消失得无影无踪，将她推落黑暗冰冷的深渊。原来式子所有的幸福与荣光，都是由她信任，后来却背叛她的三名弟子，以及通过银四郎虚伪造假的手段建立起来的。不仅如此，当她想到自己与三名弟子竟处于同样的立场时，不禁感到万分羞辱，真想大声呐喊。不过，她现在若惊慌失措，暴露出自己与银四郎的暧昧关系，只会加深自身的屈辱而已。她忍住喉咙发干的痛苦，镇静地转向富枝。

"富枝，你为什么样要这样做……？"式子责备道。

富枝仰着那张白净的脸庞，说道："我也有竞争心啊！伦子和胜美她们握有特殊利益，但我辛苦工作却得不到回报，所以我要和她们站在同样的立足点上……"

"你不后悔吗？"式子抱屈似的说。

富枝慢慢地摇摇头："反正我并没有损失啊！"

富枝欲拿过桌上的不动产取得申报书，式子按住她的手："这东西暂时寄放在我这里两三天，以后再请银四郎还给你。"

大概是式子的语气强硬，富枝沉吟片刻后说道："既然这样，就先寄放在院长那里两三天吧。"说完，她像方才来时般若无其事地走了出去。

式子感到两脚酸麻。她慢慢地站起身来，准备转身脱掉高跟鞋，上半身却失去平衡，摇摇晃晃地差点站不稳。富枝回去后，她关掉室内的灯光，几乎虚脱地蹲在试衣镜前。

式子抬起头来，在灯光黯淡的镜中，她看到的是一个三十七岁、头发散乱、裙摆脏污、形象可悲的跪在地板上的女人！这是一个被剥夺掉骄傲与自尊，神情落寞的女人。一种失去自尊的愤怒袭上式子心头。她居然不知道三名弟子和银四郎有染，每次到东京出差，还与银四郎在饭店偷情，甚至数次在家中背着老女佣的耳目和他忍声做爱，她很想忘掉这些屈辱的往事。当她回想起银四郎爱抚时的枕边细语和他风情万种的拥抱，以及他以同样的爱抚拥抱其他三个女人时，内心深处却燃烧着熊熊的烈火。

讽刺的是，她从头到尾被蒙在鼓里，竟然把甲子园分校交由伦子掌管，让胜美出任京都分校的校长，由富枝全权负责附属服装工厂的业务。反观她，则陶醉于名服装设计师的光环中，志得意满地上台致辞，她觉得自己简直是愚蠢至极！那三名弟子肯定对她的愚蠢大加嘲笑和轻蔑。银四郎大概也像在耍猴般耍着她，暗地里向她投以讪笑的眼神。那难以言状的屈辱、愤怒和绝望毫不留情地折磨着她的心灵，她终于忍不住呜咽起来。但过了一会儿，她又想为自己的愚蠢放声大笑。

式子凝视着镜中泪眼盈眶和因为愤怒而扭曲的脸颊，忽然间，又发出挑衅的笑容。

"呵，呵，呵……"

她的笑声沙哑，像吹不出声音的笛子，在镜中，整张脸颊因为笑不出来而激烈地抽搐着。

这时，走廊那头传来了脚步声。那跫音在自习室前停了下来，轻轻敲门后，没等应声门就被打开了。来人看到室内灯光黯淡，有些纳闷，但旋即看清室内的情况。式子急忙站了起来，拍了拍弄脏的裙摆，整了整散乱的头发。

"把屋里弄得这么暗，你在做什么呀？其他人都回去了吗？"银四郎拉了拉大衣的领子，站在门口问道。

银四郎见式子没有回话，便走到她的身旁，略为惊讶地探问道："你默不出声，一个人在想什么呀？"

这时，式子转身看向银四郎，态度冰冷地问道："我在想，我是不是你的四分之一。"

"四分之一……这是什么意思？"

"我终于知道了，我的身体对你而言只是四分之一，仅仅是四分之一！"式子疯狂似的呐喊着，倏地把桌上的不动产取得申报书摊示在银四郎面前。

银四郎为了掩饰内心的慌张始终缄默不语，没多久，他拿起那张不动产取得申报书，脸上堆着冷笑："证据仅仅这个吗？"

"我还知道你和伦子、胜美的事了。"式子单刀直入地说。

"既然你都知道，那我也没什么好说的了。"银四郎敷衍地说着，从口袋里拿出香烟，慢慢地点上火，态度非常冷静，丝毫不见慌张神态。

式子对银四郎居然如此厚颜无耻感到无比愤怒与憎恶，而且这个无耻之徒又与自己的丑闻牵扯在一起。她顿时觉得浑身冰冷，最后终于果决地说："我们分手吧！"

"分手？为什么？"银四郎支吾地反问道。

"我居然和自己的弟子一样与你牵扯在一起，这种丢人现眼的事，我一刻也无法容忍。我可不像她们，她们是抱着卑鄙的目的接近你的。"式子措辞强烈。

"噢，是这样吗？你是说自己从来都没有算计吗？你装着名门千金的架势，人前举止高雅，却处处依靠着我，换句话说，你是站在我提供的舞台上，学校规模才能在数年内如此扩展开来。其实，你心里比谁都想获得成功和名声。比较起来，她们三个人的虚荣心可爱多了。她们顶多爱穿漂亮的衣服、想拥有高价的东西、想过过奢华的生活而已。和她们这种微不足道的虚荣心相比，你那精于包装的伪善与虚荣，反倒令人反感。你是个狡猾的女人。"

"什么？你说我狡猾……"式子气得语声颤抖。

"是啊，你只会冠冕堂皇地说要设计出高尚的时装，或开创什么美好的事业，其实整个心思都在想如何追逐名利。你与我的关系，和那些爱慕虚荣、充满野心的女人有什么不同？你把责任全推到别人头上，净说些好听的话，现在又突然说要分手什么的，简直是莫名其妙嘛。问题是，你只要我们的肉体关系分开，还是也要我退出学校的经营呢？"

"我两方面都要跟你划清界限！"式子盯着银四郎说。

银四郎大大地吐了口烟，冷不防说道："既然你这样坚持，你得付我两千万日元的补偿费。"

"咦？要我付你两千万的补偿费……"式子几乎失声。

"没错，就是两千万。你想过吗？是谁让起初只有一百来个学生的郊外小裁缝补习班，在大阪设立本校，又在京都和甲子园开办两所分校，使得学生人数超过两千五百人，成为京都、大阪、神户地区规模最大的裁缝学校的？不是因为你的能力吧？这三四年来，我在学校的经营上投下多少体力、脑力、精力和时间啊，把你大庭式子从无名小卒捧成大名鼎鼎的服装设计师，光是这点，要你付出两千万补偿费，一点也不嫌多。"

银四郎露出冷笑，又点了第二根香烟："两千万这个数字，绝不是胡乱开价。目前学生总数有两千七百名，一个学生每月学费一千日元，这样学校每个月就有两百七十万的收入，其中学校可赚得四成净利，即一百零八万。而我开出的两千万，只不过是一年零七个月的净利而已嘛！如果你付不出这些钱来，就像以前那样让我继续经营学校吧。"

"这么说，今后你还要我维持这种不知廉耻的生活吗？"一股难以言状的怒火从式子的内心喷了出来。

"是不是不知廉耻，那是你个人的看法。我和她们三个发生关系，说到底是扩大和巩固学校规模的一种手段。以前大阪商人流传一句话：'有多余的钱，就让女人做生意！'意思是说，女人再怎么占便宜，顶多买些华丽的衣服，也不会盗用巨款。伦子她们三个也是一样。如果我没给她们一些好处，这三四年来，学校的规模不可能扩展到如此之大。好不容易把学校弄到今天这种格局，现在却要因为个人的感情好恶，赶走三个才干兼具的弟子、付我两千万日元，毁掉所有的美好前途吗？今天的事情，我会叫富枝不要说出去，当然也不会让伦子她们知道。你只要装作若无其事就好。况且，你现在就要风光地前往巴黎，介绍冉·朗贝尔的纸样到日本来，这可是个非凡的事业，难道你甘心毁掉这些愿景吗？倘若你真要这样做，那就随便你吧。"银四郎半威胁似的说。

听到银四郎这恩威并重的说词，式子顿时理不出头绪来。再过两星期，她即将前往巴黎，十天后，关西服装设计师协会还准备为她举办盛大的欢送会。银四郎来这里之前，先去了服装设计师协会，就是为了安排欢送会的事宜。现在，所有行程正紧锣密鼓地进行，目的是为了让式子的巴黎之行更加风光。如果推翻掉先前的一切，好不容易得到的名声和财富，都将在众目睽睽之下化为乌有。

式子害怕身败名裂，也担心失去两千万。

"考虑得如何？事到如今，你不要再耍小孩子脾气了，应该更有效地掌握成功的契机才对！她三个人的事情，等你回国之后再解决吧。目前不要再讲什么分不分手的，万一闹成丑闻传出去，一切都将付诸东流。何况你正在进行重要的事业，没有我在旁边支援的话，你肯定不安心吧。"忽然间，银四郎的语声像爱抚般温柔。他从椅子上站了起来，缓步走到式子的身旁。

"你已经三十七岁了，不要像不懂世故的大小姐，老是说些幼稚的话。我们俩可没那么容易说分开就分开呢……"

说完，银四郎哄逗似的将式子抱在怀里。

女佣喜代像迎接祭典般，从玄关到门口都洒了水，在门口旁放上少许盐巴①之后，摆好式子的鞋子。

"恭喜小姐，今天天气真好呀……"

"哎呀，又不是今天出发，我只是要参加欢送会。"式子将貂皮围巾披在鸡尾酒礼服的肩上，放下贝雷帽的垂纱说道。

"不，比起您坐飞机出发的日子，有大批贺客为您送行的日子更值得恭贺呢。如果老板娘还活着的话，她该有多么高兴啊……"喜代说得泪声哽咽。

"真讨厌，你就老爱提这些感伤的话……"

式子微笑以对，从喜代手中接过手提包，漠然地坐上来接她的车子。

车子驶出以后，式子静静地回想喜代语声哽咽的话："如果老板

---

① 求吉利之意。

娘还活着的话，她该有多么高兴啊……"她不由得想捂住耳朵。当她知道银四郎和她三名弟子有染的那天夜里，尽管觉得羞辱，但因为害怕失去名声和财富，加上陷入银四郎温柔的引诱中，终于同意银四郎的提议，佯装不知道她们与银四郎的风流情史，等她从巴黎回来之后再解决。那天晚上，她是多么憎恨银四郎，但最后竟娇喘吁吁地躺在他温柔的怀抱里，想到这幕可耻的情景，又听到喜代提到心性高傲的母亲，式子不由得感到无比敬畏与痛苦。母亲出身商家名门，为了区别招赘进来的丈夫与自己身份地位的不同，从衣服到日常用品以及餐具都嵌上华丽的、标有女人徽章的泥金画，以证明自己的尊贵。式子为了再现母亲这种自显尊贵的形象，无论在甲子园分校或是大阪本校，都嵌上了绚丽的彩色玻璃，当成学校的徽章。然而，现在她不但失去出身名门的骄傲，连女人的矜持也荡然无存了。更可悲的是，为了守住自己的名声和财富，她居然自我蒙蔽，迷失在虚伪的浮华世界中。

不知不觉间，车子已进入市区，过了野田阪神。式子看了看手表，才两点半，距离三点的欢送会开始还有时间。过了净正桥，越过田蓑桥，这次欢送会会场的新大阪饭店便映入眼帘。

车子缓缓地驶进饭店大门时，式子惊讶地睁大眼睛。因为伦子、胜美、富枝三人已经站在门口等候她的到来。自从和银四郎发生争执以后，式子便声称太过劳累，不再试穿剩下的几套衣服，吩咐她们直接缝制就行。她把学校的事情全交由银四郎处理，再也没和三名弟子见面。伦子她们三人各个穿戴得光鲜亮丽，这景象令式子感到格外刺眼，她们好像在等着受尽屈辱的她现身。式子力持镇定，幸亏她们三人尚不知她和银四郎的关系。最后，她终于恢复平静的心情，下了车。

"噢，你们都来等我啊？今天辛苦你们了。"式子若无其事地堆着笑脸，向她们慰劳几句后，便登上三楼的会场。

会场被高雅的鲜花和美丽的缎带装饰得华丽而热闹，盛装的服装设计师、身穿深色西装的纺织厂商、贸易公司和百货公司等服饰相关业者挤满整个会场，到处弥漫着浓郁的香水味和香烟的烟雾。

式子在三名弟子的陪伴下，心情沉重地走进会场，与此同时，会场里不约而同地响起阵阵掌声，镁光灯纷纷照向式子，让式子几乎睁不开眼睛。式子心头掠过一丝不安，仿佛自己的丑事全摊在众人面前似的，她下意识地转过身来，这时跟随在后的富枝走到她身旁，用温情的口吻，在她耳畔低声说："前几天发生的事，谁也不知道。伦子和胜美她们也不知情，您尽管放心，只要冷静地表演好今天这场大戏就行。"

式子又转过身来，心想，除了银四郎和富枝之外，没有人知道那天的事，就连富枝大概也不知道银四郎和她的关系，只要她冷静以对，就能展现出身为这场欢送会女主角的高雅丰采。她缓步走向主桌，取下肩上的貂皮围巾，微微掀起贝雷帽的垂纱，宛如女明星般堆着笑容，向在场来宾深深施上一礼。这时，周围的桌间响起了鼓掌声，因为洋裁学校联盟理事长大原泰造正站在麦克风前，准备为这次的欢送会致辞。

"……我谨代表所有与会来宾为这次欢送会讲几句话。我会长话短说，以免破坏来宾的美好兴致。今晚我们备有丰盛的佳肴和鸡尾酒，请各位来宾尽情享用。在此，我们祝大庭式子小姐访问法国，同时祝福她把世界知名服装设计师冉·朗贝尔的纸样介绍到日本这划时代之举成功。祝大庭式子小姐身体健康、事业成功，干杯！"

理事长大原泰造举杯高喊干杯，所有桌间也响起干杯声，整个会场旋即洋溢着笑声和喧闹声。洋裁学校联盟的董事和著名服装设计师都坐在主桌上，他们态度彬彬有礼，表情却拘谨而目光冷淡。大原京子和安田兼子完全不把式子看在眼里，显得冷傲而无礼，几个人形成小圈圈，滔滔不绝地交谈着。她们对刚进军服饰界四年的式子就在日本服饰界引领风骚，又在更多注目和祝福下风光前往巴黎，露骨地表现出反感。

式子离开主桌，向其他座席的来宾寒暄致意，顺便找寻伊东歌子，可惜不见她的身影。大阪本校开学典礼的时候，式子曾寄邀请函给她，竭诚希望她参加派对，但她没有来。之后在时装设计师协会和研究会的场合上，也没有见到她。不过，式子至今仍清楚记得在大阪本校开校半个月前，伊东歌子突然把她叫到甲子园球场，在挤满观众的看台上，神情倦懒地鼓励着刚出道的她后，落寞而归的身影。

式子绕过几桌，接受来宾热情干杯，已有些醉意，脸上泛起红晕。这时，她看见伊东歌子正从会场门口走进来。她快步地穿过桌间，朝伊东歌子走去。伊东歌子看见式子，眼前为之一亮。

"恭喜你事业成功顺利！你能把冉·朗贝尔的纸样引进到日本，可说是个创举，而光是这个创意，就代表你已经成功了。我相信你绝对可以组装缝制冉·朗贝尔的纸样，届时必能奠定你身为服装设计师的地位。"说完，伊东歌子激动地拉着式子的手，"托你的福，我自己也找到幸福了。四年前，我和男朋友苦恋，两个月前，这个苦恼终于解决了，我打算结婚。他小我五岁，妻子很年轻，还有个三岁的女儿，他终于离开她们了。前年，我把你叫到甲子园球场闲聊，正是我感情陷入低潮的时候。不过，这些波折都过去了。现在你已是个成功的服装设计师，我也将找到自己的幸福。"

伊东歌子笑得开朗，眼角有些湿润。她穿着深灰色套装，垂肩的长发盘在脑后，以前她那疲惫的神态已不复见，脱胎换骨似的多了些从容与开朗。

"我也要恭喜你。你完全变了个人了。虽然我可能没法参加你的婚礼，但我由衷祝福你。比起我在服饰界有些成就，你找到幸福的婚姻，更让我羡慕呢……"蓦然，式子说不下去了。

"哎呀，你别说这些感伤和泄气的话嘛！既然决定在充满虚荣和尔虞我诈的时装界闯荡，就要甩开那些无聊的感伤情绪，勇往直前地拼下去。"

说完，伊东歌子撇下式子，朝热闹的席间走去。式子顿时感到无端的落寞，倚身靠在柱子后面时，看到野本敬太正朝她这边走来。

"欢送会办得这么成功，恭喜啊！刚才我一直在找您，要向您问候呢。"野本敬太站在柱子前，郑重地向式子致意。

"你客气了，我正想向你道谢呢。多亏你倾力相助，才有今天这个局面。"

"您别这样说啦，能让我参与、协助这个划时代的案子，我才要感谢您呢。而且多亏这次交涉的机会，您从巴黎圆满完成工作，返回日本之后，我和伦子……"

说到这里，野本抬眼朝站在远处身穿华丽鸡尾酒礼服的伦子，投以幸福的微笑。

"野本，你和伦子……"式子欲言又止。

"你在这儿呀。"银四郎的声音突然传来，他探视什么似的锐利眼神与式子交会，随即朝野本堆起亲切的笑容。

"野本，谢谢你的大力帮忙，我们方能买到冉·朗贝尔的纸样，还邀请服饰界的前辈齐聚一堂举办这场盛大的欢送会。濑川副总经理来了没有？"

"濑川副总经理说，今天公司召开董事会，实在赶不上这场盛会，非常抱歉。不过，他已交代驻巴黎的园田联络员前往机场接式子院长，并和冉·朗贝尔方面联络，您有什么事尽可吩咐他。"野本恭谨地转达濑川副总经理的意思。

"野本，你是这事业的幕后推动者，能出席今晚的欢送会，我们比谁都高兴啊！"

银四郎极具恭维地说完，接着说道："不好意思，式子院长得上台致辞了，我们待会儿再聊……"

银四郎打断野本与式子的交谈，为了催促式子，他快步离开野本身旁。

"这种时候少谈什么同情的无聊话，你要追求的是自己的名声和成功。上次夜里，你不是这样答应过我的吗？"银四郎一边走着，看透式子心思似的冷言道。

式子来到主桌前，桌上已备妥麦克风。热烈的掌声和炽白的镁光灯再次涌向式子。式子顿时垂下眼帘，随后抬起头来，缓缓地说道："今天，众多前辈来宾特地光临这个欢送会，为我激励和送行，真是铭感五内！众所周知，在法国，时装设计是项精湛的艺术。此外，它还是重要的出口产业。最具典型的代表就是这次我将引进日本的冉·朗贝尔的纸样。这次，我们除了透过冉·朗贝尔的纸样学习优异的时装设计、剪裁和缝制技术之外，还希望提升日本服装设计师的艺术水平，今后更应努力将日本设计师的作品销往国外，打响国际声誉……"

在将近四百名来宾的注目下，式子说得慷慨激昂，但她像是被银四郎操纵的玩偶，滑稽可笑地摆放在台上。

致辞结束后，会场又恢复刚才的欢笑和喧闹声。式子觉得脖颈微微冒出汗珠，于是离开主桌，来到通风良好的窗边。这时候，有个人手持酒杯，站在那里等她。

"噢，曾根！你什么时候来的？"式子露出惊讶的眼神。

"你上台致辞的时候我就来了。你好像很累的样子。有关这次时装界的头条新闻，报上已做了大幅报道。既然进行到这种地步，你得肩负所有的责任才行。若遇到什么困难，可以找白石教授帮忙。"

"咦？白石教授……"

"嗯，白石教授为了出席国际法国文学研讨会，前天已从羽田机场出发，预计以一个月的时间游历欧洲。他的住址，问驻法日本大使馆或我们报社巴黎分社就知道了。"

"白石教授去法国了……"式子在惊愕中重复叨念着这句话。

在式子的心目中，白石教授有着令人敬畏的威严，同时又有善解人意的体贴，他犹如高山般巍峨。式子对自己不久后即可与白石教授会面，感到既兴奋又不安。

飞往巴黎

大概是飞机刚离地后的紧张、兴奋情绪，法航班机内顿时变得安静起来。头戴贝雷帽的法籍、日籍女空服员，为了缓和旅客的紧张情绪，贴心而机敏地为旅客递上餐前酒。外国旅客那边的座位上，也传来为祝贺出发的开香槟的声音。

式子喝着甜口的餐前酒，吃着餐车送来的宵夜，回想一小时前在羽田机场的情景。

宽敞的国际线候机室里，挤满了出国旅客和送机者的欢笑声及花束。式子也抱着杂志社赠送的花束，在设计师同事、妇女杂志编辑和纺织厂商，以及贸易公司公关人员的簇拥下，紧张地向与会者寒暄道别。但是他们谈论的大都是对冉·朗贝尔的纸样，以及式子回国后将举办冉·朗贝尔时装展的热切期待。面对这种情景，式子总感到压力沉重，但戴着无框眼镜的银四郎脸上却挂着诡谲的笑容，志得意满地吐着烟圈。确切地说，在充满热闹的祝福和笑声的送机大厅里，只有银四郎是虚伪和极具算计地为式子送行。

这时，座位正前方电子仪表上的红灯亮起来，扩音器里传来了女空服员的声音。

"各位旅客，本次航班即将飞离日本的领空。"

这段日语充满深情的安谧，仿佛要与日本的国土告别似的。由舷窗往下探看，刚才那稀落微弱的灯光已没入茫茫的黑暗中。飞机正穿越漆黑的海面上空。这时，式子才真正感受到已经离开日本的事实，但她并不感到孤寂，反而有种离开日本、摆脱那些令她感到屈辱的生活的解脱感。对现在的她来说，唯一的解脱就是远离日本，摆脱银四郎的纠缠。甚至连购买冉·朗贝尔的纸样这样轰动媒体的事业，在她的心目中也成了离开日本的便宜之策。她知道自己过的是可耻的生活，至今为止所取得的成功，都是建立在虚伪的泥淖上。然而，她害怕失去现有的名声和财富，只好继续昧着良心飞往异国。为此，她内心交战不已，她既痛恨自己的败行劣迹，却又想用什么方式安慰自己。

乘客们已开始准备就寝，身穿白色短夹克的法籍男空服员麻利地帮乘客放倒椅背，拉出脚踏板，铺上毛毯和枕头。式子脱掉外套，穿着宽松的洋装，盖上毛毯躺了下来。坐在式子前两个座位的男子询问女空服员到达西贡①的时间和早餐的事。

"清晨六点将抵达西贡，在西贡的新山一机场餐厅吃早餐。在那里您可以一边欣赏东南亚的绿色晨景，一边享用法式早餐。"

女空服员亲切周到的回答在安静的机舱内回响着，为乘客增添旅途的乐趣。式子像祈祷似的闭上眼睛。因为在历经四十多个钟头，飞越西贡、卡拉奇、贝鲁特、罗马之后，式子就可到达白石教授所在的巴黎了。

从舷窗往下探看，薄雾朦胧而辽阔的意大利山野映入眼帘，山

---

① 即现在的越南胡志明市。

野尽头是湛蓝的大海，朝阳将海面照得波光闪烁。由于太过刺眼，式子细眯着眼睛，沉浸在飞往巴黎的兴奋中。飞机经过罗马，再过三个小时就要抵达巴黎了。将抵巴黎的紧张情绪和远离日本的解脱感，不断地在她内心拉扯着。

不知什么时候，飞机离开了海岸线，飞入白云层中。南欧的阳光不时从云缝中钻出来，射进机舱内。突然，飞机开始往上抬升。式子向下俯瞰，眼前是雄伟的阿尔卑斯山脉，顶着白雪的勃朗峰轮廓有致地矗立在厚厚的云海之中。那银白的闪光，犹如冒起阵阵白烟。霎时，机舱内的嘈杂声戛然而止，出现了短暂的寂静。

飞机飞过阿尔卑斯山，进入法国的丘陵地带，展现在眼前的是与日本相似、连绵铺展的森林和田野，渐渐可以看见巴黎郊外的民宅了。女空服员发给乘客入境表，乘客纷纷填写资料和整理手提行李，机舱内顿时骚动起来。接着，班机慢慢地朝奥利机场飞去。

飞机的引擎声停了下来，机舱门打开，扶梯也放下来了。因为初次踏上法国的土地，式子激动得有些颤抖。式子走下扶梯，抬眼望去，正对面嵌着玻璃的白色航站大厦已经出现接机的人群。男空服员带着乘客通过证照查验的柜台，办完通关手续后，式子便走到通往海关的人群中，刚好见到三和纺织公司驻巴黎联络员向她喊话招手。式子也朝他挥手，走出海关。

"您好，我是三和纺织公司的驻巴黎联络员，敝姓园田。总公司特别交代，在您旅法期间尽量给予您最大协助。"

园田联络员以带着法语腔的日语向式子问候，随后叫行李员提着式子的行李，引领式子到等候多时的车上。

汽车在国道上奔驰，从车窗望去，可以看见广漠的田野和稀稀落落的红屋顶民宅。园田说，这里离巴黎市区仅十四公里，却人烟稀少，空旷而静谧。过了高墙围绕的市民墓园，往前驶去时，旋即看到好几栋方形的高层公寓。驶近小意大利广场附近时，巴黎市街逐渐映入眼帘。那里耸立着古老的建筑，抬眼望去，还可看到远处巨大的伤兵院的圆顶和埃菲尔铁塔的塔尖。过了蒙梭公园，来到蒙帕纳斯，往来行人增多起来，身穿朴素西装的男子和提着购物袋的家庭主妇，沿着经日晒雨淋、熏黑的石墙下走着。整个市街的景象显得阴暗，完全超出式子对巴黎美丽光鲜的想象。

"大庭小姐，巴黎没您想象得那么干净吧？刚到巴黎的人都有这种感觉。但是来过两三次以后，就会慢慢适应这种阴暗的感觉，等住惯了巴黎，您会从那斑驳的墙壁发现古朴的美感，巴黎的魅力就是这么不可思议。"坐在驾驶座的园田联络员似乎猜透式子心情似的说。

然而，式子想到明天起，就必须依靠操着法语腔日语的园田联络员在这陌生的街市和冉·朗贝尔交涉纸样的事宜时，心情不由得沉重起来。

尽管隔着厚厚的窗帘，式子依然感受到外面的明亮。她似乎还疑惑着是否已置身巴黎市街，于是朝房间里的古老家具凝视半晌，慢慢地下了床，拉开窗帘。

眼下是林荫广披的杜勒丽公园，左边是卢浮宫，公园对面塞纳河畔的大树叶子已掉光，光秃而粗大的枝桠伸向天际。塞纳河虽然被高高的河岸道路所遮蔽，但透过晨雾仍可以看到对岸的伽德鲁·多尔塞的钟台。察觉到塞纳河正缓缓流经其间时，式子这才恍悟自己确实置身巴黎市区。

电话铃响。式子拿起话筒，是园田联络员打来的。

"您好，早安！昨天晚上睡得好吗？"园田依旧以法语腔的日语问候道。

"嗯，托你的福，我睡得很好。这饭店很棒。"

"这样我就安心了。我已约好早上十点去冉·朗贝尔的店，九点四十五分之前，我会去接您。"

园田联络员说完便挂断电话。昨天式子和园田约好去冉·朗贝尔的店。她看看手表，还不到九点，于是急忙冲了个澡，简单吃完早餐后，开始外出的准备。她没有穿毛料衣服，而是穿上厚厚褶皱的绸质套装，配戴珍珠项链和耳环，还特地选了个有玳瑁扣环的黑色手提包。她梳妆完毕，正要穿上貂皮大衣时，前台来电说园田联络员已经来了。

其实，从圣杰曼饭店到冉·朗贝尔位于圣奥诺雷街的时装店很近，不需开车。式子与园田联络员穿过协和广场，在玛德莲教堂前向左拐去。街道两旁大都是造型简朴的橱窗，并非想象中的高级时装店，橱窗旁都挂有标着设计师名字的牌子。

冉·朗贝尔的时装店在右侧人行道上，是一座石砌的房子，斑驳且阴暗。走到店内，只见厚厚的地毯上摆满华丽的商品盒，装在盒内的是没有标价的高级服饰。园田联络员向店员说明来意后，两人立刻被带入二楼会客室。没多久，经纪人波·米修莱走了进来。

"大庭小姐您好。"

波·米修莱露出笑脸，向式子要求握手，并夸张地称赞式子穿着的墨色套装有多么美丽。

式子通过园田的翻译，表示这次能造访冉·朗贝尔的时装店，并会见到他本人感到非常光荣。

听到这里，米修莱露出困惑的表情。园田联络员赶紧以法语向他说明，只见米修莱慌张地说得很急。式子不知道米修莱在说些什么，却见他胀红着脸，不断地连说着对不起。这时，园田联络员脸色苍白，激动地以法语解释着。

"园田先生，真的非常对不起！"米修莱这样说着，并耸了耸肩膀。

园田联络员激动地看向式子，说道："非常对不起！您也知道，我们三和纺织公司原本就打算用手边的外币购买这次的纸样。不过，听米修莱说，一个星期前，日东贸易驻巴黎办事处已经向他们提出要当日本的总代理。也就是说，日东贸易一旦购得冉·朗贝尔纸样的权利，在日本国内，他们就有权利把它转卖给纺织厂商、贸易公司或百货公司等。而且他们要求和冉·朗贝尔的店先签订三年的合约，购买每年两次发布会的作品。这么一来，我们就只能买到今年上半年，即二月至七月春夏两次发布会的作品了。我向他强调，我们三个月前就和他们谈好了，但米修莱说，任何人都能签订购买纸样的合约，问题是我们尚未正式签约呀。我原本打算让大庭老师看过发布会，选出哪些纸样后，再依品项和他们签订合约，想不到日东贸易居然插手。这完全是我的疏忽。原则上，冉·朗贝尔的纸样，一个国家只能有一个代理商，这家伙显然是要让三和纺织公司和日东贸易竞标拼个你死我活。您别看他态度客气、脸色桃红，连声说对不起，其实他是个满肚子精打细算的坏家伙。"园田看了米修莱一眼，气愤地说。

听不懂日语的米修莱，脸上堆着笑容，歉疚似的向式子耸耸肩膀。

"园田，继续争执下去也无济于事，我们想想其他办法吧。"式子向米修莱轻声致意后，率先走出了冉·朗贝尔的时装店。

来到外面，园田联络员已气得脸色发白，他严厉批评米修莱的做法太过狡猾，说他简直是卑鄙的犹太人！而才抵达巴黎第二天，式子便遭逢意外的挫败，现在她除了园田联络员之外，几乎没人可商量，为此心情格外郁闷。抬眼望去，神情欢快的行人走在石砌的人行道上，宽广的马路上净是呼啸而过的车流，无论是路上行人或是车里的乘客，和自己的肤色、语言皆不同。

后天要举行时装发布会，而且会后就得立刻签订合约，问题是，她已没有充裕的时间和日本方面详细联络或研拟对策了。她沿着石造建筑夹峙的街道，步伐无力地朝饭店走去。走到协和广场的时候，她突然想起白石教授来。

"园田，麻烦你到附近的咖啡厅打电话给日本大使馆，问馆方是否知道，来参加这次国际法国文学研讨会的S大学白石教授住在哪家饭店。"式子急切地问。

园田联络员走进附近的咖啡厅，向服务生点了杯咖啡，旋即拨电话到日本大使馆。大概是太过慌张或是线路堵塞，他拨了好几次，最后终于接通了。

"请问是日本大使馆吗？请转接文化科……啊，是文化科吗？不好意思，请问你知道来参加这次国际法国文学研讨会的S大学白石教授住在什么地方吗？我是三和纺织公司驻巴黎联络员，敝姓园田。"

园田高声询问，连式子也听得到，他问得很急切，随即抄下地址后，才放下话筒。

"我问到白石教授的下榻处了。他住在哈斯派大道四十三号的路太基饭店。"

园田说着从口袋里拿出地图，向式子说明位置。原来白石教授下榻的饭店与式子的住处中间隔着塞纳河，位于卢森堡公园附近。

"我们赶快打电话去饭店问问看。"

坐在隔桌喝着咖啡的法国夫妇遭打扰似的，露出不悦的表情，但园田没有理会他们，又站起身来打电话，这次却皱着眉头折了回来。

"白石教授去参加研讨会了，晚上七点左右会先返回饭店，但又得马上外出，您看该怎么办呢？"

距离白石教授返回饭店还得等上七个小时。式子原本预定先造访朗贝尔的时装店，再与冉·朗贝尔会面，双方讨论其时装设计和纸样，不料，眼下却出现这样的差错，使得一天的计划全打乱了。而这也让式子深刻体会到与出口流行时装的巴黎商人打交道有多艰辛。

园田联络员见式子沉默下来，愧疚地说："我现在得先回办公室一趟，打探日东贸易的动向和研拟相关对策。由于事情发生得太突然，现在打电话回总公司报告大概也很难得到明确的指示。事到如今，我总不能说些无济于事的蠢话。总之，我会尽力而为，也请大庭老师全力相助。恕我冒昧直问，请问联络到白石教授的话，他会全力帮您吗？"

园田联络员问得十分谨慎。有趣的是，这个驻巴黎联络员在生意交涉上出了差池，惊慌失措的神情全写在脸上，现在反而向式子求助。

"因为还没有见到他，我也不知道……"

式子想起白石教授的冷漠威严和细腻体贴，也只能这样回答。

式子到路太基饭店时，只见大厅里有两对穿着小礼服准备去吃晚餐的美国夫妇和两三名悠闲读报的房客。式子在大厅的沙发上坐下来，等候白石教授回来。

刚才，饭店前台服务员说，白石教授晚上七点左右会先回饭店一趟，但也可能因为旅行途中忙碌，有各种行程不能按时回来。想到这里，式子便觉自己没问对方情况，即擅自等候未免太愚蠢了。当她正要站起身时，倏然有道黑色人影推门走了进来。那轮廓鲜明的侧脸，不正是白石教授吗？他身穿黑色大衣，一顶呢帽几乎压到眉毛处。他与柜台服务人员交谈了几句，蓦然惊讶地回头看向大厅。式子趋前向白石教授点头致意，他露出诧异的表情，难以置信地望着式子。

"大庭小姐，你什么时候……"

"我昨天刚到这里，突然打扰您，非常抱歉！"

"不，你太客气了。可是你怎么知道我住在这里？"白石教授诧异地问。

"我离开日本的时候，曾根说您已经到法国了。还说可向日本大使馆或他们报社驻巴黎分社打听您的住处。我是从日本大使馆那儿问来的。"

"我这次参加国际法国文学研讨会，因为停留期间不长，所以没通知大家。可是你为什么挑这二月初来呢？要参观卢浮宫或探访著名教堂，也应该在温暖的四月来呀。"白石教授纳闷地问。

"我本来也这么想，但春夏时装发布会将在后天举行，我总算赶上了。不过，交涉过程中发生意外，所以我急着赶来求您帮助。"式子低下头，直接表达来意。

"你这么慎重其事，我怪不自在的，如果我能帮上忙的话，请直说没关系。"

在白石教授的温情回应下，式子将今早发生的事情和盘托出。

"离开日本以前，所有事情进行得非常顺利，原本以为只要来巴黎参观时装发布会，挑选中意的纸样就行了，情况却全然不同……"式子详细地告诉白石教授，在冉·朗贝尔的时装店交涉出现了问题，以及园田联络员和她目前的处境。

白石教授倚靠着沙发，低着头面无表情地听着，等式子说完后，他慢慢抬起头来，看着式子，冷不防说道："你好不容易来到巴黎，为什么非得谈这些生意不可？难道你不能放松心情地参观巴黎，认真学习自己想要的东西吗？"

白石教授说得突然，使得式子顿时语塞。他仍靠坐在沙发上，凝视着式子，突然探出上半身问道："你吃过晚饭了吗？"

式子摇头以对。

"那么，我们一起去吃吧。"

"可是您不是和其他朋友约好了吗？"式子委婉地说。

"研讨会确实有个酒会，但几天来大家都见过面了，不出席也没什么关系，我们去以鸭肉料理闻名的银塔餐厅怎么样？"

说完，白石教授在前台打了通电话预约，并吩咐行李员叫来出租车。从哈斯派大道的路太基饭店距离餐厅不远，开车只需十二三分钟。这家餐厅座落在塞纳河畔，具有四百年历史，里面没有豪华的装潢，气氛幽静古朴，从这栋有着高大白墙的建筑可以俯瞰巴黎圣母院。穿着燕尾服、蓄着唇髭的服务生极度恭敬地把他们带到预约的座位。接着，他用偌大的银盘端出一只已经拔毛的全鸭，让他们看完之后，便端回厨房烹调了。服务生用银盘端上红酒、前菜和生鸭肉片后，白石教授边拿起刀叉，边向式子解释。

"听说这里的鸭肉料理是巴黎最美味的。更有趣的是，店家自一八九〇年至今，皆有标示鸭只号码的习惯。刚才服务生给我们看的那只鸭子就标有号码，主要记载我们享用的这只鸭子是开店至今的第几只鸭子。当初，伊丽莎白女王二世和爱丁堡伯爵访问巴黎的时候，吃的是第一八五一九七和一八五一九八只，我们现在吃的是第二六五〇七二只呢。"说着，白石教授把滴有红色酱汁的鸭肉慢慢地送进嘴里。

"和你一起用餐，包括今晚是第三次了。第一次是在京都的瓢亭，第二次在银座的花树餐厅，第三次就是在这里。奇妙的是，每次吃饭好像都和你的工作有关。第一次，是你帮电影《服装设计师的故事》的演员试衣回来时。第二次，是在东京举办十大服装设计师作品展那天。当时，我曾建议你，如果有志想投入服装设计师的工作，就应该去巴黎学习服装设计，不是只学些皮毛，而是真正掌握到正统的时尚设计概念。可是这次你来巴黎找我，却不是找我商量如何向哪个巴黎的时装设计大师学习，居然像贸易商那样商量起生意的细节来。坦白说，这让我有些不快，所以才讲出失礼的话。不过，若能不提刚才的话题，还是不提的好。"

"可是，这不仅是三和纺织公司和敝校的事，在曾根的游说下，B报社已决定支持这个企划，而且已经在报上刊登消息了。"

"什么？曾根任职的报社也赞助……大概又是银四郎在幕后策动的吧。"

白石教授拿着盛着红酒的酒杯，向式子投以责备的眼神："银四郎为了取得冉·朗贝尔的纸样，从三和纺织公司那里弄到外币，再利用曾根取得B报社的赞助，这只是在满足他经营上的餍求，而你在这事业中却扮演着主角！曾根之所以协助这个事业，纯粹是出于对你的好意。"说完，他不悦地沉默下来。

白石教授在责备银四郎和式子的话语中，对曾根仍充满温情，但是式子不知如何回答。白石教授一口气喝光杯中的红酒，思索似的默默地动着刀叉，随后突然停了下来。

"生意上的事情，我完全不懂，也不知道日东贸易买到冉·朗贝尔纸样的权利之后，会卖给什么样的贸易商、百货公司，或做何处理。但有一点可以清楚证明，那就是把纸样交由三和纺织公司，他们绝对会秉着良心组装和缝制起来，彻底尊重原设计者的艺术创意。巴黎的一流时装设计师，都会和画家联手合作。我有一个法国朋友，认识一个偶尔协助冉·朗贝尔工作的画家。我可以通过这个朋友，请他代为转告冉·朗贝尔，如果把他的纸样交给三和纺织公司，他们会绝对尊重并再现他的艺术特色。巴黎的服装计师非常注重自己的作品特色，我会特别强调这一点，你也再和园田联络员商讨一下。"

说完，白石教授像要拒绝式子的谢意似的，表情冷漠地动着刀叉。桌旁坐着许多外国人，四处传来热闹的欢笑声，身穿燕尾服的服务生态度恭敬地穿梭其间。这是式子初抵巴黎后第一次最丰盛的晚餐，但在这种场合中，仍不得不谈起与冉·朗贝尔交涉的事，不由得令她自惭形秽。

晚餐结束后，他们走出餐厅，沿着幽暗的林荫道漫步着。据说，今年是巴黎几十年来未曾有过的暖冬。式子刚才喝了红酒，脸颊暖烘烘的，但是夜气凛冽，她畏冷似的拉紧貂皮大衣的衣领。

走了十分钟左右，他们来到圣日尔曼街和圣米歇尔街交叉处，可以看到索邦大学的大礼堂圆顶，两旁林立着的餐厅和咖啡馆。学生模样的年轻男女漫步其间。

"这一带是著名的学生街。这里和我二十年前到索邦大学留学的时候，几乎没什么改变。不过，学生们的思想随着时代变动应该出现很大的变化。从这圣日尔曼街稍往西走去的广场，有当年萨特等知识分子讨论存在主义的'花神咖啡馆'，以及巴黎文人雅士聚集的'双叟咖啡馆'。现在已经很晚了，明天九点我还要参加研讨会，结束后，我得马上赶去英国。"

"咦？您要去英国……？"式子不由得停下了脚步。

"这次国际法国文学研讨会讨论的主题是'二十世纪与人道主义'。英国的亚瑟·格雷教授的论文很有见地，他把法国文学中有关个人主义与人道主义，这看似矛盾冲突的问题，做了非常精辟的解析，可说是极富启发意义。前天，我特地到格雷教授下榻的饭店拜访他，高兴地谈了一整夜，我已经答应明天研讨会结束后，和他一起回他剑桥大学的研究室。我预计在那里停留一个星期或十天左右，然后再返回巴黎……"白石教授露出愉快的笑容说。

式子终于明白白石教授这几天来的心情，但她更想知道，让白石教授笑逐颜开的国际法国文学研讨会到底是什么样的活动。

"您能讲些法国文学研讨会的事给我听吗？"

"什么？法国文学研讨会的事……？"

"是啊，比如我想知道文学研讨会在什么地方召开的？"式子直接问道。

白石教授露出不知该从何谈起的笑容说道："国际法国文学研讨会，是在离这里约三十六公里——坐车四十分钟左右——巴黎郊外的华佑蒙修道院召开的。那栋修道院是法王路易九世修建的，往东望去，可以看见美丽的香堤森林，北边则是广阔无垠的法兰西岛麦田。修道院周边全是放牧的牛羊，几乎看不到农家，非常僻静，是个适合讨论文学艺术的场所。来自世界各国约莫两百名法国文学研究者齐聚在那里，连续五天自由地在那里讨论该年度的研究课题。对我们这些法国文学研究者而言，没有比能参加数年一次的文学研讨会更快乐的事了……"

白石教授走在石板路上，慢条斯理地向式子说明该研讨会的内容。他那热爱钻研文学的愉悦神情，宛如一股丰沛的暖流注入了式子的心坎。两相比较之下，她为了保住虚华的名声和财富，甘愿过着屈辱生活的丑态，仿佛赤裸裸地摊在白石教授的面前。顿时，她心里一阵酸楚，掉下了眼泪。但她分不清楚这眼泪到底是出于痛恨自己，还是对自己表示绝望？为了不被白石教授察觉，她忍住眼眶的泪水，走到卢森堡公园的路灯处时，白石教授突然停下脚步，转身看着式子。

"你怎么了？身体不舒服吗？"

式子摇摇头，只是微笑着。

"你大概累了。我送你回饭店去，要早点休息。"

说着，白石教授拉起式子的手，让式子的身子靠近自己的胸前。接着，他用厚实的胸膛轻轻贴着式子的脸颊，像把她抱在怀里似的，招了一辆出租车。式子有股冲动，很想紧紧抱住白石教授，但白石教授疼惜似的搂着她的肩膀，神情忧郁地望向窗外。

出租车驶到饭店前，白石教授说："你好好休息，养足精神参加后天的时装发布会。另外，有关冉·朗贝尔的事，我会尽力而为，请你安心宽眠吧！"

白石教授只送式子到饭店大门口，便返身回去了。

冉·朗贝尔作品发布会的会场上，弥漫着热烈而异样的气氛。二楼表演厅的门口摆着几张桌子，身穿黑色西装的接待人员，逐一严格检查每个来宾是否合乎入场资格。

首日的发布会只开放给持有记者证的新闻从业人员，或持有主办单位寄发给特定顾客的邀请函的人。会场里装饰着花簇和水晶灯，显得华丽贵气，里头挤满了各国特别挑选出来的报纸和杂志的记者、打扮光鲜亮丽的贵妇以及贸易商。式子和园田联络员因为要购买冉·朗贝尔的纸样，算是最初申请获准的日本顾客，早已拿到邀请函，他们被带到细长形会场中央的位子。

日东贸易还没有谈妥纸样代理权的事情，但今天看完发布会后，他们就得挑选出自己中意的纸样来。日东贸易似乎只把冉·朗贝尔的纸样视为纯粹的商品，没有派懂得纸样的设计师来，只来了个驻巴黎联络处的中年职员。当式子与园田注意到他后，他也不自在地望向这边，不时借机偷看身穿和服的式子。

一到下午两点，冉·朗贝尔的经纪人波·米修莱上台简单致辞。他说，依规定严禁来宾拍照和摹写，并希望媒体于展出结束后再刊登相关照片，发布会才正式开始。

"第一号，蓝色交响乐！"

司仪以英语宣布节目单上的号码和题目后，一名身穿蓝色午礼服的模特从通往后台的入口处走了出来。模特姿态优美地走到铺着地毯的伸展台，向来宾摆姿展示，旋即转身，裙摆乍然飘起后，她便退回后台了。接着，第二名模特又走了进来。在短短两个小时内，模特就展示了一百至一百二十套时装，这对看惯慢节奏的日本时装发布会的人来说，实在有些应接不暇，走秀的节奏如此快速，目的是为了避免时装样式被人抄袭。

"第五十号，幸福的一天……"

"第五十一号，七叶树……"

"第五十二号，蝴蝶……"

司仪报号的速度越快，模特上台和下台的次数也跟着加速，式子为了对照节目单和模特服装的号码忙得不可开交。走秀进行到一半时，会场弥漫着浓烈的香水味和人体散发出的热气，大家似乎在低声赞赏着朗贝尔的设计才华，连坐在会场最醒目位置、主跑流行时尚新闻的报刊杂志的记者也都露出激动的神色。

式子在短短两个小时内，看了一百多套时装，不禁眼睛疲累、神经紧绷，虽说偶尔看漏了其中的细节，但这次发布会主要的流行趋势大体上还是掌握到了。冉·朗贝尔的作品是以美妙的色彩和大胆简单的线条构成的，对有曲线美的女性，朗贝尔故意以直线来反衬，创造出新颖的线条感。今天，共有十三名巴黎的一流服装设计师参与这场时装发布会，但看来今年又是冉·朗贝尔的作品搏得压倒性的胜利，他的作品将继续引起世界服饰界的瞩目。

发布会结束后，记者为了赶隔天早报的稿子，纷纷挤过人群，慌忙走出展览厅。他们那慌张激动的神情，正说明冉·朗贝尔的作品是多么成功！

待在表演厅里的妇女和各国贸易商，还沉浸在兴奋的情绪中，他们端着侍者送来的鸡尾酒润喉解渴。式子和园田联络员则在寻找经纪人波·米修莱的身影。发布会结束时，米修莱恭谨地上台致辞，和其他来宾把酒寒暄后，不知什么时候就不见了。这时候，旁边有名女子叫唤着式子。

"大庭小姐，请到这里来。"

刚才在前台身穿黑色套装的女接待员，领着式子和园田联络员到后面的房间。脸色红润的米修莱迎了上来，微笑地向他们握手。米修莱为昨天的疏忽频频致歉，还说冉·朗贝尔要见他们。

"咦？冉·朗贝尔先生要见我们……"对式子来说，冉·朗贝尔只发表作品，没有在华丽而隆重的会场现身，但是他居然要见他们，简直令人难以置信！

"是的，朗贝尔要见两位。"

米修莱话音刚落，门就应声开启，冉·朗贝尔走了进来。他一看见式子，旋即睁大眼睛望着式子身上那印有手绘灰紫色菊唐草花样的和服，"真高兴能见到你。"朗贝尔双眼清澈、炯炯有神，但脸色有些憔悴苍白，他那漂亮的棕色头发没有油光，可能是为了准备这次发布会，而忙得神形疲惫吧。

"这次能参观您独具特色的服装作品，个人感到非常高兴和荣幸！如果您愿意让我在日本组装及缝制您的纸样，将是莫大的光荣。我会用最高的敬意，来完成这项划时代的事业。"

听式子说到这里，朗贝尔带着纤细和神经质的神情说："我从我的画家朋友那里得知您对我的纸样很感兴趣，而且您在日本也是出色的服装设计师，还有个当大学教授的朋友。虽然出售纸样是商业行为，但我仍殷切期望自己作品的艺术性能受到尊重，所以我愿意将我的纸样交给您。"

从朗贝尔的谈话和神色可以看出法国人对大学教授的尊敬与信任，白石教授的鼎力相助，意外地把式子救出了困境。

"朗贝尔先生，我太高兴了！"式子用拙劣的法语表达谢意。

"明天，请您再来看看发布会，慎重地挑选您中意的纸样。"朗贝尔说着，又微笑地和式子握手。

式子在朗贝尔设计的服装前不知挑选什么好。第二天，她从早上开始看发布会，从一百八十套作品中挑出了五十套。发布会结束后，她亲手触摸过参展的服装，打算购买其中的三十套。原本还穿在模特身上的套装和鸡尾酒礼服散发出浓烈的香水，但在式子看来，这些衣服缝制得非常精巧，尺寸分毫不差。不论哪一件礼服，其接缝之少都是式子前所未见，与其说它是件衣服，不如说是用布料所雕塑的美妙立体模型。式子心想，针脚这么少，又如此地有立体感，想必是依构想精湛的纸样精密缝制的吧。式子很想揭开手中这件礼服缝制的秘密。于是她佯装探看褶皱复杂的礼服胸饰，正要把它翻过来看清它的褶皱与缝制的方式时，站在一旁的经纪人米修莱和中年营业主任快步来到她身旁，问道："您也想买这件吗？"

式子摇摇头，他们旋即态度客气地把礼服收起来，并劝式子挑选另外的礼服。他们这样做，是担心没被买走的礼服，缝制的技术让客户识破。

式子从三十套中选出了二十二套，剩下的八套一时很难做出决定。因为每件作品都缝制得非常精巧，各有特色和风格，想要淘汰其中一件，都得下相当大的决心。况且，想到要在日本组合纸样和缝制服装，在公开场合展示，不能光凭她个人的好恶做挑选。倘若不能通过她挑选的三十套纸样，把朗贝尔独具特色的服装设计介绍到日本来，好不容易进行到现在的划时代创举将失去意义。想到这里，她更加踌躇不前，如履薄冰，连在旁应对的米修莱和营业主任也露出焦虑疲惫的神色，而随侍在侧的园田联络员则坐在窗边的椅子上沉默不语。这期间，房间的门几次粗鲁地打开，身穿黑色洋装的女售货员走了进来，在营业主任小声的吩咐下，又拿着式子挑选的礼服急忙走了出去。这时候，式子也感觉到各国的贸易商和她一样，正在其他房间里慌张地挑选纸样。在这种紧张的气氛下，她只得快速挑出最后八套。

挑选纸样结束后，米修莱公事化地将打开的合约递到式子面前。合约上用法语写着许多事项，在购买合约物件的空白栏里，写着三十套纸样的号码和总额两百五十万法郎。园田联络员走到式子身旁，确认合约的内容。

"合约上的但书说，为了保护设计师和各国纸样购买者的共同权益，即使已经签约，纸样不能立刻交给购买者，必须由朗贝尔方面决定日期后，同时邮寄到世界各国。这正是巴黎时装业者的做法，也就是在打完宣传战之后，再展开销售。他们做得可真彻底啊！"园田不能苟同似的说明着。但此刻式子沉浸在购得朗贝尔纸样的喜悦中，很快地就在合约上签了字。

"明天下午三点，朗贝尔先生等候您的到访。"米修莱说着，态度恭敬地收下了合约。

隔天，式子和园田联络员准时前往朗贝尔的时装店，冉·朗贝尔亲自出来迎接他们。他身穿浅灰色服装，胸前插着一朵红玫瑰花。式子穿着青瓷色的结城碎白花样的和服，系着没有花纹的腰带。朗贝尔看到身穿和服的式子，劈头便说："这和服样式，我非常喜欢。"

比起式子首日出席发布会时那件印有灰紫色菊唐草花样的和服，朗贝尔似乎更喜欢结城碎白花样的和服，他还说他工作室里的员工应该会喜欢这种花样，便带着他们到三楼的工作室。

完成发布会任务的工作室，洋溢着轻松的气息，年在十七八岁至二十五六岁的年轻女员工分组缝制着订做的服装，每组十五六人。有的缝制硬料的服装，有的缝制柔软的衣服。其中又细分为丝绸和毛料缝制组，每个小组皆有经验丰富的中年组长，正态度严谨地巡视缝制的情况。她们看到朗贝尔和式子走来，停止了低声谈话，不约而同地向式子那花样美丽的和服投以好奇的目光。式子向她们点头致意，她们也抱以微笑，有的轻快地踩着缝纫机，有的在烫衣服。乍看来，她们使用的缝纫机和烫斗都比日本工作间用的老旧，不是每人一台，而是每组十五六个人共享三台。不过，这并不会给人不便的感觉。有人在使用缝纫机的时候，她们就手缝衣服或烫衣服，完全没有受到设备的限制，这显示出她们随时可发挥缝制衣服技术的本领。

朗贝尔默默地领着式子参观，但没有具体说明，只是让式子见识她们缝制衣服的情况。当他们来到试衣间前时，朗贝尔说道："看看我的纸样吧。"

走进试衣间后，朗贝尔用棉花和麻做成布模，直接套在站在旁边的模特身上，然后大胆地用剪刀和别针做出有很多皱褶的洋装形状。他宛如在捏制一个布料的雕塑品，自由奔放地在人体上操纵着布料，等雕塑出合乎自己构想中的立体轮廓时，便解下布模，平放在制图纸上，依布模制成纸样。

朗贝尔轻轻地用铅笔画着，语气强烈地向式子表示："造型出色的服装，不是出自尺和圆规画线的基础上，或突然拿美丽的布料裁剪缝制而成。首先必须构思出服装的形状，等这个雏型完成后，再考虑它的立体造型。构思这种立体造型时，绝不能受到美丽的色调或材质所迷惑，然后再以此为基础，决定流行的色彩和花样。换句话说，如果没先决定这美妙的立体造型，即使你使用多么新颖的色彩和花样，终究只是肤浅的作品，谈不上是出色的服装。为了构思出美妙的立体造型，我有时只为了做出一件衣服，三番两次地推敲和研究，直到自己满意后才用制图纸描摹出来。所以我的纸样，并不是简单靠着尺和圆规画出来的平面图，而是从布模绘制出来的立体图。"

通过园田联络员的翻译，式子终于了解到朗贝尔严谨的创作过程，以及驰名世界的纸样是如何诞生的。式子想到不久后将要组合和缝制朗贝尔的纸样，兴奋得说不出话来。

旅　愁

　　式子独自漫步在热闹的香榭丽舍大道上，回想着刚才从凯旋门上眺望，到处是河流、森林和教堂的巴黎美丽风光。光是单侧的人行道就有日本银座街那么大，林立着卖仕女服、香水、毛皮、内衣裤、鞋子、手提包和绅士服等的店面，每家店的橱窗都充满创意和特色。式子心血来潮地逐家闲逛，浏览着橱窗内的美妙商品，近日来的烦闷竟然消失得无影无踪，心情快活了起来。

　　结束向冉·朗贝尔购买纸样的工作后，式子必须写信联络银四郎，详细告诉他朗贝尔的作品在巴黎展出后所得到的反响，及其购买纸样的交涉过程。接下来，她每天还得参观在巴黎举行的十三名一流服装设计师的作品联展，逐件看个仔细，拿它和朗贝尔的作品做比较探讨，以作为将来在日本组合朗贝尔的纸样和缝制服装的参考。此外，她还受国内某些报刊杂志的委托，写些巴黎时装发布会的相关报道寄回日本。因此，从二月初她抵达巴黎之后，这二十几天来，每天几乎忙得不可开交。

　　当式子从繁重的工作中解脱出来，漫无目的地走在巴黎的街道时，她才发现到昨天之前未曾领略的巴黎幽静之美，而且现在也能欣赏石板路和林荫道的静谧了。二月末的巴黎，天空一片灰蒙蒙，光秃秃的绿化树仿佛被云隙间透下来的光束吸引似的，整个枝桠仰望着伸向天际。

走到约翰五世街的转角时，式子看到有家咖啡馆挂着一块门板，上面用白字写着"Fouquet's"。那家咖啡馆就出现在雷马克长篇小说《凯旋门》中的场景。她推门而入，竟是一家平淡无奇、随处可见的咖啡馆。这是一栋五层楼的老旧建筑，咖啡馆位于楼下，里面光线阴暗，给人沉闷的感觉。她坐在嵌着玻璃的露台旁座位，点了一杯咖啡。周围坐着幸福的男女，他们欢快地交谈着。从他们满足的氛围来看，显然是与这城市水乳交融的市民的笑声。忽然间，一股莫名的孤寂感掠过式子的心头，她不由得回想起在日本那段不堪的往事。和银四郎那段屈辱性的孽缘，她决定返回日本之后再解决，所以在写给银四郎的信上完全没提及。

银四郎回信说，伦子、胜美和富枝三人，在院长出访期间工作非常卖力，新学年度的招生人数比去年多了两成。不过，对式子而言，停留巴黎期间，很想把学校、银四郎的关系，以及和三名弟子的纠葛忘得一干二净，只想尽情欣赏美丽的风景、悠闲地漫步街头，借此抚慰千疮百孔的心灵。她拿起放在椅子上的手提包，缅怀似的取出白石教授从英国寄来的明信片。

那是一张印有西敏寺的精美明信片，背面写着白石教授俊秀的笔迹：

多雾的伦敦，天气比巴黎阴霾寒冷。我每天和亚瑟·格雷谈论文学，生活过得非常愉快。剑桥大学座落在伦敦往北五十六英里的地方，位于康河河畔，周围是浓荫大树和绿草如茵的草坪。我待在幽静的研究室里，有时拜读格雷教授之前发表的论文，有时忘情地与格雷教授热烈讨论，或和其他文学家开怀畅谈。格雷教授放假时，我们则到伦敦市街或郊外散步，原本预计只来一两个星期，不知不觉间已过了一个月。我预定三月初返回巴黎。

这只是一张简单的明信片，上面写着白石教授的近况和他将于三月初返回巴黎的消息，但式子脑海中早已浮现出白石教授振笔疾书的神情来。白石教授低下轮廓深致的脸庞，像写符号般毫无表情地写着，但他的眼神里似乎隐藏着对式子的关爱。他并不支持式子购买朗贝尔的纸样，却仍默默地倾力相助，最后让朗贝尔愿意卖出纸样。白石教授总是故作冷淡，但式子多么希望能更贴近他，徜徉在他温暖的怀抱中。

服务生唤了一声，原来是咖啡送来了。式子才连忙把目光从明信片上移开，慢慢地拿起咖啡杯，一边喝着咖啡，一边眺望着香榭丽舍大道上来往的行人。他们每个人仿佛都带着属于自己的幸福漫步着。蓦然，式子很想去不久前的夜里，和白石教授漫步的卢森堡公园附近走走。

过了三月初，白石教授还没有返回巴黎。窗外林荫道的七叶树尚未长出新芽，式子的心情像被寒风吹得冻僵似的。

式子自从上回收到白石教授寄来三月初将返回巴黎的音讯，便再也没有收到他的信件。式子心想，也许白石教授已回到巴黎，便打电话到他下榻的路太基饭店询问，但饭店方面表示没有接到任何通知。为此，她连逛街的兴致也没了，除了偶尔到附近的卢浮宫美术馆之外，几乎整天都窝在饭店里，怔愣地眺望着窗外逐渐转绿的春色。园田联络员对此十分担心，偶尔邀式子到外面兜风散心，或到餐馆享受美食，但式子总是以身体疲累为由拒绝。

这一天，园田联络员又邀式子去布洛纽森林兜风，式子还是没有出门。她倚在房间的窗边，眺望挽着手的男女在饭店前公园的树林间漫步的幸福身影。突然，这让式子联想起离开日本之前，告诉她即将结婚的伊东歌子。言行、服装以及精神都显得落寞的伊东歌子，在经历四年的苦恋和波折之后，终于得以和相爱的男友结婚，原本她总是长发披肩，后来盘在脑后，令人觉得神清气爽，连服装也变得素雅大方，显得自信从容，简直判若两人。式子也渴望像伊东歌子那样得到平凡却难得的幸福！

忽然间，电话铃响了。式子以为又是园田联络员来电邀她逛巴黎市街，她仍倚在窗边假装不在，不去接电话，但电话铃直响个不停。最后，她只好站起来，拿起话筒。

"大庭小姐，是白石教授打来的电话。"

式子不由得紧紧地握着话筒。

"我是白石。你怎么还没走啊？是不是已经习惯巴黎的生活了？"

跟式子苦候已久的情思相反，白石教授的语调显得平淡冷静。

"您现在在什么地方？是从哪里打电话来的？"式子压抑住激动的情绪问道。

"在我下榻的饭店……"

"噢，从路太基饭店打来的？您是什么时候回巴黎的？"

"我在中午时分抵达巴黎，已经在饭店休息了一下，方便的话，待会儿我想带你去蒙马特附近走走。"

"蒙马特吗？好啊，请问要在哪里与您会合呢？"式子急切地问。

"我搭车到你住的饭店去，请你在大厅等我。"说完，白石教授挂断电话。

白石教授蓦然返回巴黎，从他下榻的饭店打电话来，让落寞寡欢的式子顿时振奋了起来。如果这时她已外出，可能就错失了得知白石教授回来的机会，正一个人心情沉闷地街上在徘徊吧。那是截然不同于伊东歌子追求到的家庭幸福，而是受不安和焦虑折磨，冀望与心上人结合的渴求。比起她主动向白石教授表示好感，白石教授的严肃与高姿态，总让她觉得只能远远地仰望。

蒙马特石板路两旁的建筑物，历经风吹雨淋，已露出班驳和裂痕，微微倾斜的二楼窗框，还保留着昔日巴黎老街的风华余韵。令人惊讶的是，那熏黑的墙壁上，竟然贴上了充满流行色彩、设计新颖的海报，显示出蒙马特这地方同时接受新旧概念的开放态度。

白石教授缓步登上狭窄的石板路，不时缅怀似的眺望着阔别一个月的巴黎街景。

"巴黎果真是令人难忘的地方啊！不论是华丽的建筑，或是蒙马特这种历史悠久的街景，都蕴藏着沉静的阴郁之美。从这点来看，伦敦的市景井然干净，但给人稍欠率性和灵活的感觉。简单地说，从城市的街景，大致可以看出国家国民的艺术才华和政治态度的不同。"

说着，白石教授仿佛要从两侧的建筑物中，看出市民的日常生活似的。

"可是，伦敦市区不是有国会大厦和西敏寺等伟大、壮丽的建筑物吗？"

"是啊，伦敦市确实有许多伟大的建筑物，但它终究太过威严，与真正的美相去甚远，不像巴黎那种诗意般的风景。可能是伦敦常年雾气笼罩，整个天空都显得阴沉沉的。奇怪的是，我不像二十年前那样，对伦敦那种沉重的阴霾感到厌烦，反而能平静看待，这大概是因为我已经老了。"

白石教授苦笑着，来到坡路中途，突然停下脚步，指着倾向街角的一栋三楼建筑："这一带就是塞尚、弗拉曼克、尤特里罗等画家常来作画的地方，他们的名画都出自那里。"

那些房屋的墙壁已露出锈铁般的黑红斑污，百叶窗也老朽得快要崩塌，几栋房屋又夹着简陋的酒吧，呈现出尤特里罗和弗拉曼克画中常见的蒙马特街景。

走到坡路的尽头时，可以看见以前的风车，山丘上耸立着白墙建筑的圣心教堂。他们来到蒙马特最高的小丘广场，看见四五名画家立着画架，正描绘着广场旁的老旧房屋。这里也是尤特里罗常年作画的地方。

"你大概累了吧？我们喝杯咖啡休息一下，晚餐去品尝美味的牡蛎如何？"

"好啊，我希望今天都能和您在一起呢！"

式子终于坦白道出她对白石教授的倾慕之情了。

他们从歌剧街左转，走进德鲁安餐厅，餐厅内坐满吃晚餐的客人。每张桌上都放着装有牡蛎的大银盘。客人享用的时候，先用夹剪挟住牡蛎壳，再以特殊的叉子斜刮，就这样把牡蛎完好无伤地挖出来。

白石教授动作熟练地吃着新鲜的牡蛎，苦笑着说："英国的高级餐厅可以烹调出美味的法国料理，菜单也用法语写，但整体来说，英国料理没什么特色。英国人大概看不起料理这个行业，所以把烹饪这些差事交给厨师处理，他们只管等着享用就好了。"白石教授津津有味地品尝着阔别一月有余的法国料理。

"你的工作大都谈妥了吗？"白石教授开始关心式子的事情了。

式子放下叉子，态度恭谨地答道："这次多亏您的美言，朗贝尔终于同意把他的纸样卖给我，这都是您的功劳……况且，连在自己的发布会上都没出现的朗贝尔先生，居然还亲自带我们参观他的工作室，为我们讲解纸样的制作过程。直到现在我才恍然大悟，法国人对大学教授是多么尊敬与信任。"

式子满怀谢意和感激之情地望着白石教授。

"比较起来，日本的大学教授地位太低了。在法国的大学里，学生不能擅自接近教授，必须由教授指定在星期几下课后，在校内的会客室逐一接见学生，除此之外，学生很难直接会见教授。简单讲，这是为了不妨碍教授专心研究的时间，同时也是学生对学问的敬意。姑且不说学生，自古以来这种想法早已深植一般法国人的生活。因为这样的治学态度，才构筑出今天辉煌的法国文化。"说着，白石教授一口气喝掉桌上的红酒。

"我们这些研究法国文学的学者，一有机会就想来法国，因此常被讥讽为受法国影响太深了，得了难治的法国病等等。但我们绝不是那种追求肤浅荣光的人，而是在法国比在日本能够专心治学研究。你也参观过巴黎服装设计师如何设计服装的情形，想必对时装设计的想法已经产生很大改变吧？"

"是啊，自从观摩过巴黎服装设计师的工作后，我觉得以前只是毫无创意地缝制套装、礼服，并不算真正的设计。反观巴黎设计师所做的设计，都是基于素描概念再转换成美学创意的严肃作品，同时他们也吸收巴黎街头艺术的养分。如果可以的话，我真想暂时留在巴黎，到朗贝尔的工作室从头开始向他拜师求艺。"式子真诚地说。

"比起在热闹的开学礼酒会上和时装发布会上时，你现在有这种认知和计划，实在令人高兴！"白石教授看着式子的眼神带着浓厚的情感。

晚餐结束后，他们朝歌剧院广场走去。来到广场前，他们看到大理石砌成的歌剧院，在炽白灯光的照耀下，宛如金碧辉煌的宫殿。前来观赏晚间九点开场的歌剧的各国高级轿车，如同连结的光带般驶向广场。

他们经过歌剧院前那条高级饰品店和老字号珠宝店林立且热闹的和平路，来到旺多姆广场，周围全是结构对称的古典式建筑，广场中央耸立着高高的纪念战争胜利的圆柱，圆柱上站着的拿破仑雕像仿佛已被漆黑的天空所吞没。

白石教授缓慢地走着，抬头仰望广场的建筑物："法国人有点可笑的孩子气。在这四周全是希腊柯林斯式堂皇的建筑广场中央，却模仿罗马的多拉雅诺圆柱，把奥斯特里茨战役①掳获来的一千两百门大炮，熔铸成这座大圆柱。他们大概想用大圆柱和这两侧的柯林斯式建筑取得和谐，但他们竟然厚着脸皮用战利品来仿做这座四十四米高的罗马式圆柱，看来法国人是多么好大喜功啊！"

"协和广场的方尖碑也是战利品吗？"

"根据法国人说，那是拿破仑远征埃及时依价付款带回来的。

---

① 一八〇五年，法军在拿破仑率领下击败奥地利军队，有效地破坏了奥、俄、英组成的第三次反法同盟。

话说回来，如果对方不同意，终究也是掠夺行为。这种想法充分反映出法国人自以为是的稚气。"

　　白石教授苦笑着，朝协和广场的方向走去。来到广场，煤气路灯已经闪烁，抬眼望去，一座令人生畏的巨大白色方尖碑矗立在淡淡的光晕中，方尖碑两侧的雕像喷泉不断地向夜空喷出水柱，水沫被灯光映染成道道彩虹。四周全被灯光水影所包围，宛如白昼般美丽。式子不由得受到眼前的美景吸引，整个身体靠向白石教授的手臂，和他穿过煤气路灯缓步向前。

　　"你预定待到什么时候？"

　　"参观巴黎的高级时装店和服饰商品店后，我还想去看看布列塔尼的民俗服装。我们预定四月中旬在日本举行朗贝尔时装展，只要赶在展出之前回去就行了。前几天我已经把朗贝尔的纸样和说明书寄回日本，请他们先行作业，我打算四月初回去。"

　　"这么说，你还要在这里待一个月。文学研讨会已结束，我打算下个星期离开巴黎。"

　　"什么？下个星期……"

　　式子突然萌生顿失依靠的彷徨感。几分钟前，她还倚着白石教授的手臂，沉浸在漫步巴黎街头的幸福时光中，但一听到白石教授将返回日本的消息，那美好的感受顿时消散得无影无踪。

　　"你怎么了？"白石教授惊讶地望着怔愣不已的式子。

　　"因为太突然了，所以……"式子回答得很简短。

　　"这次我是来参加文学研讨会的，研讨会已经结束，相关资料又搜集完毕，我当然该回日本了。"白石教授微笑着说。

　　"您去英国期间，我一直等着您回来。在那段时间里，我经常漫步在我们曾经走过的索邦大学和卢森堡公园附近……现在终于盼到您回来了，您却说不久要赶回日本⋯⋯我孤零零一个人⋯⋯"式子淌下眼泪，泣不成声了。

在黯淡的光线中，白石教授深刻的轮廓蒙上一层阴影，他木然得像不动的树影。

"当初，你不是为了购买朗贝尔的纸样独自来巴黎的吗？"

"嗯，可是自从与您见面之后，我就无法忍受独自待在巴黎的孤单了。因为我这才知道什么叫作爱情！"式子的脸颊深深埋进白石教授的怀里。

白石教授温柔地搂住式子的肩膀，以平静而稳重的声音说："这只是初到异乡的感伤，但千万不要因为这样就失去你要追求的理想。"

"不，自从在巴黎与您见面以来，我这才真正找到自己的初衷。其实在日本的时候，我早就想从虚华的名声中脱离出来，过着平静踏实的生活。我希望您把我从这种环境中拯救出来，但现在您却要离我而去，我会自暴自弃的⋯⋯"式子哀诉着，边说边淌下眼泪。

白石教授动也不动地听着式子的哭诉，过了一会儿，他拒绝让式子讲下去，轻轻推开式子，静静地迈步走去，与刚才的温柔态度简直判若两人。林荫道对面的卢浮宫两侧和卡鲁塞尔小凯旋门就在眼前，黑暗的天空微星闪烁。

当来到卡鲁塞尔广场时，白石教授停下了脚步："你下榻的饭店已经到了，今晚我们就在这里告别吧。"

语毕，他抬头看着眼前的圣杰曼饭店。式子顿时感到难以名状的茫然与不安。

"今晚，请您别留下我一个人⋯⋯"式子呐喊着，整个身体靠在白石教授的身上。

白石教授的眼里泛着既非悲哀又非痛苦的眼神："爱情有时要通过忍耐和克制才会更加美丽。你在饭店里冷静思考一下，等确定自己的感情不是出于激情，再来找我吧。"

说完，白石教授转身离去了。

式子走进房内，大衣也没脱就趴倒在床上。刚才，白石教授无情地离她而去，让她有股说不出来的悲痛，她心头宛如在淌血！

她放下女人应有的谨慎矜持，不顾一切地投入白石教授的怀抱，却被他冷漠地拒绝了，完全不怜惜她的感情。那时，白石教授眼里泛着既非克制的痛苦又非悲哀的目光。在式子看来，白石教授以这种方式拒绝她并不是冷漠无情，而是出于深情的关怀。但对现在的她来说，她盼望的是白石教授紧紧把自己抱在怀里的爱情。当她想到在日本与银四郎发生的龌龊关系，以及她和三名女弟子受到同样屈辱性的对待时，便陷入空前的绝望，如今她正背负这个包袱，从绝望的深渊往上攀爬，因而更渴望得到白石教授的爱情。那不是虚伪，也不是狡猾，而是她生平第一次爱上别人的灵魂、受到了洗礼。她对自己过去和银四郎的关系感到痛苦、羞愧和懊悔，但能持续爱着白石教授，是至今唯一的自我救赎之道！

走廊上传来敲门声。

"是谁呀？"

"我是服务生，给您送信来了。"

式子连忙拭去泪水，打开房门，服务生拿着一封航空信站在门前。是银四郎寄来的快捷信件。昨天，她才刚收到银四郎说明组装纸样情况的来信，想必这封信相当紧急。她心情沉重地拆开信来：

在全体员工携手合作之下，朗贝尔的纸样组装已近完成，日本制的朗贝尔时装即将隆重问世。不过，在三十套纸样中，有四套组装极为困难。我们对照了朗贝尔附赠的法语说明书，以及你实际考察过的注记，但还是有些地方看不懂，所以请你更改原来的行程，尽速返回日本。朗贝尔的时装即将引进日本，在国内已成为热门话题，三和纺织公司和B报社在宣传方面投入甚多，眼下，几乎所有的妇女杂志无不刊载朗贝尔的时装特色。在我看来，胜利的荣光正照耀在我们的头上。现在举办时装发布会正是时机，因为朗贝尔具有世界性的知名度，我们可以搭这个便车，大大地为自己宣传。而且这次时装展若取得成功，今后我打算跟朗贝尔签约，每年举办这样的时装展，到时又能经常前往巴黎。请收到这封信后即刻搭乘最快的班机回国。你是此次购买纸样的负责人，原本就应如此。你若订妥机票，请迅速与我联络！

银四郎

式子好几次从噩梦中惊醒过来，但旋即又陷入痛苦的梦境中。梦里，华丽的时装发布会不断地进行着，穿着光鲜亮丽服装的模特露出疲惫神色，仿佛累得喘不过气来，突然她们又像木乃伊般干瘦，如同在卢浮宫博物馆看到的埃及雕塑家手下《划船的人们》的死者，他们手持摇桨开始划向死亡的世界。刚开始，他们只是安静地划着，不知不觉间，他们相互唱和起来，不断地传出诡异的笑声和戏闹。就在这时候，带头的摇桨者突然放下桨橹，歌声也停止了，她掀开船底的白棺棺盖，抱起棺内的木乃伊，边掀开木乃伊脸上的裹尸布边放声大笑。原来那是银四郎发出的笑声！式子吓得惊醒过来，原来她又做了一场噩梦。她吓得浑身汗湿，顿时感到全身冰冷。

式子赶紧打开床头灯，看来是睡前看了银四郎的来信，因为急于摆脱银四郎的纠缠，才做了这场噩梦吧。梦中的银四郎那火热却如软绵般的身体缠住急欲逃出的她，试图将她拉回虚假浮华的世界。而那恶魔般的诱惑，就是她梦见死者划船的恐怖梦境的缘由！

式子担心再次坠入恐怖的梦境中，只好睁开眼睛躺在床上。后来，不知不觉间又睡着了。再次睁开眼，窗外已射进明媚的阳光。她立刻在镜前端详起来，确认昨夜的噩梦并没在自己的脸上留下可怕的阴影时，赶紧打扮整装，将银四郎的来信放入手提包后走出房间。

式子在饭店前坐上出租车，来到跨越塞纳河的协和桥中央，请司机停车。下了车，她马上靠在桥栏旁从手提包拿出银四郎的来信，她并没有撕掉，而是整封信丢进河里。看着那封信逐渐没入河里，她才驱车前往拉斯派的路太基饭店。

式子向前台人员表明要找白石先生。

"白石先生已经退房了。"

"咦？回日本了吗？"式子语声颤抖。

"不是，他今天早上搭飞机去里斯本了。"

这消息听在式子耳里犹如晴天霹雳。

从巴黎到里斯本，搭乘飞机只需两个半小时。式子坐在只载着七八名旅客的葡萄牙航空小型客机里，边从舷窗俯瞰着法国的森林和连绵的田野，边为自己追赶白石教授前往里斯本的决心打气。

饭店的前台人员说，白石教授预定四五天后返回巴黎，可是式子无法等到那时候。于是她拜托三和纺织公司的园田联络员问出白石教授下榻的饭店，并请他代为购买机票。园田联络员对式子突然赶往葡萄牙感到惊讶和纳闷，但他还是发挥联络员的机灵，得知短期前往葡萄牙旅行不需签证，便迅即买了机票，送式子到奥利机场。

不知不觉间，飞机似乎已飞越西班牙的上空。绿宝石般的蔚蓝天空底下，净是没有绿意的红褐色土地。式子倚着舷窗往下看，几乎看不到森林和农田，只见红色的山峦，与涂着赭色的连绵荒地。这荒凉的景色，多么酷似她现在的心境！她心想，白石教授不告而别就飞往里斯本，到底是为了逃避她的感情，还是在克制这份情爱呢？不管如何，他不告而别的无情做法，已让式子感到无比伤心落寞。

班机飞越葡萄牙的边境，森林越来越多，浓绿的田野平缓地连绵着，一条宽广的河流缓缓汇入远方的大西洋。当面向河口的街市映入眼帘，葡萄牙籍的空中小姐依葡萄牙语、法语、英语的顺序广播着班机不久将抵达里斯本的同时，飞机也开始下降了。

里斯本机场不大，四周全是零散的民宅和原野，规模与日本国内线的机场相仿，班次也不多。式子拿着园田联络员给她的地图，告诉出租车司机要去里斯本郊外的银宿饭店。

里斯本是个建在山丘上的城市，坡路非常多，缆车似的路面电车忽上忽下地在石砌的坡道上行驶。车子穿过商店和银行，以及购物中心林立的地方，来到河畔道路，那里就是太加斯河旁的高速公路。从高速公路往西北方行驶一个半小时，就可到达白石教授下榻的银宿饭店。

出租车以一百多公里的时速疾驶着，当望见修道院和教堂尖塔的屋顶时，司机突然降低车速，向她说了些什么。但式子实在不懂葡萄牙语，只能眺望着矗立在海边可俯瞰大海的高塔，以及耸立在绿意盎然的山丘中央的修道院，这些都是在法国难得见到的美丽风光。

来到卡斯卡伊斯一带，景色为之一变，变成偏僻的乡间小镇，高速公路上的车流也随之减少，只见两三辆汽车奔驰着。一辆拉着货物的驴车在路上慢慢地拖行，坐在货车上的农夫正在修缮雨伞，一派悠闲的模样。

过了卡斯卡伊斯，波涛汹涌的大海映入眼帘，海岸上奇岩嶙峋，雪白的飞沫像怒涛般扑向奇岩的洞窟里。这里就是园田联络员标示在地图上的俗称"地狱入口"的海岸。这儿再也看不到来往的车辆，左边是白浪滔天的大西洋，右边是广阔的松林，乃葡萄牙西端人烟稀少的僻静所在。在这静谧中，车子越接近白石教授的所在之地，式子的心情也跟着亢奋起来。尽管如此，她凭借着地图独自坐车来到这欧洲的乡下地方，难免感到无助和孤寂。

过了松林的尽头，车子从平坦的道路往西奔驰了一阵子，司机突然停下车，指着左边说："Hotel Guincho！"

在傍晚的淡淡暮霭中，伸向海岸底下浪涛拍击的断崖上耸立着一栋古堡式的建筑，它的外观不像饭店，却是白石教授的下榻之处。

车子从高速公路驶进小径，缓缓滑进断崖旁的饭店前。这栋城堡式的建筑四周砌着坚固的石墙，宛如瞭望台探向大海，在海风经年的侵蚀下，已露出斑驳的石灰岩色泽。走进玄关，里面没有半个人影。前台好像设在修道院般，柱子很多的走廊中庭对面。穿过没有树木的黯淡中庭，来到前台时，一名蓄着胡须的中年男子恭敬地向式子招呼着。式子向中年服务生报上白石教授的名字，他旋即指着柜台斜对面像大厅似的露台。

面向大海的露台静悄悄的，不见半个人影，露台下的断崖不时传来怒涛拍击的声音。当式子摇头表示那里没有人时，中年服务生又默默地指了指露台的左侧。式子凝目细看，不由得大吃一惊。白石教授正站在暮色苍茫的露台旁，凝视着黑暗的海面。他像黑影般动也不动，他在凝视着什么呢？

式子轻轻走向白石教授，走到距离几步远的时候，她突然停下脚步。从大厅内映出的灯光，像蜡烛般悠悠晃晃地贴在幽暗的露台墙面。白石教授的身影给人既不可出声问候，也不能从背后悄然接近的冷漠感。

这时，白石教授动了一下，慢慢地离开露台旁，转头看向室内。他大概还没适应突然的明亮光线，没有马上认出式子来，只是眯着眼睛望向大厅。

"老师……"式子低声喊道。

"嗯？"白石教授以为自己听错而睁大眼睛，环视着四周。

"老师，是我，我来这里找您了……"式子走出柱子旁，哀诉着。

白石教授惊愕地转动身体，在黯淡的光线中凝视着式子的身影半晌："你怎么来了？"

"我想知道您真正的心意……"式子语声颤抖。

只见白石教授眉间微蹙，掠过为难的神情，他逃避似的看向门外，暂时沉默了下来。

"我绝不是不关心你。"白石教授的语气平静温和。

就是这种平静突然让式子失去内心的平衡，陷入慌乱的激情之中。

"老师，为什么您总是说得这么平静呢？我是多么希望能更贴近您的心灵啊！您要我冷静思考，确认自己的感情是不是出于冲动，若是出于本心时再来找您。可是，您为什么要不告而别呢？我很想知道您真正的心意。您是在拒绝我烈火般的感情吗？还是您也深爱着我？您是因为无法承受我的热情，才独自来到这里的吗？请告诉我……"式子说得非常激动，整个身体仿佛要燃烧起来似的。

"老师，您说呀！您对我的感情……"式子句句催逼着。

白石教授露出平静的目光："人的内在情感有时无法以言语表达。爱情这东西，一旦说出口就不真实，而变得虚假毫无意义。激情总有燃烧殆尽的时候，但是爱情应该不要燃烧，而是默默地藏在心中孕育，这才是真正的爱情。"

"那么，老师……"式子激动地抬头看着白石教授。

"来吧……"白石教授把手伸向式子。

式子慌乱的心情顿时安静下来，仿佛时间也静止了，她沉浸在这种幸福的宁谧中。她整个身体投向白石教授的手臂里。她闻到白石教授肌肤的味道，白石教授也紧紧地将她揽入宽厚的怀里。

晚餐结束后，他们走向面海的房间，窗外不知什么时候下起雾雨。

式子坐在靠窗的椅子上。白石教授站在窗旁，双眼只凝视着雾雨朦胧的海面。海面上已看不到点点渔火，顶多只能听到拍打岩壁的海浪声，他细目望着海面上的某处，心里似乎还有股尚未燃尽的情火。其实当他在露台拥抱式子，和在餐厅里与式子共进晚餐时，这股微暗的情火已悄悄在他心头燃烧着。

"您为什么选择这个地方呢？"式子这么一问，白石教授才醒悟似的回头看着式子。

"我很想到一处没有日本人的地方看海。这里与巴黎不同，没有日本旅客。我在看海的时候，喜欢单独一个人。每次看海的时候，眼前就会浮现出十年前失去妻子时，社会上向我投以好奇和嘲笑的目光，以及妻子那无可奈何的瘦小身影来。"

说着，白石教授仿佛被黑暗的大海吸引住似的眼睛眨也不眨。

"那时候，我正想写一部重要的著作，整天埋头研究和撰写论文，没有时间照顾妻子。我妻子小我约莫二十岁，当时她才二十三岁。我虽然没能好好照顾她，但觉得她和常来我家出入的年轻学生相处融洽，也玩得很尽兴，暂时不以为意。但当我在汤河原完成最后定稿的时候，她却和一个年纪比她小的学生，在志摩半岛的波切海角双双殉情而亡。那时候，我懊恼自己没能理解妻子的苦闷，对她缺少关怀与体贴，而非责备妻子为什么这么做。这时我才醒悟到，人的感情是多么脆弱！其实我热爱学问，也同样深爱着妻子，但在她看来，我若没把这份感情说出口或表现出来，她终究不相信我是多么深爱着她。我总觉得，她是在没能理解我对她的爱的情况下，就和我的学生殉情的，现在她的尸体仍寂寞地躺在黑暗的海底下。"

白石教授始终望着大海，眼神黯淡，好像在忍耐着残酷的悲痛。

"老师，您现在仍深爱着去世的夫人吧？"式子激动地问。

白石教授轻轻地摇摇头："经过了十年，我对采取那种死法的她抱持的是怜惜之情，而非爱情。也许是因为这个缘故，比起人的爱情，我倒宁愿相信学问。我现在只想过着平静的生活，所以自从认识你之后，我就打算在背后默默地帮助你……"

突然，白石教授没往下说，而是用刚才拥抱式子时的那种热切目光看着式子。

在熄灯后的房间里，依然可以听见波涛拍打岩壁的低沉响声。可能是风的关系，床旁的玻璃窗传出微微的震动声。式子躺在白石教授的怀里，静静地闭着眼睛。她惊讶地发现，白石教授的爱抚居然如此热烈而温柔。她觉得自己那压抑已久的激情终于得以迸发出来，同时也享受着爱抚后的幸福与平静。她沉浸在这样的幸福中，她知道白石教授之所以独自离开巴黎，是为了克制内心的那份激情，所以他的爱抚才如此狂烈。而她为了证明自己是多么爱他，也狂烈地吻着他的胸膛。

在激情的拥抱过后，式子突然感到难以言状的恐惧与不安。这不是因为离开白石教授的身体所引起的，而是和银四郎的纠葛令她不安，在她心里投下阴影。刚才，白石教授望着大海，谈起他十一年前受到的心灵创伤时，她就想把自己和银四郎的关系和盘托出，但最后还是缺乏勇气，不敢说出口。于是她离开白石教授拥抱的瞬间，她已知道银四郎将是她的致命伤，为此她更加焦虑不安。在黑暗中，她痛苦似的抚摸着自己的身体，靠向白石教授的身旁，低声地说道："我现在有话要对您说！"

"明天再说吧。"白石教授低声应道，仍躺着不动。

"可是，我现在就想告诉您……"式子央求道。

"我最不喜欢在床上谈事情，所以还是明天再说吧。"

白石教授说着，伸手搂住式子的肩膀，然后用另一只手轻轻捂住式子的嘴巴。但是，式子想到盘踞在心里的阴影无法抹去时，真想放声大哭。女人肉体的过失，没办法像男人那样轻易消失，反而会留下深刻的烙印，即使日后得到幸福，那烙印依旧抹灭不掉！她收到银四郎寄来催促她早日回国的来信的那天晚上，马上做了噩梦，那个梦境似乎暗示着她不但无法抹灭那个烙印，而且正逐步迎向死亡。在梦境中，她就像是埃及雕塑《划船的人们》里的亡灵，他们唱着诡异的歌声，摇桨划着船只，准备把一具白色棺木送往死亡的世界。如果那个引领者是银四郎的话，也许躺在白棺里的木乃伊就是她！想到这里，尽管身旁躺着白石教授，她仍害怕自己掉进恐怖的深渊，因而把自己抱得更紧。如果此刻天亮的话，她就能摆脱恐惧，可以把这件事告诉白石教授。她衷心祈祷天快亮。

式子感到一抹淡淡的阳光落在眼睑，刺眼得睁开眼睛。她看到白石教授坐在窗旁的安乐椅上，望着躺在床上的她。

"哎呀，您在看我睡觉啊？"式子急忙起身，含羞地说。

"嗯，你像个小孩睡得很酣畅，发出均匀的鼻息。所以，我舍不得叫醒你，便悄悄地起床了。外面起了些白雾，海面风平浪静，好静谧的早晨啊！"白石教授望着窗外说。

"昨天晚上，你要告诉我的是什么事？"白石教授和蔼地问。

阳光从窗外射了进来，白石教授的眼睛宛如被洗净似的清澈明亮，但那清澈的眼神中，还闪烁着某种威严，让式子不由得转过身去。

"怎么了？你昨晚那么任性地要告诉我……"白石教授脸上露出微笑。

"不，不是我任性。有件事情我务必告诉您。我经常听曾根和银四郎提起您的情况，可是您对我的情形却所知有限……所以，我打算让您知道我不为人知的一面……"

式子说到这里，白石教授微笑地说："原来你想说这个吗？我时常听银四郎和曾根提起你。若是银四郎说的多少有些夸张和粉饰的话，那么曾根说的应该错不了。初次见到你的时候，你给我的印象是个出身大阪商家名门的千金，坚毅、有抱负和纯洁的女性。我最不能忍受的是既没有抱负又行为龌龊的人！所以，也许是因为我妻子已经死了，我才选择原谅了她。如果她活着的话，我可能会懊恼自己没妥善照顾她，可怜她年轻不懂事，但对于她的外遇我可能无法原谅……"

白石教授语气平静地说着，但式子觉得这番话像支利箭射向了她。原本她想向白石教授表白自己龌龊的过去，但他的这番话，却让她不得不把话吞了下去。她现在若把她和银四郎的关系告诉他，他绝对会愤然转身而去吧。害怕白石教授知情和担心失去白石教授的恐惧与不安，像洪流般在她心里翻腾着。她知道不该隐藏这段过去，但她不想失去白石教授。想到这里，她忍不住掉下眼泪，突然号泣起来。

白石教授神情惊愕地将她抱了起来，说道："怎么啦？可能是连日来太过疲累，情绪有点亢奋吧。吃完早餐后，我们到不远处的罗卡角灯塔去。去那里走走，你的心情会平静些。"

说着，白石教授双手捧住式子的脸颊，用手指温柔地拭去式子脸上的泪水。

吃完早餐后，外面有些淡淡的雾霭。白石教授驱车载着式子前往距离饭店约莫二十分钟车程的罗卡角灯塔。

车子登上蜿蜒的山路，来到僻静贫困的农村时，一群穿着皱褶连衣裙、套着黑色长围巾的农妇赤着脚围在公共汲水场，一边高声欢谈着，一边把水倒入大水瓮里。等装满水后，她们便将水瓮顶在头上，迈着稳健的步伐离去。抬眼望去，可以看见农夫在山路旁的旱田里赶牛的身影。那茶褐色的皮肤、黑发，穿着朴素服装在田间劳动的农夫们，令人联想起日本的农村。

穿过山路，来到以为是较开阔的台地时，原来前面即是罗卡角的断崖。崖头上矗立着一座面向大海的古老石砌灯塔。式子和白石教授在台地旁下了车，慢慢地朝崖边的灯塔走去。

流动缓慢的薄雾遮住了烟波浩渺的大西洋。断崖下，是无数削直的岩礁，波涛拍打着岩崖，卷起雪白的浪花，散碎的浪花又像白色的奔流，冲回到大海里。式子凝视着那激烈翻腾的浪花和漩流，好像自身要被卷进去似的，感到一阵晕眩。她闭上眼睛，挽住白石教授的手臂，白石教授微笑着轻轻挽起她的手说道："我们再往前走走。"

他们继续沿着断崖上的崎岖小路往尽头走去。

站在断崖的尽头，海风比想象中猛烈。浪涛在脚下的悬崖绝壁下来回拍打着，卷起了怒涛般的水烟和浪花。强劲的海风吹着白石教授的头发，他凝视着雾霭朦胧的远方海面。

"罗卡角是欧洲大陆的最西边，据说素有葡萄牙的但丁之称的诗人卡蒙斯①曾指着它，以诗歌咏叹'这里是陆地尽头，大海由此展开'。站在这断崖上，的确有种来到陆地尽头，广阔的大海从脚下展开的感慨。"白石教授出神地望着海面。

"这里是陆地尽头，大海由此展开……"式子感慨地自语着。她随着白石教授来到这欧洲陆地的尽头，初次这样相互偎依着，在

---

① 卡蒙斯（1524-1580），葡萄牙诗人。他的诗歌可与荷马、维吉尔、但丁及莎士比亚的作品相提并论，被公认为葡萄牙最伟大的诗人。

经历过各种艰辛之后才结合在一起。他们一个五十岁，一个三十七岁，双方都各有工作。也许这对背负着种种过去的男女，原本就得历经这样的波折才能相遇。她心想，或许就像辽阔的大海由此展开那样，他们的幸福也由此出发。她抬头看着白石教授，只见白石教授凝视着薄雾笼罩的海面。

"想不到我们居然离开了巴黎，来到这么遥远的地方！"

"其实，我想去更遥远的地方，甚至想到无人居住的地方，静静地生活……"式子情绪激昂地说。

"我觉得爱一个人不应该用逃避现实的方式。在克己和忍耐基础下产生的爱情，自然呈现出严肃的情愫。卡蒙斯的诗句'这里是陆地尽头，大海由此展开'，正是基于这种严肃而清冽的精神写成的。"

白石教授眼神温和，他说完之后，在强劲的海风中搂着式子的肩膀。不知什么时候，雾霭越来越深，辽阔的大海没多久就被乳白色的雾气吞没。

"我们回去吧，雾再大就不容易走了……"说着，白石教授拉高大衣的衣领，挽着式子的手臂，沿着断崖上的崎岖小路走回去。灯塔的灯光闪灭，响起浓雾笼罩的警笛声。

白石教授紧紧握住式子的手，小心翼翼地在浓雾中缓步前进。浓雾中，那凄厉刺耳的警笛声，让式子感到莫名恐惧。她担心昨晚才开始与白石教授共度的幸福时光将就此蒙上阴影。在这样的忐忑心情下，眼前的短短小路显得无比漫长。流雾不断吹来，在雾霭中，波涛拍打崖壁的撞击声格外轰鸣。

"没关系吗？"式子在雾中问道。

"没关系，再走段路就没事了……"白石教授深情地说着，式子的脸颊触碰到白石教授雾水浸湿的肩膀。

他们终于走到灯塔后方的建筑物，白石教授推开老旧的门扉，用葡萄牙语向里面打了声招呼。一阵缓慢的脚步声传来，一名脸色疲倦的老人走了出来。白石教授向他说了些什么，他态度冷淡地点点头，一声不吭地递出一张白纸。白石教授从口袋里拿出钢笔，在白纸上写上式子和自己的名字。

"只要把名字、地址以及护照号码写在这灯塔的登记簿上，日后他们就会把一份系上精美缎带和封蜡的纪念册寄到日本给你。纪念册上用葡萄牙语写着'你从亚洲大陆来到欧洲大陆的最西端罗卡角，这里是极富冒险精神的葡萄牙爱国者寻求新世界和美洲大陆的出发点'。这是我们初抵此地旅行最好的纪念品。"

白石教授工整地写上他们俩的名字，然后深情地望着式子说："明天我们去辛特拉，然后再前往阿尔科巴萨、纳扎雷、孔布拉和葡萄牙的乡村走走。"

车子从银宿饭店出发，沿着远离海岸的山路前行，突然在辛特拉山脉东北斜坡上，出现林荫环绕的高原街市，那里就是辛特拉。

街市四周全是绿意盎然的连绵山丘，山丘中央矗立着古城的尖塔和王宫，显示出中世纪的宁谧之美。市街中心林立着松树、柏树、棕榈等树木，宛如一座植物园。车子经过辛特拉火车站前，登上蜿蜒的小路，便可看见以前曾是王宫，现为博物馆的建筑物。车子再往前行驶，经过茂密的树林，快到山顶的时候，眼前突然出现一座宫殿。那圆形的屋顶宛如飘浮在蔚蓝的空中，在圆形屋顶之间又可见削尖般的尖塔。白石教授透过车窗仰望宫殿，连忙叫司机加速往上爬。

来到山顶，石头砌成的佩纳宫就耸立在巨大的岩山上，俯瞰着整个市街。经过风吹雨淋，城墙已经斑驳泛黑，但那精雕细琢的哥特式尖塔宫殿顶端的艺术造型极为美丽。尖塔周围的城塞都是用粗石堆砌而成，非常牢固。走进宫殿内，里面有豪华的客厅、国王和皇后的起居室以及会客室。在这幽暗的宫殿中，每间华丽的房间都充满着中世纪的梦想与情趣。白石教授带着式子在石砌的回廊静静地走着。

"据说佩纳宫是费南多·哥布鲁格国王所建，葡萄牙屈指可数的壮丽城堡之一。"

白石教授登上城堡的露台。站在该处，可以俯瞰辛特拉的街市，像画上水彩般的民宅屋顶和教堂便夹隐在万绿丛中。回头看向另一边，荒凉的高原向前伸展，高原尽头是太加斯河与大西洋交汇的大海。从这里既可欣赏到高原的荒凉寂寞，又可饱览明亮的海景。

式子和白石教授默默伫立着，仿佛被眼前的景色所吸引。这时，白石教授突然想到什么，转身看向式子："有个来此旅行、研究英国文学的朋友说，如果要客死异国的话，他宁愿死在辛特拉。他说得没错。英国诗人拜伦前往地中海旅行，途中经过这里，曾写诗歌颂辛特拉是'灿烂的伊甸园'，凭他的诗笔，也无法形容它的美。我觉得拜伦这样形容并不夸张，今天实际来到这里，我终于可以体会到他的感叹了。"白石教授的表情，仿佛回想起拜伦的诗句般。

式子对两人来此地造访，又可听白石教授详细解说当地的历史和风土文化，不由得感到欣喜万分，尤其打从他们游览高原的街市和古城堡起，她便陶醉在甜蜜的幸福氛围中。

傍晚之前，他们游览过山顶上摩尔城遗迹，以及离此四十公里左右、在岩洞修炼的卡布津僧团的天主教教堂，来到山丘中央的饭店时，已经日落黄昏了。

从饭店的窗户俯瞰被山丘围绕的辛特拉街市，那错落在斜坡上的建筑物宛如沉入湖底，闪烁着露湿般的亮光，四周笼罩着高原的深冷静夜。

式子和白石教授久久没有交谈，只是望着窗外。四周静悄悄的，仿佛一开口，无论说什么都是多余的谎言。式子回想着白天看到如梦般的佩纳宫，以及建在葱郁森林中的天主教教堂那令人印象深刻的色调，他们俩没有受到干扰，深情款款地漫步其间，这情景至今还萦绕在她的脑海中。

"想不到我们在一念之间，竟然来到这里旅行。我参加的研讨会已经结束，接下来和巴黎的书店交涉好出书的事宜就没事了。这样会不会影响到你的工作？"

"嗯，没关系……我也……"

式子只是这样回答，并没有告诉白石教授银四郎突然来信催促她回国，她没回就把信丢入塞纳河的事。因为若告诉他，他肯定会要式子以工作为重，叫她迅速赶回日本。但对现在的她来说，引进朗贝尔的纸样到日本组装展示这件事，已成了沉重的负担。不过，为了实现与朗贝尔的合约，她还是打算在展示会的前两个星期回国，亲自完成银四郎来信中说的最难组合的四套衣服。

"真的没关系吗？"白石教授大概看出式子回答得有所迟疑，再次追问道。

"嗯，真的没关系。我已经把详细的缝制方法随同朗贝尔的纸样寄回日本了，学校那几位教职员会全力执行，而且我会在展示会前两个星期返回日本，亲自修补困难和错误的地方，应该没什么问题。况且现在我不想谈工作上的事情……"

那个为了成功，宁愿被银四郎操控，如同陀螺般转个不停，每次成功时就沾沾自喜得仿佛胸前多挂了名利勋章的自己，似乎与此刻的式子毫无关系了。她想，与其追求那样的东西，这一刻她倒想依偎在白石教授的身旁享受幸福的甜蜜。

"回到日本之后，如果可能，我想过与以前不同的生活。"

"这些事情，旅行途中再慢慢想吧。"说着，白石教授拉上了厚厚的窗帘。

从辛特拉到巴达利亚约莫一百公里，公路沿着辛特拉山脉蜿蜒而行，来往的车辆很少。当他们觉得已穿过森林般的树海时，却爬上了丘陵起伏的高原地带，过了高原地带之后，车子朝北驶去。沿途经过几个乡下小镇，都是些有着平畴的农田和小教堂的僻静小镇，很像日本的乡村小镇，显得十分幽静。

过了阿尔科巴萨镇，连绵的丘陵也到尽头。眼前浓绿的小山坡，原来是满布葡萄园和软木树的巴达利亚镇，巴达利亚修道院的尖塔就矗立在褐色的民宅屋顶的后方。

随着车子驶近，整个巴达利亚修道院的轮廓就更加明显了。这栋有着锯齿般尖塔的哥特式修道院深深吸引了式子和白石教授的目光。他们在修道院前的广场下了车，抬头望去，那几座美丽的尖塔，在灿烂的夕阳中如同被缝在天边般，沐浴着夕阳余晖，刺向天空，而拱卫着尖塔的伽蓝屋顶，宛如勾勒出的华丽浮雕。

从拱形的正面入口踏进一步，旋即感受到明暗的对比，里面简朴而晦暗，不见做礼拜的人。等适应里头的光线后，式子才逐渐辨认出修道院的天花板和廊柱的轮廓。支撑拱形挑高天花板的圆柱，即采自当地琥珀色略带玫瑰色的石材，没多做装饰，而是尽量以简朴的素材创造极简的空间。

他们挽着手，从回廊走进礼拜堂，突然，一抹亮光迎面射来。循光望去，原来是镶嵌在礼拜堂正上方的圆形彩色玻璃映着夕阳直射而来，光束宛如燃烧的火球。式子走到礼拜堂下方，抬头望着那扇彩色玻璃。在那光彩和情境中，她仿佛再次看到当初创办洋裁学校时，在校舍墙面上嵌上绚丽彩色玻璃的那份豪情壮志。彩色玻璃犹如燃烧的火球，给人坚毅卓绝的感觉，永远绽放出热力。她久久地凝望着，压抑住快夺眶而出的泪水。

式子感动得蹲了下来，白石教授走过来从背后轻轻地抱住她的肩膀："我们跪下来为我们的幸福祈祷吧……"他严肃地望着式子。在无言而虔诚的目光中，式子深深地感受到白石教授要和她厮守一生的强烈愿望。

式子为双双发誓结婚的喜悦感动得呜咽起来，她和白石教授跪在祭坛前。她压抑住心中的激动，紧闭双眼。从高窗射来灿烂的光彩照耀着他们，两人笼罩在庄严肃穆与宁静的幸福气氛中。

他们从祭坛前站起身，白石教授温柔地拉起式子的手说道："我们到后面另一座礼拜堂看看……"

两人从空无人影的回廊来到后院，那里矗立着一座没有尖塔的礼拜堂。穿过低矮的小门，走到里面，式子突然惊讶地叫出声来。原来这个礼拜堂没有屋顶，墙壁的颜色是带玫瑰色的琥珀色，华丽的圆柱刻有火焰燃烧的浮雕，唯独上面是空荡荡的，仰头望去，可以看到黄昏的夕阳映红着天空。

"为什么这座礼拜堂没有屋顶？"式子惊愕地问。

从美丽的墙面和圆柱浮雕的完整程度看来，这座礼拜堂没有屋顶，显然不是因为战争被炸毁的。

"它五百年以前就是这个样子。这座礼拜堂是一四五三年左右依国王的命令建造的。由于建造得太过华丽，使得后来的建造者自惭形秽没能建造出与之相应的天花板来，因而始终没有完成，这就是所谓'未完成的礼拜堂'。我很佩服建造者的心胸，与其粗制滥造，不如保持未予完成的谦虚的美德，反而能赢得人们的敬重。"

白石教授此话似乎意指他们俩今后的生活。说完，白石教授悄悄地推开礼拜堂的小门。

走出巴达利亚修道院的时候，刚才亮灿的夕阳已经黯淡下来，暮色开始笼罩着整个街市。他们搭乘在旁等候的车子，往约莫三十分钟车程的纳扎雷驶去。车子在山丘夹峙的公路间奔驰，穿过平缓的台地之后，宽广的大海突然映入眼前，从那里可以俯瞰断崖下的纳扎雷海岸。在暮色四合之中，辽阔浩渺的大西洋一片墨蓝，白色的浪涛不断扑向巉岩峭立的海滨。

式子和白石教授将行李放在车内，穿过渔村狭小的街道，朝海滨走去。渔民的屋舍大都是用粗石堆砌而成，非常简陋而拥挤，整座渔村弥漫着浓烈的鱼腥味。他们走近海滨，旋即听到骚动和嘈杂的人声，原来几个撩起裙摆、赤脚的妇女和孩子们聚集在刚捕完鱼的渔船旁，混在几名结实精壮的渔夫之中，帮忙将渔船拖上海滩。眼前这幅粗犷、活力十足的渔村风景，与一路看来幽静古朴的城堡和修道院的葡萄牙城市截然不同。

他们沿着海滩，朝人影稀少的海边尽头走去，晚风徐徐吹来，日落前瞬间的余晖撒落在沙滩上，海水浸湿的海沙闪着金色的亮光。他们的脚陷入湿软的沙堆里，差点跌倒。两人在金色的沙滩上留下鲜明的脚印。当来到没有人影的海边时，式子不由得停下了脚步。一群全身覆满黑色披风的妇女正蹲在夕阳残照的沙滩上，面向着大海。凝眼细看，原来她们望着大海，一边喃喃自语地祈祷着，一边抚摸着海沙，抚完海沙之后，又虔诚地祈祷着。她们祈祷时的眼神专注，完全没留意逐渐消失的海平线或浪涛拍岸的喧响，而是专心致志地等待出海捕鱼的渔船早点归来。

"她们是等待到外海捕鱼的丈夫归来的妇女。她们抚摸着海沙，虔诚地祈祷，为求海神宽恕，保祐丈夫平安归来。她们是那么地虔诚，就像刚才我们在巴达利亚修道院诚心祷告般。"白石教低声说着，深受感动似的望着那些祈祷丈夫平安归来的妇女。

式子顿时有股说不来的强烈感受。那些为了等待丈夫平安归来，蹲在寒冷的沙滩上像黑岩般、仿佛忘记时光流转似虔诚祈祷着的身影，是多么美丽感人啊！这是她至今为止见到最美丽动人的情景！她感动得流下眼泪，泪水逐渐模糊了视线，而眼前那些等待丈夫归来的妻子身影，也变得越来越模糊；如今她也找到值得等待的人了，她沉浸在这种安详等待的幸福感中。

式子泪眼婆娑地望着白石教授，依偎在他身旁，默默地走着。来到刚才夕阳余晖披洒的海边时，四周已完全暗了下来，只剩下浪涛拍岸的喧嚣。抬眼朝渔村小镇望去，那里已点亮灿烂的灯光，夜色终于来临。式子望着那灯光，心想今晚将和白石教授住在纳扎雷，后天前往孔布拉，接着又要往葡萄牙北边继续旅行，这种幸福的感觉，犹如涨潮的海水，在她的心中澎湃荡漾开来。

追 兵

银四郎坐在法航班机内，看到系紧安全带的指示灯消失后，立刻放倒椅背，舒展地仰躺下来。这十天来他忙得团团转，浑身疲惫。

B报社的记者曾根英生为了帮他办理出国手续，四处奔忙，三和纺织公司也把持有的外币借给了他，不过护照的申请和核发，他还是得亲自到外交部办理。光是这些事情，他就忙了将近十天。在这之前，他已经发了两通电报至巴黎给式子，但是始终杳无音讯。他心想，式子该不会到法国的乡下旅行了吧？他感觉到式子自从和朗贝尔签完合约后，便突然对这件事失去热情，和日本方面的联络也逐渐稀少了。

当银四郎频繁地要求式子回信时，收到的也只是她公事化的回复，完全感受不到以前她对事业的那种热情与干劲。他实在想不通式子为什么变化如此之大。尤其是一个星期前他去信催促她紧急回国，照理说应该寄达了。他在信中提及组装朗贝尔的纸样出了点问题，她也没有回音，别说电报，连只字片语也没有。这事业好不容易走到这个地步，若因组装纸样的技术半途而废，未免太可惜了。也许对人在巴黎的她来说，三十套纸样当中，只有四套不易组装，若她比预定时间早些回国熬夜处理即可解决，问题是，朗贝尔的时装发布会已掀起话题，这样轻心以待可行不通。门票原定每张一千日元，后来改以加送赠品涨到一千五百日元，最后又涨到每张两千日元；原定在东京和大阪只展出一天，后来延为展出两天，预售票照样销售罄空，银四郎多了五百万的进账。与此同时，他还精心盘算，第一次朗贝尔时装发布会取得成功以后，下一季他还要与式子联手举办类似的时装发布会。这个计划若能成功，其实付掉往返机票四十五万、每日一万的住宿开销，同时又能把式子带回日本，顺便到朗贝尔在巴黎的时装店看看，这些费用实在是微不足道。

银四郎露出冷笑，躬身坐起来。他叼了根烟，俯瞰着舷窗下方。飞机似乎已经远离日本领海，进入太平洋海上，舷窗下漆黑一片，看不见任何灯光。

"先生，您要用宵夜吗？"戴着贝雷帽的日籍女空服员亲切地问道。

"机上应该有日本酒吧。若有的话，请给我日本酒和寿司。"

女空服员对眼前这位戴着无框眼镜、穿着潇洒、操着大阪话的银四郎露出困惑的表情。

"请问您要吃什么东西呢？"

"嗯，那给我寿司吧。"

银四郎吃完宵夜以后，便倒头大睡了。

飞机花了一个半昼夜，经过西贡、卡拉奇、贝鲁特，始终坐在机内的银四郎感到枯燥和无聊。在这段时间，其他的乘客愉快地俯瞰舷窗下的景色；在过境机场的餐厅里吃午餐，或深夜在机内一边回味旅途风情，一边品尝着晚餐，唯独银四郎没这份闲情逸致。他打算飞抵巴黎后，立刻与式子讨论朗贝尔的纸样、和朗贝尔见面，尽早签定下季的合约。不过，飞机刚于深夜飞离贝鲁特机场，到巴黎还有九个小时。

女空服员轻声在机内走动着。银四郎把薄毯盖至胸前，吸着香烟，怔愣地望着天花板，他的脑海中不断浮现伦子、富枝、胜美三人的脸孔来。

十天前，他们三人在附属服装工厂组装纸样的时候，银四郎突然开口说要去巴黎，伦子和胜美惊讶地面面相觑。伦子目光锐利地看着银四郎，胜美则从红眼镜下投去探询的眼神，只有富枝似乎早已料到，显得一派从容。在银四郎为办理护照和外币而忙碌的十天里，伦子和胜美探询的目光仍追缠着银四郎，唯独富枝把组装和缝制纸样时遇到的困难和疑点，详详细细地写下来，准备请他转交给式子。富枝不让式子察觉出她也跟伦子和胜美一样，与银四郎有肉体关系。银四郎看到富枝表现得如此冷静自持，益加觉得自己以价值三百一十五万日元的服装工厂作为抵消他们一夜情的封口费太不可靠了。

自从他与富枝发生关系以来，他数次邀富枝燕好，都遭到拒绝。当他执拗地要求时，她反而会出言威胁，扬言要告知式子这件事。最令人咋舌的是，她不小心掉了不动产取得申报书，尽管被式子发现，居然还能表现得轻松自若，让式子拿她没办法。直到现在，她仍把伦子和胜美蒙在鼓里，没让她们察觉到有这件事。她到底是神经迟钝，还是早已谋定而后动？这让银四郎摸不着头绪。不过，以现在的情况来看，所有纠缠的关系都以银四郎为中心，富枝的态度反而有某种程度的平衡作用。但式子说，这些问题留待她从巴黎返国、朗贝尔时装发布会结束后再解决。所以他觉得在这种关系尚未破局之前，必须加把劲挽回式子的心。

银四郎把烟蒂扔入烟灰缸后，突然冷笑起来。他借口此次巴黎之行是为了与式子讨论朗贝尔的纸样，其实是想再次与式子燕好，试图破镜重圆。因为上次式子为了他与自己的三名女弟子有染气得面红耳赤，呜咽抽泣，但他劝说闹大事情对她不利，安慰似的表示今后不会再犯，把她抱在怀里的时候，她还是听从了他的安排。因此他相信这次离开日本来到遥远的巴黎找她，她应该不会拒绝他温柔缠绵的男体。

银四郎转身看向窗外，心想天空可能是漆黑一片，想不到明月当空，照得天空澄亮。飞机朝罗马的方向飞去。

飞机在罗马强比诺机场降落后，乘客在机场航厦的餐厅里欣赏着意大利郊外的美景，休息了一个小时后，飞机又起飞了。到巴黎还需要三个钟头。飞机飞入意大利山区上空时，银四郎旋即探出身子俯瞰着窗下。他很想看看阿尔卑斯山脉和顶着白雪的勃朗峰雄姿。不过，云海滚滚，耀眼的朝阳仅能从云缝中透射下来，让人无法看清雄伟的阿尔卑斯山脉全貌。突然，飞机开始上升，这时才得以从云缝中看到阿尔卑斯的连峰山峦。他不由自主地站起来，望向窗外，只见雄伟耸立的灰褐色阿尔卑斯山脉白雪皑皑，唯独没能看见众所期盼的勃朗峰，因为它被厚厚的云海遮蔽了。霎时，机内传来阵阵失望的轻叹。

飞机进入法国的丘陵地带，女空服员旋即把入境卡发给旅客。银四郎快速填上姓名、国籍和护照号码等，一边想象着式子在机场翘首迎接他的身影。从羽田机场出发之前，他已发了电报通知式子抵达机场的时间，尽管之前心有芥蒂，她应该还是会来接他。

下了停机坪，旅客无不显露出抵达巴黎郊外时兴奋和不安的神情。也许是银四郎任职大同贸易公司时曾与法国客户往来，对他来说，却有种旧地重游的轻松感。在女空服员的引导下，旅客们通过位于正面航站大厦地下的入境检查所，办完通关手续后，银四郎提着简单的行李排队走向海关处，朝接机的人群中找寻式子的身影。站在银四郎背后的旅客不时传来和接机者热络交谈的声音，唯独不见式子现身。他走出海关，还在机场候客室找了一会儿，依然没看到式子的踪影。为此他难掩失望和生气。

银四郎板着脸，在航站大厦前招了一辆排班出租车，要司机疾驰开往里波利街的圣杰曼饭店。没多久，车子以时速一百公里的速度奔驰在宽广的国道上。连绵的农田和涂着粉红色、乳白色的低矮房舍，以飞快的速度从车窗外飞逝而去。再往前，便可看见大片好像于战后才建的高层公寓。车子放慢车速，驶入巴黎市区的环状道路。抬眼望去，空地上零星矗立着只架起钢筋、尚未盖好的楼房，但来到大学城附近，立刻可见林荫围绕的蒙梭公园，以及漫步其间的学生。银四郎突然想起白石教授，听曾根说白石教授来巴黎参加法国文学研讨会，只做短暂停留，照理说已经回到日本了。

车子来到协和桥，耸立在协和广场的白色方尖碑立刻映入了眼帘。冉·朗贝尔的时装店应该就在这协和广场附近的圣奥诺雷街上。

"请问你知道冉·朗贝尔的时装店吗？"银四郎问司机。

司机从后视镜朝操着法语的银四郎瞥了一眼，说道："噢，你是问朗贝尔的时装店吗？他可是巴黎最著名的服装设计师呢。他设计的服装吸引了全世界的女性，每当他举办时装发布会，各国的贸易商便蜂拥而来，没撒完美金是不走人的，巴黎市长为了招待这些美金客还特地举办盛大的宴会呢。每辆停在巴黎的五星级饭店和高级餐厅前的豪华轿车里的富豪，无不提着朗贝尔时装店的提袋，这证明他是多么了不起啊……"中年司机握着方向盘，得意地说个不停。

"他只不过是个女装设计师，真有那么了不起吗？"银四郎故作不解地问道。

"朗贝尔设计的服装，是巴黎艺术的代表之一，不但呈现巴黎建筑物的特色，还包括七叶树和诗歌的诗情。所以他设计的服装成了各国贵妇人和女明星追逐的目标。大家都相信，十年之内他照样可以在时装界引领风骚。"

司机操着法语快嘴快舌地说个不停，还问银四郎要不要到朗贝尔的时装店看看。银四郎吩咐司机直接开往圣杰曼饭店，突然想到这次不仅要与朗贝尔签订下季纸样的合约，还要签订三年的合约。

目前，朗贝尔的时装尚未引进日本，便已造成轰动，他很想知道朗贝尔在巴黎多受欢迎，便试探地问这名司机是否知道，结果连司机都如此了解朗贝尔的时装特色，间接道出朗贝尔的影响力及其受欢迎的程度，同时这也显示出这次投资的事业是稳赚不赔的。

车子从塞纳河旁杜勒丽公园的外围绕了一圈之后，终于抵达了圣杰曼饭店。银四郎付了车费之外，还多给了两成的小费，司机笑容满面地称谢。

银四郎下了出租车，行李员立即跑来接过他手中的旅行箱，领他到柜台。一名系着蝴蝶结的柜台人员查阅着银四郎是否有订房，说道："八代先生，我们已帮您准备好房间了，请稍等一下。"说着，他立即拿出住宿登记簿和笔。

银四郎一边在登记簿写上姓名和护照号码，一边向柜台人员说："请帮我拨个电话到大庭小姐的房间。"

银四郎说完，柜台人员旋即翻了翻住宿登记簿："大庭小姐一个星期以前就退房了。"

"什么？她一个星期前就退房了……？"银四郎不由得停下动笔的手。

"是的，一个星期以前她到葡萄牙去了，原先预定去两三天，但还没有回来。"

"她去葡萄牙的什么地方？"银四郎若无其事地问道。

"这个我就不清楚了。"前台人员回答。

"那么，我从日本发来的电报，大庭小姐是否收到了？"

"请您稍候一下……电报是在大庭小姐离开后寄到的，所以暂时由前台保管。"

银四郎在行李员的带领下来到四楼的房间。他立即翻开记事本，打了电话到意大利街的三和纺织公司巴黎办事处。话筒那端传来一名女性冷淡的声音，她以粗鲁的法语说："园田联络员已经外出，不知道他的去处。"

"那么，他回来之后，请他马上打电话到圣杰曼饭店给八代银四郎，这点请你务必转告！"银四郎也以粗鲁的法语回击，挂上电话后，连西装上衣也没脱，就仰躺在床上了。

银四郎心想，式子为什么突然去葡萄牙呢？说去两三天，却过了一个星期还没回来，这其中必有不寻常的事情。该不会她突然想去调查葡萄牙的民族服装？可是以现在的情况来看，她与其去葡萄牙，不如前往法国布列塔尼，对将朗贝尔的纸样引进日本更有直接帮助。之前的两封电报就算没有寄达她手上，但她收到他寄来的航空快信，居然不回信就走人，这种做法令他气愤不已。在银四郎看来，出身名门闺秀的式子涉世未深，满脑子只想出名和赚钱，他只要掌控得宜，她就会误以为自己始终置身在名利双收的社会里，而自我膨胀起来。他就是看准她这个盲点，纵使她人在巴黎，照样得以控制得住，但这次他似乎失算了。根据以前他占有式子的经验，他只要见到式子，立即深情地把她抱在怀里，缠绵地爱抚和调情，她便会陶醉在熊熊欲火中，乖顺地任凭他摆布。想到这里，他仰着头不由自主地淫笑起来。

电话铃响了。银四郎躺着未动，伸手接起话筒，原来是园田联络员打来的。

"喂喂，是八代先生吗？你是什么时候到的？由于你突然来电话，我一时想不出是谁，看到住在圣杰曼饭店，才恍然想起你是大庭小姐经常提起的八代先生。"

从对方带着浓重法语腔的日语中，银四郎脑中浮现出海外联络员装模作样的神情来。

"突然打电话叨扰，实在对不起。方便的话，今晚我们吃个便饭，我想了解一下朗贝尔先生和大庭小姐的事情。"

事实上，银四郎恨不得马上打听到式子的消息，却故作镇定地这么说。

他们来到蒙马特的闹区，这里到处闪烁着依法规限制的五颜六色的霓虹灯。远处有个地方高挂着红风车，叶片缓缓地转动着，在漆黑的天空显得格外醒目。园田联络员朝那个方向驶去，来到红磨坊前，朝通往地下酒吧的门口走去。

他们从倾斜的门口往里面走了三十米左右，推开酒吧的门。里面坐满享用晚餐的客人，气氛热闹非凡，待会儿他们要观赏表演。仔细看去，已经泛黑的墙面和柱子上贴着好几张仿制罗特列克画作的旧海报。整体而言，这里没有日本酒吧那种明亮感，而是毫无装饰、坦然展现古旧的时代氛围，宛如还留有罗特列克那个时代的余风流韵。在微暗的灯光下，几个穿戴讲究的男人围桌而坐，设宴招待宾客的桌间，不时可见穿着半正式礼服的绅士以及穿着鸡尾酒礼服的淑女们。

银四郎和园田联络员对视而坐，他边喝着香槟，故意滔滔不绝地攀谈着，为的是消除园田联络员与他初见面的拘束情绪，并借此机会打听这一个半月以来式子在巴黎的详细情形。

"今天晚上你千万别客气，尽情地喝个痛快吧。这次为引进朗贝尔的纸样，多亏贵公司大力赞助，可以说是帮了大忙啊！听说我们大庭式子院长来巴黎期间承蒙你多方关照……她前往葡萄牙的时候，你还帮她买了机票和代订房间……"银四郎若无其事地说着，还露出不胜惶恐的表情。

"哎呀，你这样说，我可承担不起呀。那天大庭小姐突然说要去葡萄牙，我只是很快地帮她买了机票而已。原先我以为她要住在里斯本的饭店，我没多作考虑就答应代为预约，可是她不是住里斯本的饭店，而是要去更西边的偏远地方，这样我就帮不上忙了。听说她要去的地方叫银宿，位置偏僻……"

银四郎从园田的口中得知式子的去处，不由得暗自窃喜起来，但他若无其事地问道："那么偏僻的地方有饭店吗？"

"嗯，那里好像有一间由旧城堡重新装修而成的银宿饭店。我查找了葡萄牙地图之后，帮她画了一张详细的路线图，只要拿这地图给出租车司机看，应该可以找到。后来，我还劝她说，那里几乎没有日本人到达，还是别去的好。可是她却说没关系，她不是小孩，就出发了。"

银四郎喝着香槟，带着几分醉意思忖着，试图在"葡萄牙西边的银宿、像城堡的饭店、仓促出发"这三者中找到关联的因素。

喝完杯中的香槟后，银四郎突然想改变话题。他心想，既然无法从只是帮式子代买机票的园田口中得知式子突然去葡萄牙的原因，也许闲话家常的方式可以问出个蛛丝马迹。

银四郎朝园田瞥了一眼。约莫三十岁的园田穿着略带蓝色的深色西装，风度翩翩。他那白净端丽的脸庞看向舞台，还煞有介事地浅酌着香槟。

正面的舞台上，表演秀似乎才刚开始。聚光灯打在舞台上，一个看似挪威或瑞典人、体态丰盈的金发女郎几乎半裸身子大跳艳舞、扭腰摆臀，其间不时做出性感的姿态挑逗观众，惹来阵阵哄笑。酒吧里的舞台和灯光都已老旧昏暗，唯独舞者的衣裳显得奢侈和华丽。

"连穿在舞娘上的衣饰都那么讲究，真不愧是巴黎啊！在来饭店的路上，我问出租车司机知道朗贝尔吗？他马上滔滔不绝地说朗贝尔设计的服装是巴黎艺术的代表之一，不但呈现巴黎建筑物的特色，还包括七叶树和诗歌的诗情……坦白说，我这次是想跟朗贝尔签订下季的纸样而来的，但经由法国出租车司机这么赞扬，我决心跟他签订三年的合约，你觉得怎样？"

银四郎巧妙地将话题转移到朗贝尔的纸样上来。园田露出惊讶的表情，旋即略显困惑地说："老实说，这件事还真是一波三折呢。你也知道，在我们购买这次的纸样之前，日东贸易公司的巴黎办事处已向朗贝尔方面提出要当日本的总代理，而且还和朗贝尔签了三年合约，他们打算把购得的纸样卖给日本国内的纺织厂商、贸易公司和百货公司。在那关键时刻，我和大庭小姐被逼得走投无路。由于时间紧迫，没能及时联络日本总公司，再说既然是在当地发生的事情，我们俩只好四处奔走想办法解决。最后，大庭小姐拜托白石教授，多亏白石教授出面说项，我们才好不容易买到纸样。"

从园田的表情看来，他似乎认为银四郎应该知道这件事的经过，但银四郎却是这时才知道白石教授居中帮忙购得纸样的事。因为式子只在信上谈到和日东贸易公司交涉的过程，却完全没有提及白石教授。

"白石教授有个同为索邦大学的朋友与朗贝尔交情甚笃，由于这层关系，购买纸样的争夺战才得以解决。这次如果日东贸易公司再杀进来，事情不知会不会这么顺利……"园田露出力不从心的表情。对银四郎来说，此刻与其谈纸样合约的事，他更想知道白石教授的消息。

"白石教授看完发布会，有参与挑选纸样吗？"

"没有。他于发布会前两天就去英国了。后来，他好像也没有回到巴黎，大庭小姐也一直窝在饭店，没有外出。他们俩好像也没有一起外出过。白石教授该不会是从英国直接回日本了？"园田直率地说。

银四郎心想，式子居然不到巴黎市区走走，而单独窝在饭店房间里，肯定与白石教授有微妙的关系。

一名西班牙舞娘正热情地在舞台上大跳西班牙舞，客席间弥漫着烟雾和酒味，银四郎在这闷热的气氛中，越来越怀疑白石教授和式子的关系了。

式子和白石教授终于回到里斯本。他们在葡萄牙西海岸旅行了十天，为了安静地回味这十天的旅途风情，他们避开里斯本闹市区的高级餐厅，而是到像杂乱的后巷般的巴露卡街老餐厅，边用餐边欣赏葡萄牙民谣。餐厅的天花板低矮，墙壁做成了拱形，粗糙的墙面涂着掺贝壳粉颜料的壁画，桌上放着装有当地酒的木桶，客人们尽情地交杯喝着。一名披着黑色长围巾、年约四十岁的女人，正陶醉地聆听着那略显凄凉的葡萄牙民谣。另一名穿着葡萄牙服装、衬衫上系着缎带、黑色西装背心的男子在拨弹着六弦琴，他随着伴奏抬高着歌声。虽然听不出歌词的意思，但感觉其中充满着咏叹失恋背叛和绝望的悲切韵味。

式子陶醉地听着葡萄牙民谣，回想这十天来与白石教授的爱情之旅。从银宿、辛特拉、巴达利亚到纳扎雷、卡萨布兰卡，他们沿着葡萄牙的西海岸，游历过大海、群山和连绵的平原。在近乎与世隔绝的僻静地方，和欧洲怒涛汹涌的天涯海角，都留下他们依偎的俪影，至今想来依然心潮荡漾。那女人带着哀愁的歌声，把式子推回记忆的深渊，让她感到人生的深沉悲切。

式子泪光闪闪地望着白石教授，白石教授似乎也被这哀伤的歌声吸引，默默地喝着酒，微弯着身子倾听着。忽然间，白石教授抬起头来说道："明天我们就要搭飞机离开里斯本回巴黎了。明后两天在巴黎稍作停留之后，大后天我打算坐法航班机回日本。"白石教授温柔的笑脸看着式子。

"我想在里斯本再待个两三天，然后再……"式子犹豫着，没往下说。

因为这十天来的旅程都是她再三要求而延迟至今，当初在葡萄牙的山区犹有话说，如今刚返回里斯本，她想再延后旅程，实在有些难以启齿。

"你为什么这么讨厌回巴黎和日本呢？朗贝尔的时装正等着你去完成呢。我们都是各有事业在身的人，若要获得幸福，绝不能被儿女私情所牵绊，必须全力以赴。所以我希望你尽快回巴黎，做好回日本的准备。"

白石教授口头上责备式子的任性，但仍难掩自己先回日本后，将来打算与式子共度幸福生活的喜悦。式子对自己能与白石教授结为连理感到高兴，但也意会到一个危机，她必须与银四郎斩断关系，在公私方面彻底划清界线，否则不可能与白石教授安稳地过幸福的生活。想到这里，式子犹如坠入深不见底的黑暗深渊，充满着恐惧与不安。

银四郎醒来的时候，醉意尚未散去，头痛欲裂。他再次回想着昨夜从园田那儿得知的式子停留巴黎的生活细节。在银四郎不知情的情况下，巴黎这里发生了几件事情？购买朗贝尔的纸样居然意外遇到困难，而白石教授却积极出面说项；时装秀时，白石教授没参加，表现得若即若离；时装秀结束后，式子竟然没游览巴黎而是在饭店里闭门不出……从这些具体事实串连来看，白石教授和式子之间绝对有着非比寻常的关系。就像他以工作设诱式子入网那样，白石教授想必也是以居中协助购买朗贝尔的纸样为由引诱式子入瓮，趁式子为工作和爱情彷徨之际，和她发生关系。想到这里，他觉得大事不妙，把从日本带来的解酒药和着水，咕噜咕噜地大口吞下，赶紧下床打电话到路太基饭店。昨晚，同样喝醉的园田没等银四郎问起就说出白石教授的下榻饭店，还说这是他打电话到日本大使馆问出来的。

银四郎拿起话筒，请服务员拨接到路太基饭店，没有马上接通。对方以为他是观光客，一开始以英语应对，后来他以法语询问白石教授的事，对方便客气地以法语回答。

"是的，白石教授十天前去了葡萄牙，他的行李还寄放在这里。不过，他都没有与我们饭店联络，我们不知道他什么时候回来。您有什么事，我们可以帮您转达。"

"不用了，两三天后我再打电话到贵饭店询问。"

银四郎平静地挂断电话。这时候，他感到犹豫不决，是现在立刻赶到葡萄牙追上他们呢，还是在此静候，等待他们自投罗网？由于他已知道式子为了追上白石教授而下榻在银宿饭店，现在若赶到那里，只要从旅行者填写的资料，即可找到他们下一站的住宿处，这样绝对可以找到。不过，他们已去了十天，也许已在返回巴黎的路上，现在赶去或许就错身而过了。但可以确定的是，他们确实去了葡萄牙。为此他实在没耐性在巴黎空等了。这时，一种既非出于对式子的爱情，也不是对白石教授的忌妒，而是为了自己的失算而暴怒、极想复仇的情绪在他的胸中爆燃开来。他拿起话筒，打电话到前台，请对方马上代订到葡萄牙的机票。迅速盥洗后，他开始做外出的准备，不到五分钟，前台打电话来了。

"早上的班机已经飞走了，现在只剩下午三点三十分的班次，您要搭乘吗？"

银四郎气得咋舌，把系到一半的领带扔到地板上，但他仍向前台表示，请他立刻代订这班飞机。

式子和白石教授在饭店的餐厅吃完早午餐后，请行李员将行李送至机场的寄物处，距离搭机还有一个半小时，他们打算到里斯本的市街散步。

走出饭店，前面就是佩德罗四世广场。广场中央矗立着面相威严的佩德罗四世铜像。铜像周围铺着波浪式黑白相间、色彩鲜明的地砖，两侧的喷水池喷出高高的水柱。广场西侧咖啡厅林立，人们悠闲地喝着咖啡，眺望着过往行人，让人误以为身处在巴黎的街角。

他们朝北走去，尽头是有着矩形屋顶和圆柱、希腊建筑风格的国立剧场。绕过国立剧场左侧，来到光复广场，广场前是条宽约百米的大道，两旁高大挺拔的林荫树朝北伸展而去。式子和白石教授沿着林荫道，漫步在自由大道上。放眼望去，林荫道上大都是榆树、冷杉和椰子等巨树，但仍四处可见修整得宜的花圃中绽满各色鲜花，恰巧把巨树投下的浓荫做了适度的调和。再过一个小时，式子就要离开她和白石教授定情的葡萄牙了。她有点余情未了，在清冷的人行道上踱着。

"日本的朗贝尔时装秀什么时候举行？"白石教授温柔地望着她。

"在东京是四月十三日，四天后，四月十七日在大阪举行。"

"在东京展出的时候，我一定会去参观。不过，你未必非得赢得名声不可，只要把它当做崇高的事业，正确地把朗贝尔的时装特色表现出来就好了。这次时装发布会告一段落以后，五月初，再向大家公布我们的恋情。"

"什么？五月初……"式子惊讶得说不出话来。

"如果你不好意思说，大阪方面由我向银四郎和曾根讲，然后请他们俩转告大家。"

白石教授决定要公开自己与式子的关系，显得神情兴奋。但式子深怕自己和银四郎的事曝光，而惴惴不安，她不希望在这美好时刻提这扫兴的事，决定回到日本以后，再向白石教授坦承，请求原谅。他们默默地走了一会儿，来到植物园附近时，白石教授看了一下手表，神情大为紧张，连忙招了一辆路过的出租车。

"哎呀，都怪我疏忽没控制好时间。现在加速赶去也许还来得及。若没坐上这班次，就得延到晚上那一班了。"语毕，白石教授催促着司机。

出租车像飞箭般朝通往机场的宽广公路疾驶而去，原本需二十分钟的距离，不到十几分钟就到了。车子缓缓开进机场的时候，乘客们已经站在登机口前排队了。式子和白石教授急忙到寄物处取走行李，排在乘客最后面准备登机。

银四郎来到奥利机场的候机室。距离他搭乘的十五点三十分出发、飞往葡萄牙的班机还有两个小时。再过三十分钟，将有葡萄牙飞来的班机。他担心就此与式子和白石教授擦身而过，而守在候机室，目的就是要确认他们是否搭乘这趟班机回来。

候机室角落的咖啡厅空荡冷清，人影疏落，但面向停机坪的玻璃窗阳光亮灿。银四郎早上醒来后，宿醉尚未散去，头脑闷重昏沉，不过当他想到待会儿将要飞往葡萄牙拦截式子和白石教授，当面辱骂他们的得意神情时，便忍不住地露出冷笑来。大学的恩师居然和自己的女人搞上了，正因为这种意想不到的组合，让银四郎兴奋不已，也让他想起之前与式子做爱的情景来。为了压抑这亢奋的情绪，他拿出一支烟，慢慢地衔在嘴上，也不点火，就那样望着窗外。宽阔的跑道纵横交错，一架瑞士航空的班机刚刚降落，地勤人员旋即从跑道上拉走舷梯。银四郎喝了第二杯咖啡，忍着宿醉的酒臭味打着哈欠，看了一眼手表，已经十三点五十五分了。他连忙站了起来。

葡萄牙航空的班机比预定时间提早三分钟降落，银四郎来到登机口前，舷梯已经放了下来，女空服员正带领旅客走下飞机。

一些看似美国的观光客兴奋地交谈着，先走下舷梯，后面又跟了四五名旅客，原以为后面已没有旅客，却赫然看见身穿白色大衣、围着蓝色围巾的式子走了出来，紧接在后的是深戴着软呢帽的白石教授。

银四郎猜得没错，他预料的事终于成真，猎物掉进陷阱了。他认出是他们二人之后，连忙躲进接机的人群中。式子从舷梯走到地面后，深情地回望着白石教授。白石教授默默地点点头，轻轻地挽着式子的手。那是一种有过肌肤之亲、极其自然的亲密动作。看到这番情景，他不由得心生妒意。式子和白石教授办完通关手续后，十指紧扣地走出了大门。他看着他们从面前走过，以锐利的目光紧盯着他们的背后。他们往前走了几步，又停下来，相互依偎着，抬头望着晴朗的天空，仿佛在怀念阔别十一天的巴黎。他看准他们毫无防备的空当，从人群中闪了出来，从背后向他们喊道："式子小姐！"

"咦？"式子抬头望着苍穹，以为是自己听错似的轻轻摇摇头。

"式子小姐，是我银四郎啦……"

式子仰头回望着，看到银四郎就站在眼前，不由得惊叫了一声。

挽着白石教授手臂的式子，几乎是魂不附体地说："你什么时候……为什么……几点……"她嘴唇颤抖，声音沙哑。

银四郎看到式子惊吓成那样子，深以为乐地露出冷笑来。白石教授似乎也因为自己和学生的女同事有这层关系而感到不自在，只好尴尬地朝银四郎瞥了一眼，略感惊讶地说："好久不见！想不到你也来巴黎，而且又在这地方不期而遇，真是巧合啊！你要去哪里？"

"我打算现在就去葡萄牙。"

"什么？去葡萄牙？"

"是啊，我打算先去银宿的饭店看看呢！"

顿时，白石教授表情丕变，气氛为之沉闷凝重，他似乎也觉得颇为尴尬。

"在这里说话不方便，我们找个地方慢慢谈如何？"

说完，白石教授招了一辆出租车，拉起式子的手。他们三人朝前走去，式子夹在他们中间。

车子开出后，白石教授为了打破凝重的沉默，问银四郎："你对巴黎的印象怎样？"

"巴黎到处都是石板的人行道，全是些老旧的建筑物，日本人开口闭口说巴黎有多好，简直是天真得可笑呀！"银四郎望着窗外说。

"可是，对读法文系的人来说，巴黎不是很有亲切感吗？"

"我也经过索邦大学前面，那栋建筑物看起来就是那么怪，宛如教堂和百货公司的混合体，倒是矗立在门口中央的孔德①胸像很有意思。"

银四郎句句冷嘲热讽。白石教授并不知道式子与银四郎之间的暧昧关系，从头到尾温和地说话。这让夹在他们中间的式子脸色苍白，坐立难安。她担心自己与银四郎的关系就此曝光，得不到白石教授的原谅。眼下，她既不能呜呜大哭，又无从逃避，只能茫然失措地望着车子前方沉默不语。

---

① 孔德 (1789-1857)，法国人，是第一个以科学方法研究社会的人，也是最早创造出"社会学"一词的法国社会思想家，被称为"社会学之父"。

当车子驶至协和桥附近时，白石教授问银四郎："车子开去什么地方好呢？你喜欢去什么地方？"

"我有事情想跟老师您恳谈。与其到餐厅或咖啡厅，不如到我下榻的圣杰曼饭店的房间来得方便。"银四郎语气恭敬地说。

白石教授略为沉思了一下，也没多做坚持："是啊，式子小姐也累了，到你的房间谈也好。"

银四郎领着式子和白石教授进到自己的房间，请他们俩就座后，态度粗鲁地站在白石教授面前。

"听说这次多亏老师您居中积极说项，才顺利地与朗贝尔签了合约。您是因为这个机缘才与式子小姐……还是在日本时就已经开始……"银四郎说得露骨而难听。

"你讲话客气点！我和式子小姐……"

白石教授气得语声颤抖，正要往下说时，式子突然插嘴。

"老师，您什么都不要说！让我来讲……"式子说着，转身看向银四郎，"是我主动追求白石老师的。有幸认识白石老师，我才懂得什么是纯洁、没有欺瞒的爱情。可是我追得越加热烈，白石老师便越逃避我。他告诫我，真正的爱情不是出于激情，而是要学习克制和冷静，等确认自己是否拥有这份真爱，才去找他。他说完以后，就前往里斯本了。后来我追到里斯本，从老师下榻的饭店问到他的去处，便追上他了。是我渴求老师的爱！"她双唇颤抖，泪眼汪汪。

银四郎眼睛眨也不眨，看着式子的脸，然后慢慢地把视线移向白石教授。

"真不愧是大学教授的高超妙论啊！什么'冷静思考之后再来找我'，说得露骨点，你是把责任推给对方，意思是说是对方自愿投怀送抱的。你逃到葡萄牙，其实也是算计和耍诈，目的是要证实对方是否有这个心意。换句话说，对方若跑来葡萄牙找你，就表示是真心真意的。而且，在巴黎大搞男女关系，很快就会在日本人圈中传开，但到葡萄牙的乡下出游，就没这个问题了。总之，这一切都是你精心安排的诡计。既然你如此精巧地算计女人的心，怎么没察觉出我和式子之间的关系呢……"

"什么？你和式子小姐……"

白石教授顿时一脸错愕，式子突然号啕大哭起来，那柔软的身躯从椅子上垂了下来。她趴在地板上，扭动着身子，哭得非常伤心而凄厉，仿佛遭受到人生最大的不幸。白石教授强忍住内心慌乱，凝视着式子伏地痛哭的背影，银四郎则以残忍的目光，冷然俯视着式子。

式子终于停止哭泣，慢慢地站了起来。她拨整着散乱的头发，苍白着脸却意志坚定地看着白石教授。

"我并不是有意要欺骗老师您。当我到银宿追到您的时候，就想向您表白这件事。那时候您刚好讲到去世的夫人，我想借这机会说出来……可是您的表白是那么严肃庄重，我若坦承说出，只会觉得自己更龌龊而已。我很害怕说出来将失去一切。我从来没有谈过恋爱，不懂得爱人的苦闷，因为一时疏忽，被一个很有生意手腕的男人花言巧语所骗，与他发生了关系。不知不觉间，我被他那虚情假意的热情所吸引，慢慢地变成了追逐名利与虚荣的人。不过，在偶然的机会，我终于看清他的真面目。他借拓展分校的机会，掌控财务，从中套取利益，甚至还和我的三名女弟子有染，这让我觉得羞耻不已。想不到这个我所信任的男人，居然把我当成是他四名情妇中的一个……"

式子说到这里，因为羞愧而整个脸抽搐着。银四郎突然乐不可支似的冷视着式子。

"我来巴黎的两个星期之前，才看清他的虚假面目。我决定告别过去的生活，不依靠那男人的帮助，放弃所有的事业。不过，我要把朗贝尔的时装引进日本的消息已在报纸上发表了。尽管我对那些事业已失去了热情，为了完成社会责任，我决定将所有问题留待回国后再解决。出发之前，我从曾根那里得知老师已经来了巴黎，不知怎的，那时候我突然有种得救的感觉。后来，因为和朗贝尔谈判受挫，我找老师帮忙，虽然老师对我购买朗贝尔的纸样态度冷淡，但还是体恤我的处境大力说项。在和老师接触期间，我虽然害怕自己不光彩的过去因此曝光，但您的出现，让我渴望得到人生的幸福。在葡萄牙旅行的十天期间，我原本想向老师和盘托出，乞求原谅，但处在那幽静优美的环境中，我实在没勇气说出来。尽管如此，我仍打算回日本，办完朗贝尔的时装展之后，向老师坦承一切，请求谅解。谁知道今天就碰到这么难堪的局面，让老师因我而蒙受了羞辱……"

式子已经不再哭哭啼啼，而是用冷静平和的语气说着。白石教授动也不动，睁大眼睛听着。他听完之后，没有回应式子，反而转向银四郎，用不容含糊的严肃口气问道："你最初对式子小姐是抱持什么态度？你打算和她结婚吗？"

"结婚？我和她……？"银四郎语带鄙夷说，"结婚，不论是对女人或男人，都是一项重大的投资，每个人尽可能都想从中获得更大的利益。换句话说，结婚是否能给自己带来好处。以我来说，我是国立大学的毕业生，无论容貌和体格，都比常人优越。我才三十二岁，又有经商的才华，所以我可不能这么廉价就卖掉。问题是，和式子结婚，当个经营者的丈夫，对经营学校比较有利呢？还是双方保持既成事实的关系，表面上佯装单身未娶，让学校的女老师误以为可能与我结婚，进而借此操纵她们对经营比较有帮助？以现在的情形来看，显然是后者对我比较有利。我就是用这种方式打拼到现在的。"他毫不知耻地笑了笑。

"这么说，你是一开始就不想负任何责任，窃取女人的肉体和心灵？"白石教授说完，气得颤抖着。

"窃取？请你不要说得这么难听！我只不过是用各种形式满足女人的虚荣心和欲望而已，我并没有白白占有她们，她们是用身体和劳动来作回报。这叫做银货两讫，可不是窃取呢。况且我并没有答应要和谁结婚啊！所以这不叫欺骗。"

银四郎正想厚颜无耻地往下说时，白石教授愤怒地脱口而出："你这个人怎么这么卑鄙！自己丧失天良居然还不自觉，甚至把别人的善意踩在地上，你配得上是在一流大学受过教育、学习法文的人？"

面对白石教授的强烈责骂，银四郎顿时有点惊讶，仍不为所动地说："大学吗？哈，大学只不过是测定智商指数的综合机构罢了。只要通过智商测验，任何人都可进入一流的国立大学就读。在日本，教育和人格养成原本就不相干，只是你们这些大学教授自以为是地硬要扯在一起。至于为什么要攻读法文嘛，我记得老师曾在课堂上讲过法国文学中个人主义和人道主义思想的关联，我却有不同的解读，我从法国文学中的个人主义中汲取到如何盘算和合理精神……"银四郎露骨地冷笑着。

白石教授目光严厉地盯着银四郎的脸，半晌之后说道："我实在没办法和你交谈下去。我为自己卷入你们的纠葛感到悲哀可耻。

我完全不知道你们之间的关系，请你原谅。我要说的就这些，告辞了！"他说完便起身离去。

"老师，您不要走……"式子转过身来大声喊叫着。

白石教授回头看向式子，用他那分不清是愤怒、羞耻或同情的苦涩目光，朝式子瞥了一眼，就推门走去了。

房门关上后，白石教授的脚步声逐渐远去，式子神情茫然地跌坐在椅子上。白石教授默不吭声地走出房门时的那种冷静，让式子更感到不安和恐惧。因为她不清楚白石教授临走前的冷静态度，到底是原谅她，还是拒绝她？或是改天他们再冷静地谈谈……？

"怎么了？"

银四郎从背后接近式子，但是式子没理他。

"我们……好久没有……"说着，银四郎从背后抱住了式子。

"别踫我！你要干什么？"式子扭动身子，甩开银四郎的手。

"怎么？你不愿意？"银四郎的眼里掠过无情的目光。

"你要多少钱？要多少我都给你！"

"钱？什么钱啊……？"

"两个月前，你不是向我要求两千万日元的精神赔偿费吗？没问题，你要三千万或四千万，我都全额给你，但我希望今后你不要再碰我。"式子脸色苍白地盯着银四郎说。

"那是玩笑话啦。"银四郎狡黠地说。

"什么？玩笑话？"

"嗯，那时候别说两千万，恐怕连五百万现金你也拿不出来，所以我故意开你玩笑。我若真要向你索取精神赔偿费，两千万或三千万才不够呢。你自己想想吧，当初我把你那不到六百名学员、地点不佳的洋裁学校，在短短三四年内，就变成学员人数两千五百名以上，光是每个月的学费收入就有两百五十万，堪称京阪神规模最大的洋裁学校，我才不甘愿拿这点少得可怜的小钱，就拍拍屁股走人。"

"那么，你到底要多少钱？"

"真遗憾，目前我并不缺钱。手上有钱，没有可供发挥的舞台又有何用呢？"银四郎拐弯抹角地说。

"你想说什么？你到底要我怎么做……？"式子语声颤抖地说。

"我的意思是，你尽快打消异想天开的念头，像以前那样认真地投入工作吧。我们的事业好不容易拼到这个地步，可不能因为你天真幼稚的想法而前功尽弃。我预估朗贝尔的时装展绝对会成功，为了兴办东京的分校，我已经在池袋后面买了块三百坪左右的地皮。朗贝尔的时装展结束后，东京分校的校务就由你去主持。既然我们已经着手进行朗贝尔时装这项国际性的事业，就应该趁此机会拓展学校规模，将你拱上超级明星的地位。你别再说什么给我两千万三千万的话，把大事业丢在一旁，却去追求一个大学教授。等你回到日本以后，重新踏入严酷的社会，就会明白这种想法太不切实际。我希望你冷静下来仔细权衡其中的利害得失。"

银四郎过度自信的夸夸之言令式子不寒而栗，同时也深刻感受到各种复杂和不利的因素正朝她和白石教授猛扑而来。为此，她体悟到一个事实，若要彻底摆脱银四郎设下的陷阱，远离那些虚幻的名利，过着平凡的幸福生活，她必须付出超乎想象的代价。

式子与银四郎缓步走在圣奥诺雷街上，银四郎不时以眼角瞟着她的动静。放眼望去，圣奥诺雷街两侧净是高级服饰店、饰品、名贵香水和珠宝等专卖店，每面橱窗都装饰得豪华耀眼。式子始终没去浏览橱窗，只是神情落寞地走着。从大清早起，她就是这副僵硬、凝重的表情。这可以视为她对银四郎的抗议和为难，也可能是昨天白石教授愤而离去让她大受打击。不管是前者或后者，对银四郎来说都无关紧要，因为他已经弄清楚式子和白石教授之间的关系，接下来他不需着急，只需慢慢地静观其变就好。

银四郎太了解式子的个性和想法，只要回到日本，再次把式子丢进充满虚荣和名利的世界里，她绝对无法从著名服装设计师的光环和优渥的生活中摆脱出来，尽管刚开始会略显犹豫和害怕，但不知不觉间就会重蹈覆辙。她和白石教授的关系也是一样。他们一旦离开巴黎和葡萄牙，回到日本的现实社会里过着平凡生活，时间充裕的大学教授和整天被工作和媒体追逐的著名服装设计师，根本没时间谈情说爱。这种日常生活步调落差逐渐拉大之时，他们就会渐行渐远，到头来那十天在外国的风流艳事终将成为过眼云烟。

当来到洛亚尔街的十字路口时，银四郎停下脚步，回头看着式子："朗贝尔的时装店在哪一边？"

式子沉默地指向右侧。他们朝那个方向走去，银四郎把挟在左腋下的资料袋换到右手提着。

"有关在日本碰到的问题，我想当面请教朗贝尔先生，你觉得怎样？好不容易见面，我认为应该当面问他。"

银四郎把今早给式子看过的那四套在缝制上遇到困难的纸样拿了出来。

"这点小问题根本不必专程跑来巴黎。我回日本后马上可以解决！这是因为伦子她们看不懂纸样的记号。朗贝尔纸样的记号以及拼组的方法向来就很难看懂，若用往常那种平面裁剪的常识核对那些记号，根本不可能拼组得出来。我实际观摩过朗贝尔纸样的制作方法，不必问他也能解决。"式子对银四郎大清早就提出这些问题感到不满，没好气地反驳说。

"我还是去请教他一下，哪怕只是一件。其实，我表面上是向他请教纸样的疑问，目的是借此与他签订三年合约。"

"什么？三年……？"式子露出惊慌的表情。

"是啊，我希望往后三年都由你来负责这项事业。我可不能让你只是开始一头热，之后就扔下不管！"银四郎由不得式子推辞地说道。

推开朗贝尔时装店的门，他们向身穿黑色洋装的店员表示和经纪人米修莱有约，女店员似乎早已受到指示，立刻带着银四郎和式子上了二楼。他们登上铺着黄褐色地毯的楼梯，打开尽头房间的门，脸色粉红的米修莱旋即站了起来。

"你好，大庭小姐！"米修莱带着笑脸和式子握手，然后转向银四郎，伸出大手招呼道，"你是八代先生吧。今天早上接到电话的时候，我吓了一跳呢，你的法语讲得非常流利而地道。我听大庭小姐说，你这次是为了朗贝尔的纸样，专程从日本赶来巴黎磋商的，实在太令人敬佩了。"

银四郎也动作夸张地向米修莱握手，说道："那是因为朗贝尔的纸样太了不起了。现在日本人正以你们无法想象的疯狂程度，期待着朗贝尔的时装展早日公开问世呢。说得夸张点，其热烈疯狂的程度远远超过在巴黎举行的时装秀。在纸样尚未公开的现在，就有许多日本厂商想和你们继续签订购买纸样的合约了。"

银四郎探出身子说着，米修莱正要插嘴时，银四郎又继续说道："你先别急，我再告诉你日本热烈报道朗贝尔时装展的情况。"

说着，银四郎坐在式子旁边，和米修莱对视而坐。他打开放在桌上的资料袋，取出袋内的东西，全是日本的报纸剪报。银四郎拿起其中的剪报，说道："这就是三个月来，日本报纸就朗贝尔先生的纸样所做的相关报道。"

银四郎拿起剪报，当场逐张地翻译成法语，念给米修莱听，然后把剪报放在米修莱面前。米修莱听着频频点头，当朗贝尔的相关报道快堆满桌子的三分之一时，米修莱神情惊讶地连忙挥手。银四郎这时才停下来，向米修莱投以奇妙的微笑，将剩下的剪报全部堆在桌子上。米修莱惊愕地摇摇头。银四郎从上衣口袋里，拿出一根随身携带的塑料折尺，开始测量剪报所占的大小。

"嗯，大概需要一千万法郎……"银四郎拍了拍桌子说。

米修莱诧异地望着银四郎的脸庞，看来他似乎已经弄懂这句话的意思，如果这些报道的分量在日本换成广告刊登的话，需要一千万法郎。他粉红的脸庞堆起几条皱纹，笑着说："八代先生，你做得太好了！"米修莱猛地站起来，使劲握着银四郎的手。

银四郎紧紧回握米修莱的手，说道："米修莱先生，你愿意跟我们签订新纸样的合约吧？"他目光锐利地望着米修莱。

米修莱沉吟了一下说道："八代先生，你的商业才能真令人激赏，和你合作的话，事情可以进行得很圆满。不瞒你说，之前日东贸易公司巴黎办事处已向我们提出购买三年纸样的合约，无论是合约年限、纸样件数、纸样权利金等，各种条件都与你们相同，但我们还是觉得把纸样交由你们来得好。你们在日本投入这么多宣传费用，今后势必也会吸引更多的商机，和贵社签约当然比较有保障。我相信朗贝尔先生也会欣然同意。遗憾的是，他原本预计今天下午从安提贝回到巴黎，因为突然有事，改为明天下午，因此劳烦你们明天再跑一趟了。"米修莱郑重地向式子和银四郎致歉。

式子得知朗贝尔不在店里，露出失望的神色，银四郎反而认为这样比较好，但他没有表露出来。

"今天没能见到朗贝尔先生，真是遗憾啊，但我预感明天见到他，他肯定会给我们好意的关照，我衷心期待着。"银四郎也致上不亚于米修莱的客套话，然后催促着式子站了起来。

走出朗贝尔的时装店，银四郎立即回头对着式子说："啊，好累啊！我果真不能像讲大阪话那样讲法语呀！喉咙好渴，要不要到香榭丽舍大道喝杯咖啡？"

说完，银四郎便径自往前走去。穿过伦勃朗广场，来到香榭丽舍大道，由于是下午四点多，宽敞的道路上尽是疾驶的车流，石板人行道上已有不少市民出来散步了。银四郎没多予注目，只是想找家咖啡厅。他终于发现有家窗明几净的咖啡厅，推门而入，坐在露台的椅子上，赶紧点了杯咖啡。服务生端来咖啡，他二话不说就喝起咖啡，稍作舒缓之后，对着式子说："想不到纸样的续约居然比想象中来得顺利。照这种情况看来，应该不成问题。为了预祝签约成功，我们打电话给白石教授，请他今晚来共享晚餐吧。"银四郎居然像忘却昨晚羞辱白石教授的事，不以为意地说。

"太荒谬了，我不同意！"式子严厉地拒绝道。

但银四郎径自去打电话，没多久又折了回来："真不巧，白石教授搭今天下午的班机回日本了。"

"什么？他坐下午的班机……"式子顿时语塞。

白石教授原本预定明天下午搭机回日本，却提早一天不告而别的举动，像尖刀般刺痛了式子的心。式子对白石教授把她丢在银四郎身旁冷然而去的冷漠态度，感到无比恐惧与心寒。她情不自禁地想呜咽起来，但在银四郎面前，她强作镇定自持。

"明天与朗贝尔签完合约后，我们也跟在白石教授后面，后天搭机回日本吧。"

银四郎看出式子的慌乱情绪，这么说着的同时，嘴角还泛出得意的冷笑。

翌日，他们依约定时间前往朗贝尔的时装店，冉·朗贝尔似乎已在店里等候了。

"再次见面，我非常高兴！"朗贝尔说着挽起式子的手，带着他们到房间里。

朗贝尔刚从安提贝休养回来，为时装展忙碌的疲累似乎已经恢复，他略瘦的脸上显得红润，深陷眼窝里的蓝眼漾着美丽的光芒。式子向他介绍银四郎之后，朗贝尔神情专注地望着银四郎，说道："我多次听米修莱提起八代先生，这次多亏你的努力，我在日本的首次个人时装展未演先轰动，引起媒体的热烈报道，我非常开心！"他向银四郎伸出白皙柔软的手。

银四郎紧握住他的手说道："您设计的时装美得犹如布料上的雕刻品，我的工作就是把这样的艺术品呈现给日本观众欣赏。此外，我也在白石教授门下学习法国文学，对法国的诸多艺术向来很有亲切感，这更激起我对这项工作的热情。"

银四郎态度恭谨地说着，故意抬出白石教授的名字，借此抬高身价。

"噢，真是太巧了！白石先生是我一个好朋友非常敬仰的日本教授。"朗贝尔清澄的蓝眼睛闪着亲切的光芒。银四郎随即以流利的法语说："如果您不嫌弃的话，大庭小姐和我非常愿意当您在日本的时装代理人，我们不但有绝对的自信可以再现您的时装艺术，甚至可以把它推销为成功的商品。"

"这是我最大的期盼。我立刻请米修莱来和你们签约。"说着，朗贝尔按了按桌旁的按钮。米修莱走进来，旋即表情夸张地迎接式子和银四郎。

"对不起，楼下刚好有客人来访，一时走不开。怎么样？你们谈妥了吗？"米修莱露出亲切的笑容，转身看着朗贝尔。

朗贝尔略显庄重地说："考虑到我的作品以及后续的经济效益，我决定把我的纸样交给才华横溢的服装设计师大庭小姐，以及富有教养的商业高手八代先生经营。你和他们办理签约手续吧。"

米修莱看着银四郎，露出交浅言深、充满算计的笑容："没问题，我立刻带来合约书。"他说着站了起来，走出房间，很快地拿来了合约书，摊在桌子上。

合约书上密密麻麻地以法文写着各种条项。比如，签约的物件、具体条件以及付款方式等，显示出巴黎时尚业者强势主导的作风。银四郎不像以前那样予以讨价还价，只是默默地签了名。在他看来，即使没有杀价，光是能签到朗贝尔的纸样代理权，就足以大赚特赚了。

走出朗贝尔的时装店，银四郎带着得意的冷笑看向式子。

"这样一来，往后三年只要充分利用朗贝尔这块招牌，我们就可以躺着收钱了。我们到格言餐厅举杯庆祝一番吧！园田已经在那里等着呢。今晚我们三人就痛快地吃喝一顿，明天搭下午的班机回日本。"

银四郎神情快活地朝洛亚尔街走去。看来银四郎上午与园田到巴黎观光时，和他约定晚上一起用餐。式子不想在这种气氛下度过在巴黎的最后一夜，但既然约了园田，也不好意思缺席，只好迈着沉重的步伐走去。

　　格言餐厅里，女客们穿着闪亮的鸡尾酒礼服，或身穿胸前插朵兰花的黑色套装，为餐厅增添华贵高雅的气氛，众男客也大都穿着深色西装。园田已经先到了，他看到式子，马上从椅子上站起来。

　　"好久不见！听八代先生说您刚从葡萄牙回来，旅途愉快吗？那方面谈得……"不知内情的园田，表情开朗地向式子打招呼。

　　式子和银四郎坐定后，马上叫服务生开了瓶香槟。

　　香槟斟入酒杯后，银四郎边高举酒杯说："庆祝与朗贝尔签约成功！"然后对着园田说道："园田，我们签到三年合约了！"

　　"什么？三年合约……"园田停住手中的酒杯，露出难以置信的表情。

　　"我们刚签完约呢。"银四郎笑着从上衣口袋里掏出刚签定的合约，递给园田过目。

　　园田打开合约一看，惊讶不已地说："你们太厉害了，真教人佩服……居然可以让那个米修莱点头……"

　　服务生端来以豪华器皿承托的美食，银四郎大口享用着，毫不避讳面前的式子，得意洋洋地向园田说起这两天来的交涉过程。园田频频点头听着，当听到银四郎说到把在日本登刊的相关报道换算成广告费时，园田惊讶地说："至今为止，从来没有人当着朗贝尔的经纪人面前，用这种方式估量朗贝尔的时装价值，想必米修莱是大吃一惊吧？"

　　看到园田如此惊讶，银四郎又更得意地自吹自擂起来。

式子一边动着叉子，一边无奈地等着银四郎尽快停止无边无际的吹嘘，突然，她折好餐巾，站了起来："不好意思，打断你们用餐，我有点疲累，先失陪了。"

园田见状，慌忙地说："那我开车送您回饭店。"

园田态度恭敬地要送式子，式子却说："谢谢你的好意，饭店离这里很近，我慢慢走回去好了。"

银四郎冷眼打量着式子："别管她了，她爱走路回饭店，就随她去吧。"他带着讽刺的口吻，叫住了园田。

走出餐厅以后，式子缓步朝协和广场走去。走进协和广场，广场旁的煤气灯已经点亮，周边映出淡淡的光海。式子回想起与白石教授依偎漫步在煤气灯下的情景来。那时候，他们走在晕淡的灯光下，那紧贴摇曳的剪影，看起来是多么幸福，如今那份幸福安详的感觉，却顿时变成恐惧与不安，猛然扑向式子的心坎。式子打算明天搭机离开巴黎，回到日本后，她要见白石教授，当场跪求他的原谅，除此之外她没有其他出路。可是她又在心中拼命摇头，万一白石教授不原谅我，我该怎么办……？然而，在葡萄牙乡村度过、静谧而彼此紧紧相系的旅程，已深深烙印在她的心灵深处。她抬头望着如泪眼朦胧般的煤气灯光，追忆前尘旧事似的走在石砌道路上。

回　国

从西贡到东京的航程约需十个小时。银四郎坐了一昼夜的飞机，为排遣无聊，他始终望着舷窗外。不过，对式子来说，随着飞机越接近日本，她的心情越是亢奋。再过十个小时她就可以从和银四郎两人共处的漫长旅程中解脱出来。

当面指责白石教授并侮辱式子之后，银四郎居然又厚颜无耻地向式子求欢，但遭到式子充满憎恶和轻蔑的拒绝后，银四郎便一反常态，冷淡对待式子。他们停留巴黎的四天期间，虽然下榻同一饭店，但除了午饭和到朗贝尔的时装店以外，银四郎也不到式子的房间，外出观光和夜游也只请园田陪同。即使坐上回国的班机，他似乎看透了式子的心思，除了吃饭或有什么事，他几乎不和式子说话。

但式子仍不时觉得他在偷窥，不时投来锐利的目光，他那诡异的冷淡中似乎隐藏着什么阴谋诡计，让式子不由得心生恐惧。然而，式子转念又想，只要回到家，那些莫名的不安将随之消散，想到这里，自己的嘴角便泛起柔和的笑意。她抬眼望着舷窗外，似海又像天际的蓝色空间遮住了视线，不时有白色浮云飘来，午后耀眼的阳光从云缝中射了下来。

银四郎动了动身子，他把放躺的椅背重新复归原位，坐直身子，嘴上叼着香烟，对式子说："待会儿就要抵达日本了，有许多事情正等着你去处理。首先，抵达羽田机场后，你要接受各报刊杂志、主跑流行服饰新闻的记者采访。这是我离开巴黎前三天，发电报到三和纺织公司的公关部，请他们联络安排的。在机场，你的受访将掀起朗贝尔时装的超级旋风。首先，你要向记者大力宣传你与世界著名的服装设计师朗贝尔是如何进行私人的接触；为了购买他的纸样，付出多少代价；为什么值得你如此争取等。下了羽田机场，你要装出有意开拓大事业的服装设计师的风度和身段。我嘛，则扮演得力助手的角色，我会在后面压阵，你只要冷静应对就行了，听懂了吗？"

　　银四郎下命令似的提醒式子如何面对记者的采访，他那眼镜后射出的锐利目光，似乎由不得式子反抗。

　　"可是，这么突然……我实在没办法演好……"

　　式子这样推拒时，银四郎随即把便条纸和铅笔递到式子的膝前："时间还很充裕，你慢慢想吧。"

　　式子意识到自己回到日本以后，势必又会被银四郎驱赶进他安排的工作漩涡中，但她只好将之视为是完成朗贝尔时装展前所做的让步，于是面无表情默默地拿起了膝前的便条和铅笔。

　　舷窗下，羽田机场的灯光像一条条流动的彩带。英文字的霓虹灯和照射着飞机降落的聚光灯格外明亮，由红蓝两色交叉的引导小灯排成两列，航空标识在漆黑的跑道上闪烁着。再过几分钟，飞机即将降落，机内顿时喧闹起来，但式子依然静静凝视着夜晚的机场。

飞机沿着跑道前进，在停机坪停妥后，熄掉引擎，放下了舷梯。式子穿着风衣，只拿着在巴黎买的仿牛皮黑色手提包离座走去，银四郎则提着装有式子随身衣物的米黄色手提旅行箱随侍在后。从走下舷梯那一刻起，式子的举手投足就必须按照银四郎编写的剧本表演。

式子意识到平台上已出现接机人群，她举起戴着长袖手套的手，轻轻拨撩着贝雷帽的面纱，走下了舷梯。

"大庭老师，欢迎您回来！"

平台那边有人喊着式子的名字，并用力挥动着手。式子抬头看向那明亮处，原来是她熟识的N杂志女记者，其他认识的记者也向她挥手。不过，式子顿时感到犹豫起来。她害怕只要向前走去，今后又将被拉回离开巴黎以前那种追逐名利与虚华的生活，一股莫名的不安，使她不由得停下脚步。

"真是够隆重的排场啊！待会儿在记者招待会上，你就按照我在飞机上指示的那样……知道了吧。"银四郎在背后叮嘱道。

式子霎时有点踌躇不前，但很快地就往前走去。通过证照查验所，办完通关手续，登上通往航站大厅的楼梯，只见纺织厂商和贸易公司的公关人员夹杂在报刊杂志的记者群中，三和纺织公司的公关经理在职员的陪同下，也来接机了。

"大庭老师，旅途辛苦了！我们已经为您备妥特别会客室召开记者会，这边请……"公关经理说着率先往前走去。

穿过航站大厅，走进特别会客室，座位已安排就绪。式子被安排在正中央，各报刊的记者则围坐两旁。式子对如此盛重的排场有点畏缩，显得拘谨不安，但当她看到站在角落的银四郎投来不容反抗的目光时，便又强做镇定，露出笑容，准备回答记者的提问。

"日本的报刊杂志已大篇幅地介绍过冉·朗贝尔的时装作品，听说您是日本第一位亲睹大师作品的设计师，可否谈谈您的感想？"

式子眨了眨眼睛说道："朗贝尔的服饰造型很有特色，通过精巧的立体剪裁和大胆的色彩对比，使得每件衣服都别具风格。朗贝尔说过，'没有蕴含诗意的衣服，只是没有生命的东西'。他的每件作品，都如他想表现的那样，充满着美丽的诗意设计。"

"请谈谈各国争相购买朗贝尔纸样的意义及其价值？"

"朗贝尔的纸样，其复杂的程度是向来做惯平面制图的日本服装设计师难以想象的，它是极为复杂的立体制图。有关纸样因为涉及版权问题，在此我不便多做说明。总之，我敢向各媒体朋友保证，这次把朗贝尔的纸样引进日本，将带给日本服饰界划时代的时装设计革命。"

式子感受到记者会的气氛愈加热络起来，她朝银四郎瞥了一眼，银四郎正目光锐利地打量着记者席的反应。

面对接二连三的提问，式子似乎有些疲累，然而面对各媒体记者欲罢不能的态势，和银四郎紧盯着记者会的进行，她旋即又振作起来。

服务生送来饮料时，K报社的年轻记者热情洋溢地直接问道："听说朗贝尔的时装展结束后，全世界的时装业者都在搜购他的作品，可否透露您如何采购？价格如何？"

"众所周知，朗贝尔的时装展，前两个星期只对世界各国的报刊杂志记者和贸易商开放，让记者向各国公开朗贝尔时装展的消息。不过，由于朗贝尔的作品，每个国家仅能有一个代理商，因此各贸易商竞争非常激烈。至于购买方式可分为三种：其一，直接买下展出作品，每件三四十万日元；其次是用一种粗棉布依实物制成的服装，每件十五万左右；而用纸做的纸样，每件则从八万至十万不等，这些服装和纸样，都可以大量复制，供销到全世界。"

"请问朗贝尔在巴黎的知名度如何？"

式子迟疑了一下，但立刻想起银四郎从出租车司机那里听来，有关朗贝尔的高度评价。式子告诉记者这些见闻，会场立刻涌起阵阵笑声，记者会的严肃气氛顿时缓和了不少。

"对不起，今天的记者会即将结束，请问各媒体朋友还有问题吗？"担任会场主持人的K报社记者这样问道。

刚才在接机平台喊着式子名字的N杂志女记者举手问道："您打算举办朗贝尔下季的纸样展吗？"

这只是个平常的提问，但极具新闻价值。式子神情紧张地朝站在记者席后面的银四郎瞥了一眼，只见他那眼镜后射出得意的冷笑。

"在离开巴黎的前天，我们已经见过朗贝尔先生，同时还签了三年合约。"

"噢，您签了三年合约！"

"是的，三年的合约。他已欣然同意，每年两次在巴黎举行时装发布会之后，由我们在日本组装展出他的纸样。"

记者席发出阵阵骚动，气氛变得热闹起来。式子既有已完成银四郎交托重任后的虚脱感，又感到内心无比空虚。

记者会结束后，式子走出特别会客室，各纺织厂商、贸易公司和百货公司的公关人员已在航站大厅守候。拿着花束的女职员站在式子身旁，纷纷向她致上鲜花。式子双手抱满了鲜花，向接机者致谢，简单致辞后，R纺织的公关人员兴奋地说："刚才，我已从记者那里得知记者会的盛况，听说您和朗贝尔签下三年合约是吗？"

式子微笑地点点头，热烈的掌声旋即响起，式子顿时又被卷进热闹与浮华的氛围中。

从羽田机场来到日活饭店，式子拒绝跟银四郎共进晚餐，径自回到房间。她关上房门，锁上钥匙，把成堆的花束丢在地上，风衣也没脱就倒躺在床上了。从巴黎搭机出发后五十几个小时，她都和银四郎绑在一起，好不容易才挣脱出来，她很想安静一下。

式子躺在床上，只觉得疲惫至极，身体慵懒，仿佛体内的水分都被榨干似的。虽然她告诉自己，在完成朗贝尔时装展之前，是对银四郎所做的让步，但刚才在机场大厅接受接机者的簇拥、出席记者会，接受业者的献花等，都是在银四郎摆布下进行的，她对自己的软弱感到可悲与羞耻！

式子心想，她为什么那么害怕银四郎？是担心自己与白石教授的交往受到阻碍，还是害怕洋裁学校的经营权被银四郎夺走？可是银四郎说，这些都是可以用金钱解决的，那么她到底在怕什么呢？式子回想起从羽田机场到饭店的路上，始终不发一语，只是望着窗外的银四郎的侧脸。他的侧脸是多么俊俏秀丽，在灯光的照射下，隐约可以看见白皙皮肤下的青筋。那是一条条流着黏呼呼肮脏血液的静脉。他那旁人无法看透的冷静表情，总是令人不寒而栗。

式子慢慢地坐起身子，为了赶走那莫名的恐惧，拿起了桌上的话筒："请我帮转接到四一七五三〇号……"

那是白石教授位于成城的住宅电话。饭店前台接通电话后，式子拿起话筒，话筒那端传来女人温和的声音。

"这里是白石公馆，请问您是哪位？"

从对方客套的应对来看，应该是白石教授之前所说的老女佣。

"敝姓大庭，如果白石教授在家的话，劳烦您请他接电话……"

"您是大庭小姐啊，请稍等一下。"

式子期待数秒后就能与白石教授讲话，心里非常高兴，拿着话筒的右手顿时暖乎乎的。她察觉到对方似乎拿起话筒来了。

"敝姓白石……"白石教授语声低沉地说。

"老师，是我。我是式子，我刚刚回来！"

"……"

"喂喂，您听得到吗？我是式子，我是搭法航班机晚间八点八分回到羽田机场的。"式子急切地说。

"是吗？你回来了。"白石教授回答得很简短。

"虽说时间已经有点晚，但如果方便的话，我现在想去见您。"

白石教授迟疑了一下，说道："现在时间太晚了，改天再谈吧。"

"明天我必须搭燕子号列车回大阪，所以现在很想见您，哪怕十分钟也好。"式子央求道。

话筒那端传来凝重的沉默。

"今晚我们还是不见面的好。日本不同于巴黎，超过晚间十点见面的话，有诸多不便之处。况且你刚下飞机，想必非常疲累，今晚先好好休息吧。"

白石教授这番话令式子分不清是出于温柔的关怀或是冷漠的拒绝，但再追问下去，只会让自己更为难堪。

"那么，晚安……"式子压抑住激动的情绪，放下了话筒。

车窗外是暌违两个月的日本家乡风景，连绵起伏的山丘和黄绿交错的农田像盆栽沐浴在明朗的春光里，式子却觉得浑身冰冷。她再次回想着昨晚白石教授的话。

　　他说得那么冷静，乍听之下颇有体恤之意，但式子总觉得被弃之不顾。白石教授如此冷淡，很可能是不想伤害她，也避免伤及自己，以便达到不留痕迹慢慢求去的目的。然而，他们在巴黎和葡萄牙已有过肌肤之亲，可说是关系匪浅，怎能从那通短短几分钟的电话妄下定论呢？何况白石教授对爱情的表达本来就不同于热情如火的式子，他向来温柔克制，在式子看来难免觉得冷漠。然而，式子又想，如果白石教授无法原谅她与银四郎的败德辱行，而拒绝她的话，她该怎么办呢？想到这里，式子不由得闭上眼睛，摇了摇头。她觉得，只因自己见不到白石教授，通了短短几句电话，就为此猜疑和恐惧，倒不如先回大阪，办妥朗贝尔时装展的准备工作后，再赶回东京找白石教授，当面问明他的心意。

　　"你是太累了？还是在想白石教授的事情？"

　　坐上列车后就已经睡着的银四郎，不知什么时候醒来，向式子投来嘲讽的目光。

　　银四郎见式子没回应，说道："白石教授和你今后做什么打算我不知道，不过，我希望这次由我精心策划的朗贝尔时装展务必要成功！"

　　银四郎从上衣口袋拿出记事本摊在式子面前："朗贝尔时装展可说是未演先轰动，原本预定在东京和大阪的B报社会馆各展出两天，看来这样可能无法满足观众的需要，因此昨晚我与三和纺织公司的公关部经理协商决定，为了答谢三和纺织公司的老顾客和各名流贵妇，先在东京的帝国饭店和大阪的新大阪饭店，各举行一天豪华的时装表演。在五星级饭店举行豪华的时装表演，同时把社会名流和贵妇召来观赏，可说是初次尝试，这又可炒热话题。总之一句，我们已经拼到这个地步，无论如何都要把朗贝尔旋风带起来。时装表演和在B报社会馆的舞台时装秀性质不同，你得考虑怎么做才好。目前的行程是，四月十二日在东京的帝国饭店；十六日在大阪的新大阪饭店，你得好好干才行。"他合上记事本，审视般地望向式子。

式子沉默了一下，压抑住内心的愤怒，低声说："就这些吗？我知道你利用这次朗贝尔时装展的机会，又想对我提出什么要求……不要这么不干脆，如果还有的话，何不趁这时候统统说个清楚！"

"听你的口气，好像急着跟我划清关系。不过，你别傻了，你是我的女人，我们除了有两年半的男女关系之外，对我来说你还是重要的资产呢，可没那么容易算得清楚呀。"银四郎以缓慢的大阪话得意地说着，随后转向车窗外。

富枝一边惦记着式子抵达大阪车站的时间，一边埋头朗贝尔纸样的缝制。伦子和胜美从刚才就开始贪读着各早报刊登式子风光归国的相关报道，直盯着式子的照片。

富枝鼓了鼓圆润的下巴，抿着小嘴说道："你们在干什么呀？每家报纸写的不都是一样吗？有这闲功夫的话，我倒希望你们赶快趁院长回来之前，把这些纸样缝制完毕。"

伦子仿佛被抓到把柄似的，只能瞪大眼睛站了起来。戴着红框眼镜的胜美抬脸看向富枝，语带嘲讽地说："是啊，你是这里的老大，我们哪敢违背你的意思呀。"

胜美拿起放在裁剪台上的礼服，动作粗暴地正要开始缝制时，冷不防用严厉的口气，把缝制者找来。

"这种奇怪的缝法是谁教你的？这样根本无法表现出朗贝尔的立体轮廓来嘛！"

"这……是大木老师教我这样缝的！"一名去年刚从学校本科结业的年轻女裁缝诚惶诚恐地回答。

"噢，我说富枝啊，这奇怪的缝法是你教的呀？照这样看来，你可能没有弄懂朗贝尔的纸样哦。若不能理解朗贝尔的纸样，光有高超的缝制技术又有什么用呢？"

胜美故意高声说着，但富枝佯装没听到，不予理会。胜美为何从大清早起，便为了芝麻小事把缝制者骂得体无完肤？一来是因为式子这次归国受到前所未有的欢迎，二来是对银四郎和式子单独在外国停留至今才归来的猜疑与忌妒，这让伦子和胜美郁闷不已。富枝依照与银四郎的约定，式子前往巴黎之后，也没有将银四郎、式子以及她们三人间的纠葛说出来，伦子和胜美似乎仍认为只有自己与银四郎拥有特殊关系。

式子一离开日本，伦子和胜美分别在大阪和京都分校肆无忌惮地行动起来。伦子在大阪本校便以院长自居，态度傲慢、大模大样地代理式子出席豪华宴会或座谈会。胜美在京都也积极参加服装设计师的聚会，并出席报刊杂志的座谈会。这两人以趁式子院长不在时争来的自由满足自己的虚荣，富枝看在眼里只觉得荒谬可笑——格局太小，真像小孩扮家家酒。富枝不屑地嘟着小嘴，暗自嘲笑她们，并抬头看着缝制场中央的挂钟。再过不到四小时，式子和银四郎就要回大阪了。

燕子号列车缓缓驶进月台时，就可看见式子和银四郎坐在八号车厢的窗旁。前来接风的学校教职员和学生，以及纺织公司的相关人士，纷纷朝那儿跑去，富枝站在人群后面看着这个场面。式子戴着薄纱遮脸的帽子，这帽子似乎是在巴黎买的，穿着素雅的丝质大衣。当她走下月台的时候，等候已久的接风者立刻送上鲜艳的花束，顿时镁光灯闪个不停。式子露出温和的笑容，优雅地向大家欠身致意，手中握着便条纸，回答新闻记者的提问。其间，纺织公司的接风者上前向她致意，她除了回答记者的提问之外，还得向大家打招呼。远远望去，她是多么忙碌，令人眼花缭乱。

忽然间，式子转向摄影记者，好像向谁点点头，原来是伦子和胜美站在她的身旁。她们好像依摄影记者的要求，摆了个"老师，欢迎您回来！"的姿势，握着式子的双手，目光熠熠生辉，俨然女明星般装腔作势，同时为自己的照片能登在报刊杂志上而雀跃不已。在富枝看来，照片被刊登在报刊杂志上有那么重要吗？她们未免太过激情了。对她而言，与其追求徒具装饰的虚名，不如抓紧实在的东西，凭自己的力气累积财富才是正确的处世之道，伦子和胜美那种贪享名声的做法，让她很不以为然。名声值多少钱呢？想到这里，富枝不由得露出冷笑，嘲讽地看着伦子她们。突然，她发觉背后有人，回头一看，原来是银四郎。

"哎呀，你回来了呀！别吓我嘛，一声不响地站在人家背后……"富枝瞪视着他。

"纸样组装得如何？"富枝反问着银四郎带去巴黎的四件纸样。

"其实，那些纸样根本没必要专程带去巴黎请教朗贝尔，式子院长说她自己就能处理，还说是你们把纸样的编号拼错了。"

"什么？拼错记号了……"富枝故作惊讶。

"朗贝尔纸样的记号非常复杂，你们大都以平面制图的常识来拼接服装的记号，所以才拼错了。"

"是吗，果真是我们拼错了呀……"

富枝这样说着，其实却暗自偷笑着。因为富枝明知道纸样的组装方式，却装作看不懂，借故让银四郎把那四套纸样带去巴黎请教朗贝尔，看来并没有被式子和银四郎识破。

"你现在就去缝制厂，详细地问式子院长，我要和野本谈事情。"银四郎说着疾步朝三和纺织公司那几名接风者走去。

富枝比式子她们早些离开大阪车站，回到缝制厂。她明知那四套纸样的拼组方法，却佯装不知，让银四郎把它带去巴黎，目的是趁银四郎出国期间，偷偷复制朗贝尔的纸样。

在组装朗贝尔纸样期间，银四郎整天待在缝制厂里，纸样当天组装完毕后，他马上锁在置物柜里，以防止缝制者趁机复制。然而，他前往巴黎的时候，不得不将置物柜的钥匙交由富枝保管。这正是富枝伺机而动的佳机。在富枝看来，银四郎把所有希望押在朗贝尔的时装展，在东京的池袋买了土地，又计划扩展大阪本校的规模，这算盘未免打得太称心如意了。她之所以暗中复制每套价值八万日元的朗贝尔纸样，目的是先求自保，如果朗贝尔时装展没预期那样成功，她也没什么损伤，而且式子从巴黎回来后就要解决银四郎和她们三名女弟子之间的纠葛。当伦子和胜美正仿效式子院长四处参加豪华聚会，或出席知名座谈会而志得意满之际，其实她早已拿到有形的财富。这样，姑且不管朗贝尔时装展成败如何，也不管式子如何处置她们三人，她都是稳赚不赔。只要把朗贝尔的纸样复制下来，即使不能公开转卖，也可以暗中高价卖给专做仿冒品的投机商。

玄关处传来车子停妥的声音，霎时引起小小的骚动，原来是式子走了进来。银四郎和野本好像去了三和纺织公司，只见伦子和胜美跟在式子后面。

式子看到富枝，说道："怎么了，听说你都到大阪车站了，怎么自己先回来了？"

"迎接的场面太盛大了，我没办法待在拥挤的人群中，而且我还惦记着得赶紧把纸样缝制完成，所以就先回来了。"富枝慢声细气地以大阪话回答，然后望向裁剪台上的礼服。

"富枝，你还是那样认真……"式子微笑着拿起裁剪台上的服装，逐件地仔细检视着。这时，她突然想起在巴黎观看朗贝尔时装的情景，不时陷入沉思，仔细检视那几近完成的时装立体造型后，转身看着伦子。

"朗贝尔的纸样，你全部看过一遍了吗？"

蓦然，伦子露出吃惊的神色："是啊，我大致全看过了。不过，因为我要忙着学校的授课，银四郎去巴黎后又得与三和纺织公司及各报社联络，所以您问我是否全部仔细看过纸样，实在很难回答……"

"那么，胜美你呢？"

胜美那红框眼镜后的眼神显得有些慌张："我也是一样，整天忙着京都分校的各项业务，尤其联络上的工作特别多，只有晚上有空来这里看看，所以就把这任务交由富枝处理了。"

"这么说，朗贝尔纸样的组合最后阶段，都落在富枝一人身上了？我明明交代你们三人共同负责……"式子语毕，当场陷入了短暂的沉默，"富枝，你留下来，我有话和你说，伦子和胜美你们先回去。"式子突然做出什么决定似的说。

当缝制厂只剩下式子和富枝二人时，富枝隔着裁剪台与式子对视而坐。式子似乎非常疲倦，手肘支在裁剪台上，身子倚着台板，冷不防问道："富枝，你真的不会组装那四套纸样吗？"

富枝起先有点慌张，旋即强作镇定："那四套纸样，我组了好几次就是组不起来。由于纸样从巴黎寄来的时候都弄得皱巴巴的，标在上面的记号模糊难辨，我试了好多次就是组装不来，最后只好拜托银四郎先生联络您，还是不行吗？"富枝故作惊讶地问道。

"三十套纸样你都能准确地组装起来，唯独那四套纸样却没办法组装，这未免太奇怪了吧？"式子审视着富枝的表情。

"可是，那四套纸样皱褶的部分很多。虽然在这又长又大的纸样上，标有很多记号，但左右的形状不同，有些地方还有特殊记号，那些全是法语的洋裁专有名词，连银四郎也使不上力，所以我实在不知道该怎么组装。"

"真是这样吗？以你高超的缝制经验和专业判断，这种要求有皱褶的纸样，你应该看得懂……"式子步步紧逼。

"院长，您为什么怀疑我呢？"富枝反问道。

"因为你是富枝，所以我才怀疑。你明明看懂纸样，却佯装不懂，还厚着脸皮指使银四郎去巴黎。"

"真奇怪，您怎么会想到那里去呢？"富枝质疑地说。

"要欺瞒银四郎这种诈骗高手，以纸样为饵确实是最好的方法。你外表看似老实，其实是胆大妄为，这点手段难不倒你。如果真是这样，我可要称赞你这个小恶棍。这种事别说是伦子和胜美，连我也做不来，可是对你来说却稀松平常。"

"我是小恶棍？呵呵呵……"富枝笑得很诡异，"如果可以的话，我倒希望这样。不过，坦白说，我真的看不懂那些纸样。"她一本正经地说。

式子脸上露出极度失望的表情。

"院长，您为什么那么希望我使那种微不足道的骗术呢？我明明知道纸样如何组装，却佯装不懂指使银四郎去巴黎，您不觉得这是小孩的把戏吗？我真要耍骗的话，就要骗得高明一点……"

"那么，你打算怎么个骗法？"

"我吗？嗯，不到那时候，我也不知道呢。不过，我知道银四郎爱财如命，到时候我就用金钱诓他。我不清楚院长和银四郎之间有什么关系，但我绝不做赔本的生意就是了。在这里，我要奉劝院长，这次举办朗贝尔时装展，您不要凡事对银四郎言听计从，得看划不划算再做！"

说完，富枝从椅子上站起来，朗声笑语地补充道："院长，明天起您赶快教大家组装那四套纸样吧！"

动　摇

　　随着朗贝尔时装展的接近，式子每天忙得不可开交。由于日本和法国的模特体型有些不同，依照朗贝尔的纸样所缝制的三十套服装，必须再让模特试穿一次，去掉多余的皱折和松弛部分。富枝她们很忠实地依原纸样的记号缝制，但是太拘泥于原纸样，而忽略了日本模特体型的特点。

　　时装模特站在式子面前已好几个小时。式子聚精会神地对模特身上的服装和摊在裁剪台上的纸样记号逐一对照，仔细修整模特胸部和腰部多余的部分。这种通过真人模特确认朗贝尔纸样记号的意义和衬布的尺寸，做全面性的修整，是件十分耗费精神的工作。她一边扣上别针，一边看着模特的脸。模特也露出疲态，但因为能够试穿朗贝尔的时装而显得兴奋，双眼炯炯有神，依然维持着姿势。

　　"很累吧？再撑一下就好了。"说着，式子在模特胸部和肩线的位置扣上别针做修正记号，这些工序结束后，她出言慰劳模特，自己也稍作休息。

　　为了消除眼睛的疲劳，她抬眼望向窗外，窗旁的柱子后露出伦子的侧脸，她的嘴上叼着香烟。伦子大概以为式子还在忙碌，暂时倚在柱子后，吞云吐雾地吸着香烟。她轮廓有致的侧脸显得冷漠，眼里闪烁着豹子般锐利的目光。才短短两个月不见，她比以前更增添了姿色，却也越发骄纵。式子想象得出她不在时，伦子是如何骄恣。式子想起，以前自己是多么忌妒伦子的年轻美貌、多么无法忍受伦子的任性，但这些如今好像都不存在了。伦子被诚实敦厚的野本敬太所爱，却又和银四郎这种男人纠缠，式子很想温柔地劝阻伦子的肤浅行为。式子决定等朗贝尔时装展结束后，把银四郎和她，以及三名女弟子的关系，还有银四郎安排的各种卑鄙的人际关系彻底清算，但比起这件事，她和白石教授的事情更是占满了她整个心。

自从式子打电话给白石教授那天以来，便再也没有收到他的音讯。式子心想，四月大学开学，他应该会出差到京都的大学授课，可是他不但没联络，她写信询问他何时来京都，他也没有回信。朗贝尔时装展虽紧锣密鼓地准备，但她无时无刻不在等待他捎来信息，处在苦闷和焦虑的煎熬中。

式子抬头看着挂在缝制厂门口的大型日历。距离在东京举行朗贝尔时装展只剩一个星期，这个星期却让她觉得度日如年。她很想结束今天的工作后，就搭明天的飞机去东京找白石教授。

"院长，曾根先生来了，来得很突然……"富枝用慵懒的声音说。

"什么？曾根？"式子惊愕地看着富枝，随即交代富枝请他到会客室。

曾根走进狭窄的会客室，清澄的目光望向式子："虽然知道你回来了，但没能去车站接风，实在抱歉！你回大阪那天我刚好到山阴地区出差。另外，朗贝尔时装展的事情，已由本报事业部负责，我也不便插手，所以一直没来。今天我到附近的日本红十字会医院采访，突然想到也许你在缝制厂，所以就来了……好久不见了！"

曾根拨了拨干涩的头发，露出怀念似的笑容。式子也为这个促成她与白石教授结缘的人突然来访，感到格外欣慰。

"是我久疏问候了。这次朗贝尔时装展，也是多亏你居中帮助才得以成行。托你的福，我顺利完成任务，从巴黎返回日本。但是这股展出前的朗贝尔旋风，让我有点不知所措，担心结局是否会令人失望呢。"式子微笑地回答。

曾根沉默了一下："是啊，常言道，前潮不见得就是高潮，这也是个变量。朗贝尔时装尚未展出，就引起如此轰动，连服饰专家也料想不到。与其说它是妇女生活版要闻，不如说是社会版的头条呢。不过，朗贝尔时装展越造成轰动，不正是越来越背离你的初衷吗？"曾根说得委婉，但仍透露出他丝毫不马虎的严厉看法。

"是啊，朗贝尔的纸样本来就是很专业的东西。站在实际学过服装组装和缝制的人的立场，我原本想以服饰专家和洋裁学校的学生为对象，把依照朗贝尔纸样制成的服装做专业性的展出。可是我到巴黎期间，不知不觉间却演变成非办得豪华隆重不可的局面了……"式子心情沉重地陷入了沉默。

"你在巴黎见到白石教授了吗？"曾根为缓和式子的情绪，改变话题说道。

"嗯，见到了。我们与朗贝尔签约时遇到困难，承蒙他大力帮助，后来，还跟他一起逛了巴黎市区呢。"式子笑容可掬地回答。

"这样啊？太好了！同样是走访巴黎，跟白石教授同行，肯定可以增长见闻呢。你们去了索邦大学了吗？"

"嗯，我们没进到校园里。那是白石教授年轻时就读的大学，所以只在校门外观看而已。另外，我们还到了附近的花神咖啡馆参观呢。那里是当年萨特和法国著名文学家经常聚会的地方。"

“是吗？真是令人羡慕啊！明天在京都见到白石教授，我正要向他请教法国文坛的事呢。”

“咦？白石教授……他明天在京都……”式子惊愕得说不出话来。

“是啊，他来京都是参加大学组织的聚会，我们几个好朋友正想和他吃晚餐，你有什么……？”式子的反应让曾根感到讶异。

“不，没什么……我只想再次表示谢意，感谢他在巴黎对我的关照。”式子压抑住内心的慌乱。

“这样啊，那我会把你的谢意转达给白石教授。”说完，曾根看了一下手表，“对不起，我还有采访工作，先告辞了。”他急忙站了起来。

式子没有把激动的情绪表露出来，她一边送走曾根，一边为白石教授明天来京都的事感到兴奋不已，整个心房顿时暖和了起来。

车子来到桥本附近，抬眼望去，车窗左侧是宽广的河滩，长满茂盛的芦苇。春天的阳光明媚，一弯波光粼粼的细流缓缓流过，河中沙洲处，芦苇迎风摇曳着。

式子望着寒风冷瑟的河滩，心想白石教授既然来到京都，居然没和她联络，未免太不近人情了。昨天，若不是曾根透露白石教授将搭今早的列车来京都，她哪知道他将住在京都饭店，说不定她早就搭今天的飞机去东京找他了。她猜想白石教授抵达京都以后，会打电话和她联络，所以她上午既没前往学校，也没去缝制厂，而是整天待在鱼崎的家里等着。然而，白石教授还是没打电话来，于是她才急忙坐车赶往京都。

白石教授那近乎无情的沉默到底意味着什么呢？那是为了避免

口出恶语和处境尴尬，想借着时间逐渐与她淡化关系的沉默吗？还是为了确认她的情爱，刻意而为地沉默？不管是前者或后者，这对她皆如刀割般得痛苦。她感到无比难过，白石教授的沉默就像千斤重石般压在她的心口上。在葡萄牙的时候，是她主动追求白石教授；这次也是她主动追求，这种女追男的处境令她非常难堪。但现在她只想减轻内心的痛苦，顾不得什么羞耻了。

抬眼看去，天王山耸立在正前方，浓绿的山坡间如白色颜料的色块，原来是盛开的樱花树丛。

没多久，车子驶过御幸桥，过了鸟羽桥，就到京都了。随着车子越接近京都市区，式子越发激动与不安，因为马上就要见到白石教授了。不过，当她回想他们到葡萄牙出游时，他对她的温柔与体贴，便又恢复了平静的心情。

式子下了车，推开饭店大门。她对前台人员表示要找白石教授。前台人员旋即指着大厅的方向说道："白石教授正在大厅接待访客……"

式子走向大厅，寻找白石教授的身影。大厅灯光黯淡，只见几条像画般的人影，但很快就看到白石教授背对着这边坐在扶手椅上，正和一名戴眼镜的年轻人谈话。她不知道年轻人在谈些什么，但他表情认真、滔滔不绝地说着。白石教授动也不动地静静听着。从他静默如山的背后看去，那姿势隐含着拒人于千里之外的冷漠。在她看来，白石教授的背影是多么冷淡无情，顿时让她感到莫名恐惧，她后悔不该如此自信地贸然上门！

白石教授点了点头，年轻人站起来施上一礼，从式子面前走过去。青年离去以后，白石教授还坐在椅子上，没多久才慢慢地站起来。

式子悄声地走去："老师……"

白石教授惊讶地回过头，看着式子的脸庞："是曾根告诉你的吗？"

式子点了点头，但有点克制不住情绪了。

"我们先离开这里吧。"说着白石教授径自走出大厅，在门口招了辆出租车。

坐上出租车后，白石教授马上靠着后座的椅背，紧闭嘴唇，摆出不想在车内谈话的表情。车子沿着高濑川过了两条大桥，从冈崎街进入黑谷。从京都饭店到这里只需十分钟的距离，但映入眼帘的是名寺古刹和民宅林立的幽静、古老之地。

他们在高丽门前面下了车，沿着石墙登上石砌坡路。高处的松树和杉树苍翠挺拔，从树林间可以俯瞰京都的街市，环绕街市的低矮群山仿佛近在眼前。白石教授停下脚步，回头看着式子："晚间七点，我和曾根他们约吃晚饭，我们就在黑谷边走边谈吧。"

他慢慢地往石砌的坡路走去。他那咯吱咯吱的皮鞋声，宛如走在巴黎市街的石砌路时般，让式子误以为他们现在就置身在巴黎，那斜坡令她联想起他们漫步蒙马特山丘的情景。想到这里，她不由得锥心刺痛起来，泪水突然夺眶而出。

"您来京都为什么不通知我呢？在东京的时候，我给您打电话，又写了信，多么希望见到您，但是您始终在逃避我。如果您原本就想拒绝我，至少也和我见上一面，再回绝也不晚啊！没见到您，我心里是多么悲伤无助啊。我实在想不透您为什么那么冷酷无情……"式子越说越激动。

"冷酷……你说，我不见你是冷酷吗……？"白石教授停顿了一下，"我不见你，是因为还没有理出头绪来。我们在巴黎的那段邂逅……有时想起都觉得自己很龌龊。坦白说，我不知道怎样处理我们今后的关系，我担心在这种时候见你，只会使自己越陷越深……我不是你想象的那种冷酷自私、铁石心肠的人！我之所以从巴黎逃到葡萄牙，也许是因为害怕无法抵挡你的激情吧……"白石教授语气沉重地说。

"老师，您为什么要逃避呢？现在您若抛下我，我就无法活下去了。请原谅我和银四郎的事吧。我和他之间没有爱情、没有信任、没有温柔体贴，我是在他的引诱下懵懂地与他发生那样的关系。不知不觉间，我盲信他的所作所为，在他设计的巧局下，不断扩大学校的规模，仗着虚空的财势，投入引人瞩目的服装设计行业而自我陶醉，一步步地走向追逐名利与虚华的深渊。当我发觉迷失方向时已经无法自拔了。我已是三十出头的女人，居然还愚蠢地与那个男人纠缠不清。我的确是个肤浅、爱慕虚荣的人，您要同情或蔑视我都没关系，甚至可以狠狠地打我，我只求您别抛下我……"式子双手掩脸，当场蹲跪在白石教授的脚下。

白石教授凝视着脚旁的式子，稍过片刻后，才静静地俯下身子，双手环住她的肩膀，半抱起似的扶起她。

"所谓爱情，再怎么痛苦，都绝不是靠激动和乞求得来的。越是痛苦越需要忍耐和克制。无法做到这点就不是真正的爱情，只是冲动的激情罢了。"

白石教授严厉的眼神望向式子，像催促她似的往前走去。坡路两侧是长长的小寺院土墙，土墙尽头是条可望见真如堂瓦房顶的静谧小径，午后的阳光静静地洒在小径上。

"我们现在必须摆脱激情，在恢复原来的关系之前，有些事情不正需要我们慎重思考和解决的吗？比如，银四郎跟你之间的纠葛，以及在未来的事业上该如何定位你们的关系，这些问题若没解决，我们是无法结合的。我不想再受到在巴黎的那种羞辱。我并不是毫无责任地与你发生关系的，纵使在银四郎面前，我也不会感到羞耻，因为事前我并不知道你们之间的事……可是最后却演变成被曾是我的学生的他当场咒骂、羞辱……那时候，你为什么不告诉我真相呢？坦白说，当我知道你们的事时，我实在无法原谅你。可是回想起在葡萄牙那十天的情景，你时而高兴，时而心虚，时而痛苦，总是带着不安的神情。我才了解你并非有意隐瞒，而是在那愉快的气氛中，不忍说出那不堪的往事。因此，现在我可以原谅你了。但话说回来，如果你不能和银四郎彻底切断关系，即使我们再怎么不愿意，也只好走上分手一途。因为我实在无法忍受并应付银四郎的卑鄙与恶毒……"

白石教授这番压抑情感的话语，像利箭般射向式子的心坎，让她痛苦不已。

"老师，请您等候我到朗贝尔时装展结束。我要把时装展办成功，满足他的野心欲望，把他要的东西统统给他，从此与他断绝关系……希望您能等我到那时候。"式子近乎央求地说。

白石教授沉思着，沿着白色土墙走着，突然停下脚步，回过头来。"我不会让你独自承担这些问题的，等朗贝尔时装展结束后，我会找他谈谈。"他露出深情的笑容，对着式子说："黑谷这地方多幽静啊……"

说完，他抬头望着那蓊郁的树林和寺院高塔后方山脊起伏的东山。不知不觉，暮色已悄悄降临，刚才白蒙蒙的东山山峦已被淡墨色的晚云笼罩着，式子和白石教授沉浸在静谧的暮色中。白石教授像是要确认这种静谧的气氛似的，伫足凝视了一会儿。

"真如堂到白川有条坡路，我们顺着那条坡路到白川街上坐车子回去吧。"白石教授说完，踏着沉沉的暮色而去。

从真如堂到白川是条蜿蜒细长的坡路。坡路右侧是真如堂林荫茂密的寺内，左侧是成排的民房，从坡路的转角处，可以俯瞰暮色笼罩的京都街市，四处闪烁着朦胧的灯火。

白石教授慢慢地走在人影寥落的坡路上，偶尔驻足从树缝中眺望着街市的灯光。式子怕落后太多，紧盯着白石教授的背影。从巴黎回来以后，他们已经二十天没见面，可是见了面，白石教授又始终保持寡然缄默的态度，让式子感到寂寞和苦闷。她已告诉白石教授请他等到朗贝尔时装展结束，但她实在无法忍受白石教授表现得如此漠然与冷静。

"老师……"式子急促地喊道。

白石教授吃惊地回过头来，望着暮色中的式子。

"老师……"式子情绪失控地跑了过来。

白石教授眼里闪着泪光，肩膀微颤着，最后仍默然转身往前走去。他这样做显然是在克制激情，努力保持着严肃的态度。在夕暮中，式子看到自己的心意被白石教授冷然拒绝，顿时感到无比心酸，但仍强忍着泪水，跟在白石教授后面。

来到坡路中途，树林少了许多，两侧净是京都式屋檐深长的民房，屋内的昏黄灯光映泄到路旁。往东山山峦一看，刚才棱线模糊的山影已被黑暗吞没了，西边只剩一抹淡淡的残影。走到坡路尽头时，灯光为之灿亮起来。过了白川街，来到电车道一带，街市的灯光更为明亮了，式子仿佛得救般地松了一口气。走在前面两三步的白石教授，在明亮灯光的照耀下，停下脚步回头看着式子。

"我们在这里坐车吧。我坐到粟田口下车，你就直接回大阪吧。"

白石教授招了辆从银阁寺驶来的出租车，吩咐司机沿着大排水沟开往粟田口。

这条顺着大排水沟的路，穿过东山的山脚下。两旁的樱树枝条已绽出白色花蕊。在黑暗中，大排水沟的潺潺水流泛着亮光。

"刚才，我们走过的黑谷坡路和这条大排水沟，都是京都学者流连忘返的散步小径。每次来京都，我都会到这里走走。不过，你大概也累了吧？"白石教授体恤地看着式子。

"等事情安定下来，我们俩再来京都尽情游玩。希望朗贝尔时装展结束后，我们都能心平气和地谈谈。"

说完，白石教授拉着式子的细手，紧紧握在手掌心，仿佛要把她的手焐暖似的。

出租车以时速一百公里的速度疾驶而去，窗外传来刺耳的风声。在黯淡的车内，式子轻闭着眼睛，回想着白石教授刚才的话："我不会让你独自承担这些问题的，等朗贝尔时装展结束后，我会找他谈谈。"这句话，让式子感到格外温馨，它宛如汩汩涌出的清流，轻轻流入了式子的心田。距朗贝尔时装展还有六天。在这期间，式子打算仔细复检依朗贝尔纸样所缝制的时装，努力把这次时装展做到最好。与此同时，她还要整理身边的事务，彻底清算银四郎的关系。她告诉自己，再过六天，她就要和两年半来在这个男人的操弄下逐步地走向追求名利的深渊、并与自己的弟子处于同样处境的可耻生活做彻底了结。

不知不觉间，车子已驶入阪神国道，车速又飞飙起来。式子决定不去缝制厂，而是直接回鱼崎的家里。虽说她有些放心不下，但去京都之前，她已去缝制厂交代富枝负责缝制的工作，应该不会有什么问题。

车子从阪神国道驶进住吉川旁的小径，过了反高桥，在式子家门口停下来，女佣喜代吃惊地开门出来迎接式子。

喜代兴奋地接过式子手中的大衣和手提包。式子从门旁的花树间穿过，沿着洒过水的铺石走了进去。去巴黎前和返回日本的这段日子，式子从未像现在这样神情悠哉，在晚间九点以前就回到家。之前，她总是要在晚间十点以后，拖着疲惫的身心走进家门，哪有闲情逸致数着花树的姿态和脚下的铺石。

式子在房屋深处八叠大的房间里换上和服，喜代急忙地张罗晚饭，两个女人安静的生活空间，让式子感到踏实和温馨。

"哎，我已经几年没跟你这样围桌吃饭了……"式子拿起筷子，看着喜代。

喜代最近好像苍老了许多，她泪光闪闪地说："看到小姐这阵子忙得不可开交，心里很是不舍。我实在不明白您为什么要这么拼命！我们有了鱼崎的家和甲子园的洋裁学校，不是足够了吗？何必要不断地扩大学校的规模，累得弄坏身体呢……？"她说着又掉下泪来。

"以后我不会弄坏自己的身体了。等朗贝尔时装展结束以后，我们又可以像从前那样过着平静悠闲的生活了。"

喜代露出惊讶的表情。

"喜代，说不定我要结婚……"

"咦？您要结婚……？"喜代脸色为之一变，沉默了下来。

式子知道喜代为什么沉默，因为她以为式子的结婚对象是银四郎。

"对方才不是银四郎呢……"

听式子这么一说，喜代僵硬的表情才缓和了下来，笑得眼角堆起皱纹。

"是哪一位呢？不介意的话，可以告诉我吗？"喜代问得很含蓄。

"是白石老师，他在大学教授法国文学……"

"他是大学教授？"喜代吃惊地反问道。

式子羞怯地点了点头，然后把之前她从未吐露的、与白石教授的交往过程，以及他的人品和家庭状况详细地告诉了喜代。喜代神情紧张地倾听着，偶尔还若有所思。待式子说完后，她问道："嗯，他的确实是与小姐匹配的好对象，家世和工作都没什么可挑剔的，只是对方已经结过婚，这对小姐……"

对式子百般信任的喜代，大概也猜测不出式子和银四郎之间有过不可告人的关系，因而对白石教授的已婚身份，觉得未免美中不足。

"不过，他太太已经去世了，又没有家累，与单身没什么两样。而且我……只要白石老师说什么，我都会听的……"式子羞赧地说。

喜代仿佛看到少女时代的式子似的，露出慈祥的笑容："既然小姐这么说，你们一定可以过得很幸福。这么一来，在天上的老爷和夫人，也可以安心了。我太高兴了……"喜代感动得说不出话来。

"哎呀，你怎么突然哭起来了呀！倒不如帮我整理我父母留给我的东西，也许我该准备结婚的事了。"式子故作轻松地说。

喜代将手按在膝盖上，说道："夫人留给您的东西，有鱼崎这栋房子、银行存款和夫人的珠宝等。银行存款因为战后新旧币变换的关系，几乎化为乌有了。至于那些值钱的珠宝，虽然在兴建甲子园分校时卖掉了。但正因为有了甲子园分校，才有今天繁盛的局面。这些也是老爷和夫人留给您的遗产之一。"

说着，喜代若有所思，沉默了一会儿，担忧似的问道："您结婚一定要花很多钱吗？"

"结婚倒不必花很多钱，只是想处理些事情要用，所以……"式子不想说下去，喜代见状也不再追问了。

式子拿起筷子，慢慢地吃着桌上的菜肴，在心里盘算着：她只要留下鱼崎的家和甲子园分校，至于由银四郎经手得来的东西，她都要跟银四郎算个清楚，如果伦子、胜美和富枝她们也开口要钱，为了让她们得到保障，自己愿意代替银四郎支付她们精神赔偿费。

虚与实

离朗贝尔时装展只剩四天了。缝制厂里充满异常的紧张气氛，为了防止朗贝尔的设计被偷，房门全上了锁，非工作人员当然不得进出，连缝制者也控制在最小范围内。

从大清早起，式子就忙着为展出的时装做最后收尾和细节的修改工作。由于每一件时装都明确标示用什么饰品搭配，因此在日本必须找出与之相配的饰品。式子审视着每件饰品的颜色、材质和数量，这种逐件挑选的差事非常耗神费力，但此刻她却甘之如饴。今天早上出门时，喜代期待万分地对她说："再过四天，您就不必那么辛苦了！"同时，她也把身旁的相关财务做了整理。

所有财产中，鱼崎的住宅属于式子的私人财产；学校方面，大阪本校、甲子园分校和京都分校归学校法人所有。有关这些学校的产权归属，式子决定和银四郎谈判，她打算收回甲子园分校，另外两所学校全部让给银四郎。从学生人数三千一百人、每月有三百一十万日元学费收入的立场来看，把条件如此优渥的两所学校让给银四郎，自己却变成只拥有学生人数六百人，每月只有六十万日元学费收入的小学校，她突然有一种锥心之痛，也非常不舍。不过，为了不让银四郎再碰她一根汗毛，从此与他一刀两断，她宁愿付出这样的代价。她心想，她已经如此让步，在朗贝尔时装展结束后，她打算和白石教授出面，向银四郎表达他们结婚的心愿，银四郎应该不会再纠缠不休吧。可是，从巴黎回来以后，银四郎几乎没到学校和缝制厂，式子想到他那神秘莫测的沉默态度，便感到恐惧难安。

"院长，您怎么啦？您在想什么呀？"

传来了伦子的声音。式子抬眼望去，伦子水汪汪的明眸正探询着自己。

"不，没什么事，只是有点累了。你有什么事吗？"式子若无其事地回答。

伦子略显拘束地说："不好意思，我现在得赶回甲子园分校一趟。今天是夜间部学生新学期的第一天，我忘了交代老师教材的事了。"

"你打电话回去就好了嘛。今天胜美有事没能从京都分校来帮忙，现在你又离开，富枝一个人可能忙不过来！"

式子说着看向富枝。富枝正忙着摊开式子刚才标上记号并做修改的服装，完成缝制者要做的最后修整工作。伦子露出踌躇的表情，最后仍说道："……用电话说不清楚啦。从这学期起，我打算更浅显易懂地讲解纸样的结构顺序，因为一时疏忽，忘了告诉她们变更的部分，看来只好摊开纸样亲自说明了。况且，这里的工作是富枝的本职，我的工作岗位在学校……所以，我往返两个半小时就会回来的！"

伦子的措词很不自然，听得出此话有假，但四天后就要举行朗贝尔时装展，式子实在没有闲工夫做这烦人的猜测。

"好吧，你可要准时回来啊。今天非得把全部服装检查完毕不可……另外，这次时装展结束以后，我有事情要找你商量。"式子严肃地看着伦子，伦子脸上顿时掠过慌张的神色。

"哎呀，院长您怎么了？怎么突然一脸严肃呀！那么，到时候再说吧。"

伦子美丽的脸庞露出平静的微笑，说完突然转身离去了。

从门缝微开的迹象，伦子就知道银四郎已经来到自己的住处了。她急忙打开房门，只见银四郎躺坐在面向阳台的椅子上，嘴上叼着烟，面前摊着一张图纸。

"对不起，我来晚了！因为式子院长忙得不可开交，我不好脱身，只好佯称甲子园分校有事待办，才溜回来了。"

说着，伦子从背后走到银四郎身旁，原来银四郎正看着一张五角星型的校舍设计图。

"噢，这就是东京校舍的设计图吗？"

"嗯，这种星型的校舍很特别吧？朗贝尔时装展好不容易引起这么大的旋风，我不但要趁势进军东京，还得把奇特的校舍造型炒成话题才行呢。"

银四郎把设计图递到伦子面前。伦子忘情地看着蓝图上的细线，不由得感到重大责任将压在自己身上。

"不过，朗贝尔时展装是否如预期那样成功还是未知数呢。而你现在就打如意算盘筹建东京校舍，未免太冒险了？"伦子担心地说。

"我才不会笨到把所有筹码全押在朗贝尔的时装展上呢。进军东京可是我构想已久的计划。将近一个月来，我拿着地图跑遍东京都内找寻值钱的地点。我之所以选中池袋作为校舍地点，是因为新宿和涩谷地区在战后已被划入都市计划，几乎没有插足的余地。另外，新宿已有文化服装学院，涩谷车站周边又有交通工具可连接到目黑的洋裁学院，只好选在池袋了。而且地铁已经开通，从池袋到东京市中心只需十五分钟。所以，就算朗贝尔时装展没能引领风潮，只要把东京分校经营得当，也不吃亏。"

银四郎说着将蓝图对折，走到伦子的身旁："你这个为了成为服装设计师以及式子院长接班人而和我发生关系的女人，现在怎么突然变得这么没信心啊！我还想请你到三和纺织公司寻求资金援助呢。"

"什么？要我去三和纺织公司……？"

"没错。我已经调查过买下池袋的土地和建设新校舍所需的资金，光是内部设备费、缝纫机、裁剪台、桌子、椅子等费用就高得吓人。我已向三和纺织厂提出希望他们提供五百万日元的资助，但交换条件是，把我们在巴黎和朗贝尔签下的下季纸样的权利让给三和纺织公司。这样他们也很划算吧。"

"噢，上次你去巴黎的时候，一脚踢开三和纺织公司的联络员，就是要以圣和服饰学院的名义与朗贝尔签下纸样的合约？原来你先让摸不清楚状况的三和纺织公司为你打头阵，等摸清状况以后，便据为己有，卖给他们纸样的权利，现在又要我当说客……"伦子嘴唇微颤，目光严厉。

"瞧你气成这样！这次的时装展，野本还不是被你利用，他仍忠心不二地替你奔波，难不成你是被他的纯情感动了？那好，如果你不想帮这个忙，我就把东京学校交由胜美负责。"银四郎冷淡地说着，毫不留恋地站了起来。这是他惩罚对方时惯用的冷漠姿态。

伦子抬起头来，盯着银四郎："为了筹备这次时装展，我三天两头与野本碰面。谈话间，我经常被他那笃实的态度感动不已，不知该如何自处。但说到底，我是个利欲熏心的女人，比起那平凡的幸福，我宁愿选择名利双收的风光生活。一开始我就是抱持这种想法，才和你在一起的。现在，我不可能再回到野本的怀抱，过那种平凡无味的生活了。所以，我……"伦子泣不成声了。

"这么说，你愿意到三和纺织公司游说了？"银四郎执拗地确认道。

伦子微微点头，银四郎马上以柔美的大阪话说："哎呀，真是太感谢你了！那好，明天你就跑一趟吧。"他一把将伦子拉到自己的膝前。

"不行啦！式子院长正等着我呢。我答应她在八点以前回到缝制厂，今晚必须把所有展出的服装做最后定装。"说完，伦子正要离去。

"没关系，一下子而已嘛……"银四郎抱住伦子，轻声在她耳畔问道，"式子院长真的那么卖力吗？"

"嗯，她好像下决心似的拼命工作，连我都跟不上呢。她似乎把所有成败全押在这次朗贝尔的时装展似的。"伦子在银四郎的怀抱里娇羞地低语道。

"她把所有成败全押在朗贝尔时装展上？原来如此，既然她都那么拼命工作了，我也得拼命干才行。"

银四郎似乎突然觉得好笑，只见他那白皙的喉结颤动着，发出口哨似的笑声。

"看来所有的事都押在朗贝尔的时装展上。大庭式子的将来，津川伦子将来进军东京，以及我的钱……"说到这里，他又呵呵地笑了起来。

"总之，你明天就去三和纺织公司。我会告诉缝制厂说，你有事去洋裁学校联盟公干。"银四郎朝抡起的手表看了一眼，再次把伦子搂在怀里。

野本敬太和伦子隔桌对坐着。他像石头般动也不动，拱着宽厚的肩膀，始终沉默着。摆在他们面前的粗茶已经沉底变凉了。这种持续沉默的尴尬气氛，让伦子如坐针毡。忽然间，野本的身子往前倾，他那浓眉下的炯炯有神的眼睛盯着伦子。

"你是说你们打算用朗贝尔下季的纸样，作为敝社提供五百万日元赞助贵校建校的抵押是吗？"

野本敬太直盯着伦子。伦子深深地点点头，略显犹豫地说："不是抵押，而是作为交换条件，报答贵公司为我们提供建校的资金。"

"措词再怎么不同，意思都是一样！你的意思是，如果我们拒绝提供建校资金，你们就要把朗贝尔下季的纸样权利卖给其他公司，你们的缝制厂再接下组装和缝制的工作，自己举办朗贝尔时装展吗？"

伦子无言以对。她知道这种事银四郎绝对做得出来。

"伦子，五个月前，是你来敝公司请求提供购买朗贝尔纸样赞助的，想不到现在你们竟然来个回马枪。"野本责备似的说，直盯着伦子的脸。

"不管是五百万或六百万，只要划算的话，敝公司都愿意拿钱出来宣传赞助。问题是，敝公司当初为朗贝尔的纸样出力甚多，现在你们却把这个大功臣踢到一旁，不但私下用学校名义和朗贝尔签了下季的纸样合约，还以此为交换条件要敝公司提供建校资金，这种做法未免太像诈骗集团了！我不相信大庭式子小姐是如此卑鄙的人。您说这是大庭小姐的意思？我认为不是，应该是那个经理人八代银四郎的主意吧！您为什么对那个男人唯命是从呢？"野本的眼里充满愤怒之火。

"这不是他的主意。式子老师初次从事国际性的事业之后，企图心越来越强。她本来就想趁这机会在东京兴建新校，把这事业推向高峰，我一直在背后协助她。她还说，等朗贝尔时装展结束以后，兴建东京分校告一段落，就要考虑我们的事呢。"伦子眨动着妖媚的眼神，试图勾引野本。

然而，野本始终不为所动，直盯着伦子。

"伦子，你又在说谎了！这次朗贝尔的时装展，我已经替你做了许多努力，原本以为可以借此多少挽回我们的关系。但现在看你这个样子，我们想的却是南辕北辙，我认为你只是在利用我的善意。原本，只要让我相信我们还有可能复合的机会，要我等多少年都会等下去。可是我唯独没办法忍受自己的善意受到利用和欺骗……如果你还想欺瞒我，即使我多么痛苦和不忍，也会离你而去。"野本宽厚的肩膀颤抖着，强忍住情绪似的紧握双拳。

"欺骗？我哪会欺骗你呢……"伦子支吾着，猛摇着头。

"没有骗我？好，那我问你，为什么谈到我们之间的关系时，你总是闪烁其词？朗贝尔时装展之前，你答应等时装展结束后会认真考虑我们的事。可是离朗贝尔时装展只剩三天，你又说要等东京的新校有着落后……你的真实心意到底为何？你敢说这不是又在骗我吗？"

野本那诚挚的眼神宛如明亮的灯光，直接射入伦子幽暗的心坎。伦子觉得没办法再欺骗野本了。于是带着下决心后的平静，抬头望着野本。

"野本，我正是你说的那种女人！当初，我请贵公司赞助购买朗贝尔纸样的资金时，我答应你朗贝尔时装展结束后，就来商量我们的事，但眼看时装展即将到来，却又改口要等东京的新校完成之后。你说得没错，我的确是在骗你。以后我就是东京新学校的负责人，而且为了将来成为出色的服装设计师，我不惜利用你对我的善意。我就是这样的女人！"伦子初次道出真心话。

"你骗我的事仅止这样吗……？"野本清澄的目光直盯着伦子的眼睛。

伦子顿时屏住气息，沉默下来。过了一会儿，她抬起苍白的脸庞："我连自己的身体都赌上了。"

野本因为激愤，整个脸庞扭曲着，肩膀颤抖不已。

"这就是女人的虚荣心吗？是什么样的妄念让你舍弃自己的身体，甚至连灵魂也弃之不顾？难道每个女人都有这种痴心妄念吗？虽说利用女人这种痴心妄念的男人心态卑鄙，也很可耻，但不知道女人这种痴心妄念而被骗的男人，更是愚蠢得可悲啊！"

野本露出强忍着痛苦的笑脸说道："伦子，我知道了，我对你死心了。事到如今，我虽然内心痛苦，但我再这样苦恋下去，只会让自己更丢脸而已……"

说着，野本忍无可忍似的站了起来。蓦然，伦子强烈感受到野本那既似愤怒又像心灰意冷又如轻蔑的决意。

"野本！"伦子致歉道。

野本站在桌子前，凝视着伦子的脸庞："这是我能为你做的最后一件事，我会尽全力帮你说服公司提供建校资金。"

"什么？建校资金……"

伦子以为自己听错，不由得抬头看着野本。野本的眼眶泛着泪光，他像要斩断留恋般地转过身去，为伦子打开会客室的门。

胜美虽然惦记着时间，但是始终难以找到机会脱身。式子院长临走前交代她把三天后要用的朗贝尔时装解说稿复印出来，还得制作后台的流程表。她本想请伦子帮忙，但伦子下午必须到洋裁学校联盟洽谈学校事务，已经出门了。银四郎和她约下午两点见面，院长又突然交办这些事情，下午两点以前根本不可能做得完！她抬眼看着富枝，脸型圆润的富枝像平时一样露着无忧无虑的神情，一边指挥着年轻的缝制者，一边麻利地拿着熨斗烫着已检查完毕的时

474

装。富枝似乎想到什么好笑的事，不时嘟起小嘴兀自笑起来，这就是富枝的可爱之处。胜美把摊在桌上的稿纸翻了过来，放下笔，悄悄地朝富枝走去。

"富枝，我出去一个小时就回来，接下来的事就拜托你了。"胜美装出有事外出的样子，若无其事地说。

"噢……昨天伦子突然跑了出去，今天换你了？你们好像是摸鱼大王嘛。"富枝嘟着嘴，不以为然地说。

"什么？昨天伦子……"胜美吃惊地反问道。

昨天京都分校有教材协商会，胜美没到缝制厂，因而不知道伦子外出的事。

"是啊，伦子突然说甲子园分校有急事待办，从傍晚起消失了三个小时，原本答应晚间八点回来，拖到九点才姗姗来迟。害得我和式子院长两人埋头苦干，才完成最后的定装。昨天有式子院长在，但今天院长去参加报社的座谈会了，又不知道伦子是办什么事外出，中午就去洋裁学校联盟。现在连你也要出去，这么多事情我一个人哪忙得来呀！"

这次富枝不像平常那样温吞，而是断然表示拒绝。

"可是我和伦子不一样，只出去一个小时，你不要坏心眼告诉院长就好了嘛。"胜美没等富枝回答，便拿起手提包推开缝制厂的门，在路上招了辆出租车，直奔与银四郎约定的餐厅。

下午三点多，位于道顿堀川旁小而雅致的餐厅里，人影寥落，只见银四郎一边喝着咖啡一边看报。他听到有脚步声走近，便转过跷着腿的身子。

"怎么迟到了？是出来不方便吗？"银四郎每次见到胜美的时候，总是露出哄逗的笑脸。

"岂止是不方便啊！"胜美冷然说完，别扭地坐在银四郎面前。

"你不要闹脾气嘛，要不要点个好吃的东西？"银四郎不等胜美回话，径自打开菜单点了餐，并轻松地问："怎么了？"

"富枝挖苦我们是摸鱼大王……昨天是伦子，今天轮到我，都是偷偷摸摸地溜走。"胜美悻悻然地说。

"摸鱼大王？形容得真是贴切啊！不过，这不像富枝的作风呀。"

银四郎笑得乐不可支，但突然敛起笑容，眼镜后射出锐利的目光，温和地说："我突然有件急事想找你商量。"

"什么样的急事，这么突然？"胜美轻轻顺了顺短短的刘海，支起手肘托着下巴，望着银四郎俊美的脸庞。

银四郎细长的眼睛看着胜美，说道："我是要和你商量，把京都分校多增加两间教室，将学生人数扩充到千人以上。"

"什么？千人以上的学校……？"胜美诧异地望着银四郎。

"没错。现在京都分校有五间教室，每个班级招收六十名学生，采取每星期一三五和二四六两班轮制。目前日间部的学生有六百人，夜间部每班招收四十人有两百人，日夜间部的学生加起来共有八百人。我们若增加两个教室，日间部就可增加两百四十人，夜间部可增加八十人，共计三百二十人，这样岂不是有一千两百余名的学生？"

银四郎一边吃着端来的美食，一边正确地说出自己的盘算，把这样的数据塞给了胜美。

"可是，京都是个人潮不多的城市。昨天我到京都的洋裁学校联盟参加教材协商会，与会人士说，京都的人潮只是大阪的一半。办一所学生人数不超过千人的洋裁学校还容易，若要超过这个人数就很困难。况且，我们京都分校开校才一年，一口气把学生人数暴增到一千人以上，恐怕太勉强了。首先，教室怎么办？就算我们想增加两间教室，其他的出租大楼里可能也没有合适的空房。"胜美以没有教室为由表示反对。

"教室的事不是问题。两个月前，某出租大楼的事务所和我联络，他们大楼里的四楼有间茶道教室经营不善，已经半年没付房租，不久后就要搬出去，希望我们租下它。我趁机将每坪八万日元的租金砍到七万。这样我们就增加了两间二十五坪的新教室了。我是这么精打细算，但还是想问问身为校长的你到底有没有意愿？"

银四郎表面上说是征询胜美的意见，其实是不容反驳地下了结论。

"如果我不同意呢？"胜美露出好胜的锐利目光。

"那我就每天念叨到你同意为止。"银四郎的嘴角泛起执拗的笑意。

"这样根本不必找我商量嘛。你从来就不是商量，而是早有答案，硬塞给对方结论，人家若是不同意，你就辩才无碍地驳倒对方；人家要是生气，你就花言巧语哄逗，真是拿你没办法。但话说回来，大后天就要举行朗贝尔时装展，你怎么在这匆忙时刻谈京都分校扩增教室的事呢？"

在胜美看来，银四郎好像想借朗贝尔时装展的机会，暗中进行什么事情。他那慌张的样子，显得有些蹊跷。

"我只是想把大阪本校的扩充、兴建东京新校和朗贝尔时装展搭配着进行，顺便也想扩充京都分校的规模而已。总之，我们得赶快付押金签约才行。"

"好奇怪啊，你和式子老师一样，只要提到朗贝尔时装展，都变得像拼命三郎似的。从这一点来说，我倒像个悠闲的旁观者。"

"旁观者……是啊，这次的时装展，也许你只是个纯粹的旁观者。"说完，银四郎急忙看了一下手表。

"噢，你叫人家出来，现在却急着要走。这阵子你都没有好好陪我……"胜美抱怨着。

银四郎旋即从上衣口袋里拿出一个白色信封："喏，里头是这个月的零用钱五万日元。等朗贝尔时装展结束以后，会再多给你一些……"

银四郎加重语气地说着，露出诡异的笑容，催促胜美似的站了起来。

伦子从三和纺织公司回到公寓之后，大衣没脱，就坐在靠窗的椅子上回想野本满脸悲伤、转身离去的身影。

他那宽厚的胸膛里有颗纯洁无瑕的心灵。他对女人用情至深，相信每个女人在他的关爱之下都会答应与他结婚，过着平凡幸福的生活。不过，伦子没有选择这样的爱情，她已经沉浸在追逐名利的世界里不可自拔了。她宁愿牺牲身体也要利用八代银四郎这个长袖善舞的经商之才，尽早缩短她和著名服装设计师大庭式子之间的距离，甚至在式子工作到筋疲力尽时取而代之。大庭式子这个出身名门、多金又鸿运当头的女人，让像伦子这种出身乡下普通家庭的女子既羡慕又忌妒。为了超越式子，她每天过着妒火和羡慕相煎的日子，但她相信只要自己成为东京新校的负责人，终将能把这份妒羡变成头上的皇冠。

伦子发觉有人开门，原来是银四郎没敲门就走进来了。他比约定时间迟到了一个小时。今天，伦子借口说要去洋裁学校联盟讨论公事，式子院长则去参加报社的座谈会，缝制厂里只剩富枝和胜美二人，所以银四郎得早点返回缝制厂。银四郎急忙脱下鞋子，双手插在口袋里，突然站在伦子面前："你跟三和纺织公司谈得如何……？"

"野本说他会尽力帮忙……"伦子冷然回答。

"那是当然的嘛。我们把下季的朗贝尔纸样的权利拱手让出，他们想拒绝也难呢。"银四郎自以为是地说。

"才不是！野本说这是他送给我的最后礼物，他答应要说服他们公司为我们提供建校资金。"

"最后的礼物？这么说，这是和你饯别了？也就是说，以后你没机会再利用野本，野本也付了最后的代价是吗？"银四郎脸上掠过嘲讽的冷笑。

"哼！你这个人……"伦子的眼里充满怒火。

"野本说你是骗子！他说，我任由你这个骗子摆布真是可怜又可悲。还说，五个月前，我低头向他们公司请求赞助购买纸样的资金，这次又打着提供建校资金的名义，大言不惭地盗卖朗贝尔下季的纸样。这一切，都是因为你……"伦子嘴唇微颤着，瞪着银四郎。

"你何必气成那个样子呢！三年半来，他那么迷恋你，又和你有男女关系，与自己心爱的女人分手，送点饯别礼物也是应该的，难道这不是利用的结束吗？就算是男女朋友，若没有权衡利害得失，怎能在追逐名利的世界里活下去？"

银四郎表情平静地说完，悄然离开伦子身旁，站在窗边："大后天起，你要和式子全力投入朗贝尔的时装展，务必要取得成功！野本对你的饯别方式，也关系到这次时装展的成败。"银四郎目光锐利，像是又在瞄准什么目标似的。

碎　冰

在飞机内，式子和银四郎比邻而坐，她一边眺望着舷窗外的浮云，一边思忖着她和银四郎到东京的出差。也许明天开展的朗贝尔时装展就是最后一次与银四郎共同做事了。回想起自己与银四郎三年来的事，她只觉得羞愧不已。她被他年轻的身体所引诱，依靠他的经商手腕爬到高位，过着奢侈的生活，但这些只不过是女人的虚荣与贪欲罢了，她为自己耽溺在这种虚华的生活中感到无比羞愧。为了结束这丑陋的生活，过上平静幸福的生活，她不让银四郎发现，悄悄处理身边的事务，做好充分准备，以便和银四郎一刀两断。照理说，银四郎应该没有发觉异样，但随着朗贝尔时装展的逼近，银四郎始终冷漠地疏远她，对她抱持戒心，好像在密谋什么，或准备采取什么行动。

"你一定很累吧？从巴黎回大阪以后，你日夜忙着工作。不过，看你做得很有干劲，好像着魔似的，是什么原因让你这么拼命呢？"

银四郎转过脸来，像要探查出对方心事般看着式子。

"噢，比起我来，你还更积极呢。你既没去学校，也没到缝制厂露脸，除了要事之外，几乎不见踪影，是不是有什么事纠缠不清？"式子轻笑带过，但仍提防着。

"是啊，我的确是很忙。这次时装展虽然有B报社和三和纺织公司赞助，但他们对服饰事业都是门外汉，到头来我只好拼命苦撑了。"银四郎先是公事化地回答，接着问道："对了，白石教授什么时候来看时装展？"他似乎看出式子的心意。

式子朝银四郎瞥了一眼："他说要来参观帝国饭店的时装表演。"

"是吗？到时候我要对在巴黎的失礼行为向他赔罪，好好与他畅谈一下。"银四郎好像想到什么事似的，突然露出怀念的笑容。

"是啊，老师也打算在朗贝尔时装展结束后和你碰面。"

"这样啊？老师要找我谈话，那太好了，我正好也有事想和他谈谈……"银四郎格外恭谨地回答。

银四郎的故弄玄虚令式子感到莫名不安，她觉得这表面和善的亲切和真假难辨的谈话，究竟只是个骗局。她别过脸去，俯瞰着舷窗下，一座巨大的岛屿浮在湛蓝的大海中，山顶不断冒着白烟，原来三原山近在眼前。

从羽田机场坐车到帝国饭店，昨夜提前到达的伦子和胜美已做好彩排的各项准备，等待着式子的到来。

银四郎在前台办理入住手续后，立刻前往赞助单位B报社的事业部和三和纺织公司东京分公司，商量朗贝尔时装展的运营事宜。式子回到自己的房间，脱掉套装上衣，换上女用衬衫，来到三楼作为明天展出会场的孔雀厅。这是个细长型的会场，天花板画着华丽的孔雀。会场按时装展的表演形式摆好了椅子，正面放着钢琴和麦克风。伦子正代替式子彩排。式子悄声坐在门旁的椅子上。

伦子转身面对担任现场统筹的胜美，小声地说："刚才，出场顺序好像有点乱，你要记住节目的流程表，不要弄错。每一套时装的表演只有两分钟，模特不要夸大走秀姿势，尽量突显朗贝尔纸样的组装和缝制的特色。那么，我们请司仪配合钢琴伴奏，再从头排演一次。"

说完，伦子向担任司仪的K剧团花田美子和钢琴演奏者打了个手势，围聚着的模特立刻散开，姿势轻盈地在大厅里走着台步。鸡尾酒礼服、午礼服、外出服、晚礼服，每件服装都展现出朗贝尔突显的布料极致之美；模特每走一步，都描绘出朗贝尔时装轻盈飘逸的轮廓。

蓦然，钢琴的伴奏停止了，伦子大喊着："二十一号穿午礼服的，戴好项链！"她指着穿蓝色午礼服的模特说。

那名年轻模特停下来，惊讶地望着伦子。

"你的项链戴错了。项链不能贴在颈项的皮肤上，应该作为前襟的装饰品，垂在胸前。"

伦子严厉地纠正模特，帮她戴好镀银的长项链以后，继续彩排。式子看到伦子干劲十足、神采奕奕地进行彩排的神情时，隐约感受到伦子已有取代她的架势，若是如此，也该是满足她野心的时候了。式子看着站在钢琴旁的胜美，她似乎觉得前额的刘海儿很烦似的不断拨弄着，眼睛瞥着流程表，不时快活地和等待出场的模特闲聊。个性率直、最讨厌银四郎的胜美，为什么会与银四郎有染？这让式子感到纳闷。当她想到将来想成为服装设计师的胜美，也被银四郎肆意操弄，不由得更加痛恨起银四郎来了。

"院长，看来明天的时装展保准成功啊！"

式子回头看去，原来伦子不知何时已来到她的身后。伦子双眼炯炯有神，脸上泛着欢快的笑容。

"不过，还没正式开演，成功与否尚不知道呢。因为我们常会敝帚自珍，跳脱不出自己的盲点……"

式子漫不经心地回答，但心里早有定见，她相信明天在日本首次举办的朗贝尔时装展必定成功，与此同时，她还打算把时装展带来的所有利益全数交给银四郎。想到这里，她不禁感到造化弄人。过去，她为了追逐名利甘心被银四郎操弄，如今却想追求更大的功成名就来摆脱银四郎的纠缠，真是讽刺至极！

帝国饭店里，天花板画有孔雀开屏、吊有水晶吊灯的璨亮孔雀厅，此刻洋溢着热闹华丽的气氛。放眼望去，穿着珠光宝气的名流贵妇、纺织厂商、贸易公司等服饰部门主管，以及主跑服饰新闻的报刊杂志记者，塞得整个会场满满的。

式子穿着细金丝线缝制的黑色礼服式套装，胸前戴着一条四周镶着细钻的翡翠项链，她站上麦克风前，镁光灯齐闪，热烈的掌声传来。顿时，她垂下眼帘，旋即向来宾欠身鞠躬，静静地抬起头来。

"今天，朗贝尔时装展首次在日本举行，这是大家衷心期盼已久的大事。原设计师朗贝尔先生自然是乐观其成，就连实际参与纸样组装和缝制的我们来说，也感到无比兴奋和莫大的光荣。如果通过这次时装展，各位能欣赏并感受到朗贝尔先生卓越的时装设计、时装剪裁及其时装立体轮廓的美感；那么，我首次引进朗贝尔的纸样就有意义了……"

式子在近五百名来宾的注目下，慷慨激昂地致辞，但她想到白石教授可能坐在会场某处注视着自己，不由得紧张起来。

式子致辞结束后，在司仪的主持下，朗贝尔时装展随着优美的钢琴伴奏声开始了。

"一号，蓝色交响乐……"

朗贝尔的时装设计充满绚丽色彩和生命力。穿着蓝色鸡尾酒礼服的模特走起台步时，把朗贝尔的时装之美呈现得淋漓尽致。

"二号，七叶树。"

"三号，巴黎的石铺路。"

"四号，幸福的日子。"

模特穿着各式各样的时装，有午礼服、外出服、晚礼服，个个姿态优美地轮番出场。她们挺胸摆姿向观众展示，然后以S型的走姿表演着。朗贝尔时装的绚丽色彩和鲜明的立体轮廓，让在场人士看得如痴如醉。

表演进行到中场时，充满浓郁香水味和闷热空气的会场中，响起观众的赞叹与喝彩。式子也回想起那次在巴黎观赏朗贝尔作品发布会时观众反应热烈的情景来。如今，这个在日本重现朗贝尔设计的时装展，同样得到热烈回响，她感到这次时装展成功了。

蓦然，会场响起热烈的掌声。司仪宣布时装表演即将结束时，掌声再一次响起。身穿朗贝尔时装的模特群簇拥着式子走向表演大厅的正中央。这时，令人炫目的照相机镁光灯追射着式子。式子每摆出一个姿势，炽白刺眼的镁光灯便闪个不停，掌声随之而起。

掌声稍歇，她一边致闭幕词，一边想象着自己即将到来的幸福。朗贝尔时装展已经取得成功，这样银四郎应该会满足。此外，她还会将他所企求的全数给他，从此与这个人一刀两断。

闭幕词结束后，式子回到休息室，身穿深色西装、身材高大的银四郎已站在门口等候着。

"这次时装展真是成功！明天的报纸保准会以大版面介绍今天的盛况。第一场就能掀起旋风，接下来要推展下季的时装展就容易多了。我们赶快联名写信给朗贝尔，向他报告这个好消息。你累了吗？"

银四郎细长的眼睛满是柔情，他像要引诱式子似的执拗地看着她。式子表情僵硬，仿佛拒绝般移开视线："白石老师在哪里？他好像来了吧？"

一瞬间，银四郎眼镜后的眼睛锐利地眨了一下，然后又若无其事地说："在休息室不方便谈话吧。不如订个房间，请白石教授先在那里休息，等这里的事处理完毕再谈如何？"

银四郎以眼神示意伦子和胜美还在休息室忙个不停。由于这些依朗贝尔纸样设计的时装非常贵重，为了防止有人盗走纸样组装和缝制等复杂的工序，模特一脱下服装，伦子她们必须马上锁在衣箱里严加保管。

"这里的事全交给她们俩好了。"

"噢，瞧你急成那个样子。"银四郎仿佛看出式子的心思似的，语带讽刺。

"嗯，我是很急没错。待会儿，请你也一起来。"

"你的意思是，现在朗贝尔时装展成功了，我们三人应该就自己的立场谈个清楚？"银四郎露出诡异的笑容，双手插进口袋里，转身推开休息室的门。

银四郎慢慢地走在铺有红地毯的长廊上。式子跟在他后面，这条色彩强烈的红地毯走廊，让她不由得紧张和激动起来。因为待会儿她就在白石教授等着的房间，和这个两年半来玩弄她的身体与感情、借此追逐名利的男子彻底清算。不知道银四郎是没有意识到，或者明知道却佯装不知，他的步态依然安然稳重。

来到走廊转角处时，银四郎突然想到什么事，细长的眼睛眨了一下，回头看着式子，他的视线冷淡又锐利，脸上却堆着笑容。他静静地走到走廊尽头的房间前，从口袋里伸出手来，态度恭敬地敲了敲门，白石教授应答后，他才推门而入。

白石教授见到式子，从沙发上站来，往前迎接道："真是盛会啊，恭喜……"他微笑地说着，又转向银四郎，"这次展出真是成功！在日本能举办这样的时装展，是非常不容易的，而且一开始就获得热烈的反响。你细心企划和四处奔走，总是有意义的。"他对银四郎付出的辛劳表示肯定。

"我在学校所学的法语，这次到巴黎采购服饰总算派上用场了。不过，在老师您看来，也许我是学非所用……"

银四郎说得极其认真，和白石教授对面而坐。式子坐在白石教授的身旁。顿时，他们三人一时语塞，陷入短暂的沉默，都在等着对方开口。

"银四郎，今天我有件事要和你商量。"白石教授打破沉默说道。

"老师，您突然一脸正经，是什么事？"银四郎微笑含糊以对。

"是有关我和式子小姐的事。你和她的过去，以及你在巴黎的冒犯行为，我一概不计较，我打算和式子过新生活。"

"也就是说，你们要结婚是吗？"银四郎不动声色地说。

白石教授深深地点点头，语气平静而坚定地说："所以，我希望你与式子的事业关系做个清理。只要式子小姐进入我的生活中，希望今天的朗贝尔时装展就是你们最后一次合作。这就是今天我要找你谈的。"

银四郎闪动着锐利的眼神，沉默了半晌，卑鄙地冷笑道："要清理可以，但可要看开出什么条件。坦白说，式子小姐现在可是我的重要资产呢，虽说您是我的恩师，也不能轻易让给您呀！"

"银四郎，你……"白石教授情绪激愤地说。

"老师，您不必对他说，什么也……"式子打断白石教授的话，严厉地看着银四郎，"你这个人根本不会以信任和宽容的态度来看待人与人之间的关系！所以只要合乎你的盘算，你什么都能接受吧？"式子的眼神净是愤怒和轻蔑，她不屑地说："我把这次朗贝尔时装展获得的利益全数给你好了。"

"就这样而已吗？"

"你嫌不够的话，那栋三楼钢筋建筑、有一千五百名学生的大阪本校也给你。"

"就这样吗？"银四郎讨价还价似的说。

"好，那所京都分校也给你。"

"就这样而已吗？"

一阵愤怒，令式子感到浑身冷颤："你很想要东京池袋那新校预定地吧？那块也给你。"

"就这样吗？"银四郎的语气，令人感受到莫名的恐怖。

"这样你还不知足！我还有什么吗？我只保留甲子园分校，连大阪本校、京都分校都给了，甚至把东京池袋的新校预定地都交给你，我几乎一无所有了，你还想从我这里取走什么呢？"式子按捺住心中的怒火，低声地说。

银四郎的头靠在椅背上，仰着脸叼着没点燃的香烟，突然松嘴把香烟扔掉。

"我拿到向银行担保和债台高筑的学校有什么用呢？"

“什么？向银行担保……？债务……？”式子惊讶得几乎说不出话来。

这时候，白石教授也露出错愕的神色。

“没错。大阪本校目前有两千万日元的学校债券债务，京都分校是跟大楼屋主合作经营的，在信用保证协会的保证下，以大楼内的教室和器材设备做抵押，然后拿这资金来购买东京池袋的校地。而池袋这块校地又因为要筹建钢筋混凝土五楼建筑的星形校舍，也拿去设定抵押了。现在你给我的全是负债的抵押品，我当然不划算。”银四郎嘲讽似的拒绝道。

式子脸色苍白，嘴唇颤抖着：“你接下学校的经营之后，没有经过我的同意，便擅自拿学校的资产借贷，这是你的责任，你自己去还！”

“问题是，这些借贷是用学校法人圣和服饰学院院长大庭式子的名义借的，在法律上你有义务还债。所以，你要把学校送给我，也只能继续做完三年院长，还清学校债务以后再送。如果不愿意的话，就赶快跟白石老师商量如何还清债务。”银四郎冷酷无情地看着式子。

“骗子！你这个无耻的骗子！拥有三千多名学生的洋裁学校，要扩大学校规模，绝不可能欠缺资金，可是你却把学校的现金收入占为己有，让学校背上庞大的债务，企图用这种方式绑住我。你真会算计啊！你什么时候开始设下这毒计的？是我去巴黎那段时间？还是知道我和白石老师的关系之后？难道是在短时间内设下这圈套的？我要告你欺诈侵占！”一阵激怒和受辱，让式子全身颤抖。

“如果我犯了欺诈侵占公款罪，那你也难逃渎职的罪名。你身为院长，没有善尽院长的职务，放任学校的财务失控，又没能偿还向学生家长募得的巨额学校债券的债务，到时候会被法官判严重失职。如果你真要告我，我随时奉陪到底。"

银四郎恬不知耻地说着，又叼了根香烟，转身看向白石教授。

"我知道老师您最讨厌提到金钱的事，但式子现在是我不可或缺的资产，只要让我觉得不划算，我绝不会轻易放手。恕我冒犯了，也请老师理解这个想法。"

银四郎客气地以大阪话说着，向式子和白石教授投去轻蔑的眼神，肆无忌惮地站起身来走到门前。突然，他转身看着白石教授，欠身恭敬地问："有关你们两位的事，我改天再登门造访，哪天比较合适呢？"

白石教授坐着没动，只闪动了一下目光，不予理会地闭着嘴巴，不想回应。

"这让您很不高兴吧？不过，牵涉到金钱当然得彻底算个清楚，这点也请您多多谅解……"

银四郎正要往下说时，白石教授突然大声说道："你要说的就这些吗？"

顿时，银四郎愣了一下，一时说不出话来："嗯，是没其他的话要说了。"他随即嬉笑含糊地说。

"那么，请你立刻走开！"白石教授口气严厉，指着门命令道。

银四郎可能是被白石教授严厉的口气所慑服，手放在门把上，推门走了出去。

关上门后，紧绷的沉默迅即笼罩着整个房间，仿佛稍有个小动作，就会划破沉默似的，犹如走在易裂的冰湖上不时传来惊心的碎冰声。式子脸色苍白地坐在椅子上，她觉得自己的心已经冰冷了。

刚才原本以为可以和银四郎从此切断关系，想不到却遭到惨败，不但无法从银四郎的诡计中逃脱出来，甚至将来是否能顺利与白石教授结婚都是个未知数，她越想越是恐惧难安。当她悄悄地抬起头来，看见白石教授坐在椅子上，动也不动地静闭着眼睛，他那轮廓深刻的脸庞露出苦涩的表情，紧闭着嘴唇，仿佛拒绝所有的探问似的。

突然，白石教授动了一下。他直起上半身，慢慢地从椅子上站起来，走到式子的座椅旁，站在式子面前。式子紧张激动得险些喘不过气来。白石教授的手轻轻搭在式子的肩上，说道："我们的事算了……"

"什么？"式子怀疑自己听错了。

"银四郎已向我们布下卑鄙的法津圈套，我们除了放弃结婚的打算外，没有其他办法了。我实在斗不过他的卑鄙与狡诈，而且我也没有足够的经济能力助你度过难关。他说要用金钱解决问题，除此之外没有其他商量余地。也许我是个无能与怯懦的人，但我真的没办法应付那个嗜钱如命的男人，所以我也没有自信和你结婚。"

这些话宛如是白石教授在内心里字斟句酌后，一字一句地说出来的，但每句话都沉重得让式子难以承受，使她感到冰裂般的冷颤。

"老师，请别抛弃我……"式子呐喊着，整个身体从椅子上往前挪动："您为什么要让我孤零零一个人？从巴黎回来直到今天，您都为我们将来的生活努力设想，那为什么不更积极地与他周旋呢……？"她泪流满面地哭诉着，摇晃着白石教授。

白石教授任凭式子的摇晃，只是木然地看着式子。突然，他别过脸去，推开式子的手，直接对式子说："我在妻子与别人殉情自杀的时候，面对外界的误解和批评，与其说是不想抗议和辩白，不如说是不想理会那些烦杂的事，只想守住安静的生活。从这方面来看，也许我是个冷漠无情的人。因为我不想让别人干扰到我研究学问的平静。我虽然也注重人际关系，但不希望别人介入我的生活，只希望在平静的生活中研究学问。当时，在巴黎和葡萄牙的时候，我相信我们将来可能结合，但现在银四郎这个人却突然闯进了我们的生活，我实在无法忍受……而且说句残酷的话，刚才听你们的对话，我发觉你的价值观在某方面与银四郎有相似之处。从这点来说，我们是不同世界的人，我没办法和你到那个世界去……"

白石教授最后这句话，像尖刀刺进式子的心坎里，式子悲痛得犹如心在泣血。

"老师，我该怎么办……？"式子悲痛至极地说。

"你应该继续工作还清学校的债务，然后和银四郎分手，独立生活，虽然这样做对你来说很痛苦。但现在似乎也只有这个办法了，而我会在远处守护着你。"

"这么说，我们已经……"式子痛苦地挤出这句话来。

白石教授槁木死灰般的眼神看向式子，深深地点着头。

式子和白石教授之间顿时笼罩着死寂般的沉默，她感觉到再过几年后，白石教授就会渐渐离她而去了。她整个人快要崩溃了。

"至少我们的分手不会太难堪，因为我们都各有事业，对一个五十岁男人和三十七岁女人而言……"白石教授这样阐明着，目光深沉地看着式子，并拿起放在桌旁的帽子。式子颤动了一下，像忘记哽咽似的神情茫然，凝视着白石教授推门而去的身影。

当白石教授的脚步声渐远时，式子整个身子趴伏在椅子上。两个小时前，她还确信自己将来可以和白石教授过着幸福的生活，现在却被残酷地剥夺了，而且白石教授再也不会回到她身边了。她感到绝望与悲伤，甚至失去了求生的意志，整个人仿佛被掏空了似的。眼下，她只想从这个残酷的现实中脱逃出去。

式子勉强站起来，摇摇晃晃地走出黑暗的房间。走廊里开着电灯，式子感到恐惧，现在若没有立刻离开此地，待会儿有人来访或是打电话来，把她拉回残酷的现实中，就逃不出去了。她悄悄地回到自己的房间，放下贝雷帽，只拿着手提包和貂皮大衣，没坐电梯而是顺着楼梯往下走，疾步穿过大厅。预定明天在B报社会馆举行的朗贝尔时装展这件事，突然在她的脑海掠过，但是她走出饭店，马上招了辆出租车，往东京车站疾驶而去。

距离二十二点开往大阪的列车发车时间还有五分钟，月台上已弥漫着嘈杂的骚动。式子拿着请车站搬运工帮她买的二等车厢车票，弯身坐在六号车厢靠门边的座位上。

列车开出之后，式子再度想起明天朗贝尔时装展的事。当初，她在巴黎与朗贝尔初次见面，并参观他的作品发布会，和他签下纸样合约时的兴奋之情，至今仍记忆犹新。但现在白石教授已离她而去，即使能够风光地站在朗贝尔时装展的豪华舞台上向来宾致辞，又有什么意义？

车内的灯光黯淡下来，乘客的谈话声平静后，式子感到深夜般的寂静和黑暗带着异样的恐怖向她袭来。她已失去白石教授，又逃避明天在东京举行的朗贝尔时装展，接下来她该怎么办呢？中途放弃朗贝尔时装展，等于断送了服装设计师的前途，还会遭到社会严厉的指责。不过，对失去挚爱的她来说，这种事根本微不足道。她没地方可去，只能先回大阪，然后再躲到谁也找不到的地方去。

她凑近玻璃窗前，闪着铅灰色的玻璃内，只见两只异样发光的眼睛，眨也不眨地盯着她。那两只眼睛闪烁着与银四郎相似的执拗目光。她冷不防颤抖了一下，回头看去，背后没有人影，原来玻璃窗内那两只恐怖的眼睛，竟是自己因疲劳而异样闪烁的眼睛。她为自己的胆怯感到可笑，抬眼望向窗外，两条轨道往前伸去，来到有交通标志的附近时，那两道在黑暗中闪着冷冷寒光的轨道，在她的眼中是多么冰冷美丽！此时她心里非常清楚，只要顺着这条铁路就可以到达大阪。

式子前天才刚坐飞机离开大阪，但因为整夜被痛苦折磨，觉得好像阔别大阪好几个月似的。

她因为睡眠不足而有些昏沉，反而觉得清晨的大阪街道是如此宁静柔和。她下了火车以后，大大地吸了口气，身体紧靠在出租车后座上。离东京B会馆举行的朗贝尔时装展开幕尚有六个小时，现在搭飞机赶去还来得及，但她却叫司机顺着阪神国道往西急驶而去。

到了上甲子园，车子从国道往海边的小路驶去，来到甲子园球场后面。从海面而来的风吹过空荡荡的球场，发出骇人的风声。式子下了出租车，独自朝学校缓步走去。只有五米宽的街道，两旁的商店尚未开门，屋檐下散乱着沾满灰尘的纸屑。走过商店街，来到学校前，她不知道自己来甲子园分校到底要做什么？她努力地回想着，就是想不起来。

学校正门紧闭，她推开后面的便门，星期天的校园静悄悄的，清晨的阳光静静地洒落在米黄色的校舍墙壁上。她突然想起建校时的情景来。当时，她要求在校舍的高窗上嵌上一块华丽的彩色玻璃，但这与木造灰泥建筑的校舍很不相配，设计师多次要求她改变主意，但是她坚持不肯退让。她往回走，穿过玄关旁的长廊，朝西侧的大教室走去。

　　她打开大教室的门，里面一片昏暗，抬眼看去，正面高窗上那块彩色玻璃在朝阳的照射下，像熊熊燃烧的火球，绽放出红色的光，使周围沐浴在华丽的光彩中。从那绚丽的彩色玻璃的光彩中，她仿佛看到从前的自己。在开办这所规模不大的洋裁学校时，她想起了已经去世的母亲，从衣服到日常用品乃至餐具等，都要绘上泥金画的徽章，以显示出身名门闺秀的尊贵。当初，她也渴望能像母亲那样骄傲而美好地生活，所以才在校舍的高窗上嵌上像徽章般的彩色玻璃。如今，这些值得骄傲的东西已不复存在，白石教授又弃她而去，只剩下银四郎强加在她身上的侮辱而已。

　　式子不禁悲从中来。她想到自己是多么悲惨，既没有引以为豪的东西，又得不到幸福，甚至必须拼命工作偿还学校的债务。此时，她的心情犹如冬天的海水般荒凉和冰冷，连活下去都觉得太沉重和没意义。蓦然，她那无神的目光看向站在教室角落的布制模特，着魔似的朝等身大的布制模特走去。

　　式子站在布制模特面前，突然拿下头上的帽子戴在它头上，再脱下身上的大衣套在模特身上。这顶帽子是在巴黎买的，她轻轻拨了拨浅灰色的面纱，让穿着白色貂皮大衣的模特更增添贵妇气息。接着，她又把自己颈项的丝绸围巾取下来，做了个花样围在模特的脖颈上，然后打开裁剪台的抽屉，拿出了制图纸和剪刀。她在制图纸上画着自己的画像，用剪刀把它剪下，贴在帽子下面，这样与她相同面相、穿着她的衣服的人偶就完成了。

　　在昏暗空荡的教室里，只有这个站在角落与自己酷似的布偶，显露着美丽的色彩和形态，散发着异样的氛围。式子取下挂在胸前那条四周镶有细钻的翡翠项链，挂在模特的脖子上。垂在模特胸前的项链，白金的细链闪着银光，镶有细钻的翡翠宛如熠熠生辉的勋章，一块象征着女人追逐虚荣与名利的勋章！而这块勋章正对着式子绽放既像嘲笑又似憎恶与愤怒的光芒。

式子看着这身穿貂皮大衣、装模作样戴着帽子、胸前挂着勋章般项链的布偶，觉得滑稽可笑。但是，她的人生不就像这个布偶吗？终日追逐名利，活在虚有其表的光环中，到头来连女人的幸福也失去，落得一无所有。世上有比这更愚蠢徒然的吗？当初，她从鱼崎家里的小型裁缝补习班起家，后来设立甲子园学校，举办时装发布会，取得成功之后，趁势在大阪建立了新分校，继而在京都又办了分校，这不完全是因为受银四郎操控所致，事实上她原本就有此欲望和野心，希望借由扩大学校规模，提高自己的知名度，把那些名声和荣誉像勋章般配戴在胸前炫耀。讽刺的是，这枚勋章太过沉重，不但压垮了式子的过去，连她与白石教授的结婚美梦也被压得粉碎了。

式子突然靠近布偶，用力扯下那条勋章似的项链。因为力道过猛，她的手渗出血来，翡翠项链应声而断，细碎的钻石掉落在地上，闪着耀眼的光芒。式子茫然地看着项链，缓缓移动脚步，拿起桌上的剪刀，猛然刺向布偶胸前。她发狂似的撕开布偶，也把帽子剪个破碎，甚至把穿在布偶身上的白色貂皮大衣剪成碎片，大把大把往空中抛去，碎片像白色羽毛般轻轻地飘舞着。周遭静悄悄的，安静得令人恐惧。式子觉得自己的脑海中好像有什么东西正在燃烧殆尽，它像燃烧的蜡烛，随着温度加热，边熔化边塌落。蓦然，式子睁大眼睛，发疯似的大叫一声，拿起剪刀对准自己的喉咙。她抬头往上看，那块绽放绚丽光彩的彩色玻璃，仿佛对她投以温和的微笑，她别过脸去，随即将锐利的剪刀猛然刺进自己的喉咙。霎时，她觉得那彩色玻璃闪耀着血红的光，但在激烈的疼痛中，她觉得无边的黑暗正慢慢地将她吞没。

银四郎叼着香烟，表面上神态悠然地看着登载朗贝尔时装展获得热烈反响的报纸，心里却有股闷气。他心想，昨夜学校内举行庆功宴，式子居然没有参加，原以为她和白石教授到什么地方商谈他们的事，可是到今天早上还没回来。不过，离B报社会馆朗贝尔时装展的开幕时间还有几个小时，用不着慌张。

"没关系吗？平常院长都要看我们整理完毕才会离开，但昨天时装展一结束，我们还忙着整理，她就一声不吭从休息室走了，我有点担心。"胜美分别对着悠闲自得的银四郎和表情凝重沉默的伦子说。

伦子朝胜美瞥了一眼，然后仿佛看出银四郎的焦虑似的探问："要不要打电话到白石老师家里看看？"

"嗯，不过待会儿再打也来得及。"

银四郎一语轻轻带过，坐到椅子上。在银四郎看来，不打电话到白石教授家里确认也没什么好担心的。虽说式子被迫得偿还学校的债务，但朗贝尔时装展已获得巨大成功和利益，她不可能发生什么意外。

电话铃响了，胜美像等待似的拿起了话筒："咦？从什么地方？从大阪……噢，是富枝啊？"胜美惊讶地问道。

"什么？院长她……"胜美手中的话筒滑了下来，她惊愕地想对伦子说什么，嘴唇却颤抖得说不出话来。

伦子接过掉下的话筒："我是伦子，式子院长怎么了？什么？今天早晨……在甲子园校……"伦子语声颤抖着，频频点着头。

"嗯，我会马上告诉银四郎……好的，在武库川旁的武库川医院……"伦子放下话筒，脸色苍白地看着银四郎。

"式子院长自杀了！在甲子园校的教室里，拿剪刀刺进自己的喉咙……"

伦子说不下去了，胜美放声大哭伏在椅子上。

"情况乐观吗？"银四郎只问了这句话。

"据说是被星期天来上班的老师发现的。大家急忙把她送到医院，但因为出血过多，抢救无效……"

听到这则消息，银四郎仿佛被重重地打了一拳，整个身子差点往前倾。由于事情来得太突然，刚才他还认为不可能出事，一切都在掌控之中，岂知整个计划全乱了套。他压抑住慌张的情绪，从椅子上站了起来："我马上坐飞机回大阪去，后续事宜……"他边思索着，一时语塞。

"后续事宜我会处理。五点开始的朗贝尔时装展，我会代替院长上台致辞，并向与会来宾说明，大庭式子因为急病无法出席。你放心，我会努力把这场时装展会办成功的。"伦子眼神冷淡，她已从惊愕中振作起来，毫不掩饰地表现出想取代式子的态度，这也让银四郎平静下来。

"你打电话提醒富枝，我还没到达之前，不要随便对外放话。"说完，银四郎抓着大衣，疾步而去。

银四郎坐在飞往大阪的飞机中，暗忖着自己完全估算错了。

他向银行借了无需急用的钱，增加学校的负债，以此来绑住式子，是因为他忌妒式子被白石教授夺去而心有不甘。他原本以为这样做就能让式子回到自己的身边，像以前那样专心留在学校拼命工作，万万没想到她居然会走上绝路！她是因为背负庞大债务打击太大而选择自杀的？还是在他离开以后，和白石教授谈判破裂，导致她以死明志？不管怎么说，是他银四郎间接把她逼向死路的。再也没有比这更大的失算了。

银四郎以为自己设下的圈套严密周到，想不到却发生了这种意外。如果外界知道式子是因背负庞大的学校债务而自杀身亡，学校的财务势必会遭到调查；而且人们也会质疑他从巴黎回国以后，在朗贝尔时装展开幕之前的二十天内，为什么要向银行借那么多无需急用的钱，这很可能让他吃上胁迫式子自杀的罪名。但他又心想，只要式子没有留下遗书，似乎还有转圜的余地。因此，在新闻媒体尚未嗅到式子的死讯、大批记者跑来采访之前，他必须先确认式子的死因。不过，他又想，以富枝喜怒不形于色和大胆的性格来看，在他赶到医院之前应该会把事情处理妥当的。

抵达伊丹机场以后，银四郎旋即坐上出租车，绕石桥旁的近路疾驰而去。车子以时速一百多公里的速度往甲子园接近时，银四郎想象着待会儿要观看式子遗容的情景。式子用剪刀刺进自己喉咙的痛苦表情，不时在他脑海中闪现着。他害怕自始至终维持的冷静和算计，在看到式子惨烈的死状后，很可能当场情绪崩溃，这一想象让他莫名地惊慌起来。这时候，他不让司机注意到，悄悄地往后视镜端详着自己的脸，胡须总是刮得干干净净，脸颊白净光滑，无框眼镜后的眼睛闪漾着锐利的光芒，但是他发觉脸颊罩着阴影。他打开车窗，像要摆脱那抹阴影似的轻轻摇头，然后把身体仰靠在后座的椅背上。

车子穿过阪神国道，沿着武库川旁奔驰着。银四郎在武库川医院前下了车，先确认周遭的状况之后，才疾步走进医院大门。

他把头探进挡着玻璃的前台，问道："请问在这里去世的大庭式子在……"

一名中年行政人员面无表情地说："在三楼的四十五号房。检方法医已经验过尸体，待会儿就要送往太平间，你要看赶快去吧！"说着，以眼神示意着通往三楼的楼梯。

楼梯间充满着消毒水的味道。银四郎一边拾阶而上，一边琢磨着"检方法医已经验过尸体"这句话。这表示检方已认定式子是自杀身亡，但是他仍感到异样的不安。他强作镇定缓步朝走廊而去，来到四十五号房前，他没敲门，而是小心谨慎地推开了门。

式子的遗体被放置在床上，全身覆着白布，显得那么瘦小。富枝和女佣喜代坐在床的两侧。看到银四郎前来，富枝默默地与他以眼神交会，喜代则马上起身走了出去。

银四郎走近床边，并没有马上掀开白布。因为他害怕看到覆盖在白布下式子痛苦扭曲的表情。富枝催促地望着银四郎。银四郎正要别过脸去，富枝却伸手掀开式子脸上的白布。银四郎顿时颤抖了一下，仔细一看，式子并没有现出痛苦表情，脸色显得蜡黄，下巴好像埋在喉咙处缠着的厚厚绷带里，安静地闭着眼睛。银四郎突然感到一阵揪心的剧痛，而且越加悲痛起来。眼前这个用剪刀刺进喉咙却没有露出痛苦的表情，而是强忍着痛楚带着安静表情死去的女人，其悲壮自持的气概压得他喘不过气来。他之所以感到痛苦和不安，是因为他残酷无情地把式子逼上绝路。他不由得失去了平静，险些往前倾倒。一阵激烈的痛苦掠过后，他突然想起法医的验尸结果，猜想也许式子留有遗书，便转身看向富枝，故意问道："法医验过尸体了吗？"

富枝顿时试探性地望着银四郎，最后抬起圆润的脸颊，点了点头。

"约莫一个小时前就结束了。如果尸体在教室被发现，问题就麻烦了，可能会被当成横死，遭到解剖什么的。院长是在医院接受治疗时断气的，所以不同于他杀案件，法医很快就验完了。"

"院长被送到医院的路上，有没有向老师交代什么，或留下遗书之类的东西？"银四郎故作冷静地问。

富枝沉吟了一下："没留下遗书。院长把自己的帽子和大衣穿戴在布制模特身上，拿起剪刀剪成碎片之后，往自己的喉咙猛刺下去。朗贝尔时装展取得巨大成功之际，院长为什么要选择自杀呢？院长这样做损失太大了！"

"什么？损失太大了？"银四郎怔愣地望着富枝。

"是啊，她损失最大了。这样一来，想当院长接班人的伦子获利最大，胜美也会比以前捞到更多的好处，至于那家以我名义购买的缝制工厂，理所当然地就变成我的了。大家都得到了想要的东西，唯独院长她是大家闺秀，对人太过大方，没有什么心机，所以损失最大了。"

说着，富枝从西装口袋里拿出一包用手帕包着的东西："这是院长的项链，在自杀现场捡到的，这个我就收下了。院长的丧事办完之后，我就要离开学校，好好经营我的缝制工厂……"富枝握着式子镶有钻石的项链，好像是死者给她的遗物，表情坚定地凝视着银四郎。

突然，走廊传来了嘈杂的声音，好像是护士在高声说话。银四郎吃惊地开门查看究竟。原来有七八名男性新闻记者站在休息室前，与护士争吵着。银四郎转身看着富枝，强作镇定地吩咐道："新闻记者好像赶来了，我去休息室应付他们，在这期间，你把式子移到太平间去。"语毕,他径自朝休息室走去。

在七八名新闻记者之中,有一名是他在朗贝尔时装展时认识的K报社记者。那名记者看到银四郎,马上趋前熟稔地问道:"我是刚从甲子园警局赶来这里的。请问大庭小姐到底是什么原因突然自杀的?离晚报的截稿时间只剩一个半小时,你无论如何得吐露些消息呀!"

制止新闻记者采访的中年护士,神情严肃地回头看着银四郎:"这样会吵到其他病房的安宁,请你们到那边采访。"她指着休息室旁的小空房。

那是间角落堆着折叠床和椅子、满是灰尘的空房。银四郎走进房间以后,为了不让记者看到他脸上的表情,特意背着光线明亮的窗边站着。K报社的记者靠在银四郎身旁,口气傲慢地问道:"昨天在东京举行朗贝尔时装展获得巨大成功,大庭院长集所有光环于一身,怎么可能突然自杀身亡?这点太令人匪夷所思了。虽说也有人怀疑是他杀,可据说她是被送到医院后不久,在医师的抢救无效下宣告死亡的。检方的验尸报告也认定是自杀,所以应该是自杀身亡没错。不过,这仍令人疑惑,你一直和大庭小姐在一起,为什么不知道她回大阪呢?"

银四郎专心听着,然后故作沉思地眨了眨眼睛:"我向来负责学校的外务,时常在外面奔波。当时,跟着去东京的两名老师都在后台忙着展出事宜。直到今天早晨我们还不知情,接到大阪打来的电话,我才大吃一惊,急忙坐飞机赶回来的。"

"如果是昨天时装展结束以后走,大庭小姐很可能是坐夜班快车从东京回大阪的,可是她为什么单独一人特地回大阪呢?这点你怎么解释?"

"这个问题我也想不通,如果有留下遗书的话,多少能厘清真相，但是她什么也没留下，令人摸不着头绪。"银四郎故意压低声音，做出沮丧的神情。

"恕我问句冒昧的话，你除了负责学校的财务之外，还知道大庭小姐身边有什么知心的人吗？"一个戴眼镜的年轻记者问。

银四郎顿时无言以对，随后说道："我是院长身边最了解她公私生活的人。"

"那么，请问大庭小姐除了公事以外，还曾因为什么事苦恼吗……？比方说，异性关系出现问题啦？或是感情受挫什么的，你不认为这也是导致她自杀的原因吗？"年轻的记者咄咄逼人地问。

"大庭院长在这方面并没有什么异常，像她那样热衷投入工作的人倒是很少见。依我推测，我甚至觉得朗贝尔时装展才是导致她自杀的直接原因。"

"什么？朗贝尔时装展那么成功……怎么可能导致她寻短自杀呢？"在场记者无不露出惊讶的神色。

银四郎深知那些记者已掉进他设下的陷阱："其实，大庭院长在组装朗贝尔纸样期间，就深深为朗贝尔纸样的复杂立体感所折服，她常叨念说，自己若能像朗贝尔那样设计服装，就死而无憾了。之后，在筹备东京的时装展时，她便时常愁眉不展，东京时装展开幕以后，她很可能是出现严重的失落感，精神恍惚地回到大阪，在自己学校的教室里，她大概再次被朗贝尔纸样的幻影所附身，独自站在布制模特面前，帮它打扮起来，在拿起剪刀的时候，突然闪过自杀的念头吧。但话说回来，她自始至终，乃至于最后一刻，都站在模特面前构思设计，作为一个时装设计师，这种死法是何等壮丽……"银四郎一边说着，一边看着深受感动的记者。

银四郎看到他们紧握着铅笔奋笔疾书的模样便能猜想出，今天的晚报有关式子的死讯，将会多一层神奇浪漫的色彩。银四郎压抑住泛起的冷笑，突然抬头看向门口，原来曾根站在那里。曾根不知是什么时候来的，他伫立不动地望着银四郎。

急着发稿的记者群在采访结束后急忙走出房间，只有曾根还站在门口，动也不动地看着银四郎。

银四郎掠过慌张的神色，但仍强装镇定，朝曾根走去。

"想不到你居然来了，到这儿很久了吗？"银四郎故作亲昵地问。

曾根表情僵硬地点点头："我星期天到报社上班，上级说大庭式子突然自杀，由于我常在时装展的场合跟她见面，所以就没有叫社会组的记者采访警方，而是叫我赶来大阪。"说着，他盯着银四郎的脸，"式子真的如你所说的，是被朗贝尔的纸样附身突发性自杀的吗？我不信事情是这样。她不可能因为被朗贝尔的纸样所困而选择死亡。"

"不是这样，那你认为是什么原因呢？"银四郎嘲讽似的说。

"我不知道。不过，如果式子小姐真有必须与死搏斗的事情，绝不是朗贝尔的纸样，而是她身边更切实的问题。比如，她并不是想成为著名服装设计师，或是举行轰动全国的朗贝尔时装展。我觉得，她追求的可能是别的东西，而你却硬把她拉进服饰业的漩涡中，肆意地摆布她，让她失去自我，使她筋疲力竭，甚至丧失活下去的勇气。我可以理解她为什么独自返回大阪的心情。真要自杀的话，任何地方都可以死呀！她之所以回到甲子园学校，就是因为她已经忍无可忍，不想站在你搭建的豪华舞台上，只想回到当初她创业之初的安静之所。式子小姐非走向死路不可，幕后的罪魁祸首就是你……"

忽然曾根停住嘴，愤怒地看着银四郎。银四郎不由得为之一惊，但立刻泛着笑意说："你说得这么激动，好像是我杀了她似的。不过，正如你说的，她为了成为著名服装设计师，总是疯狂地工作，对推动朗贝尔时装展也是无比积极，这是大家有目共睹的事实。这就是证据……"

银四郎说到这里，曾根打断他的话，用郑重的口吻问道："已经通知白石老师了吗？"

银四郎默默地摇摇头。

"为什么不马上通知白石老师呢？你从东京坐飞机回大阪之前，就应该通知他的。我觉得式子希望最早赶到这里的，不是你和我，而是白石教授……"

曾根感伤地说着，好像强忍着悲痛似的紧闭着嘴唇。银四郎探望着曾根的侧脸，接着看了一下手表，催促似的说："赶得上晚报的截稿时间吗？已经快下午两点了……"

"我不会像其他报社的记者那样照你编的故事随便起舞，也不会写那些风花雪月的报道。你这样冷血地把式子的死当成宣传材料，足以说明你已经泯灭良知。你太没有人性了！"

曾根怒骂着银四郎，气冲冲地转过身，推门走了出去。

曾根离去之后，银四郎仍站在满是灰尘的空房里，随后穿过空无人影的走廊，来到原来的病房前。他推门而入，式子的遗体已经抬走，房间顿时显得空荡和阴冷。很可能是他刚才应付新闻记者的问答时，富枝通知休息室将式子的遗体移走的。刚才暂放覆盖白布的式子遗体的床上，只剩一块旧草垫。她的大衣整齐地折放在草垫上，看来是富枝帮她收拾的。

银四郎慢慢地走向床边，突然感到非常疲倦。他从东京赶来的紧张情绪和不安，现在已消退不少，初次体会到紧张过后的松懈感。他疲惫地躺在铺着旧草垫的床上，隐约中闻到一股潮湿发霉的味道，仿佛整个病房都透着式子的尸臭味似的。蓦然，一股莫名的恐惧向他袭来，他不由得想坐起来。但最后他像是要甩掉那抹恐惧的阴影般，大大地翻了个身，朝着天花板发出阵阵干笑。

银四郎心想，现在我不必担心背上胁迫他人自杀的罪名了，新闻记者也不可能挖出真相，我还害怕什么呢？是害怕白石教授知道式子自杀的真相吗？可是，白石教授是个厌恶杂事纠缠，只想清静自持的人，就算他知道真相，也怕卷进事件的漩涡，不可能出面揭发。既然如此，我还怕什么呢……？难道是因为式子自杀身亡，我才感到恐惧的吗？我这么做并没有错。大庭式子爱慕虚荣，我只是满足她的欲望，为她制造名利的勋章而已。也许可以说我是个专门为女人制造勋章，又把勋章挂在女人胸前的生意人。大庭式子不喜欢自己胸前的勋章，也用不着去死，不满意的话，换掉就行了嘛。可是她偏偏不要，简单地一死百了。对于她的死，我根本没有必要负责。至于式子留下的学校圣和服饰学院，我将完全接管经营，然后让伦子取代式子，操控伦子追逐虚荣的欲望，再为她挂上一枚名利的勋章。

银四郎抬手看了一下手表。今天五点开始的第二次朗贝尔时装展已经开始。此时此刻，代替自杀的式子的伦子应该正站在东京豪华的舞台上致辞。银四郎对伦子得知式子的死讯后，先是惊愕茫然，很快地又表现得若无其事，其冷漠绝情的举动印象特别深刻。

突然间，背后传来响动的声音，门好像被打开了。银四郎回头一看，一份晚报从约十厘米的门缝塞了进来。这报纸不像是送报生弄错病房夹在门缝的，而像是被从走廊窗户吹来的风吹进病房里来的。银四郎捡起那份晚报：

名时装设计师离奇死亡遭朗贝尔附身？

社会版的头版写着这样的标题，还刊载着式子盛装打扮的半身照。文章写得非常煽情，说式子是被世界知名的设计师朗贝尔的纸样附身，最后因为太过投入，无法超脱那样的情境，茫然站在布制模特面前，手持剪刀自戕……通篇写得绘声绘色，好像是记者亲眼所见。这样，在银四郎的策划和主导之下，式子的死果真蒙上了一层浪漫凄美的色彩，也让朗贝尔时装展更加轰动了。

银四郎露出宛如捕到猎物般残忍而喜悦的眼神，嘴角泛着冷笑。他手伸进上衣口袋里，拿出一支随身携带的塑料折尺，放在报道式子死讯的文章上。他整张脸凑近塑料折尺，仔细地算着红色的刻度，换算着如果每厘米的广告费是四千五百日元，这样的篇幅能值多少钱。

后　记

　　《女人的勋章》是我最早在报纸上连载的一部小说。自从发表处女作之后，我几乎每年分别在月刊、周刊和报纸上发表一部作品，第四年开始为报纸写连载小说，但这也让我深刻体会到撰写报纸连载小说最为困难。

　　由于每次连载篇幅均有囿限，必须控制在一千字以内，因此每次前后情节的连贯与发展、设定出场人物的性格、安排生动的对话场面或预留伏笔等都得面面俱到，其困难程度远远超乎我最初的想象。

　　当然，每次连载时并非都得高潮迭起，但因为连载的性质，必须扣住主题和顾及故事与情节的连续性。此外，我也期许自己写出的东西直到连载结束，每次都能是精彩的内容。坦白说，以轻松的态度将自己真实的感受写成每次的连载，并不那么困难。相反，若想把每次连载都写得完美无缺，却是无比艰难，这是我为报纸撰写连载小说时最深刻的感受！

　　另外，在这部小说中，有关巴黎和葡萄牙场景的描写，让我吃尽苦头。执笔期间，我因为大病未愈，没办法到巴黎、葡萄牙采访，每天只能望着书房墙上的大地图，边看地图边看着幻灯片，花六个小时阅读成堆的参考资料后，写作四个小时，可以说是非常繁重的工作。

这部小说完成且恢复健康后，为了查证我调查的资料与亲眼所及的景物是否有所出入，我特地前往了欧洲。

我首先想确认的是有关巴黎的描写是否正确。我带着初版的《女人的勋章》，按小说的情节发展，详细地走过巴黎市区，住过女主角下榻的饭店，也到过小说人物去过的咖啡厅和餐厅，这些场景的描写都准确无虞，可以说分毫不差。刚开始，我为自己描写的精准感到佩服和满意，但两三个月后，我开始对这样的"精准"觉得不快。因为就算我把巴黎风景描写得如地图般精确，若没有写出巴黎市民的生活，其实是等于没有写过巴黎。因此，从那天起，我原本预计在巴黎停留两个月，特别延为半年，搬到蒙帕那斯居住。在那期间，我到过葡萄牙旅行。我同样按小说中的情节发展，走访了里斯本、银宿、辛特拉、巴塔利亚、纳扎雷等地，甚至深入葡萄牙的乡村。

有关葡萄牙场景的描写，基本上都准确无误。唯一出现一个令人意想不到的错误，是我在旧版小说中，曾描写白石教授和大庭式子跪在阿尔科巴萨圣玛丽亚教堂的彩色玻璃的映照下共许未来的情景，但实际上，我到现场查看后，那里是座建筑宏伟的熙笃会修道院，内部的墙面并没有镶嵌着绚丽的彩色玻璃。后来，我在日本做了诸多调查，也请教到过葡萄牙旅行的人，结果都不是很详细。和巴黎的资料相比，葡萄牙的相关资料是多么欠缺。于是我立刻赶往巴达利亚，重新查看，做了修订。

最后，我为这部小说在出版新版之际，经过我亲眼确认场景后，有机会得以重新修正，感到无限欣慰！

山崎丰子

一九六二年四月